KB083139

마쿠르디
카노
자리아
두체
이바단
구사우
왕궁
일로린
라고스
소코토
찬돔블레
칼라브라
이베지
미나
와리
이코이

신성한 섬
N
지메타
공베
오론
로코자
카두나
베닌시티

CHILDREN OF VIRTUE AND VENGEANCE

CHILDREN OF VIRTUE AND VENGEANCE

ⓒ 2019 by Tomi Adeyemi
All rights reserved.
Korean translation copyright ⓒ 2022 by DASEOSSURE
Korean translation rights arranged with ICM Partners
through EYA(Eric Yang Agency).
이 책의 한국어판 저작권은 EYA(Eric Yang Agency)를 통한
ICM Partners사와의 독점계약으로 '도서출판 다섯수레'가 소유합니다.
저작권법에 의하여 한국 내에서 보호를 받는 저작물이므로 무단전재 및 복제를 금합니다.

〈 오리샤의 후예 II 〉

정의와 복수의 아이들

CHILDREN OF VIRTUE AND VENGEANCE

토미 아데예미 지음 | 박아람 옮김

다섯수레

일러두기

- 본문의 주(註)는 독자들의 이해를 돕기 위해 옮긴이가 붙인 것입니다.
- 본문 속 고딕체는 원서에서 이탤릭체로 강조한 부분입니다.

말로 표현할 수 없을 만큼 사랑하는 두 사람,

토비와 토니에게 이 책을 바칩니다.

| 차례 |

마자이의 여러 부족

사령술사, 이쿠족

삶과 죽음의 마자이

신 : 오야

마음술사, 에미족

마음과 정신과 꿈의 마자이

신 : 오리

파도술사, 오미족

물의 마자이

신 : 예모야

화염술사, 이나족

불의 마자이

신 : 샹고

바람술사, 아페페족

바람의 마자이

신 : 아야오

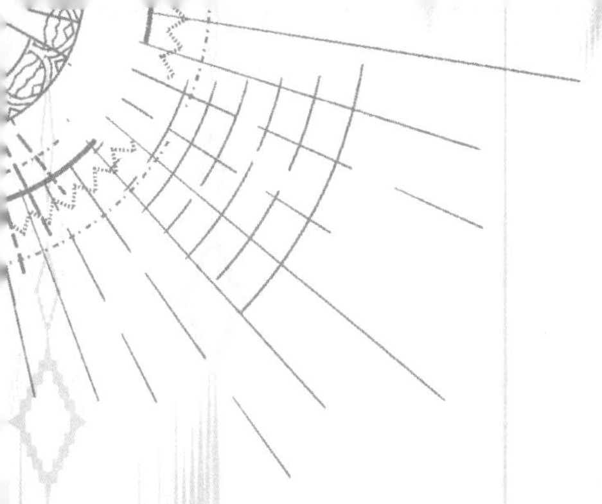

쇠술사 / 땅술사, 아이예족

쇠의 마자이, 흙의 마자이

신 : 오군

빛술사, 이몰레족

어둠과 빛의 마자이

신 : 오추마레

치료술사 / 질병술사, 이오산족

건강의 마자이, 질병의 마자이

신 : 바발루아예

예언술사, 아리란족

시간의 마자이

신 : 오룬밀라

조련술사 에란코족

동물의 마자이

신 : 오초시

01

우리의 전투는 이제 시작이다

제일리

되도록 아빠를 생각하지 않으려 한다.

하지만 아빠를 생각할 때면 파도 소리가 들린다.

아빠와 함께 처음 파도 소리를 들었으니까.

그 순간 처음으로 파도를 느꼈으니까.

우리는 자장가 같은 파도 소리에 이끌려 숲길을 따라 바다로 향했다. 바다의 산들바람이 고불고불한 나의 머리카락을 헝클어뜨렸다. 듬성듬성한 나뭇잎들 사이로 햇빛이 쏟아져 내렸다.

나는 우리 앞에 어떤 광경이 기다리고 있을지 알지 못했다. 저 자장가가 어떤 신비로운 힘을 간직하고 있을지. 그저 그리로 가봐야 했다. 그 파도가 내 영혼의 잃어버린 한 조각을 쥐고 있는 것 같았으니까.

마침내 파도가 눈앞에 펼쳐졌을 때 나는 아빠 손을 슬며시 놓았다. 놀라운 광경에 입이 다물어지지 않았다. 저 물속에 마법이 살아 있는 게 틀림없었다.

왕의 부하들이 엄마를 죽인 뒤로 한 번도 느껴 보지 못한 마법.

"제일리, 로라 오."

파도를 향해 홀린 듯 나아가는 나를 보고 아빠가 소리쳤다. 발가락 위로 바다 거품이 밀려오자 나는 흠칫 놀랐다. 이바단의 호수는 무척 차가웠다. 그런데 그 바닷물은 엄마가 밥을 지어 주던 때 나던 구수한 밥내만큼 따뜻했다. 엄마의 빛나는 미소만큼이나. 아빠가 나를 따라 들어오더니 하늘을 향해 고개를 들었다.

마치 태양의 맛을 느낄 수 있는 것처럼.

그러고는 내 손을 잡았다. 붕대 감은 손가락으로 내 손에 깍지를 끼고 나의 눈을 들여다보았다. 그때 나는 깨달았다. 엄마는 떠났지만 아직 우리에게는 서로가 있다는 것을.

우리는 살아갈 수 있다는 것을.

하지만 지금은…….

눈을 뜨니 차가운 잿빛 하늘이 보인다. 지메타의 바위 절벽에 파도가 요란하게 부서진다. 이제 지난날은 떠나보내야 한다.

아빠를 놓아줘야 한다.

아빠를 편히 쉬게 해 주려 준비하는 동안 그의 목숨을 앗아 간 의식이 떠오른다. 아빠가 겪은 수많은 고통, 내가 마법을 되찾을 수 있도록 아빠가 치른 희생에 가슴이 미어진다.

"괜찮아."

오빠 제인이 내 옆으로 와서 손을 내민다. 턱수염이 그의 짙은 갈색 피부를 뒤덮었다. 그래서 정말 꽉 다문 그의 턱이 잘 보이지 않는다.

안개비가 장대비로 바뀌자 오빠가 내 손을 꼭 잡는다. 굵은 빗줄기에 뼛속까지 서늘해진다. 신들도 아빠의 죽음을 애도하는 모양이다.

'죄송해요.' 나는 아빠의 영혼을 향해 속삭인다. 얼굴을 보고 말할 수 있다면 얼마나 좋을까. 엄마의 장례를 한 번 치러 봤으니 이번에는 조금 덤덤할 거라 생각했다. 하지만 지메타의 바위 해안에 밧줄로 매여 있는 아빠의 관을 끌어오면서 그런 생각이 얼마나 어리석었는지를 깨닫는다. 못다 한 말들이 생각나서 손이 떨려온다. 터져 나오는 비명을 삼키며 소리 없이 눈물을 흘리자니 목이 타들어 간다. 나는 그 모든 것을 꾹꾹 밀어 넣으며 마지막 남은 화장용 기름병으로 손을 뻗는다.

"조심해."

손이 떨려 병의 테두리로 기름 몇 방울이 넘쳐흐르자 오빠가 주의를 준다. 3주 동안 물물교환을 한 끝에 겨우 아빠의 관을 적실 기름을 구했다. 지금 이 찰랑거리는 액체는 금보다도 귀하게 느껴진다. 톡 쏘는 냄새가 코를 찌른다. 나는 남은 기름을 화장용 횃불에 붓는다. 부싯돌을 긋는 오빠의 얼굴에도 눈물이 흘러내린다. 지체할 시간이 없다. 나는 얼른 **이부쿤**을 준비한다. 사령술사가 죽은 자에게 읊어 주는 축복의 말을.

"신들이 내려 주신 삶이라는 선물을 신들에게 다시 돌려 드리나이다."

나는 요루바어를 읊조린다. 내 입에서 나오는 주문이 낯설게 들린다. 지난 11년 동안 그 어떤 사령술사도 **이부쿤**을 하지 못했다.

"베니 아예 타비 이쿠 코 레 야 와. 베니 아예 타비 오룬 코 레 신 와 니토리 에인 레 응베 이누 우 미. 에인 라 오 마 리……."

피부 속에서 마법이 살아 움직이는 순간 더 이상 목소리가 나오지 않는다. 내 보랏빛 아셰가 두 손을 에워싼다. 우리의 성스러운 재능을 타오르게 하는 신성한 힘. 마지막으로 이 뜨거운 열기를 느껴 본 건 오리샤에 마법을 되돌려 준 그 의식에서였다. 아빠의 영혼이 나의 핏줄을 통과하던 그 의식.

마법의 기운이 부글부글 올라오자 나는 비틀거리며 물러선다. 다리가 얼얼해진다. 마법은 마치 족쇄처럼 나를 과거에 옭아매고 있다. 아무리 몸부림쳐도 하염없이 끌려 내려간다.

"안 돼!"

의식장 벽에 목소리가 메아리치며 나는 돌바닥으로 내동댕이쳐진다. 뒤이어 쿵 하는 소리와 함께 아빠가 내던져진다. 그의 몸은 판자처럼 뻣뻣하다.

나는 가서 아빠를 지켜 주려고 하지만 그의 눈은 초점을 잃은 채 허공을 바라보고 있다. 가슴에는 화살촉이 꽂혀 있다.

그의 찢어진 튜닉으로 피가 스며든다.

"젤, 정신 차려!"

오빠가 펄쩍 앞으로 몸을 던지며 내 손에서 떨어지는 횃불로 손을 뻗는다. 민첩했지만 이미 늦었다. 불꽃은 철썩거리는 파도에 닿아 꺼지고 만다.

오빠가 아무리 애써도 젖은 횃대에는 불이 붙지 않는다. 결국 그가 쓸모없는 막대를 모래밭에 던져 버리자 나는 움찔 놀란다.

"이제 어떡해?"

나는 고개를 떨군다. 답을 안다면 얼마나 좋을까? 이 혼란스러운 왕국에서 다시 기름을 구해 오려면 몇 주는 걸릴 것이다. 폭동과 식량난 때문에 쌀 한 줌도 구하기 어렵다.

죄책감에 휩싸인 나는 모든 게 내 잘못이라는 생각에 사로잡힌다. 나는 아빠를 묻을 자격이 없다는 계시인지도 모른다.

아빠는 나 때문에 죽었으니까.

"미안해."

오빠가 한숨을 쉬며 콧잔등을 꼬집는다.

"오빠가 왜 미안해? 다 내 잘못인데."

목이 메어 온다.

"젤……."

"내가 그 두루마리를 건드리지 않았더라면…… 내가 그 의식에 대해 몰랐더라면……."

그러자 오빠가 다시 말한다.

"네 탓이 아니야. 아버지는 네가 마법을 되찾을 수 있게 목숨을 바치신 거야."

'바로 그게 문제라고.' 나는 내 몸을 감싸 안는다. 내가 마법을 되찾으려 했던 것은 아빠를 안전하게 지키고 싶어서였다. 그런데 오히려 아빠를 무덤으로 보내 버렸다. 사랑하는 사람을 지킬 수 없다면 이런 힘을 갖는 것이 무슨 의미가 있단 말인가?

아빠를 되살릴 수 없다면 마법이 다 무슨 소용이란 말인가?

"그렇게 생각하면 한없이 자책만 하게 될 거야. 이제 그만해."

내 어깨를 잡는 오빠의 눈에서 아빠의 갈색 눈이 보인다. 용서할 수 없는 일도 용서해 주던 바로 그 눈.

"이제 너와 나뿐이야. 우리밖에 없어."

나는 숨을 내쉬며 눈물을 닦는다. 오빠가 나를 끌어안는다. 그의 품은 흠뻑 젖었는데도 여전히 따뜻하다. 그는 손으로 내 등을 쓸어 준다. 아빠가 나를 안을 때 그랬던 것처럼.

나는 바다 위에 뜬 채 다시 붙이지 못할 불을 기다리는 아빠의 관을 돌아본다.

"아빠를 태우지 못하면……."

"잠깐!"

뒤에서 아마리가 소리친다. 그 애는 신성한 의식을 치른 뒤로 지금까지 우리 집이 되어 준 전함의 경사로를 달려 내려오고 있다. 흠뻑 젖어 연갈색 피부에 달라붙은 하얀 튜닉은 오리샤의 공주 시절에 걸쳤던 화려한 겔레*나 드레스와는 너무도 딴판이다. 이윽고 아마리는 부서지는 파도 앞에서 우리와 마주 선다.

"이거 받아."

아마리는 선장실에 있던 녹슨 횃불과 얼마 안 되는 신선한 기름이 담긴 병을 오빠에게 건넨다.

"배는 어떡하려고?"

오빠가 얼굴을 찌푸리며 묻는다.

"어떻게든 되겠지."

아마리는 내게 횃불을 건넨다. 나는 비를 맞아 뺨에 들러붙은 새하얀 한 줄기의 머리카락에서 눈을 떼지 못한다. 이 애의 핏줄에 새로이 마법이 흐른다는 표시다. 그와 동시에 오리샤 전역의 귀

* 남아프리카와 서아프리카 여성들이 머리에 두르는 화려한 두건.

족 수백 명이 아마리처럼 한 줌의 새하얀 머리카락과 마법을 소유하게 되었다는 사실을 일깨워 주는 가혹한 표시이기도 하다.

나는 괴로운 마음을 들킬세라 얼른 고개를 돌린다. 아마리에게 마법을 갖게 해 준 그 의식과 내 마음을 갈가리 찢어 놓은 사내를 끊임없이 떠올리게 하는 그 머리카락을 보고 있으려니 속이 메슥거린다.

"준비됐어?"

오빠의 물음에 고개를 끄덕이지만 사실은 거짓말이다. 그가 부싯돌을 긋자 나는 밧줄에 횃불을 갖다 댄다. 순식간에 불이 붙는다.

불길이 기름 먹인 밧줄을 타고 아빠의 관을 향해 내려가자 나는 마음을 다잡는다. 아빠가 불길에 휩싸이는 순간, 나도 모르게 가슴을 움켜쥔다. 잿빛 수평선 위로 새빨간 불길이 환하게 타오른다.

"티티 디 오디 케지."

오빠가 고개를 숙이고 기도를 읊조린다. 나도 이를 악물고 오빠를 따라 한다.

'티티 디 오디 케지. 무사히 저세상에 이르길.'

그 기도문을 읊조리자 엄마의 장례가 떠오른다. 엄마의 관이 불타오르던 광경. 나는 기도를 중얼거리며 엄마와 함께 알라피아에 있을 모든 이들을 생각해 본다. 우리가 마법을 되찾을 수 있도록 목숨을 바친 사람들.

자신을 희생해 가며 나의 재능을 깨워 준 센타로 레칸. 축제에 쳐들어온 왕에게 살해된 줄라이커와 살림.

나를 포함해 일로린의 신성자들을 평생 보살펴 준 예언술사 마마 아그바.

내가 사랑한다고 믿었던 왕세자 이난.

'티티 디 오디 케지.' 나는 그들의 영혼에게 속삭인다. 계속 나아가야 한다는 것을 잊지 않기 위해서.

우리의 전투는 끝나지 않았다.

아니, 이제 시작이다.

02

슬퍼할 시간이 없다

아마리

오리샤는 아무도 기다려 주지 않는다고 아버지는 입버릇처럼 말했다.

그 누구도.

왕조차도 기다려 주지 않는다고.

그렇게 아버지는 모든 행동을 정당화했다. 그것은 무슨 짓이든 용서할 수 있는 구실이었다.

나는 아버지의 가슴을 찔렀던 칼을 허리에 차고 제일리 아버지의 관이 불길에 휩싸이는 광경을 지켜본다. 사란 왕의 시신은 그 의식장에 버려졌다.

나는 아버지를 묻어 주고 싶어도 그럴 수 없었다.

제인이 말한다.

"가자. 곧 네 어머니에게서 전갈이 올 거야."

나는 그와 제일리보다 두세 걸음 뒤에서 걷는다. 우리는 해안을 떠나 전함으로 들어간다. 의식장에 가기 위해 나포했던 전함이다. 몇 주 전 마법이 돌아온 뒤로 줄곧 이 전함에서 지냈다. 하지만 벽에 새겨진 백표버머들을 볼 때마다 마음이 편치 않다. 아버지의 옛 인장. 그것을 지날 때마다 울어야 할지 비명을 질러야 할지 모르겠다. 내가 무언가를 느낄 자격이나 있을까?

"모두 승선!"

나는 높은 소리로 외치는 선장을 흘끗 돌아본다. 부두에 줄을 선 가족들이 금화를 건네며 작은 배에 올라타고 있다. 평화를 찾아 바다 건너 외국으로 떠나려는 사람들이 녹슨 갑판 아래로 비집고 들어간다. 퀭한 얼굴 하나하나가 내 가슴에 비수를 꽂는다. 내가 나의 상처를 보듬는 사이, 이 왕국은 여전히 아버지가 남긴 흉터로 고통받고 있다.

더 이상 숨어 있을 수는 없다. 내가 오리샤의 왕위에 올라야 한다. 평화의 시대를 열 사람은 나뿐이다. 나는 아버지가 망가뜨린 것들을 고칠 수 있는 여왕이다.

그런 확신을 가슴에 새기며 나는 다른 사람들이 타고 있는 쌀쌀한 선장실로 들어간다. 이곳은 왕이 마자이의 살을 태우고 그들을 무력화하는 데 사용하던 특별한 광석 마자사이트의 영향을 받지 않는 몇 안 되는 공간 중 하나다. 우리는 살기 위해서 이 선실에 있던 시설들을 모조리 내다 팔았다.

제인이 아무것도 덮지 않은 딱딱한 침대에 앉아 양철 컵에 담긴 밥알을 긁어 먹고 있다. 제일리는 바닥에 주저앉아 자기 사자너의 황금빛 털옷에 반쯤 몸을 파묻고 있다. 이 거대한 탈짐승은 제일리의 무릎에 몸을 기댄 채 고개를 들어 그 애의 은빛 눈에서 흘러내리는 눈물을 훑아 준다. 나는 일부러 보지 않으려 고개를 돌리며 얼마 되지 않는 내 밥으로 손을 뻗는다.

"자."

나는 제인에게 컵을 건넨다.

"괜찮겠어?"

"너무 초조해서 못 먹겠어. 먹으면 토할 것 같아."

라고스에 있는 어머니에게 전갈을 보낸 지 겨우 보름이 지났지만 답장을 기다리는 시간이 영원처럼 느껴진다. 어머니가 도와주면 나는 오리샤의 왕좌에 오를 수 있다. 마침내 아버지가 저지른 모든 잘못을 바로잡을 수 있다. 우리가 힘을 합치면 마자이가 두려움 없이 살 수 있는 나라를 일굴 수 있다. 수 세기 동안 이 왕국을 괴롭혀 온 분열을 해소하고 통일된 오리샤를 꾸릴 수 있을 것이다.

제인이 내 어깨를 힘주어 잡는다.

"걱정 마. 네 어머니가 뭐라고 하시든 우린 할 수 있을 거야."

그가 제일리를 살피러 가자 가슴이 저며 온다. 저들이 가진 것을 질투하는 내가 싫다. 아버지의 칼이 오빠의 배를 찌른 것이 불과 3주 전의 일이다. 하지만 벌써 괴로워하던 오빠의 목소리가 기억에서 사라져 간다. 그때마다 이를 악물고 그 순간의 고통을 잊지 않으려 애쓴다. 어머니를 만나면 이 공허한 가슴이 치유될지도 모른다.

"온다."

제일리가 전함의 어두운 복도에서 움직이는 형체를 가리킨다. 빛바랜 문이 삐걱 열리고 우리의 전령이 모습을 드러내자 나는 긴장한다. 로웬이 검은 머리카락에 묻은 비를 털어 낸다. 비단 같은 머리카락이 고불고불 뭉쳐 그의 사각 턱을 둘러싸고 있다. 사막의 모래 같은 피부와 눈물방울 같은 두 눈을 가진 이 청부업자는 오리샤인들 속에서 언제나 눈길을 끈다.

"나일라?"

사자너 나일라의 귀가 쫑긋 올라간다. 로웬은 무릎을 꿇고 앉아 봇짐에서 두툼한 꾸러미를 꺼낸다. 그가 꾸러미를 풀어 반짝이는 물고기들을 꺼내자 나일라는 로웬을 넘어뜨릴 기세로 달려든다. 놀랍게도 제일리의 입가에 작은 미소가 떠오른다.

"고마워요."

제일리가 속삭인다.

로웬은 그 애와 눈을 맞추며 고개를 끄덕인다. 내가 참지 못하고 헛기침을 하자 로웬은 그제야 일어나서 나를 마주한다.

나는 한숨을 쉬며 묻는다.

"어머니가 뭐래요?"

로웬은 혀를 볼로 밀어 넣으며 땅을 내려다본다.

"습격이 있었어. 이제 어떤 소식도 수도로 들어가거나 나오지 못해."

"습격?"

궁전에 갇혀 있을 어머니를 생각하자 가슴이 답답해진다. 나는 벌떡 일어선다.

"무슨 습격이요? 언제? 이유가 뭐예요?"

"자칭 **이위카**(Iyika)라는 무리야. **혁명**이라는 뜻이지. 마법을 되찾은 마자이들이 라고스로 몰려갔나 봐. 궁전까지 습격했다고 하더군."

로웬이 설명한다.

나는 벽에 털썩 기댔다가 철골 바닥으로 미끄러져 내린다. 로웬의 입이 계속 움직이고 있지만 한마디도 알아들을 수 없다. 아무 말도 들리지 않는다.

"왕비는……" 내가 간신히 입을 연다. "그들이…… 왕비도……."

"그 뒤로 왕비의 소식을 들은 사람은 아무도 없어."

로웬은 시선을 돌리며 말을 잇는다.

"너도 여기 숨어 있으니 사람들은 왕족이 다 죽은 줄 알아."

제인이 일어서지만 나는 손을 올려 그를 막는다. 그가 내 곁에서 숨을 쉬기만 해도 무너져 내릴 것이다. 나는 이미 껍데기만 남았다. 그동안 품었던 모든 계획과 희망이 순식간에 무너져 내린다. 만약 어머니가 죽었다면…….

하늘이여.

이제 나는 정말 혼자다.

"이위카가 노리는 게 뭐야?"

제인이 묻자 로웬이 대꾸한다.

"한마디로 말하기는 어려워. 규모는 작지만 치명적이야. 오리샤 전역에서 귀족들을 암살하고 있어."

"그럼 왕족의 피를 노리는 거예요?"

제일리가 눈살을 찌푸리며 나와 눈을 맞춘다. 의식이 틀어진 뒤로 우리는 거의 말을 섞지 않았다. 그래도 여전히 나를 걱정해 주는 모습을 보니 한결 마음이 놓인다.

"그런 것 같아."

로웬은 어깨를 으쓱하며 말을 잇는다.

"하지만 이위카 때문에 군대가 마자이를 무자비하게 사냥하고 있어. 마을을 통째로 밀어 버리기도 하고. 새로 부임한 총사령관이 전쟁을 선포했거든."

나는 눈을 감고 두 손으로 고불고불해진 머리카락을 쓸어내린다. 마지막으로 오리샤에 전쟁이 터졌을 때 화염술사들이 왕족을 모조리 없애 버리려 했다. 몇 년 뒤 아버지는 대습격으로 그들에게 복수했다. 또다시 전쟁이 터지면 누구도 안전하지 않을 것이다. 이 왕국은 쑥대밭이 될 것이다.

'오리샤는 아무도 기다려 주지 않아, 아마리.'

아버지의 목소리가 머릿속에 울려 퍼진다. 오리샤를 폭정에서 구하기 위해 아버지 가슴에 칼을 꽂았는데도 왕국은 여전히 혼돈에 빠져 있다. 슬퍼할 시간이 없다. 눈물을 닦을 시간도 없다. 나는 더 나은 군주가 되겠다고 맹세했다.

어머니가 세상에 없다면 내가 그 맹세를 지켜야 한다.

마침내 나는 결심한다.

"대중 연설을 해야겠어요. 내가 왕국의 질서를 바로잡을게요. 전쟁을 막고 안정을 되찾아야죠."

나는 다시 일어나 슬픔을 억누르며 새로운 계획을 추진한다.

"로웬, 아직 갚아야 할 빚이 있다는 거 알지만 혹시 조금만 더 도와준다면……."

"설마 농담이겠지."

청부업자의 목소리에 연민이라고는 눈곱만큼도 담겨 있지 않다.

"네 어머니와 연락이 닿지 않는다는 건 네가 아직 내 몸무게만큼의 금을 빚지고 있다는 뜻일 텐데."

"이 배를 줬잖아요!"

내가 소리친다.

"지금 네가 살고 있는 이 배 말이야?"

로웬이 눈썹을 치켜올린다.

"나와 내 부하들이 나포한 이 배? 난 이 배에 사람들을 태우고 바다 건너로 탈출시킬 수도 있었어. 이 배로 빚을 갚았다고 하면 안 되지. 오히려 빚을 늘리고 있다면 모를까!"

"내가 왕위에 오르면 왕실 보물을 내줄 수 있어요. 사람들을 모아 집회를 열 수 있게 해 주면 빚을 두 배로 갚을게요. 며칠만 있으면 금을 잔뜩 거머쥘 수 있다고요!"

로웬은 우비 모자를 끌어 올린다.

"하룻밤만 더 주지. 이 배는 내일 떠날 거야. 그때까지 내리지 않으면 바다로 나가는 거야. 너희들 운임도 감당할 수 없을 텐데."

나는 앞을 가로막아 보지만 그는 문밖으로 나가 버린다. 로웬의 발소리가 떨어지는 빗소리에 묻혀 사라져 가자 꾹꾹 눌러 왔던 슬픔이 다시 올라오려 한다.

제인이 내 옆으로 다가온다.

"로웬은 필요 없어. 네 힘으로 왕좌에 오를 수 있어."

"난 금 한 조각도 갖고 있지 않아. 내가 왕위를 계승할 자격이 있다고 누가 믿어 주겠어?"

때마침 나일라가 우리 사이로 지나가는 바람에 제인이 멈칫하며 뒤로 물러선다. 나일라는 철골 바닥에 코를 대고 킁킁거리며 남은 생선을 찾는다. 나는 로웬이 나일라에게 먹이를 가져다준 사실을 떠올리며 제일리를 바라본다. 하지만 제일리는 고개를 절레절레 흔든다.

"안 된다잖아."

"**내가** 부탁했으니까 그런 거야!"

나는 제일리에게 달려들며 말을 잇는다.

"네가 설득했을 때 그 사람은 바다 한복판에 있다는 신비의 섬으로 부하들을 끌고 왔잖아. 네가 부탁하면 집회를 열게 도와줄 거야."

그러자 제일리가 대꾸한다.

"우린 아직 빚을 갚지 못했어. 지메타에서 살아 나가기만 해도 운이 좋은 거라고!"

"로웬의 도움을 못 받으면 다른 방법이 없잖아. 마법이 돌아왔을 때 라고스가 함락되었다면 오리샤에는 거의 한 달 동안 통치자가 없었다는 뜻이야. 내가 지금 정권을 잡지 않으면 난 평생 왕위에 오르지 못할 거야!"

제일리는 목덜미를 문지르며 피부에 새로 나타난 황금빛 무늬를 손가락으로 만지작거린다. 의식 때 생겨난 이 고대의 상징들은 아주 가느다란 바늘로 새긴 문신처럼 정교한 곡선과 섬세한 점으로 이루어져 있다. 제일리는 수치스러운 듯 그 아름다운 무늬도 등에 난 흉터처럼 가리려 한다.

둘 다 보기만 해도 고통스러운 모양이다.

"제일리, 제발."

나는 그 애 앞에서 무릎을 꿇고 애원한다.

"시도는 해 봐야지. 군대가 마자이를 사냥하고 있다잖아."

"내가 언제까지나 우리 동족 모두의 고통을 짊어질 수는 없어."

그 애의 차가운 태도에 맥이 풀리지만 나는 포기하지 않는다.

"그럼 네 아버지를 위해서 해 줘. 네 아버지가 마자이를 위해 목숨을 바치셨으니까."

제일리는 어깨를 늘어뜨리더니 눈을 감고 심호흡을 한다. 그 애가 일어서자 마음이 가벼워진다.

"약속은 못 해."

나는 제일리의 손을 잡는다.

"그냥 하는 데까지 해 줘. 이제 와서 전쟁에 패하기엔 너무 많은 것을 희생했잖아."

03

마지막 기회

제일리

나일라와 함께 전함에서 나오자 지메타의 밤비가 하루의 무게를 씻어 준다. 비좁은 선실에서는 불타는 장작과 재 냄새밖에 맡지 못했는데, 이제 소금물과 해초의 짭조름한 냄새를 실은 요란한 바람이 불어온다. 나무로 된 선창을 벗어나 구불구불 이어진 지메타의 거리로 들어서자 나일라의 두툼한 발이 모래에 자국을 남긴다. 나일라는 커다란 혀를 나풀거리며 달리기 시작한다. 하늘의 보름달을 빼곤 아무것도 없이 확 트인 야외를 달려 본 게 얼마 만인지 모르겠다.

"옳지, 나일라."

지메타의 사암 절벽이 가득한 골짜기를 지나면서 나는 나일라의 고삐를 단단히 잡는다. 높다란 절벽 안에 자리한 집들이 귀한 기름을 아끼기 위해 등불을 끄기 시작한다. 모퉁이를 돌자 선원들이 절벽을 오르내리는 나무 승강기들에 자물쇠를 채우고 있다. 동굴 벽에 붉은색으로 그려진 새 벽화를 보고 내 눈이 휘둥그레진다. 크기가 제각각인 점들로 이루어진 빨간색 알파벳 I가 달빛에 반짝거린다.

로웬의 말이 머릿속을 파고든다. '자칭 이위카라는 무리야. 혁명이라는 뜻이지. 마법을 되찾은 마자이들이 라고스로 몰려갔나 봐. 궁전까지 습격했다고 하더군.'

나는 나일라의 고삐를 당기며 이 글자를 그린 마자이들을 상상해 본다. 로웬의 말투로 봐서 이위카는 그저 작은 반란군 무리가 아닌 듯했다. 제대로 된 군대 같았다.

"엄마, 저기 봐!"

낡은 천막들이 옹기종기 모여 있는 곳에 가까워지자 작은 소녀가 거리로 나오며 소리친다. 가슴에는 검은 도자기 인형을 끌어안고 있다. 인형의 밝게 칠해진 얼굴과 비단 드레스를 보니 저 소녀는 귀족 혈통인 모양이다. 그러나 저 아이는 지메타의 거리를 메운 새로운 주민들 가운데 한 명일 뿐이다. 길가에 늘어선 천막들로 흙길이 좁아졌다. 빗속으로 걸어 나오는 저 소녀는 어떤 귀족의 삶을 살았을까 궁금해진다. 어떤 비참한 일을 겪고 여기까지 왔을까?

"사자너는 처음 봐요."

소녀는 나일라의 거대한 뿔에 고사리 같은 손을 뻗는다. 나는 소녀의 반짝이는 눈을 보며 빙긋 웃어 준다. 그러나 그 애가 더 가까이 오자 한 줌의 새하얀 머리카락이 보인다.

'티탄이야.'

화가 치밀어 오른다. 로웬의 말에 따르면 이제 전체 인구의 8분의 1이 마법을 가졌다. 그 가운데 약 3분의 1은 티탄이다.

의식 이후 귀족과 군인 가운데 새하얀 한 줄기 머리카락을 가진 티탄들이 나타났다. 그들은 저마다 열 개의 마자이 부족 중 한 부족과 비슷한 마법을 가졌다. 하지만 우리와 달리 주문을 외지 않고도 마법을 부릴 수 있다. 이난의 마법이 그랬듯 그들의 힘은 다듬어지지 않았지만 꽤 강력하다.

내가 그 의식에서 무언가를 잘못했기 때문에 그들의 마법이 깨어난 것이다. 하지만 티탄을 보면 목이 메어 온다.

새하얀 한 줌의 머리카락이 보일 때면 그 위에 **그**의 모습이 겹쳐진다.

"리카!"

소녀의 엄마가 두툼한 노란색 망토를 머리 위로 뒤집어쓰고 빗속으로 달려 나와 딸의 손목을 잡아끈다. 온통 새하얀 나의 머리카락을 보더니 등이 꼿꼿해진다.

나는 혀를 차며 다시 속도를 낸다. 그러다 오솔길 끝에 자리한 로웬의 동굴 앞에서 나일라를 멈춰 세우고 내려선다. 자기 딸도 마법을 가졌으면서 어떻게 마법을 가졌다는 이유로 여전히 나를 미워할까?

"이게 누구신가."

로웬이 부하들과 함께 사는 동굴 입구에 다가가자 걸걸한 목소리가 나를 맞는다. 목소리의 주인공이 검은 복면을 내리고 얼굴을 드러내는 순간 나는 눈동자를 굴린다. 로웬의 오른팔인 하룬이다. 지난번에 만났을 때는 이 사내를 바닥으로 내동댕이쳤다. 로웬에게 듣기로는 내가 그의 갈비뼈를 부러뜨렸다고 한다. 그 뒤로 하룬은 내게 접근하지 않았지만 지금은 위험한 눈으로 나를 보고 있다.

"이야. 내가 제일 좋아하는 마귀가 어쩐 일로 오셨나?"

그가 내 어깨에 무거운 손을 두른다.

나는 그의 팔을 뿌리치며 격투봉을 꺼내 든다.

"장난할 기분 아닌데."

내가 그를 아래위로 훑어보자 그는 누런 이를 드러내며 미소 짓는다.

"여기 밤거리는 위험해. 특히 너 같은 마귀한테는."

"한 번만 더 마귀라고 불러 봐."

그 모욕적인 비방에 사란 왕이 새겨 넣은 등의 흉터들이 따끔거린다. 어둠 속에서 다른 사내들이 어슬렁어슬렁 나타나자 나는 격투봉을 단단히 움켜잡는다. 어느새 다섯 명이 나를 동굴 벽으로 몰아넣는다.

"네 목에 포상금이 걸려 있던데, **마귀**."

하룬이 앞으로 걸어 나오며 내 피부에 새로이 나타난 금빛 문신을 훑어본다.

"네 몸값이 높을 줄은 알았지만 그렇게 치솟을 줄은 짐작도 못 했거든."

그의 얼굴에서 미소가 사라지더니 눈앞에서 칼날이 번쩍거린다.

"마법을 되살린 소녀가 제 발로 기어들어 왔네."

하룬이 위협할 때마다 내 피를 타고 마법이 부글거린다. 먹구름 속에서 번개가 번쩍이듯 아셰가 가물거리며 내 주문을 기다린다.

그러나 이 사내들이 아무리 달려들어도 나는 아셰를 내보내지 않을 것이다. 그럴 수 없다. 아빠는 마법 때문에 세상을 떠났다. 지금 여기서 마법을 쓰면 그건 배신이다.

"무슨 일이야?"

지메타 거리에서 로웬이 어슬렁어슬렁 들어오며 고개를 갸우뚱한다. 그가 동굴 입구에 가까워지자 턱에 묻은 핏자국이 달빛에 반짝거린다. 그의 피인지 다른 사람의 피인지 모르겠다.

그의 여우너 같은 미소와 태도에서는 여유가 흐르지만 폭풍 같은 잿빛 눈은 칼처럼 날카롭다.

그가 말한다.

"나 없이 파티를 즐긴 건 아니겠지? 내가 얼마나 질투가 심한지 둘 다 잘 알 텐데."

둥글게 선 사내들은 대장이 나타나자 본능적으로 길을 터 준다. 로웬이 접이식 주머니칼을 꺼내 펼치자 하룬의 턱이 움찔거린다. 그는 칼끝으로 손톱 밑의 때를 후벼 판다.

하룬은 나를 아래위로 훑어보며 별수 없이 물러선다. 이내 다른 사내들도 물러서지만 로웬과 단둘이 남아도 하룬의 위협이 남긴 씁쓸한 느낌은 가시지 않는다.

"고마워요."

내가 말한다.

로웬은 칼을 주머니에 넣고 나를 흘끗 내려다보더니 얼굴을 찌푸린다. 그러고는 고개를 저으며 나에게 따라오라고 손짓한다.

"네가 뭐라고 하든 나의 대답은 여전히 '아니오'야."

"들어 보기라도 해요."

내가 애원한다.

로웬이 성큼성큼 긴 보폭으로 걸어가자 나는 그의 뒤를 힘겹게 따라잡는다. 청부 조직의 소굴로 더 깊숙이 들어갈 줄 알았는데, 구불구불한 벼랑을 따라 동굴 뒤편으로 돌아간다. 위로 갈수록 길이 좁아지지만 로웬은 더욱 걸음을 재촉한다. 나는 동굴 벽에 바싹 붙어 선다. 저 밑에서는 파도가 절벽에 부딪쳐 하얗게 부서지고 있다.

로웬이 입을 연다.

"내가 괜히 비까지 맞으면서 그 배로 직접 찾아간 줄 알아? 내 부하들이 너의 그 성난 얼굴을 나만큼 좋아하지 않는다는 걸 잊은 모양이네."

"하룬의 얘기가 무슨 뜻이에요? 누가 내 목에 현상금을 걸었어요?"

"**지솔**, 넌 마법을 되돌려 놨잖아. 큰돈을 써서라도 너를 잡아들이려는 사람들이 널렸어."

튀어나온 벼랑 끝에 이르자 로웬은 쇠를 덧댄 커다란 나무 상자를 밟고 올라선다. 그러고는 내게도 올라오라고 손짓한다. 나는 저 위쪽 무언가에 여러 가닥의 밧줄로 매달아 놓은 조잡한 도르래를 보며 잠시 머뭇거린다.

"내가 살던 곳에서 **지솔**은 애정이 담긴 호칭이야. '자신을 해칠 수 없는 것을 두려워하는 사람'이라는 뜻이지."

나는 눈을 굴리며 삐걱거리는 판자 위로 올라선다. 로웬이 웃으며 밧줄을 당기자 균형추가 떨어진다. 우리는 흔들거리는 나무 상자를 타고 하늘을 나는 새처럼 위로 올라간다.

새로이 늘어선 지메타의 천막들이 다 내려다보일 만큼 높이 올라가자 나는 낡은 나무 상자의 가장자리로 손을 뻗는다. 전함에서도 북쪽 부두를 따라 이어진 천막이 수십 채 보였는데, 이렇게 높이 올라와 보니 암석이 가득한 해안에 천막 수백 채가 더 이어져 있다.

저 멀리 하얀 머리카락의 마자이들과 어두운 머리카락의 코시단들이 터벅터벅 줄지어 걸어와 허름한 배에 올라타는 광경이 보인다. 가족들이 줄줄이 갑판 아래로 사라지는 모습을 보고 있자니 죄책감이 밀려든다. 마법이 돌아오면서 혼돈이 찾아왔다. 벌써 저렇게 많은 오리샤인들이 고국을 떠나고 있다니 믿기지 않는다.

"내려다보면서 시간 낭비하지 말고 위를 봐."

로웬의 말에 나는 시선을 옮긴다. 30미터 상공의 장관에 입이 다물어지지 않는다. 높이 솟은 지메타의 삐죽빼죽한 절벽들이 하늘을 가리고 있다. 마치 검은 천에 다이아몬드를 꿰매어 붙인 듯 환한 별들이 대기를 뒤덮었다. 문득 아빠가 살아 있다면 얼마나 좋을까 하는 아쉬움이 밀려든다. 아빠는 늘 별 보는 것을 좋아했다.

그러나 승강기가 계속 올라가자 나는 밑에 있는 사람들을 흘끗 내려다보며 저들과 함께 배를 탄다면 어떨까 생각해 본다. 평화를 찾아 바다를 건너간다면? 마자이가 적으로 여겨지지 않는 곳에서 살 수 있다면? 모든 것을 버리고 떠나도 이렇게 가슴이 답답할까?

"저 사람들은 바다를 건너가면 더 나은 삶을 살 수 있을까요?"

내가 묻자 로웬이 대꾸한다.

"글쎄. 힘이 없으면 어디에 살든 마찬가지지."

가슴을 짓누르던 죄책감이 한층 더 무거워지며 환상을 깨부순다. 그러나 로웬이 손으로 내 허리를 감싸자 죄책감이 사그라지면서 가슴이 너울거리기 시작한다.

"게다가 나를 두고 멀리 떠나서 더 나은 삶을 살 수 있을까?"

"3초 안에 손을 떼지 않으면 팔을 잘라 버릴 거예요."

"3초씩이나?"

로웬이 웃으며 받아친다. 우리를 태운 나무 상자가 흔들거리다 멈춰 선다. 우리는 작은 동굴이 있는 절벽 꼭대기에 도착한다.

나는 두 팔로 몸을 감싸며 동굴 안으로 들어간다. 그 자리에 박혀 있던 암석을 그대로 깎아 만든 탁자와 의자가 보인다. 잠자리에는 퓨마너 털이 깔려 있다. 그가 이렇게 소박한 곳에서 지내는 줄은 몰랐다.

"이게 다예요?"

"궁전이라도 기대했나?"

로웬은 하나뿐인 가구로 걸어간다. 갖가지 무기와 칼을 넣어 놓은 대리석 장롱이다. 그는 호주머니에서 황동 너클* 한 쌍을 꺼내 선반에 넣는다. 반짝거리는 고리에 여전히 피가 묻어 있다.

나는 로웬이 그 무기로 상대의 얼굴을 어떻게 만들었을지 상상하지 않으려고 애쓰며 우리가 원하는 것을 얻기 위해 무슨 말을 할지 고민한다. 그와 단둘이 너무 오래 있으면 안 된다. 로웬이 치근덕거리는 탓도 있지만 나 자신을 믿을 수 없기 때문이다.

내가 말한다.

"우리를 도와줘서 고마워요. 이렇게 기다려 주는 것도……."

"설마 아마리가 전하려던 말이 고작 그 정도는 아니겠지?"

로웬은 의자에 앉으려다가 움찔하며 목덜미로 손을 뻗는다. 그가 머리 위로 셔츠를 벗어 조각 같은 근육을 드러내자 나는 얼굴이 화끈거린다. 오래된 흉터들과 새로 난 흉터들이 얽힌 가운데 어깨 밑에 벌어진 상처가 눈길을 끈다.

나는 바닥에서 얼룩덜룩한 헝겊을 집어 들고 그에게 다가간다. 헝겊을 양동이 속 빗물에 적셔 짠 뒤 상처를 닦아 주자 로웬의 눈

* 손가락 관절에 끼우는 금속 무기.

이 가늘어진다.

"고마워, **지솔**. 그래도 부탁은 못 들어줘."

"부탁이 아니에요. 집회를 열도록 도와주면 빚을 두 배로 갚을 게요."

나의 말에 로웬은 고개를 갸우뚱한다.

"정말 궁금해서 묻는 건데, 0의 두 배는 얼마지?"

"그 의식이 제대로 치러졌다면 지금쯤 아마리는 왕위에 올랐을 거예요. 그럼 벌써 금화를 받았을 텐데."

'아빠도 살아 있을 테고.'

또다시 그 생각에 사로잡힐세라 나는 얼른 떨쳐 낸다. 이미 실패한 일을 곱씹어 봐야 로웬을 설득하는 데 도움이 되지 않을 테니까.

"**지솔**, 내가 아무리 매력적이라고 해도 나나 하룬 같은 남자는 멀리하는 게 좋아. 우리에게 빚지는 건 더더욱 피해야 하고."

"아마리가 왕위에 오르지 못하면 다른 사람이 권력을 잡을 거예요."

로웬은 어깨를 으쓱한다.

"그건 아마리의 문제인 것 같은데. 네가 왜 걱정해?"

"그야……."

모범 답안이 혀끝을 맴돈다. '그 애가 이 왕국을 올바른 길로 이끌 적임자니까요. 군대의 마자이 사냥을 막을 수 있는 사람은 그 애뿐이니까요.'

하지만 로웬을 보고 있자니 거짓말하고 싶지가 않다.

어째서인지 나 자신을 속이는 기분이다.

"이렇게 될 줄 몰랐어요."

나는 고개를 저으며 말을 잇는다.

"마법이 돌아오면 모든 게 나아질 줄 알았는데."

속내를 털어놓고 나자 더는 버티기가 힘들다. 내가 내뱉은 진실에 가슴이 미어진다. 나는 한숨을 내쉰다.

"아빠의 죽음, 티탄들, 쫓기는 마자이들, 그리고 고국을 떠나는 사람들까지. 의식을 치른 지 한 달도 안 되었는데 마법이 왕국 전체를 파괴해 버린 것 같아요. 오히려 전보다 상황이 더 나빠졌잖아요." 헝겊의 물기를 짜며, 시간을 되돌릴 수 있다면 얼마나 좋을까 생각해 본다. "마법이 돌아왔지만 이제는 마법을 원하지 않아요. 처음부터 원하지 말았어야 했어."

나는 떨리는 숨을 내뱉으며 다시 피를 닦아 주려고 다가간다. 그러나 로웬이 내 손목을 잡고 자신을 마주 보게 한다. 그의 손길에 저릿한 느낌이 밀려든다. 전함에서 오롯이 둘만의 시간을 보낸 그날 밤 이후로 처음이다. 노란 달 아래 서서 서로의 악몽과 흉터에 대해 이야기하던 그 밤.

나를 보는 로웬의 눈빛에 살갗이 간질거리지만 더 가까이 가고 싶다. 폭풍 같은 잿빛 눈이 나의 단단한 껍데기 안에 자리한 혼란스러운 실체를 꿰뚫어 보고 있는 것 같다.

"더 이상 마법을 원치 않는다면, 뭘 원한다는 거지?"

그의 물음에 나는 멈칫한다. 나는 잃어버린 사람들을 되찾고 싶다. 하지만 좀 더 생각해 보니 엄마의 품이 떠오른다. 죽음이라는 탈출구가 가져다주던 그 따스함.

내가 속삭인다.

"자유로워지고 싶어요. 다 그만두고 싶어."

"그럼 그만둬." 그는 나를 끌어당기더니 뒤엉킨 매듭을 보듯 뜯어본다. "더 많은 것을 잃기 전에 끝낼 수 있는데 왜 내게 도움을 청하는 거야?"

"아마리가 왕위에 오르지 않으면 다 허사가 될 테니까. 아빠의 죽음도 무의미해질 테고. 그렇게 되면……" 생각만 해도 속이 뒤틀린다. "그렇게 되면 난 절대 자유로워질 수 없으니까. 죄책감에 시달릴 테니까."

로웬이 나를 바라본다. 반박하려는 말이 그의 혀끝을 맴돌고 있는 듯하다. 하지만 그는 그 말을 입 밖으로 내지 않는다. 나는 그의 턱을 어루만지며 다시 피를 닦아 준다.

그가 시선을 내리자 그의 팔에 새겨진 눈금들이 보인다. 그가 가진 가장 끔찍한 흉터. 고문관들이 눈앞에서 그의 선원들을 한 명씩 죽일 때마다 그 눈금을 새겨 넣었다고 그는 내게 털어놓았다. 스물세 명의 죽음을 표시한 스물세 개의 눈금. 나는 내심 그것이 그가 고국을 떠난 이유가 아니었을까 생각한다. 그것이 그가 누구보다도 나를 더 잘 이해하는 이유가 아닐까.

"난 기회를 두 번 주지 않아, **지솔**. 그런데 너에겐 세 번째 기회를 주는 거야."

"믿어 줘요." 나는 손을 내민다. "돌아가신 아빠를 걸고 약속할게요. 한 번만 더 도와주면 금을 손에 쥘 수 있어요."

로웬은 절레절레 고개를 젓는다. 그러다 그가 내 손에 자신의 손을 포개자 안도감이 밀려든다.

그가 말한다.

"좋아. 오늘 밤에 떠나는 거야."

04

새로운 여왕

아마리

다음 날 아침 비좁은 선장실에 나의 목소리가 울려 퍼진다. 전함이 자리아 해안에 가까워지는 사이, 나는 오리샤 사람들에게 나의 즉위를 지지해 달라고 호소하는 연설문을 쓰느라 끙끙거린다.

"저의 이름은 아마리 올루보리, 사란 왕의 딸이자 세상을 떠난 왕세자의 동생입니다."

나는 금이 간 거울 앞에 서서 그 문장에 담긴 힘을 느껴 보려 한다. 여러 번 읊조려 보지만 왠지 적절하지 않은 것 같다.

무엇 하나도 적절하지 않다.

나는 검정 다시키*를 머리 위로 벗어 침대 위에 점점 높이 쌓여 가는 옷더미로 내던진다. 몇 주 동안 내가 짊어진 짐만으로 살아온 탓인지 로웬의 부하들이 가져다준 물건들이 어색하게 느껴진다.

* 서아프리카에서 즐겨 입는 화려한 무늬의 헐렁한 셔츠.

문득 궁전에서 살던 시절이 떠오른다. 매일 아침 하인들이 어머니의 명령에 따라 내게 드레스를 여러 벌 입혀 볼 때면 나는 부득부득 이를 갈곤 했다. 어머니는 내가 뭘 입어도 만족하지 못했다. 어머니의 호박색 눈에는 늘 나의 피부색이 너무 어둡게 보였다. 나의 몸집이 너무 커 보였다.

나는 바닥에 놓인 황금빛 겔레로 손을 뻗는다. 어머니가 좋아하는 색이다. 그 장식을 머리에 고정하자 어머니의 목소리가 귓전을 맴돈다.

'그거 쓰고 표버머한테 비빌 생각하지 마.'

목이 타들어 가는 느낌에 나는 머리 장식을 내려놓는다. 오랫동안 어머니의 간섭을 떨쳐 내고 싶었다. 이제는 선택의 여지가 없다.

'집중해, 아마리.'

나는 감청색 비단 튜닉을 집어 들며 눈물을 삼킨다. 내 아버지의 죄로 인해 그동안 이 왕국이 그토록 큰 고통을 겪었는데 내가 무슨 자격으로 슬퍼한단 말인가?

나는 튜닉을 입고 다시 거울로 향한다. 울고 있을 시간이 없다.

오늘 나는 아버지를 대신해 속죄해야 한다.

"오늘 저는 과거의 분열이 끝났음을 선언하기 위해 여러분 앞에 섰습니다."

나는 큰 소리로 다시 외친다.

"이제 우리는 통합을 꾀해야 합니다. 우리가 함께……."

나는 말을 흐리며 자세를 바꾼다. 거울에 비친 조각난 내 모습을 살펴본다. 연갈색 어깨에 새로 생긴 흉터가 마치 번개처럼 타닥거리는 듯하다. 오랜 세월 오빠가 내 등에 남긴 흉터를 감추며 살았는데 이제 아버지가 남긴 흉터도 가려야 한다.

그 흉터가 왠지 살아 있는 것처럼 느껴진다. 여전히 아버지의 증오가 내 피부에 흐르는 것 같다. 지울 수 있다면 얼마나 좋을까. 아니, 아버지를 지워 버릴 수 있다면…….

"하늘이여!"

아셰의 푸른빛으로 손가락이 번쩍거리자 나는 뜨거운 느낌에 움찔 놀란다. 가물가물 손을 에워싸는 남색 빛을 억누르려 애쓰지만 방이 빙글빙글 돌면서 마법의 기운이 너울거린다.

부싯돌에서 불똥이 튀듯 손끝에서 어두운 푸른색의 빛줄기들이 뻗어 나간다. 손바닥이 따끔거리고 살갗이 갈라진다. 꿰맨 흉터가 벌어지기 시작한다. 나는 고통스러워 숨을 들이켠다.

"도와줘요!"

나는 소리치며 비틀비틀 거울에 부딪힌다. 새빨간 얼룩이 거울 속 내 모습을 뒤덮는다. 극심한 고통에 숨을 쉴 수가 없다. 가슴으로 피가 흘러내리면서 나는 털썩 무릎을 꿇는다. 소리치고 싶지만 숨이 차오른다.

"아마리!"

제인이 깨진 유리처럼 날카롭게 소리친다. 그의 등장에 나는 머릿속 감옥에서 벗어난다. 조금씩 고통이 사그라진다.

눈을 깜빡여 보니 나는 튜닉을 입다 말고 손에 옷자락을 움켜쥔 채 빛바랜 바닥에 주저앉아 있다. 거울을 뒤덮었던 피는 온데간데없다.

흉터도 벌어지지 않았다.

제인은 망토로 내 몸을 감싼 뒤 나를 품에 안는다. 그의 가슴에 기대자 마법이 샘솟으면서 뒤틀렸던 근육이 무거워진다.

"이번 주 들어 두 번째야."

그가 말한다.

'사실은 네 번째야.' 그의 걱정스러운 눈빛 때문에 나는 진실을 삼킨다. 점점 더 나빠진다는 사실을 제인에게 알릴 필요는 없다. 그 누구에게도.

아직 이 새로운 재능을 어떻게 받아들여야 할지 모르겠다. 마음술사 혹은 티탄이라는 것이 무엇을 의미하는지도. 그 의식으로 마자이들은 마법을 되찾았지만 나 같은 티탄들은 지금까지 마법을 가져 본 적이 없었다.

내가 알기로 티탄들은 주로 귀족 혈통이다. 마자이 선조가 끼어 있었다는 사실을 몰랐던 왕의 친척들. 아버지는 그토록 증오하던 이들의 피를, 자신이 마귀로 여기던 이들의 피를 자식들이 물려받은 것을 알면 뭐라고 할까?

"신들이여."

제인이 내 손바닥을 살펴보며 한탄한다. 빨갛게 무른 피부에 노란 수포가 점점이 올라왔다.

"마법이 이렇게 해를 입힐 리가 없는데. 제일리와 얘기해 보면……."

"제일리는 자기 마법도 쓰지 않잖아. 내 마법을 보고 싶지 않을 거야."

나는 새하얀 머리카락을 밀어 넣는다. 잘라 버릴 수 있다면 좋을 텐데. 제인은 눈치채지 못하겠지만 제일리는 나의 이 머리카락이 눈에 띌 때마다 험악한 표정으로 변한다. 마법을 가졌다는 이유로 그토록 오랫동안 고통스럽게 살아왔는데 이제 자신을 가장 괴롭혔던 이들이 마법을 갖게 되었으니까.

제일리가 그토록 마법을 경멸하는 것은 이해하지만 가끔은 마법이 아니라 나를 경멸하는 것 같다. 게다가 그 애는 나의 가장 절친한 친구가 아닌가. 하물며 다른 마자이들이 내가 티탄이 된 것을 알면 어떻게 받아들이겠는가?

나는 한숨을 내쉬며 말한다.

"일단 왕위에 오른 뒤에 해결해 볼게."

나는 다시 제인의 목으로 파고들며 그의 턱에 돋은 수염을 손가락으로 어루만진다.

"이건 무슨 뜻이지?"

나의 입가에 은밀한 미소가 떠오른다.

"수염이 잘 어울리는 것 같아. 멋져."

그는 엄지손가락으로 내 턱을 어루만지며 마법만큼이나 나를 뜨겁게 한다. 그가 얼굴을 바싹 들이밀자 나는 숨을 참는다. 그러나 우리의 입술이 맞닿기도 전에 배가 삐걱거리며 방향을 돌린다. 우리는 화들짝 놀라 서로에게서 떨어진다.

"뭐지?"

나는 허둥지둥 일어나 더러운 창문에 얼굴을 갖다 댄다. 지난 3주 동안 창밖에는 잿빛 바닷물만 보였다. 그런데 이제 선명한 색의 산호초가 청록색 물속에서 빛나고 있다.

수평선 위로 자리아의 해안선이 보인다. 전함이 담쟁이덩굴로 뒤덮인 해안 절벽 사이를 항해하고 있다. 하얀 모래밭에 모여 있는 수많은 주민들을 보자 목구멍에 무언가가 걸린 듯하다. 얼핏 봐도 수백 명이다.

어쩌면 수천 명인지도 모른다.

"넌 잘할 수 있어."

제인이 내 뒤로 다가와 두 팔로 나의 허리를 감싸 안는다.

"난 뭘 입어야 하는지도 모르겠는데."

"그건 내가 도와줄게."

제인이 말한다.

"옷을 골라 주겠다고?"

내가 한쪽 눈썹을 치켜올리자 제인은 웃음을 터트린다.

"아마리, 내가 널 바라본 시간이 얼마나 되는지 알아? 넌 뭘 입든 아름다워."

그가 침대에 벗어 놓은 내 옷가지를 보자 얼굴이 화끈거린다.

"하지만 오늘 튜닉은 좀 아니야. 넌 곧 오리샤의 여왕이 될 거잖아."

그는 우리가 마법을 되찾기 위해 의식장에 갈 때 내가 입었던 갑옷 쪽으로 나를 돌려세운다. 내가 칼로 벤 적장들의 피가 여전히 묻어 있다. 왕의 인장에 묻은 가장 짙은 피는 아버지의 것이다.

"이걸 입을 수는 없어. 사람들이 겁먹을 거야!"

내가 소리친다.

"바로 그거야. 나는 저 인장이 보일 때마다 가슴이 오그라지는 것 같았거든. 하지만 네가 저 인장을 달고 있으면……" 제인은 잠시 말을 멈춘다. 그의 얼굴에 설탕처럼 달콤한 미소가 떠오른다. "저 인장 뒤에 네가 있으면 무섭지 않아. 오히려 든든해."

그는 내 정수리에 턱을 얹고 다시 내 손을 잡는다.

"넌 여왕이야, 아마리. 이제 사람들이 저 인장을 보고 새로운 얼굴을 떠올리게 해 줘."

05

집회장으로

제일리

젖은 모래 위로 전함의 경사로가 요란하게 내려온다. 그러나 자리에 사람들은 환호하지 않는다. 움직이지도, 눈을 깜빡이지도 않는다.

그저 바라볼 뿐이다.

집회장으로 향하는 길에는 귀족들이 늘어서 있다. 검은 머리카락 속에서 이따금씩 티탄의 새하얀 한 줄기 머리카락이 도드라진다. 그 뒤에는 마법 능력이 없는 코시단들이 모여 있고 병사들과 장교들이 사람들 사이를 돌아다닌다. 나는 온통 새하얀 머리카락을 커다란 후드 속에 간신히 숨긴 채 가장자리에 서 있는 나의 동족들을 발견한다.

이 순간의 엄중함이 사람들의 침묵에 고스란히 담겨 있다. 우리는 곧 역사의 새로운 장을 쓰게 될 테니까. 그토록 많은 일을 겪고 마침내 여기까지 오다니 믿어지지 않는다. '신들이여.' 나는 속으로 되뇐다.

드디어 우리에게 기회가 왔다.

“다리에 감각이 없어.”

아마리가 내 옆으로 다가온다. 갑옷을 입은 모습이 위풍당당해 보인다. 왕의 인장에는 여전히 피가 묻어 있다. 짙은 색 머리에 쓴 투구가 새로 생겨난 한 줄기의 새하얀 머리카락을 감쪽같이 감춰 준다.

나는 전함에서 훔친 흉갑을 두른 뒤 옛 주인이 칼을 꽂던 자리에 격투봉을 밀어 넣는다. 속이 메슥거리지만 굳이 아마리에게 그런 얘기를 할 필요는 없다.

“이보다 더한 일도 겪었잖아.” 나는 아마리의 어깨를 토닥이며 덧붙인다. “잘할 수 있을 거야.”

아마리는 고개를 끄덕이지만 여전히 두 손을 떨고 있다. 라고스의 시장에서 처음 만난 뒤로 이렇게 겁먹은 모습은 본 적이 없다. 그때 이 애는 궁전에서 도망쳐 나온 공주였고 나는 가난한 어부의 딸이었다. 그 공주가 내 삶으로 뛰어들면서 이제 이 왕국은 결코 예전으로 돌아갈 수 없게 되었다.

“넌 할 수 있어.”

나는 아마리의 눈을 바라보며 밀려드는 괴로움을 애써 외면한다. 그나마 하얀 머리카락을 가려서 이 애의 얼굴 위로 내게 상처를 준 이난의 얼굴이 겹쳐 보이지 않는다.

아마리가 말한다.

“아버지와 오빠는 왕위에 오르려고 평생 준비했어. 난 한 달도 채 준비하지 못했잖아.”

“하지만 넌 이미 역대 그 어떤 왕이나 여왕보다도 이 왕국에 많은 기여를 했어. 네가 없었더라면 나는 마법을 되찾지 못했을 거야.”

나는 아마리의 두 손에 깍지를 낀 뒤 한 번 더 힘주어 손을 잡아 준다.

"신들은 너를 택했어. 너를 선택해서 그 두루마리를 훔치게 했듯이 이번에도 네가 왕이 되도록 선택한 거야."

나는 미소를 짓지만 마음이 편치 않다. 신들이 아마리를 선택했다면 내가 고통받는 것도 신들이 택한 일일 테니까.

내가 아빠를 잃은 것도.

"정말 그렇게 생각해?" 아마리가 고개를 돌리며 덧붙인다. "내가 티탄이어도?"

그 말에 나는 입을 굳게 다문다. 그러나 아마리가 티탄이라는 사실을 내가 어떻게 느끼는지는 중요하지 않다. 내게 남은 흉터도, 아빠가 흘린 피도 아마리가 여왕이 되면 모두 의미 있는 일이 될 것이다. 나는 더 이상 그런 것들로 괴로워하지 않아도 될 것이다. 마침내 모든 고통에서 벗어날 수 있다.

나는 몸을 바싹 기울이며 대꾸한다.

"분명해. 이건 운명이야. 신들은 실수하지 않아."

아마리가 힘차게 껴안는 바람에 나는 휘청거린다. 나도 웃으면서 두 팔로 아마리의 허리를 감싼다. 이런 포옹이 얼마나 위안이 되는지 잊고 있었다.

"고마워."

아마리가 땋아 내린 내 머리카락에 대고 속삭인다. 간신히 울음을 참는 목소리다.

"넌 잘할 수 있어." 내가 속삭인다. "넌 오리샤 최고의 여왕이 될거야."

"가장 중요한 게 뭔지 잊지 마." 로웬이 담배를 물고 어슬렁어슬렁 걸어오자 우리는 서로에게서 떨어진다. "네가 여왕이 되면 왕실의 보물을 마음대로 주무를 수 있게 될 거야." 아마리는 눈을 굴린다.

"퍽이나 잊겠어요. 당신의 부하들은 준비하고 있어요?"

"길을 터놓았어."

로웬은 경사로를 가리킨 뒤 내게 눈을 찡긋한다.

"여왕님만 준비하시면 됩니다."

아마리는 숨을 내뱉은 뒤 연설문을 읊조리며 두 손을 흔들어 턴다.

"저의 이름은 아마리 올루보리입니다. 저의 **이름**은 아마리 올루보리입니다."

아마리가 걸음을 옮기자 나는 손가락 두 개를 입에 물고 휘파람을 분다. 곧 전함의 금속 바닥을 긁는 발톱 소리가 들리더니 나일라가 선실에서 뛰어나와 내 앞에 미끄러지며 멈춰 선다.

"뭐 하는 거야?"

내가 나일라의 안장과 고삐를 묶었던 줄을 풀자 아마리가 눈썹을 치켜올린다.

"여왕에 걸맞게 입장해야지."

나는 두 손을 동그랗게 모아 아마리를 나일라의 등에 올려 주며 덧붙인다.

"넌 사자너잖아. 적어도 사자너는 타고 나가야 하지 않겠어?"

*

아마리가 나일라를 타고 경사로를 내려가자 사람들이 일제히 숨을 들이켠다. 나도 그 광경에 넋이 빠진다. 뒤에서 오빠가 눈을 깜빡이며 고인 눈물을 떨어낸다.

나일라가 움직일 때마다 햇살이 아마리의 갑옷에 반사되어 반짝거린다. 두 손으로 내 사자너의 뿔을 잡고 있는 모습이 영락없는 여왕의 자태다.

마법처럼 아름답다.

로웬이 내 귀에 대고 속삭인다.

"정신 바짝 차려. 이건 대관식이 아니야."

그의 시선을 따라가 보니 인파 속에 칼자루를 움켜쥐고 있는 호리호리한 병사가 보인다. 그는 흉갑에 달린 왕의 인장을 번쩍거리며 귀족들과 코시단들을 헤치고 아마리를 따라 나아간다. 로웬이 고갯짓을 하자 하룬이 그 병사 앞을 가로막더니 잽싸게 그를 끌어낸다.

"정말 모르겠네요. 이위카만 걱정하면 되는 거 아니었어요?"

내가 묻자 로웬이 설명한다.

"여왕이 살아 있다는 사실을 누구나 기뻐한 건 아니었거든. 군대는 저 애가 마자이 편이라는 걸 알고 있어. 아마리가 차라리 죽었기를 바란 사람도 많았지."

나는 다시 긴장하며 흘끗 아마리를 올려다본다. 그 애가 보지 않았기를 바라며. 다른 병사들은 칼을 움켜쥐고 있지는 않지만 새 여왕 앞에 고개를 숙이지도 않는다. 그들은 둘씩 짝을 지어 하얀 모랫길 양옆에 늘어선 사람들 사이를 순찰하다가 귀족 티탄을 마주칠 때마다 고개를 까딱인다. 그들은 의심스러운 눈으로 마자이들을 주시하며 언제든 마자사이트 칼을 뽑으려 준비하고 있다.

'군대가 마자이를 무자비하게 사냥하고 있어. 새로 부임한 총사령관이 전쟁을 선포했거든.'

로웬의 말이 다시 귓전을 맴돈다. 나는 선불리 나오지 못하고 군중 가장자리에서 서성이는 동족들을 돌아본다. 태양이 작열하는데도 대부분은 무늬가 있는 망토를 뒤집어쓰고 있다. 마법이 돌아왔지만 나의 동족들은 여전히 숨어 있어야 한다.

"거의 다 왔어."

로웬이 수십 미터 떨어진 해안가에 자리한 커다란 모래 돔을 고갯짓으로 가리킨다. 물살의 모양을 따라 지은 구조물로, 옆면에 새겨진 사각 무늬에 하얀 파도가 부서진다. 이 돔은 햇살을 거의 가릴 만큼 높이 솟아 있다.

"멋지다."

위에서 아마리가 속삭인다. 가슴에서부터 퍼져 나와 그 애를 비추는 환한 기쁨이 돔에 가까이 갈수록 사그라진다. 돔 옆면에는 빨간 선들이 그려져 있다. 염료가 번지긴 했지만 틀림없는 I 자이다.

아마리는 나와 눈을 맞춘다. 나는 그 애의 발목을 꼭 잡으며 위로해 준다.

"걱정 마. 이위카는 내가 다 막아 줄 테니까."

"자군자군!"

아래를 보니 귀가 커다랗고 턱에 점이 난 어린 마자이가 보인다. 후드로 고불고불한 하얀 머리카락을 가린 채 다른 마자이들과는 달리 사람들 앞으로 나와 있다. 그 애가 속삭인 말은 **전사**라는 뜻의 요루바어이다. 하지만 내 흉갑에 달린 왕의 인장을 가리키는 말은 아닌 것 같다. 내가 빙긋 웃어 주자 소년의 두 눈이 쏟아져 나올 듯 휘둥그레진다.

그 애를 지나치며 나는 문득 깨닫는다. '아빠는 이런 삶을 원했지. 같은 처지의 사람들이 모두 이렇게 살 수 있기를 바랐어.' 오늘이 지나면 더 이상 숨어 살지 않아도 된다. 나의 동족들은 당당히 햇살 속으로 나올 것이다.

아마리는 금이 간 아치형의 돔 입구에서 나일라를 멈춰 세우고 모래밭으로 내려선다. 그러고는 심호흡을 한 뒤 앞으로 나아간다.

나는 그 애를 가까이에서 호위하며 집회장으로 들어간다.

06

새로운 오리샤

아마리

돔 안으로 들어서자 보이는 기막힌 광경에 말문이 막힌다. 내가 감당하기 어려울 만큼 많은 사람들이 모여 있다.

돔의 모래벽에는 서로 뒤섞여 춤추고 노래하는 사람들의 벽화가 새겨져 있다. 커다랗게 뚫린 한쪽 벽으로는 바다가 보인다. 파도가 우리 발밑의 모래를 간질인다.

"와아."

제인이 내 옆을 걸으며 나지막이 중얼거린다. 고개를 들어 보니 천장의 커다란 원형 창으로 햇빛이 쏟아져 들어오고 있다. 따뜻한 빛줄기가 그 아래 모인 사람들을 감싸고 로웬의 부하들이 만든 목제 무대를 환하게 밝혀 준다.

내가 돔 한가운데 마련된 연단으로 나아가자 사람들이 양옆으로 갈라진다. 그들은 아버지에게 그랬듯이 내게 길을 터 주고 있다.

'쳐라, 아마리.'

무대의 계단을 오르자 아버지의 목소리가 들린다. 그는 내가 이런 날을 맞이할 줄 몰랐을 테지만 마치 이날을 위해 나를 훈련시킨 것 같다. 아버지는 내 앞을 가로막는 적은 누구든 베어 버려야 한다고 가르쳤다. 설사 그 적이 사랑하는 사람이라고 해도.

'싸워, 아마리.'

나는 심호흡하며 어깨와 가슴을 편다. 아버지의 가슴에 칼을 꽂으면서 맹세했다. 지금 나는 왕위에 오르느냐 아니냐의 중대한 기로에 서 있다.

"저의 이름은 아마리 올루보리입니다."

돔 전체에 나의 목소리가 우렁차게 울려 퍼진다.

"전사한 왕의 딸이자 세상을 떠난 왕세자의 여동생이지요."

군중 속에서 누군가가 나를 향해 다가오고 있다. 가슴이 미친 듯이 뛴다. 공격에 대비하고 있던 나는 이 어린 코시단이 무릎을 꿇고 앉자 입이 다물어지지 않는다.

이런 상황은 미처 예상하지 못했다.

"폐하."

그는 머리가 모래에 닿을 만큼 깊이 고개를 숙인다. 그의 인사가 파도처럼 돔 전체로 퍼져 나가며 다른 사람들도 무릎을 꿇기 시작한다. 자리아의 해안을 따라 늘어선 사람들이 줄줄이 고개를 숙이자 온몸에 온기가 퍼져 나간다.

둥글게 고개를 숙이고 있는 그들의 모습이 어쩐지 성스럽게 느껴진다. 내가 그런 대우를 받을 자격이 있기를 간절히 바란다. 궁전을 떠날 때만 해도 나는 겁에 질려 도망쳐 나온 공주에 불과했다.

이제는 왕위에 오르기 위해 연설을 하고 있다.

"두 달 전 제가 궁전에서 오찬을 즐기고 있을 때 아버지께서 저의 절친한 친구를 살해했습니다. 그 친구의 이름은 빈타였어요. 신성자였던 그 애의 죄는 마법을 가진 것뿐이었지요."

한 마디 한 마디 내뱉을 때마다 그날의 고통이 되살아나지만 나는 목을 가다듬으며 연설을 이어 나간다.

"빈타는 원치 않았지만 아버지는 억지로 그녀의 재능을 깨웠습니다. 그러고는 마법의 힘이 드러나자 그 자리에서 죽여 버렸지요."

사람들 속에서 분개하는 웅성거림이 퍼져 나간다. 눈물을 흘리는 이도 있고 고개를 젓는 이도 있다. 돔 뒤편에서 마자이 한 무리가 안쪽으로 비집고 들어온다. 그러자 반대편에서 건장한 군인 둘이 매서운 눈길을 주고받는다.

금방이라도 평화가 깨질 것 같지만 더 이상 진실을 회피할 수는 없다. 마자이들은 너무도 오랫동안 침묵을 강요당했다. 내가 저들을 대변하지 않으면 누가 하겠는가?

"빈타라는 소녀는 알지 못해도 그녀의 이야기는 여러분 모두가 알고 있을 겁니다. 수많은 오리샤인들이 겪은 일일 테니까요. 수십 년 동안 우리의 신성자들과 마자이들은 부당한 박해로 고통받았습니다. 수 세대에 걸쳐 오리샤는 분열을 겪었지요. 바로 **오늘** 폭력과 박해의 이야기를 끝내려 합니다."

나에게조차 낯설게 느껴지는 목소리. 돔 전체로 퍼져 나가는 그 목소리의 파문이 눈에 보이는 듯하다. 누군가가 옳다고 소리치자 다른 사람들도 합류한다. 환호가 이어지자 나는 놀라 눈을 깜빡거린다.

그 작은 믿음의 표시에 용기를 얻어 무대 끝으로 걸어 나간다.

내가 꿈꾸는 오리샤가 손에 잡힐 듯하다.

그때 이위카 한 명이 눈에 들어온다.

왼쪽 눈을 따라 진한 흉터가 길게 이어진 반란군이 돔 한복판에 서 있다. 돔 안의 다른 마자이들과 달리 연갈색 어깨로 흘러내려온 숱 많은 흰색 곱슬머리를 조금도 가리지 않았다. 두 손에는 돔의 바깥벽에 새겨진 I 자와 똑같은 붉은색 염료가 묻어 있다. 잠자코 서 있지만 그녀의 매서운 얼굴만 봐도 알 수 있다.

그녀는 내가 왕위에 오르는 것을 원하지 않는다.

나는 군중을 훑어보며 반란군이 더 있는지 찾아 본다. 투구 속에 땀이 고인다. 새하얀 머리카락이 투구 속에 잘 감춰져 있는지 확인하려고 손을 뻗다가 다시 그 마자이를 보고 멈칫한다.

그녀는 내 시야에서 벗어나려고 하지 않는다. 자신의 신분을 감추지 않는다. 그런데 왜 내가 숨겨야 하지?

'쳐라, 아마리.'

나는 파문이 일 것을 각오하며 긴장된 손으로 투구를 잡는다. 변한 내 모습을 드러내는 것은 영리한 작전이 아니다. 하지만 비겁하게 진실을 숨긴다면 오빠보다 나을 게 없다.

'용감해지세요, 공주님.'

마지막으로 한 번 더 심호흡을 한다. 투구가 바닥으로 떨어지면서 나의 새하얀 한 줄기 머리카락이 드러난다.

"저쪽이었어!"

"여왕이 티탄이야!"

숨을 들이켜는 소리가 사람들 속으로 퍼져 나간다. 마자이 한 무리가 인파를 밀치고 앞으로 나온다. 군인들이 그들 뒤로 뛰어들면서 돔 안에 불안한 분위기가 감돈다.

로웬의 부하들이 무대를 둥글게 에워싼다. 나의 목소리는 점점 작아져 간다. 그러나 흉갑에 말라붙은 피가 다시 내게 힘을 실어 준다. 오리샤를 통일할 수 있는 사람은 나뿐이다. 이 모든 사람들을 안전하게 지킬 수 있는 여왕은 나밖에 없다.

내가 큰 소리로 외친다.

"이 진실을 숨기고 싶었습니다. 티탄이 된 뒤로 늘 불안했죠. 하지만 마법이 돌아오고 티탄이 탄생한 것은 우리가 마침내 이 오리샤를 신들이 원하는 모습으로 되돌려 놓고 있다는 증거입니다! 우리는 증오와 두려움에 눈이 멀어 이런 재능이 얼마나 큰 축복인지 잊고 살았습니다. 수백 년 동안 마법의 힘은 갈등의 원인이 되었죠. 하지만 신들이 우리에게 마법을 내려 준 것은 오리샤의 번영을 위해서입니다!"

사람들이 내 말에 귀를 기울이기 시작하자 소란이 잦아든다. 우리의 평화는 위태롭지만 저들이 듣고 있는 한 아직 희망이 있다.

"생각해 보십시오. 땅술사들은 순식간에 우리의 땅을 경작할 수 있습니다. 파도술사들은 어부의 일을 반으로 줄여 줄 수 있지요. 쇠술사들은 단 며칠 만에 새로운 도시를 세울 수 있습니다. 치료술사들은 우리가 사랑하는 사람들이 부상이나 질병으로 죽는 것을 막아 줄 테고요!"

나는 눈에 흉터를 가진 반란군 마자이를 마주 본다. 입술을 일그러뜨린 젊은 전사. 나는 분개하는 모든 이들에게 그림이 그려지도록 설명을 보탠다. 나의 꿈이 머리 위 천장에 새겨진 벽화만큼이나 선명하게 눈앞에 형상화된다.

"제가 왕위에 오르면 오리샤는 가장 가난한 자들도 의식주를 걱정할 필요가 없는 나라가 될 것입니다. 누구나 보호받고, 누구도 배척당하지 않는 왕국이 될 것입니다! 이제 과거의 분열은 끝났습니다!"

나는 두 손을 내밀며 더욱 목소리를 높인다.

"새로운 오리샤가 코앞에 있습니다!"

귀가 먹먹할 만큼 요란하게 다시 한번 환호가 터진다. 통합을 외치는 함성이 크고 힘 있게 돔 안에 메아리치자 나는 환하게 미소 짓는다.

"키 에미 올라 오 군 아야바!"

누군가가 선창하자 사람들 사이에 연호가 퍼져 나간다.

"**키 에미 올라 오 군 아야바. 여왕 만세**라는 뜻이야."

제일리가 해석해 준다.

무대 위로 둥둥 떠오를 것처럼 몸이 가뿐해진다. 사람들의 연호가 내 안에 파문을 일으키며 나도 몰랐던 내면의 일부를 깨운다. 찬돔블레에서의 마법 같은 순간이 떠오른다. 레칸에 의해 살아나던 놀라운 그림들. 지금 그 그림에서 보았던 평화와 번영이 보이는 듯하다. 그런 경이로운 마법이 우리의 손안에 있다.

"거짓말!"

사람들의 연호 위로 매서운 목소리가 울려 퍼지며 순식간에 차가운 정적이 감돈다. 사람들은 돔의 아치형 입구를 돌아본다. 금속 군화가 모래밭을 걸어오자 나는 칼자루를 움켜잡는다.

제일리가 나와 눈을 맞추고 고개를 끄덕이며 싸움을 준비한다. 그러나 인파가 양옆으로 갈라지면서 목소리의 주인공이 눈에 들어오는 순간 나는 칼을 떨어뜨린다.

후드를 뒤집어쓰고 있지만 살그머니 내딛는 그 발걸음은 어디서든 알아볼 수 있다. 그녀의 핏줄에 흐르는 강인함도.

"어머니?"

나는 두 손을 가슴으로 가져간다. 웃음이 터져 나온다.

내 눈을 믿을 수 없어 그쪽으로 걸음을 옮긴다. 그러나 어머니가 고개를 드는 순간, 그 호박색 눈에 이글거리는 증오를 보고 나는 그 자리에 얼어붙는다.

07

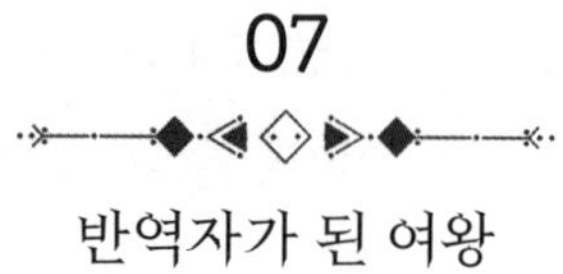

반역자가 된 여왕

제일리

아마리의 표정을 읽지 않아도 그 호박색 눈이 어디에서 나왔는지 알 것 같다. 네한다 왕비는 아름답지만 고운 선을 가진 아마리와 달리 날카롭고 드세어 보인다. 딸처럼 갑옷을 입었지만 그녀의 갑옷은 금빛으로 반짝거린다. 가슴에는 광이 나는 흉갑을 둘렀고 깔쭉깔쭉한 어깨판과 전투 장갑이 유난히 돋보인다.

"이제 어떡해?"

오빠가 도낏자루를 움켜쥐며 속삭인다. 로웬이 가져온 정보와 달리 네한다 왕비는 살아 있다. 그녀는 바닷바람에 진한 보라색 망토를 휘날리며 모래밭을 걸어온다. 그 꼿꼿한 태도가 지독하리만치 낯익다.

등의 흉터가 따끔거릴 만큼.

"살아 계셨네요!"

아마리는 활짝 웃지만 네한다는 딸에게 눈길 한 번 주지 않는다.

돔 안을 훑어보는 모습을 보니 모두의 운명이 자신의 손안에 있다고 굳게 믿는 듯하다. 자신이 입만 뻥끗해도 채찍을 휘두르듯이 환호하는 군중을 쥐락펴락할 수 있다고.

"굉장한 약속이군."

마침내 네한다 왕비가 입을 연다.

"허울 좋은 거짓말이지. 진정한 지도자라면 그런 말은 하지 않아. 권력에 눈먼 독재자나 떠들어 대는 헛소리지."

그녀의 말이 뺨을 후려치기라도 한 듯 아마리는 비틀거리며 물러선다. 사람들이 술렁이기 시작한다. 깨진 댐으로 물이 새어 나오듯 분노가 흘러나온다.

"어머니, 왜 그러세요?"

아마리가 다시 앞으로 나온다.

"저는 어머니가 돌아가신 줄……."

"그러길 바랐겠지!"

왕비가 그 애의 말을 자른다.

"네가 내 목을 베려고 마자이들과 청부업자들을 보냈잖아!"

"저는 그러지 않……."

"넌 이 사람들 앞에서 왕이 전사했다고만 했을 뿐 네 손으로 왕을 시해한 죄는 밝히지 않았어. 네 오빠가 세상을 떠났다고 했을 뿐 너와 마자이들이 어엿한 왕위 계승자를 죽였다고 고백하지 않았고."

사람들이 놀라서 숨을 들이켜는 소리가 돔 안으로 퍼져 나간다. 희망과 약속으로 들떠 있던 공기 중으로 의심과 경멸의 먹구름이 들어찬다.

"그건 사실이 아니에요!" 아마리가 소리친다.

"네가 아버지를 죽이지 않았다는 거냐?"

"그게 아니라……" 아마리는 뺨이 벌겋게 달아오른 채 심호흡을 하며 말을 잇는다. "왕은 제 손에 세상을 떠났지만 이난 왕세자는 제가 죽이지 않……."

아마리는 미처 말을 끝맺지 못한다. 조금 전까지 사람들을 사로잡았던 열기가 순식간에 증발해 버린다.

"반역자!"

누군가가 소리친다.

"거짓말쟁이!"

다른 누군가도 거든다. 그들의 분노가 파도처럼 부풀어 오르며 아마리를 집어삼키려 한다. 돔 곳곳에 퍼져 있는 마자이들에게까지 분노가 옮겨 붙자 내 손이 떨려 온다.

아마리는 사람들을 진정시키려 두 손을 들어 올린다. 그 모습이 마치 백표버머의 동굴 앞에 서 있는 무력한 새끼 같다.

네한다가 앞으로 나온다.

"여러분 앞에 서 있는 이 아이는 반역자입니다. 거짓말과 도둑질을 일삼는 자들과 손잡은 반란군이죠. 그저 여왕이 되기 위해 마법으로 우리 모두를 위험에 빠뜨린 경솔한 어린아이일 뿐입니다!"

"어머니, 부탁이에요. 제가 설명할게요!"

아마리가 애원하지만 그녀는 도끼로 나무를 베듯 그 애의 말을 잘라 버린다.

왕비의 위병들이 금빛 갑옷과 날카로운 칼로 무장한 채 돔 안으로 들어오자 아마리의 목소리는 더욱 작아진다. 번쩍거리는 위병들의 도금 인장에서 엄마의 시신이 보이는 듯하다.

아빠의 관을 집어삼킨 뜨거운 불길이 느껴진다.

네한다가 소리친다.

"너와 마자이 반란군이 이 왕국을 집어삼키게 두지 않겠다. 너를 반역죄로 체포한다. 너를 도운 자들도 모두 함께 처형될 것이다!"

그녀의 위병들이 칠흑 같은 액체가 든 유리 구체들로 무장한 채 앞으로 나오자 공포가 돔 안을 가득 메운다.

"뭘 들고 있는 거야?"

나는 오빠에게 소리쳐 묻는다.

"나도 몰라. 어쨌든 아마리를 여기서 데리고 나가야 해!"

오빠가 무대로 달려가지만 이미 늦었다.

네한다가 얼굴에 금빛 방독면을 쓰는 순간, 그녀의 병사들이 모래밭으로 유리 구체들을 던진다.

08

독가스

제일리

'저게 대체 뭐지?'

나는 뒷걸음질 치다 목제 연단에 부딪힌다. 검은 액체가 마치 밀물처럼 거품을 일으키며 모래 위로 퍼져 나가더니 연기로 변해 허공으로 떠오른다.

검은 구름들이 사람들을 덮친다. 코시단들에게는 아무 일도 일어나지 않는다. 티탄들은 그저 캑캑거릴 뿐이다.

손톱이 뽑히기라도 하듯 비명을 지르는 이들은 마자이뿐이다.

"살려 주세요!"

어린 마자이가 거친 목소리로 외친다. 소년의 밝은 갈색 피부가 지글지글 타들어 간다. 소리치려고 안간힘을 쓰지만 검은 연기에 질식해 가고 있다.

그제야 나는 이 공격의 실체를 깨닫는다. 그것은 마자사이트다. 다만 사슬이나 칼의 모양이 아니라 공기 중에 떠 있다. **가스**로 말이다.

"도망쳐!"

나는 오빠와 아마리를 향해 외치며 목제 연단으로 기어 올라간다. 두려움이 거대한 망치처럼 무겁게 가슴을 두드린다. 두 발이 얼얼해진다.

마자사이트 구름이 돔 안을 떠다니면서 자욱한 연기가 마치 폭풍처럼 팽창한다. 비명과 공포가 허공을 메운다. 마자이들이 사방으로 흩어져 서로를 짓밟으며 먼 출구들로 달려간다.

아우성 속에서 네한다가 고함친다.

"반란군 단 한 명도 못 나가게 해! 저들의 광기로 오리샤가 무너져선 안 돼!"

"어머니, 제발요!"

아마리가 소리치지만 오빠가 그 애를 무대에서 끌어낸다. 그런 뒤 그는 내 팔을 잡고 사람들을 헤치며 우리 둘을 아수라장에서 끌고 나간다.

왕비의 위병들이 사방에서 금빛 갑옷을 번쩍이며 달려온다. 네한다와 마찬가지로 그들의 팔뚝에서도 전투 장갑이 반짝거린다. 코에는 금빛 방독면을 걸쳤다.

"공격!"

네한다가 명령하자 나는 마자사이트 칼날이나 유리 구체의 공격이 이어지길 기다린다. 그러나 위병들의 손에서 초록빛 아셰가 번쩍거리자 나는 그들이 왜 왕비를 호위하게 되었는지 깨닫는다.

그들은 보통 위병들이 아니라 왕비의 티탄 부대다.

티탄들이 도망치는 마자이 한 무리에게 마법을 겨누자 나는 공포에 사로잡힌다. 마자이들의 발밑에서 모래가 시멘트처럼 단단하게 굳더니 모래 기둥들이 솟아오르며 나의 동족들을 날려 버린다.

눈앞에서 네한다의 티탄들이 땅술사의 마법을 모독하는 광경에 나는 화가 치밀어 비명을 지른다. 감히 우리의 마법을 우리에게 휘두르다니. 그러나 티탄 병사 한 명이 이를 드러내며 고통스러워하는 모습을 보고 문득 깨닫는다. 저들은 자신들의 위험한 마법을 제대로 이해하지 못하고 있다.

"도와줘!"

도망치는 사람들 사이로 티탄이 소리친다. 그의 주위에서 모래가 격렬하게 요동친다. 통제할 수 없이 치솟는 마법에 그의 피부가 문드러지기 시작한다.

이윽고 그의 가슴에서 초록색 빛이 폭발하듯 분출하며 갈색 눈이 생기를 잃는다.

모래밭으로 쓰러진 티탄의 시체를 사람들이 짓밟기 시작한다.

"제일리, 가자!"

오빠가 나를 끌어당기지만 나는 똑바로 서 있기도 힘들다. 마법을 통제하지 못하고 비명을 지르던 저 티탄. 나 역시 그런 고통을 느껴본 적이 있다.

마자이들에게는 허락되지 않은 힘. 너무도 강력해서 그것을 휘두르는 자를 집어삼키는 힘.

그것은 바로 피의 마법이다.

어째서인지 티탄들이 그런 힘을 가졌다.

"살인자!"

한 귀족이 아마리의 땋은 머리카락을 잡아당기자 아마리는 비명을 지른다. 제인이 그 뒤로 뛰어들어 귀족의 턱에 주먹을 날린다.

"오빠!"

나는 따라가려 하지만 두 사람은 금세 인파 속으로 사라진다. 그러고 나자 앞에 있던 사람들이 견고한 벽을 이룬다.

"오빠, 도와줘!"

나는 사람들을 헤집고 나아가려 안간힘을 쓴다. 가슴이 마구 뛰고 있다. 앞에서는 티탄 병사들이 달려들고, 뒤에서는 검은 구름이 다가오고 있다.

어떻게든 나아가려 하지만 마자사이트의 기운이 목을 휘감자 아무것도 할 수가 없다. 그저 비명만 지를 뿐이다.

09

티탄이 된 오리샤의 왕비

제일리

'오야시여.'

마자사이트 기체가 사방에서 공격해 온다. 독성 구름에 눈이 따끔거린다. 연기가 마치 낙인처럼 내 살갗을 그슬린다.

종아리부터 등의 흉터까지 독가스가 닿자 피부가 화끈거린다. 마자사이트가 폐를 뜨겁게 달구면서 내 살에 글씨를 새겨 넣던 사란 왕의 칼날이 느껴지는 듯하다.

"저 반역자가 빠져나가지 못하게 해!"

네한다의 외침이 계속해서 돔을 메운다. 시야가 흐려졌다 또렷해지기를 반복하는 가운데 그녀가 앞으로 걸어 나온다. 황금빛 투구 아래 고불거리는 머리카락이 내려와 있다. 순간 나는 내 눈을 의심한다. 네한다의 뺨으로 흘러내려 온 한 줄기의 새하얀 머리카락. '말도 안 돼…….'

오리샤의 왕비가 티탄이라니.

네한다가 새로 깨어난 자신의 마법을 불러오자 대기가 흔들린다. 초록빛 아셰가 그녀의 두 손을 휘감는다. 하지만 그게 다가 아니다. 그녀의 가슴에서 마법의 빛이 번쩍거린다. 그 밝은 빛에 갈비뼈의 윤곽이 시커멓게 드러난다.

에메랄드빛이 번개처럼 타닥타닥 왕비의 몸을 에워싸며 내가 알지 못하는 힘을 분출한다. 그녀가 두 손을 뻗자 티탄 부대가 동작을 멈춘다. 네한다가 병사들의 핏줄에서 아셰를 빨아들이는 광경에 부들부들 몸이 떨린다.

'어떻게 저럴 수가 있지?' 도무지 이해가 되지 않는다. 초록빛 아셰의 기운이 티탄들의 피부에서 연기처럼 빠져나와 네한다의 손바닥으로 흘러 들어간다. 네한다의 부하들은 풀썩 무릎을 꿇는다. 그녀는 떨고 있는 그들의 몸에서 생명의 기운을 빨아들이고 있다. 한 병사가 모래밭으로 쓰러지더니 미동도 하지 않는다.

"죗값을 치르게 해 주겠어!"

네한다는 괴로워하는 부하들을 아랑곳하지 않고 두 손바닥을 올리며 앞으로 나아간다. 눈에서 에메랄드빛 광채가 번쩍인다. 그녀는 다시 소리치며 두 주먹으로 땅을 내려친다.

그녀의 주먹이 닿는 순간, 땅이 갈라진다.

"피해!"

모래밭에 균열이 생기자 비명 소리가 돔 안을 가득 채운다. 사람들이 흔들리는 땅 위에서 몸을 가누지 못하고 무릎을 꿇는다.

네한다의 공격을 피해 달아나던 마자이들의 발걸음이 느려진다. 그러나 곧 그녀의 눈이 휘둥그레진다. 자신의 힘을 통제하지 못하는 것이다. 땅이 더욱 격렬하게 흔들린다.

이윽고 금이 가는 소리가 들린다.

'안 돼.'

고개를 들자 가슴이 덜컥 내려앉는다. 땅에 생긴 균열이 돔의 벽을 타고 올라가 거미줄처럼 퍼져 나가고 있다.

'일어나.' 벌어지는 틈 사이로 햇살이 들어오자 나는 스스로를 재촉한다. 그러나 절망으로 다리가 얼어붙는다. 어떻게 이럴 수가 있지?

우리가 얼마나 노력했는데. 얼마나 많은 것을 잃었는데.

결국 아무것도 달라지지 않았다.

아빠의 죽음은 무의미해질 것이다. 나는 이 죄책감에서 평생 벗어날 수 없을 것이다.

"제일리, **피해**!"

옆에서 로웬이 뛰어들며 나를 밀어 낸다. 우리는 함께 모래밭을 뒹군다. 깨진 돔 벽의 조각이 손으로 떨어지자 그는 욕을 퍼붓는다.

"로웬!"

나는 두 손과 무릎으로 바닥을 짚고 마자사이트 가스에 캑캑거리며 황급히 앞으로 기어간다. 그는 나를 보자마자 피 묻은 쇠붙이로 내 코를 덮는다. 그 금빛 방독면 안으로 깨끗한 공기가 들어오자 나는 숨을 몰아쉰다.

"꽉 잡아!"

로웬은 나를 휙 끌어당기더니 떨어져 내린 벽판 아래로 몸을 피한다. 그 순간 돔이 우박처럼 쏟아져 내린다. 파편들이 우리 방패에 떨어질 때마다 나는 움찔움찔 놀란다.

누군가가 내 이름을 부르는 소리에 고개를 내밀어 본다. 오빠와 아마리가 안장이 사라진 나일라의 등에 올라탄 채 우리에게 달려오고 있다. 아마리는 우리를 발견하고 두 손을 내밀며 소리친다.

"잡아!"

로웬과 나는 아마리의 팔을 붙잡는다. 아마리가 이를 악물고 오빠에게로 몸을 기대며 우리를 나일라의 등에 태운다.

나일라는 사납게 포효하며 파도 속으로 떨어져 내리는 거대한 벽판들을 피해 달려 나간다.

해변을 빠져나가는 우리의 등 뒤로 돔이 와르르 무너진다.

10

더 두려운 적은 누구인가

아마리

나일라를 타고 바위산을 달려가는 동안 수백 가지 의문이 머릿속을 헤집는다. 이미 밤이 내려앉았고 우리가 떠나온 자리아는 아득한 수평선 위 작은 점으로 남았다. 멀리서 불길이 타오른다. 어머니의 증오가 남긴 흉터다. 지금쯤 위병들이 온 마을을 샅샅이 뒤졌을 것이다. 머지않아 그들은 우리를 뒤쫓아 올 것이다.

'대체 어떻게 된 걸까?'

나는 두 손에 머리를 묻고 상황을 정리해 본다. 어머니가 살아 있다. 어젯밤까지만 해도 그것은 내가 간절히 바라던 일이었다.

지금쯤 우리는 서로를 부둥켜안고 있어야 한다. 오빠의 죽음을 함께 애도하고 있어야 한다. 그리고 어머니는 내가 왕위에 오르도록 지지해 주어야 한다.

그러나 그녀는 내 목을 치려 한다.

'생각을 해, 아마리.'

입술이 떨린다. 나는 두 팔로 몸을 감싼다. 눈을 감으면 그 집회가 그려진다. 환호하던 사람들의 흥분이 피부로 느껴진다.

내가 꿈꿔 온 모든 것이 손에 잡힐 듯했다. 평화와 통합이 눈에 보이는 것 같았다. 마침내 오리샤에 태양이 떠오르고 있었다.

그런데 어머니가 순식간에 그 태양을 끌어내렸다.

"여기야."

나는 퍼뜩 눈을 뜬다. 제인은 나일라의 방향을 돌려 산길을 벗어난다. 우리는 로웬의 안내에 따라 숲속의 빈터로 들어간다. 이끼 덮인 나무들이 굵은 가지로 우리를 숨겨 주는 곳. 이제 우리는 이런 곳을 찾아다닐 필요가 없을 줄 알았다. 어머니의 병사들을 피해 집회장에서 달아나는 마자이들의 묵직한 발소리와 요란한 짐승들의 발소리가 사방에 메아리친다.

"젠장."

나일라가 멈춰 서자 로웬이 투덜거린다. 그러고는 수토리어를 중얼거리며 나일라의 등에서 껑충 뛰어내려 호주머니를 뒤적인다. 담배 한 개비를 꺼내 입에 물던 그가 나를 보자 얼른 고개를 돌려 버린다. 왕실의 보물이 물 건너갔으니 나는 여전히 금화 한 닢 갖지 못한 신세다.

그에게 진 빚을 어떻게 갚는단 말인가?

"제일리, 어떻게 된 거야?"

제인이 나일라의 등 위에서 나를 제치고 동생에게로 다가간다. 그러고는 제일리의 턱을 기울여 어두운 피부 곳곳에 생긴 지독한 화상을 살펴본다.

"마자사이트였어." 제일리는 손에 든 황금 방독면을 노려보며 말을 잇는다. "그들은 마자사이트로 가스를 만들었어."

'마자사이트?'

나는 내 얼굴을 만져 본다. 군데군데 상처가 나고 멍이 들었지만 화상은 없다. 마자사이트가 제일리의 얼굴을 저렇게 만들었다면 왜 나는 화상을 입지 않았을까?

제일리가 떨리는 손을 입으로 가져가자 제인은 더 이상 캐묻지 않는다. 제일리가 이토록 좌절하는 모습은 본 적이 없다. 너무도 허탈해 보인다. 너무도 **슬퍼** 보인다.

"정말 미안해."

나는 도와주려고 손을 내밀지만 제일리는 화들짝 놀라며 내 손을 피한다. 몸을 떨며 울음을 삼키는 그 애의 모습에 나는 손을 툭 내린다.

"잠깐 시간을 주자."

제인이 속삭인다. 그가 다시 제일리를 돌아보자 목이 메어 온다. 나는 두 사람을 두고 나일라의 등에서 내려온다.

몸이 부서질 것 같은 기분으로 빈터를 가로질러 나무 그루터기로 달려간다.

겨우 내 가족을 대신해 속죄할 수 있게 되었는데, 다시 내가 아끼는 이들을 괴롭히다니.

"금화 600닢이야."

흘끗 돌아보니 로웬이 한 손으로 부싯돌에 불을 붙이려고 안간힘을 쓰고 있다. 다른 손에는 어디선가 찢어 낸 피투성이 천 조각을 붕대처럼 감아 으스러진 살을 가까스로 고정해 놓았다.

"뭐라고요?"

"너의 그 잘난 대관식이 중단되기 전까지 네가 진 빚. 하룬이 내 부하들을 데리고 이리로 오면 대피를 도와준 값까지 더해서 빚이 두 배가 될 거야."

'그럼 1,200닢?' 나는 애써 태연한 얼굴을 유지하려 애쓴다.

"지금 꼭 그런 얘기를 해야겠어요?"

"우린 자선 사업을 하는 게 아니거든, 공주님." 이를 악무는 내게 로웬은 고개 숙여 인사하는 시늉을 하며 덧붙인다. "아이고, 내가 무례했네. 공주가 아니라 여왕님이지."

그는 내 얼굴에 담배 연기를 내뿜지만 나는 꾹 참고 고개를 돌린다. 지금쯤 어머니는 어디선가 다음 작전을 세우고 있을 것이다. 로웬에게 놀아나고 있을 때가 아니다. 나는 어머니의 싸늘한 표정과 잔인한 아름다움을 더해 주던 황금 방독면을 떠올려 본다. 어머니는 정말 내가 오빠를 죽였다고 생각하는 것일까? 아니면 그저 나를 악당으로 몰아가려 하는 것일까?

다른 무언가가 있을 것이다. 맹목적인 분노를 넘어서는 무언가. 어머니는 절대 재미 삼아 그런 일을 벌일 사람이 아니다.

그렇게 대담한 행동을 했다면 그 뒤에 더 큰 계획이 있는 게 분명하다.

나는 다시 로웬을 돌아보며 말한다.

"갚을게요. 시간을 좀 줘요."

그는 고개를 저으며 길게 연기를 내뿜는다.

"시간이야말로 너한테는 이제 없는 것 같은데."

"들어 봐요."

"아니, **네가** 들어."

그가 이를 드러내자 나는 움찔하며 주춤 물러선다. 어느새 그는 딴사람이 되어 있다. 가면 뒤에 숨겨 놓은 살인마의 모습을 이렇게 금세 드러낸 적은 없었는데.

"우리에게 빚을 갚지 못하면 네 어머니는 문제 축에도 끼지 못할 거야. 나는 그래도 자제심이 있는 편이지만 내 부하들은 아니거든."

"협박이에요?"

내가 앞으로 나아가자 로웬은 흘끗 나의 손을 내려다본다. 내 손끝에서 푸른 마법의 기운이 비처럼 떨어져 내린다. 피부가 화끈거리며 아세가 타닥타닥 타오른다.

여태 한 번도 마법을 시도한 적이 없다. 이런 상황에서 마법을 써서는 안 된다. 하지만 로웬이 물러서자 묘한 전율이 인다.

그는 고개를 젓는다.

"협박이 아니라 예고야."

탁탁거리며 다가오는 짐승의 발소리가 우리를 떼어 놓는다. 마자이들이 달아나는 소리인 줄 알았는데 고개를 돌려 보니 하룬과 다른 조직원들이 훔친 치타너를 타고 다가오고 있다. 로웬은 나를 돌아보더니 손가락 두 개로 내 가슴을 가리킨다.

"앞으로 무슨 일이 일어나든 네가 자초한 거야. 잊지 마."

내가 대답할 새도 없이 그는 날카롭게 휘파람을 분다. 그의 부하들이 미어캣처럼 고개를 치켜든다.

"철수한다."

"돈은 받았고?" 하룬이 묻는다.

"우리의 귀하신 공주님께서 돈이 없다네."

“아이고, 놀라워라.” 하룬의 얼굴에 사악한 미소가 떠오른다.

“하지만 집회가 엉망이 됐으니 공주님의 빚을 두 배로 갚아 줄 사람들을 찾을 수 있을 것 같은데.” 하룬의 말이 차가운 바닷물처럼 나를 집어삼킨다. 어머니가 공표했으니 나의 목에 현상금을 걸 사람들이 널렸을 것이다. 진짜 금을 가진 사람들.

“어떻게든 해결해 볼게요.”

나는 로웬을 뒤쫓아 가지만 가슴이 터질 듯 뛰고 있다. 아까는 자신감을 안겨 주던 갑옷이 걸음을 옮길 때마다 점점 더 무거워진다.

로웬은 담배를 던지고 가장 가까운 치타너로 향한다. 그러나 뒤에서 제일리가 외치는 소리에 그의 등 근육이 팽팽해진다. 그 애가 이름을 부르자 그의 발걸음이 무거워진다.

“로웬, 잠깐만!”

제일리는 나일라의 등에서 미끄러져 내려오지만 폐에 들어찬 마자사이트 가스의 여운이 아직 가시지 않은 듯하다. 바닥에 발이 닿는 순간 그 애는 흙바닥으로 무너져 내린다.

로웬은 걸음을 늦추더니 손으로 이마를 짚으며 숨을 내뱉는다. 그러고는 그 애를 도우려고 돌아선다. 나는 멍하니 그 광경을 지켜본다. 그는 마치 자석에 이끌리는 쇠붙이 같다.

“미안해요.”

제일리가 은빛 눈에 눈물을 가득 머금고 속삭인다. 눈물 한 방울이 흘러내리자 로웬은 다치지 않은 손을 그녀의 얼굴 앞으로 가져가 엄지손가락으로 닦아 준다.

그들이 서로를 바라보는 사이 우리는 모두 사라져 버린 듯하다. 두 사람은 눈으로 대화를 주고받는다. 로웬이 어깨를 늘어뜨리며 일어선다.

"나도 미안해."

그는 다시 걸어가 치타너에 올라탄다. 로웬과 그의 부하들이 울창한 숲속으로 들어가 어둠 속으로 사라지는 동안 나는 마음이 점점 무거워진다.

치타너들의 발소리가 완전히 사라지자 누구를 더 두려워해야 할지 고민이 된다. 어머니와 티탄 군단일까?

아니면 로웬일까.

11

비교할 수 없는 상처

아마리

한동안 정적이 흐른다. 로웬이 사라진 뒤로 아무도 말을 하지 않는다. 어머니에게서 최대한 멀어져야 한다는 것을 머리로는 알고 있지만 몸이 움직이지 않는다. 로웬의 협박이 어머니의 선포와 함께 머릿속을 맴돈다.

오리샤 전체가 우리를 잡으려고 혈안이 되어 있는데 어디로 가야 한단 말인가?

"방법을 생각해 볼게." 나는 힘겹게 입을 열지만 정말 그럴 수 있을지 모르겠다. "어, 어머니를 막을 방법을 찾아 볼게. 로웬의 빚도 갚고……."

"잠깐 쉬어." 제인이 다가와 내 허리에 손을 얹는다. "힘든 하루였잖아. 당장 오늘 밤에 해결할 필요는 없어."

나도 그렇게 믿고 싶다. 안전한 그의 품에 숨어 있고 싶다. 하지만 그의 포근한 손길도 제일리의 울음소리를 막아 주지는 못한다. 내 마음도 괴롭기 짝이 없지만 지금은 제일리의 고통을 덜어 주고 싶다. 나는 제인의 품에서 나와 제일리 옆에 무릎을 꿇고 앉아 속삭인다.

"내가 해결해 볼게. 약속해. 내 어머니는 누구보다도 내가 잘 알아. 어머니의 전략을 알아내면 반격할 방법을 찾을 수 있을 거야."

"반격?"

제일리는 내가 외국어로 말하기라도 한 듯 고개를 갸우뚱한다.

"네 어머니는 우리 머리 위로 **돔** 하나를 통째로 무너뜨렸어. 그런 사람을 우리가 무슨 수로 상대하니?"

제일리의 목소리가 두려움에 떨린다. 나는 그 애를 달래 주고 싶지만 무슨 말을 해야 할지 모르겠다. 오늘 어머니가 휘두른 마법은 들어 본 적도 없다. 아무리 티탄이라 해도 어떻게 다른 사람의 핏줄에서 마법을 빨아들일 수 있단 말인가?

나는 천천히 입을 연다.

"어머니의 마법이 강력한 건 사실이야. 지금까지 그렇게 강력한 마법을 가진 사람은 없었을 거야. 하지만 아무리 막강한 힘이라도 약점이 있기 마련이야. 결국 찾을 수 있어."

나는 어머니에게 힘을 빨린 티탄들을 떠올리며 어떻게든 답을 찾아 보려 한다.

"우리가 세력을 더 키우고 어머니의 힘을 파악해서 공략하면 돼. 왕위를 내놓게 해야지."

"그래도 내놓지 않으면?"

제인이 묻는다.

'내놓지 않으면?'

나는 손톱을 머리에 파묻는다. 차마 소리 내어 말할 수가 없다. 몇 시간 전만 해도 나는 하나가 되고자 하는 코시단과 마자이, 티탄들의 환호를 받고 있었다. 그런데 순식간에 어머니가 그 통합의 장을 아수라장으로 바꿔 놓았다.

어머니가 살아 있는 한, 마자이는 모조리 살해될 것이다. 수많은 오리샤인들이 고통받을 것이다. 어머니가 왕위에 오르면 이 왕국은 영원히 전쟁을 끝낼 수 없다. 내가 막아야 한다.

아무리 내 어머니라고 해도.

나는 일어서서 떨리는 손으로 칼을 뽑아 땅에 꽂으며 선언한다.

"어머니가 물러나려 하지 않으면 내가 처치할게. 내가 전쟁을 끝내고 왕위에 오를 거야."

나의 맹세가 끝나자 불편한 침묵이 남는다.

이윽고 제인이 묻는다.

"귀족들은 어떡하고? 그쪽 병사들과 티탄들은?"

그들 모두를 처단할 생각을 하니 속이 울렁거린다. 나와 같은 티탄들은 물론이고 내 백성들과 싸우고 싶지 않다. 어머니 편에서 마자이와 맞서 싸우는 사람들은 수백 명에 이를 것이다. 어쩌면 수천 명일지도 모른다. 그들 모두를 처단한다면 나는 아버지보다 나을 게 없다. 또 다른 괴물에 불과하다.

"어머니가 집회에 나타나기 전에는 모두가 나의 편이었어. 내가 어머니를 끌어내리면 그들은 우리에게 협조해 줄 거야."

"아니, 그러지 않을 거야."

제일리의 목소리가 밤바람에 한기를 더한다.

"우린 이미 이 싸움에서 패했어. 이제 왕실 사람들도 마법을 가진 데다 여전히 우리를 증오하잖아. 마법이 문제가 아니었어!"

"젤……."

"네 어머니를 죽이는 게 답이 아니야."

제일리는 자기 오빠의 말을 자르고 계속해서 말을 이어 간다.

"그러고 나면 마자이를 증오하는 또 다른 왕이 그 자리에 오를 거야. 이제 포기해야 해. 그만 벗어나자. 숨이 붙어 있을 때 오리샤를 떠나자고!"

제일리의 간절한 목소리에 나는 맥이 풀린다. 이해할 수가 없다. 도망치는 것은 제일리답지 않다.

내가 다시 나서 본다.

"우리가 불리하다는 거 알아. 하지만 이 사람들을 어머니의 통치하에 버려둘 수는 없잖아. 우리는 왕국을 구해야 해. 선택의 여지가 없어."

"아니, 있어."

제일리는 벌떡 일어선다.

"우린 선택할 수 **있어.** 우린 왕국을 구하려고 노력했잖아. 그것도 두 번이나. 이제는 우리 살길을 찾아야 해!"

"난 오리샤의 여왕이야. 환영받지 못해도 난 그들의 여왕이라고. 아무리 힘들어도 도망칠 수는 없어. 이 왕국의 모든 사람들을 돕고 보호하는 것이 나의 의무야!"

제일리는 도와 달라는 듯 제인을 보지만 제인은 팔짱을 끼며 말한다.

"젤, 아마리 말이 맞아. 아버지가 목숨을 바치신 건 우리가 계속 싸울 수 있게 하려고……."

"아빠는 속은 거야!"

제일리는 주먹으로 나무를 친다.

"아빠는 마법을 위해 목숨을 바쳤는데 지금 누가 마법을 가졌는지 모르겠어? 네한다는 내가 본 어떤 마자이보다도 강력했다고!"

제일리의 목소리가 숲에 울려 퍼진다. 그 애가 심호흡을 하며 잠시 분노를 누그러뜨리자 그 속에서 끓어오르는 고통이 보인다.

"왕국, 마법, 마자이. 늘 내가 아닌 다른 사람, 다른 무언가를 선택하는 거 이제 지겨워. 우리는 자유로워질 수 있어! 지금이 마지막 기회일지도 몰라."

제일리가 나를 바라본다. 이 아이의 마음이 손에 잡힐 듯하다. 내가 바라는 건 단지 그 마음을 치유하는 것뿐이다. 제일리의 고통을 덜어 주고 싶다. 하지만 나는 이 아이의 고통만 덜어 줘야 하는 것이 아니다.

나는 눈을 감고 내가 불러일으킬 분노에 대비한다. 오리샤는 아무도 기다려 주지 않는다.

내가 사랑하는 이 소녀조차도.

"제일리……."

"신들이여!"

제일리는 허공으로 두 손을 휙 올리며 비틀비틀 걸어간다.

"잠깐 시간을 갖자."

제인이 동생을 진정시키려 애쓴다.

"지금 이 문제를 생각하기에 우린 너무 지치고 힘든 상태야."

"아니, 우리가 아니겠지."

제일리의 목소리가 제인의 따뜻한 눈길에 찬물을 끼얹는다.

"그 가스가 오빠를 해친 건 아니잖아. 저들을 해치지도 않았어."

제일리가 고갯짓으로 나를 가리키자 나는 주먹을 움켜쥔다.

저들.

어머니가 했던 그 어떤 말보다도 아프게 느껴진다.

내가 묻는다.

"신들의 계획이라며? 넌 늘 내 편이 되어 준다고 했잖아."

"우리 아빠가 죽고 네 잔인한 어머니와 티탄들이 활개를 치게 되었는데 내가 어떻게 네 편이 되니?"

제일리의 말이 따귀를 때린 듯 얼굴이 화끈거린다. 그녀는 내가 괴물이라도 되는 것처럼 나를 노려본다. 자기 아빠를 죽인 화살을 내가 쏘기라도 한 것처럼.

"그렇게 말하지 마. 나도 그 싸움에서 가족을 잃었어."

그러자 제일리가 묻는다.

"내가 네 아버지라는 작자를 위해 울어 줘야 하니? 네가 오빠라고 부르는 그 귀공자를 동정해야 해? 네 아버지가 한 짓 때문에 나는 이제 내 등을 볼 수도 없어. 너와 네 가족 때문에 우리 엄마 아빠가 다 돌아가셨다고!"

제일리는 나일라의 옆으로 절뚝절뚝 걸어가더니 지쳐 떨리는 몸을 꼿꼿이 편다.

"네 상처와 내 상처를 비교하지 마, 공주님. 그걸로는 나를 이길 수 없으니까."

나는 앞으로 나아간다.

"이길 수 없어? 내가 **이길 수 없다고?** 너희 부모님은 숨이 다하는 순간까지 너를 사랑해 주셨잖아. 네 오빠는 늘 네 곁을 지켜 주고 있고. 우리 부모님은 둘 다 자기 손으로 나를 죽이려 했어! 난 너와 마자이들을 보호하기 위해 내 손으로 **아버지**의 숨통을 끊었고!"

목소리가 떨리면서 눈물이 터져 나오려 하지만 절대 울지 않을 것이다. 제일리에게 지지 않을 것이다. 저 애 때문에 눈물을 흘릴 수는 없다.

나는 계속 말을 잇는다.

"내 가족이 저지른 일은 모두 미안해. 하지만 내 고통은 진짜가 아닌 것처럼 말하지 마. 너만 상처를 가진 게 아니야, 제일리! 내 가족은 너와 똑같이 나에게도 흉터를 남겼다고!"

제일리의 얼굴이 차갑게 굳자 나는 걸음을 멈춘다. 우리 사이에 벌어진 틈을 메우고 싶지만 둘 다 말을 하면 할수록 그 틈이 더욱 벌어진다. 제일리는 소름 끼치도록 공허한 은빛 눈으로 오랫동안 나를 노려본다. 그러고는 돌아서서 자기 탈짐승에게 올라타기 위해 녀석의 몸을 낮춘다.

제인이 뒤쫓아 간다.

"젤, 가지 마. 이제 그만하자. 우리 모두 속상해. 우리 **모두** 힘들다고. 적어도 우리끼리는 싸우지 말자!"

제일리는 아랫입술 속으로 혀를 밀어 넣으며 나일라의 등에 올라앉는다.

"우리는 '오빠와 나'였는데 어느새 '오빠와 아마리'가 됐네."

"젤, 제발……."

"내가 부르는 거 못 들었어?" 제일리가 제인의 말을 자른다. "나는 살이 그슬리고 숨을 쉴 수도 없었는데? 내가 부르는 소리 못

들었어? 아마리를 챙기느라 너무 바빴나?"

제인의 입술이 벌어지고 이마에 주름이 진다. "그렇게 말하지 마. 아니라는 거 너도 알잖아!"

"둘이 참 잘 어울리네." 제일리는 허벅지를 조여 나일라를 일으킨다. "아마리 어머니께 내 인사도 전해 줘. 가난한 어부의 아들을 마자이만큼은 좋아해 주실 거야."

"난 맹세컨대……."

"이랴!"

제일리의 명령에 나일라가 쏜살같이 나아가 숲속을 질주한다.

"제일리!"

제인이 뒤따라가지만 제일리는 금세 시야에서 사라져 버린다. 제인은 두 손으로 머리를 헤집다가 옆에 있는 나무에 주먹을 날리며 중얼거린다.

"돌아올 거야. 잠깐 바람 쐬게 해 주자."

나는 고개를 끄덕이지만 그가 누구에게 말하는 건지 모르겠다. 그저 땅에 풀썩 주저앉을 뿐이다.

12

기도

제일리

눈물이 앞을 가린다. 아디치 숲의 나무들 사이를 달리는 동안 나일라의 뿔을 잡은 손이 자꾸 미끄러진다. 안장이 없어서 간신히 매달려 있다.

나는 두 허벅지를 단단히 조이며 계속 달려 나간다. 양옆으로 세상이 훅훅 지나가며 절벽들과 펄럭이는 나뭇잎들이 소용돌이친다. 숨을 쉴 수 없는 건 그저 나일라가 너무 빨리 달리는 탓이라고 믿고 싶다.

'신들이여, 도와주세요.'

나는 이를 악물며 그 모든 것을 밀쳐 낸다. 내가 저지른 일들이 한꺼번에 수면 위로 떠오르며 마치 바다처럼 거친 물살로 나를 집어삼키려 한다.

'아니야. 신들을 찾지 마.' 나는 생각한다. 신들을 믿는 바람에 이 사달이 나지 않았는가.

아빠가 죽은 것도 그 때문이다.

내 안의 절망이 극에 달하는 순간 지형이 변하기 시작한다. 발밑의 땅이 내리막길로 바뀐다. 울창했던 숲의 나무들이 듬성듬성해지기 시작한다. 나일라의 발이 미끄러지자 녀석의 털을 붙잡고 넘어지지 않으려고 안간힘을 쓴다. 그러나 신들이 나를 이용했다는 생각이 들자 이대로 손을 놓고 흙바닥으로 떨어지고 싶다.

지금까지 나는 신들이 더 큰 계획을 갖고 있을 거라고, 내가 볼 수 없는 길을 깔아 놓았을 거라고 믿었다. 하지만 그 길을 따라가다 보니 등에는 흉터가 생겼고, 가슴에는 상처가 잔뜩 남았다. 신들은 나를 노리개처럼 이용한 뒤 마법이 돌아오자 내동댕이쳤다. 그들은 내게 고통을 안겨 줄 뿐이다.

'엄마, 날 데려가 줘요.'

나는 새로운 기도를 읊조린다. 내 마음은 유일하게 믿을 수 있는 사람에게로 향하고 있다. 엄마 아빠와 함께 알라피아에 서 있는 나를 그려 본다. 죽어서 엄마의 품에 안긴다면 얼마나 포근할까.

엄마는 오리샤가 나를 필요로 한다고, 내겐 아직 할 일이 남았다고 했다. 하지만 마법이 돌아온 뒤로 상황은 더욱 나빠졌다. 마자이들은 전보다 더 고통받고 있다.

눈을 감자 네한다 왕비가 티탄들의 핏줄에서 아셰를 빨아들이던 모습이 떠오르며 온몸이 꼿꼿해진다. 우리를 지킬 수 있는 무기는 마법뿐이었는데 이제는 왕비가 우리보다 더 강력한 마법을 가졌다.

무슨 짓을 하든 소용없다. 내가 아무리 열심히 싸워도 마자이들은 영영 자유로워질 수 없다.

우리를 기다리는 것은 고통뿐이다.

"엄마, 나를 데려가 줘요!"

나는 고개를 젖힌 채 하늘에 대고 소리친다. 바람이 화상 입은 얼굴을 때린다. 피와 눈물이 뒤섞인다.

"나를 데려가 줘."

나는 나일라의 털옷에 얼굴을 묻고 속삭인다. 더 이상 왕실 사람들과 맞서고 싶지 않다. 더 이상 **생존**을 위해 싸우고 싶지 않다. 눈물도, 투쟁도, 고통도 싫다.

'오빠도.'

오빠를 생각하자 안 그래도 공허했던 가슴이 텅 비는 듯하다. 이대로 나일라를 돌려세워 그의 품으로 달려가고 싶다.

'그리고 아마리…….'

나는 심호흡을 한다. 내가 내뱉은 말을 모두 주워 담을 수 있다면 얼마나 좋을까. 아마리에게 네 잘못이 아니라고 말할 수 있을까. 내가 너에게 소리친 것은 그저 이난에게 소리칠 수 없어서였다고.

"워!"

나는 숨을 들이켠다. 우리는 숲을 벗어나고 있다. 밤하늘에 걸린 은빛 달이 올라심보산맥의 검은 형상을 비춘다. 갑자기 지형이 바뀌더니 나무들이 사라지고 가파른 절벽이 나타난다. 그 아래로 끝없는 어둠이 펼쳐져 있다.

나일라가 포효하며 발톱으로 땅을 긁어 속도를 늦춘다. 자갈과 흙이 튀어 오르는 가운데 우리는 위태롭게 산허리를 가로지른다.

"멈춰!"

나는 온 힘을 다해 나일라의 뿔을 잡아당기지만 사자너는 으르렁 소리를 지르며 옆으로 굴러 떨어진다. 그 충격으로 나도 비명을 지르며 나일라의 등에서 내던져진다.

버둥거리며 숲 쪽으로 날아가던 나는 거친 가지들을 지나 어느 나무에 쾅 부딪힌다. 딱딱한 나무껍질에 가슴이 부딪혀 숨이 막혀 온다. 우두둑 소리와 함께 갈비뼈가 부러진다.

땅으로 떨어져 내리며 입술에서 피가 나고 눈앞이 캄캄해진다. 나는 몸을 웅크린 채 앞이 보일 때까지 움직이지 않는다.

조금 지나자 나일라가 혀로 내 뺨을 핥는다. 녀석의 촉촉한 코가 얼굴에 닿으면서 정신이 혼미해진다. 이번만큼은 버티려 애쓰지 않는다.

'나를 데려가 줘요.' 나는 한 번 더 기도한다. 엄마는 나를 지상으로 보내지 말았어야 했다.

나는 이제 만신창이가 되어 아무도 도울 수 없다.

'엄마, 제발…….'

나는 모든 것을 내려놓고 암흑을 받아들인다. 그러나 눈을 떠 보니 하얀 풍경이 펼쳐진다.

흙이 보인다.

갈대와 함께.

13

이난의 꿈속을 조종하다

제일리

꿈이나 악몽에 갇힌 것일까?

사슬에 묶이지도 않았는데 움직일 수가 없다.

신선한 공기가 폐 안으로 가득 들어오지만 숨을 쉴 수가 없다.

주위에는 시들어 가는 잿빛 갈대들이 가득하고 그 사이로 구름의 장막 같은 하얀 안개가 보인다. 마른 흙이 나의 맨살에 닿았다가 내가 일어나려 하자 몸에서 떨어져 나간다.

'뭐지?'

꿈속 풍경을 둘러보지만 도무지 의문을 떨쳐 낼 수 없다. 이 마법의 공간에 마지막으로 들어온 것은 사란 왕의 칼이 내 등에 글씨를 새긴 직후였다. 그때 나는 눈물을 흘리며 이난과 입을 맞추었다.

이제 울창한 숲은 사라졌다. 물도 흐르지 않는다.

나뿐이다.

그리고 **그 사람**.

죽어 가는 갈대들 속에, 내게서 너무나 가까운 곳에 이난이 누워 있다. 그는 그저 내 머릿속에 존재하는 것일까?

살았는지 죽었는지도 알 수가 없다.

그러나 그의 모습만 봐도 목이 졸리고 가슴이 짓눌리는 느낌이다. 그가 부스스 깨어나자 내 안에서 산사태가 일어나는 듯하다. 그는 흙바닥에서 몸을 일으킨다.

그가 끙끙거리며 알 수 없는 말을 중얼거리자 나는 뒤로 물러선다. 가슴에는 맨살이 드러나 있다. 갈색 몸은 여위었고 피부가 거칠다. 헝클어진 머리 사이로 새하얀 한 줄기 머리카락이 빛을 발한다. 호박색 눈 사이로 고불거리는 머리카락 한 가닥이 내려와 있다. 그는 천천히 눈을 깜빡이며 몸을 추스르다 나를 발견하고는 퍼뜩 정신을 차린다.

"제일리?"

그의 입술에서 내 이름이 흘러나오자 손이 떨린다. 마치 칼에 맞은 것 같다. 내 가슴의 가장 깊은 곳을 찔러 후벼 파는 칼.

'현실이 아니야. 그럴 리가 없어.' 나는 고개를 젓는다.

그러나 이난은 여기 서 있다. 그는 갈라진 배에서 여전히 피가 나는 듯 배를 움켜쥔다. 아버지의 칼이 배를 찌르던 고통스러운 기억이 되살아나는 듯 그의 눈이 커진다.

내가 등으로 손을 뻗으니 피부에 새겨진 마귀라는 글씨가 만져진다. 우리는 이렇게 망가져 버렸다. 이 꿈속은 유일하게 상처나 흉터로부터 자유로운 곳이었는데.

이난은 황급히 소리친다.

"활을 쏘면 안 되는 거였어. 날 믿어 줘. 난 쏘지 말라고 명령했어!"

나는 얼른 손으로 입을 틀어막지만 어쩔 수 없이 흐느끼고 만다.

그가 한 마디 한 마디 내뱉을 때마다 억누르고 있던 마법이 피부를 뚫고 올라온다. 밀어 넣으려 하지만 그럴 수가 없다. 떠오르는 기억을 막을 수가 없다.

"안 돼!"

머릿속에서 외침 소리가 울려 퍼진다. 신성한 사원의 벽에 메아리치는 외침 소리. 이번에는 누구의 목소리인지 알고 있다.

우리 오빠가 아니라 이난의 목소리다.

나는 돌바닥에 나가떨어진다. 뒤이어 아빠가 쿵 소리와 함께 내던져진다.

아빠의 가슴에 화살이 꽂혀 있다.

내 손끝에 아빠의 따뜻한 피가 만져진다.

"믿어 줘. 난 내가 옳은 일을 하고 있다고 생각했어."

이난이 애원한다.

머릿속이 울려 대서 그의 말이 잘 들리지 않는다. 내 마법은 그를 공격하라고 아우성친다.

"난 너를 믿었어."

나는 들릴락 말락 한 소리로 속삭인다. 가슴이 유리처럼 산산조각 나는 듯하다. 그가 내 가슴을 산산이 부수고 있다.

"미안해."

그는 절레절레 고개를 젓는다.

"정말 미안해……."

그가 손을 내밀자 모든 기억이 되살아난다. 겁먹은 고귀한 왕자. 내게 세상을 약속하던 입술. 나를 어루만지던 손길. 그가 다시 말한다.

"내가 다 바로잡을게. 약속해. 목숨을 걸고서라도 그렇게 할게."

하지만 전에도 그는 내게 약속했었다.

그러고는 아빠를 죽음으로 몰아넣었다.

"제일리……."

나는 마법을 뿜어내며 사자너처럼 포효한다. 신성한 의식 이후로 느껴 보지 못한 불길이 내 안에서 타오른다.

태양은 없지만 거대한 나무들이 솟아오르며 빛을 가려 버린다. 내 마법이 흙속으로 퍼져 나간다. 꿈속 정경이 변하며 내 모든 상처를 거울처럼 비춘다.

"제일리, 제발!"

땅에서 시커먼 나무뿌리들이 폭발하듯 솟아올라 이난의 정강이를 휘감는다. 그러고는 뱀처럼 그의 몸을 타고 올라가며 그를 끌고 간다. 내가 어떻게 이난의 꿈속을 조종하는지 모르겠다. 하지만 상관하지 않는다. 내가 앞으로 나아가자 나무뿌리가 그의 허리와 가슴, 목을 휘감아 그를 나무 몸통에 묶는다.

"잠깐!"

그가 소리치지만 나는 주먹을 움켜쥔다. 검은 덩굴들이 그의 목을 팽팽히 감자 그는 숨이 막혀 말을 잇지 못한다. 거친 나무껍질이 그의 등을 파고들어 피를 낸다. 그의 고통에 찬 메아리에 나의 어깨가 화끈거린다. 하지만 내 아픔 따위는 상관없다.

그를 아프게 할 수만 있다면.

"제일리."

내가 주먹을 더 단단히 움켜쥐자 이난의 눈이 벌겋게 변한다. 숨을 들이켤 수 없을 만큼 나무뿌리가 그를 옭아매고 있다. 내가 손을 더 꽉 움켜쥐자 그의 쇄골이 **툭** 부러진다.

나는 이를 악물고 속삭인다.

"도망쳐. **기도**하는 게 좋을 거야."

나는 그에게 얼굴을 바싹 들이대고 손톱이 살에 피를 낼 정도로 손을 더 움켜쥐며 말을 잇는다.

"내가 널 끝장내는 날, 너는 차라리 진작에 죽었으면 좋았겠다고 바라게 될 거야."

마지막으로 손을 한 번 더 움켜쥐자 그의 눈동자가 넘어간다.

그의 몸이 축 늘어지면서 꿈속 정경이 허물어진다.

14

전쟁 속으로

이난

'제일리, 안 돼!'

나는 퍼뜩 눈을 뜨며 두 손을 목으로 가져간다. 거친 기침이 나오면서 몸이 떨리고 숨이 막힌다.

고통 속에서 나는 무작정 가까이 있는 사물을 잡고 몸을 가누려 애쓴다. 사방은 온통 어둠이다.

머릿속에서는 전쟁이 일어나고 있다.

'도망쳐.' 제일리의 목소리가 머릿속에서 울린다. '기도하는 게 좋을 거야.' 지금 이 순간 나를 잡아 주는 것은 그 애의 증오뿐이다. 그 애가 맹세한 복수. 나는 여전히 거칠게 숨을 쉬지만 고통 속에서 서서히 기억이 돌아오기 시작한다.

'실패했구나…….'

마법이 다시 살아났다.

새로운 현실이 진정제처럼 머릿속으로 퍼져 나간다. 머리가 욱신거리지만 그 덕분에 모든 고통이 무뎌진다. 잠시나마 다른 생각들이 사라진다.

나는 마법의 부활을 막기 위해 모든 것을 포기했다. 내 여동생과 사랑하는 여자를 배신했다. 아버지의 칼이 나의 배를 찔렀다.

그럼에도 내 피에는 여전히 마법이라는 독이 흐르고 있다.

'열을 세.' 나는 손가락을 구부리며 천천히 숨을 내뱉는다. 땀에 젖은 베개에 다시 머리를 묻자 배의 통증이 돌아온다. 떨리는 손을 아래로 뻗어 아버지의 칼이 남긴 깊은 흉터를 만져 본다. 징그러운 상처에 새로 돋아난 살이 아직 아물지 않았다.

불룩 올라온 자국을 손으로 어루만지자 아버지의 일그러진 입술이 떠오른다. 목으로 올라오던 신음도 들리는 듯하다. 마자사이트 칼로 내 배를 찌를 때 아버지의 갈색 눈에는 분노가 가득 담겨 있었다.

'어떻게 된 거지?' 나는 혼미한 정신으로 답을 찾아 본다. 바닥에 피를 흘리며 쓰러지면서 다시는 일어나지 못할 거라 생각했다. 내가 기억하는 마지막 장면은 나를 도와 아버지와 맞서 싸우려고 달려오던 아마리의 모습이다.

죽어 가던 그 꿈속 정경에는 어떻게 가게 된 건지 모르겠다. 그 운명의 날 이후 시간이 얼마나 흘렀을까? 아버지와 아마리는 어떻게 되었을까? 지금 내가 누워 있는 곳은 어디일…….

부우우우움!

깊고 요란한 소리에 나는 번쩍 고개를 든다. 처음에는 낮고 일정하게 울리던 경보가 곧 수백 개의 뿔피리가 합쳐진 듯 요란한 소리로 바뀐다. 침대가 덜덜 떨린다. 피가 서늘해진다. 공포와 피, 죽음을 알리는 신호 같다.

전쟁의 신호.

'무슨 일이지?' 나는 황급히 비단 이불 밖으로 나온다. 팔다리가 물처럼 흐느적거린다. 일어서려 하지만 다리가 꺾이면서 풀썩 바닥으로 쓰러진다.

뿔피리 소리에 다시 벨벳 카펫에서 욱신거리는 머리를 들어 본다. 카펫에 수놓아진 백표버머의 날카로운 초록색 눈을 마주하자 몸이 뻣뻣해진다.

"대체 무슨 일이야?"

내가 속삭인다. 시시각각 의문이 쌓여 간다. 어둑한 촛불에 눈이 적응되면서 빨간 벽면이 보이기 시작한다. 대리석 아치들과 값비싼 덮개들을 보니 이곳은 아버지의 방이다.

경보음이 더욱 요란해지자 나는 금테가 둘러진 창문들로 고개를 돌린다. 날카로운 비명들이 두툼한 커튼을 뚫고 들어온다. 목덜미의 머리카락이 곧추선다. 벨벳 커튼 틈으로 드러난 한 조각의 밤이 붉은색으로 물들어 간다.

"폐하!"

문이 벌컥 열린다. 촛불 빛이 쏟아져 들어온다. 나는 눈이 부셔서 비틀거리다 벽에 부딪힌다. 장군 한 명과 무장한 병사들이 아버지의 방으로 들이닥친다.

"서둘러!"

장군이 침대로 달려온다.

"어서 지하실로 대피시켜!"

하지만 황급히 비단 이불을 더듬는 저 여인은 장군이 아니다.

어머니다.

작은 체구에 금빛 갑옷을 입은 모습이 너무도 낯설다. 곧았던 머리카락이 고불고불 어깨로 내려와 있다. 가장 낯선 것은 귀 뒤로 흘러내린 새하얀 머리카락이다.

"어디 갔지? 우리 아들 어디 갔어?"

어머니가 빈 침대를 뒤적이며 소리친다.

병사들이 어머니를 문으로 끌고 간다.

그때 어머니가 벽에 기대 있는 나를 발견한다.

"이난?"

그녀의 얼굴이 창백해진다. 벌어진 입으로 손이 올라간다. 호박색 눈에 눈물이 고이더니 비틀비틀 물러나며 배를 얻어맞은 듯 몸을 구부린다.

"깨어났구나!"

어머니를 마지막으로 마주한 게 언제인지 모르겠다. 아주 오랫동안 떨어져 있었던 것 같다. 그녀의 구릿빛 피부와 뾰족한 턱은 여전하다. 하지만 눈이 흐릿해졌다.

"어머니……."

어찌 된 상황인지 물어볼 새도 없이 위병 두 명이 어머니의 팔을 한쪽씩 붙잡아 일으켜 세운다.

"이거 놔!"

어머니가 소리치지만 그들은 들은 체도 하지 않는다.

"두 분을 지하실로 모셔!"

한 부관이 소리치자 순식간에 병사들이 나도 들어 올린다. 어머니는 위병들에게 들려 계단을 내려가면서 나를 소리쳐 부른다.

"무슨 일이에요?"

내가 큰 소리로 묻는다.

"누가 우리를 공격하는 거예요?"

궁전 밖에서 뿔피리 소리가 더욱 크게 울려 퍼진다. 밤하늘은 여전히 붉게 타오르고 있다. 병사들이 나를 들고 아버지의 방을 나가 상아색 계단을 내려가자 양옆으로 세상이 휙휙 지나쳐 간다. 하지만 궁전 안을 보는 순간 의문은 더욱 쌓여만 간다.

티끌 하나 없던 대리석 바닥은 온데간데없고 복도마다 늘어서 있던 호리호리한 꽃병들도 사라졌다. 하인들과 병사들이 갈라진 타일 바닥을 뛰어다닌다. 벽에는 아무것도 걸려 있지 않고 군데군데 깨진 유리창과 휘어진 창틀이 보인다.

계단을 다 내려간 뒤에도 눈을 믿을 수가 없다. 궁전의 동쪽 곁채 전체가 폐허로 변했다.

깨진 기둥과 돌이 잔뜩 쌓여 있을 뿐이다.

'꿈일 거야.' 나는 눈을 감는다. '악몽이야. 단지 악몽일 뿐이야.'

하지만 몇 번이고 눈을 감았다 떠 봐도 꿈에서 깨지 않는다.

"어떻게 된 거예요?"

내가 소리쳐 묻지만 아무도 대답하지 않는다. 이대로 도망쳐 숨을 수는 없다.

내가 직접 답을 찾아야 한다.

나는 두 발로 쿵 내려서며 양쪽 팔꿈치로 뒤를 찌른다. 내 팔에 목을 맞은 위병들이 숨을 몰아쉰다. 그들의 손이 풀어진 틈을 타 재빨리 빠져나온다. 그들의 비명을 뒤로하고 발코니로 달려간다.

배가 찢어질 듯 아프지만 후들거리는 다리를 억지로 움직인다. 발코니 문에 둘러친 모래주머니들을 밀어 내고 손으로 더듬어 문

고리를 찾는다.

'어떻게 이럴 수가 있지?'

눈앞에 펼쳐진 현실이 도저히 믿기지 않는다. 이 궁전의 벽이 마지막으로 부서진 것은 내가 태어나기도 전이었다. 화염술사들이 궁전 복도를 뛰어다니며 아버지의 가족을 모두 죽였다. 그 후 아버지는 마법을 완전히 없애 버렸고, 두 번 다시 그런 공격을 당하지 않겠다고 맹세했다.

아버지의 옛이야기가 머릿속을 메우는 순간, 마지막 모래주머니가 쓰러지면서 마침내 문이 열린다. 눈앞의 광경에 나는 두 손을 툭 떨어뜨린다.

라고스가 사라졌다.

"안 돼……."

나는 풀썩 무릎을 꿇는다. 발밑의 땅이 꺼지는 듯하다. 생경한 대학살의 장면이 나를 맞는다. 도시 전체가 전쟁으로 파괴된 것 같다.

상업 구역의 파스텔색 건물들이 모두 사라졌다. 그 경계에 자리잡아 색색의 천막과 수레들로 북적이던 시장도 사라지고 없다. 깨진 유리창과 무너진 건물뿐이다. 치우지 못한 시체들이 거리에 널브러져 있다.

신성자 거주 구역은 반쯤 화염에 휩싸였다. 고약한 재의 냄새가 밤을 가득 메운다. 그곳에 둘러쳐져 있던 나무 담장들은 이제 파편들로 변했다. 거대한 돌무더기만 남아 장벽처럼 도시를 에워싸고 있다.

나는 고통으로 떨려 오는 배를 움켜쥐고 비틀거린다. 믿기지 않는 현실이다.

이곳이 나의 고향이라니 믿을 수가 없다.

부우우우우움!

아까보다 훨씬 더 시끄러운 경보가 울려 퍼진다. 마침내 나는 이 소리가 무엇을 알리는지 깨닫는다. 라고스의 돌무더기 위로 불덩이가 올라오더니 붉은 태양처럼 시시각각 커져 간다.

수 킬로미터 떨어져 있는데도 이글거리는 불꽃의 열기에 살이 따끔거린다. 타닥거리는 불의 기운이 대기를 가득 메운다.

이윽고 붉은 태양이 폭발한다.

"하늘이여……."

수많은 불덩어리가 포물선을 그리며 허공을 날아간다. 내 몸은 돌처럼 굳어 움직이지 않는다. 불덩이들이 땅에 닿으며 폭발이 일어난다. 마치 하늘에서 불길이 떨어지는 것 같다.

화염 폭탄들이 한꺼번에 라고스를 파괴하면서 비명 소리들이 밤을 가른다. 부서진 궁전의 성문 위로 두 개의 불기둥이 올라온다. 다시 물러서려 하지만 다리가 말을 듣지 않는다.

"엎드려!"

누군가가 소리친다. 강인한 팔이 내 어깨를 잡더니 나를 발코니 문 쪽으로 끌어당긴다. 그의 거친 목소리에 나는 멈칫한다. 붉게 변해 가는 대기 속에서 병사의 목에 난 화상 자국이 보인다.

"오조레 형?"

믿을 수가 없다. 나의 사촌 오조레라니. 그가 해군 사관학교를 떠난 뒤로는 만나지 못했다.

그는 나를 끌고 들어가 벽에 세워 놓은 모래주머니들 속으로 밀친다. 그가 무장한 몸으로 나를 덮치는 순간, 눈부신 흰색 광채가 온 세상을 뒤덮는다.

쾅!

뼛속까지 충격이 전해진다. 엄청난 폭발력에 창문들이 와장창 깨진다. 유리 파편들이 우리 머리 위로 쏟아져 내린다.

요란하게 흔들리던 궁전이 잠잠해지면서 검은 연기 구름이 들어온다. 나는 윙윙거리는 귀를 막는다. 그가 내 코를 가리고 나를 일으켜 세운다.

"괜찮아?"

고개를 끄덕이지만 아까보다 더 머리가 욱신거린다. 그나마 온전했던 부분까지 온몸이 고통의 비명을 질러 댄다.

"뭐가 어떻게 된 거야?"

내가 묻는다.

오조레는 자기 코를 막고 캑캑거리며 나를 지하실로 끌고 간다.

"이위카야. 전쟁터에 온 걸 환영한다."

그가 대꾸한다.

15

그가 살아 있다

제일리

컴컴했던 마음속으로 빛이 스며들며 나를 깨운다. 서서히 정신이 들자 온몸이 고통으로 신음한다.

머리 안에서 코뿔소너 한 무리가 싸움을 벌이기라도 하듯 욱신거린다. 그때마다 무너진 꿈속 정경이 머릿속을 스친다.

"못 일어나게 잡고 있어."

내가 뒤척이자 거친 목소리가 지시를 내린다.

깜빡깜빡 눈을 뜨자 흐릿했던 얼굴들이 선명해진다. 오빠가 아침 햇살을 가리며 다가오고 있다. 나일라와 함께 내달리다 나무에 부딪혀 꿈속 정경으로 빠져든 일이 떠오른다.

"오빠……."

내가 일어나 앉으려 하자 그는 나를 도로 눕힌다. 그의 옆에 아마리가 나타난다. 내 다리를 붙잡고 있지만 나와 눈을 마주치지 않는다. 광대뼈가 튀어나오고 눈이 커다란 어린 마자이가 두 사람

사이에 무릎을 꿇고 앉아 가느다란 손가락으로 나의 가슴을 누르고 있다. 하얀 머리카락을 굵게 땋아 허리까지 늘어뜨린 채 거친 목소리로 계속해서 주문을 읊조린다.

"바발루아예, 시세 니파세 미. 바발루아예, 시세 니파세 미."

소녀의 뒤에서 다른 마자이 둘이 숲 언저리에 서서 저 멀리 피어오르는 흙먼지 구름을 주시하고 있다.

"가까워지고 있어, 사피야. 서둘러."

그중 한 명이 외친다.

"왕비 말이야?"

내가 힘없는 목소리로 묻자 그 마자이는 고개를 젓는다.

"왕비의 티탄들."

사피야가 계속해서 아셰를 흘려 보내자 그 애의 두 손을 에워싼 주황빛이 검게 변한다. 영적 기운이 손끝을 달구며 마법의 힘을 더해 준다.

가슴으로 타는 듯한 열기가 파고들면서 나의 아셰가 빠져나가는 느낌이 든다. 뜨거운 바늘이 갈비뼈 사이를 누빈다. 찌릿한 충격이 온몸의 근육을 휩쓴다.

탁!

두 개의 자석이 만난 듯 갈비뼈가 붙자 나는 헉하고 놀란다. 부러진 뼈들이 치료되어 서로 맞물린다. 나는 이를 악물고 뜨거운 통증을 참는다. 극심한 고통이 지나가고 나자 가슴의 압박이 사라진다. 폐가 확 트이는 느낌이다. 그러나 시원한 공기가 들어오자 나는 다시 이난을 떠올린다.

그가 살아 있다.

나는 손을 목으로 가져가며 내가 그의 목에 감은 덩굴을 생각해 본다. 어떻게 살아났는지 몰라도 그의 생명력이 뼛속 깊이 느껴진다. 나는 아마리를 바라보며 어떻게 할까 고민한다.

그렇게 마음을 아프게 해 놓고 어떻게 이 애의 오빠가 살아 있다고 말한단 말인가?

"사피야, **가자**."

치료술사가 갈색 피부에 땀을 흘리며 내게서 손을 뗀다. 그러고는 지친 듯 고개를 젖히고 느릿느릿 힘겹게 숨을 고른다. 그러다 입을 연다.

"미안하지만 우린 빨리 움직여야 해. 네한다의 티탄들이 자리아 동쪽 마자이들을 모조리 잡아가고 있어. 마을 주민들이 전부 구사우의 요새에 갇혔어."

'구사우?' 나는 동쪽으로 며칠 더 가면 나오는 그 마을을 생각해 본다. 그곳 마자이들도 사슬에 묶여 있을까? 내가 당한 것처럼 그들의 피부에도 글씨가 새겨지고 있을까?

"고마워."

내가 사피야의 무릎에 손을 얹자 그 애는 빙긋 웃는다.

"내가 고맙지, **자군자군**. 죽음의 전사를 치료하다니 영광이야."

나는 그 별명에 미간을 찌푸린다. 사피야와 다른 두 마자이가 다시 아디치 숲속으로 들어가고 나자 우리는 서로 눈을 피한다. 내가 먼저 팽팽한 침묵을 깨뜨린다.

"나를 어떻게 찾았어?"

오빠는 내 뒤에 웅크리고 있는 나일라를 고갯짓으로 가리킨다.

"저 녀석이 놀라서 달려왔더라고. 우리가 가서 너를 태우고 온 뒤 지나가던 사피야를 불렀지."

나는 내 사자너의 피부에 난 작은 상처들을 보며 얼굴을 찌푸린다. 금빛 털옷에 자갈과 나뭇가지에 긁힌 자국들이 남았다. 접질려 퉁퉁 부은 앞발에는 붕대가 감겨져 있다. 나는 통증을 참으며 손을 뻗어 녀석의 코를 쓰다듬는다. 녀석은 내게 코를 비비며 거친 혀로 내 이마를 핥는다.

나는 나일라를 오빠에게로 보낸다. 나일라가 얼굴을 핥자 오빠는 눈을 감고 움찔거린다.

"이렇게 사과하는 거야?"

"그게 사과가 된다면."

내 말이 신호가 된 듯 나일라는 더 적극적으로 오빠에게 침을 바른다. 오빠는 나일라를 밀어 내지만 떠오르는 미소를 숨기지 못한다.

"미안해. 내가 너무 심했어."

나는 오빠의 손을 잡는다.

"아버지께 맹세해."

오빠는 고개를 저으며 말을 잇는다.

"또 그런 짓 하면……."

"안 해."

나는 그의 손에 깍지를 끼고 힘주어 잡는다.

"오빠랑 나인 거지?"

"너랑 나지."

그는 고개를 끄덕인다.

"네가 이렇게 심통을 부려도."

나는 빙긋 웃는다. 그러나 오빠가 아마리를 흘끗 보자 더는 웃고 있을 수가 없다. 눈 밑이 거무스름해진 것을 보니 이 애는 밤새 한숨도 못 잔 모양이다. 많이 울었는지 얼굴이 아직도 울긋불긋하다.

아마리는 고개를 돌리고 고불거리는 자기 머리카락을 쓸어내린다. 어째 날마다 더 곱슬거리는 것 같다. 마법이 깨어난 탓일까?

"미안해."

나는 고개를 떨군다. 험한 말을 쏟아 낸 나 자신이 너무도 부끄럽다.

"진심은 아니었어. 너무 속상해서 그랬어."

아마리는 고개를 끄덕이지만 여전히 입술을 떨고 있다. 나는 다친 갈비뼈를 드러내며 말한다.

"원한다면 발로 차도 돼."

"그걸로 될 거라고 생각해?"

아마리가 묻는다.

"아니. 그래도 조금은 갚을 수 있겠지."

아마리는 여전히 나와 눈을 맞추지 않지만 희미하게 미소를 짓는다. 나는 손을 뻗어 아마리의 손을 잡는다. 그 애의 눈에 눈물이 고인다.

나의 사과로 어깨가 조금은 가벼워진 듯하지만 우리가 전쟁을 마주하고 있다는 사실은 변치 않는다. 수많은 병사들과 티탄들이 우리와 맞서고 있다. 어쩌면 아마리는 막강한 어머니를 죽여야 할지도 모른다.

"지금도 어머니를 처치할 생각이야?"

내가 묻자 아마리는 어깨가 축 처진다.

"다른 방법이 없잖아. 하지만 그건 내가 할 일이야. 너한테 또

같이 해 달라고 하지 않을게."

그러자 오빠가 끼어든다.

"안 그래도 우리가 상의해 봤어. 네가 정말 오리샤를 떠나고 싶다면 도망치도록 도와줄게. 나는 네 생각에 동의할 수 없지만 그동안 많이 고생했잖아. 자유를 찾고 싶은 마음은 이해해."

자유.

그 말이 벌써 아득하게 느껴진다. 이난은 무덤에서도 내 가슴에 쇠사슬을 감았다. 그가 살아 있다는 것을 알게 된 지금, 그 쇠사슬이 마자사이트처럼 뜨겁게 달궈지고 있다.

오리샤를 떠나도 자유는 없을 것이다. 그 귀한 왕자님이 살아 있는 한, 그가 여전히 승리하고 있는 한 자유는 어디에도 없다.

자유로워지고 싶다면 도망쳐선 안 된다.

그를 죽여야 한다.

내가 대꾸한다.

"난 이제 도망치지 않을 거야. 그들이 전쟁을 원한다면 상대해 줘야지."

아마리가 내 허벅지를 잡더니 오빠와 눈길을 주고받는다.

"이상하네. 갑자기 왜 마음이 바뀌었어?"

나는 몸을 꼿꼿이 펴며 심호흡을 한다. 다시 아마리를 아프게 하고 싶지 않다. 하지만 진실을 알려야 한다. 또 다른 자신의 핏줄과 싸워야 한다는 것을.

나는 한숨을 쉬며 말한다.

"네 오빠가 살아 있는 것 같아. 그리고 난 그를 죽일 거야."

16

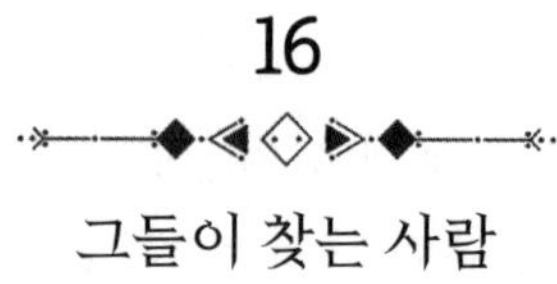

그들이 찾는 사람

아마리

'네 오빠가 살아 있는 것 같아.'

며칠이 지났지만 제일리의 말이 머릿속에서 떠나지 않는다. 밤의 그림자를 뚫고 올라심보산맥을 오르는 중에도 끊임없이 귓가를 맴돈다. 안개의 장막이 발을 뒤덮은 가운데 우리는 구사우 요새가 내려다보이는 오솔길을 걸어가고 있다. 저 안에 갇힌 마자이들을 풀어 주고 군대를 조직해 어머니와 맞서 싸워야 한다. 하지만 자꾸 오빠가 떠올라서 집중할 수가 없다.

오빠가 살아 있다면 어떻게 해야 할까? 어머니가 오리샤의 왕이 되어선 안 된다. 하지만 오빠가 왕위를 차지했다면? 그래도 구사우 요새에 갇힌 마자이들을 구출해 줘야 할까? 오빠가 왕이어도 이 전쟁이 계속될까?

아버지가 오빠 배에 칼을 꽂았을 때 마치 내 가슴이 칼에 찔리는 기분이었다. 오빠가 정말 살아 있다면 나는 이제 그와 싸우고 싶지 않다.

그의 품으로 달려들고 싶다.

"또 이난 생각을 하는구나."

제인이 다정한 얼굴로 다가오자 나는 눈을 깜빡거린다. 그는 내 머리카락 한 가닥을 귀에 꽂아 준 뒤 내 등을 쓸어 준다.

"안 할 수가 없지." 나는 앞서 걸어가는 제일리를 보며 목소리를 낮춘다. "제일리의 말이 사실이라면…… 이난이 정말 살아 있다면……."

그의 이름을 소리 내어 말하는 순간 의식을 치른 뒤 홀로 보낸 밤들이 떠오른다. 전함의 차가운 철벽에 부딪치던 나의 흐느낌. 하도 울어서 침대 이불이 마를 새가 없었다.

오빠는 수많은 고통을 안겨 주었지만 그럼에도 나는 그가 없는 세상에서 어떻게 숨을 쉬어야 할지 막막했다. 그가 정말 살아 있다면 나는 어떻게 해야 할까?

"잠깐만."

제일리가 한 손을 들어 우리를 멈춰 세운다. 앞에서 나뭇가지들이 부스럭거린다. 제일리는 격투봉으로 손을 뻗는다.

발소리들이 가까워지자 맥박이 빨라진다. 어른거리는 그림자들이 점점 커지더니 마침내 세 사람이 모퉁이를 돌아 모습을 드러낸다. 그러나 그들을 보는 순간, 가슴이 미어진다.

어린아이들이다.

"**아라빈린**, 혹시 먹을 것 있나요?"

셋 중 가장 큰 마자이가 앞으로 나오며 묻는다. 모두 낡고 해진 옷을 입었다. 가족인지, 아니면 그저 모두가 새하얀 머리카락을 가진 동족인지 알 수가 없다.

제일리가 가죽 봇짐으로 손을 뻗지만 내가 먼저 나선다. 나는 내 짐가방에서 말린 하이에너 고기 한 조각을 꺼낸다. 사냥은 언제든 다시 하면 되니까.

"고맙습니다, **이야와.**"

소녀가 미소 지으며 고기를 세 조각으로 쪼갠다. 이 아이들이 버려진 것도 어머니나 아버지 때문이었을까? 다시 멀어지는 그들을 바라보면서 나는 전쟁과 저 밑에서 구출을 기다리는 우리 군대에 집중하려고 애쓴다. 하루빨리 이 싸움을 끝내지 않으면 그만큼 나의 백성들이 고통받을 것이다.

오빠가 있든 없든 나는 어머니를 처치하고 왕위에 올라야 한다.

"저기 있네."

제일리가 벼랑 위에 쪼그리고 앉으며 말한다. 60미터쯤 아래 골짜기에 우리의 표적이 내려다보인다. 농촌 마을과 경계를 이루는 구사우의 요새는 곰베의 요새와 크기가 엇비슷한 철제 감옥이다. 카사바 밭이 주위를 에워싸고 있고 요새의 그림자 속에는 경비병들이 늘어서 있다. 탑의 구석구석을 순찰하는 병사들의 엄숙한 얼굴 위로 횃불의 불빛이 일렁인다.

"문 열어!"

한 경비병이 소리친다. 횃불이 그의 금빛 갑옷을 비추자 목이 타들어 간다. 투구를 들춰 보지 않아도 그 속에 새하얀 한 줄기 머리카락이 감춰져 있을 게 분명하다.

함께 순찰을 도는 다른 티탄 두 명을 보고 나는 내 하얀 머리카락을 밀어 넣는다. 저들도 어머니만큼 굉장한 힘을 가졌을까?

"저것 봐."

제일리가 가리키는 곳을 보니 벼랑 아래로 퓨마너가 끄는 마차 한 대가 지나간다. 마차가 멈춰 서고 사슬로 묶인 마자이들이 끌려 나온다. 그들은 머리를 떨군 채 창살이 쳐진 문으로 들어간다.

그 마자이들의 피부에 난 화상과 멍을 보는 순간 속이 메슥거린다. 괴로운 얼굴 하나하나가 죄책감을 더해 준다. 내가 여왕이 되면 저들은 풀려날 것이다. 우리는 힘을 합쳐 내가 꿈꾸는 오리샤를 건설할 수 있다.

"마법이 돌아온 지 얼마나 됐다고 벌써 너희 왕실에서 우리를 끌고 가네."

제일리가 입술을 삐죽거린다. 그 애의 원망 섞인 목소리에 가슴이 오그라진다.

"어머니가 좀 빠른 편이거든. 그러니까 우리가 더 빨리 손을 써야지."

제일리는 내가 말하지 않은 이름을 떠올렸을 테지만 그 애가 어떻게 생각하든 나는 상관하지 않는다. 나는 우리 오빠를 잘 안다. 오빠가 살아 있다면 저런 일을 허락했을 리가 없다. 그는 아버지처럼 싸우기에는 너무도 많은 일을 겪었다.

우리 둘 다 그렇다.

나는 단호하게 말한다.

"일단 저들을 살펴보자. 보초병들의 일과를 알아야 언제 공격하는 게 가장 좋은지 알아낼 수 있잖아. 마자이들이 한꺼번에 급습하면 감당할 수 없을 거야. 우리는 저 마자이들을 풀어 주고 저들을 시작으로 우리 군대를 조직하면 돼."

그러자 제인이 묻는다.

"정말 우리 힘으로 가능할까? 곰베를 공격할 때는 케니언과 내아그본 친구들이 도와줬잖아."

"그리고 그때는 전시도 아니었지." 뒤에서 누군가의 목소리가 들린다. "지금은 군대가 대기하고 있잖아."

나는 칼을 빼 들고 제일리는 격투봉을 꺼내 든다. 그러나 덤불 속에서 목소리의 주인공이 모습을 드러내자 제일리는 손을 내린다.

"로웬?"

청부업자가 오솔길을 걸어오자 제일리는 뒤로 물러선다. 로웬은 나무에 기대선다. 스쳐 가는 달빛이 그의 얼굴에 새로 생긴 멍을 드러낸다.

그가 말한다.

"에이, **지솔**. 나를 그렇게 쉽게 떼어 낼 수 있을 줄 알았어?"

"여긴 왜 또 왔어요?" 나는 이를 악물고 달려들며 숲을 훑어본다. "우리를 어떻게 찾았어요? 누가 보냈죠? 부하들은 어디 있고?"

"진정해, 공주님. 내 실력 알잖아." 그가 두 손을 올리며 말을 잇는다. "내가 널 잡으러 온 거라면 넌 벌써 가죽 자루에 들어가 있을걸. 널 구제해 주려고 찾아온 거야."

"거짓말."

나는 바싹 다가가며 그의 목에 칼을 갖다 댄다.

"뭐 하는 거야?"

제일리가 속삭인다.

"집회가 끝난 뒤 이 사람이 날 어떻게 협박했는지 넌 몰라."

로웬은 나의 칼날을 보며 턱을 움직인다.

"이 칼을 내릴 기회는 딱 한 번뿐이야."

그의 협박에도 나는 칼을 더 꼭 움켜쥔다. 조금만 더 들이대면 피를 낼 판이다.

"이 사람이 하는 말 한 마디도 듣지 마. 이 사람이 여기 온 건 나를 잡아가서 내 목에 걸린 현상금을……."

갑자기 로웬이 내 손목을 잡더니 칼을 떨어뜨린다. 나는 비명을 지른다. 그는 단번에 내 팔을 뒤로 비튼다.

"말했잖아." 그는 나를 옆으로 밀어 내고 내가 서 있던 벼랑 끝에 서며 말을 잇는다. "널 해치울 작정이었으면 지금 우린 이렇게 대화하고 있지 않을 거야."

그러고는 요새 언저리를 가리키며 제일리를 손짓해 부른다.

"이위카가 이미 탈옥을 시도했어. 그 바람에 이제 오리샤의 모든 시설이 무장을 했지."

"마자사이트 가스로?"

제일리가 묻자 로웬은 고개를 끄덕인다.

"저긴 지뢰밭이야. 지난 집회에서 사용된 것보다 세 배는 더 강력한 가스지. 마자이들은 나오기도 전에 질식해 버릴걸."

"그럼 방독면을 쓰면 되죠. 가스를 피할 방법이 있을 거예요."

내가 말한다.

"그럼 위병들은 마자이들이 나가기도 전에 다 죽여 버릴걸."

그의 말을 곱씹으면서 나는 사색이 되어 고개를 젓는다.

"그럴 리가."

아무리 전쟁이라 해도 어머니가 그렇게 잔인할 리가 없다.

로웬이 설명한다.

"라고스가 포위되었으니 왕실 군대는 이위카에게 어느 한 도시도 더 내주려 하지 않을 거야. 이위카가 병력을 키우는 일은 절대 허락하지 않겠지."

나는 바닥의 잔가지들을 바라본다. 내 계획이 모래성처럼 무너져 내린다. 곰베의 요새에서 제일리를 구출했으니 이번에도 할 수 있을 거라 생각했다. 저 포로들을 구출해서 군대를 조직해야만 우리는 공격을 시작할 수 있다. 그게 내가 왕위에 오르기 위한 첫 걸음이다. 하지만 우리가 구출하려 하는 저 마자이들을 어머니가 모조리 죽인다면…….

하늘이여.

우린 아직 시작도 하지 않았는데 어머니는 이미 승리를 거머쥐었다.

"그런데 여기 왜 왔는지는 아직 모르겠는데."

제인이 로웬과 제일리 사이로 걸어오며 말을 잇는다.

"설마 그런 경고를 해 주려고 이 먼 길을 온 건 아닐 테고?"

그러자 로웬이 빙긋 웃으며 대꾸한다.

"에이, 친구. 그건 돈이 되는 일이 아니잖아. 이 오리샤에서 친구가 죽지 않기를 바라는 유일한 사람한테 한몫 챙기러 왔지."

나는 뒤로 물러선다.

"그럴 줄 알았어. 난 당신하고는 아무 데도 안 가."

"잘 됐네. 그럼 넌 여기 있어. 그들이 찾는 사람은 제일리니까."

로웬은 주머니에서 쪽지를 꺼낸다. 끊임없이 우리를 따라다닌 그 붉은색 I 자가 보인다.

제일리가 그 양피지로 손을 뻗으며 묻는다.

"이위카? 이위카가 나를 찾는다고요?"

"나한테 선불을 주고 너를 이바단까지 호송하라고 하더군. 그러니까 순순히 따라오지 않으면 난 가죽 자루를 꺼내야 할 것 같은데."

나는 제일리의 손에서 그 양피지 쪽지를 빼앗아 붉은 점으로 이루어진 글씨를 살펴본다. 집회에서 나를 노려보던 반란군이 떠오른다. 그녀의 흉터 난 눈에는 증오가 가득했다.

"이위카는 나와 왕실 사람들을 모조리 죽이고 싶어 해. 그들에게 가선 안 돼."

나의 말에 로웬은 눈을 굴린다.

"모두가 네가 죽기를 원해. 그걸 뭐라 할 수는 없을 것 같은데. 하지만 승리하고 있는 마자이들과 한편이 될 수 있는데, 너는 왜 가질 수 없는 투사들을 탈옥시키면서 시간을 낭비하려 하지?"

나는 제일리에게 눈짓하지만 제일리는 어깨를 으쓱하며 말한다.

"다른 방법이 없잖아?"

로웬은 고소하다는 듯이 웃으며 앞장서서 우리에게 따라오라고 손짓한다.

"가시죠, 공주님. 이위카가 네 어머니와 내 부하들만큼 널 죽이고 싶어 하는지 보자고."

17

아버지와는 다른 왕

이난

거울에 비친 내 모습을 보니 혼란스럽다. 나를 바라보는 저 낯선 얼굴이 누구인지 모르겠다.

오리샤의 왕위를 이어받을 만신창이의 청년.

의식을 잃고 누워 있는 동안 여위어 버린 몸이 아버지의 새빨간 아그바다*에 파묻혀 있다. 왕의 비단에서는 여전히 아버지의 백단향 향수 냄새가 난다. 숨을 깊이 들이마시자 아버지가 두 손으로 나의 목을 조르는 것 같다.

'넌 내 아들이 아니다.'

나는 눈을 감는다. 배에 경련이 일면서 날카로운 통증에 이가 갈린다. 아버지의 칼이 여전히 배에 꽂혀 있는 것 같다. 첫 왕실 회의를 준비하면서 나는 이제는 사라진 세네트놀이**의 말을 손가락으

---

* 서아프리카 남자들이 입는, 풍성하고 소매통이 넓은 가운.

** 고대 이집트의 보드 게임.

로 만지작거리는 시늉을 한다. 그 말을 아쉬워하는 나 자신이 싫다. 하지만 그것을 내게 준 아버지에게 더욱 진저리가 난다.

"준비되셨습니까, 폐하?"

나무 문이 끼익 열리더니 오조레가 수염 난 턱을 들이밀며 말한다.

"폐하의 그 옷 속에 위대한 힘이 숨어 있다는 전설은 익히 들었지만 무지한 소인의 눈에는 전혀 보이지 않는데요."

나의 사촌 형은 기어이 내가 배를 움켜쥐고 웃음을 터트리게 만든다. 내가 들어오라고 손짓하자 그는 어두운 갈색 얼굴에 환한 미소를 짓는다.

그가 내 어깨를 툭 치며 말한다.

"멋진데. 제법 왕 같아. 이야, 이것 봐!"

그는 내 얼굴을 꼬집으며 덧붙인다.

"뺨도 발그레해졌어!"

나는 그의 손을 밀어 낸다.

"발그레해진 게 아니야. 어머니가 하인들을 시켜 화장을 하게 했지."

"그 끔찍한 얼굴은 어떻게든 숨기는 게 좋지."

그가 아버지의 싸늘한 방으로 들어오자 금세 마음이 훈훈해진다. 호리호리한 체구에 잘생긴 얼굴로 총사령관의 갑옷을 입고 있는 오조레는 그림 속에서 막 튀어나온 듯하다. 하지만 그 아름다움도 목에 난 화상을 가려 주지는 못한다.

그는 해군 사관학교 시절 나의 지휘관이었다. 그 뒤로는 만나지 못했지만 여전히 내게는 친형처럼 느껴진다. 내 마음을 읽은 듯 그는 내 어깨에 팔을 두르고 함께 거울을 바라본다.

"총사령관과 왕."

그가 절레절레 고개를 흔들자 나는 빙긋 웃는다.

"우리 계획대로 되었네."

"꼭 그렇다고 할 수는 없지."

오조레는 내 머리카락을 헝클어뜨리며 새하얀 머리카락을 가리킨다. 밝은 목소리지만 못마땅한 기색이 역력하다.

"싫구나."

"이것만. 네가 싫은 건 아니야."

그는 고개를 돌린다.

나는 거울로 헝클어진 한 줄기 새하얀 머리카락을 본다. 내 저주의 표시. 다시 깨어난 이후로 마법을 쓰려 할 때마다 누군가가 도끼로 두개골을 내리치는 기분이 들었다. 꿈속에서 제일리가 내 목을 조른 탓인지 아니면 그 신성한 의식으로 내 마법이 변한 것인지 알 수가 없다.

하지만 지금까지 일어난 일을 생각하면 마법을 사용해도 될지 확신이 서지 않는다. 마법을 가졌다는 이유로 아버지는 나를 이 땅에서 없애 버리려 하지 않았는가?

내가 묻는다. "왕실 군대에도 티탄들이 있잖아. 황금 갑옷을 입은 사람은 어머니뿐만이 아니던데."

"전쟁 중이잖아. 저들은 불바다를 일으키는데 우리는 겨우 칼로 맞서야겠어?" 오조레는 수년이 지났는데도 여전히 비늘처럼 남은 화상을 엄지손가락으로 훑으며 말을 잇는다. "그 마귀들을 모두 묻어 버리려면 티탄들이 필요하지. 그래도 마법은 저주야."

헛웃음이 나오려 한다. 몇 달 전이었다면 나도 저렇게 말했을 것이다. 하지만 진실을 알게 된 지금도 마법에 대한 오조레의 생각을 바꿀 수 없다는 것을 알고 있다. 화염술사들이 궁전을 파괴하고 그의 부모님을 산 채로 태운 날, 그의 생각은 돌이킬 수 없이 굳어졌다. 저 정도의 화상만 입고 빠져나온 것도 행운이었다.

"너도 죽는 줄 알았어."

그는 바닥을 응시하며 조용히 말을 이어 간다.

"그 의식장에서 너를 발견했을 때 피를 너무 많이 흘린 상태였거든. 안정된 뒤에도 깨어나지 못할 줄 알았어."

나는 다시 그 꿈속 정경을 떠올린다. 죽어 가는 갈대들. 잿빛 안개. 제일리가 나를 발견하지 않았더라면 나는 영원히 그 꿈속에 누워 있었을지도 모른다.

"형한테 목숨을 빚졌네."

"에이, 목숨만이 아니지. 전쟁이 끝나면 한자리 내줘야 돼. 금도 주고. 땅도!"

나는 웃으면서 고개를 젓는다.

"꼭 금방 끝날 것처럼 얘기하네."

"우리의 왕이 돌아왔잖아. 그러니까 금방 끝나겠지."

"이난?"

고개를 돌려 보니 어느새 문이 다시 열려 있다. 어머니가 새빨간 드레스를 입고 허리까지 내려오는 구슬 박힌 망토를 두른 채 햇살 속에 서 있다. 안으로 들어오자 망토가 물 흐르듯 매끄럽게 따라온다.

오조레가 나지막이 휘파람을 분다.

"전쟁터에서도 여전히 매력적이시네요."

"쉬잇."

어머니는 미간을 좁히다가 이내 미소를 지으며 오조레의 턱을 어루만진다. 피가 섞이지는 않았지만 그는 어머니의 큰아들이나 다름없다. 어머니는 가족을 잃은 오조레를 데려다 자립할 때까지 돌봐 주었다.

어머니가 나를 보며 말한다.

"알현실에 다들 모여 있어. 너만 준비하면 돼."

"하지만 지하실이 가장 안전한……."

어머니는 손을 내저어 내 말을 자른다.

"새 왕을 알현하는 날인데 전통을 따라야지. 어둠 속에 숨어 있으면 쓰나."

오조레도 고개를 끄덕인다.

"겁먹지 마."

그러자 어머니가 다시 말한다.

"그럴 시간도 없어. 조코예 장군을 포함한 위원회 전체가 지켜볼 거야. 군대에게 이 전쟁에서 승리하라고 명령하려면 네가 행동으로 보여 줘야 해."

목이 바싹 타들어 가자 나는 꿀꺽 침을 삼킨다. 준비할 시간이 더 있다면 좋을 텐데. 라고스와 오리샤를 이위카의 손아귀에서 구하는 일은 나에게 달려 있다. 하지만 해결해야 할 문제가 너무도 많다. 길이 모두 막혔고 식량은 줄고 있으며 그들의 화염 폭탄이 언제 다시 터질지 모른다. 마법이 돌아오는 것도 막지 못한 내가 어떻게 그들을 막을 수 있단 말인가?

"이제 마무리를 해 보자."

어머니가 색을 칠한 손톱을 빛내며 손가락을 튕기자 하인 한 명이 아버지의 왕관이 놓인 방석을 들고 들어온다. 그 번쩍이는 금관을 보자 배에 격렬한 통증이 인다.

"난 밖에서 기다릴게."

오조레가 내 등을 토닥인 뒤 밖으로 나가며 덧붙인다.

"어쨌든 넌 잘 하고 있어. 아버지가 자랑스러워하실 거야."

속이 뒤틀리지만 나는 억지로 미소를 짓는다. 그러나 어머니가 왕관을 들고 내게 고개를 숙이라고 손짓하는 순간, 절로 미소가 사라진다. 이층 케이크처럼 높고 눈부시게 빛을 발하는 이 왕실의 가보는 전체가 금으로 만들어졌다. 첫 번째 왕실 문장이었던 코끼리너 주위에는 다이아몬드가 소용돌이 모양으로 박혀 있고 맨 꼭대기에는 피처럼 새빨간 루비가 번득인다.

"알아."

왕관을 바라보는 어머니의 눈이 아득해진다.

"나도 할 수만 있었다면 이걸 태워 버렸을 거야."

"그래도 어머니는 아버지의 옷을 입지 않아도 되잖아요."

"상황이 되는 대로 새 옷을 맞춰 줄게."

어머니는 내 머리에 왕관을 얹더니 그토록 단단하던 겉모습이 무너지면서 손으로 입을 막고 숨을 내쉰다.

"아아, 어머니. 제발 울지 마세요."

어머니는 나를 찰싹 때리며 옷깃을 매만져 준다. 때로는 지나치게 유난을 떨지만 그래도 나는 어머니의 미소를 사랑한다.

"네 아버지는 좋은 남자는 아니었어. 하지만 훌륭한 왕이었지. 무슨 수를 써서든 왕좌를 지키려 했으니까. 너도 아버지의 후계자니까 그렇게 해야 한다."

어머니는 내 어깨를 잡고 나를 거울 쪽으로 돌려세운다. 어머니의 얼굴이 옆에 있으니 나를 보는 거울 속의 사내가 좀 더 친숙하게 느껴진다.

"저는 아버지처럼 되고 싶지 않아요, 어머니. 그럴 수 없어요."

"아버지처럼 되지 마라, 이난." 어머니는 내 팔을 잡으며 덧붙인다. "아버지와는 다른 왕이 되렴."

18

다시 만난 예언술사

제일리

"잠깐!"

로웬의 지시에 나는 짜증을 억누르며 울창한 나무에 기대선다. 옆에서 나일라가 하품을 하며 기지개를 켠다. 아직 다친 앞발이 다 낫지 않아서 우리를 태우지 못한다. 우리가 멈춰 선 곳은 올라심보산맥 한가운데쯤이다. 산허리의 열대 우림을 빼곡히 메운 나무들이 줄어들고 있다. 이바단에서 이위카를 만나려면 아직 보름은 더 가야 하지만 이렇게 멈춰 설 때마다 지체되는 시간이 너무도 길게 느껴진다.

"그런 얼굴로 보지 마, **지솔**."

로웬은 내 얼굴 앞에서 손가락을 흔들더니 앞으로 걸어 나간다.

"이제 나무가 없어서 몸을 숨길 수가 없잖아. 잠깐 점검 좀 할게."

그가 앞장서서 나무들이 점점 줄어드는 숲으로 나아가자 나는 발을 톡톡 구른다. 비스듬한 나뭇가지들과 뒤엉킨 덩굴들이 초록빛으로 뒤덮여 있다. 열대 우림이 끝나고 그 앞으로 풀이 덮인 비탈들이 산꼭대기까지 이어져 있다. 하늘에는 구름 한 점 없고 작열하는 태양에서 환한 빛이 내리쬔다.

내가 로웬의 뒤에 대고 소리친다.

"아무것도 없어요? 아님 양들이라도 쓰다듬어 주고 있나?"

"이 마자이들은 나 같은 사람하고 함께 다녀도 개의치 않았을 텐데."

그가 움푹 팬 풀밭에서 뒷걸음질 치는 모습에 나는 가슴이 덜컥 내려앉는다. 그의 발밑에는 나보다 나이가 그리 많지 않은 마자이 둘이 쓰러져 있다. 찢어진 옷에는 피가 말라붙었다. 칼에 찔린 가슴 부위가 가장 진한 색으로 물들어 있다. 피부에 난 화상으로 봐선 네한다의 군인들이 먼저 마자사이트를 사용해 멈춰 세운 모양이다.

"보지 마."

오빠가 내 팔을 쿡 찌르며 앞서 나간다. 아마리가 뒤따라가며 내 짐을 덜어 주려고 나일라의 새 고삐를 낚아챈다.

나는 고개를 숙인다.

"신들이 내려 주신 삶이라는 선물을 신들에게 돌려 드리나이다."

마법의 힘을 느끼고 싶진 않지만 이 가엾은 영혼들이 편히 쉬도록 **이부쿤**을 읊조려 준다. 아빠의 죽음이 떠올라 눈이 따끔거리지만 애써 눈물을 삼킨다. 다시 허리를 펴자 로웬이 팔짱을 끼며 말한다.

"그 의식 이후로 네가 마법을 쓰는 건 처음 본다."

나는 마자이들에게 이끼를 덮어 주고 말없이 그를 지나쳐 앞서 나간다.

"또 이러기야?"

그가 나를 따라잡으며 다시 묻는다.

"가는 나를 불러 세웠으면서 시치미 떼려고?"

"그래도 그냥 가 놓고 시치미 떼는 게 누군데?"

로웬은 뺨으로 혀를 밀어 넣는다. 입가에 의미심장한 미소가 떠오른다.

"왜 마음이 바뀌었는지 알려 줘. 자유를 찾고 싶다고 했잖아."

나는 풀밭에 흩어져 있는 커다란 암석들을 넘어가며 다시 산길을 오르는 데 집중한다. 지금도 이따금씩 바다 건너를 생각하곤 한다. 어딘가에 기다리고 있을 고통 없는 땅. 하지만 그때마다 이난의 얼굴이 겹쳐지며 나의 발목을 붙잡는다.

"그 계획은 바뀌지 않았어요. 그 전에 할 일이 있을 뿐."

로웬은 미소를 짓는다.

"그렇구나. 그 할 일이라는 게 그의 숨통을 끊는 거라면 좋겠네."

그가 한쪽 눈을 찡긋하자 나는 그를 노려본다. 어쩜 저렇게 눈치가 빠른지 모르겠다. 이난이 내 마음을 읽는 것도 싫었지만 로웬에게는 마법의 힘도 없지 않은가.

내가 묻는다.

"정말 다시 온 이유가 뭐예요? 차라리 우리를 팔아넘기는 게 더 쉬웠을 텐데?"

"솔직하게 말해 줘?"

로웬은 나를 멈춰 세우고 손으로 내 턱을 감싼다. 그의 손이 닿자 내 바람과는 달리 안에 남아 있던 불씨가 가물가물 되살아난다. 집회 날 그가 뺨을 어루만질 때 그랬던 것처럼. 굳은살이 박인 그의 거친 손가락의 감촉이 아직도 생생하다. 그 단순한 손길에 너무도 많은 말이 담겨 있었다. 그가 다시 온 지금, 이제는 어떻게 해야 할지 모르겠다.

"네 소식을 듣고 견딜 수가 없었어." 그는 고개를 저으며 말을 잇는다. "네가 나를 좋아하는 건 알았지만 나 없이는 하루도 못 살겠다고 나무에 몸을 던지면 어떡해?"

나는 웃음을 터트리는 그를 밀어 낸다. 폭풍 같은 잿빛 눈에 장난기가 어른거린다.

"구제 불능이야."

"창피해하지 마, 아가씨. 남녀를 막론하고 나 없이는 살 수 없다고 징징댄 사람이 한둘이 아니었어."

"제일리!"

오빠가 외치는 소리에 우리는 퍼뜩 왼쪽으로 고개를 돌린다. 암석이 깨지는 소리가 허공을 메운다. 목덜미의 머리카락이 쭈뼛 선다. 로웬이 내 팔을 붙잡지만 나는 그가 막을 새도 없이 내달리기 시작한다. 요란하게 풀밭을 내딛는 내 발소리 사이로 계속해서 비명이 울려 퍼진다.

"저 위쪽이야!"

내가 미끄러지며 모퉁이를 돌자 아마리가 가리킨다.

1킬로미터쯤 떨어진 위쪽 벼랑에서 위병 한 무리가 우리를 내려다보고 있다. 그들의 황금 갑옷에 햇살이 반사된다. 잠시 우리는 꼼짝도 하지 않는다.

위병 세 명이 껑충 뛰어내려 높은 절벽을 미끄러져 내려오자 나는 허둥지둥 물러선다. 이 티탄 땅술사들은 자갈을 눈처럼 가뿐히 밀어 내며 번개처럼 빠르게 움직인다.

그들의 실력에 맥박이 빨라진다. 집회에서 우리를 공격한 티탄들보다 훨씬 더 절도 있게 마법을 사용하고 있다. 그들이 우리에게 돌진하는 사이, 네한다의 나머지 병사들은 절벽 옆쪽에 묶은 밧줄을 타고 땅으로 내려온다.

"내가 맡을게!"

아마리가 손끝으로 푸른빛을 타닥거리며 앞으로 달려 나온다.

"아마리, 안 돼!"

문득 내 눈앞에서 죽어 버린 한 티탄이 떠오른다.

"넌 마법을 어떻게 쓰는지도 모르잖아!"

푸른빛이 아마리의 손을 에워싸면서 피부가 그슬리기 시작한다. 그 애가 손바닥을 휙 내밀어 보지만 마법은 앞으로 나아가기는커녕 얼굴에서 너울거린다. 아마리가 고통스러운 비명을 지르며 땅으로 쓰러진다.

이제 더 이상 방법이 없다.

내가 마법을 쓰지 않으면 우리는 죽는다.

"에미 아원 티 오 티 선……."

내 핏줄에서 아셰가 분출되면서 시간이 느려지는 것 같다. 영혼들이 검은 모래알처럼 허공에 모여든다. 두 팔이 떨려 오면서 마법이 솟구친다.

내 몸을 통과한 영혼들이 떼 지어 땅에서 올라온다. 하지만 나의 영체들이 모양을 갖춰 가는 동안, 다른 영체들의 존재가 느껴진다.

"에미 아원 티 오 티 선……."

나는 눈살을 찌푸린다. 금빛 갑옷을 입은 호리호리한 병사가 나와 똑같은 주문을 읊조리고 있다. 영체로 변하는 영혼들이 느껴진다. 그들은 서로 뒤엉키더니 하나의 거대한 괴물로 변한다. 입이 다물어지지 않는다. 돌멩이로 이루어진 괴수가 땅에서 올라오고 있다. 그 커다란 형상이 태양을 가린다.

모두가 얼이 빠져 꼼짝 못 한다. 나의 영체들도 움직이지 않는다. 이윽고 병사가 앞으로 걸어 나오더니 금빛 투구를 벗고 온통 새하얀 머리카락을 드러낸다.

"아, 오야시여, 드디어 만났네."

소년이 입을 떡 벌린 채 나를 바라본다. 기껏해야 열다섯 살쯤 되었을까. 자기가 만든 영체처럼 머리에 비해 귀가 유난히 크다.

"네 영체는 좀 더 다듬어야겠다."

누군가가 말하며 절뚝절뚝 우리에게로 걸어온다.

"그래도 굉장하네. 꽤 훌륭했어."

그 군인이 투구를 벗는 순간, 숨이 멎는 듯하다. 우리의 예언술사. 그녀는 예전에 격투봉을 들고 있는 나의 자세를 살피듯 나의 영체들을 살펴본다.

"마마 아그바?"

내가 속삭인다.

그녀의 갈색 입술에 미소가 번지고 마호가니색 눈에는 눈물이 고인다. 마마는 두 팔을 벌리며 말한다.

"우린 다시 만날 거라고 했잖아."

19

반란군이 되다

제일리

살면서 이렇게 펑펑 울어 본 적이 있을까 싶다. 마마 아그바의 품에 안겨 마마의 갑옷 속에서 새어 나오는 빳빳한 직물의 냄새를 맡는 순간, 집의 기억이 밀려든다. 일로린의 파도. 날카롭게 충돌하던 나무 격투봉들. 다시 주체할 수 없는 울음이 터져 나오자 나는 마마에게 매달린다. 그녀를 놓으면 이 꿈이 끝나 버릴 것만 같다.

"펠레."

마마 아그바가 턱 밑으로 내 머리를 끌어안으며 고불거리는 머리카락에 대고 속삭인다. 그러고는 등을 쓸어 주며 작게 웃음을 터트린다.

"자, 괜찮아. 난 아무 데도 안 가."

나는 고개를 끄덕이면서도 손을 놓지 않는다. 마마를 안고 있으니 온몸이 알라피아에서 엄마의 영혼을 안았던 느낌에 휩싸인다. 그때 간신히 만났던 엄마는 금세 내 품에서 사라졌다. 또 그렇게 누군가를 놓치고 나면 살 수 없을 것 같다.

"머리카락이 났네요!"

나는 울다 말고 웃음을 터트리며 마마의 머리에 살짝 올라온 새하얀 곱슬머리를 만져 본다.

마마는 빙긋 웃는다.

"어떤 작은 전사가 마법을 되찾았지 뭐니. 더 이상은 숨어 살고 싶지 않더구나."

나는 마마의 턱에 난 사마귀와 짙은 갈색 피부에 새로 생겨난 검버섯들 그리고 주름들을 살펴본다. 내가 기억하는 것보다 다리를 더 심하게 절고 있지만 어쨌든 마마는 살아서 내 앞에 있다.

"그만 가자."

마마 아그바는 내 이마에 입을 맞추고 일어나서 아마리와 오빠를 껴안는다. 나는 눈물을 마저 닦고 마마의 뒤에 있는 병사들을 살펴본다. 모두 나와 똑같이 새하얀 곱슬머리를 가졌다. 얼굴색은 조금씩 다르지만 모두 아름다운 갈색이다.

귀가 크고 환한 눈을 가진 어린 사령술사가 호기심 가득한 미소를 띠고 앞으로 걸어 나온다.

내가 묻는다.

"아까 그 주문은 뭐였니? 그렇게 커다란 영체는 처음 봤어."

소년은 자랑스러운 얼굴로 대꾸한다.

"우리 집안 사령술사들은 모두 그런 영체를 만들었어! 여러 개의 영체가 아닌 커다란 하나의 영체 말이야."

"굉장하다."

"굉장한 사람은 따로 있지!"

그가 이를 악물자 나는 움찔 물러선다. 소년은 무릎을 꿇고 고개를 숙인다.

"**자군자군 이쿠**, 부디 나를 부원로로 받아 주세요!"

"너무한다, 마젤리."

땋아 내린 하얀 머리카락에 구슬들을 엮어 넣은 마자이가 웃음을 터트리며 말한다.

"이제 막 온 사람이잖아. 숨 좀 돌리게 해 줘."

"쟤들은 신경 쓰지 마."

마젤리는 내 손을 잡고 동그란 눈을 크게 뜬다.

"내가 사령술사 부족의 원로를 이어받을 때까지 충실하게 섬길게. 하지만 그때쯤이면 우린 이미 사랑에 빠져 있을 거야."

나는 손을 빼내려 하지만 그는 내 손을 더 꽉 잡으며 목소리를 높인다.

"그러고 나면 우린 자식들도 낳겠지. 나는 숨이 다할 때까지 우리 가족을 충실하게……."

"이제 그만."

마마 아그바가 끼어들어 마젤리의 머리를 토닥인다.

"곧 왕실 순찰대가 지나갈 거야. 그 얘기는 안에 들어가서 계속하는 게 어떨까?"

"저 애는 원래 저래요?"

우리가 다시 걸음을 떼자 나는 마마 아그바에게 속삭여 묻는다.

"위대한 사령술사가 될 아이들이 다 그렇듯 마젤리도 꽤 고집이 세거든."

나는 빙긋 웃는다. 그러나 뒤로 빠지는 로웬을 보고 미소를 거둔다. 그는 한 마자이에게 금화 주머니를 건네받고 있다. 그가 열대 우림으로 들어서는 우리를 더 이상 따라오지 않자 부풀었던 가슴이 가라앉는다.

나는 걸음을 멈추고 그에게 묻는다.

"이제 끝이에요? 또 떠나는 거예요?"

"일이 끝났잖아. 라고스에 가서 내 부하들을 만나야 해."

"라고스? 이제 반대편을 위해 일하나 보죠?"

내가 묻는다.

"전시에는 돈 되는 일이 널려 있거든, **지솔**. 너도 이렇게 싸운다고 돌아다니지 않으면 좀 벌 수 있을걸."

나는 절레절레 고개를 젓는다. 괜한 기대를 하는 게 아니었다.

"금화 말고 눈에 보이는 게 있긴 해요?"

"지금 이렇게 너를 보고 있잖아. 안 그래?"

로웬은 광대뼈의 희미한 주근깨가 보일 만큼 바싹 얼굴을 들이댄다.

"걱정 마."

그는 내 귀에 입술을 바싹 갖다 대며 덧붙인다.

"왠지 우리는 다시 마주칠 것 같거든."

*

마자이들은 앞장서서 밀림의 오솔길을 벗어나 물살이 거센 강을 따라 걷는다. 열대 우림의 한가운데를 흐르는 강물이 울창한 숲을 둘로 가른다. 오르막길과 내리막길이 번갈아 펼쳐지면서 신선한 흙냄새와 들꽃 냄새가 점점 진해진다. 주위를 가득 메운 커다란 나무들이 풍성한 에메랄드빛 차양을 만들어 준다.

나는 마마 아그바의 손을 꼭 잡고 허리를 굽혀 땅 위로 솟아오른 나무뿌리 밑을 지나간다. 나와 오빠, 아마리는 서로 바짝 붙어 서서 이위카가 어떻게 생겨났는지 설명하는 마마의 이야기에 귀를 기울인다.

오빠가 말한다.

"아직도 모르겠네요. 그럼 마마가 반란군을 조직하신 거예요?"

마마 아그바는 고개를 끄덕인다.

"그렇다고 할 수 있지. 하지만 처음에는 그냥 방어군이었어. 네 아버지와 함께 오론으로 가다가 너희 셋이 신성자 정착촌에 있는 장면이 보였거든. 우리가 도착했을 때는 이미 왕실의 공격이 끝난 뒤였지만 생존자들을 찾을 수 있었지."

마마 아그바가 내게 기대어 쓰러진 통나무를 넘으며 설명을 이어 간다. "우리 둘이 그들을 데리고 여기로 오던 길에 다시 군대의 습격을 당했단다."

마마의 목소리가 작아지자 줄라이커와 살림의 죽음이 떠오른다. 나는 오빠와 눈길을 주고받는다. 이제야 알 것 같다. 그렇게 해서 아빠가 이난의 손에 붙잡힌 것이다. 그래서 아빠가 죽은 것이다.

"우린 모든 수단을 동원해 싸웠단다. 정말이야."

마마 아그바는 한숨을 내쉰다.

"하지만 너희 아버지는 우리가 다치는 것을 원치 않았어. 그래서 위병들에게 우리를 살려 주고 대신 자신을 데려가라고 했지."

마마의 이야기를 들으니 아빠의 관을 태우던 불길이 내 마음속에 다시 타오르는 듯하다. 저녁노을이 지고 있는데도 재의 악취가 코를 찌른다.

마마 아그바는 고개를 젓는다.

"정말 미안하다. 내가 얼마나 미안한지 모를 거야."

나는 마마의 손을 꼭 잡는다.

"미안해하지 마세요. 마마의 잘못이 아니잖아요."

이난이 아빠를 죽음으로 몰아넣은 기억이 떠오르자 새삼 내가 이곳에 있는 이유를 깨닫는다. 이위카가 도와준다면 우리는 이난과 네한다를 처단할 수 있다. 내 손으로 그의 목을 조를 수 있다.

마마 아그바가 침묵하자 마젤리가 대신 설명을 이어 간다.

"정착촌이 무너지고 나서 우리는 그 틈을 노려야 한다는 생각이 들었어. 마법이 돌아온다는 것을 우리 말고는 아무도 몰랐으니까. 그걸 이용해서 습격을 계획한 거지."

"백년제 밤에 우리는 다른 마자이들과 연합해서 라고스로 몰려갔어."

어린 마자이가 끼어든다.

"우리의 마법이 돌아온 순간에 수도를 공격했지. 왕실에서 아무것도 모르고 있을 때 말이야."

아마리의 얼굴이 굳어지지만 나는 여전히 놀란 기색을 감추지 못한다. 저들은 내가 마법을 되찾을 거라고 믿었던 것이다. 내 희생으로 동족들이 싸울 수 있었다니 믿기지 않는다.

"어땠어?"

내가 묻자 마젤리가 속삭인다.

"**굉장했지.** 네한다만 아니었으면 우리가 궁전을 점령했을 텐데.

하지만 이제 제일리가 있으니까 그쪽 방어선을 뚫을 수 있어. 죽음의 전사가 돌아왔으니 승리는 우리 것이지!"

그의 말에 마자이들이 함께 환호한다. 어느새 우리 앞에 아찔한 벼랑이 나타난다. 키 큰 땅술사가 앞으로 나선다.

"카마루 원로야."

마마 아그바가 손짓하며 우리에게 그를 소개한다. 어두운 피부에서 은색 코걸이가 반짝거린다. 숱 많은 새하얀 머리카락은 가닥가닥 꼬아서 뾰족하게 세웠다. 오른쪽 허벅지 중간부터 쇠로 만든 의족을 달고 있다. 내가 뒤로 물러나며 길을 터 주자 그는 걸음을 멈추고 의족의 무릎을 바닥에 대며 고개 숙여 인사한다.

"실물이 소문만 못하네."

그의 말에 뺨이 화끈거린다. 마젤리가 우리 사이로 끼어든다.

"카마루, 덩치만 크면 다야? 물러나시지."

이 땅술사는 빙긋 웃으면서 물러나 코걸이를 반짝거리며 자세를 잡는다. 그러고는 산허리의 암석 절벽에 커다란 두 손바닥을 대더니 힘차게 밀기 시작한다.

"숨 쉬는 거 잊지 말고."

마마 아그바가 고개를 끄덕이며 지시한다. 내게는 너무도 익숙한 말투다. 카마루는 눈을 감고 숨을 깊이 내쉰다. 그러고는 주문을 읊조리기 시작한다.

"세 이페 이누 미……."

주문이 울려 퍼지자 나는 움직이지 않는다. 땅술사들이 사용하는 그 일정한 운율을 몇 년 만에 들어 보는지 모르겠다.

에메랄드빛 광채가 카마루의 두 발을 에워싸더니 그의 손으로 올라간다. 쩍 하는 소리와 함께 손가락들이 마치 모래를 파헤치듯 단단한 암벽을 뚫고 들어간다.

"다리 폭을 넓혀."

마마 아그바가 소리치자 카마루는 두 다리를 더 넓게 벌린다. 산을 덮고 있던 식물들이 쓰러지면서 뒤얽힌 덩굴들이 하나씩 풀어진다.

카마루가 물러서자 자갈과 흙먼지가 떨어진다. 커다란 돌산이 신음을 토하며 갈라지더니 마치 타일 조각처럼 떨어져 나간다. 나는 숨을 참는다. 새로 생긴 좁다란 구멍으로 햇살이 쏟아져 나오면서 끝없는 계단의 입구가 드러난다. 가슴에 희망의 불씨가 되살아난다.

이위카는 우리가 생각했던 것보다 훨씬 더 강력하다.

"아주 잘했어."

마마 아그바가 그의 등을 토닥인다. 갈색 눈에서는 흥분이 너울거린다. 수년 만에 처음 보는 모습이다. 마마는 뒤로 물러서며 우리에게 먼저 들어가라고 손짓한다.

"어서."

그녀는 나를 첫 계단으로 밀어 올리며 말한다.

"반란군이 된 것을 환영한다."

20

일레 이조신 성지

아마리

"세상에……."

긴 터널을 빠져나오자 입이 다물어지지 않는다. 꼭대기에 넓은 평원이 펼쳐진 세 개의 산이 삼각형을 이루고 있다. 어찌나 높은지 마치 우리가 구름 장막 위에 떠 있는 듯 보인다. 각각의 산들은 반짝이는 검은 암석을 깎아 만든 눈부신 사원들과 탑들을 품고 있다.

"이걸 한 달 만에 지었다고요?"

제인이 눈살을 찌푸리며 묻자 마마 아그바가 따뜻하게 웃는다.

"여기 **일레 이조신**은 수 세기 전 최초의 원로들, 그러니까 열 개 마자이 부족의 첫 지도자들이 만들었단다. 나는 예언술사 부족의 원로가 됐을 때 이곳에 처음 와 봤지. 이 성지는 오리샤만큼이나 오래된 곳이란다."

나는 울창한 녹음의 공기를 들이마신다. 저녁노을이 하늘을 수놓고 있다. 세 개의 산 가운데로 폭포수가 요란하게 떨어져 내리고 그 아래 천연 수영장에서 어린 신성자들이 첨벙거린다. 저 멀리 날카로운 절벽들이 구름의 장막을 뚫고 가시처럼 뾰족뾰족 올라와 있다. 숨이 멎을 듯한 광경이다. 저 밑에서 벌어지는 전쟁은 우리에게 닿지 못할 것만 같다.

"이리로 오렴."

마마 아그바는 우리의 왼쪽에 자리한 높다란 흑요석 탑을 가리키며 말한다. 켜켜이 쌓인 열 개의 층이 마치 거대한 장식물들을 한데 이어 붙인 듯하다.

"의료실은 새로 지었지만 명상실과 정원들은 예전 그대로란다. 하지만 저 두 번째 산의 옛 탑들은 합숙소로 개조하고 있지."

마마 아그바는 두 산꼭대기를 잇는 돌다리를 가리킨다. 두 번째 산은 첫 번째 산보다 더 큰데, 곳곳에 완성되지 않은 구조물들이 보인다. 그 합숙소로 향하자 신성자 정착촌에서 줄라이카가 우리를 데리고 이곳저곳 구경시켜 주던 일이 문득 떠오른다. 알록달록한 천막들과 조잡한 수레들이 늘어서 있던 그곳은 한눈에 봐도 인간의 손으로 만든 곳이었다. 이곳은 신들이 만든 왕국처럼 보인다.

나는 제인에게 속삭인다.

"오리샤 곳곳에 이런 성지들이 생긴다고 상상해 봐. 이런 도시들을 만든다고 생각해 봐."

"네가 왕위에 오르면 우린 무엇도 상상할 필요가 없지."

그의 말에 가슴이 부풀어 오른다. 그러나 그와 동시에 내가 이곳에 온 이유가 떠오른다. 이위카의 힘을 빌리면 어머니를 끌어내릴 수 있다. 이들과 함께라면 새로운 오리샤를 건설할 수 있다.

"깜빡할 뻔했네."

마마 아그바가 제인의 팔을 잡더니 그를 또 다른 산으로 돌려세운다. 세 개의 산 중에 가장 높은 이 세 번째 산은 폭포의 발원지이다. 나선형의 절벽을 따라 각 부족의 사원 열 개가 늘어서 있다.

"네가 오면 화염술사 사원으로 보내 달라고 했거든. 화염술사 원로하고 아그바 시합을 했었다며?"

제인의 얼굴이 밝아진다.

"케니언이요? 그 친구가 여기 있어요?"

제인의 옛 아그본 친구들은 의식이 끝나고 헤어진 뒤 다시 만나지 못했다. 그들이 없었더라면 우리는 아버지에게 잡혀간 제일리를 구할 수 없었을 것이다.

"쌍둥이는요? 카니랑 이마니도 여기 있어요?"

제일리가 묻자 마마 아그바가 고개를 끄덕인다.

"카니는 치료술사 원로야. 이마니는 부원로이고. 두 사람이 첫 번째 산에 의료실을 만들었지."

"어서 가요."

제인은 마마 아그바의 마음이 바뀔세라 얼른 그녀를 끌고 세 번째 산으로 향하며 우리에게 손을 흔든다.

"이따 봐!"

내가 그의 신난 모습에 웃음 짓고 있을 때 마젤리가 우리의 안내를 맡는다. 걸음을 옮기면서 나는 우리를 지나가는 이위카 병사들을 세어 보기 시작한다. 그러자 다시 어머니와의 전쟁을 생각하게 된다. 마마 아그바의 맞춤옷만큼이나 정확하게 깎아 만든 황동 갑옷 차림의 병사들은 신성자들 속에서 금세 눈에 띈다. 매끈한 전투 장갑과 어깨 보호대에서 열 개의 마자이 부족을 상징하는 열 가지 색이 제각기 은은하게 빛을 발한다.

'열둘, 스물여덟, 마흔둘…… 쉰일곱…… 일흔아홉.' 나는 이위카의 붉은 표시를 보면서 오합지졸 반란군 무리를 상상했는데, 지금 보니 저 여든 명의 병사들은 절도 있게 싸움을 준비하고 있다. 저렇게 든든한 지원군을 갖게 될 줄은 몰랐다. 저들과 한 편이 된다면 예상보다 훨씬 더 빨리 전쟁을 끝낼 수 있을 것이다.

"자군자군!"

우리는 걸음을 멈춘다. 어두운 피부의 아름다운 마자이가 거드름을 피우며 다가온다. 바싹 깎은 머리카락이 인상적이다. 오른쪽 귀에는 은고리 세 개가 연이어 매달려 있다.

그녀가 말한다.

"카마루 말이 맞네. 꽤 아름다운걸."

그녀가 짓궂은 미소를 띠자 넓적한 코와 두툼한 입술이 두드러진다. 그녀는 한쪽 무릎을 꿇고 고개를 숙이며 오른팔의 화려한 문신을 드러낸다. 그러고는 자신을 소개한다.

"나오미야. 내 친구들은 나오라고 부르지. 자, 저기부터 가 보는 게 좋겠다." 그녀는 문신이 가득한 팔을 제일리의 목에 두르며 그 애를 마젤리의 손에서 끌어낸다. 그러자 마젤리가 묻는다.

"뭐 하는 거야? 마마 아그바께서 나한테 구경시켜 주라고 했단 말이야."

"그건 나중에 해. 얘는 라마야와 다른 원로들을 만나야 하니까!"

나오가 제일리를 끌고 가자 나도 그들을 뒤따라간다. 그러나 마젤리가 내 팔을 붙잡으며 멈춰 세운다.

"정말 가고 싶어? 원로들이 썩 좋아하지 않을 텐데."

그의 시선이 나의 새하얀 한 줄기 머리카락으로 향하자 뺨이 화끈거린다. 라고스로 몰려갔던 마자이들을 마주할 생각을 하니 이마에 땀이 흐른다.

"원로들이 이 성지를 맡고 있는 거지?"

내가 묻는다.

"응. 그리고 이위카도."

마젤리가 고개를 끄덕이며 대꾸한다.

"그럼 어쩔 수 없네. 나를 그들에게 데려가 줘."

21

평화를 이룰 수 있는 기회

이난

북소리가 마치 천둥처럼 요란하게 복도에 울려 퍼진다. 어머니와 오조레와 함께 알현실 문 앞에서 기다리고 있는 동안 그 진동이 머릿속을 헤집는다. 과거의 위대한 왕들이 왕으로서 첫 공식 알현을 준비하는 나를 머리 위 초상화 속에서 지켜보고 있다.

이 전쟁이 아니었다면 아버지의 초상화도 함께 걸려 있을 것이다. 나는 이런 생각을 떨쳐 내려 애쓴다.

"잘할 거야."

어머니가 내 어깨의 주름을 펴고 왕관을 매만져 주며 말한다.

오조레는 다시 장난기가 발동한다.

"잘할지는 모르겠고. 기껏해야 보통이겠죠."

우리는 서로를 보며 말없이 웃다가 어머니의 매서운 눈길에 웃음을 거둔다.

"농담할 때가 아니야. 네 능력을 보여 주는 데 집중해. 누구보다도 고문관들에게 확실하게 보여 줘야 해."

나는 어머니가 했던 말을 떠올리며 고개를 끄덕인다. 왕실 의회의 지지를 얻지 못하면 이위카를 꺾고 전쟁에 승리하는 데 필요한 군대를 지휘할 수 없다.

어머니가 손짓하자 알현실 앞을 지키는 티탄 병사들이 경례를 한 뒤 그녀를 들여보낸다. 나무 문이 다시 닫히자 다리가 후들거린다. 나는 늘 때가 되면 아마리가 내 방에서 준비를 도와줄 거라고, 아버지가 내게 왕관을 넘겨줄 거라고 생각했다. 아버지를 위해 그렇게 하고 싶었다.

아버지를 자랑스럽게 해 드리고 싶었다.

"왠지 너한테 필요할 것 같아서 챙겨 뒀어."

오조레가 허리띠 밑으로 손을 뻗어 바지 주머니를 뒤진다. 대체 뭘 갖고 있는 건지 짐작도 되지 않지만 그가 꺼낸 구릿빛 물건을 보는 순간 눈이 휘둥그레진다. 동전을 보자 마법이 돌아오기 전 신성자 정착촌에서 제일리가 내게 주문 하나를 가르쳐 준 날의 기억이 떠오른다.

"이게 뭐야?"

그 애가 동전을 건네자 내가 물었다.

"갖고 있어도 해롭지 않을 거야. 이걸로 마음을 가라앉혀 봐."

"그 의식장에서 너와 함께 발견한 거야."

오조레가 설명한다.

"그냥 버릴까 하다가 생각해 보니 네가 평생 동전을 만지는 건

본 적이 없거든. 전장까지 갖고 왔다면 중요한 물건일 거라고 생각했어. 넌 옛날부터 손을 가만히 못 뒀잖아."

그가 동전을 내 손바닥에 떨어뜨리자 그 빛바랜 금속을 움켜쥐고 한가운데 새겨진 치타너를 엄지손가락으로 만져 본다. 너무나 빨리 목이 메어 온다.

"이게 나한테 얼마나 중요한 물건인지 모를 거야. 고마워."

내가 말하자 오조레는 내 등을 철썩 때린다.

"그냥 동전일 뿐이잖아. 울먹일 필요 없어. 이제 들어가자. 사람들이 새 왕을 만나려고 기다리고 있어."

내가 고갯짓을 하자 병사들이 육중한 문을 열어 준다. 점점 넓어지는 문틈으로 햇살이 쏟아져 나온다. 내가 문안으로 들어가자 웅성거림이 이내 잦아든다.

거대한 알현실에 사람들이 줄줄이 늘어서 있다. 타일 바닥도 보이지 않을 만큼 장내를 가득 메웠다. 라고스 시민이 절반쯤 몰려온 것 같다. 궁전 밖에도 수십 명이 기다리고 있다.

'하늘이여…….'

그들의 눈길이 나의 가슴을 코끼리너처럼 무겁게 내리누른다. 이 많은 사람들이 나를 보러 왔다니 믿기지 않는다. 저들의 안락한 삶이 내 손에 달려 있다니.

한 부관이 소리친다.

"오리샤의 23대 통치자 이난 올루보리 왕이십니다!"

사람들이 파도타기를 하듯 차례로 고개 숙여 인사하자 숨이 막혀 온다. 그러나 어지러운 것도 잠시, 아버지의 옛 고문관들이 보이자 다시 정신이 바짝 든다. 그들은 왕좌의 바로 앞, 사람들의 맨 앞줄에 굳건히 버티고 서 있다. 나는 걸음을 늦추고 그들을 살펴본다.

"폐하."

적갈색 피부에 몸집이 자그마한 조코예 장군이 고개 숙여 인사한다. 우리 군대의 지휘관이자 아버지의 왕실 의회에서 가장 연장자인 그녀는 겨우 빗자루만 한 몸집으로 모두의 존경을 사고 있다. 황동 안경 너머로 나를 살펴보는 눈초리에 의심이 가득하다. 그녀가 일어나자 늘 땋고 다니는 머리 한가운데 새로 생겨난 하얀색 머리카락이 눈에 들어온다.

"조코예 장군도 티탄이야?"

내가 오조레에게 속삭여 묻자 그는 고개를 끄덕인다.

"조코예는 바람술사야. 네 어머니와 함께 더 많은 티탄들을 우리 군대로 끌어오려고 애쓰고 있어. 그들을 훈련시키기도 하고."

나는 조코예에게 턱을 까딱여 보인 뒤 그녀의 뒤에 있는 다른 고문관들을 살펴본다. 왕실 의회는 원래 일곱 명이지만 라고스가 습격을 당한 뒤 다섯 명만 남았다. 늘 맨 앞줄에 앉았던 서른 명의 귀족도 겨우 열한 명밖에 안 된다. 그들 모두가 바닥에서 천장까지 이어진 전면 유리창 앞에서 기다리고 있다. 그 뒤로 폐허가 된 라고스가 보인다.

'저들에게 인정받아야 해.' 나는 엄지손가락으로 제일리의 동전을 움켜쥐며 왕좌가 있는 연단의 대리석 계단을 올라간다. 왼쪽 옆에서 오조레가 나를 호위한다. 내가 금빛 의자에 앉자 어머니가 내 옆에 선다. 이제 나는 왕자가 아니다.

나는 아버지와는 다른 왕이 되어야 한다.

나는 사람들을 보며 연설을 시작한다.

"지금 우리가 얼마나 참혹한 상황에 처해 있는지 잘 압니다. 여러분이 겪은 모든 고통과 상실에 대해 사죄드리고 싶습니다. 저는 이 땅에 마법이 돌아오는 것을 막으려다 부상을 입고 한동안 의식을 잃었지만 지금 여기 이 자리에 있습니다."

나는 의자의 팔걸이를 움켜쥔 채 내 앞에 섞여 있는 코시단들과 티탄들을 훑어보며 말을 잇는다.

"이제 제가 라고스를 구하고 이위카를 무찌르겠습니다. 반드시 오리샤의 평화를 되찾겠습니다!"

환호성이 울려 퍼지자 나는 긴장을 풀고 사람들이 다시 조용해지기를 기다린다. 얼굴에 감정을 드러내지 않으려고 동전을 움켜쥔다. 옆에서 어머니가 미소 짓는다. 나는 다시 입을 연다.

"지난달에 일어난 사건들로 많은 문제가 생겼습니다. 이제 그러한 문제들을 제게 맡겨 주십시오. 어떻게든 여러분을 도울 것입니다."

"황송합니다."

알현실 뒤편에서 나지막한 목소리가 들려온다. 사람들이 길을 터 주자 젊은 여인이 자식 둘을 데리고 걸어 나온다. 우는 아기를 품에 안은 채 그녀는 앞줄에 있는 귀족들과 고문관들을 지나온다. 뺨이 움푹 팬 어린 소년이 그녀의 알록달록한 치맛자락을 붙잡고 있다.

"폐하."

왕좌에 이르자 그녀는 허리를 숙인다. 가까이서 보니 세 사람 모두 뼈에 살가죽만 앙상하게 붙은 채 배가 흉측하게 튀어나왔다.

여자가 입을 연다.

"이런 부탁을 드려도 될지 모르겠지만 저희는 쓰레기를 뒤지며 살아가고 있습니다. 혹시 남는 음식이 있다면……."

그러자 어머니가 내게로 몸을 기울이고 조그맣게 속삭인다.

"길이 다 막혀서 몇 주 동안 먹을 것이 들어오지 못했고 시장도 문을 닫았어. 이위카가 시장을 가장 먼저 파괴했거든."

나는 한때 향긋한 양념들과 붉은 고기들이 가득했던 시장을 떠올리며 고개를 끄덕인다. 그러고는 사람들을 훑어보며 묻는다.

"같은 처지인 분이 또 있습니까?"

여기저기서 손이 올라오자 마음이 무거워진다. 번영하던 왕국의 수도가 전쟁으로 굶주리고 있다.

"쿤레 대장."

나는 아버지의 세금 징수관을 돌아본다. 눈썹이 짙고 혈색이 좋은 대머리 사내다.

"우리 창고에 있는 식량이 얼마나 됩니까?"

"두 달 치쯤 됩니다, 폐하. 하지만 궁전에 보급할 식량입니다. 남는 건 귀족들과 군 장교들에게 돌아가야 하고요."

"나누세요."

내가 단호하게 말한다.

"모든 시민이 한 사람도 빠짐없이 배급받게 하세요."

나의 선언에 귀족들이 벌떡 일어난다. 놀라 웅성거리는 소리가 퍼져 나간다.

조코예 대장이 앞으로 나온다.

"폐하의 너그러운 마음은 존경받아 마땅하지만, 그럼 이 궁전은 어떻게 부양하실 계획입니까? 군대는요? 폐하는요?"

"이위카를 물리치면 다시 길을 열 수 있습니다. 그런 위험은 저도 잘 알고 있습니다."

"하지만 우리가 굶어 죽을 겁니다!"

조코예가 소리친다.

"이 전쟁을 끝내지 못하면 모두가 굶어 죽을 겁니다."

나는 매서운 눈초리로 그녀에게 맞선다.

"오늘 안으로 시장에 임시 배급소를 차리세요. 명령입니다."

나의 말이 울려 퍼지면서 장내가 술렁거린다. 그러나 나는 동전을 움켜쥔 채 흔들리지 않는다. 귀족들의 불만이 늘어나지만 젊은 여인의 눈에 고인 눈물을 이길 수는 없다.

어머니가 내 어깨를 힘주어 잡자 뜨거운 자부심이 전해진다. 왕좌 앞으로 사람들이 줄을 서자 나의 얼굴에도 미소가 떠오른다.

나는 다음 사람을 손짓해 부른다.

"말씀해 보세요. 무엇을 도와드릴까요?"

*

그 뒤로 몇 시간에 걸쳐 백성들이 한 사람씩 앞으로 나와 저마다 고충을 털어놓는다. 거리에 나뒹구는 시체들, 고아가 된 아이들, 각종 시설이 무너져 거리로 나앉은 수백 명의 사람들. 배급량을 늘려 주는 조건을 내걸자 새로운 인력들이 나타난다. 나는 시체 수거반을 만들고, 집 잃은 시민들과 부모 잃은 아이들을 위해 귀족들에게 압력을 넣어 집을 개방하게 한다.

'이거야.' 티탄 몇 명이 어머니의 부대에 자원하자 나는 미소 짓는다. 명령을 내릴 때마다 새삼 왕이 되었음이 실감난다. 내가 왕의 힘을 발휘할 수 있다. 한 달 전만 해도 이런 선포는 상상으로나 가능했다. 이제는 나의 말이 곧 법이 된다. 나를 반대하는 이들도 나의 법은 반대하지 못한다.

"폐하, 드릴 말씀이 있습니다."

조코예 장군이 뒷짐을 지고 앞으로 걸어 나온다. 작은 몸집으로 막강한 존재감을 드러내며 자기보다 키 큰 위병들을 지나온다.

"폐하의 자비로운 마음은 높이 삽니다만, 이건 미봉책일 뿐 근본적인 해결책이 아닙니다. 이위카는 라고스를 침공해 우리를 인질로 잡아 두고 있습니다. 언제 다시 와서 시작한 일을 끝낼지 아무도 모릅니다."

장군의 말이 먹구름처럼 햇살을 가린다. 알현실을 비추던 희망의 불씨가 전쟁의 현실 앞에서 사그라진다.

"정찰병을 보내 그들이 있는 곳을 찾아낸다면……."

"불가능합니다."

조코예는 손을 내저으며 말을 잇는다.

"우리가 그 숲으로 병사를 파견할 때마다 그들은 보복했습니다. 우리 정찰병들도 살아 돌아오지 못했지요."

목에 땀이 흘러 나는 옷깃을 당긴다.

"그럼 전면전을 시도해 보죠. 그들이 치기 전에 우리가 먼저 제압해 버리면……."

"우리 군대가 라고스 밖으로 나가려면 유일한 방어 수단인 저 폐허의 돌무더기를 무너뜨려야 합니다."

조코예는 안경을 매만지며 다시 묻는다.

"이위카의 위치도 정확히 파악하지 못했는데 그런 위험을 감수해도 될까요?"

그녀의 말이 나의 제안들을 면도날처럼 난도질한다. 그녀는 굳이 짜증을 감추려 하지도 않는다. 못마땅한 기운이 악취처럼 방안을 메운다.

그러자 어머니가 나서서 나를 변호한다.

"그렇게 중요한 문제는 우리끼리 따로 상의하는 게 좋을 것 같은데."

"우리가 다 죽게 생겼는데 쉬쉬해서 무엇합니까? 이위카를 모두 없애지 않는 한 이런 노력은 다 허사가 될 겁니다."

나는 손가락 사이에 끼운 동전을 뒤집으며 창밖을 내다본다. 아버지는 늘 입바른 소리를 서슴지 않는 조코예를 높이 평가했다. 모든 대화가 끊어지고 사람들이 내 대답을 기다리고 있다. 나는 심호흡을 하며 자리에서 일어난다.

"시간을 더 준다면 다른 계획을 생각해 보겠습니다."

그때 중앙 홀에서 비명 소리가 울려 퍼진다. 뒤이어 유리 깨지는 소리가 들리자 나는 움찔 놀란다.

무슨 일인지 알 수 없지만 이위카가 일으킨 소동인지도 모른다.

위병들이 어머니와 나를 에워싸고 시민들은 서둘러 몸을 피한다. 오조레는 소리가 나는 중앙 홀로 달려간다. 위병들이 우리를 호위해 궁전 지하실로 데려가지만 내가 몸을 숨기기도 전에 침입자의 외침 소리가 들린다.

"놓아주세요!"

여자아이 목소리다.

나는 위병들을 제치며 왔던 길을 되돌아간다. 중앙 홀의 타일 바닥에 깨진 화병이 나뒹굴고 오래된 빵 덩어리들이 흩어져 있다. 오조레가 어린 도둑을 꿇어앉히려 하지만 소녀는 벗어나려고 발버둥 친다. 그가 소녀의 모자를 벗기자 새하얀 곱슬머리가 튀어나온다.

"폐하, 피하십시오."

조코예가 칼을 꺼내 마자이의 목에 갖다 댄다. 그러고는 마자이 소녀의 가슴에 붙어 있는 붉은 이위카 표시를 가리킨다.

"이 아이는 이위카입니다."

나는 손을 올린다.

"진정하세요, 장군. 먹을 것을 찾으러 온 어린아이잖아요."

그러자 조코예가 으르렁거린다.

"라고스가 무너지는 것을 못 보셔서 그러시는 겁니다. 마자이는 아이들도 숙련된 병사들이란 말입니다."

하지만 소녀는 전혀 위험해 보이지 않는다. 분노로 갈색 눈이 찡그려졌지만 숨이 거칠어지고 있다. 어머니가 나를 붙잡으려 하자 손에 쥔 동전이 뜨겁게 달아오른다. 나는 조코예를 밀어 내고 어린 마자이에게 다가가 무릎을 꿇고 그 애와 눈을 맞춘다.

소녀가 퉁명스럽게 내뱉는다.

"난 왕도 무섭지 않아요. 이 자리에서 불태워 버릴 수 있어요!"

"이름이 뭐니?"

내가 묻자 소녀는 놀라서 눈을 깜빡거리더니 뾰족한 눈을 찌푸리며 대꾸한다.

"내 이름은 라이파예요. 난 마자이가 저 왕좌에 앉는 것을 꼭 보고야 말 거예요."

그 애의 협박에 조코예가 달려들지만 나는 그녀를 막고 바닥에 떨어진 빵들을 주워 라이파의 천 가방에 도로 넣어 주며 말한다.

"이제 훔치지 않아도 돼. 우리가 신선한 음식을 나눠 줄 거거든."

"이난!"

어머니가 거칠게 속삭인다. 눈에는 걱정이 가득하다. 뒤에서 조코예의 턱이 굳어진다. 위병들이 내 등을 노려보고 있다. 모두에게 인정받으려는 노력은 점점 물거품이 되어 가지만 이 소녀를 보니 제일리에게 했던 약속들이 떠오른다. 나는 그저 왕이 되고 싶은 것이 아니다.

아버지와는 다른 왕이 되고 싶다.

나는 라이파에게 가방을 건네며 말한다.

"이거 가져가서 그쪽 사람들에게 전해. 이쪽으로 넘어와서 재건에 참여하는 사람들은 두 배의 배급을 받게 될 거라고."

어머니는 얼굴이 창백해지고 다리의 힘이 풀리더니 앉을 곳을 찾는다. 북적이는 홀이 분노로 가득 찬다. 나는 라이파를 오조레에게 맡긴다. 그는 내가 유일하게 믿을 수 있는 사람이니까.

"이 아이가 무사히 숲으로 돌아가게 해 줘."

오조레는 이가 부러질 듯 턱을 굳게 다물고 별수 없이 고개를 숙인다. 총사령관이 반란군을 데리고 궁전을 나서는 광경에 사람들은 울분을 터트린다.

"폐하, 어떻게 이러실 수가 있습니까!"

조코예의 우렁찬 외침에 위병들이 환호한다.

"저 마귀들은 우리의 집을 파괴했습니다. 우리가 사랑하는 사람들을 죽이고……."

"그건 우리도 마찬가지잖아요!"

내가 그녀의 말을 자른다.

"수십 년 동안 우리는 저들을 공격하고 저들은 우리를 공격하고. 똑같은 일이 끝없이 반복되고 있어요!"

어머니는 금방이라도 혼절할 듯 창백해진다. 하지만 내가 목격한 것들을 어머니는 알지 못한다. 내가 무엇을 느꼈는지 아무도 알지 못한다.

나는 사람들을 보며 다시 입을 연다.

"여러분이 마법을 되찾은 마자이라고 생각해 보세요. 어떻게 하시겠어요? 아버지께서 통치하던 시절에 저들의 가족은 학살당했습니다. 살아남은 자들의 절반은 부역장으로 보내졌고요! 지금까지 마자이에게 주어진 선택은 딱 두 가지였죠. 우리와 맞서 싸우거나 아니면 처형당하거나. 이제부터 그들에게는 한 가지 선택이 더 주어질 겁니다. 지금까지 그들이 누리지 못한 평화로운 삶의 기회를 줄 겁니다."

나는 사람들의 지지를 기다리지만 아무도 내 편을 들지 않는다. 고문관들은 차가운 눈으로 나를 노려본다. 내가 군대와 쌓은 신뢰도 사라져 간다.

나는 다시 조코예를 마주한다.

"제 방식이 마음에 들지 않겠지만 이것은 평화를 이룰 수 있는 기회입니다. 양쪽이 모두 무기를 내려놓아야만 우리는 살 수 있어요."

조코예는 고개를 젓지만 내 결정에 반발하지 않는다. 아버지는 늘 그녀의 충성을 소중히 여겼다. 그녀의 신뢰를 얻을 수만 있다면 나 역시 그것을 귀하게 여길 것이다.

조코예가 묻는다.

"우리 쪽으로 넘어오지 않는 자들은요? 폐하의 제안에 침을 뱉는 자들은 어쩌실 겁니까?"

"그런 선택을 하는 마자이는 저의 분노를 마주해야겠지요. 약속하겠습니다. 절대 물러서지 않겠습니다."

22

라고스에서 온 서신

아마리

나오와 마젤리를 따라 성지의 비좁은 합숙소와 아직 건설 중인 탑들을 지나가면서 나는 마음을 다잡는다. 우리가 왔다는 소식이 들불처럼 번져 나가 이위카 본거지의 두 번째 산으로 사람들이 몰려들고 있다.

마젤리는 사람들의 주목을 한껏 즐긴다.

"길을 비켜라! 죽음의 전사가 나가신다!"

제일리의 별명이 울려 퍼지자 웅성거림이 시작된다. 사람들은 제일리를 마치 여신이라도 되는 듯 바라보다가 나를 볼 때는 벌레를 보는 눈빛으로 바뀐다.

내가 누구인지 아는 탓인지 아니면 새하얀 한 가닥의 머리카락 탓인지 모르겠다. 이 산에서 가장 크고 덩굴로 뒤덮인 탑의 아치형 입구를 지나면서 머리카락을 숨기려 애쓴다.

나오가 설명한다.

"위층은 전부 원로들의 숙소야. 하지만 1층은 식당으로 쓰고 있지."

"감사합니다, 하늘이시여."

양념한 닭고기와 플랜틴* 튀김 냄새를 맡자 입에 침이 고인다. 반대편 벽에는 졸로프 라이스**가 담긴 접시들이 줄지어 놓여 있다. 이렇게 많은 음식을 마주한 게 몇 달 만인지 모르겠다. 하지만 나오가 우리를 원로들이 있는 안쪽 자리로 안내하자 식욕이 사라진다. 모두가 똑같은 갑옷을 입고 있는데도 그곳에 모인 다섯 부족의 우두머리들은 타고난 힘이 드러나는 듯하다.

"여러분, 사령술사 부족의 미래를 소개합니다."

마젤리가 앞으로 나가며 말한다.

"이 땅의 전설이자 훗날 저에게 세 아들을 안겨 줄……."

"마젤리, 그만 좀 해."

나오가 마젤리의 머리를 한 대 때린 뒤 빈자리에 앉으며 다시 말한다.

"원로 여러분, 마침내 죽음의 전사가 왔습니다."

모든 원로들이 대화를 멈추고 시선을 돌리자 제일리는 긴장한다.

"자군자군 이쿠."

그 별명이 식당 안에 메아리친다.

내 소개가 이어질 거라 생각하며 목을 가다듬지만 마치 투명인간이 된 것 같다. 원로들은 아무도 나를 신경 쓰지 않는다.

"자군자군."

---

* 아프리카와 아시아 일부에서 주식으로 먹는 바나나의 일종으로, 다른 바나나에 비해 단맛이 덜하고 크기가 커서 주로 요리에 활용된다.

** 서아프리카의 쌀 요리.

왼쪽 눈에 흉터가 난 여자가 가장 먼저 입을 연다. 우리보다 두 세 살 많아 보이는 그녀는 벽에 등을 기대고 앉아 한 팔로 무릎을 감싸 안고 있다. 연한 갈색 피부를 풍성하게 둘러싼 흰색 곱슬머리와 납작한 코에 난 주근깨를 보는 순간, 나는 입을 다물지 못한다. 어디선가 본 적이 있다.

'그 집회장에서 본 반란군이잖아!'

두 손에 붉은 물감을 묻힌 채 군중 속에서 나를 노려보던 여자다. 다른 원로들이 그녀의 말을 참을성 있게 기다리는 것을 보니 그들 사이에서 암묵적인 대장으로 통하는 모양이다.

그녀가 한쪽 무릎을 꿇으며 말한다.

"난 마음술사 부족의 원로 라마야야. 우리의 마법을 되찾아 준 전사를 만나다니 영광이다."

"나 혼자 한 게 아니야."

제일리가 나를 가리키며 덧붙인다.

"도움을 많이 받았어."

라마야는 흘끗 내 쪽을 보지만 투명한 유리창을 보듯 나를 못 본 척한다. 나는 부아가 치민다. 그녀는 제일리에게 다가가 손을 내민다.

"빨리 원로회에 들어오기를 기대할게."

"글쎄. 그건 잘 모르겠네. 난 그냥 전쟁에 이기려고 온 거야."

그러자 라마야는 한술 더 뜬다.

"전쟁에 이기는 건 시작에 불과해. 네가 있으면 우린 네한다와 그쪽 티탄들을 전멸시킬 수 있어. 왕실 사람들이 사라지면 우리는 너를 왕으로 추대할 거야."

"잠깐만, 뭐?"

제일리는 홱 고개를 돌려 나와 눈을 맞춘다. 나는 무슨 말을 해야 할지 모르겠다. 목소리조차 나오지 않는다.

"우리에게 죽음의 전사보다 더 훌륭한 지도자가 어디 있겠니?"

라마야가 묻는다.

나는 목이 타들어 가는 것을 느끼며 어떻게든 대화에 끼어 보려고 앞으로 나간다. 그러나 내가 말을 꺼내기도 전에 다른 원로가 우리를 휙 지나간다.

"라고스에서 서신이 왔어."

어깨가 떡 벌어지고 굴곡진 몸을 가진 통통한 여자 조련술사가 자리에 앉는다. 갖가지 장식으로 꾸민 곱슬머리에는 해바라기 꽃들이 꽂혀 있다. 작은 벌새들이 그 꽃잎 주위를 날아다닌다.

그녀는 분홍빛이 도는 갑옷을 반짝거리며 어깨에 앉은 노란 벌새에게서 작은 양피지 쪽지를 받아 라마야에게 건넨다.

그것을 읽은 라마야의 얼굴이 침울해진다.

"말도 안 돼. 왕자가 살아 있다고?"

'오빠가?' 나는 몸을 기울이며 검은 잉크로 적힌 글씨를 읽으려 애쓴다.

조련술사는 눈을 굴리며 대꾸한다.

"누가 아니래. 바퀴벌레처럼 끈질기다니까."

그런 뒤 그녀는 제일리와 눈을 맞추더니 하얀 머리카락을 휙 넘기고 고개를 까닥이며 자신을 소개한다.

"나이마라고 해. 예의를 갖춰 인사하고 싶지만 내가 원래 아무한테도 그러지 않거든."

라마야가 고개를 절레절레 흔들며 다시 말한다.

"이상한데. 왕이 왜 마자이들에게 먹을 것과 금화를 줄 테니 자기 쪽으로 넘어오라고 하는 거지?"

제일리가 서신으로 손을 뻗는 순간 선수를 친다. 내가 그 전갈을 훑어보자 라마야가 화를 내지만 내 눈에는 오빠의 포고문에서 빛이 나는 듯하다. 그의 약속, 그의 대담한 평화의 시도에 손이 절로 가슴으로 올라간다. 지금까지 어떤 왕도 이런 일을 하지 않았다.

나는 그가 이런 왕이 될 줄 알았다.

"제일리, 이것 봐."

나는 제일리의 손에 양피지를 쥐여 주고는 꽉 막힌 목으로 간신히 말한다.

"오빠가 약속을 지키려나 봐!"

이 제안이 앞으로 상황을 어떻게 바꿀까 생각하니 머릿속이 복잡해진다. 나는 어머니를 오리샤의 왕위에서 끌어내리고 마자이들이 안전하게 살 수 있는 왕국을 건설하기 위해 세력을 키워야 한다고 생각했다. 하지만 오빠가 기꺼이 이위카에게 사면의 기회를 준다면 우리는 싸우지 않아도 된다.

내가 오빠와 얘기한다면 우리는 양쪽 모두가 만족하는 합의에 이를 수 있을지도 모른다. 적절한 타협으로 왕실 사람들과 마자이들이 무기를 내려놓게 할 수 있다!

라마야가 제일리를 보며 묻는다.

"넌 왕을 만나 봤잖아. 이 제안에 대해 어떻게 생각해?"

서신을 빤히 쳐다보는 제일리의 얼굴이 굳어진다. 급기야 그 애가 그것을 바닥에 내던지자 가슴이 철렁 내려앉는다.

"그 왕자님이 마자이에게 먹을 것을 주겠다고 했다면 그 안에 독이 들었을 거야."

"제일리, 아니야!"

내가 속삭이지만 다른 원로들은 이미 동요하고 있다.

"말을 어찌나 잘하는지 몰라. 하지만 그걸 믿으면 바보지."

그러자 나이마가 앞으로 몸을 내민다.

"그럼 넌 어떻게 했으면 좋겠어? 우리가 어떻게 보복할까?"

"그들이 가진 건 식량뿐이야. 식량을 태워서 굶어 죽게 하자."

제일리가 대꾸한다.

"안 돼!"

내가 그들 사이를 뚫고 나가 탁자에 두 손을 얹으며 말한다.

"식량을 태워 버리면 라고스 사람들이 위험에 처할 뿐 아니라 전쟁이 더 악화될 거야. 왕은 전쟁을 끝내려 하는 거라고!"

나의 반발에 모두가 잠잠해진다. 라마야는 내게 발언권이 있다는 사실을 처음 알았다는 듯이 눈을 깜빡거린다.

"미안."

내가 목을 가다듬는다.

"아직 소개도 못 했네."

"네가 누군지는 알아."

라마야의 얼음장 같은 목소리에 뼛속까지 한기가 밀려든다.

"네 어머니 때문에 우리는 라고스를 잃었지. 네 아버지 때문에 난 이 흉터를 얻었고."

그녀가 자리에서 일어나자 다른 원로들이 길을 터 준다.

"어째서 네가 이렇게 내 앞에 서 있어도 된다고 생각하는지 모르겠다."

모두의 시선이 나에게로 향하자 두 빰이 화끈거린다. 그들 가운데 따뜻한 얼굴은 하나도 찾아볼 수 없다. 마젤리만이 내가 가엾다는 듯 인상을 쓸 뿐이다.

"나는 마법을 되찾도록 도왔어. 나 역시 마법을 갖고 있고."

내가 가슴을 펴며 말한다.

"그걸 마법이라고 부르다니 가증스럽군. 그런 걸 가졌다고 해서 이 자리에 앉을 자격이 되는 건 아니야. 물론, 여기서 의견을 내놓을 자격도 없고."

라마야는 나를 아래위로 훑어보다가 다시 제일리를 돌아보며 말한다.

"네가 빨리 원로회에 들어왔으면 좋겠다. 내일 사령술사 원로 결투를 열어서 네가 정식으로 등극하게 할게."

"왕의 포고는 어떡하고?"

나오가 묻는다.

"나도 제일리와 같은 생각이야. 전선에 있는 우리 병사들에게 지시해. 동이 틀 무렵엔 배급 식량이 다 타고 없었으면 좋겠네."

"라마야, 잠깐."

나는 그녀의 팔을 잡으려다 표정을 보고 손을 멈춘다.

"또 한 번 우리 회의에서 입을 열면 내 손으로 네 혀를 뽑아 버리겠어."

그녀가 떠나고 다른 원로들도 뒤따라가자 나는 부들부들 숨을 들이마신다. 입술이 떨린다. 소리치고 싶은 말이 너무도 많다. 평화를 찾으려는 오빠의 노력을 저렇게 단칼에 거절해 버리다니 믿을 수가 없다.

나는 제일리를 돌아본다.

"넌 뭐 하는 거야? 네가 설득해서 전쟁을 끝내게 할 수도 있었잖아!"

제일리는 고개를 젓는다.

"그건 평화의 제안이 아니야. 미끼일 뿐이지. 이난은 우리 아빠를 미끼로 이용한 것처럼 식량을 이용하려는 거야. 먹을 것을 얻으러 오는 마자이를 모조리 죽여 버릴 거라고."

나는 반박하려고 입을 열지만 할 말이 없다. 두 사람이 겪은 일을 생각하면 우리 오빠에게 한 번 더 기회를 달라고 설득할 수가 없다.

제일리가 말한다.

"그냥 계획대로 해. 이위카의 힘을 빌리면 너희 가족을 처치할 수 있어. 원로들도 너를 신뢰하게 되면 따뜻하게 대해 줄 거야."

"저들은 절대 나를 신뢰하지 않을걸."

나는 라마야가 앉아 있던 자리를 바라본다. 그녀의 뜨거운 경멸, 나를 향한 증오가 여전히 느껴진다.

"하지만 나를 존중하게 만들 수는 있지……."

나는 흉터가 남은 손을 바라보며 말끝을 흐린다.

"무슨 생각을 하는 거야?"

제일리가 묻는다.

"내가 마법을 쓸 수 있게 도와줘."

23

실패한 평화의 꿈

이난

어머니와 함께 이위카 투항자들을 맞이하기 위해 상업 구역으로 내려가는 동안 심장이 목으로 튀어나올 것 같다. 우리 군인들은 반란군의 습격으로 인한 폐허를 신속히 복구하고 있다. 불과 이삼일 사이에 시장의 시체들이 모조리 치워졌다.

우리는 배급 수레들을 놓기 위해 라고스 거리 양옆으로 쓸어놓은 파편들을 넘어간다. 오늘 새벽부터 문을 연 배급대에는 식량을 받으러 온 주민들이 벌써 신성자 거주 구역까지 길게 줄을 서 있다.

"이난, 꼭 해야겠니?"

어머니가 나의 백표버머 고삐를 잡고 나를 바싹 끌어당기며 묻는다. 우리 뒤에서는 군인들이 어머니와 티탄들이 만든 지하 대피소로 주민들을 안내하고 있다.

"조코예 때문에 곤혹을 치렀지. 그 마귀 때문에 놀라기도 했고.

좋은 일이긴 하지만 지금 마음을 돌려도 괜찮아."

밤새 나의 머릿속을 괴롭히던 생각이 어머니의 입을 통해 나오고 있다. 이 계획이 과연 성공할지 모르겠다. 이것이 진정 오리샤에 가장 이익이 되는 길인지도.

우리는 폐허가 된 신성자 빈민촌을 지나간다. 그 파괴의 현장을 보자 계속 나아가야 할지 되돌아가야 할지 확신이 서지 않는다. 나의 도시를 에워쌌던 이 알록달록한 판잣집들은 꽤 아름다운 광경을 이루고 있었다. 이제는 돌무더기와 잿더미만 남았다.

50여 채의 양철집이 자리하고 있던 커다란 언덕 앞에서 나는 멈춰 선다. 이제는 도색된 양철판들이 흙 위로 튀어나와 있을 뿐이다.

"이위카가 이렇게 만들었어요?"

그러자 어머니는 고개를 젓는다.

"아니, 내가 했어."

어머니의 호박색 눈에서 지금껏 보지 못한 흉포한 눈빛이 번뜩인다. 나는 마법을 쓰려 할 때마다 정신을 잃다시피 하는데 어머니는 신들의 힘을 가진 것 같다.

어머니가 말한다.

"마귀들이 습격하기 전까지 내가 다른 사람들과 다르다는 걸 몰랐어. 티탄이 된 사람들은 마법으로 자신을 해치기 일쑤였지만 나는 그들의 힘을 빨아들일 수 있더구나. 그래서 어떤 마자이도 대적할 수 없을 만큼 막강한 마법을 휘둘렀지."

어머니는 점점 확신이 생기는 듯 목소리를 높인다.

"오랫동안 마자이들이 날뛰면 우리는 막을 길이 없었어. 하지만 이제 신들이 우리에게도 축복을 내려 줬어. 우리는 그들을 말살할 수 있는 힘을 가졌단다, 이난. 이 땅에 평화를 되찾으려면 마귀들을 모조리 없애 버리는 수밖에 없어."

어머니의 말에 손끝이 시려 온다. 오리샤에서 마자이를 모조리 없애 버리는 것은 아버지가 못다 한 일을 완성하는 셈이다. 또 하나의 대습격일 뿐이다.

주변 숲으로부터 라고스를 보호해 주는 잔해 더미로 다가가면서 어깨가 점점 더 무거워진다. 시간이 없다. 나는 선택해야 한다.

어머니가 다시 말한다.

"난 저 폐허 더미를 무너뜨릴 수 있지만 다시 복구할 수는 없어. 변절한 마귀 몇 명을 받아 주기 위해 우리의 하나뿐인 방어벽이 무너져도 정말 상관없니?"

조코예 장군과 다른 고문관들은 안전한 거리에서 지켜보고 있다. 그러나 그들의 불신이 연기처럼 나에게 흘러오고 있다. 내 선택이 틀렸다면 우리 모두가 고통받을 것이다. '하지만 만약 내 판단이 옳다면…….'

라이파의 움푹 들어간 갈색 눈이 머릿속의 잡음을 파고든다. 아무리 내 얼굴에 침을 뱉었다고 해도 다른 라고스 주민들처럼 뼈와 살가죽만 앙상하게 남아 있던 그 어린 화염술사의 모습이 잊히지 않는다.

나는 깊이 숨을 내쉰다.

"그래도 해 봐야죠. **시도는 해 봐야겠어요.**"

아버지가 이루지 못한 평화를 이룰 수 있는 기회다.

어머니는 입술을 오므리지만 결국 고개를 끄덕이며 폐허가 된

벽 앞에 내려선다. 어머니가 손을 휙 흔들자 금빛 갑옷을 입은 위압적인 티탄들이 주위를 에워싼다.

"폐하, 아무래도 잘못 생각하시는 것 같습니다."

내가 왕실 의회 사람들 쪽으로 다가가자 조코예가 고개를 저으며 말한다.

"장군이 어떻게 생각하는지 압니다. 하지만 마자이들도 우리만큼이나 평화를 원합니다."

"그들은 평화엔 관심이 없어. 무슨 수를 써서라도 승리하고 싶어 할 뿐이지."

오조레가 중얼거린다. 그가 목에 난 화상으로 손을 가져가자 나는 하늘을 보며 신들에게 무작정 기도를 올린다. '제발, 제가 옳다는 것을, 저들의 생각이 틀렸다는 것을 보여 주세요.'

어머니가 마법을 불러오는 순간 모든 대화가 끊어진다. 그녀가 두 손을 펼치자 주변 공기가 소용돌이치고 가슴에서 에메랄드색 광채가 빛을 발한다. 어머니의 금빛 갑옷에서 짙은 초록색 빛이 번개처럼 타닥거리며 목의 핏줄이 불거진다. 그녀는 손가락을 모두 펼쳐 주위를 에워싼 티탄들을 그 자리에 얼어붙게 만든다.

"하늘이여."

나는 움찔하며 중얼거린다. 어머니가 티탄들의 핏줄에서 아셰를 빨아들이자 그들은 신음하며 경련을 일으킨다.

어머니의 눈에서 초록색 광채가 일면서 티탄들이 풀썩 무릎을 꿇는다. 그녀가 신음하며 두 손을 내밀자 마법의 힘이 흘러나온다. 에메랄드빛이 마치 칼처럼 돌무더기를 가르며 흙벽을 부순다.

방어벽이 폭발하면서 뒤틀린 금속과 파편들이 허공을 날아다니자 우리는 눈을 가린다. 연기가 사라지는 순간, 가슴이 무거워진다. 라고스가 내려다보이는 가장 높은 언덕 꼭대기에 이위카 대원 일곱 명이 서 있다.

'왔군.'

정적 속에서 우리는 그 반란군들을 바라본다. 얼굴과 새하얀 곱슬머리에는 흙을 덮어썼고 몸에는 너덜거리는 카프탄*을 걸쳤다. 호의적인 모습은 아니지만 이렇게 나타났으니 희망이 있다는 신호다.

마침내 평화를 이룰 수도 있다는 신호.

"라이파."

나는 맨 앞에 서 있는 어린 화염술사를 향해 손을 들어 올린다. 그 애가 한 걸음 앞으로 나오자 나도 똑같이 한 걸음 나아간다.

"와 줘서 고맙다."

어머니는 부서진 성문을 넘어가지 못하도록 나를 붙잡지만 나는 그녀를 밀어 낸다. 이 계획이 성공하려면 저들에게 신뢰를 보여 줘야 한다. 내가 두려워하지 않는다고 믿게 해야 한다.

나는 다른 마자이들도 나오라고 손짓한다.

"괜찮아요. 내가 책임지고 보호합니다."

라이파는 아무 말도 하지 않는다. 꽤 멀리 떨어져 있는데도 그 애의 힘겨운 숨소리가 들리는 듯하다. 하지만 소녀는 가까이 오면서 손을 내민다. 의지를 보여 준 소녀에게 나도 미소 지으며 손을 내민다.

---

* 소매통이 넓고 길이가 긴 아프리카의 의복.

순간, 그 애의 손끝에서 타오르는 불꽃이 보인다.

"왕을 보호해!"

어머니가 날카로운 목소리로 외친다. 순식간에 주위는 아수라장이 된다. 위병들이 나를 끌어내고 어머니의 티탄들이 앞으로 몰려가 마자사이트 폭탄을 마구 터트린다.

폭탄들이 터지면서 유리 깨지는 소리가 울려 퍼진다. 누군가가 내 얼굴에 황금 방독면을 씌운다. 유독한 가스가 전투장을 뒤덮자 머리가 빙빙 돈다. 아무것도 보이지 않는다.

"어머니!"

시야가 돌아오길 기다리는 사이, 흉터가 타는 듯 쓰라리다. 연기가 엷어지자 나는 허겁지겁 달려가며 바닥에 나뒹구는 시체들이 우리 쪽 병사들이 아니기를 기도한다.

"모두 괜찮아요?"

나의 목소리가 갈라진다. 그슬린 땅에 마자이들이 쓰러져 있다. 이 반란군들은 알아볼 수 없게 타 버렸다. 허공에 아직 남아 있는 마자사이트 가스 때문에 그들의 피부가 계속 타고 있다.

우리 병사들은 상처가 나고 멍이 들었지만 모두 멀쩡히 서 있다. 어머니가 입술에 묻은 피를 닦고 침을 뱉는다.

"더러운 마귀들."

"죄송해요."

나는 비틀비틀 물러서며 주저앉지 않으려고 안간힘을 쓴다. 방금 전에 일어난 일이 머릿속을 파고들면서 몸이 떨리기 시작한다. 나는 평화의 첫걸음을 내디디려 했다. 다른 왕이 되기 위해 엄청난 위험을 감수했다. 그런데 이위카는 라고스에 발을 내딛기도 전에 공격을 개시했다.

오조레가 옳았다. 마자이들은 평화를 원치 않는다.

그들은 어떠한 대가를 치르더라도 승리하고 싶어 할 뿐이다.

내가 절망하는 모습에 어머니의 표정이 부드러워진다. 어머니는 한숨을 쉬며 내 손을 잡는다.

"넌 온정을 베풀려고 했어. 하지만 모든 오리샤인이 그것을 누릴 자격이 있는 건 아니란다."

나는 힘겹게 고개를 끄덕이며 떨리는 손을 진정시키려 동전을 움켜쥔다.

"다시는 이런 실수를 하지 않을게요."

"잠깐."

고개를 들어 보니 오조레가 땅바닥에 널브러진 시체들 사이를 걸어오며 말한다.

"시체가 여섯 구뿐이잖아. 아까 언덕 위에는 일곱 명이 있었는데."

나는 앞으로 달려 나간다. 누가 없는지 깨닫는 순간 가슴이 덜컥 내려앉는다.

내가 소리친다.

"어디 갔지? 라이파 어디 갔어?"

사람들이 숲속을 뒤지기 시작하며 혼란이 확산되지만, 부서진 폐허의 벽 뒤에서 그 애의 여윈 모습이 보인다. 자기 이름을 듣고 휙 돌아서는 그 애의 얼굴에는 황금 방독면이 씌워져 있다.

커다란 갈색 눈에 당혹감을 드러내며 그 애는 시장으로 이어지는 하나뿐인 길을 바라본다. 그제야 나는 이 소녀의 진짜 표적이 무엇인지 깨닫는다.

다른 모든 것은 그저 관심을 돌리기 위한 양동 작전이었다.

"저 애를 막아!"

내가 명령한다.

라이파는 방독면을 벗어 던지고 가느다란 다리로 전력 질주한다. 신성자 거주 구역을 지나 폐허가 된 상업 구역으로 달려가는 그 애의 등 뒤로 새하얀 머리카락이 휘날린다.

배급 수레들을 지키는 병사들이 앞을 가로막지만 라이파는 기어이 한 손을 뻗는다. 손끝에서 불씨가 나오면서 그 애가 소리친다.

"이나 오리샤, 그보 이페 미!"

한 티탄이 라이파를 바닥으로 쓰러뜨리지만 불씨는 계속 허공으로 날아오른다. 하늘로 올라가는 불씨들은 갈수록 환하게 빛을 발한다. 마침내 그것들이 온전한 불길로 타오르자 공포가 밀려든다.

혜성 같은 불똥 다섯 개가 배급 수레들 쪽으로 날아간다. 사람들이 사방으로 몸을 날려 불을 피한다. 마침내 불길이 타오르자 나의 가슴이 오그라진다.

순식간에 식량들이 불길에 휩싸인다.

"안 돼!"

우리의 식량이 타오르는 광경에 나는 풀썩 무릎을 꿇고 가슴을 그러쥐며 숨을 쉬려고 안간힘을 쓴다. 내 것이 아닌 듯한 분노가 내 안의 깊은 곳에서 쏟아져 나온다.

식량 절반이 순식간에 파괴되었다.

"이건 시작일 뿐이야!"

라이파가 병사들에게 붙잡힌 채 몸부림치며 소리친다. 오조레가 다가가지만 소녀는 떨리는 목소리로 계속해서 외친다.

"당신들의 시대는 끝났어! 라고스 전체가 불타 버릴 거야. 죽음의 전사가 오고 있어……."

오조레의 칼부림에 소녀의 외침이 잠잠해지자 나는 움찔한다.

'죽음의 전사가 오고 있다.'

얼굴을 보지 않아도 그 별명이 누구의 것인지 나는 알고 있다. 제일리는 자기 손으로 나를 끝장내겠다고 맹세했다. 하지만 이렇게 빨리 공격할 줄은 몰랐다. 그 애가 이렇게 많은 물자와 지원군을 갖고 있는 줄 몰랐다.

뒤에서 조코예가 분통을 터트린다.

"이제 만족하십니까, 폐하? 대단한 이상을 갖고 계시네요!"

라이파의 피가 흥건해지고 병사들은 시장에 난 불을 끄려 한다. 하지만 타고 있는 식량은 구제할 길이 없다. 분노로 몸이 떨리면서도 가슴에는 슬픔이 차오른다.

절망한 고문관들, 성난 병사들이 보인다. 멀리서 지하 동굴에 들어가 있던 주민들이 하나둘 나오기 시작한다. 내가 자기들을 이위카의 공격으로, 굶주림으로 몰아넣었다는 것을 알면 저들은 어떻게 나올까?

내가 소리친다.

"제가 해결하겠습니다. 약속할게요."

그 방법을 안다면 얼마나 좋을까.

24

마법을 배우다

아마리

목이 타들어 가면서 풀밭에 노란 침이 흩어진다. 거기서 달콤한 플랜틴 튀김 냄새가 나자 다시 속이 메슥거린다.

제일리와 나는 이위카 성지 앞의 언덕에서 훈련에 열중하고 있다. 대체 내가 뭘 잘못하고 있는지 모르겠다. 아무리 애써도 나의 티탄 마법을 사용하는 것이 고문처럼 느껴진다. 내 마법의 힘은 통제할 수 없이 날뛰고 있다.

내가 구역질하자 제일리가 움찔하며 고개를 돌린다.

"아무래도 안 될 것 같다. 이렇게 하다가는 네 마법으로 다른 사람이 아니라 너를 해치게 될 거야."

턱에 묻은 토사물을 닦으려 하지만 손을 올리기도 괴롭다. 제일리는 내 손바닥에 난 화상을 보며 절레절레 고개를 흔든다. 수포가 올라온 피부가 빨갛게 변하고 있다.

내가 말한다.

“난 괜찮아. 계속해야 해.”

“계속하다가 죽을 수도 있어. 그렇게 되면 좋겠어?”

두 팔이 떨려 온다. 나는 몸을 돌려 풀밭에 눕는다. 몇 시간 동안 헛고생한 탓에 숨을 들이마실 때마다 폐가 타들어 간다. 하지만 포기해야겠다고 생각하는 순간 라마야의 흉터가 떠오른다.

‘또 한 번 우리 회의에서 입을 열면 내 손으로 네 혀를 뽑아 버리겠어.’

내 힘을 보여 주지 못하면 이위카는 절대 나를 존중하지 않을 것이다. 그들을 내 편으로 만들려면 내 마법을 통제할 줄 알아야 한다.

나는 고통을 참고 일어선다. 하지만 다시 마법을 불러오기도 전에 제일리가 나를 말린다.

“그냥 밀어붙인다고 되는 게 아니야.”

제일리는 한숨을 쉬며 말을 잇는다.

“따라와. 설명해 줄게.”

나는 제일리를 따라 허리를 굽혀 덩굴 아래를 지나고 거대한 나무들을 돌아가며 밀림의 골짜기로 내려간다. 매미들이 요란하게 밤의 합창곡을 부른다. 머리 위에서는 비비너들이 덩굴 사이를 옮겨 다닌다.

온몸이 쑤시지만 평온한 분위기를 음미하며 성지의 흙길을 따라 강을 향해 걸어간다. 제일리가 무릎을 꿇고 앉더니 커다란 돌무더기 사이로 흘러 내려오는 물을 가리키며 설명하기 시작한다.

“이 물이 우리의 아셰라고 치자. 우리 피에 흐르는 영적 기운 말이야. 마자이가 주문을 쓰는 건 저기 있는 돌멩이들 가운데 하나를 빼는 것과 똑같아. 그럼 마법이 자유롭게 흐르면서 우리가 안전하게 부릴 수 있게 되지."

제일리가 돌멩이 하나를 들어 올리자 물길이 바뀌어 그 천연 둑 속으로 흘러 내려온다. 나는 마치 빛을 내는 거미줄처럼 제일리의 핏줄을 채우며 흐르던 연보랏빛 마법을 떠올린다.

"바늘에 실을 꿰는 거랑 비슷한가?"

"맞아."

제일리는 고개를 끄덕인다.

"그렇게 흐르는 기운은 네 마법의 힘처럼 강력하진 않지만 그보다 정확하지. 적당히 조절해서 더 많은 것을 할 수 있어."

제일리는 잠시 말을 멈추고 돌무더기를 훑어보더니 그중 가장 큰 돌에서 시선을 멈춘다.

"너 같은 티탄은 의도적으로 피의 마법을 사용하는 거야. 즉, 너의 마법은 정밀하지 않다는 뜻이지. 통제할 수 없는 거야."

제일리가 그 무거운 돌을 들어 올리자 새로 난 길로 물이 콸콸 쏟아져 내려온다.

"네 핏속에 있는 모든 아셰가 한꺼번에 쏟아져 나오는 셈이야. 그래서 그런 마법이 나오는 거야."

나는 흉터 난 두 손을 바라본다. 왜 그렇게 고통스러운지 이제야 알 것 같다. 무언가를 시도할 때마다 늘 내 안에서 불길이 일어 나를 태워 버리려 하는 듯한 느낌이 들었다.

제일리가 다시 말한다.

"내 마법이 바늘이라면 네 마법은 망치야. 통제하지 않으면 너와 주변 사람들이 다쳐. 너무 많은 아셰를 내보내면 고통스럽기만 한 게 아니라 아셰에 익사해 버릴 거야."

나는 입술을 오므리며 제일리의 말을 곱씹어 본다. 그 말이 사실이라면 모든 티탄이 그 자신에게 위험한 존재다. 지금까지 얼마나 많은 티탄들이 마법을 통제하지 못해 목숨을 잃었을까?

내가 묻는다.

"그럼 우리 어머니는? 어머니는 다른 티탄들보다 훨씬 더 많은 아셰를 내보냈잖아. 그런데 왜 안 죽었지?"

"나도 모르겠어."

제일리는 그 기억이 떠오른 듯 몸서리를 친다.

"그런 힘은 나도 본 적이 없어. 그 힘은 더 대단한 것 같아."

나는 심호흡을 하며 일어선다. 제일리의 설명을 뒤집으면 문제를 해답으로 바꿀 수 있을지도 모른다.

"내가 의도적으로 피의 마법을 사용하는 거라면 그것을 통제하기만 하면 되는 거잖아. 네가 주문을 가르쳐 주면 해결될 거야!"

제일리는 콧구멍을 벌름거리며 물러선다. 그녀의 어깨가 경직된다.

"요루바어는 마자이들에게 신성한 거야. 네가 배울 수 있는 게 아니야."

"지금 그게 문제가 아니잖아."

나는 손을 내저으며 말을 잇는다.

"우리는 지금 전쟁 중……."

"우리 마법은 전쟁에 쓰라고 있는 게 아니야!"

제일리가 소리친다.

"우리 주문은 마자이의 역사야. 네 아버지는 바로 그걸 파괴하려 했던 거고!"

제일리는 씩씩거리며 고개를 젓는다.

"티탄들은 이미 우리 마법을 훔쳤잖아. 이것까지 훔치면 안 되지."

"훔쳐?"

나는 고개를 갸우뚱한다.

"제일리, 그게 무슨 말이야? 그럼 난 마법을 통제하는 법을 어떻게 배워?"

"그럴 필요 없어. 넌 아예 마법을 사용할 필요가 없다고!"

"내가 내 힘을 쓸 수 없다면 누구를 믿어야 하니?"

나는 두 팔을 뻗으며 말을 잇는다.

"이위카를 만나더니 넌 5분도 안 돼서 내 뒤통수를 쳤잖아!"

"네 뒤통수를 쳐……" 제일리는 멈칫하며 코웃음을 친다. "그래서 지금 이러는 거구나. 이난이 무슨 짓을 했는지 알면서 아직도 믿고 싶은 거야?"

얼굴이 화끈거린다. 나는 고개를 돌리고 내 몸을 감싸 안는다. 제일리에게 설명할 길은 없지만 나는 오빠의 심성을 알고 있다. 그가 식량을 제안했다면 진심이었을 것이다. 우리는 분명 이 전쟁을 끝낼 기회가 있었다. 하지만 제일리는 생각해 보지도 않고 내쳐 버렸다.

제일리가 말한다.

"내 계획은 변함없어. 난 여전히 네가 오리샤의 왕위에 앉았으면 좋겠어. 하지만 사과는 하지 않을래. 난 이제 네 오빠의 거짓말을 믿을 만큼 어리석지 않으니까."

우리 사이에 무거운 침묵이 내려앉으며 밀림의 대기가 서늘해진다. 나는 제일리를 믿고 싶지만 원하는 바가 서로 다르다는 것을 부인할 수 없다. 이러나저러나 오빠는 나의 혈육이다. 하지만 제일리에게 그는 상처를 준 몹쓸 남자일 뿐이다.

이 전쟁을 제일리에게 맡기는 것은 라마야에게 맡기는 것과 다르지 않다. 전쟁에서 승리하려면 나에게도 힘이 있어야 한다.

나는 한숨을 쉬며 말한다.

"다른 방법이 있었다면 나도 부탁하지 않았어. 하지만 어머니는 우리 머리 위로 돔 하나를 통째로 무너뜨린 사람이야. 이제는 내 칼만 믿고 있을 수가 없어. 너에게는 마자이 편에서 싸울 의무가 있겠지만 나는 여왕이 되면 모든 사람들을 책임져야 해. 겁에 질려 벌벌 떠는 코시단들도 살펴야 하고 어머니에게 생명의 기운을 빨리고 있는 티탄 병사들도 신경 써야 해. 나를 죽도록 싫어하는 마자이들도 책임져야 하고. 내가 힘을 갖지 못하면 아무도 도울 수가 없어."

"아마리, 아니야."

제일리가 한 걸음 다가오더니 한층 누그러진 목소리로 말을 잇는다.

"다 네가 책임질 필요는 없어. 네가 오리샤를 구해야 하는 건 아니라고."

"내가 하지 않으면 누가 해? 네가 네 입으로 말했잖아. 넌 오빠의 말을 믿지 않는다고."

나는 피곤한 눈을 비비며 고통을 닦아 내려 애쓴다. 나의 행동 때문에 파멸에 이른 사람들, 내가 오리샤의 왕위에 오르지 않아서 목숨을 잃은 사람들을 생각해 본다.

"모두를 위해 싸울 수 있는 사람은 나뿐이야. 하지만 마법을 쓸 수 없으면 불가능해. 네가 돕고 싶지 않다면…… 좋아. 다른 사람을 찾아 볼게."

걸음을 떼려 하는데 제일리가 내 팔을 붙잡는다. 내 눈이 휘둥그레진다. 그 애는 어깨가 축 처진 채 긴 한숨을 내뱉는다.

"도와줄 거야?"

내가 묻는다.

"한 가지 조건이 있어. 주문을 가르쳐 주면 티탄에게만 사용하는 거야. 마자이에게 사용해선 안 돼."

나는 고개를 끄덕인다. 제일리에게는 중요한 조건일 것이다.

"약속할게. 어머니와 그 군대에게만 주문을 사용할 거야."

제일리는 머뭇거리며 자세를 취하더니 두 팔을 올려 내 손의 위치를 잡아 준다.

"좋아. 다리를 벌리고 나를 따라 해."

25

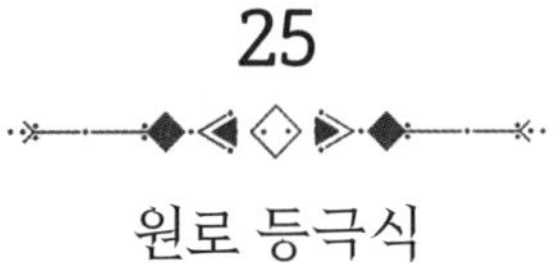

원로 등극식

제일리

아침이 밝았지만 눈이 잘 떠지지 않는다. 아마리 때문에 밤새 훈련에 시달렸다. 우리는 동이 틀 무렵에야 성지로 돌아왔다. 하지만 우리 부족의 두 사령술사가 나의 원로 등극 준비를 돕기 시작하자 이 안전한 성지에서 도망치고 싶은 충동이 밀려든다. 나는 그저 전쟁에 승리할 방법을 찾고 싶을 뿐이다.

원로가 될 준비는 되지 않았다.

"깨끗한 물 가져와."

둘 중 나이가 더 많은 빔페가 지시를 내린다. 어린 사령술사들은 몸에 맞지도 않는 센타로 가운을 입고 내 주위에서 부산하게 움직이고 있다. 키가 큰 빔페에게는 옷단이 무릎까지밖에 오지 않는다. 눈과 입 주위에 옅게 바랜 부분들이 갈색 피부에 아름다운 무늬를 만들어 낸다.

빔페 옆에 선 마리는 열세 살치고 키가 작은 편이라 두툼한 검정 가운을 입고 허우적거린다. 나를 보며 미소 지을 때마다 벌어진 앞니가 사랑스럽게 보인다.

두 소녀 덕분에 신성한 사령술사 사원의 낡은 벽면이 따뜻하게 느껴진다. 우리 머리 위에는 색색의 타일들이 모자이크를 이루고 있다. 보라색과 붉은색의 소용돌이들이 과거의 사령술사 원로들의 모습을 보여 준다. 둥근 천장에는 물방울 모양의 등불들이 매달려 있고 색유리 속에서 연보라색 빛이 퍼져 나온다. 빔페가 머리끝부터 발끝까지 내 몸을 닦아 주며 흙이 묻어 있던 피부에 레몬향이 나는 기름을 덧입혀 주는 동안 나는 그 등불들을 멍하니 바라본다.

"부원로는 생각해 봤어?"

마리가 속삭여 묻는다. 빔페가 노려보고 있지만 마리는 모르는 척 모자를 벗고 두 갈래로 올려 묶은 머리카락을 드러낸다.

"혹시 아직 안 정했으면……."

그러나 빔페가 뒤통수를 찰싹 때리는 통에 마리는 움찔한다.

빔페가 말한다.

"**자군자군**, 얘 말은 못 들은 척해. 곧 등극할 사람을 괴롭히면 안 되는 거 알면서도 그러네."

마리가 혀를 삐죽 내밀자 나는 웃음을 참는다. 빔페가 빗을 가지러 간 사이 마리가 바싹 몸을 기울이며 말한다.

"나는 영체를 **네 개** 만들 수 있어."

"넷이나? 굉장한데."

내가 한쪽 눈썹을 치켜올리자 마리가 다시 속삭인다.

"제일리가 훈련해 주면 더 많이 만들 수 있을 거야. 마젤리의 영체보다 더 큰 영체를 만들 수도 있을걸!"

때마침 빔페가 돌아오자 마리는 재빨리 입을 다문다. 우리는 몰래 미소를 주고받는다. 빔페가 쇠로 된 빗으로 내 머리를 빗어 주는 동안 나는 조용히 있는다. 마리가 내 손가락에 굵은 금반지들을 끼워 준다. 내 몸이 깨끗해지자 그들은 내게 돌바닥에 질질 끌릴 만큼 길고 풍성한 빨간색 치마를 입힌다. 빔페가 치마와 한 쌍인 짙은 빨간색 비단 천을 집어 들며 말한다.

"거의 다 됐어."

그들이 내 가슴에 천을 두르는 동안 나는 내 흉터가 훤히 드러나 있다는 사실을 잊으려 애쓴다. 그들은 등에 커다란 리본 모양의 매듭을 지어 끔찍한 흉터를 가려 준다.

마리가 내 목덜미에서 시작되는 금빛 문신 위에 손을 멈추고 묻는다.

"이 상징들도 가려야 하나?"

그러자 빔페가 대꾸한다.

"다 가리지는 마. 제일리의 일부니까."

빔페는 내가 고개를 숙이자 목에 둘렀던 전통 장식을 떼고 금띠를 둘러 준다. 금띠에 줄줄이 달린 반짝이는 구슬들이 나의 가슴과 등을 뒤덮는다. 그런 뒤 두 사람은 내 발에 동여맨 가죽 샌들의 먼지를 털어 준다. 그들이 내 곱슬머리에 구슬 달린 머리 장식까지 씌워 주고 나자 나는 엄마와 똑같아 보인다.

오야가 다시 살아난 것 같다.

"우리가 할 일은 다 끝났어."

빔페가 고개 숙여 인사하자 마리도 따라 한다.

"정말 멋지다! 마젤리보다 훨씬 더 아름다워."

마리가 갈색 눈을 반짝이며 말한다.

"고마워."

나는 또다시 고개를 숙이는 그들에게 빙긋 웃어 준다. 그러나 두 소녀가 나가고 나자 다시 가슴이 답답해진다.

사령술사 사원은 세 번째 산의 정상에 있지만 저 밑에서 기다리는 마자이들의 웅성거림이 여기까지 올라온다. 아빠도 지키지 못한 내가 어떻게 한 부족을 지킬지 모르겠다. 내 몸 하나 지키지 못하는데.

다시 의자에 앉자 로웬의 청부 조직 소굴에 갔을 때 보았던 배들이 내 머릿속을 항해하기 시작한다. 원로가 되면 이난을 처치하는 데에는 도움이 되겠지만 내가 갈망하는 자유는 하루하루 멀어져 갈 것이다.

"와."

돌아보니 문가에 오빠가 서 있다. 넋 나간 미소를 띤 채 나지막이 휘파람을 분다.

"꼭 결혼하는 사람 같네."

"그렇다고 할 수도 있지." 나는 오빠의 품에 안기며 말을 잇는다. "어느 한 사람에게 내 삶을 내주는 게 아니라 한 부족에게 나를 꽁꽁 묶어 버리는 셈이지만."

"에이, 무슨. 대습격 전에 넌 다른 사령술사들처럼 되고 싶다고 노래를 불렀었잖아."

"그때는 어렸으니까. 하지만 이제……."

뭐라 해야 할지 몰라 나는 말끝을 흐리며 눈을 감는다.

"너무 많은 일을 겪었다고?"

오빠가 묻는다.

"너무 많은 것을 빼앗겼지."

침묵이 내려앉자 나는 다시 자리에 앉으며 우리가 잃어버린 것들과 잃어버린 사람들을 생각해 본다. 전에는 마법이 나를 가장 살아 있게 해 주는 것 같았는데 이제는 죽은 이들을 생각하지 않고는 마법을 휘두를 수 없다.

어쩔 수 없다는 것을 안다. 이위카의 도움이 없으면 나는 이난을 이길 수 없을 테니까. 하지만 원로가 되어 이런 성스러운 역할을 떠맡는 것은 어쩐지 내가 할 일이 아닌 것 같다.

오빠가 내 앞에 무릎을 꿇고 앉는다.

"두렵구나. 하지만 너보다 잘할 수 있는 사람은 없어. 네가 뭐라고 하건 난 네가 엄마와 함께 사령술사 원로 등극식을 보고 와서 눈을 반짝거리며 떠들어 대던 일을 잊을 수가 없는걸."

그날의 기억이 홍수처럼 밀려들면서 엄마의 아름다운 검은 피부와 풍성한 흰색 머리카락이 눈앞에 아른거린다.

마지막 사령술사 원로가 선발되었을 때 우리는 그가 등극하는 것을 보기 위해 먼 로코자까지 갔었다. 의식이 시작되자 엄마는 내 손을 꼭 잡았다. 엄마의 손에서는 늘 코코넛 기름 냄새가 났다.

오야의 존재를 상징하는 짙은 보라색 불빛이 켜지는 순간 나는 숨을 참았다. 검은 연기가 의식장을 메우며 새 원로의 모습을 가렸다.

"이게 뭐야?"

내가 속삭여 묻자 엄마가 조그맣게 대답했다.

"**이시파야**라는 거야. 모든 부족의 원로는 등극할 때 자기 신의 지혜를 조금 나눠 갖게 되거든. 부족을 이끄는 데 도움을 줄 예언을 받는 거야."

"나도 **이시파야**를 받고 싶다."

나의 말에 엄마는 웃음을 터트렸다.

"엄마도 그래."

엄마는 나를 꼭 안으며 말을 이었다.

"언젠가 우리도 **이시파야**를 받을 수 있을 거야."

그때는 원로가 된다는 것이 어떤 의미인지 몰랐다. 그저 엄마가 원하는 것이니 나도 가지면 좋을 거라고 생각했을 뿐.

"넌 할 수 있어."

오빠가 나를 일으켜 주며 말한다.

"난 알아. 너 자신에게만 증명하면 돼."

나는 고개를 끄덕이고는 심호흡을 하고 사원 문을 돌아보며 말한다.

"알았어. 가자."

*

마마 아그바가 세 번째 산 아래 깔린 둥근 돌바닥으로 들어서자 마자이들이 물을 끼얹은 듯 조용해진다. 원의 가장자리에서 여든 명에 가까운 이위카 대원들과 각 부족의 신성자들이 지켜보고 있다. 높다란 은색 머리 장식을 쓰고 그와 같은 무늬의 망토를 걸친 마마 아그바는 마치 여신처럼 보인다. 이마와 광대뼈에 하얀 물감을 바른 그녀는 비단 망토를 반짝이며 원의 한가운데로 걸어가 사람들에게 말한다.

"오늘 신들은 미소 짓고 계십니다. 여러분의 조상들도 웃고 있지요. 각 부족의 새 원로가 등극할 때마다 우리는 적들이 파괴하려 하는 것들에 생명을 불어넣고 있습니다!"

환호가 울려 퍼지자 나는 그것을 음미하려 숨을 들이마신다. 지금 이 광경을 아빠의 무덤으로 가져가 보여 줄 수 있다면 얼마나 좋을까. 처음으로 아빠의 죽음이 의미를 갖게 되는 것 같다.

마마 아그바가 계속 말을 이어 간다.

"대습격 전에는 부족에서 가장 강력한 마자이가 원로를 맡았습니다. 스스로 원로가 되어야 한다고 생각하는 자는 도전을 통해 그것을 증명할 기회를 얻었지요. 또는 기존의 원로가 도전자의 힘을 인정하고 물러서기도 했습니다. 오늘 여러분 가운데 한 명이 이런 도전을 하고자 합니다."

마마 아그바는 두 손을 깍지 끼며 저 멀리 구석에 모여 있는 사령술사 셋을 돌아본다. 우리는 이 성소에서 가장 작은 부족이지만 사령술사가 셋이나 모여 있는 광경을 보니 가슴이 벅차오른다. 두세 달 전까지만 해도 오리샤에는 사령술사가 하나도 없었다.

마마 아그바가 선언한다.

"사령술사 부족의 원로 마젤리 아데사냐. 도전자에게 양보하겠습니까, 아니면 도전을 받아들이겠습니까?"

마젤리는 가슴을 활짝 펴고 원형의 혈석 위를 걸어온다. 그의 어깨에는 사령술사의 상징인 보라색으로 끝부분을 장식한 검은 비단 가운이 걸쳐져 있다.

"기꺼이 양보하겠습니다."

그는 나를 향해 고개를 숙이며 다시 말한다.

"죽음의 전사 말고 또 누가 사령술사들을 제대로 이끌 수 있겠습니까?"

그가 소리쳐 묻자 산 전체에 함성이 울려 퍼진다. 그 함성에 기운이 솟기는커녕 관자놀이에 땀이 흐른다. 자리에서 일어서자 온 세상이 내 어깨를 짓누르는 것 같다. 혈석 위로 내딛는 한 걸음 한 걸음이 영원처럼 느껴진다.

다시 배를 타고 떠나고 싶다. 등의 흉터가 화끈거린다. 그러나 원의 한가운데서 마마 아그바를 마주하는 순간, 가슴에 남아 있던 갈망이 깨어난다.

"제일리 아데볼라."

내가 무릎을 꿇자 마마 아그바가 감격에 겨운 목소리로 말한다. 마호가니색 눈에서 눈물이 반짝거린다. 나도 눈물이 나올 것 같아 손톱으로 손바닥을 후벼 판다.

"셰 오 그바 아원 에니얀 워니 게게 비 아라 레? 세 이워 유 로 그보그보 아그바라 레 라티 다보보 원 니 그보그보 오나?"

이들을 당신의 사람들로 받아들이겠습니까? 당신의 힘을 사용해 무슨 일이 있어도 이들을 지켜 줄 것입니까?

마젤리 옆에 모여 있는 사령술사들을 보자 마마의 물음이 가슴을 무겁게 짓누른다. 빔페는 손으로 입을 막은 채 지켜보고 있다. 마리는 이 엄숙한 순간에도 아랑곳하지 않고 열심히 손을 흔든다. 겨우 몇 시간 전에 만난 그들이 벌써 혈육처럼 느껴진다. 집에 온 듯한 기분이다. 그들과 함께하는 것은 지난 몇 년간 해 온 그 어떤 일보다도 옳은 일인 것 같다.

"대답해야지?"

마마 아그바가 묻는다.

나는 어깨를 펴고 고개를 끄덕인다. 대습격 이후 처음으로 우리에게 가능성이 보인다. 어쩌면 아름다운 미래가 펼쳐질지도 모른다.

"모 그바. 마 아 셰 에."

엄숙한 맹세에 목이 메어 온다.

"저는 모든 것을 걸고 이 사령술사들을 지키겠습니다."

마마 아그바는 눈에서 떨어져 내리는 눈물 한 방울을 닦은 뒤 반짝거리는 보라색 염료 통에 엄지손가락을 담근다. 그러곤 내 이마에 초승달을, 턱에는 날카로운 선을 그린다. 산 전체가 숨을 죽인 가운데 마지막으로 마마는 나의 왼쪽 눈에 복잡한 그림을 그리며 축복을 마무리 짓는다. 나는 잠자코 서서 그녀가 내 발 주위에 계피와 스위트그래스*를 펼쳐 놓을 때까지 기다린다.

마마는 내 이마에 입을 맞추며 말한다.

"네 부모님이 자랑스러워하실 거야. 나처럼."

나는 빙긋 웃으며 부모님이 지금 여기 있다면 뭐라고 말할까 생각해 본다. 엄마는 역대 최연소 사령술사 원로가 될 사람이었다. 이제 그 영광이 나에게 돌아왔다.

"손을 줘 보렴."

내가 손바닥을 내밀자 마마는 검은 단검을 꺼내며 선언한다.

---

* 북아메리카 원주민들이 신성히 여기는 향기로운 허브.

"너의 맹세를 피로 기록하겠다. 모두가 보는 앞에서. 신들이 보는 앞에서!"

마마 아그바는 나의 손바닥을 깔끔하게 그은 뒤 원의 한가운데로 내 손을 철퍼덕 갖다 댄다. 내 몸이 앞으로 덜컥 기울어진다. 돌바닥이 빛을 발하기 시작한다. 마법이 주변 공기를 데우면서 내 몸에서 피와 함께 다른 무언가가 빠져나간다.

나의 손이 돌 표면과 합쳐지자 곳곳에서 숨을 들이켜는 소리가 들린다. 보라색 빛이 거대한 거미줄처럼 퍼져 나간다. 불씨들이 타닥거리며 나의 머리를 에워싸자 피부 위로 핏줄이 불거진다.

눈 깜짝할 사이에 내 밑에서 빛이 폭발하며 보라색 연기 구름을 이룬다. 마마 아그바도 사라질 만큼 짙은 안개가 깔린다. 연기가 모든 소리를 집어삼킨다.

시야가 어두워지면서 산 전체가 희미해지고 내 목의 문신들이 윙윙거리며 살아난다.

이윽고 오야가 어둠을 밝힌다.

'신들이여…….'

오야의 힘은 몇 번을 보아도 매번 목이 멘다. 숨을 쉴 수가 없다. 오야는 내 앞에서 거대한 소용돌이를 만들어 낸다. 그녀의 치맛자락이 눈부신 붉은색 회오리바람처럼 빙글빙글 돌아가고 진한 보라색 광채가 까만 피부를 에워싼다. 오야의 손에서 눈물 같은 아셰 한 방울이 떨어지더니 암흑 속으로 내려가면서 점점 더 강렬한 빛을 발한다.

나는 잔뜩 긴장하며 그녀의 선물을 기다린다. 오로지 **이시파야**를 통해서만 얻을 수 있는 신성한 지혜. 어느 조련술사의 **이시파**

야는 오늘날 우리가 타고 다니는 거대한 탈짐승들을 낳았다. 어느 사령술사의 **이시파야**는 영체를 탄생시켰다. 어린 시절의 갈망이 나를 집어삼키는 듯하다. 나는 두 손을 벌리고 나의 **이시파야**를 기다린다.

그 한 방울의 아셰가 내 손바닥으로 떨어지면서 나의 눈이 보라색으로 반짝거린다. 피부가 뜨겁게 달아오르며 **이시파야**가 전해진다.

처음에는 보라색 빛이 내 가슴에서 실처럼 퍼져 나온다. 이윽고 암흑 속에서 금빛 띠가 소용돌이치며 나타난다. 뒤이어 주황색과 에메랄드색이 합쳐져 서로 뒤섞인다. 그 모든 빛이 거대한 나무뿌리처럼 뒤엉켜 사자너가 포효하듯 엄청난 힘을 뿜어낸다.

나는 무슨 뜻일까 생각하며 그 소용돌이치는 색색의 마법을 만져 보려 손을 뻗는다. 하지만 내 손이 뜨거운 열기에 다가가는 순간 알록달록한 빛의 띠는 사라져 버린다.

나는 퍼뜩 현실로 돌아온다.

"아!"

나는 숨을 헐떡이며 풀썩 무릎을 꿇는다. 떨리는 손을 들어 보지만 마마 아그바가 칼로 가른 흔적은 온데간데없다.

연기가 사라지고 마마 아그바가 손을 내민다. 나를 일으키는 그녀의 갈색 눈이 자부심으로 반짝거린다.

이시파야에서 본 무지개로 감정이 벅차오르는 가운데 마마 아그바가 나를 사람들 쪽으로 돌려세운다. 그녀가 내 팔을 올리자 내 가슴은 산 전체가 포효하는 것처럼 한껏 부풀어 오른다.

26

한밤중의 잠행

이난

라고스에 해가 넘어갈 무렵에야 나는 이위카의 식량 공격에 어떻게 대응할지 결정한다. 지금 우리는 너무도 손쉬운 표적이지만 그들의 본거지를 알아내기만 하면 먼저 공격할 수 있다.

라고스를 그들의 포위에서 풀어내지 못하면 이 전쟁에서 우리가 승리할 가망은 없다. 이 상태로 가면 그들은 이미 뚫린 벽으로 쳐들어오거나 우리를 굶어 죽게 만들 것이다.

더 늦기 전에 당장 손을 써야 한다.

나는 아버지 방 밖에 있는 촛불이 꺼질 때까지 밤이 오기를 기다린다. 궁전 안이 완전히 고요해질 무렵, 연기가 자욱한 하늘에 반달이 떠오른다.

나는 침대에서 나와 수놓인 가운을 벗고 낡은 카프탄을 걸친다. 베개 밑에는 훔쳐 낸 검은 염료 통이 숨겨져 있다. 그것을 꺼내 새하얀 머리카락을 덮는다.

'이 정도면 되겠지.' 아버지의 거울로 내 모습을 살펴본다. 마지막으로 이렇게 수수한 옷을 입었을 때는 내 여동생과 제일리와 함께 신성자 정착촌에 있었다. 마치 없었던 일처럼 그날이 까마득하게 느껴진다. 그때 나는 왕자에 불과했다. 제일리도 죽음의 전사가 아니었다.

'이건 시작일 뿐이야! 라고스 전체가 불탈 거야!' 라이파의 말이 머릿속을 파고든다. 어떻게든 이위카를 막지 못하면 오리샤의 패망은 내 잘못이 될 것이다.

나는 창문을 살짝 열고 저 아래까지 거리가 얼마나 되는지 가늠해 본다. 아버지 방은 궁전 5층에 있지만 그 밑으로 발코니와 난간들이 이어져 있다. 나는 창틀을 붙잡고 창턱으로 올라선다. 적당히 타고 내려간다면…….

"여자를 만나러 가는 거라면 좋겠는데."

낮은 목소리에 화들짝 놀라 하마터면 창틀에서 떨어질 뻔한다. 오조레가 팔짱을 끼고 다 알고 있다는 듯한 미소를 머금은 채 문가에 서 있다.

"그런 거라면 눈 감아 줄게. 놀다 와."

그가 말한다.

"그럼 그렇다고 할게."

나는 다시 창밖을 보며 덧붙인다.

"못 본 걸로 해 줘."

"그럼 그 정도로 안 되지."

오조레는 방문을 닫고 들어온다.

"네 목숨이 위험할 수도 있잖아. 적어도 여자 이름 정도는 알려 줘야지."

그의 농담에 제일리의 얼굴이 떠오른다. 갈기처럼 무성한 그 애의 하얀 머리카락도. 은빛 눈도. 어두운 피부까지.

나는 잠시 그 꿈속의 폭포 아래서 그 애와 단둘이 시간을 보낸다. 무슨 일이 닥쳐올지 모르는 채로. 하지만 추억에 젖기 무섭게 그 애의 검은 덩굴이 내 목을 조를 때 느꼈던 고통이 되살아난다.

"어제 일은 나 때문에 일어났어."

나는 한숨을 쉬며 말을 잇는다.

"나와 그 여자애 때문이었지. 지금 그 애가 이위카를 이끌고 있다면 그들이 다시 라고스를 습격하는 건 시간문제야."

그러자 오조레는 팔짱을 끼며 묻는다.

"그래서 어쩔 셈인데? 입맞춤으로 해결해 보려고?"

"저 숲에 이위카가 진을 치고 있잖아. 그들이 있는 곳을 찾아내면 우리 쪽에서 먼저 공격할 수 있어. 어머니의 마법으로 충분할 거야."

내가 다시 뛰어내리려는 순간, 오조레가 내 팔을 붙잡는다.

"너 혼자서는 안 돼."

나는 고개를 젓는다.

"어제 그런 일을 저질러 놓고 다시 사람들의 목숨을 위험에 빠뜨릴 수는 없어. 이위카는 어제 큰 성과를 거뒀지만 많은 병력을 잃었잖아. 그쪽 인원이 얼마나 되는지 몰라도 어쨌든 경비가 허술해졌을 거야. 그들이 있는 곳을 알아내려면 지금이 가장 좋은 기회야."

오조레는 나를 빤히 바라보다가 무거운 한숨을 내쉰다. 그러고는 황동 흉갑을 벗어 나의 검정 염료 통 옆에 놓는다. 나는 이맛살을 찌푸리며 묻는다.

"뭐 하는 거야?"

"뭐 하는 것 같아?"

그는 바닥에서 낡은 바지 한 벌을 집어 든다.

"말했잖아. 너 혼자서는 안 된다고."

*

오조레와 나는 어둠에 몸을 숨기며 길을 나선다. 먼저 우리는 궁전 곳곳에 배치된 위병들과 어머니의 거처 앞을 지키는 병사들을 웅크린 자세로 지나간다.

그런 뒤 시장을 지나 꼬박 한 시간 동안 걸어 라고스의 부서진 방벽 밖으로 나선다. 마침내 군대의 감시망을 벗어나 수도를 에워싼 그슬린 숲에 이르자 우리는 걸음을 재촉하기 시작한다.

나는 다시 한번 계획을 일러 준다.

"우리는 그들을 찾기만 하는 거야. 나머지는 어머니가 알아서 하실 거야."

두 손을 내려다보며 내 마법도 어머니만큼 강력해질 수 있을까 생각해 본다. 호기심에 마법을 시험해 보자 손끝에서 희미한 푸른색 연기가 퍼져 나오며 피부가 뜨거워진다. 이 작은 시도에도 머리가 깨질 듯 아프다. 나는 관자놀이를 움켜쥔다.

"아직도 아파?"

오조레가 나를 살피며 묻자 나는 고개를 끄덕인다. 시간이 갈수록 내 마법이 영영 나아지지 않을까 두렵다. 그 의식 전에는 상대를 마비시킬 수 있었다. 지금은 나 자신을 마비시키는 듯하다.

내가 말한다.

"예전에도 쉽지는 않았어. 하지만 필요할 때는 반응을 했었거든. 그래서 거의 습관이 되다시피 했는데. 나의 일부인 것처럼."

오조레가 콧잔등을 찡그리자 내가 쓸데없이 지껄였나 하는 생각이 든다. 하지만 더 얘기할 새도 없이 우리 왼쪽에서 나뭇가지들이 바스락거린다.

심장이 목까지 튀어나온다. 나는 칼을 움켜쥐고 마자이들의 공격을 기다린다. 그러나 점박이 하이에너가 뛰어가는 광경을 보고 맥이 풀려 거의 바닥에 주저앉을 뻔한다.

"하늘이여."

나는 손으로 가슴을 누르며 쿵쾅거리는 맥박을 가라앉힌다. 오조레를 돌아보니 그는 여전히 움직이지 않는다. 그의 눈이 아득해지는 듯하다.

"괜찮아?"

내가 묻는다. 옆으로 내린 그의 손이 떨리고 있다. 조금 지나서야 그는 정신을 차린다. 그러고는 내게서 고개를 돌린다.

그의 뜨거운 수치심이 전해진다.

"잠깐 쉴래?"

"괜찮아."

그는 다시 걸음을 옮기려 하지만 나는 그의 팔을 붙잡아 세운다. 그러고는 말없이 그가 마음을 다 추스를 때까지 기다린다. 나에게는 너무도 낯선 모습이다.

내가 아는 오조레는 늘 전의를 불태우는 사람이니까.

절대 겁을 먹지 않는 사람.

그는 눈을 감는다.

"왜 하필 화염술사들인지 모르겠어. 이위카 중에는 사령술사나 질병술사도 있을 텐데. 불 말고 다른 것으로 공격할 수도 있었잖아."

그는 목에 난 흉터를 어루만지며 괴로운 듯 얼굴을 일그러뜨린다. 그의 머릿속에서 뜨겁게 타오르는 불길이 보이는 듯하다. 오조레를 보면서 나는 이것이 제일리의 계획이 아닐까 생각해 본다. 몇 달 전 나는 그 애가 살던 해안에 불을 질렀다. 그 애의 동족들을 불태우고 집을 파괴했다.

나를 향한 복수인지도 모른다.

"형은 원치 않으면……."

오조레는 손을 올리며 내 말을 자른다.

"이 정도면 우리도 충분히 시달렸어. 이젠 그 마귀들을 묻어 줄 때가 됐지."

그의 얼굴에 떠오르는 증오가 한없이 낯설다. 내가 아는 미소와는 너무도 다르다. 내가 입을 떼려는 순간 오조레는 다시 걸음을 옮긴다. 나는 할 수 없이 그를 따라간다.

라고스에서 멀어지면서 또 한 시간이 흘러간다. 온 거리만큼 더 가면 일로린이 나오지 않을까 생각하는 찰나, 마침내 말소리가 들린다. 그 소리에 우리는 걸음을 멈춘다. 나무 뒤에 몸을 웅크린 채 이위카의 야영지를 살피는 동안 온몸의 근육이 긴장된다.

"드디어 찾았네."

내가 속삭이며 좀 더 자세히 보려고 앞으로 몸을 내민다. 수십 미터 떨어진 곳에서 반란군이 모닥불에 하이에너를 굽고 있다.

모두 붉은빛이 도는 갑옷을 입고 앉아서 나무 접시들을 돌린다.

공격의 규모로 봐선 수십 명쯤 될 줄 알았는데 겨우 아홉 명이 가물거리는 모닥불에 둘러앉아 있다. 나의 도시를 불태운 반란군의 얼굴을 훑어보자 라이파가 일으킨 분노가 되살아난다.

오조레가 속삭인다.

"나머지는 어디 있지? 마법이 돌아왔을 때 라고스로 수십 명이 몰려왔다고 들었는데."

"여기에 배치할 수 있는 인원이 저 정도겠지. 어쨌든 여기엔 우리를 수도 안에 가둬 놓을 인원만 있으면 되잖아."

오조레가 재촉한다.

"그만 가자. 저 정도면 너희 어머니와 티탄들이 쓸어버리고도 남지."

우리는 다시 일어난다. 그러나 라고스 쪽으로 돌아서는 순간, 반란군 두 명이 우리 앞을 가로 막는다.

"무기 버려!"

둘 중 나이가 좀 더 많은 여자가 거칠게 소리친다. 손에서 타오르는 불길이 일그러진 얼굴을 비춘다. 나는 입술을 떨며 오조레와 시선을 주고받는다. 우리는 별수 없이 칼을 내려놓고 두 손을 올린다.

여자가 명령을 내린다.

"원로들에게 전갈을 보내. 우리가 왕을 잡았다고."

그러자 다른 화염술사가 앞으로 나온다.

"뭘 기다려? 그냥 저들의 목을 날려 버리면……."

순간, 오조레가 내려놓았던 칼을 집어 들고 달려든다. 그가 반란군의 목을 베자 나는 화들짝 놀란다. 화염술사가 땅으로 쓰러지며 사방으로 피가 튄다.

"다란!"

여자의 외침에 퍼뜩 정신이 든다. 나는 그녀를 땅으로 끌어 내려 팔꿈치로 관자놀이를 찍어 누른다.

"공격 준비!"

야영지에서 한 마자이가 소리치며 나머지 이위카 대원들을 움직이게 한다. 그들이 둥글게 서서 일제히 주문을 외기 시작하자 다리가 납덩이처럼 무거워진다.

"오룬 푸파 로케 투 아원 이나 레 소리 일레 아예……."

마자이들은 하늘로 손을 치켜들더니 붉은 태양을 만들어 낸다. 맹렬히 타오르는 환한 불길이 숲을 시뻘겋게 뒤덮는다. 대기가 뜨거워지면서 숨쉬기가 어려워진다.

"저들을 막아야 해!"

오조레가 숲을 헤치고 나아간다. 그는 마치 무언가에 홀린 사람처럼 불길 쪽으로 내달리면서 허리춤에 끼워 놓은 수리검들로 손을 뻗는다. 자신의 목숨은 안중에도 없는 듯 죽음을 조금도 겁내지 않는다.

"형, 기다려!"

나는 그를 따라 달려간다. 라고스에서 누군가가 이위카 경보를 울린다.

부우우우우움!

도심에서 꽤 멀리 떨어진 곳인데도 요란하게 울리는 경보음 때문에 귀가 먹먹해진다. 주변 나무들에 불이 옮겨붙으면서 붉은 태양이 점점 커져 간다. 불길에 피부가 그슬린다.

달려가던 오조레가 끙 하고 신음하며 한 화염술사의 가슴에 수리검 두 개를 던진다. 자기 병사가 쓰러지자 이위카 대장의 목에서 사나운 절규가 울려 퍼진다. 그녀는 오조레를 발견하고 입술을 일그러뜨린다.

"오디 이나 조 그보그보 레 니 알라 레!"

갑자기 불의 장벽이 앞을 가로막자 오조레는 우뚝 걸음을 멈춘다. 활활 타오르는 불길이 겁먹은 그의 얼굴을 비춘다.

"형!"

내가 소리친다. 시간이 멈추는 듯하다. 마자이가 공격하려고 두 손을 뒤로 젖히자 머릿속이 하얘진다.

내 안에서 걷잡을 수 없이 마법이 소용돌이친다.

손을 올리자 마법이 엄청난 힘으로 폭발해 나오며 내 팔뼈가 으스러지는 소리가 들린다.

27

포로 심문

이난

꼬박 한 시간이 지나서야 왕실 병력이 우리를 찾아낸다. 병사들이 나를 붙잡고 의무병이 내 팔에 붕대를 감는다. 다른 위병들이 내 주위에 천막을 세우며 파괴된 이위카 야영지에서 벌어지는 축하연을 가린다.

나는 이를 악물며 비명을 삼킨다. 극심한 고통에 숨을 쉴 수가 없다. 팔뼈를 모조리 망치로 부숴 놓은 것 같다.

"이난, 움직이면 안 돼!"

어머니가 갖가지 색의 유리 약병들을 들고 달려 들어온다. 그녀는 그중에서 군청색 액체가 든 병을 골라 쓰디쓴 진정제를 내 목구멍으로 밀어 넣는다.

"아직 치료술사를 찾고 있어. 하지만 이걸 먹으면 좀 나아질 거야."

내가 어머니를 붙잡자 어머니는 붕대 감은 팔이 움직이지 않도록 조심스럽게 나를 일으켜 앉힌다. 진정제의 효능이 단번에 밀려온다. 머릿속이 흐릿해지면서 고통이 사그라지자 그제야 나는 숨을 내뱉는다.

간이침대에 기대자 거친 천이 내가 흘린 땀으로 축축하게 젖어 있다. 어떻게 된 일인지 아직도 모르겠다. 내 마법이 이토록 엄청난 고통을 안겨 준 적은 없었다.

나는 내가 뭘 하는지도 모르고 손을 올렸다. 그저 불길을 막고 싶었을 뿐이다.

내가 이위카 대원들을 한꺼번에 마비시킬 수 있을 줄은 몰랐다.

"다들 나가 있어."

어머니가 병사들을 내보낸 뒤 내 옆에 무릎을 꿇고 앉더니 손으로 땀에 젖은 나의 곱슬머리를 쓸어내리며 고개를 젓는다.

"정말 너무하는구나."

"죄송해요. 몰래 다녀오려고 했는데."

내 목소리가 갈라진다.

"넌 **왕**이야! 계획을 세웠으면 병사들하고 함께 싸워야지. **나**하고 함께 싸워야지!"

어머니는 이마를 내게 맞대고 나를 꼭 껴안는다. 목덜미에 닿은 두 손이 떨린다. 눈물을 삼키느라 그녀의 몸에 힘이 들어간다.

어머니가 다시 속삭인다.

"제발 앞으로는 나한테 먼저 얘기해 줘. 이제 막 너를 되찾았는데 다시 잃을 수는 없어."

나는 고개를 끄덕이며 눈을 감는다. 머릿속에서는 여전히 오조레의 얼굴을 비추던 불꽃이 타오르고 있다. 그러다 문득 내 힘을 처음 발견하게 된 날이 떠오른다. 찬돔블레에서 카에아 총사령관을 마비시킨 날.

"전에도 써 봤니?"

어머니가 묻는다.

"네. 하지만 그렇게 많은 사람을 동시에 마비시킨 적은 없어요."

"어쨌든 다시는 쓰지 마. 이런 고통스러운 일은 네 부하들에게 맡겨."

"폐하!"

조코예 장군이 우리가 있는 천막 안으로 들어온다. 얼굴에는 희미한 미소가 걸려 있다. 그녀는 코에 걸린 안경을 밀어 올리며 고개 숙여 인사한다.

"무사하셔서 정말 다행입니다."

오조레가 새로 입은 화상에 붕대를 감고 뒤따라 들어온다.

"이번엔 내가 빚졌네."

그가 내 발을 툭 치며 말한다.

"형이 계속 나를 구해 줬잖아. 나도 갚을 때가 됐지."

조코예가 다시 입을 연다.

"사실 의심을 품은 적도 있습니다. 하지만 저는 제 잘못을 주저 없이 인정합니다. 폐하는 반란군을 진압하는 정말 굉장한 일을 하셨습니다. 이제 라고스가 포위에서 벗어났으니 다시 전세를 바꿀 수 있습니다!"

나는 천막을 젖히고 밖을 내다본다. 우리 병사들이 벌컥벌컥 술을 들이켜며 축하의 함성을 내지른다.

그 한가운데 이위카 포로들이 무릎을 꿇고 있다. 반란군은 각

각 머리에 자루가 씌워진 채 마자사이트 사슬로 묶여 있다.

그들을 보면서 승리감에 젖고 싶지만 가슴에 휑한 구멍이 뚫리는 듯하다. 아버지가 공격을 지휘했을 때에도 저렇게 마자이들의 머리에 자루가 씌워졌다.

조코예가 몸을 꼿꼿이 펴고 칼에 손을 얹으며 말한다.

"이제 저들을 심문하겠습니다. 나머지 마귀들을 찾아내서 몰살해야죠."

그녀는 허리까지 땋아 내린 머리카락을 튕기며 이위카 쪽으로 걸어간다. 그러고는 손을 한 번 흔들어 병사들의 자축을 멈춘다. 그녀의 단호한 눈빛을 보자 또다시 땀이 흐른다.

"자루 벗겨."

그녀가 지시하자 위병들이 앞으로 나아가 마자이들의 머리에 씌운 자루들을 벗긴다. 조코예가 그들 앞으로 걸어가 한 사람씩 살펴보는 사이 불길이 타오르는 소리가 정적을 메운다.

이윽고 그녀가 소리친다.

"우리 도시를 쑥대밭으로 만들었으니 이제 대가를 치러야지. 다른 마귀들이 어디에 숨어 있는지 말하면 고통 없이 빠르게 죽여주겠다."

몇몇은 고개를 떨군다. 눈물을 감추는 이들도 있다. 그러나 그 가운데 한 화염술사가 새하얀 머리카락을 밤바람에 휘날리며 달을 올려다본다.

조코예는 저항하는 소녀의 모습에 이를 갈며 그 앞에 멈춰 선다. 그녀가 화염술사의 목으로 달려들자 나는 움찔 놀란다.

"다른 마귀들은 어디에 숨어 있지?"

조코예의 손이 목을 움켜쥐자 소녀는 몸부림친다. 장군은 소녀를 허공으로 들어 올린다. 그 광경을 보니 속이 메슥거린다.

"대답해!"

조코예가 소리친다.

화염술사는 숨을 헐떡이면서도 여전히 밤하늘에서 눈을 떼지 않는다.

"어차피 죽을 거라면 당신의 그 역겨운 얼굴 대신 달을 보면서 죽겠어."

소녀가 헐떡거리며 말한다.

조코예는 불에 탄 흙바닥으로 소녀를 내팽개친다. 마침내 숨통이 트이자 마자이 소녀는 캑캑거리며 기침한다. 그러나 조코예의 얼굴을 보니 소녀가 숨 쉴 수 있는 시간은 그리 길지 않을 것 같다.

오조레가 조코예 장군에게 검은 액체가 든 약병과 빈 주삿바늘을 건네자 내 흉터가 욱신거린다.

제일리가 아버지에게 고문당하는 광경을 다시 보는 것 같다.

나는 일어나려 하지만 어머니가 말린다. 그녀는 나의 허벅지를 단단히 내리누르며 거친 목소리로 말한다.

"대체 무슨 생각을 하는 거니? 안 돼. 넌 이미 저들에게 선택권을 줬어. 네가 모두를 구할 수는 없어."

어머니의 말이 옳다는 것을 알지만 여전히 목구멍에서 욕지기가 올라온다. 내가 더 나은 왕이라고 할 수 있을까?

아니, 왕이라고 할 수는 있을까?

"마자사이트가 혈관으로 들어가면 어떻게 되는 줄 알아?"

조코예가 주삿바늘을 채우며 목소리를 높인다. 모닥불에 비친 금속 바늘이 반짝거린다.

"먼저 너희들이 재능이라고 부르는 그 몹쓸 질병을 말려 버린단다. 그런 다음 너를 안에서부터 태워 버리지."

내 가슴이 폭탄을 품은 듯 금방이라도 터져 버릴 것 같다. 그 소녀를 보고 있자니 사슬에 묶여 있던 제일리의 모습이 아른거린다.

아버지의 부하들이 제일리의 등에 글씨를 새길 때처럼 살 타는 냄새가 난다.

어머니가 속삭인다.

"넌 좋은 사람이야, 이난. 그러니 좋은 왕이 될 거야. 하지만 네가 지켜야 할 사람과 없애 버려야 할 사람을 구분하지 못하면 너 자신이 망가질 수밖에 없어."

"하지만 어머니……."

"저 반란군은 우리 도시를 불태웠어. 너와 네 백성들을 굶겨 죽이려 했지. 저들은 오리샤의 독이야! 썩은 손을 당장 잘라 내지 않으면 결국 팔 한쪽을 다 잘라 내야 해."

나는 입을 다물고 어머니의 말을 되새긴다. 반란군이 우리를 위협하는 한 오리샤의 모든 마자이가 죄인으로 몰릴 수밖에 없다. 이위카는 사라져야 한다.

하지만 그 사실을 알면서도 오조레가 화염술사 소녀의 머리카락을 잡자 속이 뒤틀린다. 그는 소녀의 머리를 옆으로 꺾어 목을 조코예의 공격에 노출시킨다.

"마지막으로 말할 기회를 주겠다."

조코예가 제안하자 화염술사는 침을 뱉는다. 바늘이 피부를 뚫고 들어가는 순간, 소녀는 비명을 내지른다.

마자사이트가 깊숙이 침투해 소녀를 죽이자 그 애의 몸이 벽돌처럼 마비되더니 오조레의 손에서 굴러떨어진다. 어머니는 내 턱을 잡고 주의를 딴 데로 돌리며 나를 위로한다.

"지난 며칠 동안 넌 좋은 일을 이미 많이 했어. 다른 왕들이 평생 한 것을 합쳐도 못 따라올 만큼. 그렇게만 하면 돼. 이 전쟁을 끝내야 왕국 전체를 위해 좋은 일을 계속해 나갈 수 있어."

나는 고개를 끄덕이지만 다시 그 소녀의 시체로 시선이 향한다. 조코예가 또 다른 주삿바늘로 손을 뻗는다.

"다음은 누구지?"

28

아무도 듣지 않는 말

아마리

제일리가 사령술사 원로로 등극하는 모습을 보면서 나는 뜻밖의 갈망에 시달린다. 밤늦도록 몇 시간째 축하연이 이어지고 있다.

제인과 함께 나는 제일리가 성지의 산을 누비며 축하연을 즐기는 모습을 지켜본다. 마자이와 신성자들은 저마다 제일리의 관심을 끌려고 안달이다. 게다가 나머지 세 명의 사령술사는 오리 새끼들처럼 제일리 옆에 붙어서 떨어질 줄을 모른다.

어머니가 나타나기 전까지 내가 그 집회에서 누렸던 오리샤인들의 지지는 한없이 기뻐하는 이 마자이들에 비하면 아무것도 아니었다. 저렇게 환영받는 기분은 어떨까 문득 궁금해진다. 저렇게 자신에게 꼭 맞는 자리를 찾는다면 어떤 기분이 들까?

제인이 웃으며 말한다.

"아버지가 보셨으면 좋았을 텐데. 엄마도 그렇고. 대습격 이후 제일리가 저렇게 웃는 건 처음 봐. 어릴 때 제일리는 엄마의 부족과 함께 있을 때 가장 행복해했거든."

나는 고개를 끄덕인다. 원로가 되는 것이 어떤 의미인지 알 것 같다. 지금까지는 그저 왕위에 오르는 것과 똑같겠거니 생각했는데 그보다 훨씬 더 많은 의미가 담겨 있는 듯하다. 원로는 단순히 권력의 자리를 넘어 부족의 토대가 되는 셈이다.

둥근 혈석의 건너편에 라마야가 보인다. 마음술사들에게 에워싸여 있는 그녀는 무자비한 대장이 아니라 어머니처럼 보인다. 어린 신성자가 그녀의 무성한 곱슬머리에 백합 한 송이를 꽂아 주자 라마야는 흉터를 일그러뜨리며 웃는다.

흉터 진 손을 내려다보며 언젠가 나도 저 사이에 낄 수 있을까 생각해 본다. 내가 어머니만큼 강력해져도 저들은 나를 받아들이지 않을 것 같다.

갑자기 세 개의 산에 날카로운 종소리가 울려 퍼지며 축하연을 잠재운다. 마자이들은 대부분 그 의미를 아는 것 같지만 제일리와 나는 서로 눈길을 주고받는다.

피로 얼룩진 붉은 갑옷을 입은 화염술사가 돌다리를 달려오자 사람들이 고요해진다.

"무슨 일이야?"

라마야가 일어선다.

"라고스 소식이야."

화염술사가 걸음을 멈추며 말한다.

"우리 병사들이 사라졌어."

화염술사의 말에 모두가 경악한다. 라마야는 두툼한 눈썹을 찌푸리며 앞으로 걸어 나온다.

"그게 무슨 말이야?"

"왕이 반격했어."

화염술사는 숨을 헐떡이며 말을 잇는다.

"왕과 티탄들이 거기 있던 우리 병사들을 모두 밀어 버렸어. 오늘 밤이 지나면 라고스의 길이 다시 열릴 거야. 벌써 군사 통신을 정비하고 있어."

슬픈 소식에 산 곳곳에서 웅성거림이 터져 나온다. 전세가 바뀌었다는 사실에 흥겨웠던 분위기가 사그라진다.

'그들 잘못이야.' 하지만 나는 그 생각을 입 밖에 낼 수 없어 그저 주먹을 움켜쥔다. 그들이 오빠의 제안을 받아들였더라면 어땠을까? 그들이 내 말을 들었더라면?

"원로들."

라마야가 원로들을 혈석 가운데로 불러 모은다. 나도 그들의 새 계획을 엿듣기 위해 그리로 다가간다.

카마루가 쇠 의족을 삐걱거리며 걸어온다.

"이제 어떡해? 저쪽이 병력을 강화하는 데 오래 걸리지 않을 텐데."

"우리가 먼저 치면 제압할 수 있어."

라마야가 대꾸한다. 그러곤 제일리가 합류하자 제일리를 돌아보며 묻는다.

"네 생각은 어때? 네가 네한다를 상대할 수 있을 것 같아?"

제일리가 대답할 틈도 없이 내가 그들 사이로 밀고 들어간다. 모든 원로들이 나를 노려본다.

"섣불리 공격해선 안 돼. 내가 오빠와 만날 수 있다면 여전히 평화를 원하는지 알아볼게."

그 순간 라마야가 나를 거세게 밀쳐 돌바닥으로 쓰러뜨린다. 산 전체가 조용해진다. 그녀가 내 얼굴로 바싹 다가오자 뺨이 화끈거린다.

"방금 네 오빠가 우리 병사들을 학살했다고."

그녀는 매서운 눈으로 흉터를 일그러뜨리며 말을 잇는다.

"한 번만 더 끼어들면 네 목을 잘라 네 오빠에게 보낼 줄 알아!"

제일리가 나와 눈을 맞추며 물러나 있으라는 신호를 보낸다. 하지만 나는 잠자코 있을 수가 없다. 그들은 이전에도 어머니를 쓰러뜨리지 못했다. 앞으로도 그럴 가능성은 희박하다. 그들은 죽음을 자초하고 있다.

제인이 옆으로 와서 나를 일으켜 준다. 그는 따뜻한 갈색 눈에 걱정을 가득 담고 나를 원로들에게서 멀리로 데려가며 말한다.

"원하는 게 있으면 제일리한테 말해. 제일리는 들어줄 거야."

나는 고개를 젓는다.

"아니, 제일리도 듣지 않아. 아무도 안 듣는다고."

원로들을 보자 가슴이 점점 답답해진다. 저들은 마자이를 위해 싸우고 있다. 나는 이 왕국을 위해 싸워야 한다.

"어디 가?"

다시 걸음을 옮기는 내게 제인이 묻는다.

"저들이 내 말을 안 들으니 듣게 만들어야지."

나는 후들거리는 다리로 다시 둥글게 모여 선 원로들에게 걸어간다. 그러곤 심호흡을 하며 마음을 가다듬는다.

그들을 위하는 일이다. 그들은 모르겠지만.

내가 다가가자 라마야가 원로들에게서 떨어져 나온다. 그러나 나는 말로 그녀를 멈춰 세운다.

"내 말을 들어 달라고 싸우는 데 이제 지쳤어. 라마야, 내가 마음술사 원로 자리에 도전할게."

29

이자 미모 결투

아마리

흥분으로 떠들썩했던 산은 이제 열기에 휩싸인다. 들불처럼 번져 나가던 뜨거운 반응이 라마야가 우리 사이의 간격을 좁히면서 사그라진다.

그녀가 으르렁거린다.

"건방지긴. 넌 원로에 도전하는 건 고사하고 이 성지에 있을 자격도 없거든!"

"나도 마음술사 아니야?"

"넌 마자이가 아니잖아. 넌 아무것도 아니야!"

내 손끝에서 푸른 마법의 구름이 끓어오르며 온몸이 뜨거워진다. 사람들이 수군거리기 시작한다. 내 도전을 못마땅해하는 웅성거림이 퍼져 나간다. 나는 라마야 뒤에 있는 마음술사 열두 명의 얼굴을 훑어본다. 내가 원로가 되는 것을 지지하는 사람은 한 명도 없는 듯하다. 하지만 나는 이미 그들의 방식에 한 번 양보했다.

그리고 그로 인해 우리는 이 전쟁에서 우위를 잃었다.

내가 선언하듯 말한다.

"오늘 우리가 내리는 결정은 마자이들에게만 영향을 미치지 않을 겁니다. 여러분이 원하건 원치 않건 티탄들도 마법을 갖고 있으니 이 전쟁에서 티탄도 최대한 활용해야죠. 저를 선택할 필요는 없습니다."

나는 고개를 저으며 말을 이어 간다.

"제 말을 듣지 않아도 됩니다. 하지만 저는 죽음의 전사와 똑같이 오랫동안 여러분과 여러분의 마법을 위해 싸웠습니다. 이 자리에 도전할 자격이 있다고 생각합니다!"

"싸워 볼래?"

라마야가 주먹을 올리자 마마 아그바가 그녀의 앞을 가로막는다. 그러고는 이마를 찌푸리며 무겁게 한숨을 쉰 뒤 사람들을 훑어보며 말한다.

"아마리, 너의 핏줄에는 오리 신의 마법이 흐르고 있다. 그러니 너에게도 도전할 권리가 있어. 하지만 정말 도전하고 싶니?"

마마 아그바의 눈은 내게 포기하라고 권하고 있다. 하지만 여기서 물러설 수는 없다. 오리샤인들은 나를 필요로 한다.

"네."

"그럼 시작하자."

마마 아그바는 사람들을 돌아보며 말한다.

"다들 원 밖으로 나가 주세요."

마자이들이 어깨로 나를 치며 줄지어 높은 곳으로 올라간다. 그들은 각 부족 사원 앞의 튀어나온 절벽에 다리를 내리고 걸터앉는다. 그 광경을 보자 이베지의 경기장이 떠오른다. 그때 나는 배 안에 갇혀 죽음을 기다리는 신세였다.

왠지 그때보다 더 가망이 없는 것 같다.

"대체 어쩌려고 이러는 거야?"

사람들이 줄어들자 제일리가 그 속을 뚫고 다가온다. 반짝거리는 금과 붉은 비단에 에워싸인 그 애는 여전히 너무도 아름답다. 자기 부족의 왕관을 쓸 자격이 충분해 보인다.

내가 대꾸한다.

"라고스가 포위에서 벗어났다잖아. 내 말을 듣지 않으면 우리는 이 전쟁에서 지고 말 거야!"

"마자이는 이 전쟁으로만 규정되는 게 아니야!"

제일리가 씩씩거린다.

"원로는 부족을 이끄는 사람이야. 우리 방식도 모르는 네가 어떻게 부족을 이끌겠다는 거야? 마자이에 대해 아무것도 모르면서 어떻게 원로 자리에 도전할 수 있니?"

제일리의 말에 나는 멈칫한다. 나는 최선의 길을 모색하는 거라고 어떻게 설득해야 할까? 너를 포함해 모두를 위해 싸우려는 것인데 말이다.

"넌 전쟁을 걱정할 필요가 없을지도 모르지. 하지만 여왕이 되려면 어쩔 수가 없어. 나는 어떤 희생을 치르더라도 오리샤를 가장 먼저 생각해야 해."

나는 제일리의 서운한 얼굴을 모른 체하고 앞으로 걸어 나간다. 반대편에서 라마야가 일어선다. 증오가 가득한 얼굴이다.

'먼저 공격해.' 나는 속으로 되뇐다. '먼저 공격해야 이 전쟁을

끝내고 왕좌에 한 걸음 더 다가갈 수 있어.'

고요한 산에 마마 아그바의 목소리가 울려 퍼진다.

"이자 미모의 규칙은 단순합니다. 한쪽이 포기하거나 죽으면 결투는 끝이 나죠. 하지만 지금 우리는 최고의 투사들을 무모하게 잃을 수 없습니다."

그녀는 잠시 뜸을 들이며 라마야와 나의 눈을 번갈아 본다.

"맹렬히 싸우되 절제하기 바랍니다. 알아들었나요?"

"분명하게 알아들었습니다."

라마야가 미소 짓는다. 그녀는 밤바람에 고불거리는 머리카락을 날리며 손마디를 꺾는다.

마음이 무거워지지만 나는 애써 모른 체하며 무표정한 얼굴로 고개를 끄덕인다. 마마 아그바가 혈석 밖으로 나간다.

'쳐, 아마리.' 나는 스스로에게 명령한다. '저들이 틀렸다는 걸 보여 줘.'

"시작!"

마마 아그바가 소리친다.

"야 에미, 야 아라!"

피부가 따끔거리면서 떨리는 푸른빛이 나의 한쪽 팔을 완전히 집어삼킨다. 고통은 사라지지 않지만 아셰가 실처럼 바늘에 꿰어지는 느낌이 든다.

한쪽 팔이 마법의 빛에 에워싸인 채 내가 앞으로 달려 나가자 곳곳에서 숨을 들이켜는 소리가 들린다. 나는 마자이의 방식으로 싸우지만 내가 혜성 같은 아셰를 흘려 보내도 라마야는 펄쩍 뛰어넘어 피한다. 다시 아셰를 내보낼 새도 없이 라마야는 손바닥으로 내 머리를 힘껏 가격한다.

눈앞이 하얘지면서 나는 비명을 지른다. 그녀는 내 곱슬머리를 잡아채 나를 바닥으로 내동댕이친다.

나는 손바닥을 휙 내밀며 다시 주문을 걸려고 한다.

"야 에미, 야……."

하지만 주문을 끝내기도 전에 라마야의 주먹이 내 턱에 꽂힌다.

"네 요루바어는 정말 못 들어 주겠다."

그녀가 거칠게 말하며 다른 손을 내 머리에 얹고 무릎을 꿇고 앉는다.

"제대로 된 주문을 들려주지. **이나 아 티 아라…….**"

나는 칼을 빼 들지만 쇠붙이로는 그녀의 공격을 막지 못한다. 라마야의 손에서 청록색 구름이 포효하며 뜨겁게 내 안으로 파고든다. 마치 머리에 성냥불이 붙은 듯 그 구름이 정신을 집어삼킨다. 내 입에서 낯선 비명이 빠져나간다.

"봤지?"

라마야는 버둥거리는 나를 보며 웃음을 터트린다. 그 악의에 찬 웃음이 산 전체에 메아리친다.

"나는 마법으로 공격하는데 이 티탄은 칼을 빼 드네!"

그녀의 말에 고통이 더욱 강렬해진다. 한 마디 한 마디 내뱉을 때마다 내 머릿속에서 폭탄이 하나씩 터지는 것 같다. 영원 같은 시간이 흐른다. 시야에서 하얀 점들이 사라지자 마침내 나는 고개를 든다.

"포기하려고?"

멀리서 라마야가 거만한 미소를 띤 채 나를 노려본다. 나는 아무것도 생각할 수 없는데 그녀는 땀 한 방울 흘리지 않았다.

그녀의 표정이 모든 것을 말해 준다. 그녀에게 이 결투는 단순히 부족의 원로 자리를 지키기 위한 것이 아니다. 그녀는 내가 포기하길 바라지도 않는다.

내가 자신에게 납작 엎드리기를 원한다.

'쳐, 아마리.'

뺨으로 땀이 흐르지만 나는 몸을 일으켜 무릎을 꿇고 앉는다. 팔다리가 떨려도 이를 악물고 일어선다. 가슴속에서 천둥이 치듯 심장이 뛴다. 피부가 뜨거워지기 시작한다. 나는 손끝으로 파랗게 타닥거리는 연기를 내보내며 다시 공격을 시도한다.

"야 에미, 야 아라!"

나는 팔을 뻗으며 앞으로 달려든다. 나의 손끝이 라마야의 목에 닿으려는 찰나, 그녀가 빙글빙글 돌며 멀어진다.

"야 에미, 야 아라!"

다시 한번 해 보지만 라마야는 잽싸게 피하고 또 한 번 내 뺨에 주먹을 꽂는다. 턱에 맹렬한 통증을 느끼며 나는 바닥으로 내동댕이쳐진다.

라마야는 한바탕 웃은 뒤 새로운 주문을 쏟아 낸다.

"이다 아 티 오칸……."

이번에는 그녀의 청록색 불꽃이 내 가슴을 정면으로 때린다. 나는 순식간에 바닥에 뻗어 가슴뼈를 뚫고 들어오는 고통에 몸부림친다.

마치 커다란 망치들이 온몸을 번갈아 두들기는 듯하다. 손톱이 모조리 뽑혀 나가는 것 같다. 극심한 괴로움에 숨을 쉬기는커녕 비명조차 나오지 않는다.

"일어나, 아마리!"

멀리서 제인이 소리치지만 내 귀에는 까마득하게만 들린다. 아찔한 고통이 모든 소리를 차단하고 있다.

그러는 내내 라마야는 한가로이 물러서서 자신의 공격에 괴로워하는 나를 지켜본다. 그녀는 이 싸움을 끝낼 필요가 없다.

그녀는 그저 먹잇감을 갖고 노는 백표버머와 똑같다.

"이건 우리 아버지의 복수야."

라마야는 경고도 없이 불쑥 공격을 이어 간다.

"이건 어머니의 복수!"

또다시 마법 구름이 나의 팔다리를 공격한다.

"이건 우리 언니의 복수!"

이번에는 수천 개의 못이 뼈를 뚫는 것 같다.

"라마야! 니쇼!"

위에서 누군가가 소리치자 다른 이들도 함께 환호한다. 저들은 내가 괴로워하는 것만으로는 만족하지 못한다. 내가 피를 쏟아야 직성이 풀릴 것이다.

"네가 뭘 했든 난 상관하지 않아."

라마야가 숨을 고르느라 잠시 공격이 멈춘다.

"정말 마자이들을 돕고 싶다면 너의 사악한 가족을 죽여. 너도 죽어 버리고."

그녀는 새하얀 머리카락이 내 뺨을 스치도록 내게 바싹 몸을 굽힌다.

"네가 없으면 마자이는 번성할 거야. 오리샤도 그렇고."

어째서인지 그 말이 그녀의 마법보다 더 깊은 상처를 낸다. 아버지의 칼날이 내 등을 벴을 때처럼. 어머니가 나의 집회를 이용해 공격했을 때처럼.

"이다 아 티 오칸……."

내 심장이 요동치는 소리가 머릿속에 울려서 그녀의 주문이 끝까지 들리지 않는다. 라마야의 증오가 나의 고통처럼 생생하게 느껴진다. 저런 분노라면 왕국을 불태워 버릴 수도 있다.

나는 내 피에 흐르는 마법의 힘으로 손을 뻗는다. 잘 알지도 못하는 그 힘을 무작정 밀어내 본다. 신들이 내게 이 마법을 선사한 데에는 그만한 이유가 있을 것이다. 오리샤를 구하는 데 사용해야 한다. 설사 마자이들의 미움을 사게 된다고 해도.

나는 소리를 지르며 손을 뻗어 라마야의 머리채를 낚아챈 후 팔꿈치로 그녀의 관자놀이를 찍는다. 그녀는 비틀거리며 물러선다. 나는 그 틈을 이용해 그녀를 쓰러뜨린다.

그녀의 위에 올라타면서 내 손에서 청록색 불빛이 타닥거린다.

바늘은 너무 약하다.

망치를 써야 한다.

"악!"

귀가 떨어져 나갈 듯 날카로운 라마야의 비명이 산을 뒤흔든다. 내 마법이 그녀의 정신을 칼처럼 헤집으면서 전함에서 내가 겪은 것처럼 그녀의 아픈 기억들을 파헤친다.

그녀의 목을 조르는 병사의 거친 손이 느껴진다. 그를 밀치려다 목숨을 잃은 그녀의 아버지가 보인다. 너클이 그녀의 왼쪽 눈을 긁는 광경에 나는 움찔 놀란다. 상처에서 따뜻한 피가 쏟아져 나온다.

"아마리, 그만해!"

멀리서 제일리가 외치지만 나는 라마야를 놓을 수가 없다. 내 눈에서 푸른빛이 번뜩인다. 마법이 통제할 수 없이 퍼져 나가면서 나의 팔뼈들이 으스러진다. 라마야의 삶이 홍수처럼 끝없이 내 머릿속으로 밀려들어 온다. 그녀를 괴롭힌 고통의 파편들이 나를 관통한다.

나를 끌어내는 손들조차 느껴지지 않는다. 라마야의 몸이 굳은 채로 쓰러지는 모습이 간신히 보일 뿐이다. 알아들을 수 없는 외침들이 울려 퍼지더니 혼돈 속에서 제일리의 얼굴이 나타난다. 내 머릿속을 가득 메운 고통 때문에 그 애의 목소리도 아득하다.

그 애의 뒤에 라마야가 의식을 잃고 쓰러져 있다.

아직 가슴이 뛰고 있는지 알 수가 없다.

"카니, 서둘러!"

마마 아그바가 소리친다.

치료술사 부족의 원로인 카니가 혈석 위로 달려온다. 땋아 내린 하얀 머리카락을 흔들며 두 손을 라마야의 목에 대고 맥을 짚어 본다. 하지만 라마야의 얼어붙은 눈은 공허하기만 하다.

한참 후 카니가 숨을 내뱉는다. 입술이 일그러진다.

"숨은 붙어 있어요."

그녀는 고개를 저으며 덧붙인다.

"하지만 너무 약해요."

내 눈에 눈물이 고인다. 두 손이 떨려 온다.

"난 그러려고…… 난 그러려던 게……."

제일리가 나를 당겨 끌어안는다. 손으로 내 등을 쓸어 주지만 이 애의 숨결에도 떨림이 느껴진다.

제일리는 내 어깨를 힘주어 잡는다.

"보지 마. 아무것도 하지 마."

30

우리는 네가 필요해

제일리

나는 발을 끌며 원로 숙소로 향한다. 등극식 이후 시간이 어떻게 지나갔는지 모르겠다. 라고스가 포위에서 벗어난 탓에 새로운 마자이들과 신성자들이 성지로 홍수처럼 밀려들고 있다. 이동할 때마다 물살을 거슬러 올라가는 산란기의 연어가 된 기분이다. 이제 우리는 200명이 넘는 식구들을 먹여 살려야 한다. 게다가 대부분은 아직 아무런 힘이 없는 신성자들이다. 식량은 줄어드는데 사람들은 늘어나고 있다.

매일 새로운 사람들이 들어와 왕실 사람들이 마자이를 습격한 이야기를 들려준다. 우리가 어떻게 반격해야 할지 모르겠다. 우리는 왕실 사람들의 야욕에 떠밀려 끊임없이 세력을 잃어 가는 것 같다. 조금만 더 싸우면 손에 쥘 수 있을 것 같았던 승리가 점점 멀어지고 있다.

"제일리, 올 거지?"

나오가 어깨를 스쳐 오자 나는 걱정에서 퍼뜩 빠져나온다. 파란빛이 도는 파도술사의 갑옷이 햇살에 반짝거린다. 갑옷의 오른팔은 그녀의 어두운 피부에 새겨진 파도 문신이 드러나도록 조각되어 있다.

덩굴로 뒤덮인 식당 앞 아치 밑에서 다른 원로들이 나와 함께 회의실로 가려고 기다리고 있다. 라마야가 의료실에 누워 있는 탓에 모두가 나를 더 많이 찾는 것 같다.

"회의실로 갈게."

나는 이렇게 외친 뒤 으깬 참마와 볶은 콩 냄새가 진동하는 원로 탑의 나선 계단을 오른다. 11층으로 이루어진 이 탑은 층마다 각 부족의 원로 숙소가 자리하고 있다. 이 산에서 유일하게 초대 원로들이 지은 구조물로, 바다 유리 타일이 깔린 탓인지 궁전에서 자는 기분을 안겨 준다. 나는 천장에 주렁주렁 매달려 차양을 이루는 식물들을 손가락으로 훑어 가며 5층에 있는 아마리의 새 숙소로 향한다.

흑요석 문 너머로 숨죽인 울음소리가 새어 나오지만 나는 어쩔 수 없이 문을 두드린다. 울음이 금세 잦아들고 묵직한 발소리가 가까워진다.

"누구세요?"

제인이 소리친다.

"나야. 원로 회의가 있어."

내가 대꾸한다.

문이 끼익 열리더니 오빠가 아마리에게 들리지 않도록 상체를 내밀고 목소리를 낮춰 속삭인다.

"어디 갔었어? 아마리 좀 봐주지."

"우리 사령술사들도 봐줘야 했거든."

나는 오빠를 지나 아마리의 새 숙소로 들어가며 말을 잇는다.

"잊지 마. 아마리가 이런 상황을 자초한 거야."

나는 잠시 걸음을 멈추고 방 안을 둘러본다. 내 방과 똑같이 바닥에 터키석 타일이 깔려 있다. 확 트인 둥근 발코니로 폭포가 보이고 그 옆에는 욕실 문이 자리하고 있다.

오빠가 말한다.

"그래도 조심해 줘. 치료술사를 보지 않으려고 하네."

아마리는 퉁퉁 붓고 벌게진 얼굴로 갈라진 거울 앞에 앉아 있다. 관자놀이와 턱에는 깊은 멍이 들었다. 오른팔은 대충 붕대로 감아 가슴 앞에 매단 채 연갈색 분으로 멍을 가리려고 안간힘을 쓴다.

"치료술사한테 가면 고칠 수 있을 텐데."

내가 말한다.

"벌써 부탁해 봤어. 다섯 번 거절당하고 포기했지."

아마리가 가라앉은 목소리로 대꾸한다.

나는 눈이 휘둥그레지지만 이내 고개를 돌려 황동 욕조를 살펴보는 척한다. 치료술사라면 감정을 뒤로하고 아픈 사람을 무조건 도와야 한다.

아마리는 멍을 가리려 애쓰지만 왼손이 말을 듣지 않는다. 그 애를 보면 아직도 화가 난다. 그래도 나는 아마리를 앉혀 놓고 억지로 화장을 도와준다.

"고마워."

아마리가 말한다.

나는 말없이 그저 고개를 끄덕인다. 아마리는 벽을 노려보고 있지만 이따금씩 단단한 껍데기가 갈라지면서 감춰져 있던 슬픔이 드러난다. 틀림없이 외로울 것이다.

라마야를 눌렀지만 그로 인해 외톨이가 되었으니까.

"찾아가 보려고 했어."

아마리의 목소리가 떨린다.

"라마야 말이야. 사과하고 싶었는데 아직도 깨어나지 않았더라고."

씁쓸한 기분이 들지만 나는 아무 말도 하지 않는다. 그 결투 이후 라마야는 의식이 돌아오지 않았다. 카니의 치료도 소용이 없었다.

"너도 내가 밉니?"

아마리가 묻자 그녀의 뺨 앞에서 내 손가락이 멈춘다. 그렇게 물으니 미워지려고 한다. 하지만 아마리의 연습을 도와준 사람은 나였다. 내가 주문을 가르쳤다. 어떻게 보면 라마야를 혼수상태에 빠뜨린 것은 절반은 내 책임이다.

"내가 가르쳐 주면 마자이에게는 쓰지 않겠다고 약속했잖아."

내가 말한다.

"알아. 하지만 선택의 여지가 없었어."

"선택의 여지는 늘 있어. 잘못된 선택을 한 거지."

나는 날카롭게 말하곤 고개를 저으며 분이 담긴 통을 내려놓는다.

"넌 수단과 방법을 가리지 않고 이기는 쪽을 택했어. 네 아버지처럼. 이난처럼."

우리 사이에서 분노가 타닥거린다. 당장 뛰쳐나가고 싶다. 나는 아마리의 새하얀 한 줄기 머리카락을, 이 애의 동족들이 여전히 나의 동족들을 해치고 있다는 사실을 생각하지 않으려 애쓴다.

그러나 내가 뛰쳐나갈 새도 없이 아마리는 고개를 떨군다. 주룩

주룩 흐르는 눈물 탓에 얼굴에 바른 분이 얼룩진다.

"미안해. 정말 미안해."

아마리가 코를 훔치며 말한다.

"내가 잘못한 거 알아. 자제심을 잃었어. 그런데 어떻게 되돌려야 할지 모르겠어."

괴로워하는 아마리의 모습에 분노가 사그라진다. 나는 깊이 숨을 내쉬며 그 애를 돌려 나를 마주 보게 한다. 이해하지 못하는 게 당연하다.

티탄이니까.

왕족이니까.

내가 설명한다.

"원로가 되려면 마법은 힘이나 권력을 위한 도구가 아니라는 것을 이해해야 해. 마법은 우리의 일부야. 말 그대로 우리 핏속에 흐르는 거야. 마자이들은 마법으로 인해 고통받고 심지어 죽기도 했어. 마법은 그저 배울 수 있는 것이 아니야. 네가 마법을 되찾는 일을 돕긴 했지만 너 같은 티탄들이 마법으로 공격하는 탓에 우리는 여전히 쫓겨 다니며 목숨을 잃고 있어."

아마리는 눈물을 닦고 내 말을 새기며 고개를 끄덕인다.

"원로들과 마음술사들에게 사과할 방법을 찾아 볼게."

"좋아."

나는 다시 분을 집어 들고 얼룩진 뺨에 덧발라 주며 말한다.

"상황이 나빠졌어. 우리는 네가 필요해."

31

원로 회의

아마리

도금된 아치 모양의 회의실 입구 앞에 서자 침묵의 벽이 나를 맞이한다. 나는 며칠째 얼굴을 내비치지 않았다. 그들을 마주할 자신이 없다. 나무 탁자에 둘러앉아 매섭게 노려보는 원로들을 보는 대신 이 성스러운 장소를 둘러보기 시작한다. 채색 유리창들이 방을 알록달록한 빛으로 물들이고 있다. 매끈한 암석들이 벽에 소용돌이무늬를 만들어 낸다.

"와……."

나는 감탄하며 가슴으로 손을 올린다. 안으로 들어가자 피부에 번개 같은 충격이 느껴진다. 제일리는 이 입구에 마법이 걸려 있어 과거와 현재의 원로들만 지나갈 수 있다고 했다.

마자이 부족들의 초대 지도자들을 기리는 열 개의 동상이 방을 에워싸고 있다. 마음술사의 푸른 가운을 걸친 녹슨 동상 앞에 앉자 이 자리가 얼마나 중요한지 실감이 난다.

'원로가 되려면 마법은 힘이나 권력을 위한 도구가 아니라는 것을 이해해야 해.' 아직 오지 않은 마지막 원로를 기다리는 동안 나는 제일리의 말을 곱씹으며 탁자에 둘러앉은 마자이들을 살핀다. 몇몇은 무거운 시선으로 나를 관찰하고 있다. 나머지는 나와 눈을 맞추지 않으려 한다.

나오가 제일리를 대화에 끌어들인다. 카마루는 의족에 팔꿈치를 대고 상체를 앞으로 내민 채 앉아 있다. 그 옆에서 나이마가 곱슬머리에 붙어 있는 분홍색 나비들과 장난을 친다. 나비들은 번갈아 가며 나이마의 색칠된 손톱 위에 앉는다.

나이마의 왼쪽에 앉은 예언술사 원로 다카라이가 나비 한 마리를 잡는다. 숱 많은 곱슬머리를 가진 이 통통한 사내는 웃통을 벗은 채 목에 가느다란 사슬 두 줄만 두르고 있다.

"회의 끝나고 내 방으로 와."

카니가 내게 말한다. 나를 살펴보는 주근깨투성이 얼굴이 찌푸려진다. 제인의 아그본 동료를 내 친구라고 말할 수는 없지만 그녀가 함께 있으니 마음이 편안해진다.

그녀가 말한다.

"우리 치료술사들이 잘못했네. 아무리 네가 못마땅해도 치료를 거부하면 안 되는 건데."

그러자 케니언이 중얼거린다.

"그럴 만도 하지. 저쪽 사람들 때문에 우리 쪽 사람들이 죽어가잖아."

어깨가 떡 벌어진 이 화염술사는 팔짱을 끼고 앉아 무늬가 새겨진 벽을 노려보고 있다. 왕실에서 라고스를 지키던 화염술사들을 모두 죽였다는 소식을 들은 뒤로 그는 부쩍 말이 없어졌다.

"라고스 일은 나도 정말 안타까워."

내가 말하지만 케니언은 그저 툴툴거릴 뿐이다.

"늦어서 미안."

폴라케가 들어오며 말한다. 길게 늘어뜨린 노란색 카프탄 차림의 빛술사 원로에게서 빛이 난다.

폴라케는 제일리의 옆자리에 앉으며 그 애를 향해 미소 짓는다. 가닥가닥 나누어 땋은 숱 많은 머리카락과 고양이 같은 눈을 보자 줄라이커의 신성자 정착촌에서 그녀를 처음 만난 일이 떠오른다. 이제 열 명의 원로가 모두 모였다.

"무엇부터 시작할까?"

제일리가 원로들에게 묻는다.

"진짜 마자이인 원로들부터 추리는 게 어때?"

내 맞은편 청년이 비꼬는 말에 몸이 굳는다. 그와 만난 적은 없지만 바람술사 원로인 자히라는 것을 알고 있다. 그의 손가락 사이에서 작은 바람의 띠가 윙윙거린다. 내가 들은 소문이 사실이라면 그는 라마야와 사귀는 사이다. 내가 이 자리에 있는 게 못마땅할 수밖에 없다.

나오가 혀를 차며 말한다.

"**아그바야**, 그러지 마. 얘는 결투에서 이겼잖아. 정정당당하게 원로가 된 거야."

"저들의 마법은 우리의 마법과 달라. 전혀 정정당당하지 않았어."

자히가 대꾸한다.

"사실은 그 얘기를 하고 싶어."

나는 몸을 꼿꼿이 펴며 자리에서 일어난다. 어머니라면 이런 상황에 어떻게 대응할까 생각해 본다. 어머니는 낯선 곳에서도 늘 위풍당당한 태도로 사람들을 제압하고는 했다.

나는 다시 입을 연다.

"사과할게. 뜻하지 않게 내 마법을 통제하지 못했어. 지켜보기에도 괴로웠을 거야. 하지만……."

"그래, 또 **하지만**이겠지."

나이마가 코웃음을 친다.

부아가 치밀지만 나는 꾹 참고 말을 잇는다.

"그날의 일은 왕실과 평화 협정을 맺는 것이 우리에게 최선이라는 사실을 확실하게 보여 준 셈이야."

이미 내 말에 분노가 터져 나올 것을 예상했다. 몇몇 원로들은 요루바어로 욕을 퍼붓고 나머지는 눈을 굴린다.

"뭐 하는 거야?"

제일리가 소곤거리자 나는 속삭여 대꾸한다.

"사과한다고 했잖아. 하지만 우린 지금 전쟁에서 지고 있어. 이게 최선의 방법이야."

이으고 자히가 회의실을 둘러보며 말한다.

"이제 다들 알겠지? 저 애는 덫을 놓고 있는 거야. 틀림없이 자기 오빠한테 정보를 빼돌리고 있을걸. 그래서 우리가 라고스를 빼앗긴 거라니까."

나는 반박에 나선다.

"라고스를 빼앗긴 건 우리 잘못이야. 오빠는 진심으로 평화를 제안했어. 우리가 그들의 식량을 파괴하니까 어쩔 수 없이 반격한 거지. 그때 내 말을 들었더라면 여기까지 오지도 않았어."

"웃기지 마."

케니언이 거칠게 내뱉는다. 화염술사가 분노하자 그의 피부에서 진짜 연기가 피어오른다.

"그들은 내 동족들에게 마자사이트를 주입했어. 우리는 싸울 거야. 우리 힘으로 티탄들을 이길 수 있어."

"아니, 그렇지 않아."

내가 힘주어 말한다.

"그들 모두를 이길 수는 없어. 라마야는 이곳에서 가장 용맹한 투사였는데, 마법도 제대로 이해하지 못하는 내가 라마야를 혼수 상태에 빠뜨렸잖아. 티탄들이 그런 힘을 갖고 있는 데 어떻게 맞선다는 거야?"

"제일리, 너도 같은 생각이야?"

나오가 묻자 모두가 제일리에게로 시선을 돌린다. 원로들이 쥐 죽은 듯 조용해지면서 제일리의 의견을 듣기 위해 몸을 기울이는 모습에 부아가 치민다.

제일리는 고개를 끄덕인다.

"인정하고 싶지 않지만 아마리의 말도 일리가 있어. 티탄들은 피의 마법을 쓰거든. 무모하지만 일단 공격할 때는 무섭게 공격하지. 우리에게 불리한 점이 그것뿐이라면 승산이 있을지도 몰라. 하지만 네한다는 훨씬 대단한 힘을 가졌어."

잠시 은빛 눈이 아득해지더니 곧 제일리는 떨리는 숨을 내뱉으며 말을 이어 간다.

"자리아 집회에서 네한다는 주변 티탄들의 마법을 흡수했어. 그 힘으로 땅을 갈랐지."

그러자 카마루가 거든다.

"라고스에서도 그랬어. 그런 공격을 할 때는 눈이 초록색으로 빛나더군. 마법이 어찌나 강력하던지 가슴에서도 빛이 났어. 과연 우리가 그런 힘에 맞설 수 있을지 모르겠어."

방 안에 무거운 공포의 장막이 내려앉는다. 나는 내 손을 뒤덮은 흉터들을 바라본다. 지금이 기회다. 지금이 아니면 원로들은 영영 내 말을 들어 주지 않을 것이다.

"마자이가 라고스를 쥐고 있을 때는 이쪽이 훨씬 우위에 있었지. 하지만 역량을 너무 과신했어. 이제 라고스의 길이 다시 뚫렸어. 방어 시설도 재건되고 있고. 왕실 군대가 마자이 병력을 약화시키고 있는 데다 새로운 티탄들이 그쪽 부대에 합류하기 위해 라고스로 몰려가고 있어."

나는 고개를 저으며 말을 이어 간다.

"그쪽의 수가 얼마나 되는지 누가 알겠어? 내 어머니와 같은 힘을 가진 자들이 얼마나 되는지 누가 알겠냐고?"

나이마가 털을 민 눈썹을 치켜올리며 묻는다.

"그래서 어쩌자는 거야? 우리는 굴복하진 않을 거거든."

"내가 바라는 건 마자이들도 안전하게 살 수 있는 왕국을 세우는 거야. 그러기 위해서는 내가 왕위에 올라야 한다고 생각했는데, 지금 보니까 우리 오빠도 그런 왕국을 세울 수 있을 것 같아. 오빠는 아버지와 달라. 전쟁을 원치 않아. 내가 오빠와 얘기할 수 있게 해 주면 잘 해결해 볼게. 내가 목숨을 구해 줬으니 내 말을 들을 거야. 약속해."

나는 숨을 참고 기다린다. 그들의 머릿속에서 바쁘게 돌아가는 톱니바퀴들이 보이는 듯하다. 그러다 그들은 차례차례 제일리를 돌아본다. 나는 제일리에게 미소를 보여 주려 하지만 그 애는 탁자만 응시하고 있다.

마침내 제일리가 입을 연다.

"우리는 평화를 원하지만 이난이 옳은 일을 할 거라고 기대해선 안 돼. 티탄의 마법은 강력하지만 무모해. 아마리만 봐도 알 수 있잖아."

제일리는 마치 내가 인간이 아니라 사물인 듯 나를 가리킨다. 두 뺨이 화끈거리는 것을 느끼며 나는 다시 자리에 앉는다.

제일리가 말한다.

"아마리가 라마야를 제압했지만 그건 라마야가 약을 올렸기 때문이야. 연습과 훈련을 충분히 하면 어떤 티탄이든 이길 수 있어. 네한다도 공격할 수 있다고."

"그건 모르는 일이야!"

나는 다시 원로들의 주의를 끌려 하지만 아무리 애써도 소용없다. 마자이들은 제일리의 허황된 약속에 들떠 나를 거들떠보지도 않는다.

나오가 묻는다.

"우리는 주문도 잘 모르는데 어떻게 연습을 해? 대습격 전에 부족들은 저마다 주문을 수백 개씩 갖고 있었어. 이제는 아는 주문이 겨우 세 개뿐인 부족도 있다고."

제일리는 두 손으로 탁자를 짚으며 생각에 잠긴다. 그러다 숨을 들이켜며 가죽 봇짐 속으로 손을 넣더니 찬돔블레에서 레칸에게 받은 검정 두루마리 하나를 꺼낸다.

"이게 어디서 났어?"

카마루가 그 두루마리를 빼앗더니 진한 눈썹을 찌푸리며 신성한 글귀를 살펴본다.

"이런 건 대습격 때 다 불탔는데."

"찬돔블레에 있는 것들은 타지 않았어."

"지금 전설을 파헤치자는 거야?"

나이마가 고개를 갸우뚱하며 묻자 제일리가 대꾸한다.

"전설이 아니야. 아마리와 내가 직접 봤어. 각 부족의 두루마리가 수백 개씩 들어찬 방이 있어."

원로들이 제일리의 말을 곱씹으면서 대기가 흥분으로 들끓는다.

"그것들을 가져올 수만 있다면 우리한테 무기고가 생기는 셈이야."

케니언의 눈이 환하게 빛난다.

"그 안에 굉장한 묘책들이 들어 있을 텐데!"

카니가 소리친다.

"당장 오늘 밤에 떠나자."

제일리는 손을 올려 흥분을 잠재우며 말을 잇는다.

"왕실 사람들은 아직 라고스를 재건하느라 정신이 없을 거야. 그들 코앞에서 몰래 움직이기엔 지금이 완벽한 시기지."

나는 이들이 전략을 세우는 광경을 그저 지켜볼 뿐이다. 내가 무슨 말을 해도 소용없을 테니까. 원로가 되면 영향력을 발휘할 수 있을 줄 알았는데, 나는 여전히 이방인에 불과하다.

제일리가 내게 속삭인다.

"걱정 마. 평화 협상을 완전히 제쳐 놓자는 얘기는 아니야. 어쨌든 일단 그 두루마리들을 가져오자. 평화 협상이 실패할 경우 네 어머니에게 맞설 새로운 무기가 필요하잖아."

나는 고개를 끄덕인다. 그러나 제일리가 걸음을 옮기자 턱을 굳게 다문다.

저 애가 나를 달래려 하는 것인지 아니면 정말 자신의 터무니없는 말을 믿는 것인지 궁금하다.

32

작전

이난

작전실로 향하는 길, 확실히 공기가 바뀌었다. 보름 전 이위카의 라고스 작전이 실패로 돌아가면서 도시의 지평선을 맴돌던 연기가 마침내 걷히기 시작했다.

다시 태양이 우리를 비춘다. 재건 활동이 환한 햇살을 받아 빛나고 있다. 식량이 수레에 실려 온다. 이제 라고스 주민은 아무도 굶주리지 않는다.

"폐하!"

작전실로 다가가자 문 앞에서 보초를 서던 병사들이 경례를 한다. 그들이 검은 나무 문을 열어 주려는 찰나, 홀 저편에서 어머니를 발견한다. 그녀는 위병들을 떼어 놓고 혼자 궁전 지하실로 내려가고 있다. 나는 눈살을 찌푸리며 따라가 본다.

그녀는 아무에게도 들키고 싶지 않은 듯 조심스럽게 움직이고 있다.

나는 발소리가 울리지 않도록 살금살금 돌계단을 내려간다. 수십 개의 방으로 이루어진 널찍한 이 지하실의 벽돌 미로는 나의 가장 어두운 기억들을 품고 있는 듯하다.

어릴 때 아버지는 아마리와 나를 이리로 데려와 우리에게 대결을 강요하곤 했다. 그러다 내가 선을 넘는 상황이 벌어졌다. 그때 돌벽에 메아리치던 아마리의 비명 소리가 지금도 귀에 쟁쟁하다.

'넌 지금 어디 있니?' 나는 시선을 든다. 아마리와 연락할 수 있다면 얼마나 좋을까. 어머니는 아마리가 이위카와 손잡고 있다고 했지만 내가 아는 동생은 그럴 리가 없다.

제일리는 라고스를 불태우고 싶어 할 테지만 아마리에게 이곳은 집이 아닌가. 아마리는 내 옆에 있어야 한다. 저렇게 혼자 나가 있어서는 안 된다.

"나머지는요?"

걸걸한 목소리가 눅눅한 지하실을 메우자 나는 걸음을 멈춘다. 사내의 오리샤어에는 낯선 억양이 배어 있다. 아무래도 이 나라 사람이 아닌 것 같다. 모퉁이에서 살그머니 내다보니 어머니가 복면을 쓴 검은 옷차림의 사내 둘과 함께 서 있다. 한 사람은 뱀 같은 미소를 짓고 있고 다른 한 사람은 모래 같은 색의 피부를 가졌다.

'어디서 본 적이 있는데…….'

나는 턱을 문지르며 기억을 더듬어 본다. 외국인이지만 어딘지 낯이 익다. 어디선가 마주친 게 분명하다.

어머니가 동전이 찰랑거리는 벨벳 돈주머니를 건네며 대꾸한다.

"나머지는 일을 끝내면 그때 주지. 마자사이트는 효과적이었지만 시작에 불과했어. 게다가 이위카는 여전히 내 계획을 방해하고 있지."

"누가 있네요."

나는 얼어붙는다. 세 쌍의 눈이 일제히 나에게로 향한다. 놀란 어머니의 입술이 벌어진다. 하지만 청부업자들은 눈도 깜빡하지 않는다.

어머니가 거친 목소리로 그들을 나무란다.

"고얀 놈들. 왕 앞에서는 고개를 숙여야지."

외국인 청부업자는 그저 콧방귀를 뀌고는 벨벳 돈주머니에 있는 금화를 세어 본다.

내가 걸어 나간다.

"뭐야? 다른 나라 왕한테는 고개를 숙이지 않는 건가?"

"내가 죽일 수도 있는 사람에게 고개를 숙이지는 않죠."

그는 나를 위아래로 훑어본 뒤 다시 어머니를 돌아본다.

"일단 이것만 받죠. 또 연락드리겠습니다."

계단으로 올라갈 거라는 내 예상과 달리 그들은 지하실의 어두운 통로로 사라진다. 이 미로에 와 본 적이 있는 듯 그들의 발걸음은 확신에 차 있다.

"무슨 일이에요?"

내가 묻자 어머니가 설명한다.

"네 동생이 저들과 함께 일했거든. 그 애와 이위카에 대한 정보를 갖고 있나 알아봤단다."

"아마리가요?"

나는 몸을 바싹 기울이며 다시 묻는다.

"뭔가 찾으셨어요?"

"너의 그런 눈빛 때문에 너를 끌어들이지 않으려 했던 거야."

어머니는 내 팔을 잡더니 나를 계단 쪽으로 끌고 간다.

"아무리 네 동생이라고 해도 지금은 이 왕국의 적이야."

"아마리가 아니었으면 저는 죽었어요."

어머니는 말없이 걷다가 작전실 앞에 이르러서야 다시 입을 연다.

"명심해라. 너의 의무는 왕좌를 지키는 거야. 무엇보다도 그것을 지켜야 해."

*

"폐하."

어머니와 내가 작전실에 들어서자 고문관들이 모두 자리에서 일어난다. 돌연히 바뀐 그들의 태도에 나는 잠시 얼떨떨해진다. 게다가 그들은 내가 지시할 때까지 자리에 앉지도 않는다.

나는 속으로 미소를 지으며 나무 탁자의 상석에 앉는다. 내가 신호를 보내자 오조레가 자리에서 일어나더니 반대편 벽을 뒤덮은 거대한 오리샤 지도로 걸어가 사람들을 보며 말한다.

"국왕 폐하의 용맹함 덕분에 우리가 전세를 바꿔 놓았다는 소식을 전할 수 있게 되어 기쁩니다. 이제 라고스는 이위카의 포위에서 벗어났고 우리는 북쪽 기지들과 다시 연락할 수 있게 되었습니다. 암살 시도가 현저히 줄었고 침입당한 요새도 없습니다."

"아직 섣불리 자축해선 안 됩니다."

조코예 장군이 끼어들며 자리에서 일어나자 땋은 머리카락이 흔들거린다.

"괄목할 만한 성과지만 이위카는 여전히 큰 위협이 되고 있습니다. 이위카의 병력은 아직 200명에서 500명 사이에 이르는 것으로 추정됩니다."

"그들의 본거지를 알아내는 일은 얼마나 진행되었습니까?"

내가 묻는다.

"진척이 있긴 하지만 아직 정확히 파악하지 못했습니다."

조코예는 라고스 북쪽의 산지를 가리키며 설명을 이어 간다.

"구사우와 곰베의 요새들에 따르면, 그들의 모든 움직임은 올라심보산맥에서 시작되는 듯 보입니다. 정찰병들을 보냈지만 아직 아무도 돌아오지 않았습니다. 하지만 이위카가 다시 움직이기 시작한 징후들이 보입니다."

오조레가 다시 탁자로 걸어오더니 양피지 두 장을 집어 든다.

"옛 공주의 모습은 모두가 잘 알고 있을 겁니다."

그는 내 동생의 얼굴이 그려진 오래된 수배 벽보를 걸어 놓는다. 아마리를 이렇게 보게 되니 기분이 묘하다. 그림 속 부드러운 선들은 이제 변해 버린 그 애의 모습과는 딴판이다.

오조레가 설명을 이어 간다.

"공주의 주요 동맹은 제일리 아데볼라라는 마자이입니다. 이바단에서 나고 일로린에서 자랐지요. 마법을 되찾는 데 결정적인 역할을 했습니다. 전국 마자이들 사이에서 죽음의 전사로 통합니다."

나는 시선을 돌리려 하지만 그림에서 눈을 뗄 수가 없다. 마치 제일리가 멀리서 사나운 은빛 눈으로 나를 노려보고 있는 것만 같다. 한참 바라보자 목에 그 애의 덩굴이 감겨 있는 듯하다. 귀에는 그 애의 입술이 느껴진다.

그림으로 마주하기도 이렇게 힘들어서야 어떻게 직접 얼굴을 마주 보겠는가?

"저들이 어디로 향하고 있는지는 알아냈습니까?"

내가 묻자 조코예가 대꾸한다.

"추정하기로는 라고스로 오고 있는 것 같습니다. 자리아에서 반역 집회를 연 뒤로 우리 군대를 피해 다녔는데, 오늘 남쪽으로 이동하는 모습이 포착됐습니다."

"그들이 이리로 오고 있다고?"

어머니의 얼굴이 창백해진다.

"새 성곽을 완성하려면 보름은 더 있어야 하는데."

쿤레 대장도 이마의 땀을 닦는다.

"해자*는 어떻고요? 파도술사들이 그 안에 물을 채우려면 몇 주는 더 걸릴 텐데요!"

주위가 어수선해지자 나는 손가락으로 귀를 막는다. 뭔가 석연치 않다.

"총사령관, 그들은 이미 라고스의 남쪽에 있는데 왜 일부러 먼 길로 돌아오는 걸까요?"

"그렇게 해야 곧장 궁전으로 접근할 수 있을 겁니다."

오조레는 구불구불한 경로를 그리며 말을 잇는다.

"저의 재량으로 라고스 경계에 군대를 더 배치했지만 그들을 막으려면 막대한 자원이 필요할 겁니다."

나는 콧잔등을 찌푸리며 머릿속으로 그들의 경로를 이어 가 본

---

* 외부의 침입을 방어하기 위해 성 주위를 판 못.

다. 계속 따라가 보니 푼밀라요 밀림이 나타난다.

고대 사원과 곧바로 연결되는 길이다.

나는 두 손으로 나무 탁자를 치며 자리에서 일어난다.

"어디로 가는지 알겠어요!"

나는 지도로 달려가 오래된 캔버스를 톡톡 두드리며 말한다.

"여기에 고대 마자이 사원이 있습니다. 마법의 힘을 증폭해 주는 사원이죠."

어머니의 얼굴이 굳는다.

"그럼 그들은 우리가 대적할 수 없을 만큼 강력한 힘을 갖게 되겠네."

"그 전에 우리가 막아야죠. 그들이 올라심보산맥에서 출발한다면 사원과 더 가까운 건 우리예요. 오늘 밤에 출발하면 따라잡을 수 있을 겁니다."

"정말 동생과 맞서실 수 있겠습니까?"

아무도 하지 못할 질문이 오조레의 입에서 나온다. 사람들은 나와 어머니를 흘끗 본 뒤 눈을 돌릴 구실을 찾는다.

나는 아마리의 얼굴에 시선을 고정한 채 수배 벽보들이 걸린 곳으로 걸어간다. 나를 위해 아버지와 맞선 아마리. 그 애가 끼어들지 않았더라면 나는 죽었을 것이다.

나는 사람들을 보며 말한다.

"제 동생을 해칠 수 있다고 한다면 거짓말일 겁니다. 하지만 그 애를 잡아들일 수는 있습니다. 아마리와 이위카가 이 왕국에 위협이 된다면 더더욱 그렇죠."

어머니는 입술을 일그러뜨리지만 내 의견을 존중한다는 듯이 내게 고개를 까닥인다.

오조레가 묻는다.

"다른 사람들은 어떻게 할까요? 죽이면 됩니까?"

"일단 그들을 막는 데 주력합시다. 모두 잡아들인 뒤에 적당한 처벌 방법을 다시 생각해 보죠."

33

은빛 아셰와 환영

아마리

우리가 치타너를 타고 밀림을 빠르게 지나자 바람이 나의 곱슬머리를 헝클어뜨린다. 굵은 덩굴들에 살이 긁혀 따끔거리지만 나는 뒤처지지 않으려고 열심히 고삐를 튕긴다.

원로들은 선두에 있는 제일리를 따라 모두 맹렬히 달리고 있다. 찬돔블레가 가까워질수록 피의 전쟁으로 향하고 있다는 느낌을 떨쳐 낼 수가 없다.

'생각을 해, 아마리.' 치타너가 속도를 내는 가운데 나는 머리를 쥐어짠다. 이위카는 두루마리들을 손에 넣으면 바로 공격하려 들 것이다. 그럼 라고스에서 전투가 벌어지게 된다.

설사 그들이 어머니를 제압한다 해도 나를 왕위에 앉힐지는 알 수 없다. 이제 왕좌는 제일리에게 돌아갈 가능성이 더 높다. 하지만 저들이 어머니를 막지 못한다면…….

거기까지 생각이 미치자 가슴이 철렁 내려앉는다.

만약 그들이 어머니와 티탄 부대를 이기지 못한다면 어머니는 결국 그들을 모조리 없애 버릴 것이다. 그다음 오리샤의 마자이들을 전부 쓸어버릴 게 분명하다.

여러 가지 가능성을 상상해 볼수록 답은 점점 좁혀진다. 이위카에게 내가 옳다는 것을 증명해야 한다. 먼저 평화 협상을 해 보자고 설득해야 한다. 내가 오빠와 접선하게 해 준다면 우리는 파멸에 이르는 길을 피할 수도 있다.

"아마리!"

다급한 속삭임에 나는 퍼뜩 현실로 돌아온다. 원로들은 한쪽 옆에 멈춰 서 있는데 내가 탄 치타너는 속도를 늦추지 않고 그들을 지나쳐 간다.

"에다 오초시, 다훈 이페 미!"

나이마의 노랫가락 같은 목소리가 울려 퍼지며 치타너 머리 주위에 분홍빛 안개가 소용돌이친다. 그 안개구름이 내 점박이 치타너를 멈춰 세운다. 나는 튕겨 나가지 않으려고 온 힘을 다해 녀석을 붙잡는다.

"제발, 집중 좀 해!"

나이마가 주의를 주며 자신의 치타너를 일행 쪽으로 손짓해 부른다. 얼굴이 화끈거린다. 나는 치타너에게서 내려와 둥글게 모여 있는 그들 사이로 끼어든다.

"무슨 일이야?"

다카라이가 손을 올린다. 땀이 난 이마에 숱 많은 곱슬머리가 들러붙어 있다.

"잠깐 멈춰 봐. 환영을 불러올 거야."

*

우리는 조용히 다카라이 주위에 모여 선다. 늘 웃통을 벗고 다니던 이 커다란 사내가 은빛이 도는 갑옷을 입고 있는 모습이 영 어색하다.

"잠깐 시간을 줘."

그가 혼자 떨어져서 나무 한 그루를 마주 보고 선다.

"난 현재보다는 과거를 더 잘 보거든. 모두가 지켜보고 있으면 집중할 수가 없어."

마자이들은 모두 이해한다는 듯이 고개를 돌린다. 나도 돌아서지만 그가 주문을 외자 자꾸 뒤를 돌아보게 된다.

마법을 불러오는 예언술사의 성긴 눈썹 위로 땀이 맺힌다. 두 손에서 은빛 아셰의 광채가 퍼져 나가더니 두 손바닥 사이에 별이 가득한 신비로운 장면이 나타난다.

마마 아그바가 보여 주었던 미래의 장면과는 달리 다카라이는 어느 한 시점을 분명하게 보여 주지 못한다. 반투명한 모습들이 잠깐씩 스쳐 갈 뿐이다.

"니 시센텔레……."

예언술사는 마치 북쪽을 찾는 나침반처럼 두 손의 위치를 이리저리 바꿔 본다. 그가 만들어 낸 별의 장막 사이로 푼밀라요 밀림의 빽빽한 초록 숲이 나타난다. 짙은 안개구름들이 에메랄드빛 나무들 사이를 지나간다. 그러나 찬돔블레 사원에 이르자 장면이 너무 희미해져 새로 놓은 다리도 잘 보이지 않는다.

"좀 더 선명하게 보여 줄 수 있어?"

나는 몸을 기울이고 눈을 찡그리며 병사들을 찾아 보려 애쓴다.

"해 볼게. 하지만 거리가 멀수록 흐릿하게 보여."

다카라이가 두 손바닥으로 계속 아셰를 흘려 보내자 은빛 광채가 두 손을 에워싼다. 마법의 힘이 강해지면서 미래의 장면이 좀 더 뚜렷하게 드러난다.

"빌어먹을."

제일리가 끊어진 옛날 다리 자리에 새로 놓인 철교를 보고 욕을 퍼붓는다. 우리가 있는 산의 남쪽 능선과 찬돔블레의 신성한 사원이 있는 산을 연결하는 다리다.

그 다리 끝에서 스물네 명이 넘는 병사들이 보초를 서고 있다. 그중 티탄이 절반에 이른다. 나는 머릿속으로 갖가지 전술을 궁리해 보지만 찬돔블레 입구 앞에 서 있는 작은 몸집의 장군을 보는 순간 그 모든 계획이 와르르 무너져 내린다.

"제일리."

내가 경고하듯 말한다.

"나도 알아."

제일리가 대꾸한다.

황금 방독면을 쓰고 있어도 어머니의 드센 얼굴은 금세 티가 난다. 우리가 다시 마주치게 될 줄은 알았지만 그 순간이 이렇게 빨리 올 줄은 몰랐다.

하지만 어머니가 있다면 가까운 곳에 오빠도 있을 것이다.

"혹시 다른 사람도 보여?"

내가 묻는다.

다카라이는 시야를 좀 더 넓혀 보지만 그가 만든 별의 마당에는 다른 것이 나타나지 않는다. 그는 고개를 저으며 말한다.

"미안. 하지만 저 다리를 저렇게 많은 병사들이 지키고 있다면 군인들이 사원 전체를 에워싸고 있다고 봐야지."

"그럼 뭘 기다려?"

케니언이 빨간빛이 도는 투구를 다시 머리에 쓰고 우리를 쌩 지나쳐 간다.

"아무리 많아도 상관없어. 전부 다 태워 버릴 거야."

"지난번에 네한다 왕비는 우리의 머리 위로 돔 하나를 통째로 무너뜨렸어."

내가 그를 뒤쫓아 달려가며 말한다.

"우리 힘으로는 저들을 이길 수 없을지도 몰라."

"그건 네 생각이고. 난 어떤 티탄만큼 약하지 않거든."

"우리 어머니보다 강하진 않잖아!"

나는 케니언의 어깨를 붙잡아 멈춰 세운다.

"게다가 저들은 우리가 온다는 걸 알고 있었어. 무턱대고 들이닥쳐선 안 돼."

"그럼 어쩌자는 건데, 공주님?"

모두의 시선이 나에게로 쏠리자 나는 멈칫한다. 처음으로 그들이 내 대답을 기다리고 있다. 어쩌면 내게는 기회인지도 모른다.

잘만 하면 이위카에게 내가 옳다는 것을 증명하고 피해를 최소화할 수도 있다. 그리고 만약 오빠가 그 안에 있다면 저 사원에 들어가야만 대화를 할 수 있다.

나는 혼자 중얼거린다.

"다리에 병사들이 있다면 주변에도 군인들이 깔렸을 텐데."

나는 무릎을 꿇고 앉아 흙바닥에 여러 가지 작전을 그려 본다.

"생각났다."

내가 말한다.

"좋은 생각이야?"

케니언이 묻는다.

"그건 몰라."

화염술사가 무겁게 한숨을 내쉬지만 그는 어쩔 수 없이 몸을 기울인다.

"좋아, 공주님. 어디 들어 보기나 하자고."

34

다시 찬돔블레로

제일리

모두가 위치를 잡는 동안 나는 엄지손가락으로 손목의 흉터들을 훑어본다. 아마리의 계획을 위해서는 작고 민첩한 팀을 꾸려야 한다. 우리 가운데 절반도 안 되는 인원만 들어가기로 한다. 하지만 모두가 출발을 준비하는 지금, 오로지 한 가지 생각이 내 머릿속을 가득 메우고 있다. 저 산에는 수십 명의 병사들이 있다.

그 가운데 이난이 있을지도 모른다.

'오야, 제게 힘을 주세요.' 나는 조용히 기도를 읊조린 뒤 나일라의 빳빳한 새 고삐를 단단히 움켜쥔다. 이난의 목을 조르던 기분을 떠올려 보려 하지만 지금은 그를 조금도 느낄 수가 없다.

사원이 가까워지면서 지난날이 떠오른다. 이난이 도망치는 나를 뒤쫓던 나날들. 우리가 연결된 탓에 마치 여름철 비가 내리기 전 후텁지근한 기운이 감돌 듯 그의 존재가 묵직하게 느껴지곤 했었다.

지금은 아무것도 느껴지지 않는다.

"제일리 원로!"

최강 쇠술사 타히르가 멀리서 나를 소리쳐 부른다. 백색증으로 연한 갈색 눈과 진주색 피부를 가진 그는 사람들 사이에서 상당히 눈에 띈다.

타히르는 겨우 열네 살이지만 굉장한 재능을 가진 덕에 카마루의 부원로가 되었다. 이위카가 이토록 독특한 갑옷을 입게 된 것은 타히르와 마마 아그바 덕분이다.

"잠깐만."

그는 나의 접이식 격투봉을 펼쳐 새로 단장한 모습을 보여 준다. 빛이 바랬던 쇠 부분이 나의 사령술사 갑옷과 똑같은 진한 보랏빛 금속으로 반짝거린다.

나는 숨을 들이켠다.

"아름답다. 이런 것도 할 수 있었어?"

타히르는 고개를 끄덕이며 가운데 부분에 새로 생긴 단추를 누른다. 양 끝에서 톱니 모양의 칼날이 단검처럼 튀어나오자 나는 펄쩍 물러난다.

"굉장한데!"

나는 그의 솜씨에 감탄하며 격투봉을 빙글빙글 돌린다. 타히르는 환하게 웃으면서 이마에 얹은 녹슨 보호 안경을 매만진다.

"내가 영광이지, 제일리 원로. 정말이야!"

나는 격투봉 옆면에 새겨진 아코페나에 엄지손가락을 갖다 대며 이 전쟁의 칼들로부터 힘을 얻어 보려 한다. 한쪽 칼날로 흙을 찌르며 이렇게 이난의 심장을 뚫으면 어떤 느낌일지 상상한다.

뒤에서 마젤리가 다가온다.

"죽음의 전사에게 왜 그런 게 필요해?"

"난 뒤통수를 맞은 적이 있거든. 그를 만나면 갚아 주려고."

내가 대답하자 마젤리는 미소를 거두고 입을 굳게 다문다. 그가 시선을 내리며 자기 귀를 잡아 뜯는다.

"미안. 난 사람을 죽여 본 적이 없어."

"그게 왜 미안해?"

마젤리는 한숨을 쉬며 뒤통수를 긁적인다.

"그런 경험이 있다면 도움이 될 테니까. 이렇게 겁이 나지도 않을 테고."

"겁이 나도 괜찮아."

나는 격투봉을 접어 허리띠에 꽂으며 말을 잇는다.

"겁나는 건 다 마찬가지야. 나도 엄청 무서운걸."

나의 부원로는 못 믿겠다는 듯이 커다란 갈색 눈을 찡그리며 나를 살핀다.

"하지만 죽음의 전사잖아."

"**자군자군**은 전설 같은 거야. 지금 너와 내가 하려고 하는 게 진짜지."

나는 나보다 키가 머리 하나는 더 큰 마젤리의 어깨에 손을 얹는다.

"그냥 내 옆에 붙어 있어. 너한테 무슨 일이 생길 것 같으면 바로 오야를 부를 테니까."

마젤리의 둥근 얼굴이 다시 미소로 환해진다. 두려움을 완전히 떨쳐 내지는 못해도 마침내 어깨의 긴장을 푼다.

우리가 다시 일행에게 돌아가자 그가 심호흡을 한다.

“참고로, 언젠가는 내가 제일리를 보호해 줄 거야.”

나는 그의 단호한 말투에 빙긋 웃으며 커다란 귀를 잡아당긴다.

“기대하겠어.”

나오의 뒤에 서자 우리의 대화가 끊어진다. 나오는 두 손목을 돌리고 민머리를 옆으로 당기며 목에 새겨진 **라그바라** 문신을 길게 늘인다.

“꼭 그렇게 보여 줘야 직성이 풀리지?”

카니가 한쪽 눈썹을 치켜올리며 묻는다. 나오는 소리 없이 활짝 웃으며 여자 친구의 주근깨 가득한 뺨에 입을 맞춘다.

“자기도 좋아하면서 아닌 척하기는.”

나오가 눈을 감고 두 팔을 넓게 벌려 주문을 읊기 시작하자 모두가 조용해진다.

“오미, 투투, 오미 미. 오미 와 바 미…….”

마치 겨울바람이 우리의 목덜미를 스치듯 뒤에서 한기가 올라온다. 차고 습한 공기가 퍼져 나가면서 서늘한 기운이 어깨를 넘어 가슴으로 내려간다.

주변의 엷은 안개 층이 순식간에 짙어지며 진한 흰색 구름으로 바뀐다. 구름이 어두운 밤을 파고들자 목덜미의 머리카락이 쭈뼛 선다.

아마리가 지시한다.

“천천히 일정하게 내보내. 자연스럽게 보여야 해.”

나오가 두 손을 올려 안개의 장막을 동쪽으로 보내자 하얀 장벽이 점점 퍼져 나가 산등성이를 넘고 다리를 건너간다. 나는 앞으로 손을 뻗어 나무들을 헤치며 그 하얀 벽이 우리의 적을 집어삼키는 광경을 지켜본다. 안개가 충분히 멀리 퍼지자 아마리가 내 어깨를 꽉 잡는다.

"해 보자."

*

시간이 한없이 늘어지는 듯하다. 소리를 내지 않으려 하지만 숨이 거칠어진다. 이제 짙은 안개 때문에 바로 몇 센티미터 앞도 보이지 않는다.

케니언의 손에서 나오는 작은 불꽃이 산언저리로 걸어가는 우리 여덟 명의 발밑을 비춘다. 카마루와 타히르가 앞에서 걸어가고 자히와 다카라이 그리고 아마리가 맨 뒤를 걸어간다.

"괜찮아?"

내가 마젤리에게 속삭여 묻는다. 그는 고개를 끄덕이지만 양옆으로 내린 두 주먹을 꽉 움켜쥐고 있다. 금방이라도 저쪽 편 군인이 공격하기라도 할 것처럼 눈이 좌우로 휙휙 움직인다.

나는 주위에서 마른 나뭇잎이 부서지거나 잔가지가 툭툭 부러질 때마다 화들짝 놀라지만 마젤리를 위해 애써 태연한 척한다. 자히의 조용한 주문이 울려 퍼진다. 그는 우리의 발밑에 바람을 일으켜 발소리를 감춰 준다.

"여기야?"

카마루가 속삭인다.

아마리는 대답하려다가 재빨리 입을 다문다. 왼쪽에서 겨우 2, 3미터 떨어진 철교에서 삐걱삐걱 발소리가 들리자 나는 마젤리의 손을 꽉 잡는다.

"어서 해!"

아마리가 속삭인다.

카마루와 타히르가 손을 잡는다. 그들의 손바닥 밑에서 흐릿한 초록색 빛이 퍼져 나온다.

"셰 이페 이누 미……."

그 주문이 우리 발밑의 땅을 데운다. 발소리가 가까워지는 가운데 땅이 흔들리기 시작한다. 마젤리가 내 손을 꽉 잡고 나도 그를 단단히 붙잡은 채 우리는 아래로 내려간다.

우리가 서 있는 구부러진 바위가 카마루의 명령에 따라 조용히 산 밑으로 내려간다. 아래로 갈수록 안개가 옅어지면서 땅 속에서 번쩍거리는 초록색 빛이 보인다.

"하늘이여."

산 중턱에서 바위가 멈추자 아마리가 안도의 한숨을 내뱉는다. 머리 위에서 군인의 발소리가 희미하게 들려오지만 우리는 여전히 짙은 안개의 장막에 뒤덮여 있다.

타히르의 무릎이 풀썩 꺾인다. 카마루는 몸을 가누려 안간힘을 쓰는 부원로를 붙잡아 자신의 의족에 기대게 한다.

"잘했어. 이제 내가 할게."

카마루가 타히르의 등을 토닥이며 말한다. 앞으로 걸어가는 땅술사의 어두운 피부에서 땀이 번들거린다. 그는 느리고 일정한 가락으로 조용히 주문을 읊조린다.

그의 마법이 시작되자 뒤에 있던 산이 허물어지면서 반짝이는 알갱이들이 우리 옆으로 흘러온다. 우리가 디딘 바위 바깥으로 카마루가 걸음을 내딛자 나는 하마터면 소리를 지를 뻔한다. 흙 알갱이들이 모여 그의 발밑에 계단을 이룬다.

"세상에……."

카마루가 다시 움직이자 아마리의 입이 떡 벌어진다. 그는 계속해서 허공으로 걸음을 내딛고 그때마다 그의 발밑에 흙 알갱이들이 모여 발판을 이룬다. 번쩍이는 흙은 마치 물 위에 떠 있는 연잎처럼 그를 받쳐 준다. 그는 공중에 있는 계단을 하나씩 밟으며 벼랑 너머로 건너간다.

"이제 아마리 차례야."

타히르가 지시하자 아마리의 얼굴이 창백해진다.

"하지만 난 땅술사가 아닌걸."

아마리가 말한다.

"상관없어. 주문은 우리가 외울 거니까."

타히르가 뒤에서 주문을 걸기 시작하자 아마리의 두 손이 떨린다. 그 애는 시험 삼아 한 발을 바위에서 내디뎌 본다. 반짝이는 흙 알갱이들이 발밑으로 모여든다.

"하늘이여, 도와주세요."

아마리가 조용히 속삭인다. 그러곤 한 걸음 한 걸음 빛을 발하며 벼랑을 건너간다. 계속해서 흙 알갱이들이 올라와 그 애의 발을 받쳐 준다.

다음으로 다카라이가 두 팔을 양옆에 단단히 내린 채 벼랑을 건넌다. 케니언은 아래를 보지 않으려 안간힘을 쓴다. 자히까지 다 건너고 나자 나는 마젤리를 쿡 찔러 앞으로 밀며 제안한다.

"같이 가자."

나는 바위 쪽으로 나아가지만 마젤리는 꼼짝도 하지 않는다.

"내 말 기억하지?"

나는 마젤리를 끌어당기며 덧붙인다.

"약속해. 괜찮을 거야."

마젤리는 침을 꿀꺽 삼키고 두 손을 꼭 움켜쥐며 바위에서 발을 내딛는다. 나는 두 손으로 그의 어깨를 잡고 바싹 붙어 서서 함께 허공에 떠 있는 땅을 밟는다.

"거의 다 왔어……."

나는 말끝을 흐린다. 나도 모르게 아래를 내려다본 탓이다. 이 낭떠러지로 떨어졌다가 레칸의 마법으로 겨우 살아난 일이 아직도 기억에 생생하다. 뾰족하게 솟은 바위들 사이에 거대한 해골이 누워 있다. 벌레들이 썩어 가는 사체를 뜯어 먹는다.

사체의 뿔이 보이는 순간 속이 메슥거린다. 레칸이 이 산에서 이난의 탈짐승을 내던진 일이 눈에 선하다.

나는 마젤리의 어깨를 잡은 손에 힘을 주며 다시 고개를 들고 앞으로 나아간다. 그때 나는 힘이 없었다.

다시는 그런 일을 겪지 않을 것이다.

"고맙습니다, 오야!"

마젤리가 반대편 절벽 위에 널브러지며 이끼에 입을 맞춘다. 그의 뒤에서 타히르가 풀썩 무릎을 꿇으며 떨리는 팔다리를 진정시키려 애쓴다.

그가 숨을 헐떡이며 말한다.

"미안. 쇠는 더 잘 만질 수 있는데."

그러자 카마루가 그를 일으켜 주며 말한다.

"잘했어. 사과하지 않아도 돼."

아마리가 지시한다.

"기회가 있을 때 어서 건너가. 혹시 무슨 일이 생겨서 군대가 저 다리를 건너려 하면 네가 파괴해야 해."

타히르는 입을 떡 벌리고 위를 보며 건축가처럼 철교를 살핀다.

"아무도 돌아오지 않으면?"

그러자 아마리가 대꾸한다.

"그래도 상관없어. 너희가 붙잡히면 그들이 성지를 찾아낼 수도 있어. 무슨 일이 있어도 그곳은 지켜야지."

타히르는 잠시 갈등하다 고개를 끄덕이고는 허리를 굽혀 예의를 표한다. 카마루는 그와 주먹을 맞부딪친 뒤 다시 산을 마주 보고 새로운 주문을 읊조린다.

"오 슈부 룰레. 오 슈부 룰레……."

그는 손끝으로 에메랄드빛 광채를 내보내며 거친 바위에 손을 갖다 댄다. 바위가 흔들리자 나는 숨을 훅 들이마신다. 카마루의 마법이 산을 뚫기 시작한다.

그는 계속해서 자기가 들어갈 수 있을 만큼 커다란 굴을 만든다. 아마리가 나를 쿡 찌르자 그를 따라 어둠 속으로 들어간다.

*

카마루의 마법으로도 산을 뚫고 들어가는 일은 느리고 점진적이다. 다른 원로들은 한 번에 들어오려고 뒤에서 기다린다. 나도 물러서 있고 싶지만 어느새 카마루 옆을 떠날 수가 없다. 그의 마법이 어쩐지 마음을 가라앉혀 주는 듯하다. 그를 보고 있으면 저 위에 위병들이 있다는 사실도 잊게 된다.

"카마루도 이 사원에 들어가야 하나?"

나의 물음에 카마루는 흘끗 돌아보며 무슨 말인지 모르겠다는 듯이 진한 눈썹을 찌푸린다.

"이미 할 줄 아는 주문이 이렇게 많잖아."

나는 산이 모래처럼 부스러지는 광경을 지켜보며 번쩍거리는 그의 두 손을 가리킨다.

그러자 카마루가 설명한다.

"아버지가 우리 부족의 원로셨거든. 내가 뒤를 이어 원로가 되기를 바라셨지. 열두 살이 될 때까지 수년 동안 아버지에게 훈련을 받았어."

나는 가닥가닥 꼬아 내린 하얀 머리카락도, 은 코걸이도 없는 자그마한 카마루를 떠올리며 웃음 짓는다. 낮뿐만 아니라 추운 밤에도 그와 똑같이 뾰족한 눈을 가진 아버지에게 지도를 받으며 열심히 훈련하는 그의 모습을 상상하기란 어렵지 않다.

내가 묻는다.

"아버지한테 배운 걸 아직도 기억해? 그렇게 오래됐는데?"

"대습격 이후에 이 주문들을 연습하는 것만이 내가 아버지를 기억할 수 있는 유일한 방법이었거든."

그의 말에 마음이 무거워진다. 사랑하는 아버지를 잃고 혼자 주문을 읊조리는 카마루의 모습을 그려 본다. 그때는 그의 핏줄에 마법이 흐르지도 않았을 텐데.

"아버지가 무척 자랑스러워하실 거야."

나는 고개를 젓고 다시 말한다.

"아니, 자랑스러워하고 계셔."

카마루의 짙은 갈색 눈이 부드러워진다.

"나도 그렇게 생각하고 싶다."

계속 걸음을 옮기면서 나는 다른 원로들과 마자이들을 생각해 본다. 대습격 전에 그들의 삶은 어땠을까? 마젤리는 왕실 사람들에게 부모님을 모두 빼앗긴 뒤 누나 아루니마도 슬픔으로 세상을 떠났다고 했다.

카마루는 나와 눈이 마주치자 설핏 미소를 짓는다. 그 환한 미소에 가슴이 턱 막힌다. 처음으로 이 사람도 잃을 수 있다는 사실을 깨닫는다.

내가 카마루에게 속삭여 묻는다.

"두렵지 않아? 그렇게 많은 사람들을 책임지고 있는 거."

그는 고개를 끄덕인다.

"날마다 두렵지. 하지만 그런 두려움 때문에 더 강해지려고 노력하는 것 같아."

그의 결연한 모습에 미소를 지으며 나 역시 그렇게 느낄 수 있다면 얼마나 좋을까 생각한다. 일단 두루마리들을 가져오면 나도 우리 사령술사들에게 스스로를 방어하는 법을 가르쳐 줄 수 있다. 공격하는 법도 가르칠 수 있다.

나는 격투봉을 움켜쥐며 이난의 얼굴을 그려 본다. 그와 그의 끔찍한 어머니가 죽으면 아마도 마자이들은 자유로워질 것이다.

"다 왔어."

카마루가 말한다.

마지막 자갈들이 떨어져 내리자 아마리가 앞으로 나온다. 마침내 금속 같은 암석이 드러난다. 사원의 벽이 틀림없다.

벽이 곧 뚫릴 거라는 생각에 손가락이 저릿하다. 아마리의 계획으로 여기까지 오는 데 성공했지만 실제로 사원 안에 들어가면 어떤 일이 벌어질지 모른다.

"다들 준비됐어?"

아마리가 뒤를 돌아보며 묻자 모두가 고개를 끄덕인다.

눈을 감는 그녀의 기도가 들리는 듯하다.

이윽고 아마리는 한숨을 쉬며 말한다.

"좋아. 어서 가져오자."

35

후퇴

아마리

카마루가 사원 벽을 뚫자 모두가 숨을 내쉰다. 우리는 차가운 돌바닥에 발소리를 내며 찬돔블레의 길고 좁다란 복도로 들어선다. 지난번에 왔을 때는 사원이 살아 있는 듯 느껴졌다. 허공을 떠다니는 마법의 기운이 손에 잡힐 것 같았다. 이번에는 산 전체가 흔들리는 듯하다. 마치 우리 핏줄에 새로운 힘이 흐르는 것처럼.

"굉장하다."

마젤리가 금으로 장식된 채 벽에 걸려 있는 횃불들을 손으로 어루만지며 감탄한다. 계속 나아가라고 손짓이라도 하듯 우리가 다가갈 때마다 횃불에 차례차례 불이 켜진다. 똑똑 떨어져 내리는 물방울 소리가 복도에 울려 퍼진다. 일정하게 바닥을 짚던 레칸의 지팡이 소리가 떠오른다. '고마워요.' 나는 그의 영혼을 향해 속삭인다.

그의 희생이 없었더라면 우리는 마법을 되찾지 못했을 것이다.

"어느 쪽이야?"

나는 꼬불꼬불한 머리카락을 묶고 있는 다카라이를 돌아보며 묻는다.

예언술사는 혼자 중얼거리기 시작한다.

"손에 힘을 빼. 시간의 무게를 느껴 봐."

그의 옆에서 주문을 속삭여 주는 마마 아그바가 보이는 듯하다.

그가 주문을 걸기 시작한다.

"바바 올로조. 셰 아피한 아시코……."

아까와는 달리 마치 부싯돌에 성냥을 그은 듯 그의 마법이 은빛으로 타닥거린다. 주변 공기가 서늘해지면서 목덜미의 머리카락이 곤추서고, 그의 두 손 사이로 한기가 흘러간다.

은빛 불씨들이 연기처럼 꿈틀거리며 밤의 물결을 이루더니 점점 커지면서 다카라이의 손을 넘어간다. 수백 개의 별들이 긴 복도를 메우자 나는 숨을 들이켠다.

내가 제일리에게 속삭인다.

"엄청 크다. 아까보다 훨씬 더 강력해졌어."

그러자 제일리가 설명한다.

"이 사원 때문이야. 이 안에 들어오면 우리 마법이 더 강력해지지."

점점이 떠 있던 빛들이 하나씩 팽창하더니 제각기 과거의 장면으로 바뀐다. 첫 번째 별이 커지면서 손을 맞잡은 두 센타로의 모습을 보여 주자 우리는 눈을 크게 뜨고 벅찬 가슴으로 지켜본다.

"바바 올로조, 셰 아피한 아시코……."

다카라이의 마법이 허공에서 기억들을 끌어내 이곳을 걸어간 사람들의 모자이크를 만들어 낸다. 가운을 걸친 센타로들이 하얀 상징들이 새겨진 맨 팔을 드러낸 채 유령처럼 지나간다. 다카라이는 다른 광경들을 지우고 하나의 광경만 남긴다.

우리는 화려한 머리 장식을 쓴 마말라워를 알아보고 감탄한다. 다른 형제자매들과는 달리 우아한 천으로 만든 가운이 마치 은빛 액체처럼 검은 피부 위로 흘러내린다. 내가 자세히 보려고 다가가자 마말라워는 허공으로 사라져 버린다. 다카라이는 계속 주문을 읊조려 몇 미터 앞에 마말라워를 불러낸다.

"마말라워의 환영이 두루마리가 있는 방을 알려 줄 거야."

제일리가 설명하자 우리는 예언술사를 줄줄이 따라간다. 다카라이의 마법은 마치 길을 표시해 놓은 빵 부스러기처럼 찬돔블레의 구불구불한 복도로 우리를 안내한다.

"이거 기억 나."

새로운 복도로 들어서면서 제일리가 하트 모양으로 움푹 들어간 회색 돌벽에 손바닥을 갖다 댄다.

"거의 다 왔어."

다카라이가 계단 위를 가리키며 말한다.

"이 안내에 따르면 바로 이 모퉁이만 돌면……."

쇠를 덧댄 군화가 철컹거리는 소리에 우리는 걸음을 멈춘다. 계단 위를 올려다보니 세 사람의 그림자가 점점 커지며 다가오고 있다.

"후퇴해."

내가 속삭이며 최대한 빨리 뒷걸음질로 계단을 내려온다. 다른 마자이들도 서둘러 내려오다가 서로 뒤엉킨다. 마젤리가 앞으로 고꾸라지기 시작하자 가슴이 덜컥 내려앉는다.

"어서 붙잡아!"

내가 속삭인다.

제일리가 손을 내밀지만 너무 늦었다. 마젤리가 쿵 소리를 내며 돌바닥에 부딪힌다.

철컹거리던 발소리가 우뚝 멈춘다.

"조코예 장군님? 장군님이십니까?"

병사가 소리친다.

계단을 내려오는 그의 횃불이 우리 모두의 얼굴을 비춘다.

잠시 우리는 너무 놀라 꼼짝 못 한다. 이윽고 병사가 뿔피리를 잡는다.

"도망가!"

내가 소리치며 반대편으로 내달리자 마자이들이 나를 따라 도망친다.

"어디로 가는데?"

제일리가 소리쳐 묻는다.

"나도 몰라! 일단 피하는 거야!"

선두로 나서자 가슴이 쿵쾅거린다. 병사의 뿔피리 소리가 석조 복도에 메아리친다. 머지않아 날카로운 소리들이 계속해서 굽이진 벽에 울려 퍼진다.

우리는 두루마리가 있는 방에서 멀어지고 있다. 어머니와 오빠가 우리가 오는 것을 알았다면 목적도 알고 있을지 모른다. 우리가 실패하면 주문이 적힌 두루마리들의 위치를 그들에게 알려 주는 셈이 될 테고…….

'집중해, 아마리.'

우리는 계단을 한 층 더 달려 내려간다. 뒤에서 철컹거리는 발소리들이 커지고 있다. 계속 내달리다 모퉁이를 도는 순간, 앞에서 달려드는 무리를 발견하고 우리는 미끄러지며 멈춰 선다.

황금빛 티탄 갑옷을 입은 군인들이다. 짙은 푸른색으로 번쩍거리는 그들의 아세가 보이자 피부가 저릿해진다. 그들은 나와 같은 마음술사 티탄들이다.

"물러서!"

나는 이위카에게 지시한다. 내 손에서 푸른빛이 퍼져 나가자 마자이들이 길을 터 준다. 그저 한 번 공격하려 했을 뿐인데 강력한 파장이 복도를 뒤덮는다.

내 피부가 뜨거워지고 군인들은 머리를 움켜쥐더니 비명을 지르며 극심한 고통에 무릎을 꿇는다. 다른 티탄들이 주위에 있으면 내 마법이 더 강해진다. 하지만 이유를 알지 못한 채 그저 도망칠 뿐이다.

우리는 다시 한 층을 달려 올라간다. 이리로 가면 어디가 나오는지 알 수 없다. 다카라이가 앞장서서 또 한 층을 올라간다. 유난히 긴 복도에 들어서자 그의 넓은 가슴이 들썩거린다.

"이쪽이야!"

예언술사가 지시한다. 그를 따라 뾰족한 모퉁이를 지나가는 순간, 벽으로 막힌 막다른 복도가 눈에 들어온다.

"잠깐!"

나는 다시 되돌아가 금속 같은 돌벽에 두 손을 갖다 댄다. 이제 다카라이의 마법이 없어도 알 수 있다. 몇 달 전 레칸이 이곳에서 있던 기억이 난다.

내가 소리친다.

"여기야! 이 벽 안에 두루마리가 있어!"

"시간이 없어."

제일리가 손을 뻗어 내 팔을 붙잡지만 나는 그 손을 뿌리치며 외친다.

"여기까지 와서 그냥 갈 수는 없잖아!"

카마루가 막다른 복도에 이르는 순간, 병사들의 외침 소리가 가까워진다. 카마루는 떨리는 두 손을 돌벽에 갖다 댄다. 그의 손에서 광채가 퍼져 나오지만 벽은 뚫리지 않는다. 그의 힘으로는 불가능한 일인지 아니면 이미 힘을 너무 많이 소진한 탓인지 모르겠다.

"우리가 시간을 끌어 줘야 해!"

내가 뒤로 돌아선다. 위병들이 가까워지고 있다.

'넌 할 수 있어.' 나는 속으로 읊조린다. '라마야도 쓰러뜨렸잖아. 저들은 그저 평범한 인간들이야.'

가슴에서 마법이 윙윙거리며 두 손으로 퍼져 나간다. 바늘과 망치, 둘 중 어느 쪽을 휘둘러야 할지 모르겠다.

"야 에미 야 아라!"

혀끝에서 주문이 빠져나간다. 그러나 한 병사가 모퉁이를 돌자 심장이 멎는 듯하다.

'하늘이여…….'

"오빠?"

36

이난을 마주치다

제일리

사원의 공기가 모조리 빠져나가는 듯하다.

모든 소리가 아득해진다.

오로지 그 사람만 남는다.

꿈속 정경에서 느꼈던 분노를 다시 끌어모아 본다. 내 격투봉에 박힌 새 칼날들을 펼치려 하지만 이난을 보자 숨이 턱 막힌다.

"오빠?"

공허한 내 머릿속에 아마리의 목소리가 울려 퍼진다. 이난의 시선이 그 애에게로 향한다.

그런 뒤 내게로 향한다.

'도망쳐.' 나의 협박이 머릿속에 메아리친다. '기도하는 게 좋을 거야.'

나는 격투봉으로 손을 뻗지만 이렇게 가까이 있으니 그가 손끝으로 내 맨살을 훑을 때 느꼈던 저릿함이 되살아나려 한다.

그렇게 서로를 바라보는 사이 다시 시간이 흐르면서 우리는 현실로 돌아온다. 주위에서 양쪽 군대가 외치는 소리가 들려온다. 군인들이 칼을 뽑아 든다.

"공격하지 마!"

이난이 소리치지만 그의 뒤에서 어두운 형체가 나타난다. 땋아 내린 머리카락에 새하얀 줄무늬를 드러낸 장군이 마자사이트 가스를 던지려다 주춤한다.

군인들이 모두 동작을 멈춘다. 그때 네한다가 벌컥 복도로 들어온다. 그녀는 우리 모두를 가리키며 소리친다.

"이위카를 모조리 없애 버려!"

"어머니, 안 돼요!"

이난이 외치지만 그들의 공격을 막지 못한다. 그 장군이 손에 있던 것을 던지자 새까만 기체의 벽이 생겨난다. 마자사이트가 마치 대포알처럼 날아오며 검은 구름이 우리 머리를 향해 돌진한다.

"아테군 오리샤!"

자히가 앞으로 뛰어든다. 하늘색 광채가 그의 두 팔을 에워싸기 시작한다. 그가 신음하며 두 손을 휙 내밀자 손바닥에서 강력한 회오리바람이 소용돌이쳐 나온다.

바람은 요란한 소리를 내며 가스를 밀어 내고 군인들을 날려 버린다. 이난의 두 발이 허공에서 버둥거린다. 그는 벽에 설치된 횃불에 필사적으로 매달려 있다. 장군마저도 자히의 강력한 바람을 견디지 못하고 밀려난다.

"제일리, 네가 필요해!"

아마리가 머리카락을 사방으로 휘날리며 내 손목을 붙잡는다.

나의 두 손을 벽에 갖다 대자 레칸이 그와 똑같이 했던 기억이 어렴풋이 떠오른다.

'제발.' 나는 혼돈 속에서 집중하려고 안간힘을 쓴다. '레칸, **란 미 로오.** 우린 들어가야 해요!'

손 밑에서 벽이 떨리고 있지만 그뿐이다. 무언가가 빠졌다. 나 혼자 힘으로는 풀어낼 수 없는 무언가가 있다.

"저들이 점점 가까워지고 있어!"

뒤에서 자히의 외침 소리가 들리더니 바람의 방향이 바뀌며 나의 머리카락을 날린다. 장군을 도우러 온 티탄들이 모두 함께 바람을 내보내고 있다.

그들이 힘을 합쳐 공격하자 자히의 회오리바람이 사그라지기 시작한다. 이난이 다시 한 발을 땅에 딛는 순간 손가락이 떨려 온다. 황금 갑옷을 입은 네한다의 티탄들이 모퉁이를 돌자 네한다가 두 팔을 올린다.

'레칸, 부탁이에요! 제 곁에 있다는 거 알아요.' 나는 뜨거운 돌벽에 이마를 갖다 댄다. '**모 닐로 이란롤로 레. 와 바 미 바위……**'

뜨거운 열기가 목을 타고 올라오자 나는 숨을 들이켠다. 문신들이 빛을 발하기 시작한다. 황금색 빛이 손끝으로 퍼져 나간 뒤 벽으로 옮겨 가며 틈이 벌어지기 시작한다.

"가!"

나는 마젤리를 두루마리 방으로 밀어 넣는다. 틈이 넓어지자 다른 마자이들도 따라 들어간다. 마지막으로 자히가 들어가면서 그의 바람이 완전히 없어진다.

"저들을 막아!"

네한다가 소리치자 군인들이 한꺼번에 달려든다. 머리가 빙글빙글 돌아간다. 나는 두 손바닥을 돌벽에 갖다 댄다. 벽이 진동하며 닫히기 시작한다.

한 병사가 칼을 뻗은 채 무리의 앞으로 나온다. 그가 달려드는 순간 아마리가 나를 확 잡아끈다.

우지끈하는 소리와 함께 벽이 닫히면서 병사의 팔이 나무토막처럼 잘린다.

잘린 팔이 두루마리 방의 바닥으로 떨어지자 우리는 모두 움찔한다. 손에는 여전히 칼자루가 쥐어져 있고 그 위로 피가 비 오듯 쏟아져 나온다.

다리가 후들거려 나는 풀썩 무릎을 꿇는다. 온몸의 구멍에서 땀이 솟아 나온다. 어쨌든 들어오는 데 성공했다.

하지만 대체 어떻게 나간단 말인가?

37

명령

이난

마치 나의 영혼이 몸 밖으로 나와 우주의 한구석에 떠 있는 것 같다. 제일리를 보면 시간이 멈춰 버린다.

아마 언제까지고 그럴 것이다.

나는 무심한 벽을 손으로 쓸어내린다. 벌어졌던 부분이 감쪽같이 닫혔다. 하지만 지금은 그런 마법에 감탄할 때가 아니다. 내 안의 모든 것이 무너져 내리고 있다.

'그 애가 여기 있어.'

두려운 일이다. 하지만 겨우 벽 하나를 사이에 둔 지금, 하고 싶은 말들이 가슴에 뒤죽박죽 쌓인다. 쓰다 만 편지들이 산더미를 이루고 그 안에는 끝내지 못한 문장들이 가득하다.

나는 우리 사이가 완전히 어그러진 줄 알았다. 돌이킬 수 없이 망가졌다고 생각했다. 하지만 나를 보던 그 애의 눈빛은…….

'하늘이여.'

그 애의 바닷소금 냄새를 맡은 지가 너무도 오래됐다.

"폐하!"

조코예 장군이 복도를 달려오고 어머니와 오조레도 바싹 뒤쫓아 온다. 그들을 보자 흉터가 따끔거린다. 이제 저들은 참지 않을 것이다.

나는 공격하려 했지만 아마리와 제일리를 보는 순간 어떤 명령도 내릴 수 없었다. 이제 어떻게 해야 할지 모르겠다.

누구를 지켜야 하는지도.

"괜찮으세요?"

조코예가 숨을 헐떡이며 묻는다.

"괜찮아요."

나는 고개를 끄덕인다.

"하지만 이위카가 저 안으로 들어갔어요."

그러자 조코예는 군인들을 돌아보며 지시한다.

"저 방을 포위해. 벽을 뚫고 들어갔으면 다시 그리로 나오겠지. 치디, 에메카를 의무병에게 데려가."

위병 둘이 다가와 팔이 잘린 병사를 들어 올리자 나는 고개를 돌린다. 가엾은 청년의 비명 소리가 칼날처럼 내 귀를 찌른다. 나는 동전을 꽉 움켜쥔다.

이위카는 겨우 일곱 명의 인원으로 우리의 최정예 병사 수십 명을 쓰러뜨렸다. 이제 남은 병력은 마흔 명. 이 상태로 그들을 상대할 수 있을지 모르겠다.

조코예가 소리친다.

"남은 인원을 모두 불러 모아. 티탄들은 하나도 빠짐없이 이 문 앞에서 보초를 서도록."

"이제 망설여선 안 돼. 다 죽여 버려야 해!"

어머니가 소리친다.

"장군, 잠깐만요."

어머니와 조코예의 명령이 퍼져 나가기 전에 내가 얼른 나선다.

"그래도 이위카를 산 채로 잡았으면 합니다."

"폐하, 외람되지만 이제 우리는 그럴 여유가 없습니다."

조코예가 복도를 가리키자 나는 우리 병사들이 흘린 피를 보게 된다. 구석에서 의무병이 팔을 잃은 병사를 치료하고 있다. 멀리 떨어져 있는 데다 진정제를 투여했는데도 구불구불한 복도에 그의 신음이 울려 퍼진다.

조코예가 말을 잇는다.

"폐하의 노력은 이해합니다. 하지만 이위카는 저 방에 있는 것을 가져가기 위해 목숨을 걸었습니다."

어머니가 내 어깨를 잡는다.

"장군 말이 맞아, 이난. 그것을 가져가게 둬선 안 돼. 그럼 끝내 저들을 막을 수 없게 될지도 몰라."

배에 극심한 통증이 밀려와 나는 벽에 몸을 기댄다. 내심 둘 다 옳다는 것을 알고 있다. 이위카가 살아서 이 사원을 나가게 해선 안 된다.

'너 자신보다 의무가 먼저다.' 아버지의 목소리가 머릿속을 맴돈다. '다른 무엇보다도 의무가 먼저다.'

하지만 내가 아버지와 오리샤를 택했을 때 아마리와 제일리는 모든 것을 걸고 나를 택했다.

"그들이 여기서 죽으면 전쟁은 더 악화되기만 할 거고 우리는 끝내 그들의 본거지를 찾을 수 없어요. 생포하도록 하세요."

나는 조코예를 돌아보며 덧붙인다.

"명령입니다, 장군. 권고가 아니라."

조코예는 파르르 떨리는 눈을 감는다. 혀를 깨무는 소리가 들리는 듯하다.

"너희들은 폐하를 안쪽으로 모셔. 이 벽이 열릴 때 여기 계시지 않도록."

그녀는 땋아 내린 머리카락에서 새하얀 한 줄기의 가닥을 만진 뒤 구부러진 벽에 손을 갖다 댄다.

"반란군들을 현장에서 체포하도록 준비해. 이리로 들어갔으니 나오는 길도 여기뿐일 거야."

38

두루마리 방에서 일어난 일

제일리

화염술사 케니언이 두 주먹으로 두루마리 방의 벽을 쾅 두드린다. 요란한 소리가 금속 선반들을 뒤흔든다. 그는 몇 번이고 그렇게 벽을 때린다. 마침내 땅술사 카마루가 그의 손목을 붙잡고 말리며 소리친다.

"정신 차려. 여기서 무너지면 우리는 절대 나갈 수 없어."

케니언은 카마루를 뿌리치고 다시 벽을 때린다.

"우리는 지금 이 안에 있으면 안 된다고!"

화염술사의 격한 분노도 모두가 느끼는 공포를 감춰 주지는 못한다. 무슨 말이라도 하고 싶지만 귀가 끊임없이 울려 대고 있어 도무지 집중이 되지 않는다. 이난을 마주친 탓인지 이 방에 들어올 때 한바탕 난리를 겪은 탓인지 알 수가 없다. 목덜미의 문신을 만져 본다. 소용돌이무늬가 여전히 뜨겁다.

"자히!"

다카라이가 외치는 소리에 나는 고개를 돌린다. 거센 회오리바람을 일으켰던 바람술사 자히가 몸을 떨며 바닥으로 쓰러진다. 다카라이가 무릎을 꿇고 앉아 그를 살펴보고 있다.

자히가 숨을 몰아쉬며 말한다.

"그 티탄, 그 여자는 정말……."

'신들이여.' 나는 고개를 젓는다.

상황이 절망적이다.

"마젤리, 넌 괜찮아?"

나는 고개를 돌려 부원로를 찾는다. 그는 갈라졌던 벽 앞에 그대로 서 있다. 바닥에는 위병의 피투성이 팔뚝이 떨어져 있다.

"걱정 마."

내가 그의 뺨에 튄 피를 닦아 주며 그를 돌려세운다.

"어떻게든 나갈 수 있을 거야. 약속해."

벽의 차가운 금속 면에 손가락을 대 본다. 내 마법이 사라지면서 온도가 떨어진다. 손바닥을 갖다 대자 저릿한 느낌이 밀려든다. 이난의 손길이 닿을 때 그랬던 것처럼.

아마리가 떨리는 목소리로 묻는다.

"오빠가 하는 말 들었어? 공격하지 말라고 명령……."

"그 자식은 빌어먹을 군대를 절반쯤 이끌고 왔잖아! 화해하러 온 게 아니야!"

케니언이 아마리의 말을 자른다.

"다들 조용히 해 봐!"

마젤리의 높은 목소리가 다른 목소리들을 집어삼킨다. 여전히 손을 떨면서도 굳건히 서서 소란을 잠재우려 애쓰고 있다.

“우리는 역경을 이겨 내고 여기까지 왔어. 그러니까 나가는 길도 찾을 수 있을 거야. 하지만 힘을 합쳐 이 두루마리들을 가져가야 해!”

그가 이 성스러운 방을 둘러보자 그제야 우리도 방을 훑어보기 시작한다. 지난번 이곳에 왔을 때는 오빠가 나를 둘러메고 있었다. 갓 깨어난 마법의 기운이 다른 모든 감각을 집어삼킨 상태였다. 그때 나는 이 벽이 금인 줄 알았는데 지금 보니 내가 본 적 없는 반사 물질로 이루어져 있다. 지금도 이 벽은 마치 매끈한 암석에 저녁노을의 색을 녹여 넣기라도 한 듯 연한 주황빛으로 방을 물들이고 있다.

“우리 아버지가 이걸 보셨더라면…….”

카마루가 나지막이 휘파람을 불며 바닥에 앉는다. 바닥에서 돔형 천장까지 이어진 채로 우리를 에워싼 책장들마다 환한 빛깔의 얇은 두루마리들이 가득 꽂혀 있다.

마젤리는 사령술사 바지스가 있는 책장을 살펴보며 레칸이 내게 준 두루마리들의 자리를 손으로 어루만진다. 한 아름을 빼냈는데도 여전히 책장에는 수십 개의 주문들이 채워져 있다.

이 두루마리들을 가져가면 이위카는 천하무적이 될 수 있다.

“카마루.”

아마리가 이마를 찌푸린 채 걱정스러운 얼굴로 땅술사 옆에 무릎을 꿇고 앉는다. 그는 가슴에 한 손을 얹고 숨을 몰아쉬고 있다. 이따금씩 눈이 흐릿해지기도 한다.

“조금 회복하고 나면 이 벽을 뚫고 우리를 내보내 줄 수 있겠어?”

카마루는 고개를 젓는다.

"이건 흙이나 금속이 아니야. 이런 건 한 번도 만져 본 적이 없어."

아마리는 자신의 헝클어진 머리카락을 손으로 쓸어내린 다음 다카라이를 돌아보며 묻는다.

"아까 썼던 그 마법을 사용해서 출입구로 나갈 수도 있을까?"

다카라이는 신중하게 생각해 본다.

"그럴 것 같긴 한데, 병사들 때문에 힘들 거야."

"그건 걱정하지 마."

아마리가 그의 말을 자른다.

"모두 두루마리를 최대한 챙겨. 케니언, 나머지는 태워 버려."

"아마리, 그건 안 돼!"

나는 눈을 깜빡이며 고개를 돌린다. 귓가에 울리는 소리가 갈수록 요란해지고 있다. 아마리를 보자 문신이 윙윙거리며 살아난다. 시야가 흐려진다. 나는 고개를 저으며 입을 연다.

"이 두루마리들은 신성한 주문이야. 함부로 없애 버리면 안 되는 우리의 역사라고!"

나의 간절한 애원에 아마리는 차가운 눈초리로 맞선다.

"지금 우리는 전쟁 중이야. 이 두루마리들은 무기이고. 이 신성한 주문들이 왕실 사람들 손에 넘어갔으면 좋겠어?"

속이 쓰리지만 옳은 말이다. 우리는 수백 개의 두루마리를 바라보며 그중 얼마나 많이 태워 버려야 할까 조용히 가늠해 본다. 무거운 기운이 내려앉는다.

"뭘 어떻게 골라야 하지?"

마젤리가 묻는다.

"일단 모든 부족의 주문을 골고루 챙겨 보자. 지금 여기 없는 부족들에게도 무기가 필요할 테니까."

아마리는 가죽 봇짐을 벗고 마음술사 주문들이 꽂힌 책장으로 걸어가다가 아무도 움직이지 않자 걸음을 멈추고 손을 휘저으며 말한다.

"왜 그러고 있어? 어서 챙겨서 여기서 나가야지!"

아마리가 명령하자 몇몇이 발끈하지만 그 애의 결연한 태도에 혼돈이 가라앉는 듯하다. 우리는 하나둘 그 애를 따라 두루마리를 챙기기 시작한다. 저 벽 너머에 군대가 기다리고 있지 않은 것처럼.

아마리가 내 옆으로 다가오며 말한다.

"오늘은 이난에 대한 감정을 접어 둬. 나를 위해서가 아니라 마젤리를 위해서라도. 여기서 나가려면 정신을 똑바로 차려야 해."

나는 턱을 굳게 다물고 아마리를 지나쳐 방 가운데로 향한다. 자기가 뭔데 나에게 이래라저래라 한단 말인가?

여전히 이난을 보면 가슴이 새장에 갇힌 벌새처럼 요동치지만 이제 어쩔 수가 없다. 결국 저 벽이 다시 갈라지면 그의 가슴에 나의 새 창을 찔러 넣어야 한다. 선택의 여지가 없다.

"제일리, 약속해 줘!"

아마리가 내 팔을 붙잡자 방이 빙글빙글 돌아가기 시작한다. 나는 비틀거리며 가까운 책장으로 손을 뻗는다. 온몸에서 땀이 흐른다.

"괜찮아?"

머리가 욱신거리지만 애써 고개를 끄덕인다. 고통으로 무릎이 후들거리고 내 문신이 빛나기 시작하더니 결국 앞으로 고꾸라진다.

"제일리!"

아마리가 소리친다.

모두가 나를 에워싸지만 극심한 고통 때문에 아무것도 보이지 않는다. 문신이 뜨겁게 달아오르면서 불에 달군 쇠로 내 몸에 낙인을 찍는 느낌이 들어 이가 갈린다.

피부에서 연기가 나고 몸이 떨려 온다. 문신이 번쩍거리는 가운데 나는 두 손을 목으로 가져간다. 저녁노을의 색으로 물들었던 벽이 순식간에 검게 변한다.

내 입에서 빛이 폭발하듯 빠져나가자 아무도 움직이지 않는다.

광선이 입술 사이로 우리에서 풀려난 뱀처럼 뿜어져 나간다. 그 광선이 머리를 휘감자 압도적인 힘에 숨을 쉴 수가 없다.

내 몸에서 고동치는 공기가 퍼져 나가 모두를 벽으로 날려 버린다. 아마리가 책장에 쿵 부딪히면서 책장이 쓰러진다.

"자군자군!"

마젤리가 소리친다. 황금빛 광선이 방을 물들이기 시작한다. 마치 매끈한 벽으로 밤이 스며들기라도 하듯 짙은 푸른색과 보라색이 소용돌이치며 한데 어우러진다. 반짝이는 별들이 허공을 메운다.

나는 숨을 몰아쉰다. 가슴에서 황금빛 광채가 뿜어져 나오더니 흉곽의 형체를 드러내고 발이 공중으로 뜨면서 등은 천장 쪽으로 휘어진다.

"기다려!"

바닥에 쓰러졌던 아마리가 황급히 일어나 방을 가로질러 달려온다. 내가 허공으로 떠오르자 그 애는 쓰러진 책장 위로 올라간다. 내 눈에서 황금색 빛이 쏟아져 나간다.

아마리는 내 손을 잡으려 하지만 우리의 손끝이 맞닿는 순간 그 애의 가슴에서 청록색 빛이 타오른다.

"제일리, 어떻게 된 거야?"

아마리도 두 발이 허공으로 떠오르면서 중심을 잃고 소리쳐 묻는다. 저항하려 하지만 위에서 보이지 않는 손이 그 애를 집어 올린 듯 내 옆으로 올라온다.

우리 사이로 우주의 기운이 스며들면서 색색의 연기가 소용돌이친다. 아마리와 닿는 순간, 신성한 의식에서나 들었던 목소리들이 머릿속을 가득 메운다.

'아와 니 오모 레 니누 에제 아티 에군군! 아 티 데! 이칸 니 와…….'

머릿속에서 주문이 요란하게 울려 퍼지며 심장 박동들이 귓전을 때린다. 소리가 점점 더 빨라지고 거세지면서 나의 문신이 피부로 퍼져 나간다. 순간, 아마리의 가슴에서 굽이굽이 퍼져 나오는 청록색 빛의 띠가 보인다.

나의 **이시파야**에서 뒤엉켜 있던 색색의 띠가 떠오르자 놀라움으로 눈이 휘둥그레진다. 그와 똑같은 광경이 눈앞에서 펼쳐지고 있지만, 다채로운 색의 띠가 아니라 아마리의 짙푸른 아셰만 보인다.

아마리의 몸 앞에서 청록색 띠들이 둥글게 뭉쳐지더니 그 강력한 빛이 온 방을 비춘다. 번개처럼 타닥거리는 푸른 아셰가 아마리의 몸을 에워싸고 그 광채가 아마리의 호박색 눈으로 퍼져 나오다가 순식간에 모조리 사라진다.

내 몸이 쿵 하고 바닥으로 떨어지면서 고통이 나를 뒤흔든다.

아마리도 푸른 불똥들을 퍼트리며 바닥으로 떨어진다.

나는 신음하며 어깨를 움켜쥐고 그 애의 옆으로 굴러간다. 방안은 다시 연한 주황빛으로 바뀐다.

마젤리가 달려오며 묻는다.

“**자군자군!** 괜찮아?”

몇 초도 안 되어 두루마리 방은 원래의 모습으로 돌아간다. 방금 전 내가 일으킨 혼돈은 흔적조차 찾을 수 없다.

“뭐가 어떻게 된 거야?”

다카라이가 묻는다.

“나도 모르겠어.”

나는 고개를 젓는다. 여전히 내 몸의 문신들이 금빛으로 반짝거리고 있다. 이제 소용돌이무늬는 목뿐만 아니라 어깨를 지나 두 팔까지 퍼져 있다. 뜨거운 열기가 등줄기를 타고 허리까지 내려온다.

문신들이 빛을 발하며 머릿속에서는 모두의 심장 박동이 북소리처럼 울려 댄다. 그 소리가 점점 요란해지면서 모든 마자이들의 피부 속에서 빛을 발하는 아셰가 더욱 선명하게 보인다.

“신들이여…….”

나는 그 광경에 넋을 잃고 눈을 깜빡거린다. 아셰가 마치 피처럼 혈관을 흐르며 그들의 뼈대와 뒤엉킨다. 카마루의 가슴속에서 에메랄드빛이 불꽃처럼 가물거린다. 마젤리의 어두운 피부에서는 짙은 보라색 광채가 아른거린다. 하지만 가장 놀라운 것은 아마리의 빛이다.

군청색 빛이 마치 횃불처럼 강렬하게 온몸 구석구석에 흐르고 있다.

"어떻게 된 거지?"

아마리가 묻지만 나는 대답할 수가 없다. 그 애의 가슴에서 아셰가 별처럼 빛난다. 검은색으로 보일 만큼 진한 군청색의 빛. 몸속에 저렇게 많은 아셰가 흐른다면 아마리는 두 달은커녕 2분도 버티지 못할 것이다. 나는 아마리의 손을 잡는다. 그러자 가슴에서 다시 군청색 광채가 번쩍거린다.

"뭘 어떻게 한 거야?"

군청색 빛이 눈으로 올라오자 아마리는 숨을 들이켠다. 그 애의 마법이 넘실거리면서 청록색 파장이 매끈한 벽으로 흘러든다.

두루마리 방이 다시 변하기 시작하자 나는 아마리에게서 소용돌이치며 흘러나오던 푸른빛의 띠를 떠올려 본다. 오야가 나의 **이시파야**에서 보여 준 광경도. 그때는 그것이 무슨 의미인지 몰랐지만 서로 뒤엉킨 그 다채로운 빛의 띠들이 엄청난 힘을 가졌다는 것을 어렴풋이 느낄 수 있었다.

나는 아마리의 손을 놓고 다른 원로들을 돌아본다. 이제야 알 것 같다. 네한다가 어떻게 그렇게 엄청난 힘을 휘두를 수 있는지.

나는 숨을 내쉬며 말한다.

"원로로 등극할 때 오야가 내게 보여 주셨던 거야. 이제 네한다를 어떻게 꺾어야 할지 알 것 같아."

39

새로운 재능

아마리

"이상하네."

마젤리가 제일리의 손을 잡아 보지만 아무 일도 일어나지 않는다. 케니언과 자히, 카마루가 차례로 반응을 일으키려 시도해 봐도 제일리의 문신은 빛나지 않는다.

그러나 그 애가 다시 내 손을 잡자 내 가슴에서 청록색 광채가 번쩍거린다. 가슴에 손을 얹어 보니 마법이 올라오는 떨림이 느껴진다.

제일리가 말한다.

"나한테는 보여. 네 아셰 말이야. 혼자서는 만들 수 없을 만큼 엄청난 아셰가 네 몸에 흐르고 있어."

제일리는 나를 자세히 살피며 우리에게는 보이지 않는 무언가를 보고 있다.

"어쩌면 너도 네 어머니처럼 티탄의 마법을 빨아들일 수 있는지도 몰라!"

"뭐?"

나는 눈을 찌푸린다. 그럴 리가 없다. 어머니의 몸짓, 어머니의 마법…… 나는 아무리 용을 써도 그렇게 강력한 힘을 내지 못했다.

내가 말한다.

"제일리, 그 언덕에서 내가 하는 거 봤잖아. 내 마법으로는 안 될 거야."

"그걸 어떻게 알아? 넌 다른 티탄들 옆에 있어 본 적이 거의 없잖아!"

제일리는 벽이 갈라졌던 지점으로 나를 끌고 가더니 내 두 손을 펴며 다시 말한다.

"네 어머니가 집회를 공격할 때 주변 땅술사 티탄들의 마법을 손바닥으로 빨아들였잖아."

나는 손을 빼려다 멈칫한다. 벽 너머에서 무언가가 느껴진다. 가슴에서 마법이 소용돌이치며 저릿한 느낌이 뼛속으로 밀려든다.

"느껴져?"

제일리가 묻지만 나는 확신이 서지 않는다. 닫힌 벽에 힘주어 두 손을 대자 아득한 심장 박동이 귀를 간질이기 시작한다.

'셋…… 넷…… 다섯…….' 머릿속을 파고드는 심장 박동이 몇 명의 것인지 세어 본다. 집중할수록 소리가 더 커진다.

"한번 해 봐."

제일리가 내 등에 두 손을 얹으며 나를 지도한다. 가슴에서 시작된 군청색 빛이 두 눈으로 부드럽게 퍼져 나간다. 마법의 힘이 점점 거세지면서 눈앞의 세상이 푸른빛으로 물들어 간다. 나는 심호흡을 하며 벽 너머에서 느껴지는 심장 박동 하나하나에 집중한다.

제일리가 나지막한 목소리로 말한다.

“그거야. 네 안의 마법이 점점 강력해지는 게 보여.”

손끝에서 어두운 푸른색 빛이 타닥거리며 피부가 뜨거워지기 시작한다. 마법이 소용돌이치자 나는 이를 악문다.

제일리가 계속 밀어붙인다.

“조금만 더. 손을 펼쳐.”

나는 손가락을 쫙 펴고 숨을 들이켠다.

매끄러운 벽면으로 푸른 아셰의 가닥들이 흘러 들어온다.

“세상에…….”

나는 한 걸음 물러나 내 손으로 들어오는 마법을 바라본다. 피부가 따끔거리지만 따뜻한 통증이다. 기분 좋게 느껴지기도 한다.

카마루가 속삭인다.

“말도 안 돼. 마자이건 티탄이건 저런 건 아무도 할 수 없어!”

그러자 제일리가 설명한다.

“티탄이 아니야. 오야께서 내 **이시파야**를 통해 보여 주셨어. 저런 존재는 자기와 같은 마법을 가진 티탄들의 힘을 빨아들일 수 있어. 센터라고 하는 게 맞겠네.”

제일리가 적절한 이름을 붙인다.

“하늘이여.”

그 애의 말에 숨겨진 뜻을 알게 되자 나는 탄식을 내뱉는다.

“내가 어머니랑 똑같다면…….”

제일리는 고개를 끄덕인다.

“맞아. 마음술사 티탄들만 충분히 있으면 넌 네 어머니를 제압할 수 있어. 라마야를 이긴 것처럼!"

나는 피부에서 불꽃처럼 가물거리는 마법을 바라본다. 어머니를 어떻게 제압할지, 이 전쟁을 어떻게 끝내야 할지 막막했는데 내게 이런 능력이 있다니. 이제 승리로 향하는 길이 보인다. 왕좌로 향하는 길. 내게 필요한 것은 군대도 마자이도 아니었다.

그것은 바로 나의 재능이었다.

나는 주먹을 움켜쥐고 다시 벽을 보며 그 너머에 있는 군대를 그려 본다. 그들이 어떤 작전을 쓸지, 그 공격에 어떻게 맞서야 할지 구체적으로 떠올려 본다.

"벽을 다시 열 수 있어?"

내가 묻자 제일리는 고개를 끄덕인다.

"다들 두루마리 잘 챙겨. 내게 새로운 계획이 떠올랐거든."

*

"모두 준비됐어?"

내가 소리쳐 묻자 모두가 대답 대신 고개를 까딱인다. 제일리가 벽 앞에 서고 다른 마자이들도 자기 자리를 찾아 간다. 케니언은 제일리 옆에 선다.

'여기서 나가는 거야.' 나는 숨을 내쉬며 두 주먹을 쥐었다 폈다 한다. '이제 선택의 여지가 없어. 드디어 이 전쟁을 끝낼 수 있는 힘을 갖게 된 거야.'

자히가 끙끙거리며 마지막 책장을 반대편 벽으로 밀어 방어벽을 만든다. 나는 그와 함께 좁다란 틈에 서서 숨을 참으며 제일리가 벽을 열기를 기다린다.

자히가 말한다.

"내가 너를 잘못 본 것 같다. 꽤 괜찮은 애야, 너."

"그 얘기는 다리를 건너간 뒤에 다시 하자."

나는 앞으로 기어가 삼각형의 공간에서 밖을 살피며 제일리의 얼굴을 본다. 그 애는 돌벽에 두 손바닥을 대고 잔뜩 긴장한 채로 케니언의 주문을 기다리고 있다.

케니언이 말한다.

"벽이 열리자마자 달려야 해. 안 그러면 타 버릴 거야."

제일리가 고개를 끄덕이자 케니언이 손을 뻗는다. 그의 입에서 주문이 나오면서 내 몸에 힘이 들어간다.

"일라나 이나, 훈 아라 레 펠루 미 바이……."

그의 두 손바닥에서 뜨거운 불줄기들이 뿜어져 나오자 나는 눈을 가린다. 두 개의 불줄기가 끈처럼 뒤엉키며 소용돌이치다가 제일리의 등 뒤에서 창 모양으로 바뀐다.

불길이 점점 커지면서 대기가 뜨거워진다. 둥근 불덩이가 태양처럼 허공에 떠 있다. 그 표면을 따라 검은 점들이 생겨나자 내가 소리친다.

"벽을 열어!"

제일리가 눈을 감는다. 목덜미의 문신이 일렁거리며 빛을 발하기 시작한다. 내가 숨을 참고 있는 동안 황금빛 광채가 그 애의 손끝으로 퍼져 나가 금속 같은 돌벽을 가른다.

보이지 않는 이음매가 갈라지자 제일리가 철제 책장으로 뛰어든다. 쩍 하는 소리와 함께 벽이 완전히 벌어진다. 복도에서 군인들이 외치는 소리가 새어 들어온다.

"저들을 잡아!"

요란한 광풍이 몰아치면서 장군의 외침을 집어삼킨다. 바람이 점점 거세지면서 머리카락이 헝클어지고 두 개의 강한 회오리바람이 복도를 휩쓴다.

바람 대포들이 케니언의 불길로 쏜살같이 날아가자 시간이 느리게 가는 것 같다.

회오리바람과 불줄기가 만나는 순간 나는 두 손으로 귀를 막는다.

40

나의 혈육

이난

복도 끝에서 일어난 폭발이 온몸을 뒤흔든다.

참을 수 없는 열기가 피부를 덮고 검은 연기가 대기를 가득 메운다.

"조코예 장군!"

나는 까맣게 탄 양피지 조각들이 날아다니는 연기 속에서 캑캑거리며 장군을 소리쳐 부른다. 그러나 오조레가 나를 끌어당기는 바람에 따끔거리는 눈을 깜빡이며 전투 현장을 떠난다.

"절대 빠져나가게 해서는 안 돼!"

어머니가 검은 구름 속으로 달려드는 일곱 개의 형체를 가리키며 소리친다. 연기가 걷히자 바닥을 나뒹구는 몸뚱이들이 보인다. 조코예는 한쪽 다리가 뒤틀린 채 의식을 잃고 쓰러져 있다.

어머니가 가슴에 에메랄드빛 광채를 번쩍이며 달려 나간다. 그러나 아마리는 물러서지 않는다. 그 애의 가슴 안에서 스멀스멀 솟아나는 군청색 빛을 보고 나는 눈이 휘둥그레진다.

마법이 태풍처럼 소용돌이치며 아마리의 몸통을 에워싸고 팔다리로 뻗어 나간다.

"야 에미 야 아라!"

아마리가 소리치자 그 애의 두 손에서 푸른빛이 파도처럼 쏟아져 나와 앞을 가로막은 병사들 사이로 들어온다.

어머니는 비명을 지르며 고통에 몸부림치더니 머리를 움켜쥐고 쓰러진다. 황금 방독면이 돌바닥 위를 굴러간다.

아마리가 나를 향해 손을 올리자 가슴이 움츠러든다. 그러나 눈이 마주치는 순간 아마리는 차마 공격하지 못한다. 서로의 군대가 싸우고 있지만 내 눈에 보이는 것은 나의 여동생일 뿐이다. 나의 혈육.

"아마리!"

나는 머뭇거리며 걸음을 늦추려 하지만 오조레가 모퉁이 뒤로 나를 끌어당긴다. 나는 힘겹게 몸을 가누며 그에게 떠밀려 계단을 한 층 올라간다. 긴 복도를 내달리며 이위카가 가까워지는 소리에 맥박이 치솟는다.

"여기로 들어가!"

오조레는 비좁은 방으로 나를 밀어 넣더니 한 손으로 내 입을 막는다. 이위카의 발소리가 점점 더 요란해지자 땀이 비 오듯 쏟아진다. 그들이 우리를 지나치는 순간 나는 움찔한다.

그들의 발소리가 완전히 사라질 때까지 오조레는 움직이지 않는다. 나는 살그머니 밖을 내다본다. 이위카가 계단을 한 층 더 올라가며 시야에서 사라진다.

"하늘이여."

오조레는 바르르 떨며 돌벽에 몸을 기댄다. 나는 숨을 몰아쉬려 하지만 제일리가 멀어질수록 점점 숨통이 죄어 온다. 마치 우리의 영혼이 아직도 연결되어 있는 것처럼 제일리의 영혼이 내 영혼을 끌어당기고 있다.

제일리를 꿈속으로 끌어와 보려 하지만 마법이 타닥거리자 극심한 두통이 밀려든다.

"괜찮아?"

오조레가 웅크리는 나를 붙잡으며 묻는다. 나는 고개를 끄덕인다. 하지만 이 사원 안에서도 나는 꿈속으로 들어갈 수가 없다.

오조레가 말한다.

"여기 있어. 다들 괜찮은지 가 볼게."

그가 어머니와 조코예에게 가려고 돌아서자 나는 동전을 움켜쥔다. 오조레는 곧 모퉁이를 돌아 사라지고 나는 다시 계단 쪽을 바라본다.

나는 안 된다고 외쳐 대는 목소리를 뒤로한 채 제일리의 바닷소금 내음을 따라 내달린다.

41

피로 얼룩진 재회

제일리

"제일리!"

이난의 목소리가 계단을 타고 올라오자 온몸에 힘이 들어간다. 돌아보니 그가 복도에 서 있다. 그의 머리에서 턱 끝으로 붉은 피가 흘러내린다. 흉갑에는 폭발로 인한 그을음이 묻어 있다. 그는 잠시 머뭇거리다가 흉갑을 풀어 바닥으로 내던진 뒤 거칠어진 목소리로 말한다.

"우리 얘기 좀 하자."

그 짧은 몇 마디에 퍼뜩 정신이 돌아온다. 어느새 내 손은 격투봉을 감아쥐고 있다. 그에게 달려드는 순간, 눈앞이 하얘진다.

사원이 흐릿해지면서 이난의 호박색 눈만 남는다. 그의 거짓말이 귓전을 울리며 사방에서 외쳐 대는 소리가 잦아든다. 그가 아니었다면 내 등에 흉터가 남는 일은 없었을 것이다.

아빠도 살아 있을 것이다.

"난 싸우고 싶지 않아."

그는 두 손을 올리며 항복하지만 나는 이를 드러내며 달려든다.

"그럼 가만히 서서 죽어!"

내 격투봉이 그의 단단한 금속 칼날과 부딪치면서 공기가 무거워진다. 익숙한 충돌의 전율이 살을 파고들며 다시 그를 공격하라고 부추긴다.

아빠가 흘린 피의 기억이 모든 생각을 집어삼키면서 내 몸이 더 이상 통제되지 않는다. 하지만 그렇게 공격하는 중에도 여전히 이난의 손길이 떠오른다. 그의 숨결과 입맞춤까지도.

그가 소리친다.

"제일리, 제발! 우리는 아직 같은 것을 원하고 있어! 이 싸움을 끝낼 수 있다고!"

내 격투봉이 다시 그의 칼과 부딪치는 순간 우리가 꿈꿨던 오리샤가 떠오른다. 우리가 함께 통치하려 했던 오리샤.

나는 격투봉으로 그의 목을 겨누지만 그는 오로지 방어를 위해 칼을 들 뿐이다. 싸울 수 없을 만큼 다친 것인지 그저 나를 공격하지 않으려는 것인지 알 수가 없다.

나는 주저하는 그를 앞에 두고 분노를 불태운다. 그는 대가를 치러야 한다. 그가 아니었다면 티탄과 센터 따위는 존재하지 않았을 것이다.

나는 자세를 바꾸어 이난의 손에서 칼을 비틀어 빼낸다. 그가 반응할 새도 없이 나의 칼날을 펼친다. 나의 창이 그의 옆구리를 찌른다.

이난은 비명을 지르며 벽으로 풀썩 쓰러진다. 그의 손가락 사이로 붉은 피가 흘러 바닥으로 뚝뚝 떨어진다.

'지금이 기회야!'

나는 콧구멍을 벌름거리며 한쪽 무릎으로 그의 배를 찍어 누른다. 그는 거친 숨소리를 뱉으며 바닥으로 무너져 내린다. 그의 위에 올라타자 가슴이 답답해진다.

"제일리, 제발……."

마법이 피부를 간질이며 올라오려 한다. 하지만 나는 애써 마법을 억누르며 그의 가슴 위로 격투봉의 칼날을 올린다. 지금은 마법을 쓰고 싶지 않다. 내 손으로 직접 그의 숨통을 끊어 버리고 싶다.

"미안해."

그가 숨을 몰아쉬며 말한다. 그의 따뜻한 피가 나에게 닿자 목이 메어 온다. 몇 달 전에는 아빠의 피를 내 손에 묻혔다.

"난 미안하지 않아."

그 말이 진심이기를 바라며 내가 대꾸한다. 이난이 사라지고 나면 흉터는 아프지 않을 것이다. 이건 아빠의 죽음에 대한 복수다.

그가 죽으면 나는 다시 숨 쉴 수 있다.

마침내 자유로워질 수 있다.

"자군자군!"

마젤리의 목소리에 시간이 멈춘다.

나는 들리는 것만큼 그가 가까이 있지 않기를 바라며 얼른 고개를 돌린다. 마젤리는 쏜살같이 계단을 달려 내려온다. 떨리는 두 손을 올리며 입술마저 떨고 있다.

그제야 뒤에서 발소리가 들린다. 돌아보니 총사령관이 칼을 올린 채 나를 베어 버릴 기세로 달려오고 있다.

"오조레 형, 안 돼!"

나를 밀쳐 낸 이난은 자신의 칼로 손을 뻗더니 내가 방어하기도 전에 총사령관의 공격을 막는다.

"뭐 하는 거야?"

오조레가 소리친다. 내가 묻고 싶은 말이다. 하지만 마젤리가 위험에 처해 있어 생각할 겨를이 없다.

"가자!"

나는 마젤리의 팔을 잡아끌며 복도를 내달린다. 흘끗 돌아보니 이난은 옆구리 부상 때문에 서지도 못하고 쓰러진다.

"의무병을 불러와!"

우리가 계단을 달려 올라가는 동안 총사령관의 목소리가 메아리친다.

나는 마젤리의 손을 꼭 잡고 눈물을 감추려 안간힘을 쓴다.

42

무너지는 찬돔블레

이난

오조레가 내 배에 붕대를 마저 감자 나는 움찔거리며 고통을 삼킨다. 이윽고 그는 다른 병사의 도움을 받아 나를 들것에 싣는다. 그러고는 두 사람이 끙, 하며 나를 들어 올린다.

나는 사원 복도를 지나는 동안 고통 때문에 눈을 감은 척한다. 이위카의 위협이 사라진 후 부상병들의 신음과 그들을 보살피는 의무병들의 목소리만이 주위를 메우고 있다.

'형은 무슨 생각을 했을까?'

오조레를 흘끗 올려다보자 가슴이 쿵쾅거린다. 우리의 칼이 마주친 이후로 한 마디도 나누지 않았다. 하지만 시간문제일 것이다.

'형이 내가 무슨 짓을 했는지 어머니에게 말한다면…….'

나는 동전을 움켜쥐며 애써 그 생각을 떨쳐 낸다. 나는 왕이다. 그의 말은 힘이 없다.

"이난!"

우리가 사원에서 나오자 화상을 치료받고 있던 어머니가 치료술사를 밀쳐 내고 일어난다.

"어떻게 된 거야? 목숨 걸고 왕을 보호했어야지!"

어머니가 오조레에게 날카롭게 소리치자 나는 얼른 그의 편을 든다.

"어머니, 형이 내 심장으로 들어오는 칼을 막아 줬어요."

어머니는 표정을 누그러뜨리고 오조레의 목을 끌어안는다.

"오, 하늘이여. 매번 이난의 목숨을 구해 주는구나. 앞으로 얼마나 더 너에게 고마워해야 할지 모르겠다."

오조레는 입을 굳게 다물고 나와 눈을 맞춘다.

"별말씀을요. 저야 언제든 이난을 구해야죠."

그가 말한다.

나는 침을 꿀꺽 삼키며 그의 시선을 피한다. 그가 언제까지 비밀을 지켜 줄지는 몰라도 일단 지금은 안전하다. 사원에서 일어난 일은 설명할 수가 없다. 나조차도 이해할 수 없으니까. 그 소년을 보는 제일리의 눈빛이 내 고통보다 더 중요하게 느껴졌다. 나 때문에 제일리가 또 누군가를 잃게 된다고 생각하자 견딜 수가 없었다.

어머니가 우리를 재촉한다.

"일단 안전한 곳으로 가야 해. 다들 다리 건너에서 기다리고 있어."

"뭘 하시려고요?"

내가 묻는다.

코 위로 황금 방독면을 쓰는 어머니의 모습에 손끝이 서늘해진다.

"여기는 우리의 적을 도와주는 곳이야."

"안 돼요!"

나는 벌떡 일어나려다 옆구리로 올라오는 통증에 움찔 놀란다.

"이 사원은 오리샤에서 가장 오래된 유적지예요. 우리의 과거가 담겨 있는 곳이라고요!"

찬돔블레가 나를 위해 지어진 곳은 아니지만 나는 여기가 마치 이 땅의 심장처럼 고동치는 것을 느낀다. 몇 달 전 제일리를 찾아 사원 일대를 돌아다니던 기억이 떠오른다. 그때 나는 오리의 초상 앞에서 무릎을 꿇었다. 이 사원은 내 머릿속의 소란을 잠재워 주는 유일한 곳이었다.

"안 돼요. 명령이에요."

내 말에 어머니는 입술을 오므린다. 차마 호통치지 못하는 것이리라. 이윽고 그녀는 거친 목소리로 속삭인다.

"여긴 반역자 마귀들의 소굴이야. 유적지가 아니라고."

오조레의 시선이 따갑지만 나는 물러서지 않는다.

"이위카는 힘을 얻기 위해 여기 왔어요. 이 사원을 이용해 그들을 잡을 수 있어요!"

어머니는 고개를 젓는다.

"이난, 주위를 한번 봐. 그들이 한 짓을 보라고."

어머니가 가리키는 곳을 돌아보니 병사들이 줄줄이 실려 나온다. 대부분은 치료술사에게 가지만 이미 숨이 끊어진 사람들도 있다. 다리 앞에 송장이 하나씩 쌓일 때마다 배를 한 대씩 얻어맞는 기분이다.

의식을 잃은 조코예가 의무병의 들것에 실려 우리를 지나쳐 간다. 누군가가 다리를 다시 맞춰 놓았지만 붕대에 피가 배어 나온다. 그 광경에 나는 턱이 떨린다. 내가 제일리와 아마리를 살려 두

라고 지시하지 않았어도 조코에 장군이 저렇게 다쳤을까?

어머니가 다시 말한다.

"마자이를 지키려 하지 마. 이곳을 지키려 하지도 말고. 왕으로서 너의 의무는 왕좌를 지키는 거야. 왕좌와 그 앞에 고개 숙이는 사람들을."

나는 숨을 내쉰다. 선택의 여지가 없다.

"파괴하세요."

나는 고통을 삼키며 지시를 내린다.

어머니가 남은 티탄들을 데리고 앞으로 나아가자 마음이 무거워진다. 대학살의 현장을 지나가는 그들을 보면서 나는 어머니의 말이 옳다는 것을 깨닫는다. 우리의 적은 더욱 강해질 것이다. 우리는 그들이 가진 자원을 모조리 없애 버려야 한다. 하지만 양쪽 모두 이 상태로 얼마나 더 버틸 수 있을까? 그러다 오리샤가 완전히 무너져 버리는 것은 아닐까?

사원에서 부상병들이 마저 실려 나오자 티탄들이 어머니 주위를 에워싼다. 어머니는 두 손을 펼치며 가슴에 에메랄드빛 광채를 일으킨다. 목의 핏줄들이 불거지면서 땅이 흔들리기 시작한다.

어머니가 티탄들의 힘을 빨아들이자 그들의 몸이 마비된다.

"더!"

어머니가 소리친다. 땅이 흔들리며 나의 이도 떨리기 시작한다. 티탄들은 풀썩 무릎을 꿇는다. 어머니는 눈에서 초록빛을 내뿜으며 두 주먹으로 흙을 내리친다. 이내 땅을 가르는 균열이 빠르게 밀림을 지나 사원에 가까워진다. 땅은 더욱 요란하게 우르릉거린다.

마침내 신성한 사원의 영토에 균열이 생기자 폭탄 열두 개가 한꺼번에 터지듯 엄청난 폭발이 인다. 결국 사원이 무너지고 그 토대가 흙 속으로 가라앉는다.

"하늘이여."

오조레가 어머니의 힘에 탄식하며 코를 막는다. 암석이 폭발하며 그 파편이 하늘을 뒤덮자 나는 눈을 가린다. 저 앞에서 한 티탄이 비명을 지르다 축 늘어진다. 몸이 땅에 닿기도 전에 숨이 끊어진다. 어머니의 마법이 그의 모든 것을 빨아들인 탓이다.

'내가 이 전쟁을 끝내야 해.' 나는 다친 옆구리를 움켜쥐며 속으로 되뇐다. 전투가 통제할 수 없는 지경에 이르고 있다. 이렇게 가다가는 왕국 전체가 무너지고 말 것이다.

나는 동전을 움켜쥐고 전쟁을 끝낼 방법을 고심해 본다.

제일리가 내 말을 들으려 하지 않는다면 다른 사람을 찾아야 한다.

43

서로 다른 계획

아마리

우리는 나흘이 지나서야 성지로 돌아온다. 구름을 뚫고 높이 올라앉은 이 안식처는 저 아래 땅을 휩쓴 혼돈은 모르는 듯 평온하기만 하다.

나는 대리석처럼 무거운 다리를 이끌고 첫 번째 산에 발을 내딛는다. 성지는 평온한 정적에 휩싸여 있다. 장엄한 탑들이 쪽빛 하늘에 짙은 윤곽을 드리운다.

"예모야, 에 셰 오."

나오가 고마움을 표하며 풀썩 무릎을 꿇고 풀밭에 입을 맞춘다. 나도 그러고 싶지만 지금 주저앉으면 다시 일어나지 못할 것 같다. 피와 흙, 오물을 뒤집어쓴 몸으로 이 성스러운 땅을 밟으려니 죄를 짓는 기분이다. 나는 후들거리는 다리로 비틀비틀 걸어가 본탑의 흑요석 벽에 몸을 기댄다.

"도움이 필요한가요?"

고개를 들어 보니 제인이 미소 짓고 있다. 그 미소에 마음이 따뜻해진다.

"나 기다렸어?"

내가 묻자 그는 어깨를 으쓱하며 대꾸한다.

"엄청 보고 싶었지."

나는 그의 넓은 가슴에 머리를 기대고 위안을 받는다. 그러고는 속삭여 말한다.

"나도 보고 싶었어. 옆에 없으니까 이상하더라."

그러고 보니 제인 없이 전투에 나간 적이 있었나 싶다. 우리 둘 다 마법을 쓸 수 없었지만 내게는 그가 누구보다도 듬직했다. 그를 꼭 껴안으며 내가 티탄이 되면서 벌어진 우리 사이를 좁혀 보려 한다. 이젠 센터가 되었으니 그와 더 멀어지는 것은 아닌지 걱정이 된다.

제인은 내 뒤에서 나일라의 등에서 내려오는 제일리와 눈을 맞춘다. 제일리는 빙긋 웃으며 제인에게 손을 흔들어 준 뒤 다시 마젤리를 챙긴다.

"네가 원했던 건 가져왔어?"

제인이 묻는다.

"그렇다고 할 수 있지."

나는 두루마리를 모아 회의실로 가져가는 원로들을 돌아보며 대꾸한다.

"찬돔블레에서 새로 알게 된 사실이 있거든. 이제 우리에게도 승산이 있어. 어쩌면 내가 어머니를 꺾고 왕실 사람들을 항복하게 할 만한 힘을 가졌는지도 몰라."

이 소식에 제인은 긴장을 풀고 나를 더 꼭 끌어안는다.

“그럼 네가 왕위에 오를 수 있는 거네?”

나는 빙긋 웃는다.

“그렇지.”

그의 품에서는 전쟁 생각도, 센터나 왕좌에 대한 생각도 희미해진다. 그의 백단향 냄새를 들이마시자 내가 그를 얼마나 원하는지 깨닫는다. 내가 얼마나 더 많이 원하는지.

“왜 그래?”

제인이 무언가를 느낀 듯 몸을 뗀다. 나는 다시 두 팔로 그의 목을 감싼다.

“내가 어떻게 하면 나를 욕조까지 안고 가 줄 거야?”

제인은 입술을 오므리고 턱을 긁적이며 생각에 잠긴 척한다. 그러더니 느닷없이 나를 번쩍 들고 돌다리를 건너간다. 나는 웃음을 터트리며 묻는다.

“이렇게 쉬운 거였어?”

제인도 빙긋 웃는다.

“당연하지. 나는 당신을 섬기기 위해 사는걸요, 나의 여왕님.”

그의 농담에 얼굴이 화끈거린다. 그는 정말 내가 여왕이 될 것처럼 바라봐 주는 유일한 사람이다. 내가 지도자가 될 수 있다고 믿어 주는 사람.

나는 수염이 까칠하게 자란 그의 뺨을 만지며 입술을 빤히 바라본다. 지금부터 그와 함께 보낼 두어 시간이 어떻게 흘러갈지, 그와의 입맞춤은 어떤 느낌일지 상상한다.

“제가 해 드릴 일이 또 있을까요, 여왕님?”

그가 몸을 바싹 기울이자 나는 더 활짝 웃는다. 심장이 빠르게 뛴다. 나는 그의 목을 끌어당긴다.

우리의 입술이 마주치는 순간, 짜릿한 전율이 온몸으로 퍼져 나간다. 다리 사이가 저릿해지는 것을 느끼며 그에게 더 바싹 다가가는데…….

"대체 어디 가는 거야?"

우리는 바람술사 자히와 마주치자 재빨리 서로에게서 떨어진다. 자히의 매서운 눈초리에 뺨이 화끈거린다. 나는 제인의 품에서 내려온다.

"우린 아직 할 일이 남았어."

자히가 줄지어 회의실로 향하는 원로들을 가리키자 나는 신음을 내뱉는다.

"잠도 못 자?"

"불평하지 마. 원로를 하고 싶어 한 건 너잖아."

나는 어깨를 늘어뜨리고 제인을 돌아보며 다시 그를 안는다. 제인은 내 등을 쓸어 준다. 그의 가슴도 가라앉는 듯하다.

"나중에 할까?"

내가 묻는다.

"할 일을 먼저 해야지."

그의 입술이 또 한 번 내 입술에 닿자 나는 그 아늑한 입맞춤에 몸을 맡긴다. 그가 내 허리를 꼭 안아 오자 온몸에 전율이 퍼진다.

계속 이렇게 안겨 있고 싶지만 결국 몸을 뗀다. 오리샤는 아무도 기다려 주지 않으니까. 제인조차도.

자히를 지나쳐 가며 그의 따가운 시선이 느껴지지만 나는 모른 체하며 지시를 내린다.

"마마 아그바를 모셔 와. 우리에게 답을 줄 수 있는 사람은 그 분뿐이니까."

✳

마마 아그바가 제일리의 피부에 나타난 황금빛 글씨를 살펴보는 동안 아무도 입을 열지 않는다. 나는 제일리의 등에 난 흉터를 다른 원로들이 보지 못하도록 담요로 가려 주느라 어깨가 빠질 지경이다. 마마 아그바는 이따금 갈색 양피지에 센바리아의 의미를 휘갈겨 적는다. 회의실 채색 유리창에 마마의 갈대 붓 소리가 메아리친다. 꼬박 한 시간이 지나서야 그녀는 붓을 내려놓고 자신이 알아낸 것을 설명하기 시작한다.

"이 상징들은 내가 센타로들과 함께 공부할 때나 보던 거야. 월장석의 표시지. 너희들이 이베지에서 찾은 일장석의 자매라고 할 수 있어."

제일리가 고개를 갸우뚱한다.

"하지만 일장석은 그 의식 때 파괴됐는걸요. 그걸로 마법을 되찾은 뒤에 제 손에서 부서졌어요."

그러자 마마 아그바가 다시 설명한다.

"그 자매석인 월장석은 일장석처럼 손에 쥘 수 있는 게 아니란다. 그건 신들이 내주는 힘이야. 백년제일에 신들이 네게 내려 준 게 틀림없어."

마마 아그바는 제일리가 소매 없는 카프탄을 다시 입도록 기다려 준다. 진한 보라색 카프탄이 제일리의 검은 피부와 대비를 이루며 포도주처럼 반짝거린다. 옷을 다 입고 나자 제일리는 다시 탁자로 돌아와 자수정 눈이 박힌 동상 앞에 앉는다.

마마 아그바가 설명을 이어 간다.

"월장석은 명령에 따라 살아나는 거야. 그 힘을 불러올 수 있는 사람은 극소수에 불과하지."

그녀는 제일리의 가슴에 주름진 손을 얹고 주문을 읊조리기 시작한다.

"에 토나 아그바라 인."

피부의 문신들이 빛을 발하자 제일리는 숨을 훅 들이켠다. 정교한 무늬를 따라 번쩍거리는 황금빛 광채가 포도주색 카프탄을 뚫고 나온다. 그 두루마리 방에서처럼 환하게 빛나지는 않지만 여전히 감탄이 나오는 광경이다. 모두를 황금빛 광채로 물들이는 제일리는 여신처럼 보인다.

마마 아그바가 다시 입을 연다.

"월장석은 우리 모두가 갖고 있는 생명의 기운을 결속해 줄 수 있단다. 네가 신성한 의식 때 신들로부터 그런 능력을 받았다면 아마리와 네한다가 어떻게 그런 능력을 갖게 되었는지도 설명이 되는 셈이지. 월장석을 사용해 두 사람 같은 센터를 더 만들어 낼 수도 있을 거야."

"네? 뭐라고요?"

나는 입을 떡 벌리며 몸을 내민다. 센터들이 더 생긴다면 우리의 힘은 강력해질 것이다. 협상을 통해 이 전쟁을 끝낼 수 있는 또 하나의 수단이 생기는 셈이다.

"제 어머니처럼 강력한 센터들을 만들 수도 있어요?"

"어떤 마법을 가졌느냐에 따라 달라지겠지만 그렇게 많은 아셰를 품고 있는 마자이라면 굉장한 마법을 부릴 수 있을 거야."

마마 아그바는 고개를 끄덕이며 말을 잇는다.

"파도술사라면 손만 까딱여도 해일을 일으킬 수 있겠지. 예언술사라면 언제든 미래를 내다볼 수 있을 테고. 하지만 그렇게 막강한 힘을 얻으려면 큰 희생을 감수해야 해."

마마 아그바가 잠시 말을 멈추자 모두의 시선이 나에게로 향한다.

"너와 네 어머니는 이미 센터가 되었는데, 혹시 사랑하는 사람을 희생시키지 않았니?"

나는 목이 메어 와 시선을 피한다. 그날의 기억을 떠올리자 등이 뜨겁게 달아오른다. 마침내 나는 입을 연다.

"그렇다고 할 수 있죠. 저는 그 의식장에서 아버지를 죽였거든요."

마마 아그바는 숨을 깊이 내쉬며 입술을 오므린다. 그러고는 제일리의 가슴에 얹었던 손을 내린다. 월장석 무늬에서 번쩍거리던 황금빛 광채가 사그라진다.

그녀가 다시 말한다.

"센터를 만들고 싶다면 그 정도의 희생을 각오해야 한다. 백년제 때 센터가 만들어진 데 엄청난 힘이 사용된 거야. 그만큼 막대한 희생을 감수해야 한다는 뜻이지."

그러자 제일리가 묻는다.

"다른 방법을 찾는다면요? 사랑하는 사람을 죽이지 않고도 월장석을 이용해 생명의 기운을 연결할 수 있다면요?"

마마 아그바는 고개를 젓는다.

“그런 연결은 오래가지 않을 거야. 그런 힘은 불안정해서 오히려 기운을 소진시킬 수도 있어. 게다가 생명의 기운이 서로 엮이면 죽음까지도 엮이게 돼.”

마마 아그바는 제일리에게 눈을 고정한 채 지팡이를 짚고 자리에서 일어선다.

“이젠 너희들이 원로이니 내가 이래라저래라 할 입장이 아니지. 하지만 그렇게 강력한 무기는 함부로 사용하면 안 된다는 점을 명심하도록.”

마마 아그바가 회의실을 나가자 무거운 침묵이 우리를 내리누른다. 탁자에 둘러앉은 원로들은 모두 마마 아그바의 말을 곱씹으며 센터가 되는 데 따를 희생을 가늠해 보는 듯하다.

하지만 나는 마마 아그바의 설명에서 해답을 찾는다. 거기에 평화를 이룰 방법이 있다. 우리는 더 이상 누구도 잃지 않고 이 전쟁에서 승리할 수 있는 힘을 가졌다. 그렇다면 우리가 원하는 오리샤를 만들 수 있다.

나는 모두를 향해 말한다.

“우리는 나의 어머니를 제압할 힘을 얻기 위해 찬돔블레에 갔고 이제 그런 힘을 손에 넣었어. 어머니만큼 강력한 센터들로 군대 하나를 꾸릴 수도 있어. 그 정도의 위협이면 왕실 사람들은 우리에게 굴복할 수밖에 없을 거야.”

나는 자리에서 일어나며 이런 굉장한 힘을 가졌다는 소식에 오빠가 어떤 표정을 지을까 상상해 본다.

“내가 라고스로 가서 왕을 만날게. 협상을 통해 우리가 원하는 조건으로 평화를 이끌어 낼 수 있어."

그러자 케니언이 코웃음 친다.

"우리가 아니라 네가 원하는 조건이겠지. 우리의 미래가 확실해지려면 마자이가 왕이 되어야 해. 왕실에서는 이런 조건을 받아들이지 않을 텐데."

그는 손바닥으로 탁자를 내리치며 자리에서 일어선다.

"제일리에게 그런 능력이 있다면 우리의 힘은 충분해. 이제는 그 능력으로 라고스를 영원히 무너뜨려야지."

그러자 나오가 혀를 끌끌 차며 말한다.

"바보야. 사랑하는 사람을 희생해야 한다잖아."

케니언은 다시 밀어붙인다.

"어떤 방법을 쓰든 죽는 사람이 나올 수밖에 없어. 하지만 적어도 헛된 죽음이 되진 않겠지."

"또다시 마자이가 피를 흘리는 건 반대야. 우리가 마자이로서 전쟁에 승리할 수 없다면 지는 거나 마찬가지야."

카마루는 분노를 억누르는 듯 목소리가 떨리고 있다.

그들은 하나둘씩 제일리를 돌아보며 최종 결정을 기다린다. 나는 제일리와 눈을 맞추려 하지만 그 애는 나의 시선을 피하고 있다.

나는 제일리 앞에 무릎을 꿇는다.

"평화 협상이 가능한지 알아보게만 해 줘. 우리 오빠가 병사들에게 공격하지 말라고 하는 거 너도 들었잖아. 제발. 오빠는 목숨을 걸고 너와 마젤리가 도망치게 해 줬어!"

나는 제일리의 손을 잡는다. 그 애의 몸에 힘이 들어가지만 나는 물러서지 않고 목소리를 낮춰 말한다.

"오빠는 아직도 너를 생각하는 거야. 너도 오빠를 생각하는 거 나도 알아……."

"아니."

제일리는 내 손을 뿌리치고 주먹을 쥔다.

"우리는 이난을 믿을 수 없어. 그쪽 사람들은 누구도 믿어서는 안 돼."

"제일리……."

제일리는 내 말을 자른다.

"이 전쟁에 합류할 때 내가 원한 건 딱 하나뿐이었어. 내 손으로 이난을 끝장내는 거."

나는 눈살을 찌푸린다.

"오빠는 내 핏줄이야. 내가 거기에 동조할 수 없다는 거 너도 알잖아."

그러자 제일리는 석조 탁자에 둘러앉은 마자이들을 가리키며 말한다.

"그래? 이 사람들은 내 핏줄이야. 네 오빠가 사라지지 않는 한 마자이들은 안전하게 살 수 없을 거야."

제일리는 그 말이 내게 얼마나 깊은 생채기를 내는지 알지 못한다. 불과 몇 달 전에 그녀는 나의 손을 잡으며 내가 자기 가족이라고 했다. 내가 자기 핏줄이라고 했다.

나는 팔짱을 끼며 대꾸한다.

"네가 오빠를 살려 둘 수 없다면 난 너를 위해 싸울 수 없어. 넌 내가 필요하잖아. 너에게 난 하나뿐인 센터야."

"다른 센터를 만들면 돼."

나이마가 매섭게 노려보며 말하자 제일리는 고개를 젓는다.

"아니, 그건 안 돼. 마마 아그바의 말씀이 옳아. 그건 너무 위험해. 저들의 힘에 맞서려다가 오히려 우리가 죽을 수도 있어. 사랑하는 사람을 희생시킬 필요는 없잖아."

제일리가 나를 바라보자 나는 우리 사이의 무언가가 깨지는 것을 느낀다. 이제는 숨길 수가 없다.

우리는 같은 계획으로 이 전쟁을 끝낼 수 없다.

제일리는 다시 원로들을 돌아본다.

"우리에게 아마리는 필요 없어. 센터가 될 필요도 없고. 우리는 찬돔블레에 가서 두루마리를 가져왔잖아."

제일리는 반대편 벽에 쌓아 놓은 마법 주문들을 가리키며 말을 잇는다.

"마자이들을 훈련시켜서 네한다와 티탄들에게 맞설 힘을 기르면 돼. 결전의 날이 오면 우리 방식으로 전쟁을 끝낼 거야. 그래야 왕실도 존중할 테니까. 조상들도 자랑스러워 할 테고."

나오가 손뼉을 치며 자리에서 일어난다.

"내 말이 그거야! 우리 식으로 끝내자. 죽음의 전사가 이끄는 대로!"

다른 원로들도 하나둘 전의를 불태우며 가세하자 마음이 무거워진다. 나는 제일리를 노려본다. 뜨거운 시선을 느끼고 있을 게 분명한데, 그녀는 끝까지 나를 보지 않는다.

더는 견딜 수 없어서 나는 실망한 채 회의실을 나선다. 탑에서 뛰쳐나와 시원한 밤바람을 맞을 때까지 걸음을 멈추지 않는다.

'오리샤는 아무도 기다려 주지 않아.' 아버지의 속삭임이 귓가를 간질이며 새로운 사실을 일깨운다. 제일리와 이위카가 정신차릴 때까지 마냥 기다릴 수는 없다. 그들은 오로지 마자이를 위해 싸우고 있다. 나는 이 왕국을 위해 싸워야 한다.

"오리샤는 아무도 기다려 주지 않아."

나는 주먹을 불끈 쥐며 중얼거린다.

원로들이 나의 계획을 지지해 주지 않는다면 혼자 움직이는 수밖에 없다.

44

마법 훈련

제일리

귀를 간지럽히는 날카로운 종소리에 나는 잠에서 깨어난다. 산으로 둘러싸인 이 성지에서 오래 지내지는 않았지만 어느새 다양한 종소리가 구분되어 들린다. 낮은 종소리는 새로운 마자이의 도착을 알리는 신호다. 찰랑거리는 종소리는 밥시간을 알려 준다. 하지만 이 높고 날카로운 음색은 최근에 생긴 종소리다. 바로 훈련 시간을 알리는 소리다.

나는 무늬가 화려한 베개에서 간신히 머리를 든다. 노랗고 가느다란 빛줄기가 발코니로 새어 들고 있다. 나는 툴툴거리며 다시 이불 속으로 파고든다. 해가 뜨기도 전에 우리를 깨울 사람은 마마 아그바박에 없다.

계속 종이 울리는 가운데 찬돔블레에서 돌아온 뒤 줄곧 나를 괴롭히던 죄책감이 벽돌처럼 가슴을 내리누른다. 내게 부족을 이끌 자질이 없다는 것을 너무도 잘 아는데 어떻게 사령술사들을 마주한단 말인가?

며칠이 지났지만 그날 사원 계단을 달려 내려오던 마젤리의 모습이 잊히지 않는다. 나는 마젤리를 지켜 주겠다고 다짐했다. 목숨 걸고 지켜 주겠다고. 하지만 이난을 본 순간 복수심에 휩싸여 그 다짐을 팽개쳤다. 그날 나는 겨우 한 명의 사령술사를 맡고 있었다. 부족 전체를 이끌었다면 어떻게 되었겠는가?

안 그래도 사령술사 부족은 아주 적은 편이다. 오야는 우리의 재능을 많은 이들에게 나눠 주지 않았다. 이번 전쟁에서 승리해 왕실 사람들이 앗아 간 것을 되찾으려면 부족원을 한 사람이라도 잃어서는 안 된다. 그러려면 믿을 만한 원로가 그들을 이끌어야 한다.

조용히 방문을 두드리는 소리에 나는 어쩔 수 없이 고개를 든다. 보라색 문이 끼익 열린다. 마젤리의 커다란 귀가 나타나길 기다리는데 웬걸, 은빛 옷자락이 반짝거린다.

"마마 아그바?"

검은 피부를 감싼 은빛 가운을 보고 나는 빙긋 웃는다. 마마가 들어오자 풍성한 천이 흐르듯 따라 들어온다. 마치 비단 옷자락의 주름 속에 산들바람이 들어 있는 것 같다.

대습격 전에 원로들은 존경받는 지위를 나타내기 위해 저런 가운을 두르고 다녔다. 원로의 머리 장식만큼이나 특별한 권리였다.

"에 카아로 이야와."

나는 타는 듯한 허벅지의 통증을 참으며 침대를 나와 마마 앞에 무릎을 꿇는다. 바닥에 코가 닿는 순간 이런 의식이 수없이 이어졌어야 했다는 아쉬움이 밀려든다. 우리 모두가 이 여인 앞에서 수없이 무릎을 꿇어야 했다.

원로를 지낸 마마 아그바는 모두에게 찬양과 존경을 받았어야 했다. 하지만 오랜 세월 동안 수수한 카프탄을 걸치고 신분을 숨긴 채 손가락에서 피가 나도록 귀족들의 아름다운 의상을 만들며 살았다.

"그만 일어나렴."

마마 아그바는 혀를 차면서도 감동한 듯 적갈색 눈 주위로 주름이 잡힌다. 그녀가 나를 따뜻하게 안아 주자 비단옷에서 정향과 슈야*의 양념 냄새가 난다. 벌써 부엌에서 몇 시간을 보내고 온 모양이다.

"첫 훈련 전에 잠깐 보려고 왔단다."

마마는 가방에서 아름다운 금속 목걸이를 꺼낸다. 목 전체를 감싸며 쇄골을 덮어 주는 멋진 목걸이다.

"정말 아름다워요."

나는 그 눈부신 장식을 어루만지며 감탄한다. 수십 개의 삼각형 금속을 실로 엮어 몸체를 만들었다. 마마의 바느질 솜씨와 타히르의 금속 공예 기술이 어우러진 독특한 작품이다.

"머리 장식을 만들까 했는데, 앞으로 치를 전투를 생각하니 이게 더 나을 것 같더구나."

마마 아그바는 뒤로 돌아보라고 손짓하지만 나는 움직이지 않는다.

"마음에 안 드니?"

마마가 묻자 나는 발가락으로 애꿎은 타일 바닥을 문지르며 고

* 서아프리카의 꼬치 요리.

개를 젓는다.

"제가 이런 걸 해도 되나 싶어서요. 저는 원로가 될 자격이 없는 것 같아요."

"그 사원에서 있었던 일 때문에 그러니?"

마마 아그바는 내 어깨에 손을 얹고 나를 끌어당기며 말을 잇는다.

"원로라고 해서 실수하지 말라는 법은 없어. 실수하더라도 계속 싸우는 게 중요하지."

"마젤리에게 무슨 일이 있었는지 들으셨어요?"

내가 묻는다.

"아휴, 이 안에서는 소문이 어찌나 빨리 퍼지는지 치타너가 전력 질주를 해도 못 따라잡을 정도라니까. 너희에 대해 알고 싶지 않은 것까지 다 알고 있단다."

마마 아그바는 고개를 저으며 나를 거울 쪽으로 돌려세운다.

"케니언이 나이마를 마음에 품고 있는데, 나이마는 다카라이를 품고 있다지?"

"그런데 다카라이는 이마니를 좋아해요!"

"그것도 **알아**."

마마 아그바는 한숨을 쉬며 말을 잇는다.

"하지만 그 질병술사는 다카라이를 산 채로 잡아먹을걸. 엉망진창이라니까!"

마마 아그바가 목걸이로 손을 뻗자 나는 혼자 빙긋 웃는다. 마마가 나와 이난에 대한 소문은 몰랐으면 좋겠다. 나와 로웬에 대한 소문도.

로웬을 생각하자 가슴이 떨린다. 그를 떨쳐 낼 수 있다면 좋겠다. 전투의 위협이 잦아들자 자꾸 그 사람의 능청스러운 분홍빛 미소가 떠오른다. 굳은살이 박인 그의 손도. 가끔은 나도 모르게 성지의 입구를 바라본다. 그가 또 시답잖은 일을 맡아 내 삶으로 어슬렁어슬렁 들어오지 않을까 기대하게 된다.

하지만 마마 아그바가 내 금빛 문신 위로 목걸이를 채워 주자 로웬에 대한 생각도 금세 희미해진다. 손가락으로 삼각형 금속 사이사이에 난 홈들을 어루만지자 뜻밖에도 가슴이 벅차오른다.

마마와 훈련을 마친 뒤 갈대로 엮은 아헤레에서 차를 마시다가 그녀가 내 손에 졸업 기념 격투봉을 쥐여 준 일이 떠오른다. 그때와 똑같은 기분이다. 다만 주변 세상이 완전히 달라졌을 뿐.

마마 아그바가 말한다.

"제일리, 네가 원로가 될 사람이 아니었다면 등극식 때 거부당했을 거야. 오야가 **이시파야**를 주신 건 자격이 있다는 표시야. 오야께서 네가 한 부족의 지도자감이 아니라고 생각했다면 그런 **이시파야**가 보이지 않았을 거야."

나는 마마의 말을 곱씹으며 그날 오야께서 보여 준 광경을 떠올려 본다. 눈을 감으면 지금도 생생하게 떠오른다. 내 가슴에서 보랏빛 띠가 실처럼 풀려 나와 금빛 띠와 뒤엉키던 광경. 그 빛의 띠들은 아마리에게서 느꼈던 것과 똑같이 강력한 힘을 발산했다.

나는 찬돔블레 사원에서 그것이 센터의 상징이라고 확신했다. 하지만 아마리의 띠는 짙은 청록색이었다. 네한다의 띠는 에메랄드빛 초록색일 것이다. 그렇다면 보랏빛은 어디 갔을까? 금빛은? 주황빛은?

"마마 아그바."

나는 돌아서서 마마를 마주한다. 혀끝에 맴도는 질문은 내가 생각해도 터무니없게 느껴진다. 하지만 아직 보지 못한 빛깔의 띠들을 어떻게 이해해야 할지 모르겠다.

"다른 마법을 결합할 수도 있어요?"

"그거야 센터의 특징이 바로……."

"그렇게 말고요."

내가 끼어든다.

"서로 다른 **종류**의 마법을 섞는 것도 가능해요? 서로 다른 부족의 마법을 섞을 수 있냐고요."

마마 아그바의 눈이 휘둥그레진다. 그녀는 한 걸음 물러서며 이맛살을 찌푸리고 생각에 잠긴다.

"그건 왜 묻니?"

"제 **이시파야**에서 다른 색깔들이 보였거든요. 보랏빛과 금빛도 섞여 있었어요. 무지개처럼 여러 가지 색이었어요."

마마 아그바는 입술을 오므렸다가 다시 입을 연다.

"그렇구나. 같은 종류의 마법이 합쳐지는 것도 흔치 않은 일인데, 서로 다른 종류의 마법이 합쳐지는 건…… 내가 알기로 그런 일이 딱 한 번 있었단다. 그로 인해 오리샤에 마자사이트가 생겨났지."

마마 아그바가 설명을 이어 가자 나는 입을 다물지 못한다. 땅술사와 질병술사의 마법이 합쳐졌을 때 그 강력하고 폭발적인 힘으로 오리샤 각지에 마자사이트가 생겨났다는 것이다.

"두 마자이는 그 충격으로 죽었단다. 하지만 우리는 지금도 그 연결의 효력을 느끼고 있지. 왕실 사람들은 백 년이 넘도록 그들이 만든 광물을 캤고.”

“그런 일이 또 일어날 수 있을까요?”

내가 묻자 마마 아그바는 고개를 절레절레 젓는다.

“이론상으로는 그럴 수도 있어. 연결이 오래 지속되고 그것을 시도한 마자이들도 살아남는다면 무슨 일이 일어날지 모르지. 땅술사와 화염술사의 마법이 합쳐지면 화산을 만들 수 있을 거야. 사령술사와 치료술사의 마법이 합쳐지면 죽은 사람을 살려 낼 수도 있을 테고.”

나는 고개를 끄덕이며 그 엄청난 잠재력을 생각해 본다. 가늠하기 어려운 힘이다. 신들보다도 훨씬 더 막강하게 느껴진다.

“하지만 제일리, 그렇게 하려면…….”

“알아요. 아직 그럴 생각은 없어요.”

나는 마마를 안심시킨다.

숙소에서 마자이들이 쏟아져 나오면서 재잘거리는 소리가 들려오자 마마 아그바와 나는 발코니로 나간다. 그들은 삼삼오오 무리를 지어 천연 수영장 위 돌다리를 건너 각 부족의 사원이 있는 세 번째 산으로 향한다.

빔페와 마리를 이끌고 가는 마젤리는 커다란 귀 때문에 사람들 속에서도 금세 눈에 띈다. 마마 아그바는 그들을 내려다보며 미소 짓는다. 그러고는 내 팔을 어루만진다.

“마마의 **이시파야**를 기억하세요?”

내가 묻자 마마 아그바는 숨을 깊게 내쉬더니 온화한 미소를 짓는다. 그 환한 미소에 방 안이 환해지는 듯하다. 이윽고 그녀가 조용히 말한다.

"나는 이 세상 너머를 엿보았단다. 내가 산꼭대기에서 무릎을 꿇고 있고 하늘 어머니가 두 팔을 벌려 나를 맞아 주시더구나."

"아름다운 광경이네요."

내가 속삭이자 마마 아그바는 고개를 끄덕인다.

"아름다웠지. 수십 년이 지났지만 그 특별한 온기를 아직도 기억한단다. 그때 느낀 사랑도."

마마 아그바는 나의 목걸이를 매만져 준다. 그리고 내 머릿수건을 벗겨 고불거리는 머리카락을 풀어 준 뒤 앞장서 문을 나선다.

"제일리 원로, 넌 사령술사들에게 꼭 필요한 사람이야. 이제 너 자신에게만 증명하면 돼."

✳

세 번째 산에 도착하자 많은 부족이 훈련에 열중하고 있다. 사령술사 부족을 제외하고 다른 부족들은 제각기 싸울 수 있는 마자이가 열두 명이 넘는다.

마자이들은 각 부족의 사원 앞에 모여 신성자들이 지켜보는 가운데 훈련을 받는다. 그들을 지나 산 정상에 있는 사령술사 탑으로 걸음을 옮기는 사이, 마마 아그바가 불어넣어 준 눈곱만한 자신감이 녹아내리기 시작한다.

"그게 아니지."

나이마가 한 조련술사를 가르치며 세차게 고개를 흔들자 그녀의 곱슬머리에서 주황색 꽃잎들이 우수수 떨어진다. 잠자리들이 그녀의 머리 주위를 빙빙 돌며 날아다닌다.

"주문을 시작하기 전에 먼저 이 녀석과의 연결을 느껴야 해."

훈련을 받는 조련술사는 고개를 끄덕이며 눈을 감는다. 집중하는 얼굴이 사뭇 엄숙해 보인다. 작은 원숭이들이 등에 올라타거나 목과 귀에 매달리는데도 아랑곳하지 않고 주문을 읊조린다.

"에다 이누 에간, 야 미 니 오주 레……."

그의 눈꺼풀 속에서 연분홍빛이 나타나더니 점점 더 강렬해진다. 그가 눈을 뜨자 치타너도 함께 눈을 뜬다. 이 탈짐승의 가느다란 홍채에도 똑같은 분홍빛이 나타난다.

조련술사는 치타너의 눈으로 세상을 바라보며 입을 다물지 못한다. 어떤 존재가 그들의 머리를 함께 조종하는 것처럼 둘은 일제히 눈을 깜빡거린다.

그 위로 불룩 튀어나온 암석 위에서 폴라케가 가늘게 꼰 흰색 긴 머리카락을 뒤로 묶은 채 빛술사들 앞에서 시범을 보이고 있다. 그녀는 가느다란 손가락을 펼치며 내게는 보이지 않는 무언가를 모은다.

"빛을 손에 쥘 수 있는 것처럼 느껴야 해. 그렇게만 되면 주문은 어렵지 않아. **이보리 오쿤쿤!**"

폴라케가 손뼉을 치자 순식간에 빛술사 사원이 어둠에 뒤덮인다. 그렇게 짙은 어둠은 본 적이 없다. 달도 없는 밤하늘에서 별들까지 모두 뽑아낸 것 같은 어둠이다.

잠시 후 암흑이 걷히고 다시 빛이 나타나자 마자이들의 눈이 휘둥그레진다.

'굉장하네.' 나는 고개를 절레절레 흔든다. 폴라케의 반만큼이라도 할 수 있다면 좋을 텐데.

"사령술사들 준비해!"

무늬가 새겨진 사령술사 사원의 암벽 너머에서 마젤리의 높은 목소리가 들려온다. 그는 뒤쪽 풀밭에 서서 빔페와 마리가 주문을 따라 하게 한다.

"에미 아원 티 오 티 선……."

"에미 아원 티 오 티 선!"

"모 케 페 인 니 오니……."

"모 케 페 인 니 오니!"

나는 사령술사들이 한꺼번에 영체를 만들어 내자 가슴이 벅차오른다. 영체의 모양은 제각각이지만 풀밭에서 모두가 일제히 올라오자 마치 칼라릴리 꽃들이 활짝 피어나는 것 같다.

마젤리가 소리친다.

"그대로 버텨. 크기를 유지하고!"

마리의 영체는 금세 허물어지고 빔페의 영체는 점점 커진다. 하지만 그들이 함께 연습하는 모습을 보고 있자니 대습격 전에 알던 사령술사들이 떠오른다.

"자군자군!"

사원에 기대 서 있는 나를 발견하고 마젤리의 얼굴이 환해진다. 그는 내가 여왕이라도 되는 듯 무릎을 꿇으며 묻는다.

"오늘은 뭘 가르쳐 줄 거야? 영혼 거두기? 영혼 밧줄? 혹시…… 아야!"

마젤리는 마리에게 팔을 찰싹 얻어맞고 소리를 지른다.

"네가 입을 다물어야 제일리가 대답하지!"

마리가 거칠게 속삭인다.

"마리, 난 사령술사 부원로거든! 네가 나를 때리면 안 되지!"

빔페가 킬킬거리자 내 얼굴에도 미소가 떠오른다. 문득 마마 아그바의 아헤레에 울려 퍼지던 웃음소리가 떠오른다. 갈대를 엮어 만든 담장 너머 수많은 문제가 우리를 기다리고 있었지만 마마 아그바는 우리가 웃을 수 있게 해 주었다.

사령술사들이 웃고 떠드는 소리를 들으며 나는 이 훈련이 꼭 전쟁과 연관될 필요는 없다는 것을 깨닫는다. 한 번쯤은 수 세대를 걸쳐 내려온 주문들을 연습하며 우리의 마법을 찬양해도 좋을 것이다. 돌아온 사령술을 잠시 즐겨도 좋을 것이다.

"오늘은 아주 오래된 고대의 강력한 주문을 배워 볼 거야."

나는 골라 온 두루마리를 마젤리에게 건넨다.

"오지지 이쿠?"

마젤리는 두루마리를 읽으며 눈썹을 치켜올린다.

"죽음의 그림자?"

나는 고개를 끄덕인다.

"영체를 불러오는 건 이제 할 수 있잖아. 이걸 배우면 그 기술을 보강하면서 다른 기술을 익힐 수 있어."

나는 앞으로 걸어 나가며 속으로 주문을 외워 단 한 번의 손짓으로 영체를 불러낸다. 흙에서 영혼이 올라오자 사막에서 난생처음 영체를 만들려고 낑낑거리며 혼자 연습하던 기억이 떠오른다. 몇 달 전만 해도 나는 모래알 하나 움직이지 못했다.

"그림자를 만드는 건 영체를 불러오는 것과 똑같아. 단, 가까이 있는 물질로 영혼을 재현하는 것이 아니라 영혼을 있는 그대로 사용하는 것뿐이지. 죽음의 그림자는 어떤 형태든 될 수 있지만 모양이 복잡할수록 만들기가 어려울 거야."

"제일리의 그림자는 군대 하나를 재로 만들어 버릴 만큼 강력하다고 들었어."

마리의 말에 사령술사들의 얼굴이 환해지지만 나는 아빠의 영혼을 휘두르던 기억이 떠올라 마음이 공허해진다. 아빠가 나의 핏속으로 들어왔을 때 내 피부에서 폭발한 그림자들은 단순히 강력하기만 한 것이 아니었다. 그들은 죽음의 화신이었다.

"그 의식에서는 우리 아빠와 연결되어서 그랬던 거야. 신성한 의식장과 백년제 하지 덕분에 내 마법이 더 강해지기도 했고. 그렇게 강력한 힘을 다시 불러오기는 어려울 거야."

"그래도 해 보면 안 돼?"

마젤리가 묻자 다른 사령술사들도 조르기 시작한다. 모두가 갈망하는 눈으로 나를 보고 있다. 그들에게도 시범이 필요할 것이다.

나는 마음을 다잡는다. 그 주문을 외우면 아빠가 생각날 테니까. 사령술사 사원 위로 태양이 떠오르고 있다. 햇살과 그림자들이 산꼭대기를 넘어오자 그 주문을 외던 엄마가 떠오른다. 수년 전, 이바단에 살던 시절이었다.

제인 오빠를 따라간 산꼭대기에서 내가 절벽 아래로 뛰어내리자 엄마는 비명을 질렀다. 그때 엄마가 죽음의 그림자를 만들어 이바단의 차가운 호수로 나를 실어 오지 않았더라면 무슨 일이 벌어졌을지 모른다.

나는 사령술사 사원 앞으로 걸어가면서 절로 미소가 떠오른다. 저 앞에 꼭 맞는 절벽이 보인다. 수 미터의 폭포가 떨어지는 계곡 위에 불룩하게 튀어나온 절벽이다.

"잘 봐!"

나는 소리치며 그 절벽을 향해 달린다. 뒤에서 사령술사들이 고함을 질러 댄다. 나는 고개를 들고 거센 바람을 마주한다.

어린 시절 이후로 느껴 보지 못한 해방감이 에워싸자 나는 멈추지 않고 나아간다. 마법이 마치 정점에 도달하는 파도처럼 솟구쳐 오른다. 마지막으로 발을 내딛고 절벽에서 뛰어내린다.

"에미 오쿠, 그바 아예 니누 미……."

주문이 바람에 실려 가자 나는 팔다리를 모두 펼친다. 잠시 허공으로 날아오른다.

"자데 니누 아원 오지지 레……."

물이 가까워지자 여섯 살 때로 돌아간 기분이다. 엄마 아빠가 모두 살아 있던 시절.

내가 사랑하는 사람이 아무도 죽지 않은 시절.

"이 파다 라티 오워 미!"

마지막 주문과 함께 주변 공기가 물결친다. 등에서 죽은 자들의 영혼이 폭발하듯 솟구쳐 나온다. 이 그림자들 주위로 검은색으로 보일 만큼 진한 보라색 오라가 번쩍거린다.

그림자들이 마치 불똥처럼 허공을 날아다니다 하나로 합쳐져 모양을 갖추기 시작한다. 등 위로 퍼져 나간 차가운 영혼들이 내 두 팔을 에워싸며 비행체를 이뤄 하늘을 가르기 시작한다.

허공으로 날아오르자 내면 깊은 곳에서 웃음이 터져 나온다. 잠시나마 나는 모든 고통 위로 날아오른다. 그토록 열망하던 해방감이 밀려든다.

이윽고 나는 휘청이며 폭포 옆에 착지한다. 그림자들이 연기처럼 사라진다. 고개를 돌리자 사령술사들이 절벽에서 환호하고 있다. 멀리서 지켜보던 다른 마자이들도 함께 환호한다.

나는 마젤리를 가리키며 말한다.

"자, 이제 네가 날 수 있는지 보자. 아니면 첨벙 빠져 버리려나?"

마젤리는 물을 내려다보며 웃음을 거둔다.

"난 수영 못 해!"

나는 짓궂게 웃으며 어깨를 으쓱한다.

"그럼 역사상 가장 위대한 사령술사께서 도와줘야겠네."

45

전쟁을 끝낼 수만 있다면

아마리

저녁 먹을 때를 알리는 종이 울리자 안도의 한숨이 나온다. 일주일쯤 마음술사들과 훈련하고 나면 우리 사이에 가로놓인 얼음 장벽이 녹을 줄 알았는데, 갈수록 더 두꺼워지고 있다. 마자이들이 주문을 외우다 말고 소지품을 챙겨 산을 내려간다. 나는 고개를 들어 그들의 등에 대고 소리친다.

"내일은 동틀 때 시작할 거야."

누구 하나 뒤돌아보지 않는다.

두루마리들을 치우자 도기 타일로 만들어진 마음술사 바지스가 바닥에 모습을 드러낸다. 입안에 씁쓸한 맛이 감돈다. 라마야가 의료실에 누워 있는 한 나는 아무리 애써도 그들과 한편이 될 수 없다. 내가 센터가 아니었다면 그들이 라마야를 대신해 나를 공격할지도 모를 일이다. 누군가가 새로운 주문을 하나씩 터득할 때마다 '실수'인 척 나에게 마법을 휘둘러도 놀라지 않을 것 같다.

'집중해, 아마리.'

나는 마음술사 사원의 문을 닫으면서 씁쓸한 앙심의 뒷맛을 애써 떨쳐 낸다. 그러고는 청록색 두루마리를 펼쳐 센바리아를 읽어 본다.

"에미 니 모 누아. 제 키 에미 레 시시 미."

나지막이 그 요루바어를 중얼거리자 손끝에서 푸른빛이 타닥거린다. 나는 눈을 감고 주문에 힘을 싣는다. 나만의 꿈속 세상으로 누군가를 불러오는 주문이다. 며칠 전 이 두루마리를 처음 발견했을 때는 이게 무엇인지 모른 채 치워 버리려 했었다.

나는 마음술사들이 전투에서 쓸 만한 주문을 찾고 있었다. 특수한 차원으로 누군가의 정신을 끌어오는 능력은 쓸모없어 보였다. 하지만 다시 생각해 보니 신들은 내게 꼭 필요한 주문을 내준 것이었다.

나만의 꿈속 세상을 만들면 아무에게도 들키지 않고 오빠를 만날 수 있을 테니까. 그렇다면 우리는 군대를 대동하지 않고도 평화 협상을 시도할 수 있다.

"에미 니 모 누아. 제 키 에미 레 시시 미. 에미 니 모 누아. 제 키 에미 레 시시 미!"

나는 연거푸 주문을 읊조려 본다.

머릿속에 꿈속 정경을 그려 보며 한 번 더 두 손으로 마법의 기운을 흘려 보낸다. 하지만 조용한 마음술사 사원에서도 주문은 통하지 않는다. 나는 답답한 마음에 고개를 젓힌다. 무엇이 잘못되었는지 모르겠다. 다른 주문들을 익히는 것도 쉽지는 않았지만 이 주문은 몇 번을 시도해도 도무지 말을 듣지 않는다.

왕실 사람들이 언제 또 공격을 시도할지 모른다. 이위카가 언제 다시 라고스로 쳐들어갈지 모른다. 그 전에 전쟁을 끝내려면 내

힘만으로는 불가능하다.

제일리의 도움이 필요하다.

"하늘이여."

나는 침을 꿀꺽 삼키며 두루마리를 다시 둘둘 만다. 서로 다른 계획을 갖고 있지만 그래도 제일리는 마음술사들을 훈련시키는 데 필요한 요루바어를 내게 가르쳐 주었다. 지금까지 나는 두루마리 수십 개를 들고 가 도움을 청했다.

'하지만 내가 왜 이 주문을 배우려 하는지 알면…….'

나는 고개를 젓다가 한숨을 내쉬며 마음술사 사원의 군청색 문을 열고 나간다. 난 그저 어떤 주문을 배우기 위해서 도움이 필요한 것뿐이다.

그렇게 말하면 된다.

"비켜!"

나는 얼른 물러선다. 마젤리가 나를 휙 지나쳐 간다. 커다란 귀가 바람에 펄럭이는 것처럼 보인다. 그는 주문을 마저 외우며 절벽에서 껑충 뛰어내린다.

"이 파다 라티 오워 미!"

마젤리의 등에서 연보랏빛 구름이 솟아오르며 떨어지는 그를 에워싼다. 두 팔을 감싼 구름이 단단해지면서 날개를 이루자 마젤리는 기쁨의 함성을 내지른다.

"성공이야!"

그는 의기양양하게 두 손을 펼치며 폭포 옆 강기슭으로 내려간다. 그러나 착지하려는 순간 구름이 사라져 버린다. 그는 허공에서 버둥거리다 물속으로 첨벙 빠진다.

“젠장!” 마젤리가 수면 위로 올라오며 웃고 있는 마자이들을 노려본다. 그는 두 손으로 물을 철썩 내리친다. “이상하네. 분명 그때는 날개가 있었는데. 내가 똑똑히 봤다니까!”

“날개라기보다는 깃털 같던데.”

절벽에서 마리가 소리치며 앳된 얼굴에 의기양양한 미소를 띤 채 그림자를 타고 내려온다. 유유히 그림자를 부리며 날다가 땅에 내려서는 솜씨가 예사롭지 않다.

“마리, 그만해.” 제일리가 물속으로 들어가며 사령술사들에게 따라오라고 손짓한다. “마젤리, 잘했어. 그런데 아직 네 그림자들은 너무 유약해. 영혼들이 형태를 유지하려고 애쓰다 보니 그림자가 금세 흩어지잖아.”

나는 해가 지는데도 여전히 제일리를 둘러싸고 있는 세 명의 사령술사를 절벽 위에서 지켜본다. 우리 둘 다 똑같은 목걸이를 차고 있지만 제일리의 것은 마치 피부처럼 꼭 들어맞는다. 찰랑거리는 물속에서 금빛 문신을 빛내는 저 애를 바라보는 사람은 나뿐만이 아니다. 그중 단 한 명이라도 나를 그렇게 바라봐 준다면 무엇이든 내줄 수 있을 것이다.

“아마리!”

밑에서 제일리가 나를 발견하고 손을 흔든다. 내가 애써 미소 짓자 제일리는 사령술사들을 먼저 보내며 묻는다.

“오늘 훈련은 어땠어?”

“조금 나아졌어.”

거짓말이다.

“그런데 네 도움이 필요해. 내일은 이 주문을 가르쳐 볼까 생각

중인데, 어떻게 읽어야 하는지 가르쳐 줄래?"

나는 절벽 아래로 내려가 물에서 나오는 제일리에게 두루마리를 건넨다. 그러나 그 센바리아를 읽고 제일리의 얼굴에서 미소가 사라진다.

"꿈속 정경을 가르치고 싶다고?"

"이 주문에 대해 알고 있어?"

"응."

제일리의 시선이 아득해진다. 그리고 놀랍게도 표정이 부드러워진다.

"네 오빠가 나를 그리로 몇 번 불렀거든. 난 그게 이난이 만든 것인지 내가 만든 것인지 알 수가 없었어."

나는 몸을 바싹 기울이며 묻는다.

"거길 어떻게 갔어? 너도 그런 걸 불러올 수 있어?"

제일리는 대답하려다 말고 그 두루마리를 가슴에 끌어안는다.

"이 주문은 왜? 라고스로 쳐들어갈 건데 이걸 어디에 쓰려고?"

둘러댈 말을 찾으려니 귀가 화끈거린다.

제일리는 고개를 젓는다.

"미치겠다. 너 정말 이렇게 멍청한 애였어?!"

"내 오빠를 만나려고 하는 게 왜 멍청한 거야? 평화를 바라는 게 왜 멍청한 거냐고? 네가 오빠를 미워하는 건 알지만 오빠는 네 목숨을 구했어."

"그는 늘 **그런 식**이야."

제일리가 퉁명스럽게 말을 잇는다.

"자기가 편할 때는 옳은 일을 하다가도 중요한 순간에 뒤통수를 친다고! 믿어서는 안 돼, 아마리. 우리에게 남는 건 상처뿐이야!"

"정말 우리 오빠를 믿지 않는 거니, 아니면 네 마음을 부정하고 싶은 거니?"

제일리는 눈을 번뜩이며 몸을 꼿꼿이 편다.

"말조심해."

"넌 우리 오빠를 죽이기로 작정한 척하지만 난 찬돔블레에서 서로 어떤 눈으로 보는지 다 봤어. 네 가슴에 분노만 가득한 게 아니라는 거 나도 안다고!"

나는 제일리의 가슴을 가리키며 말을 잇는다.

"네 감정을 부인하고 싶다면 그건 마음대로 해. 하지만 이대로 전쟁을 계속 밀어붙이면 무고한 사람들의 목숨이 위태로워져!"

제일리는 두루마리를 빼앗으려는 나를 밀친다. 내가 비틀거리는 사이, 그 애는 두루마리를 물속으로 던져 발로 짓밟는다.

"안 돼!"

나는 소리치며 물속으로 달려 들어간다. 제일리의 발밑에서 두루마리를 빼내려 하지만 두루마리는 결국 반으로 찢어져 버린다. 고대의 잉크가 물속으로 번져 나간다. 나는 너덜거리는 양피지를 건져 내려다 부들부들 손을 떨며 제일리를 올려다본다.

"대체 왜 이러는 거야? 이 주문으로 전쟁을 끝낼 수도 있었어!"

제일리는 숨을 몰아쉬며 강기슭으로 걸어간다.

"네 입으로 말했잖아. 두루마리가 적의 손에 들어가면 무기가 된다고. 네 오빠를 만나는 건 꿈도 꾸지 마."

손끝에서 푸른 마법의 연기가 타닥거리며 피부를 뜨겁게 데운다. 어떻게 저럴 수가 있지? 어떻게 저렇게 **함부로** 명령한단 말인가?

"이제는 네가 내 왕위를 뺏고 싶어서 평화를 막으려는 건 아닐까 싫어."

내가 그렇게 내뱉자 제일리는 걸음을 우뚝 멈춘다. 등이 꼿꼿해진다. 손을 움켜쥐지만 끝내 돌아보지 않는다. 그리고 이를 악물고 말한다.

"훈련이나 해. 이 얘긴 두 번 다시 꺼내지 마."

제일리는 나를 버려둔 채 돌다리로 올라가 두 번째 산으로 향한다. 이해할 수가 없다. 왜 저렇게 분노로 눈이 멀었는지. 왜 이위카는 아무도 평화 협상이 최선이라는 사실을 깨닫지 못하는 걸까.

목이 메어 오지만 나는 다시 손을 뻗어 흠뻑 젖은 두루마리 조각들을 건진다.

"도와줄까, 아마리 원로?"

강기슭으로 시선을 던지자 마마 아그바의 서글픈 미소가 보인다. 나는 금방이라도 눈물이 쏟아질 것 같아 물을 바라보며 마음을 다잡는다.

"왜 모두가 저와 싸우려고만 할까요?"

내가 고개를 저으며 묻는다.

"이리 오렴."

마마 아그바가 나를 손짓해 부른다.

"내가 도움이 될지도 모르겠구나."

*

우리는 첫 번째 산의 정원으로 향한다. 나는 여전히 분이 풀리지 않아 몸이 부들부들 떨린다. 마마 아그바가 내 팔을 쓸어 주며 숨통을 틔워 주려 애쓴다.

"심호흡해 보렴."

나는 숨을 깊게 들이마시고 내쉬며 마마 아그바를 따라 정원 안으로 들어선다. 본탑의 꼭대기에 자리한 이 정원은 야생의 아름다움을 한껏 뽐내고 있다. 바나나 이파리들이 꽃처럼 피어나는 저녁노을과 완벽하게 어우러진다.

"저기로 가자."

마마 아그바는 정원 안쪽 깊숙한 곳, 무성한 풀에 둘러싸인 낡은 벤치를 가리킨다.

"예전부터 내가 좋아하던 자리거든. 이끼가 덮여서 푹신하단다."

등불이 비추는 오솔길을 걷다 보니 깨진 암석들, 뒤엉킨 초목들과 잘 정돈된 궁전 잔디밭이 얼마나 다른지가 실감 난다. 웃자란 덩굴들이 주변 암석을 휘감고 올라가 오래된 벤치들과 금이 간 정자들 주위로 한 폭의 그림을 이루고 있다. 완벽한 카네이션들만 있는 궁전의 정원과는 딴판이다. 궁전에서는 카네이션조차도 숨막히는 통제 속에 길러졌다.

마마 아그바는 마치 고급 욕조에 몸을 담그듯 이끼 속으로 들어간다.

"난 늘 여기에 앉아 있고는 했었지. 명상을 하라고 저 사원들을 지어 놓았는데 어째서인지 나는 여기로 와야 마음이 가장 평온해지더구나."

나는 마마가 꾸지람을 쏟아 내길 기다리지만 그녀는 한동안 매미들의 합창을 듣고 있을 뿐이다. 침묵이 길어지자 마침내 나는 깨닫는다. 마마는 이야기하러 온 것이 아니라 내 말을 들어 주려

온 것임을.

나는 입을 열지만 적당한 말이 떠오르지 않는다. 오랫동안 내 말을 들어 달라고 악을 써 온 기분이다. 전쟁에 대해 대화를 나눠 본 게 언제인지도 기억나지 않는다.

"평화를 이루려는 게 잘못된 건가요?"

내가 묻는다.

"삶은 옳고 그름만으로는 정의할 수 없는 것 같아. 무언가가 옳거나 그르다고 증명하려 하면 평화를 절대 이룰 수 없을 거야."

나는 벤치에 깊숙이 앉아 정원을 바라본다. 저 멀리 돌 정자에 파도술사 둘이 앉아 있다. 한 명은 무릎을 꿇고 앉았고 다른 한 명이 그녀의 머리를 칼로 다듬어 주고 있다. 풍성한 흰색 머리카락이 정자 바닥으로 떨어지는 광경을 지켜보면서 나는 문득 저 소녀가 왜 머리를 깎는지 깨닫는다. 나오와 똑같아지고 싶어서이다. 자신의 원로를 너무도 존경하는 나머지 그녀의 모든 부분을 닮고 싶은 것이다.

내가 입을 연다.

"제 오빠가 여러모로 잘못한 거 알아요. 수없이 많은 잘못을 저질렀죠. 하지만 아버지가 자식들에게 어떻게 했는지 아무도 이해할 수 없을 거예요. 오빠는 고문을 당하다시피 했어요."

"오빠에게 공감한다는 얘기니?"

마마 아그바가 묻는다.

"이해하는 거예요. 오빠는 그저 훌륭한 왕이 되고 싶어 했어요. 옳지 못한 일을 하면서도 자신이 정의를 위해 싸우고 있다고 생각할 거예요."

나는 팔 밑의 이끼를 뜯으며 한숨을 쉰다.

"제가 오빠와 얘기하면 합의점을 찾을 수 있어요. 우리 둘 다 오리샤에 최선이 되는 방법을 찾으려는 거예요. 제일리와 이위카는 도무지 들으려 하지 않는다고요."

마마 아그바가 입술을 오므리자 나는 입을 다문다.

"제가 너무 멀리 갔나요?"

내가 묻자 마마가 대꾸한다.

"오히려 좀 더 가야 할 것 같은데. 너는 이 전쟁이 이 모든 일의 시작인 것처럼 얘기하지만 마자이와 왕실은 수십 년, 아니 수백 년 동안 싸웠어. 양쪽 모두 서로에게 엄청난 고통을 주었지. 양쪽 모두 불신으로 가득 차 있어."

마마 아그바는 나무 지팡이를 어루만지며 눈을 감는다.

"이난을 탓할 수 없다면 제일리의 행동도 뭐라 할 수는 없어. 정말 평화를 이루고 싶다면 표면이 아닌 이면을 들여다봐야지."

나는 천천히 고개를 끄덕이며 마마 아그바의 말을 곱씹어 본다. 제일리를 향했던 분이 가라앉지만 꿈속 정경에 들어가고픈 마음은 오히려 더 간절해진다. 왕실과 마자이가 수백 년 동안 전쟁을 이어 왔다면 지금이 그 전쟁을 영원히 끝낼 유일한 기회인지도 모른다. 하지만 무엇을 시도하든 번번이 저항에 부딪히는데, 어떻게 평화를 중재할 수 있겠는가?

"네 이름의 뜻을 알고 있니?"

마마 아그바가 묻는다.

"제 이름은 아무런 뜻도 없어요."

"뜻이 없는 이름은 없어. 네 이름은 '위대한 힘을 소유하다'라는 뜻이란다."

마마 아그바가 웃자 그녀의 커다란 눈 주위에 주름이 생긴다.

"몇 달 전만 해도 궁전에서 도망쳐 나온 겁쟁이 공주였는데, 이제는 전쟁에서 마자이를 이끄는 원로가 되었잖아. 게다가 왕위를 차지하려고 하고."

그 말을 듣자 그동안 겪은 일이 머릿속을 스쳐 간다. 여기까지 오다니. 오리샤의 왕위를 차지해야만 승리할 수 있다고 생각했지만, 어쩌면 이미 내가 이룬 것도 또 다른 승리일지 모른다.

"이 모든 게 네가 그 두루마리를 훔치면서 시작되었잖아. 어쨌든 우리가 여기까지 온 건 네 용감한 행동 덕분이었어. 어렵겠지만 조금 더 기다려 보렴. 정말 누군가가 평화를 이룰 수 있다면 그건 틀림없이 너일 테니까."

마마가 나의 턱을 어루만지며 따뜻한 눈으로 바라보자 나는 절로 미소가 떠오른다. 언제부터였는지, 어째서인지 몰라도 마마의 눈에서 사랑이 느껴진다.

"고맙습니다."

내가 속삭인다.

"나한테 고마워할 필요 없어."

그녀는 나를 끌어안으며 말을 잇는다.

"네 용기 덕분에 난 너무도 많은 것을 되찾았거든. 제일리에게도 고맙지만 그에 못지않게 너에게도 고마워하고 있단다."

마마가 일어선다. 나도 함께 가려 하지만 그녀는 나를 다시 앉힌다.

"내가 젊었을 때 이곳은 이 성지 안에서 나의 힘을 시험해 보기에 가장 좋은 장소였어. 너에게도 도움이 될 거야."

나는 눈살을 찌푸리며 대꾸한다.

"하지만 이제 주문도 없는걸요. 제일리가 망가뜨렸어요."

"넌 센터잖아, 아마리. 좋은 건지 나쁜 건지는 몰라도 어쨌든 넌 주문에 매여 있지 않아. 네 오빠와 특별하게 연결되어 있을 거야. 마음을 비우고 집중해 봐."

마마 아그바가 걸음을 옮기자 나는 빙긋 웃는다. 그녀의 조언이 어깨를 짓누르던 짐을 덜어 주는 듯하다. 어쩌면 처음부터 이런 짐을 지고 다닐 필요가 없었을지도 모른다. 나는 마자이가 아니니까. 그러니 그들의 규칙을 따라서는 안 된다. 그들의 주문, 그들의 통제…… 내게는 그런 것들이 적용되지 않는다.

나는 두 손을 보며 찬돔블레 복도에서 센터의 힘으로 어머니를 쓰러뜨렸을 때 느낀 전율을 떠올려 본다. 몇 달 만에 가장 기분 좋은 순간이었다. 진정한 내가 된 기분.

정신을 집중해 힘을 불러오자 피부가 따끔거린다. 내게 힘을 보태 줄 티탄은 없지만 다른 곳에서 마법이 부풀어 오르는 것을 느낀다.

'오빠, 제발.' 가슴에서 희미한 푸른빛이 퍼져 나가자 나는 그를 떠올린다. '그 어느 때보다도 나는 오빠가 필요해. 이 전쟁을 끝낼 수 있는 사람은 우리 둘뿐이야.'

밤이 깊도록 나는 그 벤치에 앉아 어둠 속에서 오빠에게 손을 뻗어 본다. 이게 성공할지 모르겠지만 포기하지 않을 것이다.

전쟁을 끝낼 수만 있다면 언제까지고 이렇게 기다릴 것이다.

46

가까워지는 피바다

이난

작전실의 매끈한 탁자를 붙잡아 보지만 세상이 자꾸 아득해진다. 나를 에워싼 고문관들의 얼굴이 흐릿하게 보인다. 귓가를 맴도는 소리가 어머니의 속삭임을 집어삼킨다.

현실이 마치 꿈의 끝자락처럼 손가락 사이로 빠져나간다. 혼란스러운 표정을 숨기려 하지만 또다시 목소리가 들려온다.

'오빠…….'

"집중해."

어머니가 나를 쿡 찌르며 똑바로 일으켜 앉힌다. 나는 눈을 깜빡거리며 조코예 장군의 보고에 귀를 기울인다. 원래 잘 웃지 않는 사람이지만 찬돔블레에서 돌아온 뒤로 그녀의 말투에는 독기가 서려 있다. 그녀는 여전히 다리에 쇠 부목을 대고 힘겹게 작전실을 걸어 다닌다.

"우리 티탄들을 밤낮으로 훈련시키고 있습니다. 다음번에는 단단히 준비하고 이위카에 맞서야지요. 반역자들을 그 자리에서 모두 밀어 버릴 겁니다."

그녀는 지극히 옳은 얘기를 하고 있지만 어째서인지 내 손끝은 차가워진다. 내가 어떻게든 피하려 했던 피바다로 우리는 하루하루 가까워지고 있다.

"그들의 본거지는 알아냈습니까?"

내가 묻는다.

"점점 가까워지고 있습니다."

조코예는 지도에 동그라미를 그리며 이위카의 예상 본거지를 표시한다.

"정찰대가 이 구역으로 들어가기만 하면 연락이 끊깁니다. 하지만 병사들이 계속 이곳을 정찰할 방법을 찾고 있습니다. 오론에 있는 우리 병력이 예언술사 티탄들을 훈련시키고 있으니 좀 더 연습하면 우리가 원하는 답을 내줄 수 있을 겁니다."

'그렇게 되면…….'

나는 엄지손가락으로 동전에 새겨진 치타너를 어루만진다. 조코예의 병력을 막을 수는 없다. 우리는 가진 것을 모두 동원해 공격할 것이다.

"티탄들 계속 훈련시키고 라고스 방비를 강화하세요. 이위카 본거지에 대한 새로운 소식이 들어오면 바로 알려 주시고요. 그만 해산하죠."

내가 명령을 내리자 모두 일어나 고개 숙여 인사한 뒤 밖으로 나간다. 어머니가 내 어깨에 손을 얹으며 속삭인다.

"좀 쉬어라. 피곤해 보이는구나."

나는 고개를 끄덕이며 어머니의 손 위에 내 손을 얹는다. 세상이 다시 흐릿해지기 시작한다. 그 이상한 목소리가 귓가를 간질인다.

'이난 오빠가 필요해…….'

어머니가 나가자 눈꺼풀이 스르르 내려온다. 하지만 곧 등 뒤에서 인기척이 느껴진다.

"정말 그러네. 꼴이 말이 아니야."

빈정대는 오조레의 목소리에 나는 순간 긴장한다. 찬돔블레에 다녀온 이후, 그러니까 내가 제일리를 공격하는 그를 칼로 막은 이후 우리는 단둘이 있을 기회가 없었다.

나는 이런 대화를 피하기 위해 일로린 해안의 특별 건설 현장에 그를 감독으로 파견했다. 며칠 뒤에야 돌아올 줄 알았기에 그에게 할 말을 미처 생각해 보지 못했다.

"왔구나."

내가 두 손을 올리며 말한다. 오조레는 고개를 끄덕인다.

"응. 네 병사들은 열심히 일하고 있어. 이달 말이면 공사가 마무리될 거야."

"다행이다."

나는 다시 탁자로 몸을 돌리고 끝없는 양피지들을 추리기 시작한다.

"북쪽 건설 현장도 형이 봐줘야 할 것 같은데……."

"내가 오리샤 전국을 다 돌고 와야 남자답게 얘기할 거야?"

뺨이 화끈거려 손에 든 두루마리를 움켜쥔다. 어떻게 반응해야 할지 모르겠다. 오조레는 작전실 문을 닫고 내 옆자리에 앉는다.

"정말 끝까지 나를 피할 수 있을 줄 알았어?"

그는 고개를 갸우뚱하며 말을 이어 간다.

“지금까지 난 네가 동생 때문에 머뭇거린다고 생각했어. 가족이니까. 그런 건 이해할 수 있지. 하지만 **마자이** 때문에? 죽음의 전사 때문이었어?”

나는 손가락으로 동전을 감싸 쥔다. 적당한 대답을 내놓을 수 있다면 좋겠지만 스스로도 이해하지 못한 사실을 어떻게 그에게 설명한단 말인가?

그가 제일리의 무시무시한 별명을 얘기하는 순간 나는 그녀의 영혼의 냄새를 갈망한다. 그날 제일리는 나를 죽일 수 있었다. 하지만 그러지 않았다. 그토록 많은 일을 겪고도 날 죽이지 않고 참아 주었다.

내가 설명한다.

“마법이 돌아오기 전까지 그 애는 방해물이었어. 그 애를 죽이고 싶었지. 죽이려고도 했고. 하지만 기회가 왔을 때…….”

숲에서 제인과 아마리가 납치된 뒤 맞이했던 그 운명적인 순간을 떠올리자 마음이 무거워진다. 내 마법이 제멋대로 솟구쳐 오르면서 나는 그동안 제일리가 견뎌 온 삶을 모두 목격하고 말았다. 아직도 잊히지 않는다. 그 애의 두려움이 안겨 주던 씁쓸한 기분. 그 애의 영혼이 안겨 주던 따뜻함.

나는 다시 입을 연다.

“그 애는 내게 모든 이야기에는 숨겨진 부분이 있다는 것을 가르쳐 주었어. 그 뒤로 나는 더 좋은 왕이 되고 싶어졌지.”

오조레와 눈이 마주친 순간 우리 사이가 점점 더 벌어지고 있음을 느낀다. 나는 그의 목에 생긴 흉터를 보면서 그가 이해하지 못하리라는 것을 깨닫는다. 그는 나와 달리 마자이를 두려워해야 한다고 배우지 않았다. 마자이는 그의 몸에 화상을 입힌 자들일 뿐이다.

나와 함께 작전실의 지도를 바라보며 그는 주먹 쥔 손을 입술로 가져간다. 이렇게 앉아 있는 동안에도 귓가의 낮은 울림이 다시 커져 간다. 주변 세상이 흐릿해지기 시작하자 나는 탁자를 붙잡는다.

오조레는 한숨을 쉬며 말한다.

"네가 네 아버지와는 다르다는 거 알아. 더 좋은 사람이 되려고 노력하는 것도 높이 평가하고. 하지만 모두를 구하는 건 불가능해. 이제 마자이들을 보호하려 해서는 안 돼."

나는 주머니 속 동전을 움켜쥔다.

"꼭 어머니처럼 얘기하네."

"뭐, 네 어머니처럼 나도 네가 꼭 살아 있길 바라는 사람이니까. 전장에서 아마리는 네 동생이 아니야. 그 여자애도 네가 사랑할 수 있는 사람이 아니고."

오조레는 자리에서 일어나 내 등을 토닥이며 덧붙인다.

"그들은 적이야, 이난. 이 전쟁의 적군이지. 그들과 마주치면 피를 흘릴 수밖에 없어. 그 피가 네 것이 아니길 바란다."

그가 문을 닫고 나가자 나는 탁자에 머리를 얹는다. 그의 말이 사실이 아니라면 좋겠지만 그는 내가 차마 하지 못하는 말을 대신 해 주었다.

문득 왕자였던 시절이 그리워진다. 마법이 돌아오기 전. 왕위에 오르기 전. 힘은 없었지만 모든 것이 단순했다. 이제 그런 시절은 두 번 다시 오지 않을 것이다.

'오빠…….'

다시 그 목소리가 귀를 간질인다. 주위에 아무도 없어서인지 아까보다 더 커진 듯하다. 손에 힘이 빠지면서 쥐고 있던 동전이 빠져나간다. 잠이 나를 에워싸며 암흑 속으로 끌어당긴다.

차가운 마법의 숨결이 피부를 스치고 주위가 빙빙 돌며 하얀 구름들이 나타난다.

마치 허공에 매달려 발버둥 치는 느낌이다. 마침내 땅을 발견하지만 믿을 수 없는 광경이 펼쳐진다.

끝없이 이어진 푸른 백합들이 내 피부를 간지럽힌다.

47

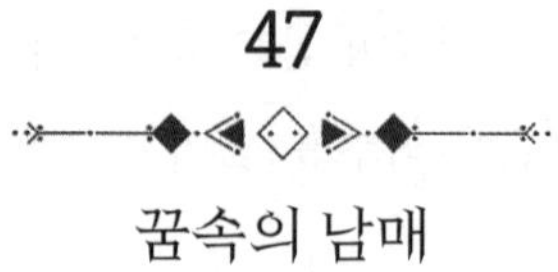

꿈속의 남매

아마리

"오빠?"

무슨 말이든 하고 싶지만 입이 떨어지지 않는다. 오랫동안 이 순간을 기다렸지만 정작 무엇을 할지는 생각해 보지 않았다.

그의 턱에는 거친 수염이 삐죽삐죽 돋아났고 눈 밑에는 시커먼 그늘이 자리하고 있다. 열아홉 살의 나이보다 훨씬 더 늙어 보인다. 헝클어진 곱슬머리 속에 자리한 흰색 머리카락 한 줄기를 제외하면 아버지와 꼭 닮은 것 같기도 하다.

"여긴 다르네."

눈을 깜빡거리며 나를 보는 그의 지친 얼굴에 희미한 미소가 떠오른다. 그는 눈을 감고 숨을 들이마시며 내 꿈속 세상에 가득 찬 계피 향을 음미한다.

그런 그를 보면서 나도 우리를 에워싼 세상을 둘러본다. 내가 만들어 낸 마법의 공간. 발밑에는 진한 푸른색 꽃들이 물결치고 머리 위에는 하늘을 수놓은 별이 반짝거린다.

이곳에는 처음 와 보았지만 어째서인지 나 자신을 되찾은 기분이다. 공기는 달콤하고 달이 없는데도 환한 빛이 비친다.

오빠는 허리를 굽혀 꽃 냄새를 맡아 보더니 희미한 미소를 거둔다.

"나를 죽이려고 데려온 거야, 얘기하려고 데려온 거야?"

농담일 테지만 손을 떨고 있다. 그는 누구든 무엇이든 자신을 해칠 거라고 넘겨짚는다. 그 역시 내가 떨쳐 내려는 상처를 안고 있으니까.

나는 눈시울을 붉히며 그에게 한 걸음 다가선다. 그가 두 팔을 벌리자 나는 쏜살같이 달려간다. 얼마나 그리웠는지 모른다. 얼마나 안고 싶었는지 모른다.

달려가는 동안 우리 사이에 일어난 모든 일이 머릿속을 스쳐 간다. 우리가 입은 상처. 우리가 잃어버린 사람들. 빈타. 카에아 총사령관. 아버지. 무엇보다도 우리는 서로를 잃었다.

그의 가슴에 머리를 기대는 순간 우리는 흐느끼기 시작한다. 더 서럽게 울고 있는 사람이 오빠인지 나인지 모르겠다.

*

시간이 얼마나 흘렀을까. 우리는 눈물이 다 말라 버린 것 같다. 이 마법의 장소에서는 고통도 다르게 느껴진다. 울어도 괴롭지 않다.

우리는 푹신한 흙더미에 올라앉아 발밑의 꽃을 꺾는다. 너무나 많은 일들이 스쳐 지나가지만 아무 말도 필요하지 않다.

"오빠의 꿈속에도 꽃이 있어?"

내가 묻자 그는 고개를 젓는다.

"갈대뿐이야."

그는 백합 한 송이를 코앞에 두고 꽃잎을 뜯는다.

"제일리가 숲이랑 폭포를 만들어 놓긴 했는데 그다음에는 어떻게 해야 할지 모르겠어. 이제 들어갈 수도 없어. 들어가려 하면 도끼로 두개골을 내리치는 것 같거든."

놀랍게도 오빠의 입가에 미소가 떠오른다. 그렇게 많은 일이 있었는데도 여전히 제일리는 오빠의 다른 모습을 불러낸다.

"제일리는 어때?"

나는 눈을 굴리며 고개를 돌린다.

"오빠를 죽일 작정인가 봐. 분노에 눈이 멀었어."

"그야 너무 잘 알지."

그는 윗도리를 올려 옆구리에 새로 난 흉터를 보여 준다.

"나를 죽이고 싶어 안달이지 않을 때는 어떻게 지내냐고. 어떤 것 같아?"

나는 콧잔등을 찌푸리며 다른 시점으로 제일리를 들여다보려 한다. 우리는 너무 오랫동안 서로 으르렁거렸다. 그 애와 친구로 지내던 시절이 그립다.

나는 천천히 입을 연다.

"이제 자기 부족을 이끌고 있잖아. 사령술사는 많지 않지만 그래도 충분한 것 같아. 그들을 이끌면서 행복해졌어. 잘 웃기도 하고."

"잘됐네."

그는 꽃밭으로 파고든다. 호박색 눈이 부드러워진다.

"그 애는 행복을 누릴 자격이 있지."

"우리는 아닌 것처럼 말하네."

그는 콧방귀를 뀐다.

"우리는 왕족이잖아. 모두가 웃을 수 있게 우리가 고생해야지."

나는 억울한 마음에 무릎을 끌어안는다. 더는 고생하고 싶지 않다. 이 왕국 사람들은 평화를 믿으려 하지 않는다. 우리가 평화를 이룰 수 있는 세상이 있을 것이다. 마자이와 티탄, 코시단 들이 하나가 되어 살 수 있는 오리샤.

현실은 악몽이지만 여전히 내가 꿈꾸는 오리샤가 보인다.

나는 깊은 한숨을 내쉰다.

"그들은 왕실을 전멸시키기 위해 훈련하고 있어. 나는 평화를 이룰 수 있다고 이위카를 설득하려 하는데, 그들은 왕실을 믿지 않아. 제일리를 왕좌에 앉히려 하더라고."

"제일리를?"

오빠가 몸을 꼿꼿이 펴며 눈살을 찌푸린다.

"제일리를 죽음의 전사라고 불러. 그들에게 제일리는 살아 있는 전설이야. 하지만 그렇게 되면……."

나는 말끝을 흐린다. 가슴이 답답해진다. 제일리가 옳은 일을 할 거라고 믿고 싶지만 마법이 돌아온 후에 일어난 일들을 보면 너무 순진한 생각인 것 같다. 그 애는 오리샤가 통합되길 원치 않는다. 오직 왕정의 파멸을 원할 뿐이다.

오빠가 묻는다.

"그들이 원하는 게 뭐야? 뭘 내줘야 이 전쟁을 끝낼 수 있는 거지?"

나는 원로들의 얼굴을 떠올려 본다.

"힘. 진정한 자유. 고문과 이유 없는 박해의 중단. 왕정에서 정당한 지위와 발언권을 갖는 것."

오빠는 숨을 들이마신다. 내가 요구를 하나씩 내뱉을 때마다 그의 가슴이 팽창하는 듯하다. 그는 손을 비비며 나의 말을 곱씹어 본다.

"그게 다야?"

나는 어깨를 으쓱한다.

"대충."

그는 고개를 끄덕인다.

"좋아. 그런데 그걸 어떻게 내주지?"

나는 눈알이 튀어나올 듯 눈을 휘둥그레 뜨며 오빠의 팔을 붙잡는다.

"진심이야?"

"그렇게 해서 이 전쟁을 끝낼 수만 있다면. 네가 말한 것들은 내가 바라는 바이기도 하거든."

"그럴 줄 알았어!"

나는 손뼉을 친다. 흥분되어 가슴이 벅차오른다. 그러나 곧 현실을 깨닫는다. 아직 뭔가가 더 필요하다.

"왜 그래?"

어깨가 처진 내 모습에 오빠가 묻는다.

"우리가 같은 것을 원한다고 해도 소용없어. 이위카는 오빠가 무슨 말을 해도 믿지 않을 거야."

나는 고개를 저으며 말을 잇는다.

"내가 그들의 반대를 무릅쓰고 오빠를 만났다는 걸 알면 화가 나서 내 말을 들어 주지도 않을걸."

오빠는 손을 비비며 눈살을 찌푸린 채 생각에 잠긴다.

이윽고 그가 묻는다.

"너를 통하지 않으면 어때? 내가 직접 전달하면? 내가 조약문을 작성해서 그쪽 지도자들에게 제시해 볼게."

오빠의 말이 진심이라는 것을 깨닫고 가슴이 뛰기 시작한다. 왕이 직접 그런 조약을 제시한다면 제일리도 듣지 않을 수 없을 것이다.

"오빠 혼자 와야 할 텐데……."

내가 조심스럽게 말한다.

"어차피 그럴 수밖에 없어. 찬돔블레에서 일어난 일을 생각하면 왕실 의회는 그런 조약을 내미는 순간 나를 처형해 버릴 테니까."

"궁전에서 어떻게 나오게?"

내가 묻는다.

"너를 만난다고 하면 오조레 형이 도와줄 거야."

오빠가 손을 내밀자 가슴이 벅차오른다. 이제 내가 원하는 대로 평화를 이룰 수 있다.

하지만 오빠의 손을 바라보자 다시 제일리의 목소리가 머릿속을 파고든다.

'자기가 편할 때는 옳은 일을 하다가도 중요한 순간에 뒤통수를 친다고! 믿어서는 안 돼, 아마리. 우리에게 남는 건 상처뿐이야!'

나는 다시 그를 올려다보며 묻는다.

"그럼 나는 어떻게 되는 거야? 오빠가 없을 때 나는 여왕이 되려고 했어. 평화를 찾고 나면 그다음에는 어떻게 되는 거야?"

그는 손을 내리고 내 말을 곰곰이 생각해 본다.

"어머니는 충실한 동맹이긴 하지만 과거에 얽매여 있어. 오리샤에는 나라를 새로 바로잡아 줄 여왕이 필요해."

오빠가 두 팔을 벌려 초대의 뜻을 표하자 손끝이 얼얼해진다.

"진심이야?"

내가 묻는다.

"우리가 함께 왕국을 다스리자. 처음부터 그래야 했어."

두 팔로 덥석 그를 감싸 안자 어깨가 가벼워지는 느낌이 든다. 가슴이 벅차오른다. 그가 멋진 왕이 되리라는 것을 진작 알고 있었다.

하지만 그가 감싸 안는 순간 흉터가 따끔거린다.

우리가 이토록 염원하는 평화를 이룰 때까지, 부디 제일리가 오빠를 살려 두기를…….

48

사령술사들의 첫 시합

제일리

지평선 위로 태양이 떠오르자 사령술사들은 아무도 입을 열지 않는다. 우리는 하늘에서 이글거리는 태양을 말없이 바라본다. 성지 밖 울퉁불퉁한 산지 위로 따사로운 햇살이 쏟아져 내린다. 거대한 나무들 사이의 안개로 햇볕이 내리쬐면서 덩굴에 매달린 비비너들이 드러난다. 햇살이 결승선에 닿자 나는 거기로 향하는 길을 살펴본다.

그러고는 아마리와 처음 훈련했던 언덕을 가리키며 말한다.

"저기야. 저 정상에 먼저 도착하는 사람이 이기는 거야."

그러자 마리가 두 손을 비빈다.

"내가 이길 거야. 다들 비켜."

나는 마리의 당찬 모습에 빙긋 미소를 짓는다. 그 언덕은 성지를 에워싼 산에서 3킬로미터쯤 떨어져 있다. 가장 긴 거리의 훈련이 될 것이다. 보름 동안 연습했으니 이제는 사령술사들이 새로 배운 주문을 모두 익혔는지 시험해 봐야 한다.

"내가 이기면 부원로 시켜 주는 거야?"

마리가 묻는다.

내 뒤에서 마젤리가 팔짱을 낀다. 그는 많은 주문을 익혔지만 아직 날개는 완벽하게 만들지 못한다.

"이긴 사람은 평생 자랑할 수 있게 해 줄게."

내가 제안한다.

"사령술사들의 첫 시합이잖아. 오야께서 직접 승자를 칭찬해 주실 거야."

세 사람의 얼굴이 환해지자 가슴이 일렁인다. 마마 아그바가 우리에게 신들의 이야기를 들려줄 때 나도 저런 눈빛으로 마마를 바라보고는 했다.

나는 그들이 자리를 잡고 마음의 준비를 하도록 기다린다. 빔페는 손마디를 꺾고 마젤리는 다리를 푼다.

"다치면 안 돼."

나는 두 손을 올린다.

"셋…… 둘……."

"하나!"

마리가 마저 외치며 쏜살같이 달려 나간다. 양쪽으로 둥글게 올려 묶은 머리카락이 통통 튕긴다. 나머지 두 사람이 황급히 따라가는 사이 마리가 가장 먼저 절벽에서 뛰어내린다.

"에미 오쿠 그바 아아예 니누 미……."

마리의 손끝에서 나온 그림자들이 그녀의 등에서 한데 모여 글라이더가 된다. 포도주색 그림자들은 마리와 함께 변덕스러운 바람을 타고 날아간다.

마리는 선두로 나아가 풀이 덮인 언덕에 가까워진다. 그 애의 웃음소리가 울려 퍼지는가 싶더니 거센 바람을 맞고 경로를 벗어나기 시작한다. 나는 별수 없이 그 바람 속으로 날아오른다.

"……자데 니누 아원 오지지 레. 이 파다 라티 오워 미!"

저 아래서 빔페가 다른 방법을 시도하고 있다. 뒤에서 그림자들이 커다란 이불처럼 펄럭거리며 배의 돛처럼 바람을 잡아 준다. 오솔길 옆으로 흐르는 강에 가까워지자 빔페는 주문을 읊조린다. 죽음의 그림자들이 연기처럼 흩어지더니 모양을 바꿔 발판을 이룬다.

"어때, 마리?!"

빔페는 호리호리한 몸으로 거센 물살을 가르며 환하게 웃는다. 그림자를 타고 물살을 가르며 나아가는 그 애의 어두운 피부 위로 허리까지 땋아 내린 머리카락이 통통 튕긴다.

'굉장하네.' 나는 내 그림자들을 움직여 그 애를 따라 나무숲으로 향한다. 아무도 빔페를 이길 수 없겠다고 생각하는 찰나, 마젤리의 외침이 들린다.

"……이 파다 라티 오워 미!"

나무들 밑으로 그가 쌩 지나간다. 어찌나 빠른지 흐릿한 포물선처럼 보인다. 연보라색 그림자들은 여전히 너무 약해서 형태를 유지하지 못하지만 그는 오히려 그 점을 이용하고 있다. 그림자들이 허물어지는 순간 다시 주문을 외워 영혼들로 또 다른 밧줄을 만드는 것이 아닌가. 그 밧줄이 다음 나뭇가지를 감싸자 마젤리는 그것을 붙잡고 앞으로 몸을 날린다.

"계속해!"

나는 위에서 눈을 동그랗게 뜨고 소리친다. 마젤리는 밀림의 덩굴을 타고 나아가는 고릴리온처럼 계속해서 그림자들을 옮겨 타며 앞으로 나아간다. 나는 말문이 막힌다. 죽음의 그림자를 저렇게 이용하는 것은 생각해 본 적도 없다.

그가 언덕 위에 착지하자 나는 자부심으로 가슴이 벅차오른다.

마젤리는 두 팔을 휙 올리며 소리친다.

"성공! 내가 가장 위대한 사령술사야!"

뒤이어 마리가 착지하며 소리친다.

"반칙이야. 난 날아가야만 하는 줄 알았단 말이야!"

내가 풀이 덮인 언덕에 닿자 그림자들이 흩어져 사라진다.

"난 그렇게 말한 적 없는데."

마젤리는 두 손을 허리춤에 얹고 가슴을 내민 채 으스대며 언덕을 활보한다.

"나도 이제 죽음의 전사야! 아니, 죽음의 명수라고 불러 줘!"

"명수는 무슨!"

마리가 씩씩거린다.

나는 투닥거리는 그들을 보고 웃음을 터트린다. 나도 저렇게 한없이 즐거워할 수 있다면 얼마나 좋을까. 빨리 오빠에게 이 얘기를 들려줘야겠다고 생각하는 순간, 로웬이 머릿속을 비집고 들어온다. 그가 방금 전 마젤리를 보았더라면 얼마나 저 애를 들볶았을까? 틀림없이 저 가여운 소년을 자기 조직으로 끌어들이려 했을 것이다.

나는 빙긋 웃으며 산을 올라오는 빔페를 포옹으로 맞아 주려고 돌아선다. 그러나 내리막길로 들어서는 순간, 저 아래서 한 줄기의 새하얀 머리카락이 움직이는 것을 발견한다.

아마리는 우리를 보지 못했는지 저 멀리 커다란 두 언덕 사이를 우아하게 지나간다. 산책을 나온 것 같지는 않다. 그 애는 눈에 띄지 않으려는 사람처럼 움직인다.

나는 마젤리의 어깨를 잡으며 말한다.

"애들 데리고 돌아가. 나는 확인할 게 있어서."

"괜찮은 거야?"

그가 묻자 나는 고개를 끄덕인다.

"사원에서 보자."

마젤리가 내게 머리 숙여 인사한 뒤 마리와 빔페를 향해 돌아서자 나는 암벽에서 껑충 뛰어내린다. 이제 죽음의 그림자는 내 일부가 되었다. 주문을 외지 않아도 그림자들은 내 팔을 휘감아 땅으로 인도한다.

'여기서 뭐 하는 거지?' 나는 거미줄처럼 뒤엉킨 굵은 덩굴을 들어 올리며 아마리를 뒤쫓는다. 그날 폭포 아래서 내가 그 애의 두루마리를 짓밟은 뒤로 우리는 말을 섞지 않았다. 오빠의 말에 따르면 아마리는 내가 사과하기를 기다리고 있다.

'라고스로 가는 게 틀림없어.' 나는 입을 꾹 다물고 주먹을 움켜쥔다. 저 애의 이를 모조리 박살 내고 싶다. 왕실 사람들은 절대 평화 협상을 받아들이지 않으리라는 것을 어떻게 일깨워 줘야 할까?

"아마리, 거기 서!"

나는 밀림 속 휑한 빈터로 들어가는 그 애를 따라간다. 내 목소리를 듣고 아마리는 걸음을 멈춘다. 나는 그녀의 어깨를 잡아 돌려세운다.

"대체 어디 가는 거야?"

아마리의 안색이 창백해진다. 그러나 아무 말도 하지 않는다.

그제야 나는 숲속에서 기다리고 있는 또 하나의 새하얀 한 줄기 머리카락을 발견한다.

49

문 앞에 나타난 적

제일리

한동안 충격에 휩싸여 아무 말도 하지 못한다. 눈앞에 벌어진 상황을 어떻게 이해해야 할지 모르겠다. 그것이 나의 부족에게, 이위카에게 무엇을 의미하는지.

그러나 충격이 가라앉자 이전에는 느껴 보지 못한 깊은 증오심으로 몸이 떨린다. 마법이 피부를 간질이자 나는 손을 휙 올린다.

"너희 둘 다 죽이면 안 되는 이유를 하나만 대 봐!"

"제일리, 그러지 마!"

아마리가 콧구멍을 벌름거리며 이난 앞으로 뛰어든다. 그 모습에 나의 마법이 더 강렬하게 솟구쳐 오른다. 나는 다른 손으로 아마리의 가슴을 가리킨다.

"어떻게 네가 우리를 배신할 수 있어?"

나는 소리치며 황금빛 갑옷을 입은 병사들을 찾아 나무숲을 둘러본다.

이난이 동생 뒤에서 걸어 나온다.

"찾을 필요 없어. 나 혼자 왔어."

"퍽도 그러겠네."

그가 가까이 오자 나는 금방이라도 부서질 것만 같다. 손에 힘을 주어도 손가락이 떨린다. 어떤 주문을 써야 하는지도 모르겠다.

그의 목소리와 얼굴에 가슴이 저며 온다. 그의 꿈속으로 돌아간 듯하다. 나의 등을 어루만지던 손길이 느껴지고 그가 했던 모든 약속과 거짓말도 떠오른다. 그는 매번 이렇게 내 가슴으로 들어와 나를 짓이겨 놓는다.

아마리가 애원한다.

"제일리, 그러지 마. 오빠는 원로들에게 제안하러 왔어. 너와 이위카가 원하는 것을 다 들어주는 조약을 준비했다고!"

나는 이를 악물고 말한다.

"네 오빠의 제안은 아무런 의미도 없어. 마자이가 자유로워지려면 왕족이 모조리 땅에 묻혀야 해!"

그러자 아마리가 소리친다.

"나까지? 난 사란 왕의 딸이야. 네한다 왕비의 딸이라고. 나도 왕족의 일원인데 넌 내가 너희 편에서 싸울 거라고 믿어 줬잖아. 계속 그렇게 믿어 주면 안 돼?"

"지금 이 순간부터 난 널 믿지 않아!"

내가 달려들자 두 사람은 비틀거리며 물러선다. 죽음의 그림자들이 연기처럼 나를 에워싸며 내 명령을 기다린다. 저 둘을 갈가리 찢어 버리고 싶다. 저들의 몸이 재로 변하는 것을 보고 싶다. 그렇게 많은 일을 겪고도 아마리가 모두를 위험에 빠뜨리려 하다니 믿기지가 않는다.

아마리가 묻는다.

"넌 정말 라고스의 성문 앞에서 전투 한 번만 치르면 왕실을 무너뜨릴 수 있다고 생각해? 설사 승리한다고 해도 네 사령술사들을 생각해 봐. 얼마나 많은 이들이 죽을지 생각해 보라고!"

"애먼 사람들 끌어들이지 마!"

나의 목소리가 떨리면서 그림자들이 응축된다. 그러나 아마리도 두 손을 올린다. 손끝에서 푸른빛이 타닥거린다.

그 조용한 위협이 화살이 되어 내 가슴을 찌르고 사슬이 되어 목을 휘감는다. 내가 마법을 다루는 법을 가르쳐 주었는데, 이제 그 마법을 나에게 휘두르려 하다니.

아마리가 속삭인다.

"난 지금 너를 위해 싸우고 있어. 넌 모르겠지만 마젤리와 마리, 빔페를 위해 싸우고 있다고."

이난이 한 발짝 다가오자 나는 이를 악문다. 아마리가 여전히 우리 사이를 막아서려 하지만 이난은 아마리의 보호를 뿌리친다. 내 뒤로 그림자들이 버티고 있는데도 그는 다가와 목소리를 높인다.

"왜 나를 모르는 척하는 거야? 왜 내 마음을 모르는 척해? 아니라는 거 다 알아. 제일리, 난 너를 아니까. 네가 아무리 소리 지르고 싸우려 해도 변하지 않았다는 거 알아."

그는 고개를 저으며 말을 잇는다.

"내게는 아직 그 어린 소녀가 보여. 사랑하는 것들을 왕에게 모두 빼앗길까 봐 두려움에 떠는 소녀."

그가 말한 바로 그 두려움, 아니 그보다 훨씬 더 큰 두려움이 끓어오르기 시작한다. 그때 내게 남은 것은 오빠와 아빠뿐이었다. 그 두 사람을 제외하고는 이 세상에서 가질 수 있는 것이 아무것도 없을 줄 알았다. 하지만 지금 나에게는 마젤리와 사령술사들이 있다. 마마 아그바와 여러 부족들이 있다. 난 그들을 잃으면 살 수 없다.

갈기갈기 찢어진 가슴을 두 번 다시 이어 붙이지 못할 것이다.

"넌 나를 알잖아."

이난은 목소리를 낮춰 속삭이기 시작한다.

"이 모든 게 진심이라는 거 **알잖아**. 너에게 했던 약속을 모두 지키고 싶어, 젤. 네가 날마다 웃을 수 있는 왕국, 네가 안전하게 살 수 있는 그런 왕국을 만들고 싶다고!"

그는 턱을 바르르 떨며 계속해서 나와 거리를 좁힌다. 그러나 내 손바닥이 가슴에 닿자 걸음을 멈춘다. 목숨이 내 손끝에 달려 있는데도 그는 여전히 나를 오리샤에 하나뿐인 여자인 것처럼 바라본다. 이 세상에 여자는 나밖에 없는 것처럼.

나는 눈에 고이는 눈물을 끝내 떨구지 않는다. 그를 다시 가슴에 품으면 어떤 대가를 치러야 하는지 알기에. 그래 봐야 흉터만 늘어날 것이다.

내가 속삭인다.

"이미 다 해 본 일이야. 넌 내게 새로운 오리샤를 약속했었잖아."

그는 두 손을 올린다.

"그때는 내가 왕이 아니었어. 이제는 약속을 지킬 힘이 생겼어."

'달콤한 거짓말.' 나는 눈을 감는다. '달콤한 거짓말이야.'

전에는 믿었다.

그래서 아빠가 대가를 치렀다.

아마리가 두 손을 올리며 앞으로 걸어 나온다.

"오빠는 평화 조약을 들고 왔어. 네가 원하는 것을 다 들어주는 조건이야. 이 조약을 맺으면 넌 자유로워질 수 있어. 네가 사랑하는 사람들을 모두 지킬 수 있다고!"

나는 두 사람의 호박색 눈을 번갈아 바라본다. 손을 거두고 싶어지는 내 자신이 싫다. 하지만 마음 한구석으로는 이 지긋지긋한 전쟁을 끝낼 수 있지 않을까 간절히 믿고 싶어진다.

"몇 달 전 내가 증오와 의심으로 가득 차 있었을 때 너와 아마리가 이성적으로 판단하라고 했었잖아."

이난은 눈을 감으며 말을 잇는다.

"그때 내가 그런 지도자가 되었더라면 얼마나 많은 목숨을 구할 수 있었을지 생각해 봐. 지금 네가 그런 지도자가 된다면 얼마나 많은 마자이들을 구할 수 있을지 생각해 봐."

어느새 나는 이난이 말하는 그 순간으로 돌아간다. 아마리와 오빠가 납치당하기 직전이었다. 우리가 줄라이커와 신성자 정착촌을 발견하기 직전.

그가 다시 말한다.

"그동안 내가 한 짓과 네가 잃은 것을 생각하면 나를 믿기 어렵겠지. 하지만 정말 네 부족을 지키고 싶다면 평화를 택하는 게 좋지 않을까? 오리샤의 왕들 가운데 처음으로 네가 원하는 것을 모두 들어주려 하는 이 왕족들을 한 번 믿어 주면 안 돼?"

그의 말에 가슴이 철렁인다. 마젤리의 의기양양한 미소가 떠오른다. 욕심 많은 마리의 눈빛도. 내가 아직 만나 보지 못한, 저 밖에서 우리 부족의 일원이 되기를 기다리는 모든 사령술사를 생각해 본다.

아마리가 두 손을 내리며 말한다.

"부탁이야. 원로들이 오빠의 조약을 읽어 볼 수 있게만 해 줘. 더 바라지 않을게."

나는 다시 이난을 본다. 그리고 그의 가슴에 닿아 있는 나의 손을 본다. 그의 심장 박동이 뼈를 타고 전해지면서 옛일이 떠오른다. 그의 심장 박동을 느끼며 파도를 떠올리던 시절. 한없이 아늑하고 포근하던 느낌.

나는 숨을 깊게 내뱉으며 눈을 감고 손을 내린다. 그에게서 물러서자 참고 있던 눈물이 터져 나온다.

"잘 생각했어."

아마리가 나를 껴안으려 하지만 나는 손을 들어 막는다.

"내가 그 조약을 직접 보기 전까지는 둘 다 나를 지나갈 수 없어."

이난은 입을 떡 벌리지만 결국 고개를 끄덕이며 등에 짊어진 가죽 봇짐으로 손을 넣는다. 그가 양피지를 꺼내는 순간, 가슴을 짓누르고 있던 무언가가 사라지는 듯하다.

너무 오랫동안 싸우려고만 했다. 그가 대가를 치르게 하고 싶었다. 하지만 어째서인지 타협하는 것이 옳은 일처럼 느껴진다. 가슴을 옭아매고 있던 사슬이 풀어지는 듯하다.

정말 평화를 이룰 수 있다면…… 그리하여 나와 우리 사령술사들이 자유로워질 수 있다면…….

신들이여.

그렇게 된다면 더 바랄 게 없을 것이다.

"자."

나는 이난이 건넨 양피지를 읽어 내려가기 시작한다. 내가 꼼꼼히 살펴보는 동안 그와 아마리는 숨을 참고 있는 듯하다.

내가 말한다.

"이 정도로 다른 마자이들을 설득할 수는 없을 거야. 그래도 너를 만나 보게 할 수는……."

갑자기 울려 퍼지는 뿔피리 소리에 나는 얼이 빠진다. 소리가 점점 커지자 나는 휙 돌아선다. 성지 쪽에서 들려오는 소리다.

"뭐야?"

아마리가 돌아서자 이난은 이맛살을 찌푸린다.

"몰라……." 그가 말끝을 흐린다. "난 정말 혼자 왔다고!"

내 팔에서 그림자들이 뻗어 나와 머리 위 나뭇가지를 휘감는다. 나는 그 그림자들을 타고 나무 위로 올라가며 부디 내가 걱정하는 상황이 아니길 기도한다.

그러나 나무 꼭대기로 올라가자 검은색과 금색으로 이루어진 네한다의 인장이 보인다. 군용 마차들이 끝없이 밀려오며 수십 개의 벨벳 휘장이 밀림의 바람에 나풀거린다.

대습격의 밤 이후 처음 느껴 보는 한기가 뼛속을 파고든다.

적이 우리 문 앞에 나타났다.

전쟁이 우리를 찾아왔다.

50

이제 나에게 오빠는 없다

아마리

"개자식!"

제일리가 나뭇가지를 휘감은 그림자들을 풀어 땅으로 내려오며 날카롭게 소리친다. 격투봉을 들고 오빠에게 달려들다가 이위카의 경보가 울리자 멈춰 선다. 그러고는 굳은 얼굴로 돌아서서 나무를 헤치며 달려간다. 그 애가 사라지자 나는 풀썩 무릎을 꿇는다.

나는 오빠의 목숨을 구해 주었다.

그를 위해 아버지와 맞서 싸웠다.

제일리에게 그를 믿어 달라고 애원했다.

나는 몸을 웅크린다. 눈시울이 뜨거워진다. 오빠가 나와 제일리에게 이런 짓을 하다니 믿을 수가 없다.

그가 손을 내민다.

"아마리, 정말이야. 이건 내가 계획한 게 아니……."

그의 목소리가 전쟁의 소음에 묻혀 아득해진다. 마치 수백 대가 삐걱거리며 우리를 향해 달려오고 있다. 벨벳 인장의 물결이 바람에 너울거린다. 나는 평화를 모색하기 위해 그를 불렀다.

하지만 그는 우리의 종말을 불러왔다.

그가 떨리는 목소리로 말한다.

"날 믿어 줘! 오조레 형에게만 얘기했어! 형은 아무한테도 말하지 않겠다고 약속했고!"

'자기가 편할 때는 옳은 일을 하다가도 중요한 순간에 뒤통수를 친다고! 믿어서는 안 돼, 아마리. 우리에게 남는 건 상처뿐이야!'

제일리의 말이 다시 떠오르면서 억장이 무너진다. 아니기를 바랐다. 오빠는 이 세상에서 내가 유일하게 믿을 수 있는 사람이라고 생각했다. 하나가 된 오리샤의 꿈을 나눌 수 있는 유일한 사람.

하지만 이제는 부정할 수가 없다. 그는 어떤 거짓말도 서슴지 않는다.

그는 뼛속까지 아버지의 아들이다.

그는 그저 괴물이었다.

그가 요란한 경적 위로 목소리를 높이며 외친다.

"내, 내가 막아 볼게. 나한테 기회를 줘!"

그를 바라보고 있지만 내 눈에는 아무것도 보이지 않는다. 나 자신조차 아득히 사라져 가는 듯하다. 내가 꿈꾸던 모습은 사라지고 나의 가족이 강요한 모습만 남는다.

오빠와 어머니는 아버지와 똑같은 인간들이다.

두 사람이 땅에 묻히지 않는 한 오리샤는 그들의 폭정에서 벗어날 수 없다.

"아마리……."

내가 손을 펼치자 오빠의 눈이 튀어나온다. 그의 심장 박동이 나의 귓전을 울리며 뺏속으로 전해진다.

그의 피부에서 푸른 마법의 연기가 흘러나온다. 내가 그의 핏줄에서 아셰를 빨아들이자 그의 맥박이 점점 느려지는 것이 느껴진다. 나는 순식간에 그 맥박을 영원히 멎게 할 수 있다. 이대로 그에게서 생명의 기운을 모조리 빨아들인 뒤 떠나 버리면 그만이다.

'쳐, 아마리.'

머릿속에 아버지의 목소리가 들려오면서 숨이 가빠진다. 수년 전 궁전 지하실에서 오빠와 마주 섰던 일이 떠오른다. 그때 나는 머뭇거리다 크게 다쳤다.

나는 늘 그렇게 상처를 입는다.

저 위쪽 언덕에서 티탄 병사들이 나타나더니 밀림을 뚫고 달려간다. 첫 무리만 해도 서른 명이 넘는다. 그들 뒤로 퓨마너가 끄는 마차들이 달려오고 있다.

그러나 그들이 가까워지면서 수많은 심장 박동이 나의 귀를 파고든다. 마음술사 티탄들의 아셰가 타오르는 불길처럼 뜨겁게 느껴진다. 나는 그들의 핏줄에서도 생명의 기운을 빨아들이며 점점 더 힘이 세지는 것을 느낀다.

"우린 끝이야."

나는 손을 뻗어 오빠의 가슴 앞으로 가져간다. 손으로 계속해서 마법의 힘이 들어오며 나의 기운을 채워 준다. 첫 티탄 무리가 언덕을 내려오고 있다.

나는 이를 악물며 말한다.

"넌 이제 내 오빠가 아니야. 내 오빠는 죽었어."

떨리는 그의 몸을 바닥으로 내동댕이치자 뺨으로 눈물이 흘러내린다. 나는 두 손을 올려 다른 티탄들의 아세를 빨아들인다.

첫 티탄 병사들이 공격을 개시하자 내 안의 슬픔이 끝없는 푸른 마법의 물결이 되어 그들을 공격한다.

51

계속해서 전투로

제일리

'어떻게 그럴 수가 있지?'

생각하고 싶지도 않다. 나는 덩굴과 잔가지에 피부를 긁혀 가며 다시 성지로 내달린다. 숨결이 거칠어지며 목이 타들어 간다.

이난의 눈빛과 말 한 마디 한 마디에 배어 있던 다정함을 떠올려 본다. 마치 스스로도 자기 거짓말을 믿고 있는 것처럼 너무 훌륭했다.

'그리고 아마리…….'

지금은 아마리의 배신까지 생각할 겨를이 없다. 덜덜거리는 마차들의 소리가 점점 요란해진다. 서른 명이 넘는 병사들이 퓨마너를 타고 달려오고 있다. 그들은 아직 성지를 에워싼 산에서 1킬로미터쯤 떨어져 있지만 더 가까이 오게 해서는 안 된다. 네한다도 함께 왔다면 이 산을 통째로 무너뜨릴 것이다. 성지와 이위카는 돌무더기에 파묻히고 말 것이다.

"자군자군!"

마젤리가 성지에서 500미터쯤 떨어진 곳에서 사령술사들과 함께 나를 소리쳐 부른다. 좀 더 가까이 가자 그들의 갈색 눈에서 번뜩이는 두려움이 보인다. 그들을 위해서라도 침착해져야 한다.

빔페가 묻는다.

"어떡해? 아직 성지에서는 아무도 도망치지 못했어!"

사령술사들에게 도망가라고 하고 싶지만 우리만 살 수는 없는 노릇이다. 다른 원로들은 모두 저 산속에 있다. 지금 이위카를 도울 수 있는 건 우리뿐이다.

내가 지시를 내린다.

"마리, 원로들을 불러와. 싸울 수 있는 마자이들을 모두 데려오라고 해. 빔페와 마젤리는 내 옆으로 붙어."

마리가 나무들 속으로 사라지자 나는 나머지 두 사령술사에게 지시한다.

"첫 공격은 우리가 막아야 해."

어디서 이런 침착함이 나오는지 모르겠지만 지금은 그런 것을 따질 때가 아니다. 마젤리와 빔페가 내 옆으로 붙자 우리는 뒤로 돌아 돌격하는 병사들을 마주한다. 황금빛 갑옷을 입은 수십 명의 병사들. 다양한 빛깔의 아셰가 그들의 전투 장갑을 에워싸고 있다. 화염술사의 붉은색 아셰와 질병술사의 주황색 아셰가 보인다. 사령술사의 연보라색 아셰를 빛내는 티탄들도 있다.

"집중해."

나는 사령술사들을 데리고 마차가 오는 길로 뛰어들며 소리친다.

"둥글게 서서 죽음의 그림자를 준비해!"

그런 뒤 기도를 속삭인다.

"오야, 보 온. 이들을 지켜 주세요."

나는 턱을 굳게 다문다. 이윽고 우리 세 명의 사령술사는 흙길로 흩어진다. 내가 눈을 감고 숨을 깊이 들이마시자 두 사람도 나를 따라 한다.

"에미 오쿠 그바 아아예 니누 미. 자데 니누 아원 오지지 레……."

몸이 뜨거워지더니 그림자들이 빛의 띠처럼 소용돌이치며 나를 에워싼다. 나의 사령술사들도 주문을 외치자 영혼들이 그들을 에워싼다. 그들의 아셰가 나의 아셰와 뒤섞인다.

"이 파다 라티 오워 미!"

마치 염료를 혼합할 때처럼 우리의 그림자들이 서로 섞이면서 힘이 거세지자 짙은 보랏빛이 검은색으로 바뀐다. 점점 커지는 목소리를 따라 그림자들이 응축되어 하나의 거대한 화살촉으로 변한다. 우리는 주문을 마저 외우며 공격을 시작한다. 화살촉이 뒤틀리며 허공을 뚫고 날아가면서 주위에 거센 바람이 몰아친다.

"조심해!"

한 티탄이 소리친다. 마차가 우리를 향해 달려오는 가운데 시간이 느려지는 듯하다. 소리가 아득해진다.

우리의 그림자가 달려들자 선두 마차는 미끄러지듯 흙길을 벗어나 공격을 피한다. 그러나 그 안에 웅크리고 있던 병사들은 미처 피하지 못한다. 그들은 죽음의 그림자와 맞닥뜨리는 순간 재로 변한다.

고통의 울부짖음이 시작되는가 싶더니 금세 사그라진다. 그림자들은 마차 세 대를 단번에 해치운다.

“제일리, 저기 봐!”

마젤리가 가리키는 곳을 돌아보니 마자이들이 싸우러 달려 나온다. 그들을 보자 전의가 샘솟는다. 우리가 힘을 합치면 성지를 지킬 수 있다.

숨이 차올라 가슴이 헐떡거리지만 계속해서 전투를 향해 달려간다. 나는 사령술사들에게 외친다.

“자! 다시 해 보자!”

52

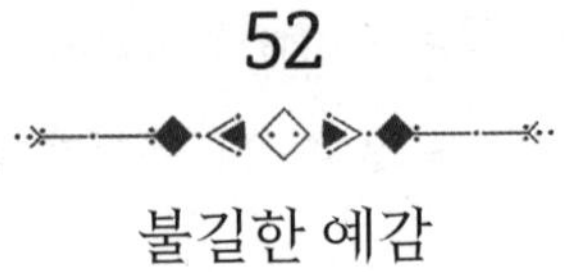

불길한 예감

이난

"공격 중지!"

크게 소리쳐 보지만 내 목소리는 거친 속삭임에 지나지 않는다. 아마리의 공격 때문에 머리가 빙빙 돌고 있다. 서 있기도 힘들 지경이다.

비틀거리며 밀림을 지나는 사이, 주변 세상은 전장으로 변해 간다. 본거지에서 몰려나오는 마자이들을 향해 왕실 군대는 공격을 이어 간다.

"반란군을 전부 밀어 버려!"

한 부관이 소리치며 또 마차 한 무리를 흙길로 내려보낸다.

쇠 의족을 단 건장한 마자이가 두 손을 땅에 갖다 댄다. 그러자 그와 똑같은 초록빛 갑옷을 입은 마자이들이 그를 따라 한다.

"오디 아원 오리샤……."

그들의 마법이 땅으로 흘러들어 간다. 거대한 흙더미가 허공으로 치솟더니 단단한 암석으로 변한다. 마차들은 피하려 하지만 이미 늦었다. 결국 마차들이 부서지고 폭발하면서 목재와 금속 조각들이 날아오른다.

'하늘이여!'

나는 몸을 웅크리며 나무에 기댄다. 이위카의 거센 회오리바람이 대기로 퍼져 나가는 마자사이트 가스를 모두 날려 버린다.

마자이들이 선제공격을 모두 막아 내고 있다. 승산이 없다. 누가 공격을 지시했는지 몰라도 결국 우리는 패할 것이다.

"이난!"

오조레의 목소리는 구명줄이자 저주가 된다. 그는 혼돈을 뚫고 달려와 내 팔을 자기 어깨에 두른다. 병사들이 앞길을 호위하는 가운데 곱슬머리에 해바라기를 꽂은 덩치 큰 조련술사가 달려 나온다. 그녀의 두 손에서 분홍빛 마법 구름들이 나오더니 탈짐승들을 날뛰게 한다.

위병들이 퓨마너들의 등에서 내동댕이쳐지며 비명을 지른다. 탈짐승들의 입에서 거품이 일고 있다. 사나운 퓨마너 한 마리가 주인의 목에 송곳니를 박아 넣는 광경에 나는 고개를 돌린다.

내가 소리친다.

"어떻게 이럴 수가 있어? 그건 명령이었어!"

"어쩔 수가 없었어."

오조레가 계속 나를 끌고 가며 말을 잇는다.

"네 어머니께 거짓말할 수는 없잖아!"

"어머니가 지시한 거야?"

순간 두 손에 힘이 빠진다.

"아마리는 너를 보자마자 죽이려 들 거라면서 너를 함정에서 구하라고 명령……."

쾅!

마차 한 대가 치솟는 불길과 충돌한다. 그 엄청난 폭발력에 우리도 땅으로 나동그라진다.

"폐하를 안전한 곳으로 모셔!"

오조레가 지시한다. 또 한 무리의 병사들이 내려온다. 한 티탄이 나를 탈짐승에 태우고 전장에서 멀리 떨어진다.

퓨마너를 타고 가면서 공격을 중단하라고 외치고 싶지만 전투가 시작된 이상 그럴 수 없다는 것을 알고 있다. 이위카는 모든 것을 동원해 반격하고 있다. 우리가 최선을 다해 싸워도 절대 저들의 방어를 뚫을 수 없을 것이다.

이제 끝이다.

나는 가슴을 움켜쥔다. 이대로 가다가는 전쟁에서 패할 것이다. 오리샤 전체가 불탈지도 모른다.

몇 킬로미터 떨어진 곳에서 어머니는 우리를 멈춰 세우더니 탈짐승에서 내리는 나를 부둥켜안는다.

"무사해서 정말 다행이다!"

"어머니가 공격하기 전까지는 위험에 처해 있지도 않았어요!"

나는 어머니의 품에서 벗어난다.

"당장 후퇴해야 해요! 그러지 않으면 우리는 전쟁에서 패해요!"

"걱정 마라."

어머니는 저 멀리 보이는 마차를 가리킨다.

"조코예의 군대가 오고 있어. 이위카는 오늘로 끝이야."

53

아셰의 결합

제일리

"에미 오쿠 그바 아아예 니누 미……."

깊은 곳에서부터 마법이 솟구치며 목이 따끔거린다. 두 손에서 뱀처럼 몸을 비틀며 나온 그림자들이 우리에게 달려드는 병사 열 명에게로 돌진한다. 모두가 단번에 쓰러지자 그림자들은 그들을 밀림의 거대한 나무에 묶는다. 뒤이어 마젤리가 주문을 외우자 거대한 영체가 올라와 티탄 열두 명을 쓰러뜨린다.

"우리가 해내고 있어!"

그가 소리친다. 커다란 두 귀 사이에 미소가 걸린다. 건너편에서 나오와 다른 파도술사들은 오솔길 옆에 흐르는 강물로 티탄들을 끌어들인다. 그들이 소용돌이를 만들어 내자 병사들이 빙글빙글 돌며 물속으로 빨려 들어가 익사한다.

마젤리와 나는 다시 마법을 준비하며 뒤로 돌아서는데, 적의 뿔피리 소리가 들린다.

부우우우우우움!

굽이굽이 이어진 골짜기마다 죽음을 알리는 듯한 경보가 울려 퍼진다. 다가오던 군인들이 멈춰 서고 나머지 병사들은 물러난다.

"저들이 후퇴하고 있어!"

케니언이 소리치며 두 손을 올려 공중으로 불줄기를 내뿜는다. 다른 마자이들은 마차와 마자사이트 폭탄을 내팽개치고 달아나는 병사들을 보며 환호한다.

나는 그들이 도망치는 광경을 보려고 나무뿌리를 붙잡고 더 높은 곳으로 올라간다. 마자이들과 파괴의 흔적 너머로 울창한 녹색 밀림이 보인다. 지상에서 10미터쯤 올라갔을 때 대기가 점점 더 심하게 요동치기 시작한다.

고개를 돌려 먼 곳을 보는 순간, 뱃속이 뒤틀린다. 4킬로미터쯤 떨어진 곳에서 백표버머 세 마리가 끄는 마차 한 대가 흙길을 달려 내려온다. 그 나무 마차에는 스물네 명의 병사들이 뒷짐을 지고 서 있다. 찬돔블레의 복도에서 마주쳤던 장군은 머리카락을 허리까지 굵게 땋아 내린 채 맨 앞에 나와 있다.

병사들도 제각기 황금빛 티탄 갑옷을 입고 있지만 나의 문신은 그 장군을 보는 순간 윙윙거리며 살아난다. 그녀와 티탄들이 후퇴하는 위병들을 지나 달려오자 그제야 나는 상황을 알아차린다.

적은 우리에게서 도망치는 것이 아니다.

저들에게서 도망치는 것이다.

내가 소리친다.

"후퇴해! 성지로 돌아가!"

이위카는 어리둥절한 눈으로 나를 바라본다. 마차가 1킬로미터 앞에서 멈춰 서더니 그 위에 서 있던 티탄 병사들이 줄줄이 내려선다.

"뭘 하려는 거지?"

마젤리가 소리쳐 묻는다. 장군이 두 손을 올리자 나는 말문이 막힌다. 티탄들이 명령에 따라 그녀를 에워싼다. 두 손을 펼치는 장군의 눈에서 은빛 광채가 뿜어져 나온다.

내가 소리친다.

"저 여자는 센터야! 바람을 부리는 센터!"

공기의 떨림이 격렬한 진동으로 바뀐다. 바람이 모든 것을 빨아들이며 나의 옷과 흙, 나뭇잎까지 끌어당긴다.

혼돈이 주위를 에워싼다. 마자이들은 모두 황급히 성지로 내달리기 시작한다. 야생 탈짐승들이 장군의 공격을 피하기 위해 날뛰면서 우레와 같은 발소리가 울려 퍼진다. 나이마가 북쪽에서 도망쳐 오는 야생 호랑이너 한 무리를 멈춰 세운 뒤 원로들과 마자이들을 태운다.

"도망쳐!"

나는 빔페를 호랑이너의 줄무늬 털옷 위로 밀어 올린다. 지시를 더 내리려 해도 거센 바람이 내 목소리를 집어삼킨다. 곧 나의 숨소리조차 들리지 않는다.

빔페의 호랑이너를 보내고 나자 새로운 공포가 가슴을 죄어 온다. 나는 마젤리에게 피하라고 손짓한다. 공기로 저토록 강력한 칼날을 만들다니, 직접 보고도 믿기지 않는다. 저런 공격은 어디서도 본 적이 없다. 저런 마법이 존재한다는 것도 몰랐다.

바람의 칼날이 거대한 낫처럼 하늘을 가르며 우리를 향해 날아온다.

그녀는 소용돌이치는 회오리바람을 마치 부메랑처럼 휘두른다. 거센 폭풍이 쌩쌩 날아오면서 대기가 요동친다. 그와 함께 바람의 칼날에 땅이 갈라지고 빽빽한 밀림이 사라진다. 공기가 무거워진다. 그 바람이 숲에 가까워지자 나는 마젤리에게로 뛰어든다.

"엎드려!"

바람의 칼날이 거대한 나무를 때리는 순간, 세상의 소리가 다시 돌아온다. 주위에서 폭발이 인 듯 떨어져 나온 나무껍질과 파편들이 소용돌이치며 구름을 이룬다. 거대한 나무들이 비처럼 부서져 내리자 우리는 거미줄처럼 뒤엉킨 굵은 나무뿌리 밑으로 기어 들어간다. 보이는 거라고는 흙의 소용돌이뿐이다. 들리는 거라고는 요란한 바람 소리뿐이다.

'어떻게 저럴 수가 있지?' 나는 떨리는 몸으로 마젤리를 보호하려 애쓴다. 센터가 주변 티탄들의 마법을 빨아들일 수 있다는 것은 알지만 도무지 이해되지 않는 엄청난 힘이다.

거대한 나무들이 뿌리째 뽑혀 쓰러진다. 흙길에 파손된 채 버려져 있던 마차들이 폭발해 산산이 부서진다. 밀림은 알아볼 수 없을 지경이다. 1킬로미터에 이르는 땅이 초토화되었다.

마젤리는 내 품에서 가늘게 몸을 떤다. 바람이 스산한 소리를 내며 사그라진다. 파괴의 현장 위로 조용한 산들바람이 스쳐 간다. 우리와 티탄 사이에 자리한 좁다란 땅은 엉망이 되었다. 장군이 다시 공격해 온다면 저 좁은 땅으로는 우리를 방어할 수 없다. 아무리 두루마리를 가져와 훈련한다 한들 이런 힘에는 맞설 수 없다. 저 센터의 마법은 인간의 것이 아니다.

그녀는 신의 힘을 가졌다.

"끝난 거야?"

마젤리가 묻는다.

"모르겠어."

그녀가 공격을 시작하며 기운을 빨아들인 티탄 열두 명이 저만치에 쓰러져 있다. 피부는 쪼그라들고 뺨은 움푹 팼다. 그들은 뼈가 튀어나오고 오그라진 몸으로 장군을 에워싼 채 죽음의 대열을 이루고 있다.

그런 운명이 기다리는 줄 알면서도 또 한 무리의 티탄들이 장군을 에워싼다. 장군은 그들을 마치 총알처럼 장전하며 마법을 빨아들이려 준비한다.

"저 여자가 한 번 더 공격하면 성지의 방어벽이 날아가 버릴 거야! 우리가 처치해야 해!" 소리치는 마젤리의 눈알이 튀어나올 듯하다.

"어떻게? 우리는 상대가 안 돼!"

그 센터의 눈이 다시 은색으로 빛나자 나는 주먹 쥔 두 손을 머리에 갖다 댄다. 대기가 다시 윙윙거리며 요동친다. 바람이 시작되고 있다.

"우리가 할 수 있는 게 있잖아."

마젤리가 두 주먹을 움켜쥐더니 허세를 부리며 가슴을 부풀린다. 나는 내 피부의 문신을 바라보며 한 걸음 물러선다.

저 센터는 우리가 맞설 수 없는 힘을 가졌다. 하지만 우리도 저런 힘을 휘두른다면…….

나는 고개를 젓는다.

"너무 위험해. 연결을 시도했다가 죽을 수도 있어!"

"하지 않으면 저 센터가 우릴 죽일 거야! 우리는 무슨 수를 써서라도 마자이들을 지켜야 하잖아!"

그의 커다란 갈색 눈에는 확신이 깃들어 있다. 그것을 보자 혼란스러운 마음이 진정된다. 그의 말이 옳다. 우리에겐 다른 선택이 없다. 저 산속에는 우리의 마자이들이 있다.

가슴에서 월장석의 마법이 살아나며 몸이 따뜻해진다. 마젤리의 심장 박동이 귀를 파고든다. 그의 피부 속을 흐르는 보랏빛 아셰가 눈앞에 나타난다.

"준비됐어?"

그는 고개를 끄덕이며 내 손에 깍지를 낀다. 고대 주문을 읊조리자 나의 문신이 금빛으로 반짝거린다.

"에 토나 아그바라 인."

마치 우리의 손바닥 사이로 번개가 타닥거리는 것 같다. 마젤리의 신음 소리와 함께 우리의 몸이 하늘을 향해 휘어지며 공중으로 떠오른다. 우리의 눈과 입에서 보랏빛이 퍼져 나가더니 그 입자들이 우리의 가슴 앞에 나타난다.

빛의 입자들은 띠처럼 앞으로 퍼져 나가며 서로 뒤엉킨다. 생명의 기운이 엮이고 있다. 공기가 계속 열어지지만 나는 우리의 숨결에서 오야의 힘을 느낀다.

"온다!"

마젤리가 소리친다. 우리는 다시 땅으로 내려온다. 장군의 바람이 모든 소리를 집어삼키며 귀가 먹먹해진다. 바람의 칼날이 다시 거세지면서 나무들이 두 동강 난다. 그러나 그녀가 공격을 준비하는 사이, 보랏빛이 타닥타닥 우리의 손을 에워싼다.

"에미 아원 티 오 티 선……."

침묵 속에서 주문을 외는 소리가 울린다.

54

쓰러진 사령술사

제일리

먼저 진동이 찾아온다.

땅속이 흔들리고 있다.

첫 번째 언덕이 폭발하며 흙에서 거대한 영체들이 소용돌이쳐 올라온다.

그들은 제각기 고릴리온만큼 커다란 몸집을 과시한다. 나 혼자서는 아무리 용을 써도 기껏해야 수십 개의 영체를 불러냈는데 마젤리와 함께 하자 눈 깜짝할 사이에 수백 개의 영체가 만들어진다.

"……모 케 페 인 니 오니."

우리의 목에 핏줄이 튀어나오며 영혼이 파도처럼 끝없이 올라온다. 그들은 흙을 우수수 떨어뜨리며 땅 위로 해일처럼 솟아올라 돌진한다.

장군은 바람의 칼날을 날려 우리의 커다란 영체들을 산산이 부수지만 파도처럼 몰려오는 그들을 전부 처치하지는 못한다.

500미터쯤 떨어진 곳에서 그녀의 바람이 사그라진다.

"계속해!"

내가 소리친다. 나의 가슴에서 마젤리의 심장 박동이 느껴진다. 우리의 아셰가 합쳐지면서 몸이 뜨겁게 달아오른다.

월장석의 마법이 우리의 영혼을 묶으며 내가 가져 보지 못한 힘을 만들어 낸다. 영체들이 마차로 올라가 병사들을 갈가리 찢는다. 우리 전사들의 공격에 티탄들이 비명을 지른다. 그러나 시간이 갈수록 가슴이 답답해진다. 고통이 심해지는 듯하다.

"제일리……."

마젤리가 이를 악물고 거친 목소리로 속삭인다. 두 팔의 피부가 벗겨지면서 그의 비명이 점점 더 날카롭게 바뀐다.

강력한 아셰가 우리의 핏줄을 흐르며 몸을 뜨겁게 달구고 있다. 그만두고 싶은 마음이 간절하지만 바람술사 센터가 아직 버티고 있다.

내가 소리친다.

"한 번만 더! **에미 아원 티 오 티 선……**."

나는 이를 갈며 고통을 견딘다. 우리가 계속 주문을 읊조리자 다른 언덕들이 폭발하며 영체로 변한다. 오야의 힘이 우리의 혈관을 흐르고 있다.

몇 초도 안 되어 새로운 영혼들이 산처럼 솟아오르며 거리를 좁혀 간다. 장군이 우리의 영체들에게 집어삼켜지며 울부짖는다. 그녀가 쓰러지면서 흙으로 이루어진 영체들 밑에서 은빛의 폭발이 인다. 영체들이 사라지고 나자 쑥대밭이 된 현장에 헝겊 인형처럼 널브러진 그녀의 송장이 드러난다.

"우리가 해냈어!"

나는 마젤리를 돌아본다. 하지만 그는 움직이지 않는다. 입가에 피가 흐르더니 손이 툭 떨어져 내린다.

"마젤리?"

그의 눈에서 진한 보라색 광채가 사그라진다. 눈동자가 넘어가면서 그는 비틀비틀 물러선다. 우리의 마법이 합쳐져 엄청난 힘을 내뿜으면서 그를 집어삼킨 것이다.

그가 두 손을 가슴으로 가져간다. 나의 가슴에서 그의 심장 발작이 느껴진다.

"마젤리!"

나는 쓰러지는 그에게로 손을 뻗는다.

하지만 그가 쓰러지는 순간 나의 다리도 풀썩 꺾인다.

55

피의 희생

제일리

"카니!"

카마루가 우리를 의료실로 옮기는 동안 나는 비명에 가까운 소리를 내지른다. 치료술사들이 황급히 자리를 치우고 우리를 그물해먹에 눕힌다. 나는 팔을 들기도 버겁지만 남은 힘을 쥐어짜 마젤리의 손을 잡는다.

그의 심장 박동이 느려지면서 내 문신의 금빛이 희미해지고 나의 심장도 느려진다. 월장석이 여전히 우리의 영혼을 연결하고 있다. 피의 희생 없이는 그 연결을 유지할 수 없다.

"아아, 신들이여……."

카니가 굳은 얼굴로 달려온다. 주황색 가운과 땋아 내린 새하얀 머리카락이 피로 뒤덮여 있다. 그녀는 안경을 매만지며 지시를 내리기 시작한다.

"야미나, 물 좀. 치부도, 깨끗한 붕대 가져와. 오부도 서두르고…… 다들 여기 붙어!"

"이단 티 에제, 지 라티 워 오나 레 라라다!"

"오그베 이누, 다훈 이페 와……."

치료술사들이 줄지어 달려온다. 담쟁이덩굴이 뒤덮인 기둥 사이로 그들의 구성진 주문이 울려 퍼진다. 카니와 치료술사들은 우리의 머리와 가슴, 배 위에 손을 올려 우리의 핏줄로 아셰를 흘려 보낸다.

그러나 그들이 아무리 주문을 외워도 우리의 몸은 계속 싸늘해진다. 호흡이 느려진다.

마젤리가 거친 목소리로 말한다.

"연결을 끊어야 해."

사그라지는 그의 생명력이 나의 기를 빨아들이면서 마치 닻처럼 나를 수면 아래로 끌어 내리는 듯하다. 하지만 가슴이 짓눌려 와도 나는 포기할 수 없다. 피를 토해도 상관없다. 괴로워도 괜찮다. 지금 그를 버티게 해 주는 것은 나를 죽음으로 몰고 가는 이 연결뿐이다.

내가 힘겹게 말한다.

"괜찮을 거야! 그냥 버텨……."

마젤리가 발작하면서 내 몸도 경련을 일으킨다. 치료술사들은 해먹에서 몸부림치는 나를 붙잡는다. 아무리 애써도 숨을 쉴 수가 없다.

"마마 아그바, 빨리 와 주세요!"

카니가 소리친다. 시야가 자꾸 흐려지는 가운데 은빛 옷을 입은 마마 아그바가 의료실로 달려 들어온다. 마마의 쪼글쪼글한 손이 나의 가슴을 누른다. 그녀만이 할 수 있는 고대 주문이 울려 퍼진다.

"에 투우 실레!"

마젤리와 나를 연결해 주었던 번개가 다시 한번 가슴을 때리는 느낌이 든다. 등이 휘어지면서 문신들이 환하게 빛난다. 이윽고 빛이 완전히 사라진다.

그 충격에 귀가 윙윙 울리고 배가 뜨거워진다. 그러나 다시 숨을 들이쉬는 순간 피가 서늘해진다.

이제 숨은 쉴 수 있지만 마젤리가 느껴지지 않는다.

"마젤리!"

나는 가슴을 움켜쥐며 해먹에서 바닥으로 굴러 떨어진다. 마젤리의 몸은 여전히 극심한 경련을 일으키고 있다. 피부가 너무도 차갑다.

나는 그의 손을 잡는다.

"에 토나 아그바라 인! 연결되란 말이야!"

그와 나의 생명의 기운을 연결하려 아무리 노력해도 나의 문신은 희미하게 가물거릴 뿐이다. 나의 마법은 살아나지 않는다.

"지금 넌 너무 약해진 상태야!"

마마 아그바가 내 어깨를 붙잡자 나는 그녀를 밀어 낸다. 화가 치밀어 눈앞이 캄캄해진다. 아무것도 보이지 않는다.

"대체 무슨 짓을 한 거예요?"

의료실에 나의 목소리가 메아리친다. 그러나 그 순간 마젤리의 발작이 멈춘다. 그가 신음하자 가슴이 덜컥 내려앉는다.

"자군자군……."

마젤리의 목소리가 기어들어 간다. 쩌렁쩌렁 울리던 평소의 목소리는 온데간데없다. 나는 떨리는 손으로 입을 틀어막으며 울음을 참는다.

"나 여기 있어."

나는 그의 손을 잡고 차가운 손끝에 입을 맞춘다.

"나 여기 있어. 아무데도 안 가."

내 피부에서 월장석 무늬가 가물거리더니 보라색 생명의 기운이 그의 늘어진 몸을 에워싼다. 이윽고 그 기운이 환하게 빛을 발하다가 내 눈앞에서 사그라진다. 더 이상 타오를 수 없는 별처럼.

그의 뒤에서 카니가 두 손을 올린다. 그녀의 얼굴이 모든 것을 말해 준다. 이제는 그를 살릴 수 없다고. 이미 늦었다고.

마젤리의 눈꺼풀이 가물거린다.

"다른 사령술사들. 내가…… 그 애들은……."

"다들 무사해." 나는 따끔거리는 목으로 간신히 목소리를 밀어 올린다. "네 덕분에 모두 무사해."

마젤리의 갈색 눈에서 눈물이 반짝거린다. 나는 울음을 참을 수 없는데 그는 울지 않으려고 애쓰고 있다.

"나는…… 나는……."

그의 몸이 떨리기 시작한다. 홍수처럼 밀려드는 두려움이 보이는 듯하다. 나는 눈물을 참으며 마음을 다잡는다. 이 애가 나를 가장 필요로 하는 순간에 울고만 있을 수는 없다.

나는 어릴 때 엄마가 해 주었던 것처럼 그의 머리를 쓰다듬는다.

"이제 시작이야. 그리로 가면 네 어머니를 만날 거야. 아루니마와 다시 웃을 수 있어."

"오야도?"

그는 내 팔을 꼭 잡는다. 그의 뺨에 눈물이 흘러내린다. 나는 두 손으로 그의 얼굴을 감싸 쥐고 그 어느 때보다도 환하게 웃어 준다.

"오야께서는 세상에서 가장 용감한 전사를 두 팔 벌려 환영해 주실 거야."

그는 고개를 끄덕이려다 고통에 얼굴을 일그러뜨린다. 그러곤 다시 기침하며 피를 토한다.

"난 무섭지 않아."

"좋아." 나는 그와 이마를 맞댄다. "넌 죽음의 전사야. 아무것도 두려울 게 없어."

나의 말 한 마디 한 마디가 칼날처럼 나의 가슴을 베고 있다. 그들이 아빠의 가슴에 박아 넣은 화살처럼. 아빠의 죽음이 되풀이되는 듯 가슴이 미어진다.

마젤리는 숨을 몰아쉬며 말을 잇는다.

"우리 사령술사들…… 슬퍼하지 말라고 해."

그는 눈을 뜨고 있으려 안간힘을 쓰지만 그 둥근 두 눈은 초점을 잃어 간다.

"마젤리!"

그의 손이 늘어지자 나는 그 손을 더 꽉 움켜쥔다.

그의 눈이 감긴다.

"슬퍼…… 하지 마."

56

내가 다 망쳤다

아마리

나는 허벅지를 불태우며 마자이 성지의 계단을 달려 올라간다. 주위에는 파괴의 흔적이 가득하다. 나 때문에 일어난 파괴. 오빠를 믿은 대가로 남은 흉터들.

성지는 그대로지만 첫 번째 산의 돌길과 풀밭에 부상자들이 누워 있다. 치료술사들은 다친 사람들을 돌보고 각 부족의 부원로들은 사람들이 다리를 건너오지 못하게 막고 있다.

"아, 예모야시여!"

나오가 소리친다. 치료술사가 그녀의 허벅지에 박힌 두꺼운 나무껍질을 빼내고 있다. 그녀의 민머리에 땀이 흐른다. 목에 새겨진 **라그바라** 문신은 피로 뒤덮였다.

그 앞에는 의식을 잃은 케니언이 느리고 얕은 숨을 내뱉으며 누워 있다. 이마로 내려온 새하얀 머리카락에는 피가 엉겨 붙었다. 나이마가 소리치며 그를 소생시키려 안간힘을 쓴다.

"제일리?"

나는 아수라장 속에서 제일리를 찾아 보지만 어디에도 보이지 않는다. 마젤리도 찾을 수 없다. 그 많은 사람들 가운데 사령술사는 한 사람도 눈에 띄지 않는다.

나는 한 치료술사의 팔을 붙잡고 묻는다.

"혹시 제일리 봤어?"

그의 눈이 휘둥그레진다.

"제일리는 의료실로 실려 갔어. 제일리와 마젤리가 숨을 쉬지 않아서……."

나는 황급히 걸음을 옮긴다. 누워 있는 사람들을 지나 본탑으로 달려간다. 치료술사들을 헤치고 나아가자 돌계단에 핏자국이 보인다. 이 우울한 흔적은 의료실까지 이어져 있다. 나는 부디 제일리의 것이 아니기를 기도한다. 제일리에게 무슨 일이 생겼다면 나 자신을 용서하지 못할 것이다.

"안 돼!"

울부짖는 소리에 나는 우뚝 걸음을 멈춘다. 사람의 것이 아닌 듯하다. 소름 끼치는 목소리가 복도에 울려 퍼지자 나는 의료실 문 앞에 멈춰 선 채 움직이지 못한다.

그대로 서 있고 싶은 마음이 굴뚝같지만 억지로 걸음을 옮겨 담쟁이덩굴이 뒤덮인 방으로 들어간다.

"제일리?"

그 애를 발견하는 순간 다리가 후들거린다. 이윽고 그 깊은 고통의 이유를 깨닫는다.

'하늘이여……'

나는 두 손으로 입을 막는다. 제일리는 만신창이가 된 마젤리 위로 몸을 숙여 두 팔로 그의 목을 감싸 안고 있다. 늘 껑충껑충 뛰어다니던 소년은 미동도 없이 누워 있다. 입가로 피가 흘러내린다. 가느다란 두 팔은 축 늘어져 있다.

'자기가 편할 때는 옳은 일을 하다가도 중요한 순간에 뒤통수를 친다고!' 제일리의 말이 귓가를 맴돈다. '믿어서는 안 돼, 아마리. 우리에게 남는 건 상처뿐이야!'

영원히 치유되지 않을 상처를 바라보는 사이, 죄책감이 나를 집어삼킨다. 제일리는 현실을 일깨워 주려 했는데 나는 고집스럽게 오빠를 믿었다.

"제일리, 너도 쉬어야 해."

마마 아그바가 머뭇머뭇 발을 끌며 제일리에게로 다가간다. 슬픔이 그 애를 둥글게 에워싸고 있다. 울부짖는 그 애에게 아무도 선뜻 다가가지 못한다.

마마 아그바가 이름을 불러도 제일리는 대답하지 않는다. 그러다 우리의 예언술사가 어깨에 손을 얹자 제일리는 퍼뜩 정신을 차린다.

"건드리지 마세요!"

깨진 유리처럼 날카로운 외침이 귀를 찌른다. 노쇠한 예언술사는 제일리에게 떠밀려 비틀거리다 기둥에 부딪힌다.

마마 아그바의 눈에 눈물이 고인다.

"마젤리는 살릴 수 없었어! 그러다 네가 죽을 수도 있……."

"그럼 내가 죽어야죠!"

제일리가 소리친다.

"내가 죽었어야죠!"

그 애는 괴로움에 얼굴을 일그러뜨리며 손을 가슴으로 가져가더니 심장에 닿으려는 듯 손톱으로 살을 후벼 판다.

"내가 **죽었어야죠.**"

풀썩 무릎을 꿇으며 목소리가 점점 작아진다.

"내가 죽었어야죠."

발밑의 세상이 무너져 내리는 것 같다. 나 때문에 마젤리가 죽었다. 나 때문에 우리는 전쟁에 패할 뻔했다.

오늘은 오빠의 군대를 쫓아냈지만 그들은 더 강해진 병력을 데리고 돌아올 것이다. 이제 우리는 숨을 데가 없다. 우리에게 유리했던 것은 모두 사라졌다.

제일리의 흐느낌이 격렬해지자 치료술사 카니가 지시를 내린다.

"안정시켜! 지금 이렇게 흥분해서는 안 돼!"

치료술사들이 몰려들자 제일리는 들짐승처럼 몸부림친다. 그들의 주문이 울려 퍼지는 사이 나는 그곳을 뛰쳐나온다. 나로 인해 벌어진 상황을 더는 보고 있을 자신이 없다.

제일리의 울부짖음을 더는 참을 수가 없다.

문틈으로 제일리의 비명이 새어 나오자 나는 손으로 입을 틀어막고 울음을 참는다.

내가 다 망쳤다.

만회할 길이 보이지 않는다.

57

승자는 오직 하나

이난

'상대가 되지 않아.'

그 단순한 진실이 칼이 되어 배를 찌른다. 창처럼 내 가슴에 박힌다. 이위카의 본거지 앞에서 벌어진 대학살을 바라보자 동전을 움켜쥔 손이 떨려 온다. 평화를 중재하러 온 자리에 우리 쪽 사망자들이 셀 수 없이 널브러져 있다.

"우리가 제압한 줄 알았는데."

오조레는 턱을 떨며 고개를 돌린다. 어머니가 그를 껴안으며 학살의 광경을 가려 준다. 난장판이 된 밀림 곳곳에 시체들이 흩어져 있다. 굽이굽이 펼쳐진 언덕들은 이제 흙무더기에 불과하고 거대한 나무들은 뿌리째 뽑혀 있다. 조코예의 시신은 아직 거두지도 못했다.

'우리 티탄들을 밤낮으로 훈련시키고 있습니다.' 장군과 나눈 마지막 대화가 귓가를 맴돈다. '다음번에는 단단히 준비하고 이위

카에 맞서야죠. 반역자들을 그 자리에서 모두 밀어 버릴 겁니다.'

나는 고개를 떨구고 가슴으로 주먹을 올려 조코예의 영혼을 기린다. 그녀는 이 왕국과 왕위를 보전하기 위해 모든 것을 바쳤다.

그녀는 비장의 무기였다. 제일리도 당해 낼 수 없는 힘을 가진 사람. 그녀의 힘은 평화를 이룰 만큼 강력하다고 생각했다. 하지만 우리의 적이 이렇게 엄청난 힘을 가졌다면 어떻게 평화를 이어 갈 수 있겠는가?

어머니가 내게 말한다.

"냉정하게 들리겠지만 애도할 시간이 없어. 이위카에게 다시 결집할 기회를 주어서는 안 돼. 저들이 라고스로 몰려와 보복한다면……."

어머니는 말끝을 흐리지만 끝까지 듣지 않아도 알 것 같다. 이 밀림은 순식간에 황무지가 되었다. 만약 이곳이 도심이었다면 민간인 수천 명이 목숨을 잃었을 것이다.

"자신보다 의무가 먼저다."

나는 그 맹세를 읊조린다. 아버지가 있었더라면 지금 내게 그렇게 소리쳤을 것이다. 전쟁은 이미 파국으로 치닫고 있다. 곧 오리샤를 지킬 수 없게 될 것이다.

더 나은 왕이 되고 싶었지만 이렇게 된 이상 어쩔 수가 없다. 이 공격을 내가 지시하지 않았다는 사실은 중요하지 않다. 평화에 대한 희망은 전사자들과 함께 떠나보내야 한다.

'자신보다 의무가 먼저다.' 나는 동전을 움켜쥔다. '자신보다 의무가 먼저다.' 다시 저들과 맞서는 날이 오면 화해는 없을 것이다. 전멸을 노려야 한다.

이 전쟁의 끝에 남는 승자는 오직 한쪽뿐이다. 하나의 통치자가 나의 왕좌를 차지할 것이다. 나는 더 이상 참을 수 없다. 아마리와 제일리가 어떻게 되든 이위카를 처치해야 한다.

이 전쟁은 내가 끝낼 것이다.

어머니는 오조레를 돌아보며 지시한다.

"남아 있는 병사들을 모아. 저들이 전열을 가다듬기 전에 다시 공격해야 해."

나는 고개를 젓는다.

"아뇨. 저들은 함께 있는 한 우리 모두를 쓰러뜨릴 수 있어요. 우리 병력이 아무리 많아도 소용없어요."

나는 눈을 감고 세네트를 두듯 말을 이리저리 옮겨 가며 다음 수를 가늠해 본다.

"먼저 우리는 저들이 힘을 회복하지 못할 정도로 약화시켜야 해요. 저들을 흩어지게 해서 정복한 다음 항복하게 만들죠."

"어떻게 하면 되는데?"

오조레가 묻는다.

나는 동전을 내려다보며 제일리의 얼굴을 그려 본다. 한순간이나마 우리가 이 모든 고통을 넘어설 수 있다고 생각했다. 이제 그런 날은 오지 않을 것이다.

내가 대답한다.

"아마리와 제일리가 가장 증오하는 대상을 이용하는 거야. 바로 나지."

58

슬픔의 깊이

제일리

'슬퍼하지 마.'

마젤리의 목소리가 여전히 머릿속에 메아리친다. 조용히 흘러내린 눈물이 욕실 타일로 떨어진다. 가슴을 끌어안고 숨을 쉬려고 애쓰자 갈비뼈가 아파 온다. 사흘이 지났지만 내게 세상은 여전히 암흑 같다. 내 피부에는 여전히 마젤리의 피가 묻어 있다.

"제일리?"

욕실 문틈으로 오빠의 목소리가 새어 들어오자 나는 흠칫한다. 헐떡거리는 숨소리를 감추려 손으로 입을 막는다.

오빠가 나지막이 말한다.

"성지 총회를 곧 시작해. 원로들이 널 데리고 오래."

나는 고개를 돌린다.

"난 됐어. 가."

성지의 위치가 노출되었으니 누구도 긴장을 늦출 수 없다. 그러나 지금은 나의 고통 말고는 아무것도 보이지 않는다. 아무것도 할 수 없다. 끊임없는 전투 속에서 동족이 죽어 간다. 우리는 뭘 위해 싸우는 것일까?

"슬퍼하지 마." 나는 마젤리의 마지막 말을 읊조린다. "슬퍼하지 마." 후들거리는 다리를 일으켜 몇 시간째 대기 중인 구리 욕조를 마주한다. 차가운 물에 손을 담그자 주변 공기가 옅어진다. 마젤리의 흔적을 씻으려 할 때마다 이런 일이 벌어진다.

'빌어먹을.'

나는 목으로 손을 올린다. 죄책감에 숨이 막힌다. 욕실이 빙글빙글 돌면서 공기가 모조리 빠져나가는 듯하다.

마젤리는 살 수 있었다. 살아야 했다. 그를 안전하게 지키는 것이 내 의무였다. 하지만 나는 그러지 못했다.

이제는 내 실수의 무게를 짊어지고 살아야 한다.

나지막이 침실 문을 두드리는 소리가 들린다. 문이 끼익 열리자 다시 가슴이 옥죄어 온다.

"가라고."

내가 숨을 몰아쉬며 말한다. 오빠에게 이런 모습을 보일 수는 없다.

나는 바닥을 기어가 욕실 문을 닫으려 한다. 그러나 붕대 감은 손이 문을 붙잡고 있다. 그 손의 주인을 보는 순간 내 눈을 의심하게 된다.

"로웬?"

내가 속삭인다.

네모난 턱을 따라 고불거리는 검정 머리카락이 내려와 있다. 그는 타일 바닥에 무릎을 꿇고 굳은살이 박인 두 손으로 내 얼굴을 감싸 쥔다.

"여긴 어떻게……."

"아무 말도 하지 마." 그가 나의 말을 자른다. "천천히 숨을 쉬어 봐."

숨을 들이마시려 하자 눈시울이 젖어 온다. 또다시 가슴이 옥죄는 느낌이 들어 나는 몸을 웅크린다.

"나를 봐."

로웬은 단호하면서도 다정하게 내 얼굴을 자기 쪽으로 끌어당긴다. 하지만 나는 그와 눈을 맞추지 않는다. 내가 얼마나 만신창이가 되었는지 아무에게도 들키고 싶지 않다.

그는 목소리를 낮춰 속삭이기 시작한다.

"나를 봐. 괜찮아."

나는 두 개의 산을 맨손으로 떼어 놓는 기분으로 힘겹게 그의 눈을 들여다보며 가까스로 목구멍을 벌린다. 마침내 멈춰 있던 숨을 미약하게나마 들이마시자 로웬의 손길이 부드러워진다.

"그거야."

그는 두 엄지손가락으로 나의 귀 뒤를 어루만진다. 나는 그를 바라보며 숨을 들이마신다. 마침내 방 안의 공기가 다시 돌아온다.

"여긴 어쩐 일이에요?"

내가 묻는다. 로웬이 나를 일으켜 세우자 가슴의 통증이 심해진다. 그는 나를 욕조 가장자리에 앉힌다.

"원로들이 불렀어. 가진 것을 다 쥐어짜서 나를 고용했거든."

그는 헝겊을 집어 들고 내 턱을 감싸 쥔 채 얼굴에 묻은 피와 흙을 살살 닦아 준다. 나는 눈을 감고 그에게 몸을 기대며 그의 달콤한 체취를 들이마신다.

"그 애가 죽었어."

나는 떨리는 입술로 내뱉는다. 소리 내어 말하고 나니 기분이 이상하다. 마젤리는 겨우 두 달 전에 만났는데 어째서인지 내 가슴에 너무도 깊이 자리했다.

로웬은 물에 적신 헝겊을 짜며 대꾸한다.

"내게도 너의 부원로나 다름없는 동료가 있었어. 그녀를 잃은 날은 지금도 내 생애 최악의 날로 남아 있지."

그는 무덤덤한 목소리로 말하지만 말투에서 상처가 묻어난다. 이런 면을 보게 되다니 묘한 기분이 든다. 그가 애써 감춰 온 부분을 훔쳐보는 느낌이랄까.

"어떻게 만났어요?"

그의 분홍빛 입술에 희미한 미소가 떠오르는가 싶더니 이내 사라진다.

"쓰레기를 뒤지고 있는 나를 그 친구가 발견했지. 말 그대로 나를 시궁창에서 끌어내 준 사람이야. 그냥 굶어 죽게 뒀으면 그녀는 지금도 살아 있을 텐데."

다시 눈물이 고여 나는 고개를 돌린다. 마젤리는 나를 만나지 않았더라면 지금쯤 어디에 있을까? 내가 바다 건너로 도망쳤더라면. 나는 이 전쟁을 원치 않았다. 나의 부족을 갖고 싶지 않았다. 아빠가 세상을 떠난 뒤로 누구도, 무엇도 원치 않았다.

그저 자유로워지고 싶었다.

"난 여기서 나가야 해요."

나는 고개를 저으며 눈물을 훔친다.

"이 성지에서?"

"이 왕국에서."

배신처럼 느껴지지만 나 자신을 속일 수는 없다. 이 전쟁의 끝에 자유가 기다리고 있을 거라고 생각한 내가 어리석었다. 그저 재앙과 죽음만이 기다리고 있을 뿐이다. 어디든 나를 따라다니는 두 가지.

붉어진 목욕물을 바라보면서 나는 더 이상 견딜 수 없다는 것을 깨닫는다.

"이제 더는 사랑하는 사람을 땅에 묻을 수 없어요."

내가 속삭인다.

로웬은 내 뺨 앞에 손을 올린 채 내 말을 곱씹는다. 그러고는 나의 시선을 피하며 물에 적신 헝겊을 내 피 묻은 손으로 가져온다.

"그게 정말 네가 원하는 거야?"

내가 고개를 끄덕이자 로웬은 바닥을 바라본다.

"정말 가고 싶다면 지금이 기회야."

그의 알 수 없는 말에 나는 고개를 갸웃거린다.

"그걸 어떻게 알아요?"

"그 이상은 말해 줄 수 없어."

나는 내 팔로 헝겊을 가져오는 그의 손을 잡으며 다그친다.

"말해 줘요. 알고 있는 게 뭐예요?"

59

흔들리는 이위카

아마리

'내가 되돌려야 해.'

가슴이 아파 온다. 성지 사람들 모두가 세 번째 산에 모이고 있다. 이번 공격으로 죽은 마자이는 마젤리뿐이지만 그의 웃음이 사라지고 나자 어느 곳이든 텅 빈 것 같다. 그의 죽음은 저 아래 잿빛 구름처럼 공기 중에 무겁게 걸려 있다.

원로들 사이에 끼어 혈석 한가운데로 걸어가는 것조차 죄를 짓는 기분이다. 그 공격 이후 날마다 진실이 폭로되기를 기다렸다. 사람들이 나의 실수를 벌하기를. 하지만 제일리는 왕실 사람들이 어떻게 우리의 본거지를 알아냈는지 아직 밝히지 않았다. 그 애가 왜 나를 보호하는 건지 모르겠다.

나오가 소란스러운 군중을 향해 목소리를 높인다.

"우리는 선택해야 해요! 성지가 노출되었어요. 여기 머무는 것은 이제 너무 위험합니다."

나이마가 묻는다.

"그럼 어디로 갑니까? 오리샤에는 안전한 곳이 아무 데도 없는데."

그러자 케니언이 소리친다.

"우리는 아무 데도 안 갑니다. 싸워야 합니다!"

고개를 들어 보니 제인이 다른 마자이들과 함께 돌다리를 건너오고 있다. 나와 눈이 마주치자 그는 고개를 젓는다. 제일리가 영영 방에서 나오지 않을까 봐 걱정이 된다.

나는 이 전쟁에서 승리하는 방법을 찾아야 한다. 그 어느 때보다도 간절하다. 그러지 않으면 마젤리의 죽음이 무의미해질 테니까. 우리의 고통과 그동안의 고생이 모두 무의미해질 테니까.

케니언이 사람들을 부추긴다.

"우리는 라고스에서 시작했으니 라고스에서 끝내야 합니다. 우리는 무방비 상태가 아닙니다. 이미 월장석으로 왕의 군대를 물리쳤지요. 이제 우리는 방법을 알고 있습니다!"

"마젤리가 그런 일을 당했으니 제일리는 이제 월장석의 힘을 쓰지 않을 거예요."

나의 말에 케니언이 묻는다.

"그걸 왜 제일리가 결정하게 합니까? 누구든 가서 제일리를 끌고 와야죠!"

그러자 제인이 콧구멍을 벌름거리며 사람들을 뚫고 가운데로 쿵쾅쿵쾅 걸어온다. 나는 달려가서 그의 앞을 가로막고 그의 가슴에 손을 얹으며 말한다.

"이러지 마. 이런다고 해결되지 않아."

그는 내 말을 무시하고 큰 소리로 외친다.

"제일리가 불쌍하지도 않아? 부원로를 잃었잖아."

그러자 케니언이 소리친다.

"난 우리 부족의 4분의 1을 잃었어! 하지만 슬퍼할 시간도 없었다고!"

모두가 한꺼번에 저마다의 의견을 외쳐 댄다. 나는 눈을 감고 소음을 떨쳐 내 본다. 우리는 이곳에 머물러 있으면 안 된다. 하지만 무턱대고 공격해서도 안 된다. 왕실 군대와 전투를 치르려면 치밀한 계획이 필요하다.

둘 중 한쪽만 살아남을 테니까.

"무슨 생각 하고 있어?"

제인이 묻는다. 나는 두 손을 올려 나의 마법이 남긴 흉터를 바라본다. 머릿속에서 아버지의 목소리가 들리는 듯하다. 어릴 때부터 내게 심어 두려 했던 말을 속삭이고 있다.

사실 나는 이 전쟁을 끝낼 수 있는 힘을 갖고 있다. 단지 사랑하는 사람들에게 그 힘을 휘두르고 싶지 않았을 뿐. 하지만 이제는 도망칠 곳이 없다.

오리샤는 아무도 기다려 주지 않는다.

"주위에 마음술사 티탄들이 충분히 있으면 내가 어머니를 꺾을 수 있을 거야."

제인은 내 손을 잡는다.

"안 돼. 너 혼자 어머니와 맞서는 건 너무 위험해."

"나 말고 누가 어머니와 대적할 수 있는데? 우리 오빠의 핏줄에서 생명의 기운을 빨아들일 수 있는 사람이 나 말고 또 있을까?"

나는 눈을 감고 내가 저지른 실수들을 떠올린다. 지금까지 나는 아버지가 무자비한 냉혈한이라고 생각했다. 하지만 이 왕국을 통치하기 위해 그렇게 행동할 수밖에 없었던 것이 아닐까? 전쟁은 목숨을 건 싸움이다. 그리고 지금 이 순간 어머니와 오빠가 승리하고 있다.

나는 제인을 지나 원 한가운데로 들어간다. 더 이상 우리가 피를 흘려서는 안 된다. 무슨 수를 써서라도 이 전쟁을 끝내야 한다.

"저한테 계획이 있어요."

나는 한 손을 올려 사람들을 조용히 시킨다. 그러나 말을 이어갈 새도 없이 뒤에서 누군가의 목소리가 들려온다.

"잠깐!"

모두의 시선을 따라가 보니 제일리가 원로 탑에서 달려 나오고 있다. 그 애의 뒤로 보라색 카프탄 자락이 펄럭거린다. 새하얀 곱슬머리에는 여전히 피가 엉겨 붙어 있다.

나는 그 애와 눈이 마주치는 순간 얼굴이 굳고 만다. 하지만 제일리는 얼른 내게서 눈을 돌리고 사람들을 보며 두 손을 올린다.

"우린 싸울 필요가 없어요. 그러지 않고도 이 전쟁에서 벗어날 수 있어요."

60

새로운 선택지

제일리

마자이들 앞에 서자 손바닥에 땀이 흥건해진다. 원로들이 거의 둥글게 내 주위를 에워싸고 있다. 오빠가 나와 아마리 사이를 왔다 갔다 한다.

아마리를 보자 목이 타들어 가지만 나는 그 애 때문에 우리가 공격받았다는 사실을 털어놓지 않는다. 지금은 저 애를 신경 쓸 겨를이 없다. 우리에게는 시간이 많지 않다.

마자이들은 피를 갈망하고 있다. 그들의 전투 욕구가 냄새로 느껴진다. 하지만 내가 로웬에게서 간신히 받아 낸 정보 덕분에 새로운 선택지가 생겼다. 이제는 싸울 필요가 없다. 우리는 전쟁이 없는 곳에서 살아갈 수 있다.

내가 소리쳐 말한다.

"왕은 지금 라고스에 없어요. 이바단에 숨어 있답니다. 왕실은 우리가 궁전으로 쳐들어가 힘을 낭비하길 바라고 있어요. 그로 인해 우리의 병력이 흩어지면 그때 쓸어버리려는 속셈이죠."

나오가 이맛살을 찌푸리며 묻는다.

"그럼 어떻게 합니까? 이바단으로 가야 합니까?"

"그들의 미끼를 물어선 안 돼요. 그 틈을 노려야죠."

나는 마자이들의 반응을 각오하며 두 손을 움켜쥔다. 혼자 도망치는 편이 더 쉬울 것이다. 어둠을 틈타 몰래 빠져나가면 되니까. 그러나 마젤리를 떠올리자 등이 꼿꼿해진다. 마젤리라면 절대 마자이들을 두고 떠나지 않을 것이다.

나도 그럴 수 없다.

나는 다시 모두에게 말한다.

"왕의 병력이 이바단과 라고스에 나뉘어 있다면 우린 무사히 빠져나갈 수 있을 거예요. 일로린 해안으로 가면 배를 타고 오리샤 국경을 벗어날 수 있어요."

"설마."

나오가 비틀비틀 물러선다.

"도망치자는 겁니까?"

나는 고개를 젓는다.

"아뇨. **살자**는 거예요."

이렇게 엄청난 분노가 쏟아질 줄은 몰랐다.

"그럼 왕실 사람들에게 승리를 안겨 주자는 거잖아."

"여긴 우리의 집이야! 왜 우리가 떠나야 해?"

"다른 마자이들은 어떡하고?"

어떻게 해야 저들이 현실을 직시할까? 이 전쟁은 결코 끝나지 않는다는 것을 어떻게 일깨워 줘야 할까? 어차피 이길 수 없다면 이곳에 남는 것이 무슨 의미가 있단 말인가?

케니언이 반대파를 대표해 쿵쾅쿵쾅 앞으로 나온다.

"난 안 가. 네가 부원로를 잃었든 말든 난 상관 안 해. 화염술사들은 도망가지 않아."

"그럼 여기서 죽겠네."

나는 그에게로 걸어가 그의 분노를 정면으로 마주한다.

"왕실에 센터들이 얼마나 되는지는 아무도 몰라. 게다가 저번 공격으로 그들은 우리의 위치를 정확히 알아냈다고!"

"그럼 오라고 해!"

케니언이 외치자 뒤에 있던 사람들이 함성을 내지른다.

"다시 찾아오라 하라고! 어디 잡아 보라고 하시지!"

"잡히면 어떻게 되는지 알아?"

나는 비단 카프탄을 머리 위로 올려 모두에게 등을 보여 준다. 내 흉터가 드러나자 모두가 일제히 숨을 들이켠다.

수치심에 얼굴이 화끈거리지만 나는 고통을 숨기지 않는다. 저들에게 이 싸움에서 승리할 수 없다는 것을 알려야 한다. 결국 이 왕국에서 피를 흘리는 건 우리고 영원히 마귀로 남으리라는 것을.

내가 다시 입을 연다.

"그들은 인정사정없어요. 물불을 가리지 않죠. 우리를 잡아들인 다음 몸에 이런 글씨를 새겨 넣을 거예요. 우리를 철저히 무너뜨릴 거예요."

나는 카프탄을 다시 내린다. 군중 속에서 마리와 빔페가 눈에 들어오자 나는 더욱 밀어붙인다.

"저는 우리 부족을 지키겠다고 맹세했어요. 이게 최선의 방법이에요. 계속 싸울 수는 없어요."

나는 두 손을 올리며 덧붙인다.

"더는 사랑하는 사람들을 잃을 수 없어요."

그 말에 사람들은 고개를 떨군다. 잠시 산 전체가 침묵에 잠긴다. 케니언도 물러서서 다른 원로들 사이로 돌아간다.

"하지만 여긴 우리의 집이잖아."

카마루가 깊은 목소리로 분노가 아닌 비통함을 드러내며 앞으로 나온다. 그는 우리가 굳이 들추려 하지 않는 고통을 얘기하고 있다.

나는 다시 사람들을 보며 말한다.

"처음에 원로들은 그저 민둥산에 이 성지를 지었어요. 이곳이 우리의 집이 된 것은 저 탑들이 있어서가 아니에요. 그들이 함께 지었기 때문에 집이 된 거죠. 이 땅, 이 사원들. 그런 건 중요하지 않아요. 서로가 있다면 오리샤는 우리의 핏줄에 남아 있을 거예요. 아무도 빼앗아 가지 못해요."

나는 숨을 참으며 원로들의 반응을 기다린다. 수군거리는 기류가 바뀌는 게 느껴진다. 곧 내 의견이 받아들여지려는 찰나, 아마리가 좋은 생각이 떠오른 듯 환한 얼굴로 걸어 나온다.

정적이 흐르는 가운데 그 애의 목소리가 울려 퍼진다.

"제일리의 말이 맞아요. 우리가 도망칠 수 있는 유일한 기회인지도 모르죠. 하지만 우리가 승리할 수 있는 기회인지도 몰라요."

"뭐 하는 거야?"

나는 아마리의 팔을 잡아당긴다. 우리의 눈이 마주친다. 그 애를 보자 여전히 온몸이 떨리지만 나는 고개를 돌리지 않는다.

그 애의 팔을 더욱 힘주어 잡는다.

"이러지 마. **제발**."

아마리는 입을 굳게 다물고 내 손을 바라본다. 이윽고 긴 한숨을 내쉬며 눈을 감는다.

"미안하지만 나는 싸워 보지도 않고 내 집을 포기할 수 없어."

"아마리, 안 돼! 피의 전쟁은 이제 끝내야 해!"

나는 어떻게든 말려 보려 하지만 아마리는 내 손을 뿌리친다. 그 애의 침묵에 산 전체가 숨을 죽인다. 아마리는 돌아서서 사람들을 마주하며 큰 소리로 외친다.

"이번에는 우리가 유리해요. 그들의 작전을 역으로 이용하는 거예요. 라고스로 쳐들어가서 군대 전체를 상대할 필요가 없어요. 왕만 처치하면 됩니다!"

자신의 말이 받아들여지는 듯하자 아마리는 점점 더 흥분하며 모두와 시선을 마주한다. 곱슬머리 위로 반짝이는 왕관이 보이는 듯하다.

그 애는 두 손을 휙 올리며 말을 이어 간다.

"왜 도망가야 하죠? 왜 위험을 무릅쓰고 모험을 하나요? 우리는 마젤리의 죽음을 되갚아 주고 우리의 집을 지킬 수 있어요."

눈앞에서 아마리가 전세를 바꿔 놓자 나는 얼이 빠진다. 사방에서 웅성거리는 소리가 들린다. 우리 사령술사들조차도 복수를 부르짖는 그 애에게 힘을 보태고 있다.

아마리는 허공에 주먹을 날리며 소리친다.

"일어납시다! 우리가 힘을 합쳐서 이 전쟁을 끝냅시다! 우리는 함께 승리할 수 있어요! **그바 응칸 와 파다!**"

어색하기 짝이 없는 요루바어지만 효과가 있다. 그 애의 외침은 마자이들 속으로 퍼져 나가 결국 산 전체를 뒤흔든다.

"그바 응칸 와 파다! 그바 응칸 와 파다!"

전쟁의 함성이 귓전을 때리자 나는 혈석에 주저앉는다.

그바 응칸 와 파다!

우리 것을 되찾자.

61

잠입 계획

아마리

그 뒤로 두세 시간이 정신없이 지나간다. 모두가 승리할 수 있다는 기대감에 들떠 새로운 목적의식을 갖고 단합 중이다. 제일리가 공격을 원치 않는 탓에 이위카를 지휘하는 일은 내 몫이 됐다. 싸울 수 있는 마자이는 모두 식당에 모여 마지막 세부 계획을 쥐어짜고 있다. 머리가 빙빙 도는 듯하다.

케니언이 주먹으로 탁자를 내리치며 말한다.

"싸울 수 있는 사람을 모두 데리고 이바단으로 몰려가야 해. 틀림없이 네한다도 왕과 함께 있을 거야. 동원할 수 있는 마자이는 모두 데려가야 해."

그러자 나이마가 반론을 펼친다.

"이바단으로 **몰려갈** 수는 없어. 거기는 산속의 외딴 마을이야."

"그리고 지금 우리에게 가장 유리한 점을 이용하려면 몰려가서는 안 돼." 내가 지적한다. "왕이 모르게 살금살금 들어가서 마지막 순간에 기습해야지."

나는 습관적으로 누군가가 반박하지 않을까 기다리지만 모두가 내 의견을 순순히 받아들인다. 원로들은 이제 잠입 방법을 논의하기 시작한다.

카마루가 묻는다.

"원로들만 가서 공격하면 어떨까? 그쪽 군인들은 대부분 아직 라고스를 지키고 있잖아. 우리도 많은 인원을 끌고 갈 필요는 없어."

나는 고개를 끄덕인다.

"백 명이 잠입하는 것보다는 열 명이 잠입하는 게 훨씬 수월하겠지."

"과연 열 명은 될까?"

나이마가 입술을 오므리자 모두의 시선이 빈자리로 향한다. 제일리는 아까 협석을 떠난 뒤 보이지 않는다. 나는 그 애가 싸울 생각이 있는지도 알지 못한다.

나는 얼굴이 화끈거리지만 용기를 내서 밀고 나가기로 한다. 하지만 제일리에게 그토록 커다란 슬픔을 안겨 준 사람이 바로 나라는 사실이 밝혀져도 이위카가 나를 지지해 줄까 의문이 든다.

"원로들만 데리고 이바단으로 간다면 나머지는 부원로들이 이끌고 라고스로 가야 해. 그럼 그들은 전투를 피할 수 있고 그와 동시에 왕은 우리가 미끼를 물었다고 생각하겠지."

"그건 내가 맡을게."

카마루가 일어나며 작은 부담 하나를 덜어 준다. 마젤리를 잃었으니 더 이상 피해는 없어야 한다. 이런 전략이라면 적어도 다른 마자이들은 안전할 것이다.

카니가 묻는다.

"마을 사람들은 어떻게 하지? 마을 사람들도 싸움에 휘말릴 수 있잖아."

그러자 자히가 탁자를 둘러보며 말한다.

"그보다 더할 수도 있지. 왕과 네한다가 그들을 방패로 삼을 수도 있어."

팽팽한 침묵에 목이 따끔거린다. 오빠가 백성들을 희생시킬 리 없다고 반박하고 싶지만 이제는 그런 믿음이 없다. 오빠와 어머니는 누가 다치건 상관하지 않는다. 전쟁에 이기기 위해서라면 누구든 죽일 수 있는 사람들이다.

"그럼 다른 계획을 생각해 봐야겠네."

자히가 천천히, 조심스럽게 말을 잇는다.

"그쪽 산들이 왕을 안전하게 지켜 주고 있다면 어떤 면에서는 그를 그 안에 가둬 놓은 셈이잖아. 꼭 정확히 왕이 있는 곳을 겨냥할 필요는……."

"우리는 왕실 사람들과 달라."

자히가 더 나아가기 전에 내가 얼른 끼어든다.

"마을 사람들은 건드리지 않고 그들만 처치할 수 있어. 몰래 들어가는 길을 찾아내면 돼."

나는 제일리의 빈자리로 시선을 돌린다. 제일리와 제인은 이바단에서 자랐다. 하지만 공격을 원치 않는 제일리가 우리를 도와줄 리 없다.

"제인!"

나는 멀리 있는 제인을 손짓해 부른다. 그는 카니의 쌍둥이 자매이자 가장 강력한 질병술사인 이마니와 함께 보급품을 챙기다가 잠시 쉬고 있다.

"무슨 일이야?"

그가 탁자를 둘러보자 나는 앉으라고 손짓하며 설명한다.

"여기는 이바단에 가 본 사람이 없거든. 몰래 들어가는 길을 찾아야 해. 혹시 그럴 만한 길이 있을까?"

제인은 입을 열려다 찾는 사람이 보이지 않자 얼굴이 어두워진다. 혀에 씁쓸한 맛이 감돈다. 내가 그를 곤란하게 만든 모양이다.

"혹시 내키지 않으면……."

그러자 그는 손을 들어 올린다.

"전쟁에 승리하려고 하는 거잖아. 내가 도울 수 있는 일은 도와야지."

탁자를 사이에 두고 그와 눈이 마주치자 온기가 전해진다. 제인은 조악한 지도를 들여다보며 두 뺨을 부풀린 채 이바단으로 들어가는 길을 찾는다.

"여기."

그가 이바단 북쪽의 호수를 가리키며 말한다.

"어릴 때 여기서 제일리와 수영하고 놀았어. 깊숙이 들어가면 수중 동굴들이 나올 거야."

"어디로 이어지는데?"

내가 묻는다.

"제대로 고르면 산맥 밖에서 안으로 몰래 들어갈 수 있을걸. 내가 길을 알려 줄게."

나는 제인을 껴안고 싶은 충동을 간신히 억누른다. 마침내 잠입 계획의 마지막 조각이 제자리를 찾자 답답했던 가슴이 한결 가벼워진다.

카마루가 산에 터널을 뚫은 뒤 나오가 우리를 데리고 물속을 통과하면 된다. 실패로 돌아간 집회 이후 처음으로 승리가 눈앞에 보인다. 얼른 뛰어들어 승리를 움켜쥐고 싶을 뿐이다.

우리는 머리를 맞대고 꼼꼼히 세부 계획을 세운다. 모든 계획이 마무리되자 해가 뉘엿뉘엿 넘어간다. 우리에게는 이 성지에서 보내는 마지막 밤이 될 것이다. 작별 인사를 준비하는 사이 식당의 분위기가 무거워진다.

나오가 묻는다.

"이제 어떡할까?"

나는 석조 탁자에서 일어나며 대꾸한다.

"마마 아그바를 모셔 오자. 좋은 계획이 떠올랐어."

✳

불과 한 시간 만에 식당은 완전히 다른 곳으로 변한다. 카마루가 돌 무대를 만들고 다카라이는 바타 드럼*들을 놓는다. 폴라케와 다른 빛술사들은 반짝이는 구슬을 별처럼 곳곳에 띄우고 어린 신성자들은 남은 음식을 차려 놓는다. 북적거리는 식당 안에 슈야와 에구시 수프**의 달콤한 향이 진동한다. 마마 아그바가 절뚝

* 아프리카의 전통 타악기.

** 서아프리카에서 식재료로 자주 쓰이는 박과 식물의 씨앗인 에구시로 만든 수프.

거리며 식당 한가운데로 걸어오자 들뜬 재잘거림이 잦아든다.

마마가 말한다.

"이 성지는 이 땅의 마법만큼이나 오랜 역사를 지녔습니다. 태곳적부터 모든 원로를 맞이한 마자이의 심장과도 같은 곳이지요. 왕실의 공격에 맞서 여러분은 이 성스러운 곳을 지켰습니다. 선조들에게 자부심을 안겨 주었죠."

곳곳에서 환호가 일렁인다. 마마 아그바는 식당을 가득 메운 얼굴들을 하나하나 살펴보며 빙긋 웃는다. 나는 기대하면 안 된다는 것을 알면서도 제일리가 보이지 않자 마음이 무거워진다.

'그 애보다 더 중요한 일이야.' 나는 스스로에게 타이른다. 친구보다는 오리샤의 운명을 위해 싸워야 한다.

"지난 몇 달은 힘겨운 시간이었습니다. 여러분은 그 어느 때보다도 심한 압박에 시달렸지요. 하지만 여러분 덕분에 우리에게는 기회가 생겼습니다. 여러분의 기백으로 우리는 이 전쟁에 승리할 것입니다. 이 땅의 모든 마자이에게 자유를 되찾아 줄 것입니다."

나는 눈을 감고 그런 날을 그려 보며 우리가 승리하면 어떤 기분일까 상상해 본다. 나의 가족이 사라지면 오리샤는 평화를 되찾을 수 있다. 오리샤 역사상 처음 있는 일이 될지도 모른다.

우리는 이미 하나가 될 수 있다는 것을 보여 주었다. 우리가 지도자가 되면 마자이와 티탄, 코시단이 함께 살 수 있을 것이다. 반드시 성공해야 한다.

한 번의 공격으로 이 왕국을 우리 것으로 만들 수 있다.

"내일 원로들은 많은 이들의 희생을 가치 있게 만들고자 길을 떠납니다. 우리는 마법을 가진 자들이 통치할 수 있는 왕국을 만들어 모든 용맹한 희생을 기릴 것입니다!"

안쪽에서 나오와 그녀의 부원로가 입을 모아 연호한다. 그들은 마법을 사용해 커다란 술통을 허공으로 띄운 뒤 달콤한 야자주를 양철 잔에 채워 준다. 타히르와 다른 쇠술사들도 함께 연호하며 그 잔들을 나누어 준다.

그중 하나가 내 손으로 들어오자 마마 아그바가 자신의 잔을 높이 들어 올린다. 수십 개의 잔이 그녀와 건배하는 순간, 우리가 힘겹게 싸워 온 모든 장면이 내 눈앞을 스쳐 지나간다. 우리는 나의 오리샤 곳곳에 이런 성지를 만들 것이다. 우리는 하나가 되어 축배를 올릴 것이다.

"여러분이 할 수 있는 준비는 모두 끝났습니다. 이제는 신들에게 맡겨야지요. 내일은 싸워야 합니다."

마마 아그바는 잔을 기울이며 덧붙인다.

"오늘은 삶을 즐기세요."

62

승리를 위한 밤

아마리

몇 시간도 안 되어 음악 소리와 웃음소리로 성지 안이 떠들썩해진다. 야자주가 끊임없이 오가고 나이마의 풍부한 노랫소리가 식당을 가득 메운다. 나는 탁자에 기대서서 북적거리는 무도장을 보며 혼자 미소 짓는다. 숨을 깊이 들이마시면 달콤한 희망의 냄새가 나는 듯하다.

"뭐 해?"

나오가 파란색 긴 드레스 차림으로 환하게 빛을 내며 다가와 나를 쿡 찌른다.

"이건 네 파티잖아. 야자주 한 잔 들어야지!"

그녀가 손가락을 튕기자 쇠술사 하나가 양철 잔을 띄워 내 손으로 보낸다. 나오는 내 어깨에 덥석 팔을 두르더니 나와 잔을 부딪치며 소리친다.

"승리를 위하여!"

"승리를 위하여."

나는 그 말을 음미하며 야자주를 홀짝거린다.

"우리가 너를 여왕으로 앉히면 이런 파티 많이 열어 줘야 해."

농담일 테지만 가슴이 쿵쾅거린다. 지금까지 그들은 제일리를 왕위에 앉히고 싶어 했다.

"나이마!"

큰 목소리가 식당 안에 울려 퍼지며 음악이 멈춘다. 퍼뜩 정신을 차리고 싸울 준비를 하려는데, 케니언이 사람들을 뚫고 달려 나온다. 맨살이 드러난 가슴으로 가늘게 땋은 머리카락이 흘러내린다. 이윽고 그는 무대 앞에 풀썩 무릎을 꿇는다.

"나이마, 사랑해!"

"미치겠군."

나이마가 두 손으로 얼굴을 가리자 사람들이 키득거리기 시작한다.

"케니언, 취했구나!"

"맞아! 하지만 진심이야!"

"모 피 아원 오리샤 부라……."

나이마가 쿵쾅거리며 무대에서 내려가자 다시 음악이 이어진다. 나이마가 고함을 치려는 찰나, 케니언이 허리춤에서 시든 해바라기 한 다발을 꺼낸다. 나이마는 별수 없이 미소 짓는다.

그 광경에 나오가 고개를 젖히며 웃어 댄다. 그러고는 나를 부추긴다.

"오늘 잘했어. 좀 즐겨."

나는 나오가 갈 때까지 기다리다가 잔을 내려놓는다. 아버지는 전투를 앞두고 술을 마시지 않았다. 나도 그럴 수 없다. 사람들 사이를 돌아다니자 아버지의 기억이 다시 머릿속을 파고든다. 그가 지금의 나를, 지도자가 된 나를 자랑스러워할지 궁금하다.

"뭔가 느껴져."

나는 걸음을 멈추고 마마 아그바를 에워싼 사람들 속으로 들어간다. 마마 아그바는 알록달록한 천막 안에 앉아 있고 폴라케가 그녀의 머리 뒤에 반짝이는 빛을 만들어 낸다. 턱을 들고 장난스럽게 실눈으로 밖을 엿보는 마마의 모습에 모두가 미소를 짓는다.

"흠, 위대하고 강력한 원로의 기운이 느껴지는군!"

모든 시선이 내게 향하자 나는 얼굴이 달아오른다. 다시 걸음을 옮기려는데 구경꾼들이 나를 마마의 천막 안으로 밀어 넣는다.

마마는 내 두 손을 잡으며 말한다.

"어서 오렴, 아마리 원로. 별들이 너에 대해 뭐라고 하는지 알아봐야겠다!"

마마 아그바가 라고스의 거리에 자리를 펴고 앉은 가짜 예언자들처럼 엉덩이와 어깨를 마구 흔들자 나는 결국 웃음을 참지 못한다. 그녀는 폴라케가 만든 색색의 빛을 받으며 춤을 추다가 두 손을 크게 벌리며 포물선을 그린다. 마마는 건강을 해칠까 봐 마법다운 마법을 더 이상 쓰지 못하지만 그 못지않게 좋은 것을 우리에게 주고 있다.

마마가 고개를 끄덕이며 말한다.

"큰 전투를 앞두고 있구나. 큰 승리가 기다리고 있어! 아이고, 이런…… 다른 것도 보이는데!"

"얘기해 주세요, 마마 아그바!"

한 신성자가 조른다.

"그게 뭔데요?"

나도 장단을 맞춘다.

"바로…… 굉장한 사랑이야."

그녀가 내게 눈을 찡긋하자 때마침 뒤에서 누군가가 다가온다. 흘낏 올려다보자 제인이 미소 짓고 있다. 나는 숨이 멎는 듯하다. 그가 내 손을 잡아끌자 야유가 울려 퍼진다. 나이마의 깊은 목소리가 머리 위로 흐르는 가운데 우리는 무도장으로 나간다.

"오오룬 미, 이페 미, 에미 미……."

카니가 나이마의 풍부한 목소리에 화음을 맞춘다. 노래하는 두 사람의 모습이 마치 한 쌍의 꾀꼬리 같다. 우리는 함께 손깍지를 끼고 노랫소리에 맞춰 몸을 흔든다. 나는 그의 가슴에 머리를 기대고 아늑한 품속에 몸을 맡긴다.

제인이 고개를 숙여 나의 정수리에 입을 맞춘다.

"이렇게 해 주고 싶었어."

그러고는 두 손으로 나의 허리를 감싸더니 엄지손가락으로 살짝 드러난 피부를 어루만진다. 온몸이 저릿해진다.

"나도 그래."

내가 속삭이며 눈을 감는다. 그와 춤을 추고 있으니 신성자 축제로 돌아간 기분이 든다. 미래가 우리의 것이라 믿었던 그 밤.

고개를 들자 그는 과분할 만큼 다정한 눈길로 나를 바라보고 있다. 그제야 나는 깨닫는다. 장난스러운 예언과 야자주 따위로 오늘 밤을 허비해서는 안 된다는 것을. 오늘 밤 나는 그를 원한다.

"왜 그래?"

나는 그에게 손깍지를 끼고 문으로 끌어당긴다.

"가자. 바람 좀 쐬고 싶어."

*

"바람 쐰다더니."

제인은 내가 숙소 문을 밀어 열자 웃음을 터트린다. 나도 빙긋 웃으며 그의 손을 잡고 시원한 산들바람이 불어오는 발코니로 들어선다. 우리는 둥근 발코니에 앉아 난간 사이로 다리를 내놓고 발을 흔든다. 성지를 바라보자 가슴이 시려 온다.

"여기가 그리울 거야."

이 안에서 겪은 일들을 생각하면 참으로 이상한 일이다. 이곳에서 단 한순간도 소외감을 느끼지 않은 적이 없었으니까. 좋지 않은 일도 많았지만, 그래도 이곳은 집이었다. 우리를 안전하게 지켜 주는 곳. 이곳에서 내 목소리를 찾았고 왕위에 오르는 길을 찾았다.

"정말 많은 일이 있었지."

제인이 입으로 주먹을 가져가며 기침을 한다.

"네가 자랑스럽다고 말해 주고 싶어. 그런 얘기는 많이 못 듣는 것 같아서."

머리보다 나의 손이 먼저 움직인다. 나는 그의 얼굴을 두 손으로 감싸 쥐고 내 얼굴로 끌어당긴다.

"아야!"

그의 턱이 내 콧잔등에 부딪히자 나는 신음을 내뱉는다.

제인은 몸을 젖히며 배를 잡고 웃는다.

"하늘이여, 나의 여왕님. 이렇게 야성적인 줄 몰랐는데!"

"그만해!" 귀가 뜨겁게 달아오르자 나는 그의 팔을 찰싹 때리며 덧붙인다. "이깟 입맞춤도 제대로 못 하면 내가 어떻게 전투를 이끌 수 있겠어?"

제인은 내 어깨를 잡더니 나를 자기 가슴으로 끌어내리며 속삭인다.

"자. 내가 도와줄게."

우리의 입술이 맞닿는 순간 나는 손을 꽉 움켜쥔다. 그에게 몸을 맡긴 채 입술에 남은 달콤한 야자주를 음미한다. 그러나 그가 고불거리는 내 머리카락을 두 손으로 쓸어 넘기자 죄책감이 가슴을 파고든다. 지금 이 순간에도 제일리는 슬픔에 잠겨 혼자 위층에 앉아 있을 것이다.

"무슨 생각 해?"

제인이 묻는다. 그가 몸을 떼자 나는 눈을 깜빡거린다. 그와 눈을 맞추고 싶지 않아서 그의 튜닉에 난 구멍을 만지작거린다.

"제일리가 나를 용서할까?"

"나와 입맞춤하는 동안에는 내 동생을 잠깐 잊으면 안 될까?"

제인이 나의 뺨을 어루만지자 나는 빙긋 웃는다.

"미안. 내가 제일리에게 너무 큰 상처를 준 것 같아서 괴로워."

"시간이 필요할 거야."

제인은 한숨을 쉬며 말을 잇는다.

"하지만 넌 잘하고 있어. 제일리만을 위해서가 아니라 오리샤를 위해서. 네가 꿈꾸는 왕국은 싸워서 꼭 이루어 내야 해. 이제는 제일리가 싸울 수 없다고 해도."

그가 나의 손을 잡자 세상이 아득해진다. 우리의 입술이 맞닿자 속이 울렁거린다. 수염이 자란 그의 턱은 거칠거칠하다. 이 순간을 얼마나 많이 그려 왔던가. 여기서 그와 함께하는 순간을. 가슴이 쿵쾅거린다. 그러나 그의 튜닉 속으로 손을 넣으려는 찰나, 그가 내 손목을 잡는다.

"내가 뭐 잘못했어?"

나의 물음에 제인은 고개를 저으며 내 손바닥을 바라본다.

"그저 두려워서 이러는 게 아니라면 좋겠어."

"두렵다니. 뭐가?"

나는 손을 빼낸다.

"죽음."

그가 고개를 돌리자 나는 숨을 내쉰다. 그 한 마디가 파도가 되어 그에게 받은 위안을 모두 쓸어 가 버린다. 우리가 다시 일어나 앉자 곧 벌어질 전투 생각으로 공기가 무겁게 가라앉는다.

제인이 콧잔등을 찌푸리며 말한다.

"미안. 분위기를 깨고 싶지는 않았지만 그냥 둘 수도 없었어. 널 정말 아끼니까."

"사과할 필요 없어." 나는 가슴이 따뜻해지는 것을 느끼며 그의 뺨에 코를 갖다 댄다. "하지만 아니야. 난 두렵지 않아. 적어도 지금은."

제인은 고개를 갸우뚱한다. 나는 그의 뺨을 두 손으로 감싸고 나의 안식처인 그의 따뜻한 갈색 눈을 들여다본다. 처음 만난 날부터 우리가 함께한 모든 순간이 떠오른다. 내가 그저 도망 나온 공주일 때도 그는 내 편을 들어 주었다.

"제인, 난 행여나 죽게 될까 봐 오늘 밤을 함께하고 싶은 게 아니야. 사랑하기 때문이야." 나는 빙긋 웃으며 덧붙인다. "오래전부터 그랬던 것 같아."

어디서 그런 용기가 났는지 나는 일어나서 손으로 더듬더듬 튜닉을 벗고 치마 허리띠를 푼다. 옷이 바닥으로 떨어지자 그가 빤히 바라본다.

"다시 말해 봐."

그가 말한다.

"뭘?"

내가 묻자 그는 일어나서 나와 눈을 맞춘다.

"나를 사랑한다고 했잖아. 다시 말해 봐."

나는 뺨이 아프도록 활짝 미소를 짓는다.

"사랑해."

"한 번 더."

"사랑해."

내가 되풀이한다.

"난 못 들은 것 같은데……."

"제인, **사랑해!**"

내가 웃으면서 소리치자 그는 키득거리는 나를 번쩍 들어 올린다. 나는 그에게 안겨 공중을 날듯 방으로 들어간다. 그는 나를 침대에 눕힌다. 그가 입을 맞추자 모든 중압감이 눈 녹듯 사라진다.

"나도 사랑해."

한 마디 한 마디마다 그의 입술이 나의 입술을 스친다.

내 안에서 그가 느껴지는 순간, 나는 이 시간이 영원히 끝나지 않기를 기도한다.

63

빛나는 바다로

제일리

식당 문 앞에 다다랐지만 굳이 저 안에 들어가야 하나 망설여진다. 식당 안은 술과 노래로 가득 차 있다. 마젤리가 세상을 떠났는데, 어떻게 저럴 수 있을까.

북적거리는 사람들 틈으로 그 애의 웃음소리가 들리는 듯하다. 마젤리가 있었다면 엉덩이를 흔들며 식당을 누비고 다녔을 텐데. 그는 저녁밥으로 슈야가 나오면 늘 얼굴이 환해졌다. 지금 여기 있었다면 음식을 게워 낼 정도로 욱여넣었을 것이다.

'슬퍼하지 마.'

정말 그럴 수 있다면 얼마나 좋을까 생각하며 눈을 감는다. 그 애가 있었다면 내가 저 안에 들어가길 바랐을 것이다. 나에게 야자주도 한 잔 쥐여 주었을 것이다. 나와 함께 웃고 춤을 추면서 역사상 가장 훌륭한 사령술사가 되리라 선언했을 것이다. 자기가 이미 얼마나 대단한지도 모르고.

"들어가 봐."

마마 아그바의 목소리에 나는 멈칫한다. 그녀의 지팡이 소리가 가까워지자 목이 메어 온다. 그날 의료실에서 마주친 뒤로 마마를 보지 못했다. 아직은 보고 싶지 않다.

"너를 위해서가 아니라 너희 사령술사들을 위해서라도."

마마의 말투에서 전과 달리 초조함이 느껴진다.

"그 애들이 아직 남아 있잖니, 제일리. 그들을 위해서 싸워야지."

내가 대답하지 않자 마마 아그바가 식당 문 앞으로 걸어온다. 나는 고개를 돌린다. 여전히 마마의 눈을 볼 수가 없다.

"얘기 좀 할까? 정원에 특별한 벤치가 있는데."

마마의 목소리가 떨린다.

"이제 마마 얘기는 듣고 싶지 않아요."

"제일리, **미안하다**."

주름진 그녀의 뺨에 눈물이 흘러내린다. 마마가 고통스러워하는 모습에 괴로워지는 내가 싫다. 그 고통을 덜어 주고 싶은 내가 싫다.

그녀는 애원하듯 말한다.

"마젤리는 살릴 수 없었어. 피의 희생으로 연결된 게 아니라서 그대로 두면 둘 다 죽었을 거야. 네가 이해해야……."

"이해해요."

나는 뒤로 물러선다.

"왜 그러셨는지 알아요. 하지만 전 그 애를 구할 수도 있었어요. 그런 기회를 빼앗아 간 건 용서할 수 없어요."

"제일리, 제발……."

가슴이 답답해지지만 애써 모른 체하며 마마에게 등을 돌린다.

"전 그날 죽었어야 해요. 그냥 제가 죽었다고 생각하세요."

마마 아그바가 흐느껴 울자 가슴이 미어진다. 마마가 저렇게 우는 모습은 본 적이 없다.

나는 가까스로 그녀의 눈물에서 도망쳐 숙소로 올라간다. 내 방에서 나가지 말았어야 했다. 뭘 기대한 걸까.

"왔구나."

고개를 들어 보니 로웬이 내 방문 앞에 앉아 있다. 어깨에 둘러멘 두툼한 봇짐 두 개를 덜컹거리며 그가 일어선다. 그는 내게 둘 중 작은 봇짐을 내밀며 말한다.

"가자."

나는 눈을 굴리며 그를 지나쳐 간다.

"잘래요."

그는 나를 따라 방으로 들어온다.

"안 돼. 네가 도와줘야 해."

"로웬, 제발. 오늘 밤만큼은 이러지 마요."

내가 애원한다.

"넌 필요할 때마다 내게 도움을 청하더니 내가 도와달라고 하니까 피곤하다고?"

내가 노려보자 그는 히죽 웃는다.

"그럴 줄 알았다니까."

그가 내 어깨에 작은 봇짐을 메어 주자 나는 얼굴을 찌푸리며 묻는다.

"어디로 가는지는 얘기해 줘야죠?"

"우리 고향 말로 **지솔**이 무슨 뜻인지 알아?"

그는 봇짐의 끈을 조인 뒤 걸음을 떼며 덧붙인다.

"꼬치꼬치 따져 묻는 예쁜 여자."

*

우리는 몇 시간 동안 말없이 로웬의 치타너를 타고 달린다. 어느 순간 밀림의 습한 공기가 걷히더니 바위산이 사라진다. 우리는 오페올루아 평원을 달려 성지의 북쪽으로 향하고 있다. 나는 로웬의 어깨에 턱을 걸친 채 얼굴을 들고 매서운 바람을 맞는다.

"뭘 하려는 건지 알려 주면 안 돼요?"

내가 소리쳐 묻는다.

"몰라도 돼."

그가 큰 소리로 대꾸한다.

"그럼 합법적인 일인지 아닌지만 말해 주면 안 돼요?"

"**지솔**, 내가 언제 너한테 그런 바보 같은 질문 한 적 있어?"

나는 다시 눈을 굴리며 그의 등에 얼굴을 묻는다. 상관없다. 어차피 중요하지 않다.

성지에서 멀어질수록 숨통이 트인다. 마젤리에 대한 생각이 목을 조르지 않는다. 성지를 벗어나니 그 애의 죽음 외의 것들도 생각할 수 있게 된다.

나는 언제 다시 올지 모르는 이 휴식을 음미한다. 로웬은 늘 이런 기분으로 살아가는 것일까? 세상의 무게나 잃어버린 것들에 얽매이지 않은 채로?

"여기야."

로웬이 치타너의 고삐를 당기자 나는 고개를 든다. 우리는 들쭉날쭉한 암석 연안을 수 미터 앞두고 좁다랗게 뻗어 있는 긴 해안에 멈춰 선다. 야트막한 절벽에 검은 파도가 부딪치며 매끈한 바위 위로 거품을 밀어 올린다. 은빛 달이 잔잔히 물결치는 수면에 빛을 드리우며 우리를 물속으로 유혹한다.

"뭘 하려는 거예요?"

로웬은 봇짐 두 개를 모두 들고 달빛을 길잡이 삼아 해안을 걸어간다. 풍력 보트 한 척이 다른 장비들을 실은 채 해안에 닻을 내리고 있다.

"어디까지 가요?"

그러자 로웬은 혀를 찬다.

"또 꼬치꼬치 따지네. 그만하고 어서 타."

딱히 신뢰가 가지 않지만 바다의 유혹을 거부할 수가 없다. 바다를 마지막으로 본 것은 자리아의 모래 해변에서 도망칠 때였다. 저 일렁이는 물에 떠다니고 싶어 몸이 근질거린다. 우리는 순식간에 준비를 끝내고 출발한다. 윙윙거리는 뱃소리가 부서지는 파도 소리와 뒤섞인다. 나는 눈을 감고 소금기 가득한 공기를 들이마신다. 내가 얼마나 바다를 그리워했는지 잊고 있었다. 바다에 오면 아빠가 곁에 있는 기분이 든다는 것도.

로웬은 해안이 수평선 위의 점이 될 때까지 배를 몰고 나간다. 풍력 터빈이 털털거리며 멈추자 그는 배 너머로 닻을 던진 뒤 윗도리와 바지를 벗는다.

"내가 옷을 벗게 하려고 꼼수 부리는 거예요?"

내가 묻는다.

"**지솔**, 그런 꼼수 따위는 필요 없다는 거 우리 둘 다 알잖아."

그는 작은 봇짐을 열더니 이상하게 생긴 보호 장비 두 개를 꺼낸다. 그가 준비하는 동안 나는 튜닉을 벗고 가슴에 감은 천만 남긴다.

"잘 들어."

로웬이 보호 장비 하나를 내 머리 위로 씌우며 말한다.

"꽉 물고 숨을 들이마셔. 내 손 놓으면 안 돼."

나는 그가 끈을 조이고 그 안에 달린 장치를 내 혀 밑으로 밀어 넣는 동안 잠자코 서 있다. 몇 번 숨을 들이마시자 산소가 들어오기 시작한다. 퀴퀴한 공기에 목이 칼칼해진다.

"내가 하는 대로 따라 하면 돼."

로웬은 남은 수중 마스크를 자기 머리 위로 끼워 넣는다.

"머뭇거릴 시간이 없어."

내가 뭔가를 더 물어볼 새도 없이 그는 얼굴로 마스크를 내린다. 그러고는 끙 하고 신음하며 자루 하나를 배 너머로 던지고 내게 손을 뻗는다. 나는 미처 준비하지 못한 채 그에게 이끌려 물속으로 뛰어든다.

차가운 바다가 덮치자 나는 이를 악문다. 마치 얼음덩어리에 부딪힌 것 같다. 물방울이 사방으로 튀며 물이 우리를 에워싼다. 나는 로웬의 손을 꼭 잡고 그의 무거운 봇짐에 이끌려 더 깊이 내려간다.

이윽고 속도가 느려지면서 칠흑 같은 암흑 속에 멈춰 서자 숨이 가빠진다. 로웬은 위쪽 배와 연결된 녹슨 사슬로 나를 데려가 그것을 꽉 붙잡게 한다. 그의 손동작이 **'꽉 잡아.'** 하고 말하는 것 같다.

사슬을 붙잡자 호흡이 느려지기 시작한다. 이 깊은 물속은 이상하리만치 평온하다. 내가 평화를 한껏 음미하는 사이 로웬은 내 옆을 스치며 큰 봇짐으로 다가간다. 그가 봇짐을 열자 나는 환한 빛에 눈을 찡그린다. 열린 봇짐에서 빛을 내는 구슬들이 떠오른다. 모두 거미줄 같은 사슬로 연결되어 있다.

'뭐지?' 나는 고개를 갸우뚱한다. 구슬은 우리 머리 위로 떠올라 어두운 물속을 환하게 비춰 준다. 그 빛의 거미줄로 바다가 살아나는 듯하다. 믿을 수 없는 광경이다. 마치 엄마의 마법을 처음 봤을 때처럼 온몸에 흥분이 퍼져 나간다.

우리 주위에는 물고기가 가득하다. 은빛 비늘을 가진 기다란 뱀장어들이 발밑으로 쌩쌩 헤엄쳐 간다. 금속 같은 껍데기로 덮인 게들은 주변 산호초 사이를 지나다닌다. 머리 위로 커다란 바다거북이 로웬의 삐져나온 머리카락을 스쳐 지나간다. 나는 몸서리치면서도 바다거북의 반짝이는 모자이크 같은 등껍질을 손으로 만져 본다.

바다거북은 빛의 거미줄 쪽으로 다가가더니 우리 머리 위를 도는 수천 마리의 물고기 떼 속으로 끼어든다. 그 장엄한 광경에 나는 하마터면 사슬을 놓칠 뻔한다. 내가 사랑했던 바다가 이렇게 아름다웠던가.

로웬과 눈을 맞추려 하지만 그의 시선은 먼 곳을 향해 있다. 그러다 불쑥 자기 봇짐에서 석궁을 꺼낸다. 화살이 있어야 할 자리에 갈고리가 끼워져 있다.

'뭘 하려는 거지?' 나는 자세히 보려고 그에게 다가간다. 그는 내 손목을 잡더니 발을 걷어차며 암흑 속으로 더 깊숙이 들어간다.

멀리서 반짝거리던 한 점의 빛이 갈수록 환해진다. 그러나 다음 순간, 밝게 빛나는 것이 아니라 무언가 우리에게 다가오며 점점 커지고 있다는 것을 깨닫는다.

나는 발을 차며 도망가려 하지만 로웬이 나를 잡아당긴다. 그가 어깨에 석궁을 고정하고 활을 겨누자 가만히 있을 수가 없다. 그 커다란 짐승은 대포알처럼 물을 가르며 다가온다. 엄청난 몸집에 물살이 바뀐다. 바닷속이 점점 환해지고 나의 가슴은 요동치기 시작한다.

'아, 오야시여.'

푸른 고래가 머리 위를 휙 지나쳐 가자 가슴이 오그라든다. 한눈에 담기지 않을 만큼 커다란 녀석이다. 그 광경에 얼이 빠져 숨 쉬는 것조차 잊어버린다.

푸른 고래는 지메타 해안에서 환하게 빛나던 플랑크톤처럼 광채를 발하며 좁은 해역을 가득 메운다. 코끝에서부터 꼬리까지 빛이 퍼져 나간다. 마치 그 매끈한 피부 속에서 밤하늘이 반짝거리는 것 같다.

녀석이 입을 벌리더니 위에서 회오리바람처럼 헤엄치던 물고기 떼를 집어삼킨다. 수천 마리가 한꺼번에 입속으로 들어간다. 그 후 고래는 위로 올라가기 시작한다.

'꽉 잡아!'

로웬이 입 대신 손으로 외친다. 그가 한 팔로 내 허리를 감싸자 나는 두 팔로 그를 끌어안는다. 그가 덜컥 활을 당기자 갈고리가 물을 가르고 고래의 거대한 지느러미 밑에 꽂힌다. 잠시 후 갈고리에 연결된 끈이 우리를 홱 끌어당긴다.

우리는 뼛속까지 떨려 오는 것을 느끼며 앞으로 나아간다. 마치 코끼리너 수백 마리가 끌어당기는 것 같다. 우리는 물의 저항을 뚫고 엄청난 속도로 바다 밑을 날아다닌다. 고래의 광채가 그 어떤 등불보다도 환하게 빛나며 태양처럼 물속을 밝힌다.

거대한 가오리들이 휙휙 지나가고 색색의 비늘들이 번개처럼 물살을 가른다. 모든 게 꿈만 같다. 부디 이 꿈이 끝나지 않았으면 좋겠다.

나는 숨을 몰아쉬며 그와 함께 수면 위로 올라온다. 고래는 포물선을 그리며 허공으로 떠올라 커다란 몸집으로 달빛을 가린다.

로웬이 두 팔로 나를 감싸 안으며 고래를 놓아준다. 녀석은 물속으로 들어가기 전에 요란하게 몸을 비틀며 원을 그린다.

"각오해!"

로웬이 고래의 포효보다 더 큰 소리로 외친다.

해일 같은 물살이 우리를 에워싼다. 나는 로웬을 꽉 붙잡고 그와 함께 텀벙거린다. 몇 분이 지나서야 바닷물은 다시 평소처럼 부드럽게 일렁거린다. 물이 잔잔해지자 500미터쯤 떨어진 곳에 떠 있는 우리의 배가 보인다.

나는 떨리는 손으로 수중 마스크를 벗고 공기를 들이마신다. 피식 웃음이 나온다. 나는 다시 가라앉지 않으려고 두 발로 원을 그리며 가슴에 두 손을 모은다. 고래의 빛이 멀어지면서 바다가 반짝거린다. 그 빛이 완전히 사라지고 시커먼 물 위에 우리 둘만 남을 때까지 나는 눈을 떼지 않는다.

"정말 굉장했어! 내 평생 가장 멋진 광경이었어!"

내가 소리치자 로웬은 빙긋 웃는다.

"그건 내 애인들이 나를 두고 하는 말인데."

내가 물을 튀기자 그는 콧잔등을 찡그리며 유쾌하게 웃음을 터트린다. 그 모습에 가슴이 설렌다. 딴 사람을 보는 것 같다.

"왜 그랬어요?"

내가 묻자 그는 미소를 거두며 내게로 다가와 뺨을 어루만진다.

"이것 때문에."

그의 손이 나의 입가를 훑는다.

"이걸 본 지가 너무 오래됐거든."

64

그날의 진실

이난

나는 탁자 위에 흩어진 지도와 전투 계획을 들여다보며 현실을 마주한다. 이 지도와 계획은 한낱 양피지와 검은 잉크에 불과하지만 우리를 승리로 이끌어 줄 것이다. 이제 우리 군대는 라고스를 지키고 있고 어머니와 나는 안전한 곳으로 피신했다. 게다가 곳곳에 덫까지 놓았다.

이번에는 우리가 승리할 것이다.

"모두들 명령을 확실하게 이해했나?"

어머니가 나의 침묵을 대신 메운다. 그녀의 낮은 목소리가 이바단 중심가 근처에 위치한 피라미드형 아헤레 안에 울려 퍼진다. 차가운 산 공기를 차단하기 위해 돌벽에 진흙을 덧바른 오두막이다. 나는 안쪽에 피워 놓은 불을 바라본다. 장교들이 고개를 끄덕이자 나는 손을 저으며 말한다.

"오늘은 그만하죠. 상황이 바뀌면 바로바로 보고하도록."

그들이 경례하고 방을 나가자 나는 벽난로로 걸어간다. 불꽃의 열기로 몸을 데우며 만족감이 밀려들기를, 조금이라도 안도감이 밀려들기를 기다린다. 하지만 아무리 기다려도 멍한 느낌뿐이다. 이제 정말 끝이라니 믿기지 않는다.

마지막 장교가 문을 나가자 오조레가 내 옆으로 오며 말한다.

"난 여기 있으면 안 돼. 라고스로 보내 줘. 현장에 나가게 해 달라고."

"현장에는 이미 다들 나가 있잖아. 나도 형이 필요해."

내가 말한다.

"이난, 날 지켜 주는 건 네 일이 아니야!"

"조코예 장군도 그렇게 됐는데 어떡하라고!"

나는 휙 돌아서서 콧구멍을 벌름거리며 그에게 얼굴을 바싹 들이댄다.

"이 전쟁이 끝나면 오리샤에는 형이 필요해. 나한테도 그렇고."

어머니가 오조레의 어깨에 손을 얹으며 팽팽한 분위기를 가라앉힌다.

"아직 할 일이 남았어. 이곳 위병들과 공조해서 확실히 준비가 되었는지 확인해 봐야지."

오조레는 빰을 씰룩이다가 결국 고개를 끄덕이며 밖으로 나간다. 나도 저렇게 전의를 불태울 수 있다면 얼마나 좋을까.

전투 계획을 볼 때마다 제일리와 아마리가 아른거린다. 두 사람과 싸우고 싶지 않다. 그들이 죽기라도 하면 어떻게 한단 말인가?

"녀석."

어머니는 절레절레 고개를 저으며 미소를 짓는다. 그러고는 적포도주가 가득 담긴 잔을 내게 건네고 자신도 잔을 들어 건배를 청한다.

"왕위의 보전을 위하여."

우리의 잔이 부딪치자 어머니는 길게 한 모금을 마신다. 그다음 숨을 내쉬며 잔을 가슴으로 가져간다.

"넌 옳은 일을 하고 있어."

나는 한숨을 쉬며 다시 타닥거리는 불꽃 쪽으로 돌아선다.

"그런 것 같지 않아요."

"이 전쟁을 끝낼 수만 있다면 어떠한 대가도 과하지 않아."

그 말에 나는 포도주를 들이켜며 풍부한 맛을 음미한다.

"전쟁이 수년쯤 이어진 기분이에요."

"어떻게 보면 그렇다고 할 수 있지."

어머니는 손톱을 칠한 손가락으로 잔의 테두리를 훑는다. 그러고는 네모난 창문 밖으로 시선을 돌려 우물 앞에 줄지어 선 가족들을 바라본다.

"이 전쟁은 마법이 돌아왔을 때 시작된 게 아니거든, 이난. 넌 그저 수많은 이들이 목숨을 바친 전투의 끝자락을 보고 있는 거야. 겨울이 오기 전까지 이 땅의 마자이들을 모조리 밀어 버려야 해. 돌아가신 네 아버지도 이루지 못한 일이지."

나는 어머니의 팔을 잡는다.

"어머니, 무슨 말씀이죠? 우리는 마자이가 아니라 이위카와 싸우는 거예요."

"그들 **모두**와 싸우는 거야. 우리는 수십 년 동안 싸웠어. 이 전쟁은 대습격이 있기 훨씬 전부터 시작되었단다. 네가 태어나기도 전에 말이야."

어머니는 잔을 내려놓고 두 손으로 내 손을 잡는다. 그녀의 말이 어쩐지 불길하게 느껴진다. 번뜩이는 호박색 눈도.

"아버지한테서 왕실이 마자이 부족과 통일을 꾀한 적이 있다는 얘기는 들었니?"

나는 전함을 타고 신성한 섬으로 향할 때 아버지와 나눈 대화를 떠올리며 고개를 끄덕인다. 그날 나는 그 어느 때보다도 아버지와 가까워진 기분이 들었다. 아버지가 한 왕국의 왕으로서 갈등하는 모습을 보여 준 유일한 때였다.

어머니는 거친 목소리로 말을 잇는다.

"그때 총선거가 치러졌다면 상황이 완전히 달라졌겠지. 마귀들이 곧바로 왕위를 찬탈했을 거야. 나는 그걸 막을 수 있는 사람이 나뿐이라고 생각했단다. 이 전쟁은 그때 시작되었지."

"그걸 막다니요?"

내가 조심스레 묻는다. 이게 다 무슨 소리란 말인가?

"화염술사들이 왕을 암살했잖아요. 그로 인해 총선거가 무산되었고요."

나는 어머니가 착각했다고 인정하기를 기다린다. 하지만 그녀는 나를 빤히 바라볼 뿐이다.

"이난, 무슨 수를 써서든 왕좌를 지켜야 했어."

나는 어머니의 손을 뿌리친다. 새로운 진실에 눈이 휘둥그레진다. 내가 속삭여 묻는다.

"어머니가 꾸며 낸 공격이었어요? 총선거를 막으려고 어머니가 그 많은 사람들을 죽인 거예요?"

“그 화염술사들에게 구체적으로 지시한 건 아니야.”

어머니는 나에게로 손을 뻗으며 말을 이어 간다.

“그냥 우리 쪽 사람들에게 마귀들이 궁전에 발을 들여놓으면 어떤 일이 벌어질지 보여 주려고 했을 뿐.”

나는 어머니의 입에서 뚝뚝 떨어지는 독이 들어오지 않도록 두 손으로 귀를 막는다. 방이 빙빙 돌아가기 시작한다. 손끝에 감각이 없다.

그때 반란군은 궁전을 거의 다 태워 버렸다. 왕족 가운데 살아남은 사람은 아버지뿐이었다. 그 일이 없었더라면 아버지는 왕이 되지 않았을 것이다. 대습격으로 복수를 하지도 않았을 것이다.

오리샤는 하나가 될 수 있었다. 아니, 하나가 되었을 것이다. 더 나은 길로 나아갈 기회가 있었다.

그런데 어머니가 망쳐 놓았다.

우리가 지금까지 싸워 온 것이 어머니 때문이었다니.

나는 의자를 밀며 탁자에서 벌떡 일어난다.

“그 화염술사들이 전쟁을 시작했어요! 그래서 우리가 오늘날까지 싸우고 있고요! 수천 명이 대가를 치렀어요! 어떻게 그런 짓을 하고 태연하게 살아갈 수 있죠?”

“목소리 낮춰!”

어머니는 다시 내 팔을 잡으려 하지만 나는 펄쩍 물러선다. 그녀의 눈에서 후회를 찾아 본다. 일말의 뉘우침이라도.

전혀 찾을 수가 없다.

“어머니 때문에 얼마나 많은 사람들이 피를 흘렸는데…….”

나는 욱신거리는 배의 상처를 움켜쥔다.

"세상에, 그날 오조레 형도 거기 있었잖아요. 눈앞에서 부모님이 **타 죽는 걸** 봤다고요!"

"그들은 참된 오리샤를 위해 목숨을 바친 거야."

어머니는 주먹을 흔들며 말을 잇는다.

"이 왕국에서 마자이들이 모두 사라지면 더 이상 전쟁도 고통도 없을 거야. 너는 그 모든 이들의 희생을 의미 있게 만들 수 있는 통치자야!"

어머니는 떨리는 손으로 내 뺨을 감싸 쥐며 미소를 짓는다.

"내 말 명심해라. 마자이를 제압할 수만 있다면 어떠한 대가도 과하지 않아."

65

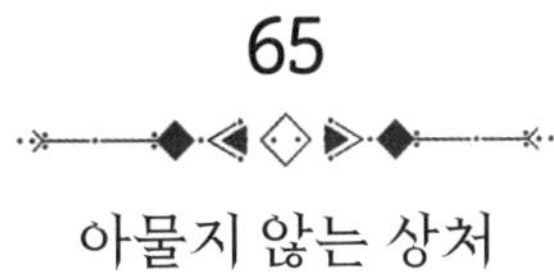

아물지 않는 상처

제일리

로웬과 함께 성지로 돌아오자 눈이 절로 감기기 시작한다. 파티는 오래전에 끝났고 미처 침대까지 가지 못한 마자이들이 성지 곳곳에 널브러져 있다. 우리는 긴 복도의 후미진 구석이나 높다란 계단 밑에 웅크려 잠든 마자이들을 살금살금 지나간다. 저 아래 폭포 옆에서 나오와 카니가 여전히 서로의 품에 안겨 흐느적대고 있다.

"회켄나리누사이."

로웬이 나의 침실 문을 가리키며 말한다. 걸음을 멈추자 늘 경계를 늦추지 않던 그의 눈도 스르르 감긴다. 너무도 피곤한 모험이었지만 몇 시간을 함께 있었는데도 여전히 그를 보내고 싶지 않다.

"그게 무슨 뜻이에요?"

내가 묻는다.

"다시 돌아온 것을 환영한다고."

"회켄-나리-누사이."

내가 따라 하자 졸음 가득했던 그의 눈이 휘둥그레진다.

"이상했나?"

그는 고개를 젓는다.

"고향 말을 들어 본 지가 너무 오래돼서."

그의 말이 서늘한 바람처럼 느껴진다. 나는 문에 어깨를 기대며 생각한다. '들어가. 여기서 끝내.' 하지만 로웬이 벽에 기대 앉을 때까지 나는 그대로 서 있다. 그가 위로 손을 뻗어 나의 귀를 어루만지고 아직 축축한 나의 머리카락을 만지작거린다.

"내일 우리랑 같이 갈 거야?"

그러고 싶지 않지만 나는 고개를 끄덕인다.

"우리 오빠를 혼자 보낼 수는 없으니까. 아마리가 그를 산 채로 잡아먹을걸요. 이제 마리와 빔페는 나를 따르고 싶지 않겠지만 난 다짐했어요. 저번 전투에서 마젤리를 지키지 못했으니까 마리와 빔페는 어떻게든 지켜 낼 거라고."

로웬이 손끝으로 내 목을 쓸어내리자 아무것도 생각할 수가 없다. 그의 손길에 가슴이 떨린다. 나는 손톱으로 손바닥을 후벼 파며 그에게 안기고픈 충동을 억누른다. 오늘 밤 일이 아직도 믿기지 않는다. 그저 나를 웃게 하려고 그런 일을 하다니.

아빠가 세상을 떠난 뒤로는 누구도 나를 그렇게 챙겨 주지 않을 거라 생각했다.

"있잖아, 당신은 냉혈 인간인 척하지만 사실은 아닌 것 같아요."

"정말 그러면 좋겠네."

내가 인상을 쓰자 로웬의 엄지손가락이 나의 쇄골을 훑다가 아랫입술로 올라온다.

"다른 말이 듣고 싶었나?"

나는 숨을 내쉬며 고개를 돌린다.

"난 이미 괴물한테 빠진 적이 있으니까. 또 그럴 수는 없거든."

그가 나의 목덜미를 감싸 쥐며 끌어당기자 가슴이 오그라진다. 그의 시선이 내 입술로 향한다. 나는 어느새 숨을 참고 있다.

"네 실수는 괴물한테 빠진 게 아니야, **지솔**. 엉뚱한 괴물을 고른 게 실수였지."

"그럼 당신은 옳은 선택이고요?"

로웬은 빙긋 웃지만 즐거운 웃음이 아니다.

"난 어떤 식으로든 옳은 선택은 될 수 없지."

그가 내 이마에 부드럽게 입을 맞추자 한껏 부풀었던 가슴이 가라앉는다. 그는 나를 놓고 돌아서서 복도를 걸어간다.

'그냥 보내.' 나는 마음을 다잡는다. 믿으면 안 되는 사람에게 마음을 주면 어떤 고통이 따르는지 이미 알고 있다. 하지만 그가 걸음을 뗄 때마다 붙잡고 싶은 마음이 간절해진다.

"로웬, 잠깐만."

두 손이 떨려 온다. 나는 도망치고 싶은 마음을 억누르며 그에게로 다가간다.

"같이 있어 줘."

나는 그의 손을 잡고 손끝으로 어루만진다.

"내 옆에 있어 줘. 옳은 선택이 아니라고 해도."

로웬의 차가운 두 손이 내 얼굴을 감싸자 나는 숨을 들이켠다. 그의 몸이 다가오면서 내 등이 방문에 닿는다. 그는 나에게 입을 맞춘다. 슬픔에 빠진 사람을 위로하는 입맞춤이 아니다. 곧 전투에 나갈 연인들의 입맞춤도 아니다. 나를 절대 놓지 않겠다고 말하는 듯한 입맞춤이다.

세상의 모든 시간을 가진 듯한 연인들의 입맞춤.

"지솔."

그는 나와 이마를 맞대고 달콤한 냄새로 나의 숨결을 채워 준다. 문득 이난이 떠오르지만 그래도 나는 참지 않는다.

이난과의 관계에는 수많은 거짓과 깨진 약속만 남았다. 이루지 못한 꿈도 함께. 로웬에게는 허울이 없다. 현실만이 있을 뿐.

결국 나는 그의 손길에, 귀에 닿은 그의 입술에 굴복한다. 내 방문이 열린다. 나는 그의 품에 몸을 맡긴다. 그가 어루만질 때마다 숨이 빠져나간다.

"괜찮겠어?"

그가 속삭여 묻는다.

그가 나의 허리를 감싸 안고 두 손으로 나의 튜닉 아랫단을 만지작거리자 나는 숨을 몰아쉰다. 나는 고개를 끄덕이며 그가 내게 하듯이 손가락으로 조각 같은 그의 복근을 훑는다.

"계속해."

내가 속삭이며 그를 재촉한다. 온몸이 뜨겁게 달아오른다. 그가 나를 바싹 끌어당겨 손끝으로 내 등을 훑고 올라오자 나는 숨을 들이마신다.

순간, 타는 듯한 고통이 온몸으로 퍼져 나간다. 머릿속에 나의 비명이 메아리친다. 로웬의 손 밑에서 흉터가 따끔거린다.

나는 움찔하며 로웬을 밀어 내고 숨을 헐떡거린다. 세상이 흐트러지기 시작한다. 아무리 막으려 해도 사란의 얼굴이 보인다. 살을 파고들던 그의 칼날이 느껴진다.

"내가 뭔가 잘못했어?"

로웬은 내 손을 잡으려 하지만 나는 뿌리친다. 그러고는 황급히 반대편 벽으로 기어가며 그에게서 최대한 멀리 떨어진다.

억누르고 있던 모든 것이 손쓸 새 없이 쏟아져 나온다. 마젤리의 목소리가 들린다. 이난의 손길이 느껴진다. 아빠의 가슴에서 흐르던 피 냄새가 난다.

"미안해."

물러서는 로웬의 당황한 얼굴에 두려움이 깃든다. 한편으로는 내 마음을 설명하고 싶지만 이만 묻어 두기로 한다. 얼마 전 내 가슴에 이렇게 바짝 다가온 사람이 있었다. 그는 나를 배신하고 내가 사랑하는 사람들을 빼앗아 갔다. 내게는 치유할 수 없는 상처만이 남았다.

"그만 가."

내가 속삭인다.

"왜 그래?"

로웬이 이맛살을 찌푸린다.

"얘기해 봐. 아무것도 하지 않아도 돼. **지솔**, 그러지 않아도 나는 너를 좋아하니까."

"난 좋아하지 않아!"

내 입에서 독한 말이 쏟아져 나온다. 하지만 어쩔 수가 없다. 로웬을 멀리할 수 있는 유일한 무기니까.

나는 고개를 저으며 다시 말한다.

"당신은 청부업자일 뿐이잖아. 돈만 주면 무엇이든 하는 괴물. 그래도 이난은 왕이었어. 적어도 **신념**이라는 게 있었다고!"

로웬은 칼로 베였을 때보다 더 깊은 상처를 입은 얼굴이다. 그는 지금 어떤 갑옷도 걸치지 않은, 그저 나를 마음에 품은 사내일 뿐이다.

"난 당신을 좋아하지 않아." 나는 떨리는 숨결과 함께 한 마디 한 마디를 내뱉는다. "난 못 해요. 그만 가요."

그는 돌처럼 굳은 얼굴로 문을 나선다. 문이 닫히자 나는 가슴을 끌어안고 바닥으로 무너져 내린다. 흐느끼는 소리가 새어 나가지 않도록 손으로 입을 틀어막는다.

나를 에워싼 정적이 등에 남은 흉터의 기억보다도 더 뜨겁게 느껴진다.

66

비장한 각오

아마리

나는 등에 닿는 따뜻한 햇살을 느끼며 부스스 잠에서 깬다. 제인의 이름을 웅얼거리며 손을 뻗다가 눈을 비빈다. 주위를 둘러보며 내 숙소의 타일 벽을 찾아 보다가 이내 콧잔등을 찌푸린다. 밤사이 납치라도 당한 것 같다.

주위가 온통 갈대밭이다.

"대체 어떻게 된……."

손가락으로 기다란 줄기들을 훑자 깃털 같은 잎이 내 손을 간질인다. 갈대들 사이사이에 키 큰 수선화들이 삐져나와 누런 들판을 점점이 수놓고 있다.

여기가 어디인지 모르겠다. 꿈이라기에는 너무도 생생하다. 그때 인기척이 느껴진다.

그의 목소리를 듣는 순간 심장이 멎는다.

"얘기 좀 하자."

오빠가 보이자 주먹으로 배를 한 대 얻어맞은 기분이다. 가슴이 덜컥 내려앉는다. 그는 항복의 의미로 두 손을 올리며 갈색 입술을 일그러뜨린다.

그러고는 떨리는 목소리로 다시 말한다.

"어머니였어. 아마리, 어머니가 무슨 짓을 했는지 알면……."

"오빠가 한 짓은 어떻고?"

나는 황급히 일어서며 말을 잇는다.

"내가 그렇게 멍청해 보여? 이번에도 속을 것 같아? 우리 본거지를 공격해 놓고 감히 나를 여기로 불러?"

오빠는 앞으로 걸어온다.

"나를 봐! 내 눈을 보라고! 내가 정말 그 공격을 지시했다면 왜 너를 만나러 갔겠어? 어머니가 그곳을 전쟁터로 바꿔 놓을 줄 알았다면 뭐 하러 제일리와 얘기했겠냐고?"

나는 입을 열려다 멈칫한다. 성지에 뿔피리가 처음 울려 퍼졌을 때 그는 나만큼이나 어리둥절한 얼굴이었다. 나는 그 모든 게 연기라고 생각했다.

오빠는 고개를 젓는다.

"네가 나를 못 믿는 거 알아. '미안하다'는 말로는 부족하다는 것도 알아. 하지만 여왕이 되려면 감정에 휘둘려서는 안 돼."

나는 눈살을 찌푸린다.

"나를 왜 여기로 데려왔어?"

"네가 이겼어."

그의 두 손이 축 늘어진다.

"내가 **포기할게**. 새로운 사실을 알게 됐어. 그걸 알고서도 싸움을 이어 갈 수는 없어. 난 이 전쟁에 조금도 관여하고 싶지 않아."

'어떻게 된 거지?' 나는 입을 떡 벌린 채 머리를 굴린다. 그가 하는 말은 한 마디도 믿을 수 없지만 그의 눈에서 진짜 고통이 엿보인다.

"정말 왕위를 포기할 수 있겠어?"

그는 마치 그 말이 저주라도 되는 것처럼 움찔한다.

"오리샤를 위해서라면 무엇이든 포기할 수 있어."

나는 입을 굳게 다물고 떨리는 다리로 물러선다. 무슨 일이 있었는지는 몰라도 그는 분명 진실을 말하고 있다. 오리샤를 위해 희생하는 것. 오빠가 할 줄 아는 게 있다면 그것뿐이니까.

하지만 그가 손을 내미는 순간 제일리의 아빠가 떠오른다. 마젤리의 시신을 끌어안고 만신창이가 된 채 흐느껴 울던 제일리가 떠오른다. 오빠는 늘 그렇게 원하는 것을 얻고 승리해 왔다.

그는 거짓말에 너무 능숙해져서 자기 자신을 속이고 있다는 사실조차도 모르는 것이다.

"그만 갈래."

"아마리, 제발!"

그가 황급히 소리친다.

"지금까지 일어난 일은 모두…… 어머니가 시작한 거야. 하지만 우리가 끝낼 수 있어!"

"오빠와 어머니가 사라지지 않는 한 이 왕국은 살아남을 수 없어."

나는 팔짱을 끼며 말을 잇는다.

"오빠의 도움 없이도 난 승리할 수 있어."

"아니, 그렇지 않아."

그는 두 손으로 배를 움켜쥐며 고통스러운 듯 이를 악물고 말한다.

"넌 절대 어머니를 이기지 못할걸. 어머니는 어떠한 희생도 아깝지 않다고 생각하니까."

나는 거칠게 대꾸한다.

"난 **이길 거야.** 그런 다음 우리 가족이 저지른 모든 잘못을 바로잡을 거야. 나는 오리샤에서 가장 훌륭한 여왕이 될 거야. 왕국 전체를 변화시킬 거라고!"

나는 주먹을 움켜쥐고 숨을 몰아쉰다.

"마지막으로 얘기하는데, 날 보내 줘. 당장."

오빠는 고개를 숙인다. 눈앞에서 그가 점점 작아지는 듯하다. 그런 모습을 보자 목이 메어 온다. 나는 울음이 터질까 봐 얼른 고개를 돌린다.

"정말 이렇게 되는 건 원치 않았어."

꿈의 정경이 점점 사라지자 나는 눈을 감는다.

"나도 마찬가지야."

✳

나는 숨을 들이켜며 벌떡 일어나 제인의 아그바다를 끌어안는다. 제인은 옆에서 코를 골고 있다. 어느새 다시 나의 숙소로 돌아왔다.

오빠의 말이 머릿속을 스치며 가슴이 마구 뛴다.

'넌 절대 어머니를 이기지 못할걸. 어머니는 어떠한 희생도 아깝지 않다고 생각하니까.'

"그렇지 않아."

나는 혼자 중얼거린다. 두 사람 모두 틀렸다. 승리는 내 코앞에 있다. 그 맛이 느껴질 만큼 가까이 있다. 조금만 더 밀어붙이면 된다. 조금만 더 대담해지면 된다. 이제 모든 면에서 한 수 앞서면 된다.

승리를 위해 무자비해질 것이다.

어머니처럼 싸울 각오를 해서라도.

나는 제인이 깨지 않도록 천천히 침대에서 나온다. 머리 위로 낡은 튜닉을 끼워 넣은 뒤 복도로 들어선다. 정적 가운데 내 발소리가 울려 퍼진다. 나는 계단을 달려 올라간다.

어머니와 오빠는 영리하게도 마을 사람들을 방패로 삼았다. 그들의 위치를 알아냈지만 마을 사람들이 우리의 발목을 잡고 있다. 하지만 그 사람들을 제쳐 놓는다면…… 그들이 걸림돌이 되지 않는다면…….

머릿속에서 새로운 계획이 형태를 갖춰 간다. 나는 자히의 방문을 두드린다. 욕설이 새어 나온 뒤 끼익 문이 열린다.

이 바람술사는 복도의 불빛에 눈을 찌푸리며 나를 본다.

"습격이라도 당한 거야?"

"이바단 일로 얘기하러 왔어. 계획을 조금 손봐야 할 것 같아서."

자히가 뒤로 물러서며 문을 열어 준다.

"다른 원로들도 오기로 했나?"

"아니."

나는 오빠의 얼굴을 떠올리며 그의 방으로 들어간다.

"원로들은 계획대로 밀고 나갈 거야. 이건 우리 둘만 알아야 해."

67

진입

아마리

나흘 동안 이바단을 에워싼 산들을 뚫고 들어가서야 마침내 진입 지점이 나타난다. 카마루가 부식된 암석에서 물러서자 지하 동굴 속에서 반짝거리는 물이 드러난다. 찰랑거리는 물을 보자 가슴이 답답해진다. 다른 원로들이 나를 보며 명령을 기다린다.

"저 안에 그들이 있는 거지?"

나는 다카라이를 돌아보며 묻는다. 그는 우리 뒤에서 주문을 속삭여 두 손바닥 사이에 별이 가득한 장면을 불러온다. 피라미드형 아헤레에 살고 있는 주민들의 모습이 두 손 사이에 반투명한 이미지로 나타났다 사라지기를 반복한다.

그가 장면 하나하나에 초점을 맞출 때마다 동굴 벽이 점점 죄어 오는 듯하다. 호수에서 수영하는 아이들. 해가 저무는 가운데 저녁밥을 준비하는 아버지와 딸. 양동이를 들고 우물 앞에 줄 서 있는 사람들.

저 무고한 주민 한 사람 한 사람이 전장의 지뢰처럼 느껴진다.

"저기 있다."

다카라이의 두 손 사이에 어머니와 오빠의 모습이 나타나자 나는 제인의 팔을 붙잡는다. 이바단의 산들이 가로막고 있는 탓에 흐릿하게 보이지만 나는 그들의 모습을 한눈에 알아본다.

그들은 피라미드형 아헤레에 앉아 있고 군 장교들이 아헤레를 에워싸고 있다. 이렇게 멀리서 지켜보니 묘한 기분이 든다. 저들은 무슨 일이 벌어질지 전혀 모르고 있다.

"시간이 별로 없어."

비좁은 동굴 벽에 나의 목소리가 메아리친다.

"마을 순찰병들은 동이 틀 때 교대할 거야. 나오가 이바단 호수에 이르는 길을 찾으면 재빨리 이동해서 교대 시간에 공격해야 해."

나오가 민머리에 푸른 투구를 쓰며 말한다.

"어서 하자. 난 준비됐어. 나랑 같이 물에 들어갈 사람?"

뒤쪽에서 로웬이 무덤덤한 얼굴로 일어선다. 그는 일단 우리가 안으로 들어가면 오빠가 숨어 있는 곳을 가장 먼저 찾아낼 사람이다.

제인도 나선다.

"나도 갈게. 난 이 마을을 잘 알아. 그들을 찾는 데 도움이 될 거야."

나는 고개를 젓는다.

"로웬과 함께 가는 사람은 나오가 다시 우리를 데리러 올 때까지 이바단 안에서 대기해야 해. 그러니까 마법을 가진 사람이 가야 해."

"내가 갈게."

나는 제일리가 손을 든 게 믿기지 않아 눈을 깜빡거린다. 저 애는 일주일 내내 내게 두 마디도 채 하지 않았다. 여기 함께 온 것만 해도 놀라운 일이다.

제일리가 말한다.

"나도 이 마을을 기억하고 있어. 모두가 들어오는 동안 우리가 왕과 왕비가 있는 곳을 찾을게."

"그럼 되겠네."

나는 고개를 끄덕이지만 제일리는 나의 시선을 피한다.

"나머지는 잠깐 쉬면서 언제든 출발할 수 있게 준비해. 나오가 데리러 오면 곧바로 이 전쟁을 끝내러 가야 하니까."

비좁은 동굴 안으로 원로들이 흩어진다. 자히만 움직이지 않고 남아 있다.

"우리는 어떡해?"

그가 목소리를 낮추고 고갯짓으로 이마니를 가리키며 묻자 나는 속삭이는 소리로 대꾸한다.

"모두가 잠들 때까지 기다렸다가 산으로 출발해."

자히가 고개를 돌려 내 지시를 이마니에게 전달하자 혀에 씁쓸한 맛이 감돈다. 그의 말을 듣고 질병술사 이마니는 음울한 얼굴로 나를 흘끗 보며 고개를 끄덕인다.

'긴장 풀어, 아마리.' 나는 스스로에게 타이른다. '거기까지 가진 않을 거야.' 우리는 어머니와 오빠를 제압할 수 있다. 계획대로 밀고 나가면 된다.

나는 제일리에게 걸어간다. 그 애는 입을 굳게 다문 채 갑옷을 입고 있다.

내가 빙긋 웃으며 말한다.

“고마워. 자원하지 않아도 됐는데.”

“너를 그 잘난 왕위에 앉히기 위해 우리 오빠가 목숨을 내놓는 꼴은 볼 수 없거든.”

제일리는 자신의 증오가 얼마나 깊은 상처를 냈는지 모른 채 내 어깨를 스치고 파도술사 나오에게 간다. 나오는 카니에게 입맞춤을 하고 있다. 둘이 포옹을 나눈 뒤 나오가 앞으로 걸어 나온다.

그녀는 입구 앞에서 물을 향해 두 손바닥을 펼치며 주문을 외운다.

“에야 오미, 오미 시 푼 미…….”

푸른빛이 파도술사의 가느다란 손가락을 에워싸더니 물이 거품을 일으키며 허공으로 소용돌이쳐 올라간다. 나오는 자신이 만든 통로로 뛰어든 뒤 따라오라고 손짓한다.

로웬은 칼을 호주머니에 넣고 제일리에게 눈길도 주지 않은 채 그 안으로 뛰어든다. 그러나 제일리는 입구 앞에서 머뭇거린다. 제인이 제일리의 어깨에 손을 얹으며 묻는다.

“정말 내가 가지 않아도 되겠어?”

제일리는 그의 손 위에 자기 손을 얹는다.

“괜찮아. 난 이 전쟁을 끝낼 수 있어.”

제인은 두 팔로 동생을 꼭 끌어안았다 놓아준다. 내가 제인 옆으로 가자 제일리는 안으로 뛰어들어 나오와 로웬 옆에 내려선다.

“에야 오미, 오미 시 푼 미…….”

나오가 계속 주문을 읊조리며 주변의 물을 조종한다. 그들의 머리 위에서 물길이 닫히면서 자유롭게 지하 호수를 통과할 수 있는 공기 주머니가 생겨난다. 제인은 멀어지는 동생을 지켜보며 얼굴을 찌푸린다. 제일리가 걸음을 옮길 때마다 그는 긴장되어 몸이 경직된다.

"정말 할 수 있을까?"

그의 물음에 나는 억지로 고개를 끄덕인다.

"해야만 해. 우리의 최강 부대니까."

그러나 그들이 시야에서 사라지자 나는 손톱으로 손바닥을 후벼 판다.

그들이 해내지 못한다면 다른 방법을 써야 하기에.

68

증오와 죄책감

이난

피라미드형 아헤레에 앉아서 나는 떨리는 손으로 동전을 움켜쥔다. 매 순간 시간이 흐를 때마다 위험에 처한 목숨들이 나를 짓누른다. 어머니는 단 한 번도 손에 피를 묻히지 않은 사람처럼 맞은편에 앉아 있다. 죄책감이라고는 찾아 볼 수 없는 얼굴. 오히려 미소를 참고 있는 듯하다.

파이자 장군이 내게 두루마리 양피지를 건넨다.

"폐하, 궁전에서 전갈이 왔습니다. 이위카가 라고스에 가까워지고 있답니다."

"위병들은 모두 대기하고 있지?"

어머니가 묻는다.

"모두 대기하고 있습니다."

"좋아."

어머니는 탁자에 둘러앉은 장교들을 보며 미소를 짓는다. 그러다 그녀의 시선이 오조레에게 향하자 나는 가슴이 미어진다. 그의 목에 난 화상에서 눈을 뗄 수가 없다. 어머니로 인한 화상이니까.

어머니는 어떻게 그를 보고 웃을 수 있는지, 어떻게 태연하게 말을 걸 수 있는지 모르겠다. 어떻게 그의 옆에서 숨을 쉴 수 있는 걸까. 나는 진실을 알고부터 그의 눈을 쳐다볼 수도 없다. 언제 다시 볼 수 있을지 모르겠다.

"바람 좀 쐬고 올게요."

나는 오조레의 시선을 피하며 자리에서 일어나 문을 향해 걸어간다.

뒤에서 어머니가 소리친다.

"이난, 우리는 이 안에 있어야 해. 이위카가 언제 쳐들어올지 모르잖니."

"괜찮을 거예요."

나는 어머니의 말을 자르고 대꾸할 틈도 주지 않는다.

밖으로 나오는 순간 나는 내달리기 시작한다. 산바람이 땀을 서늘하게 식혀 준다. 나는 숨을 몰아쉬며 온전히 바람을 맞는다. 그러나 뒤에서 어머니가 부르는 소리가 들리자 나는 쇠로 만든 이바단의 군사 요새로 살그머니 들어가 문을 잠근다.

이렇게 멀리 떨어져도 어머니가 지은 죄의 무게를 덜어 낼 수가 없다. 내 가족이 낸 피를 지울 수가 없다. 나는 금속 바닥 위로 군화를 끌며 다가올 대학살을 생각해 본다. 부당하게 차지한 왕위를 지키기 위해 얼마나 많은 사람들이 죽어야 할까? 그 가운데 마자이는 얼마나 될까?

'내가 막아야 해.'

나는 고개를 저으며 텅 빈 방을 서성인다. 아마리가 나의 항복을 받아들이지 않는다고 해도 상관없다. 내 힘으로 이 싸움을 끝내야 한다.

뒤에서 잠금장치가 딸깍 열리더니 문손잡이가 돌아간다. 나는 주먹을 움켜쥔다.

"어머니, 이건……."

나는 멈칫한다. 문 앞에 서 있는 사람은 오조레다. 그는 공허한 표정으로 나를 바라보고 있다.

"나, 난 어머니인 줄 알고."

정적 속에서 문이 끼익 닫힌다. 오조레가 걸어오자 목의 화상이 등불에 드러난다. 나는 욕지기가 올라와 고개를 돌린다.

내가 바닥을 보며 말한다.

"공격 명령을 취소해야 해. 내가 잘못 생각했어. 이 전쟁 우리가 너무 심하게 밀어붙이는 것 같아."

"왜 나를 보지 않지?"

그의 차가운 목소리에 나는 얼어붙는다. 그가 한 걸음 다가오자 목덜미의 털이 쭈뼛 선다.

"불편해할 필요 없어."

그의 목소리가 속삭임으로 바뀐다.

"네 어머니는 수년 동안 진실을 알고도 아무렇지 않은 것 같은데."

목이 탁 막힌다. 나는 고개를 든다. 오조레의 입술이 말리며 일그러지고 있다. 내 앞에 서 있는 사람이 누구인지 모르겠다. 이제 내가 알던 오조레 형은 없다.

그가 말한다.

"라고스에서 전투가 벌어지는데 이곳에 앉아 있을 수가 없었어. 우리 병사들에게만 전쟁을 맡겨 둘 수는 없었지. 그래서 너에게 얘기하러 가고 있었어. 하지만 뜻밖에도 너와 네 어머니가 우리 가족의 죽음을 기리고 있더군."

눈물을 삼킨 그의 목소리가 내 배에 꽂힌 아버지의 칼보다도 더 큰 고통을 안겨 준다. 어떤 말도 할 수가 없다. 얼굴에서 핏기가 사라지는 느낌이다.

나는 고개를 젓는다.

"잘못된 일이었어. 어머니가 **잘못**한 거야. 그래서 공격을 취소하려는 거야. 그, 그래서 이 전쟁을 끝내고 싶은 거라고!"

하지만 오조레는 멀리 허공을 응시하고 있다. 나의 말이 들리지 않는 듯하다.

"내가 지금까지 너희 가족을 위해 어떤 일을 했는지 알아?"

그의 눈에 눈물이 고인다.

"얼마나 많은 마자이들을 죽였는지 알아?"

"알아."

나는 그의 어깨에 손을 얹는다.

"정말이야. 다 **알아**."

제일리의 얼굴이 떠오른다. 그 애는 다른 삶을 살 수 있었다. 다른 삶을 **살아야 했다.** 그런 일이 없었더라면 그 애는 여전히 이 산에서 가족과 함께 살고 있을지도 모른다. 대습격으로 집안이 풍비박산 나지 않았을 것이다. 나를 믿는 실수를 저지르지도 않았을 테고, 등에 그런 흉터가 남지도 않았을 것이다.

오조레가 다시 입을 연다.

"지금까지 나는 마자이가 적이라고 생각했어. **그들**을 원망하고 증오했지. 하지만 사실은 네 어머니였다니!"

그의 목소리가 어두워지면서 눈빛이 바뀐다. 그는 몸을 꼿꼿이 편다. 증오가 새로운 결의로 바뀌는 듯하다. 그가 칼을 빼 들자 피가 서늘해진다.

그가 속삭인다.

"죽여 버릴 거야. 네 어머니가 또 누군가를 죽이기 전에 내가 그 여자를 죽여 버릴 거야."

"형, 잠깐만."

나는 두 손을 올리며 문 앞을 가로막는다.

"어머니가 죗값을 치르게 할게. 약속해. 하지만 지금은 사람들의 목숨이 위태로워."

"비켜."

그가 나의 목에 칼을 갖다 대자 목이 바싹 타들어 간다.

그가 으르렁거린다.

"**비켜.** 널 치워 버리기 전에!"

나는 그가 든 칼을 바라본다. 그리고 다시 그를 본다. 한 치의 망설임도 없다. 그는 내게 기회를 줄 생각이 조금도 없다.

"형, 이건 아니야."

"난 두 번 얘기하지 않아."

내 손에서 푸른빛이 타닥거리자 오조레가 먼저 공격을 개시한다.

몸을 던져 그의 칼을 피하면서 마법이 불꽃처럼 사그라진다. 오조레는 조금도 머뭇거리지 않고 다시 공격한다. 내가 피하자 그의 칼이 쇠 벽에 부딪힌다.

"난 형을 해치고 싶지 않아!"

나는 소리친다. 그러나 그의 눈에는 걷잡을 수 없는 분노만이 어른거린다. 이제 나도 머뭇거릴 수가 없다.

나는 허리춤에서 단검 하나를 빼서 그의 허벅지로 던진다. 그러나 그가 손을 휙 흔들자 단검이 허공에서 멈춘다.

우리 사이에 단검이 떠 있고 짙은 초록색 아셰가 오조레의 손가락을 에워싼다.

69

도망과 생존

제일리

"에야 오미, 오미 시 푼 미……."

나오가 계속 주문을 외는 사이 재깍재깍 시간이 흘러간다. 그녀의 노랫소리 같은 목소리가 맥박처럼 고동치는 물결과 뒤섞이면서 마법의 보호막이 우리 주위에 생긴다. 나는 해조류 냄새를 맡으며 일행과 함께 나아간다. 우리가 허리춤에 찬 등불이 길을 비춘다.

"실감이 안 나."

물의 벽이 형성되자 나오가 두 손을 옆으로 내린다. 이바단의 호숫가에 가까워질수록 동굴은 점점 더 어두워진다. 나오가 다시 말한다.

"우리가 정말 전쟁을 끝내는 거잖아."

미소 짓는 그녀에게 나도 웃어 주고 싶지만 마음이 편치 않다. 그토록 갈망하던 승리가 코앞에 있는데도 아빠가 세상을 떠났을 때처럼 허탈하다.

'한 번만 더 싸우면 돼.' 나는 눈을 감는다. 한 번만 더 싸우면 다 두고 떠날 수 있다. 전쟁에서 승리하면 어쨌든 오빠는 안전해진다. 아빠와 마젤리의 죽음도 헛되지 않은 것이 된다. '그리고 난…….'

나는 어떻게 될지 모르겠다. 로웬이 가까이 있으니 가슴이 답답하다. 하지만 이번 일이 끝나면 그에게서 벗어날 것이다. 모든 고통과 죄책감에서 완전히 벗어날 것이다.

"제일리, 우리는 괜찮아. 알았지?"

내가 아무 말도 하지 않자 나오가 나를 흘끗 돌아보며 말한다.

"네가 도망치고 싶어 했다고 아무도 뭐라 하지 않아. 마젤리가 죽었을 때 우리 모두 뭔가를 잃었잖아."

'슬퍼하지 마.'

마젤리의 커다란 귀가 떠올라 또다시 마음이 공허해진다. 그가 있었더라면 지금쯤 이 지하 동굴을 달려가고 있을 텐데. 어서 이 바단의 호숫가로 가서 전쟁을 끝내고 싶어 안달했을 텐데.

나오가 한숨을 쉰다.

"네 뜻을 따라 주지 못해서 미안해. 하지만 우리는 네가 필요해. 무슨 일이 있어도 넌 여전히 우리의 전사니까."

"그 전사가 겁쟁이라는 걸 모르나 보네."

뒤에서 로웬이 비아냥거린다.

"**지솔**은 그저 도망치고 싶을 뿐이야. 이번 일이 끝나면 얘가 너희를 위해 싸우는 건 기대하지도 마."

나는 로웬의 말에 이를 갈며 그를 돌아본다. 그는 무덤덤하게 히죽 웃으며 날 도발한다.

"왜? 내 말이 틀렸어?"

나는 눈을 가늘게 뜨며 그에게 바싹 얼굴을 들이민다.

"뭐 하는 거야? 내가 당신한테 상처 줬다고 이러는 거야?"

"난 그냥 진실을 알려 주고 싶었을 뿐이야."

로웬은 어깨를 으쓱하며 말을 잇는다.

"너를 제대로 꿰뚫어 보는 사람이 나밖에 없는 것 같아서."

나오는 걸음을 멈추고 우리 둘을 번갈아 본다.

"꼭 여기서 이렇게……."

"그냥 가. 로웬은 관심을 끌려고 저러는 거야."

나는 획 돌아서서 두 손으로 귀를 막는다. 로웬은 계속해서 소리친다.

"이 바보들은 널 위해서 피를 흘리고 있어. **너**를 위해서 죽기도 하고. 그런데 너는 도망가서 네 상처나 보듬고 싶은 거잖아."

나는 다시 획 돌아선다.

"그런 말 할 자격이 있어? 고국도 떠나온 주제에!"

"나한테는 아무것도 없었으니까!"

그가 소리친다.

"내게는 아무도 없었어. 넌 **승리**할 거잖아. 아직 사랑하는 사람들도 많고! 난 네가 전혀 불쌍하지 않아. 그러니까 너도 그만 좀 징징거려!"

목이 타들어 간다. 나는 걸음을 멈추고 부들부들 숨을 들이마신다. 혀에 닿는 공기 맛이 어쩐지 이상하다. 동굴이 좁아지기 시작한다.

내가 속삭인다.

"함부로 판단하지 마. 난 그런 걸 해 달라고 한 적 없어!"

"너도 누가 해 달라고 한 게 아닌데 지금 여기 있잖아. 다른 사람들과 달리 넌 여기 있다고!"

로웬은 머리카락을 잡아 뜯으며 말을 잇는다.

"넌 대습격에서 살아남았어. 위병들도 이겨 냈고. 왕에게 붙잡혀 가서도 살아 나왔지. 넌 희생자가 아니야, 제일리. 넌 생존자야! 그만 좀 도망쳐!"

그런 말을 듣고 나니 움직일 수가 없다. 그의 말이 내 마음을 깊숙이 후려친다. 로웬은 나를 노려보다 천천히 숨을 내뱉으며 이마에 주먹을 갖다 댄다.

이윽고 그는 손을 내리고 우리 둘을 지나쳐 가며 말한다.

"아니다. 난 기껏해야 청부업자잖아. 내가 뭘 알겠어?"

"로웬."

나는 목이 메어 와 가슴을 움켜쥔다. 퀴퀴한 동굴의 공기가 옅어지고 있다. 머리가 어지럽다.

"기다려!"

로웬이 앞서 나가자 나오가 손을 뻗어 공기 터널을 늘리며 소리친다.

"둘 사이에 무슨 일이 있었는지는 몰라도 지금 우리는 붙어 있어야 해!"

로웬이 듣지 않자 나오는 욕을 퍼부으며 다시 공기 터널을 늘린다. 바로 그때 나는 로웬의 검은 머리카락 위에서 작은 불씨를 발견한다.

"로웬."

내가 불러도 그는 돌아보지 않는다. 나는 걸음을 재촉한다. 어디선가 기름 냄새가 풍긴다. 나는 쿵쾅거리며 단단한 돌바닥을 달려간다.

"기다려!"

저 타는 냄새는 어디서든 알아챌 수 있다.

"로웬, **멈춰!**"

나는 나오를 뒤로 밀친다.

그가 돌아보는 순간 첫 번째 도화선이 끊어진다.

70

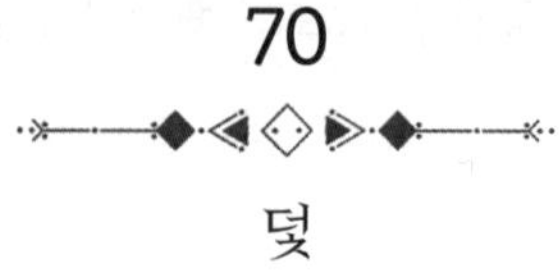

덫

제일리

펑!

펑!

펑!

마치 도미노 한 줄이 한꺼번에 쓰러지는 것 같다.

첫 번째 도화선은 방아쇠에 불과하다.

뒤이어 수십 개의 폭탄이 터진다. 사방에서 동굴이 무너져 내리며 신들이 발밑의 땅을 앗아 간다. 몸이 격렬하게 요동치며 물과 어둠 속으로 굴러떨어진다.

"로웬!"

소리쳐 부르지만 내 목소리는 물속에 잠기고 만다. 연이은 폭발에 귀가 윙윙 울린다. 아무것도 보이지 않는다.

암석들이 떨어져 내리며 내 살갗을 벤다. 단단한 땅에 등이 부딪히고서야 혼돈이 멈춘다. 그 충돌로 폐에 남아 있던 귀중한 공기가 빠져나간다. 나는 목구멍에 물이 차올라 목을 움켜쥔다.

'도와줘!'

숨이 막히면서 목이 타들어 간다. 어디가 위쪽인지 파악하기도 전에 동굴 천장에서 커다란 암석들이 떨어져 내린다.

그중 하나가 다리를 짓누르자 나는 이를 악문다. 암석이 살을 파고들어 근육을 찢고 있다. 눈을 떠도 암흑 말고는 아무것도 보이지 않는다. 나는 결국 현실을 마주한다.

아무도 나를 구하러 오지 않을 것이다.

이제 끝이다.

가슴이 죄어 온다. 발길질하며 손으로 긁고 할퀴어 보지만 손에 닿는 것은 자갈뿐이다.

나는 늘 내 목숨이 순식간에 끝날 거라고 생각했다. 지금 나는 마지막을 향해 조금씩 다가가는 기분이다. 멀쩡한 다리로 바위를 밀어 보지만 거친 암석이 마치 칼처럼 살을 벤다. 암석에 뼈가 긁히면서 정강이가 타는 듯하다.

'포기해.' 내면 깊숙이 속삭임이 들려온다. 눈에 눈물이 고이면서 몸이 차가운 바닥으로 가라앉는다.

이제 전쟁을 겪지 않아도 된다. 두 번 다시 흉터가 남지 않을 것이다. 나는 죽음의 품이 얼마나 평온한지 알고 있다. 고통 너머에 있는 자유를 이미 맛본 적이 있다.

'포기해.' 폐가 공기를 갈망하자 나는 이 말을 입으로 되뇐다. 하늘 어머니의 노랫소리가 들려오는 듯하다. 어둠 속에서 엄마의 환한 모습이 보인다.

하얀 빛이 가물거리며 점점 밝아지더니 엄마 옆에 아빠의 모습도 나타난다. 나는 바닥에서 고개를 든다.

그때 마젤리의 목소리가 들린다.

"자군자군!"

또 다른 윤곽이 스멀스멀 살아나자 웃음이 나려 한다. 그는 여전히 커다란 귀를 뽐내며 아빠 옆에 서 있다.

나는 마젤리의 광채로 손을 뻗는다. 어떻게든 그것을 붙잡고 싶다. 더는 고통을 견딜 수가 없다.

이제 내가 세상에 내줄 것은 아무것도 없다.

그의 빛이 나를 저세상으로 끌어들일 것처럼 손을 뻗는다. 하지만 그 손을 잡아도 나의 부원로는 도움을 주거나 나를 끌어당기지 않는다.

대신 내게 어떤 광경을 보여 준다.

시간이 멈추는 듯하다. 폭발 직전의 순간이 머릿속의 안개를 뚫고 들어온다. 그 붉은 섬광이 보인다. 매캐한 냄새가 코를 간질인다.

로웬의 머리 뒤에서 연속적으로 폭발이 일더니 동굴 벽이 무너지며 우리를 심연으로 내던진다. 아까는 알아차리지 못했지만 지금 생각하니 여러 차례 폭발이 일었다. 군대 하나를 통째로 쓸어버릴 만큼. **우리** 군대를 통째로 쓸어버릴 만큼.

'설마…….'

나는 머리가 빙빙 돌면서 새로운 사실을 깨닫는다. 우리가 그 공격의 방아쇠를 당긴 것이 아니다.

우리는 덫으로 걸어 들어왔다.

이 사실이 바위가 되어 가슴을 내려친다. 첩보를 이용한 기습이었는데, 어째서인지 왕실은 우리가 오는 것을 알고 있었다. 우리가 어떻게 올지도 알고 있었다.

물속에 그런 덫을 놓았다면 저 위에는 어떤 위험이 도사리고 있을까? 라고스로 몰려가는 우리 마자이들 앞에는 어떤 덫이 놓여 있을까? 그 마자이들과 신성자들은 무방비 상태나 다름없다.

우리 원로들은 모두 여기에 있다!

"나나……."

두려움에 온몸이 마비되려는 찰나에 하늘 어머니의 노래가 피부를 파고든다. 마젤리의 모습이 멀어지고 따뜻한 죽음의 품이 다가오면서 폐가 오그라진다. 목구멍으로 물이 밀려 들어오며 숨이 막히고 온몸이 뜨겁게 타오른다. 이렇게 극심한 고통은 처음이다. 도저히 견딜 수가 없다.

나의 몸은 포기하라고 울부짖는다. 암흑 속으로 떨어져 이 괴로운 상황을 끝내 버리라고.

하지만 고통 너머로 마리의 벌어진 앞니가 보인다. 빔페의 갈색 입술 주위의 희끗희끗한 반점이 보인다.

아직 만나 보지 못한 모든 사령술사의 얼굴도. 오빠의 웃음도. 아마리와 다른 원로들도.

우리는 어떻게든 왕실을 무너뜨려야 한다.

견디기 힘든 고통이지만 바로 그 고통이 나를 밀어붙인다. 그토록 두려운 고통을 통해 나는 내가 살아 있음을, 내 안에 싸울 수 있는 힘이 남았음을 깨닫는다.

'에 토나 아그바라 인.'

머릿속으로 주문을 외우자 피부 위의 월장석 무늬가 금빛으로 반짝거린다. 얼음처럼 차가운 물속에서 그 문신이 나의 몸을 데워준다. 나는 그것으로 얼마 남지 않은 생명의 기운을 북돋운다.

내가 내지른 비명은 소리 없는 물방울이 되어 빠져나간다. 이제 세상에 내줄 것이 아무것도 없지만 남은 힘을 다해 밀어붙인다.

바위가 정강이의 살을 찢고 뼈를 긁으면서 다리가 타는 듯 아파 온다. 나는 숨을 들이켜며 다리를 빼낸다. 두 팔이 움직이기 시작한다.

발로 호수 바닥을 차 내고 물을 헤치며 올라간다. 나는 오로지 내면의 목소리만을 따르고 있다. 오빠. 아마리. 로웬.

내가 죽으면 그들도 살아남지 못할 것이다.

'살자.'

산소가 부족해 온몸의 근육이 늘어진다. 하지만 나는 사령술사들을 하나하나 그려 보며 부들거리는 손을 들어 올린다.

손끝에서 그림자들이 굽이굽이 펴져 나가며 보라색 광채가 어둠을 가른다. 이윽고 그림자들이 위쪽 어딘가에서 나를 끌어 올린다.

날 감싸던 모든 것이 하나둘 떨어져 나가기 시작한다. 극심한 고통. 마젤리의 마지막 말. 아빠의 미소. 엄마의 목에 감긴 사슬.

나는 숨을 헐떡이며 그것들이 내 가슴에 새긴 상처를 떨쳐 내고 수면 위로 올라간다.

'살자.'

나는 살고 싶다.

71

또 하나의 죽음

이난

나는 두 팔을 툭 내린다. 단검은 여전히 허공에 떠 있다. 믿을 수가 없다. 오조레가 손으로 금속을 조종하다니.

그는 어머니의 목을 베려 했던 칼을 내던지고 그 단검을 나에게 겨눈다.

"형도 마자이야?"

오조레의 입술이 일그러진다.

"티탄이라고 불러 주면 좋겠는데."

그가 손가락을 튕기자 단검이 날아온다. 내가 펄쩍 비켜나는 순간, 그 칼날이 뒤편 철벽에 꽂힌다. 내 머리가 있던 곳이다.

다시 일어서려 하는데 발밑의 철판들이 움직이더니 마치 수은처럼 내 발목을 휘감는다. 바닥에서는 비스듬한 기둥들이 솟아오른다.

나는 그중 하나에 배를 맞고 비명을 내지른다. 또 하나가 나의 턱을 때린다. 뒤이어 납작한 기둥에 가슴을 세차게 맞고 나는 몸을 비틀며 바닥에 뻗는다.

그러는 내내 오조레는 구석에서 나를 지켜보며 북받치는 감정에 몸을 떨고 있다. 나는 이렇게 숙련된 마법을 본 적이 없다. 보통의 쇠술사들보다 훨씬 더 뛰어나다.

그가 속삭인다.

"내가 싫었어. 이렇게 된 내 자신이 말이야. 난 마법이 문제인 줄 알았지. 하지만 **너**와 네 어머니가 문제였어!"

나는 허리춤에서 단검을 하나 더 빼서 던지지만 오조레는 그것을 허공에서 쪼개 버린다. 대기가 윙윙 울리며 단검이 갈라져 굵은 바늘들로 변한다. 그가 손가락을 튕기자 그 날카로운 바늘들이 내 허벅지를 찌른다.

"넌 왕이 될 자격이 없어."

나는 극심한 고통에 숨을 들이켠다. 쇠바늘이 혈관으로 들어오면서 몸에 경련이 일어난다. 오조레는 한 번 더 주먹을 움켜쥐어 자신의 갑옷을 찢는다.

갑옷이 그의 팔뚝을 감싸더니 톱니 모양 칼날로 변한다.

"이 왕국을 갈가리 찢어 놓고 나라를 이끌려 하다니."

내 발밑의 철판이 움직여 나의 두 손목을 에워싼다. 이윽고 그는 나를 그 금속으로 결박해 자기 앞으로 띄워 올린다. 나는 앞을 제대로 볼 수가 없다.

그는 고개를 저으며 말한다.

"너와 네 어머니는 독이야."

그는 나의 흉갑을 녹이더니 그 안의 옷을 올려 아버지가 남긴 흉터에 칼날을 갖다 댄다.

"더 이상 그 독이 퍼지지 않도록 너를 끝장내……."

그 순간 나는 앞으로 몸을 내밀어 무릎으로 그의 턱을 가격한다. 퍽 하는 소리와 함께 오조레의 다리가 꺾인다.

그가 비틀거리자 금속이 녹아 나의 몸이 바닥으로 쓰러진다. 그가 곧바로 달려들지만 내 손에서 청록색 구름이 뿜어져 나간다. 내 팔뼈를 으스러뜨리며 튀어나온 마법이 그의 가슴을 공격해 그를 일시적으로 마비시킨다.

나는 간신히 몸을 이끌고 문으로 향한다. 오조레가 이를 드러내며 마비에서 풀려나려 안간힘을 쓴다. 그의 몸이 떨리고 있는 동안 나는 탈출을 시도한다.

"살려 줘!"

내가 거친 목소리로 외친다.

오조레는 짐승처럼 포효하며 두 주먹을 움켜쥐어 벽의 철판들을 뜯어낸다. 그 판들이 기어가는 나를 에워싸며 날카로운 칼날로 변한다.

오조레의 얼굴을 한 저 괴물이 누구인지 모르겠다. 우리가 그를 이렇게 만들었다. 우리가 그에게 증오의 독을 퍼트렸다.

이제 우리는 대가를 치를 것이다. 나는 그를 탓할 수 없다. 그가 우리 손에 묻은 모든 피에 대해 응징한다고 해도. 오리샤 전체가 그런다고 해도.

"이난!"

요새 문이 와장창 뜯겨 나간다.

고개를 들자 어머니가 달려오면서 손을 뻗어 흙으로 기둥을 일으키고 있다.

그 기둥이 오조레의 배를 뚫으며 그의 눈이 튀어나온다. 나를 에워싸고 있던 칼날들이 요란하게 바닥으로 떨어진다. 오조레는 풀썩 고꾸라진다. 그의 배에서 흘러나온 피가 은빛 바닥에 고인다.

어머니가 소리친다.

"어서! 치료술사들을 데려와! 우리는 후퇴한다!"

군화 소리가 다가오지만 증오를 가득 품은 채 굳어 버린 오조레의 얼굴 말고는 아무것도 보이지 않는다.

그가 죽었다.

오조레가 죽었다.

이 현실이 어떤 상처보다도 괴롭다.

72

내가 구할 차례

제일리

나는 쌕쌕거리며 수면 위로 올라온다. 기침하며 숨을 쉬려 안간힘을 쓴다. 낯선 산들이 주위를 에워싸고 있다. 위에서 누르스름한 빛이 비친다.

나는 암석들로 이루어진 좁고 긴 땅으로 헤엄친 뒤 몸을 떨며 단단한 무언가를 붙잡는다. 기침을 하자 목이 뜨겁게 타들어 간다. 나는 폐에 들어찬 물을 암석 위로 쏟아 낸다.

'숨을 쉬어 봐.' 나는 스스로에게 타이른다. 공기가 이렇게 달콤한 적이 있었나 싶다. 나는 공기를 한껏 들이마시며 흐릿한 머리로 생각하려 애쓴다.

머릿속이 뒤죽박죽이지만 한 가지 생각이 잡음을 비집고 나온다. 나오는 폭발 지점에서 가장 멀리 떨어져 있었다. 동굴은 로웬의 머리 위에서 무너져 내렸다.

그가 아직 살아 있다면 도움이 필요할 것이다!

여전히 숨이 차지만 나는 최대한 공기를 들이마신다. 그리고 딱 1초의 휴식을 누린 뒤 다시 물속으로 뛰어든다.

'에 토나 아그바라 인.'

피부에서 월장석 무늬가 빛을 발하며 어둠 속을 밝혀 준다. 저 아래 깊은 물속에서 단 하나의 생명이 고동치고 있다.

그러나 매 순간 희미해져 간다.

'내가 갈게!'

다리가 욱신거린다. 발을 찰 때마다 새빨간 피가 물속으로 퍼져 나간다. 하지만 고통은 선물이다. 그것은 폐로 들어온 공기처럼 나를 밀어붙인다.

축 늘어져 있는 로웬을 발견하는 순간, 가슴이 미어진다. 그의 생명이 꺼져 가고 있다. 죽음을 코앞에 둔 모습이다. 나와 푸른 고래에 매달려 파도타기를 할 때 사용한 수중 마스크는 찢어진 채 코에 걸려 마지막 숨결을 불어넣고 있다.

좀 더 가까이 가 보니 커다란 석판이 그의 팔뚝을 으스러뜨리고 그를 암석 바닥에 못 박아 두고 있다. 나는 멀쩡한 다리로 밀어 보지만 무거운 돌덩이는 굴러가지 않는다. 아무리 애를 써도 그의 몸은 꿈쩍도 하지 않는다. 더 지체할 시간이 없다.

로웬이 손을 뻗어 내 손목을 잡는다. 그의 입술에서 물방울 몇 개가 흘러나온다. 나는 그의 음성을 마음으로 듣는다.

"가."

'안 돼!' 나는 속으로 외친다. 그가 나를 얼마나 많이 구해 줬던가? 물속에서 몸부림치는 나를 얼마나 많이 끌어 올려 주었던가? 그를 두고 갈 수는 없다. 이번에는 내가 구해 줄 차례다.

'에미 오쿠, 그바 아아예 니누 미…….'

보랏빛 그림자들이 잉크처럼 물속으로 퍼져 나간다. 로웬의 눈동자가 뒤로 넘어간다. 나의 그림자들이 암석을 밀어내 보지만 힘이 달린다. 너무 느리다.

로웬의 팔다리가 늘어지기 시작한다. 그를 끌어낼 방법은 하나뿐이다.

나의 그림자들이 그의 팔을 휘감자 심장이 쿵쾅거린다. 또 다른 그림자가 물속으로 퍼져 나가며 톱니 모양의 칼날로 변한다. 나는 오야에게 기도를 띄우며 눈을 감는다.

내 마지막 호흡이 소진되는 순간, 그림자가 그의 팔을 잘라 낸다.

73

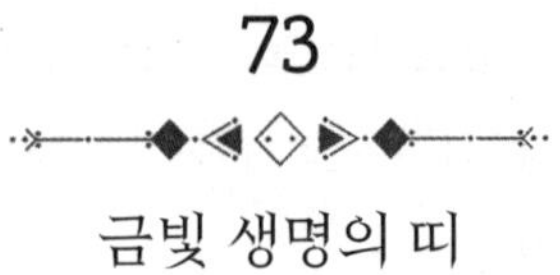

금빛 생명의 띠

제일리

'가면 안 돼.'

나는 로웬을 겨드랑이에 끼우고 남은 힘을 끌어모아 발을 찬다. 그의 팔은 잘려 나간 채로 바위 밑에 깔려 있다.

나의 문신에서 퍼져 나간 빛이 그의 어깨에서 흘러나오는 선홍색 피를 비춘다. 그가 공기 없이 얼마나 오래 버텼는지 생각하지 않으려 애쓴다. 우리는 마침내 수면 위로 올라온다.

"가지 마!"

나는 소리치며 그의 가슴을 내리누른다. 그의 입에서 물이 뿜어져 나오며 그가 캑캑거린다.

그의 몸이 경련을 일으킨다. 나는 좁다란 땅으로 그를 끌고 간다. 이대로 그를 보내지 않을 것이다.

사랑하는 사람을 또 잃을 수는 없다.

"제일리."

그가 부들부들 숨 쉬며 간신히 내 이름을 부른다. 그의 폭풍 같은 눈동자가 이리저리 움직이지만 아무것도 인지하지 못하는 듯 보인다. 그는 남은 손으로 나를 붙잡는다. 아직 아무것도 모르는 눈치다.

"내 팔. 내 파……."

"내 옆에 있어 줘."

나는 그의 상처를 누르고 있지만 손가락 사이로 여전히 따뜻한 피가 쏟아져 나온다. 그의 가슴이 떨리고 있다. 심장이 두 배의 속도로 뛰는 듯하다.

내 힘이 약해지면서 지혈대 역할을 하던 그림자들이 사라진다. 결국 로웬의 눈이 하늘의 달을 본 채 멈춘다. 그는 입술을 벌리고 숨 쉬려 안간힘을 쓴다.

"우리 어머니, 어머니는 노래를 불러 주고는 했어……."

그가 헐떡거리며 말한다.

"무슨 노래?"

나는 여전히 한 손으로 상처를 누르며 로웬의 허리띠를 풀어낸다. 그것으로 잘린 어깨의 아래쪽을 단단히 묶자 피가 솟구쳐 나온다.

"로웬, 어머니가 무슨 노래를 불러 주셨어?"

나는 큰 소리로 외친다. 누가 들어도 상관없다. 그는 들릴락 말락 한 거친 목소리로 이국적인 노래를 흥얼거린다. 갈수록 목소리가 커진다.

"흐음…… 흐음……."

그는 힘겹게 노래를 이어 나간다. 아기 새가 노래하는 것처럼 목소리가 갈라지지만 그의 고국이 조금씩 느껴진다.

"계속해."

나는 눈물을 참으며 지혈대의 매듭 속으로 기다란 돌멩이를 끼워 넣는다.

"계속해 줘, 로웬. 아름다운 노래네."

"흐음…… 흐음……."

나는 돌멩이를 비틀어 매듭을 마무리한다. 로웬의 허리띠가 끊어질 듯 팽팽해지며 가죽이 갈라지지만 마침내 피가 멎는다.

"이 노래를 불러 줬어."

그의 눈이 다시 움직이기 시작한다.

"비가 올 때…… 거긴 늘 비가 왔거든……."

"정신 차려!"

나는 그의 뺨을 때린다.

"계속해 봐. 어머니가 무슨 얘기를 해 주셨어?"

그는 입을 벌리지만 아무 말도 나오지 않는다. 분홍빛 입술이 눈앞에서 퍼렇게 변해 간다. 피는 멎었지만 여전히 피부가 창백하다.

이대로는 안 된다.

"로웬, 제발!"

그의 머리를 받치자 가슴이 찢어질 듯 아프다. 그의 몸이 차갑다. 나의 눈물이 그의 얼굴에 떨어져 내린다.

"계속 얘기해 줘. 어머니가 무슨 얘기를 해 주셨어?"

"천둥."

그는 간신히 입을 열지만 말을 잇지 못한다. 나는 부서질 것 같은 기분을 억누르며 그가 부른 노래를 흥얼거린다.

"흐음……."

로웬이 떨리는 손을 뻗어 나의 손을 잡는다.

"내 옆에 있어 줘."

나는 노래를 흥얼거리며 그의 머리카락을 어루만진다.

"노래는 얼마든지 불러 줄게. 그냥 그렇게 있어 줘."

그는 고개를 끄덕이지만 곧 호흡이 거칠어진다. 목의 혈관이 튀어나온다. 공기를 갈구하며. 삶을 갈구하며.

"로웬, 제발."

나는 그의 머리카락에서 턱으로 피 묻은 손을 옮겨 간다. 손가락 사이로 모래알이 빠져나가듯 그의 생명력이 빠져나가고 있다.

"지솔."

그는 마지막으로 숨을 들이켜 간신히 말한다. 남은 힘을 끌어모아 내 손을 잡으며.

"집."

나는 혼란에 휩싸인다. 그의 손이 축 늘어진다. 하지만 그 의미를 이해하는 순간 온몸이 서늘해진다.

'집…….'

그는 결국 집을 얘기하려 했던 것이다.

"로웬!"

소리쳐 불러도 그는 움직이지 않는다. 눈을 뜨지 않는다. 이제 그의 가슴은 부풀어 오르지 않는다.

"로웬!"

내 비명이 메아리친다.

"로웬, 제발."

나는 그의 머리카락에 대고 속삭인다. 하지만 그는 이곳에 없다.

그는 가 버렸다.

슬픔이 밀려오며 가슴에 구멍이 뚫린다. 나는 피 묻은 손을 가슴으로 가져간다. 공기가 있는데도 숨을 쉴 수가 없다. 그 순간 나의 문신이 희미하게 빛나더니 로웬의 가슴에서 일렁거리는 금색 빛이 보인다. 씨앗보다도 작은 불씨. 눈물보다도 작은 불씨.

그 빛이 눈앞에서 사그라지는 것을 보면서 나의 **이시파야**를 떠올린다. 금빛 생명의 띠가 보랏빛 띠와 엮이던 광경. 지금까지 나는 오야가 센터와 그들의 마법에 대해 보여 주려 했다고 생각했다. 하지만 그 보랏빛은 바로 내가 아니었을까? 금빛은 로웬이 아니었을까?

"오야, 부탁드려요."

내 피부의 월장석 무늬가 일렁거리며 다시 살아난다. 처음으로 그것이 금빛을 내지 않는다. 그것은 사령술사의 보랏빛으로 반짝거린다.

로웬이 아직 살아 있다는 신호는 빛을 발하는 그 작은 씨앗뿐이지만 그것으로 충분하다. 아직 생명이 남아 있다.

"에 토나 아그바라 인."

보라색 빛의 입자들이 나의 가슴 앞에서 모양을 갖춰 간다. 죽음의 그림자들처럼 서로 엮여 소용돌이치는 빛의 띠를 이루고 있다.

나는 금방이라도 까무러칠 것 같지만 계속 밀어붙인다. 빛의 띠가 칼처럼 로웬의 가슴을 뚫자 그의 몸이 돌 위로 떠오른다. 그것이 그의 가슴으로 들어가는 순간 나는 가슴이 죄어 와 이를 악문다.

"에 토나 아그바라 인."

나는 숨을 들이켠다.

"에 토나 아그바라 인!"

그 빛의 띠가 얼마 남지 않은 나의 생명력을 모조리 앗아 가는 듯하다. 월장석의 빛이 희미해지면서 세상이 흐릿해진다.

로웬의 몸이 다시 바닥으로 내려오자 나는 그 위로 풀썩 쓰러진다. 나는 그의 가슴에 귀를 대 본다. 세상이 검게 변하는 느낌이다.

'오야, 제발.'

눈앞이 캄캄해지더니 나의 몸이 늘어진다. 소리가 아득해지기 시작한다. 하지만 그와 함께 다른 소리가 들린다. 파도처럼 부드러운 소리.

미약하게나마 그의 심장이 뛰는 소리다.

이제 그의 심장은 나의 심장과 연결되었다.

74

그들처럼 싸워야 한다

아마리

아버지가 죽은 이후 처음으로 그가 살아 있다면 좋겠다고 생각한다. 그가 궁전 지하실에 묶여 있는 상태로라도 이야기를 나누고 싶다.

동굴 입구 위로 태양이 떠오른다. 이제 머릿속의 목소리만으로는 충분하지 않다. 누군가가 답을 줘야 한다. 어느 쪽이 옳은 길인지 알려 줘야 한다.

"우리가 가 봐야 해!"

제인의 목소리가 나의 생각을 방해한다. 걱정하느라 얼굴에 주름이 더 깊어졌다. 한 시간마다 가 보자고 애원했지만 이번에는 애원하지 않는다. 그는 단호하게 말한다.

"무슨 일이 있는 게 틀림없어."

"성급하게 단정 짓지 마!"

나는 날카롭게 대꾸한다. 지금은 제인이 이성의 끈을 놓아서는 안 된다. 이미 내가 흐트러지고 있으니까.

'어떻게 하지? 뭘 할 수 있을까? 뭘 해야 할까?'

매 순간 승리가 멀어지고 있다. 오리샤의 미래가 불길에 휩싸이고 있다. 우리는 지금 당장 어머니와 오빠를 처치해야 한다. 그들이 고립되어 있는 지금 해내지 못하면 이 전쟁에서 이길 수 없다.

'넌 절대 어머니를 이기지 못할걸. 어머니는 어떠한 희생도 아깝지 않다고 생각하니까.'

오빠의 말이 옳다. 그들처럼 싸우지 않으면 나는 승리할 수 없다. 하지만 정말 그렇게 할 수 있을까? 이 혼란을 끝낼 수만 있다면 어떤 희생도 아깝지 않은 걸까?

나는 다카라이이가 보여 준 마을 주민들을 모두 떠올려 본다. 호수에서 노는 아이들. 마을 우물에 줄 선 부모들. 그들의 땅에서 어머니와 이난을 없애 버리면 어떤 일이 벌어질지 생각해 본다.

저 안에 제일리가 살아 있을지도 모른다.

나를 위해 그토록 많은 일을 해 준 그 애를, 너무도 소중한 그 애를 희생시킬 수 있을까? 제일리와 제인은 내가 세상에서 가장 사랑하는 사람들이다.

전쟁에서 승리하기 위해 사랑하는 사람을 희생시킨다면 나는 대체 어떤 인간이란 말인가?

"저기 봐!"

나는 번쩍 고개를 든다. 카마루가 진입 지점으로 달려가고 있다. 카니가 소리를 지른다. 나오가 물의 도움을 받아 구멍에서 올라온다.

그녀는 온몸이 피와 멍으로 뒤덮인 채 바위 위에 풀썩 쓰러진다. 하지만 제일리와 로웬은 보이지 않는다. 나는 가슴이 철렁 내려앉는다.

제인이 그쪽으로 달려간다.

“어떻게 된 거야? 내 동생은 어디 있어?”

“나도 몰라.”

나오가 캑캑거리며 말한다.

“폭발이 일어났어…….”

제인은 마저 듣지도 않고 동굴 입구로 쏜살같이 달려간다.

“제인, 안 돼!”

나는 그의 뒤에 대고 소리친다. 그가 마을로 들어가서는 안 된다. 곧 무슨 일이 벌어질지 그는 알지 못한다.

“제인!”

나는 다시 외치지만 그는 무언가에 홀린 사람처럼 내달리고 있다. 다른 원로들이 뒤쫓아 달려간다. 그를 막을 방법은 하나뿐이다.

“야 에미, 야 아라!”

사랑하는 남자에게 마법을 쓰자 가슴이 찢어질 것 같다. 뒤에서 덮쳐 오는 청록색 불길에 제인은 신음을 내뱉는다. 풀썩하고 그의 몸이 동굴 바닥으로 내동댕이쳐진다. 제인의 두 다리가 뻣뻣해진다. 그는 절대 나를 용서하지 않을 것이다.

나도 나를 용서하지 않을 테니까.

“무슨 짓이야?”

그가 소리치자 굳게 먹은 마음이 무너지려 한다.

나는 주먹을 움켜쥐며 말한다.

“들어가면 안 돼. 아무도 들어가서는 안 돼.”

그는 이를 드러낸다. 그러나 분노가 걷히면서 무언가를 깨닫는 듯하다.

그가 속삭인다.

"대체 뭘 한 거야? 아마리, 대체 뭘 한 거냐고?"

모두가 의문에 휩싸이기 시작한다. 그들의 혼돈이 나를 집어삼킨다. 카마루는 자히가 없다는 사실을 깨닫는다. 카니가 쌍둥이 자매의 이름을 소리쳐 부른다.

'어머니라면 이런 상황에서도 멈추지 않을 거야.'

나는 두 손으로 귀를 막고 모든 소리를 차단하려 애쓴다. 어머니는 전쟁에서 승리하기 위해서라면 누구든 주저 없이 희생시킬 것이다. 나도 똑같이 하지 않는다면 어떻게 이 전쟁을 끝낸단 말인가?

"아마리."

"모두 조용!"

내가 소리친다. 시간이 계속 흐르고 있다. 태양이 높이, 더 높이 떠오른다. 나는 두 손으로 고불거리는 머리카락을 들쑤신다.

'쳐라, 아마리.' 아버지의 얼굴이 떠오른다. 그는 세상에 없지만 이런 상황에서 그가 뭐라고 할지 나는 알고 있다. 첫 시도든 최후의 수단이든 그는 상관하지 않았을 것이다. 사랑하는 사람들을 모두 희생시킨다 해도.

'제가 더 나은 군주가 될게요.'

내가 아버지에게 건넨 마지막 말이 귓전을 맴돈다. 이대로 밀고 나가면 나는 결코 더 나은 군주가 될 수 없다.

하지만 그렇게 하지 않으면 오리샤를 구할 수 없다.

태양이 높이 떠오르고 나면 마을 순찰병들이 교대를 할 것이다. 조금이라도 지체하면 우리는 모든 것을 잃는다. 그들은 순식간에 우리를 찾아낼 것이다.

"미안해."

나는 바람결에 속삭이며 뿔피리를 입으로 가져간다.

신호가 울려 퍼지자 눈물이 흘러내린다.

75

악몽 같은 공격

제일리

이보다 더 지칠 수는 없을 것이다.

몸이 납덩이같다.

걸음을 옮길 때마다 죽음을 넘어가는 기분이다.

로웬은 여전히 의식이 없고 남은 그의 한쪽 팔은 내 목에 둘러져 있다. 나는 그의 허리를 감아쥔 채 그를 끌고 나아간다.

"거의 다 왔어."

나는 그에게 그리고 나에게 속삭인다. 그 호수 옆에 얼마나 오래 누워 있었는지 모르겠다. 눈을 떠 보니 하늘에는 여전히 달이 빛나고 있었다. 암석으로 이루어진 추운 오솔길을 한참 오르자 내가 예전에 살던 마을이 밤하늘에 홀로 떠 있는 별처럼 반짝거린다. 1킬로미터쯤 떨어진 곳에 솟아 있는 피라미드형 아헤레들은 마치 또 하나의 산맥처럼 오빠와 내가 수영하고 놀던 호수를 에워싸고 있다.

이제 와서 고향에 다시 가 봐야 괴롭기만 할 거라고 생각했다. 끔찍했던 대습격의 밤이 되살아날 것 같았다. 하지만 산에서 내려다 보니 아빠와 내가 아헤레 앞에 누워 밤하늘의 별을 세던 시절이 떠오른다. 엄마와 사령술사들은 가장 높은 산꼭대기에 올라 보름달 밑에서 주문을 읊조리며 마을의 영혼들을 올려 보내기도 했다.

잃어버린 줄 알았던 모든 것이 다시 느껴진다. 부모님의 사랑도.

가슴 아픈 일도 많았지만 그 모든 기억이 여기서 포기하면 안 된다고 알려 준다.

나는 떨리는 다리를 이끌고 계속 나아간다. 다친 종아리에는 뜯어낸 천 쪼가리만 달랑 감겨 있다. 로웬의 몸은 고사하고 내 몸을 가누기도 어렵다. 로웬은 숨을 힘겹게 몰아쉬지만 그의 가슴은 여전히 내 가슴과 함께 뛰고 있다. 그를 살아 있게 하느라 기운이 달려도 나는 그 연결에서 힘을 끌어낸다.

얼마나 버틸 수 있을지 모른다. 이 연결이 결국 우리 두 사람을 집어삼킬 수도 있다. 하지만 살라는 명령이 여전히 내 안에 숨 쉬고 있다. 마치 불길처럼 그 어느 때보다도 더 환하게 타오르고 있다.

도망치고 싶지 않다. 나는 단순히 살아남고 싶은 것이 아니다. 나는 싸우고 싶다. 당당하게 살아서…….

부우우우움!

허공을 가르는 뿔피리 소리에 가슴이 덜컥 내려앉는다. 네한다의 티탄들이 내려오길 기다리지만 이 뿔피리 소리는 그들이 사용하는 소리와는 다르다. 어쩐지 귀에 익은 소리다.

우리 쪽 경보인 것 같다.

나는 로웬을 눕힌다. 바람의 방향이 바뀌고 있다. 퍼덕거리는 날갯짓이 허공을 메운다. 검은 깃털의 매들이 폭풍처럼 머리 위로 날아오른다. 다시 뿔피리 소리가 울린다.

나는 불룩 튀어나온 바위를 잡고 매들의 날카로운 비명 사이로 몸을 끌어 올린다. 매들은 우리 쪽으로 날아오지 않는다. 무언가로부터 도망치고 있다.

무슨 일인가 싶어 벼랑 위로 올라서는 순간, 눈앞의 광경에 힘이 빠진다. 머리 위에서 바람이 격렬하게 원을 그린다. 바람은 점점 거세져서 한데 모이며 돔을 이룬다.

"대체 뭐지?"

바람의 돔이 땅으로 내려가 이바단을 에워싼다. 마치 커다란 문처럼. 아니, 문이 아니다.

장벽이 되어 마을 사람들을 그 안에 가두고 있다.

'아마리, 뭐 하는 거야?' 나는 눈을 찡그리며 다양한 색이 가미된 우리의 갑옷을 찾아본다. 그러나 이 공격의 실체를 깨닫는 순간 모든 의문이 사라진다. 멀리서 주황빛 구름들이 점점 커져 간다.

질병술사의 유독한 기체가 하늘로 족히 1킬로미터쯤 솟아오른다. 그것은 바람의 장벽 안에서 나의 무력한 고향으로 퍼져 나가려고 대기 중이다.

"아마리, 이러지 마."

나는 멀리 있는 아마리에게 속삭여 애원한다. 구름은 잠시 이바단 근처에 머무른 채 크기를 키워 간다. 그러다 다시 뿔피리가 울리자 앞으로 나아간다.

질병의 기체가 죽음의 장벽을 이루자 공격이 시작된다.

"안 돼!"

내가 소리친다.

그 구름은 마치 파도처럼 밀려오며 모든 것을 휩쓸어 버린다. 새들이 꽥꽥거리며 달아나려다 결국 빙글빙글 돌아가는 공기에 휩쓸려 반대편으로 내동댕이쳐진다. 한 녀석은 날개가 꺾이며 그 구름 속으로 빨려 들어간다. 기체와 충돌하는 순간 녀석의 몸이 쪼그라든 채 땅으로 곤두박질친다.

"도망쳐요!"

나는 누구라도 들을 수 있게 목청껏 소리친다. 멀리서 마을 사람 몇 명이 주황색 연기를 보고 놀라 집에서 뛰쳐나온다.

나는 절벽에서 내려가려다 결국 떨어지고 만다. 이런 다리로는 달릴 수가 없다. 마법을 써서 마젤리처럼 이동해야 한다.

"에미 오쿠, 그바 아아예 니누 미……."

허리춤에서 죽음의 그림자 네 개가 끈처럼 굽이치며 나오자 나는 두 팔로 로웬을 감싸 안는다. 그러고는 밀림을 날아다니던 마젤리를 떠올린다. 나의 그림자들이 쏜살같이 앞으로 나아간다. 그들이 돌산을 파고들면서 암석들이 갈라진다. 나는 잠시 숨을 고른 뒤 그림자들을 조종한다. 그림자들은 마치 새총처럼 내 몸을 허공으로 날린다.

세상이 쌩쌩 지나쳐 간다. 나는 이를 악물고 로웬을 부둥켜안는다. 산들이 연한 주황색으로 물들어 가자 나는 숨을 참는다. 어느새 하늘과 땅이 뒤바뀐다. 하강하기 전에 재빨리 방향을 잡아야 한다. 마법이 약해지고 있지만 다시 한번 힘을 짜낸다.

"자데 니누 아원 오지지 레. 이 파다 라티 오워 미!"

죽음의 장벽이 점점 가까워지는 가운데 나는 그림자들과 함께 산꼭대기를 지나친다. 이바단 중심지가 가까워진다. 저곳은 유독한 기체의 마지막 종착지가 될 것이다. 저곳에 착지한다면 시간을 조금 벌 수 있을 테지만, 그다음에는 어디에 숨는단 말인가? 나오가 있었다면 호수 속으로 뛰어들어 기체가 사라질 때까지 물속에서 기다리면 될 텐데.

'우물!'

나는 서둘러 둥근 화강암 우물로 방향을 잡는다. 아빠는 매일 아침 나를 어깨에 태우고 그리로 데려가고는 했다.

마을 사람들이 계속해서 거리로 쏟아져 나온다. 우물은 우리의 유일한 희망이다. 그 안으로 들어가야 한다. 그 안에 몸을 숨기고 신들에게 기도하는 수밖에 없다.

"우물이요!"

마지막 그림자가 나를 땅에 내려놓자 나는 얼른 소리친다.

"우물로 들어가세요!"

내 지시를 따르는 주민들의 발소리가 우레처럼 울려 퍼진다. 나는 로웬을 끌고 가 우물 안에 들어간 사람들에게 그를 넘겨준다.

"서두르세요!"

나는 두 손을 흔들며 외친다. 사람들이 계속해서 그 피난처 안으로 넘어 들어간다. 겁에 질렸던 사람들이 정신을 차리고 배우자와 아이들을 앞세운다. 죽음의 장벽이 폭풍처럼 소용돌이치며 주황색 구름이 끝없이 사방에서 닥쳐온다.

시간이 없다.

내가 아무리 애를 써도 저들 모두가 대피할 수는 없다.

"잠깐만요!"

모두가 울부짖는 가운데 절박한 외침이 들려온다. 돌아보니 한 여인이 눈물을 머금고 품에 안은 아기를 어떻게든 살리려 사람들에게 내민다.

유독한 기체가 불과 몇 초면 닿을 거리에 있다. 그것이 등에 닿는 순간, 그녀는 비명을 지른다. 입에서 피가 뿜어져 나오며 피부가 오그라들어 검게 변한다.

그녀는 가망이 없다는 것을 깨닫는다. 그녀의 손에서 아기가 떨어진다.

"에미 오쿠 그바 아아예 니누 미……."

지금껏 그렇게 빨리 변하는 영혼은 본 적이 없다. 그녀의 영혼은 주문의 힘으로 나를 통해 육체가 땅에 닿기도 전에 새로운 그림자, 새로운 팔로 변한다. 그것이 손을 뻗어 떨어지는 아기를 허공에서 받아 든다.

영혼이 변하기 전에 내가 아기를 가슴에 끌어안자 그림자가 사라진다.

사람들이 우물 뚜껑을 덮는 순간, 머리 위로 질병의 기체가 요란하게 지나간다.

76

잿더미

아마리

나는 대습격 다음 날 아침을 어제 일처럼 생생히 기억하고 있다. 누군가는 태양이 뜨지 않았을 거라고, 혹은 달이 사라져 버렸을 거라고 생각할 테지만 사실은 아무것도 달라지지 않았다.

여섯 살 먹은 나는 화들짝 놀라며 잠에서 깨어 빈타의 주름진 보닛을 찾아 보았다. 바다에서 모험하는 꿈을 꾼 터라 그 애에게 빨리 얘기해 주고 싶었다.

"빈타, 어디 갔어?"

금빛과 연분홍빛으로 장식된 내 방 벽면에 나의 목소리가 메아리쳤다. 그때 문이 열리더니 입술이 얇고 턱이 뾰족한, 키 큰 코시단 시녀가 들어왔다.

나는 주먹을 꼭 쥐고 앉았다. 그녀는 내 살을 너무 세게 문질러 닦았다. 머리카락도 너무 세게 당겨 묶었다. 내가 빈타는 어디 갔느냐고 물을 때마다 그 시녀는 내 팔을 꼬집었다. 나는 기회를 틈타 얼른 도망쳐 나왔다.

"아버지!"

나는 대리석 바닥을 미끄러지며 달려갔다. 뒤에서 시녀가 화를 내며 소리를 질러 댔다. 어쩌면 내가 겁에 질려 만들어 낸 환영이었는지도 모른다.

나는 아버지에게 따질 준비를 하고 알현실의 나무 문을 벌컥 열었다. 하지만 아버지는 조용했다.

이상하리만치.

"아버지?"

나는 뒷걸음질 쳐 다시 복도로 나왔다. 아버지는 늘 라고스에 태양이 떠오르는 광경을 지켜보고는 했는데, 그날은 어쩐지 그를 감싼 공기조차도 숨을 죽이고 있는 것 같았다.

그 정적 속에서 나는 무언가가 달라졌다는 것을 알았다. 우리는 이제 평온했던 시절로 돌아갈 수 없다는 것을.

그때 아버지가 어떤 기분이었을까 늘 궁금했다.

오늘 나는 그 기분을 직접 느끼고 있다.

"안 돼!"

제인이 들짐승처럼 몸부림치며 내 마법에서 벗어나려고 안간힘을 쓴다. 몸을 비트는 그의 모습을 차마 보고 있을 수가 없다. 그의 눈물과 코끝에 맺힌 콧물도.

"어떻게 이럴 수가 있어?"

정적 속에 그의 비명이 깨진 유리처럼 날카롭게 메아리친다.

"어떻게 이럴 수가 있냐고!"

질병술사의 유독한 구름이 걷히기 시작한다. 이바단을 에워싼 산에는 산들바람조차 불지 않는다.

나는 허망한 마음을 애써 외면한다. 나는 전쟁에서 이겼다.

하지만 그 대가는?

'쳐라, 아마리.'

두 발로 땅을 단단히 딛고 서 있지만 주변 세상이 빙글빙글 돌아간다. 이제 돌이킬 수 없다. 제인과 원로들은 이런 공격을 절대 용서하지 않을 것이다.

하지만 지금은 그런 중압감으로 무너져서는 안 된다. 우리는 승리했다.

이제 내가 우리의 승리를 선언해야 한다.

"가자."

나는 내 치타너에게로 걸어가 가죽 안장에 오른다. 이 역사적인 순간은 전국으로 퍼져 나갈 것이다. 오리샤의 미래가 탄생하는 중대한 순간이다.

저 잿더미에서 새로운 왕국이 일어날 것이다. 이 모든 희생을 가치 있게 만들어 줄 왕국. 하지만 원로들은 나를 따라오지 않는다. 모두가 충격에 휩싸여 걸음을 떼지 못한다. 내게는 그런 충격마저 사치다.

'곧 이해할 거야.'

지금은 기나긴 전쟁이 끝났음을 선언해야 한다.

나는 치타너의 고삐를 당기며 달려 나간다. 내가 흔들리는 모습을 저들이 볼 수 없도록.

제인의 울음소리를 견딜 수가 없다. 고통에 휩싸인 그의 신음을 견딜 수가 없다. 두 손이 마구 떨린다. 믿을 수가 없다. 내가 그 많은 목숨을 빼앗다니.

이난. 어머니.

병사들. 마을 주민들.

제일리…….

'아니야.'

나는 감당할 수 없는 압박을 밀어 낸다. 제일리가 살아 있었다면 나오와 함께 돌아왔을 것이다. 그 애는 왕실에서 일으킨 폭발로 죽었다.

제일리의 희생으로 우리는 승리할 수 있었다.

그것이 우리가 들려줄 이야기다.

하지만 마을이 가까워지자 그런 이야기가 무색해진다. 멀리서도 거리에 널브러진 시커먼 시체들이 보인다. 나로 인해 쓰러진 사람들.

저 속에 누워 있을 오빠와 어머니를 그려 본다.

나의 절친한 친구를 그려 본다.

'쳐라, 아마리.'

아버지의 목소리가 머릿속을 채우고 눈에는 눈물이 고인다. 숨을 쉬어도 가슴이 답답하다. 산 채로 땅에 묻히는 기분이다.

"오리샤는 아무도 기다려 주지 않아." 내가 중얼거린다. "오리샤는 아무도 기다려 주지 않아."

나는 그 말을 굳게 새기며 이바단으로 들어선다.

77

무참한 현실

제일리

껌뻑껌뻑 눈을 떠 본다. 여기가 어디인지 모르겠다. 어둠 속에 둥둥 떠 있는 기분이다. 머리 위에는 불빛이 맴돈다.

거친 밧줄이 나의 가슴에 둘러지더니 그 빛을 향해 당겨진다. 아기는 여전히 내 목에 대고 울부짖고 있다.

"끌어 올려요."

지친 목소리가 지시한다.

탄탄한 두 손이 내 두 팔을 붙잡아 담장 너머로 끌어 올린다. 나는 눈을 가린다. 누군가가 내 품에 안긴 아기를 받고 또 다른 누군가가 몸을 굽혀 내 종아리의 피 묻은 붕대를 풀기 시작한다.

"가만히 있어."

나는 내 옆에 무릎 꿇고 앉은 나이 많은 여인을 보며 눈을 깜빡거린다. 그녀는 반백의 곱슬머리를 감은 하얀 겔레를 풀어 그것으로 내 다리를 다시 감아 준다.

"네가 우리를 구했어."

그녀는 고개를 저으며 덧붙인다.

"어떻게 고마움을 표해야 할지 모르겠구나."

나는 눈을 감고 고통을 억누르며 생각해 본다. 내 가슴속은 복수심으로 맹렬히 고동치고 있다. 다리에 감각이 없다. 이윽고 기억이 하나둘 살아나면서 우리가 우물로 피신한 일이 떠오른다. 내가 그림자를 만들어 낸 뒤 주위가 온통 컴컴해졌다.

"로웬."

나는 가슴을 움켜쥐며 그를 느껴 본다. 그의 심장은 여전히 뛰고 있지만 갈수록 약해진다.

"사람들이 돌보고 있어. 최선을 다하고 있단다."

여인이 가리키는 곳으로 눈을 돌리자 우물 너머로 피라미드형 아헤레가 보인다. 활짝 열린 석조 문 안에서는 마을 치료술사들과 코시단들이 다친 로웬을 에워싸고 있다.

"가 볼게요."

나는 여인을 밀치고 일어나려 안간힘을 쓴다. 내 안에서 그의 생명이 느껴지지만 맥박이 너무 약하다. 벌써 가슴에 압박이 가해지고 있다. 마젤리가 죽기 전에도 이런 압박을 느꼈었다.

이 연결을 얼마나 더 버틸 수 있을까? 이러다 우리 둘 다 죽는 것은 아닐까?

"제일리, 제발."

여인이 나를 붙잡으며 깨끗한 물 한 컵을 입으로 넣어 준다. 그리고 혀를 차며 말한다.

"고집이 네 어머니랑 똑같구나."

"우리 어머니를 아세요?"

그녀는 고개를 끄덕인다.

"그렇게 날쌘 사령술사는 본 적이 없거든. 주모케가 무덤에서 살아 돌아온 줄 알았어."

그녀는 몸을 젖히고 시체들을 바라본다.

"이제 전쟁은 없겠거니 생각했는데."

그녀의 뒤쪽으로, 거리에 쓰러져 있는 시체 한 구가 눈에 들어온다. 흙길에 그 사내의 빨간 모자가 떨어져 있다. 입술과 코는 피로 뒤덮였고 흰자위는 누렇게 변했다. 진갈색 피부는 질병술사의 독으로 인해 시커멓게 쪼그라들었다.

우물에서 어린 소녀가 올라오더니 사람들이 몸에 묶인 밧줄을 풀어 주는 순간 바닥으로 풀썩 쓰러진다. 그러나 곧 온 힘을 다해 허둥지둥 일어나 달려 나간다. 눈에는 눈물이 가득 고였다.

"아빠!"

귀가 떨어질 듯 날카로운 비명이다. 소녀는 쪼그라든 시체 위로 풀썩 쓰러져 사내의 얼룩진 옷자락을 움켜쥔다. 나는 차마 볼 수 없어 고개를 돌린다. 마을 사람들이 소녀를 붙잡고 끌어낸다. 그 애의 비명이 낯설지 않다. 꼭 대습격 때 나를 보는 것 같다.

'어떻게 된 거지?' 나는 두 손에 머리를 파묻고 생각해 본다. '우리 계획은 어떻게 된 거야? 아마리는 대체 왜 이런 공격을 했을까?'

우물에서 사람들이 끊임없이 올라오는 가운데 나는 내가 구하지 못한 사람들 속에 있다. 아기를 구하고 죽은 젊은 여인. 뒤처진 신성자.

"너무해……."

고개를 돌리자 아마리가 광장으로 들어온다. 그 애의 손이 가슴으로 올라가더니 털썩 무릎이 꺾인다. 거리에 쓰러져 있는 시체들 때문일까? 하지만 아마리의 시선을 따라가 보니 마을 호수가 내려다보이는 산 위에 무언가가 적혀 있다. 나는 눈살을 찌푸린다.

암석으로 이루어진 산에 피가 흐르듯 붉은 잉크로 적힌 글귀가 보인다. 북쪽에서 다른 원로들이 다가온다. 그 글귀를 보는 순간, 그들의 얼굴에도 공포가 서린다.

우리가 너희 군대를 데리고 있다.
항복하지 않으면 그들을 처형하겠다.

억장이 무너져 내린다. 모두 다 함정이었다. 이 많은 사람들이 헛되이 희생되었다니. 우리는 그들을 죽이지 못했다.

그들의 덫에 걸려들었을 뿐.

우리는 전쟁에 패했다.

78

우리는 독이다

이난

어둠 속에서 일정한 흔들림이 느껴진다. 깜빡깜빡 눈을 뜨자 널판이 보인다. 삐걱거리는 소리가 탈짐승의 탁탁거리는 발소리와 화음을 이룬다. 몸이 불타는 것 같다. 조금씩 기억이 되살아난다.

"오조레 형……."

그의 증오가 나의 내면을 깊숙이 지지는 듯하다. 너무도 순식간에 벌어진 일이었다. 도무지 실감이 나지 않는다.

한순간 내 목에 날카로운 칼날을 들이대던 그. 예상치 못한 공격을 하던 어머니.

"아아, 하늘이여, 감사합니다."

마차 앞쪽에서 어머니가 일어서더니 들고 있던 양피지들을 내려놓고 내 침대 옆으로 다가온다. 피가 튄 얼굴이 낯설다.

어머니는 손으로 내 머리를 짚어 보며 묻는다.

"좀 어떠니?"

"어떻게 된 거예요?"

내가 쉰 목소리로 묻는다. 일어나 보려 하지만 극심한 통증이 밀려온다. 어머니는 나를 다시 눕히고 약병들을 살펴본 뒤 진정제를 내 입에 갖다 댄다. 그러고는 땀에 젖은 내 머리카락을 어루만지며 말한다.

"괜찮아, 이난. 쉬어도 돼. 우리가 해냈어."

그 말에 이미 내려앉은 가슴이 더 깊이 가라앉는다.

"이위카를 잡았어요?"

어머니는 고개를 끄덕인다.

"네 계획이 성공했어. 라고스로 몰려간 마귀들은 열심히 싸웠지만 지도자들이 없으니 우리 티탄들에게 상대가 되지 않았지. 전부 다 잡아들였어."

나는 승리감을 느껴 보려 한다. 몸으로 퍼져 나가는 온기를. 이제 정말 끝났다.

우리가 이겼다.

하지만 눈물이 차올라 다시 배를 움켜쥔다.

'오조레 형.'

하늘이여, 그는 나의 가장 오랜 친구였다.

어머니가 내 손을 꼭 잡는다.

"오조레 일은 슬퍼하지 마. 그런 반역자 때문에 속 끓일 필요 없어! 우리가 그렇게 잘해 줬으면 조금 참는 척이라도……."

"참아요?"

나는 손을 홱 빼내며 극심한 통증을 참고 침대에서 벌떡 일어나 앉는다.

"어머니는 그의 가족을 죽였어요. **그**를 죽였다고요!"

어머니의 눈이 가늘어지면서 얼굴이 차갑게 굳는다.

"오조레는 왕을 공격했어. 어리석은 행동으로 죽음을 자초한 거야."

그 말이 또 한 번 내 배에 칼을 꽂는다. 피가 나지 않는 게 놀라울 지경이다. 오조레는 나를 수없이 구해 주었다. 오늘 그는 내가 필요했다.

하지만 나는 도와주기는커녕 그를 내쳤다.

어머니가 왕위를 보전하기 위해 그를 죽이는데도 보고만 있었다.

내가 속삭인다.

"형의 말이 옳았어요. 우리는 독이에요."

"우리는 통치자야, 이난. 우리는 **승자**야!"

확신에 찬 말투. 그 말을 간절히 믿고 싶은 내가 싫다. 이 죄책감을, 이 허탈감을 떨쳐 내려는 내가 싫다.

"넌 할 일을 한 거야. 끝까지 잘 버텼어. 넌 전쟁에서 승리했으니 이제 떳떳하게 너의 왕국을 다스리면 돼. 네가 그토록 원하던 평화를 이룰 수 있게 됐어!"

어머니가 나를 보며 미소 짓는 순간 나는 그녀의 표정에서 마침내 진실을 본다.

나는 아버지와는 다른 왕이 되고 싶었다.

하지만 결국 그가 못다 이룬 일을 완성했을 뿐이다.

79

모든 게 끝났다

아마리

받아들일 수가 없다.

부정하고 싶다.

오로지 부정하기 위해서 나는 시커먼 시체들 사이를 지나 글귀가 적힌 산으로 향한다.

오래지 않아 오빠와 어머니가 작전을 세우던 곳을 발견한다. 마을을 빠져나가기 위해 아헤레 밑에 파 놓은 굴도 보인다. 그들은 우리의 최강 전사들을 이리로 유인해 우리가 누구보다도 보호해야 할 이들을 무방비 상태로 만들었다.

등 뒤에서는 마자이들이 다카라이 주위에 모여 서서 그의 두 손 사이에 펼쳐지는 흐릿한 광경을 보고 있다. 100여 명에 달하는 우리 마자이들과 신성자들이 궁전 지하 감옥에 사슬로 묶여 있다.

'쳐라, 아마리.'

귓가에 맴도는 아버지의 목소리를 들으며 나는 바닥에 널브러진 시체들을 바라본다. 오리샤를 위해 희생한 저들은 결국 개죽음을 당한 꼴이 되었다.

우리가 항복하든 말든 오빠는 우리의 군대를 데리고 있다. 모든 게 끝났다. 나로 인해 우리는 전쟁에서 패했다.

"젤?"

고개를 들어 보니 마을에 들어온 제인이 제일리에게 달려가고 있다. 이미 넘어졌는지 흙을 뒤집어쓴 모습이다. 수십 구의 시체가 깔린 광장에서 제인만 움직이고 있다. 안도하는 그의 모습에 가슴이 미어진다. 제일리가 용기를 내지 않았더라면 더 많은 사람들이 내 손에 죽었을 것이다.

제일리도 당했을 것이다.

"널 잃은 줄 알았어."

제인은 가까스로 한마디 내뱉은 뒤 제일리를 덥석 안는다. 그는 부들부들 떨며 제일리의 어깨에 얼굴을 묻고 울음을 터트린다. 아프도록 동생을 꼭 껴안고 있다. 제일리도 눈을 감고 오빠를 부둥켜안는다. 그러다 그 애가 눈을 뜨는 순간 나와 눈이 마주친다.

심장이 멎을 것 같다. 제일리는 제인을 밀어 내고 절뚝거리며 나에게 걸어온다. 손끝이 차가워진다.

"난 네가 죽은 줄 알았어. 나오가 혼자 돌아온 것을 보고 너희 둘 다 죽었다고……."

나는 한 걸음 물러선다.

제일리는 두 손을 펼쳐 시커먼 죽음의 그림자들을 내보낸다. 그들이 내 몸과 목을 휘감자 극심한 고통이 밀려든다.

내가 바닥으로 쓰러지자 제일리가 달려든다. 그러나 다시 공격하기도 전에 그 애의 눈동자가 넘어간다. 제일리가 흙바닥으로 쓰러지면서 그림자들이 사라진다.

"제일리!"

제인이 달려온다.

제일리의 몸이 극심한 경련을 일으킨다. 눈꺼풀이 떨리고 피부의 문신이 가물거린다.

"저 아헤레로 데려가!"

마을의 한 티탄이 나선다. 카마루가 점점 굳어 가는 제일리를 들어 올려 피라미드형 오두막으로 데려가자 나는 뒷걸음질 친다.

"저 애를 가둬!"

나이마가 달려가며 소리친다.

조련술사의 명령에 제인의 걸음이 느려진다. 그와 나의 눈이 마주치는 순간, 케니언이 나를 일으켜 세우더니 내 두 팔에 금속 결박을 채운다. 도와 달라고 외치고 싶지만 내게는 그럴 자격이 없다.

제인의 눈이 내 지시로 인해 쓰러진 시체들과 그의 옛 마을로 옮겨 간다.

"미안해."

내가 속삭이자 제인은 움찔한다. 그를 보면서 나는 내가 무엇을 잃었는지 깨닫는다. 그의 온기. 나는 두 번 다시 그것을 느끼지 못할 것이다.

멀어져 가는 그의 모습이 칼이 되어 내 가슴을 후벼 판다.

80

이시파야의 현현

제일리

"이상하네……."

"힘을 너무 많이 쓰고 있어……."

"피가 더 필요해……."

세상이 산산조각 난 채 움직인다. 모두가 마치 물속에서 말하는 것 같다. 나는 분명 바닥에 누워 있었는데 갑자기 바람이 등을 훑고 지나간다.

"어떻게 된 거야?"

카마루와 함께 나를 암석 위에 눕히는 오빠가 시야에 들어온다.

"모르겠어." 카니가 내 가슴에 두 손을 얹는다. "제일리의 몸이 더 이상 제 기능을 하지 않아!"

"로웬."

나는 간신히 그의 이름을 소리 내어 말한다. 아헤레 저편에서 그의 몸이 나의 몸과 함께 경련을 일으키며 굳어 가고 있다. 나는 월장석으로 우리의 생명을 연결했다. 우리 둘의 힘으로 산을 지나왔다. 하지만 피의 희생으로 단단히 연결하지 않으면 우리 둘 다 살 수 없다.

오빠가 마침내 상황을 알아차린다.

"끊어. 당장. 너무 늦기 전에!"

격렬한 통증이 가슴을 훑고 간다. '안 돼!' 나는 숨을 몰아쉰다.

이제는 이 연결을 끊을 힘도 없다. 설사 힘이 있다고 해도 연결을 끊으면 로웬은 어떻게 되겠는가? 이미 마젤리를 잃었다.

로웬까지 포기할 수는 없다.

"로웬이 죽어 가고 있어!"

치료술사들이 오두막 저편에서 로웬의 몸을 들어 내 옆으로 옮겨 눕힌다. 얼마 남지 않았다. 나의 심장은 그의 심장과 함께 멎을 것이다.

하지만 나는 어떻게 해야 하는지 알고 있다. 그 운명의 날, 오야께서 나의 **이시파야**를 통해 보여 주었다.

첫 번째 빛의 띠들이 나와 로웬이었다면 그 뒤에 이어진 빛들은 바로 이곳에 있다. 우리가 다른 생명의 기운들과 연결된다면 시간을 벌 수 있다.

그럼 우리는 살 수 있을 것이다.

내가 오빠의 손목을 덥석 잡자 오빠는 입을 굳게 다물고 나의 눈을 읽는다.

"뭐 하는 거야?"

카니는 오빠가 내 손에 자기 손을 포개자 우리 둘을 번갈아 보며 묻는다.

“다른 사람을 연결해야 해. 그래야 둘 다 구할 수 있어.”

오빠가 대꾸하자 카니가 소리친다.

“안 돼! 그러다 세 사람 모두 죽을 수도 있어!”

“그럼 나도 끼워 줘.”

카마루가 손바닥을 내민다.

“네 사람이면 괜찮을 거야.”

“토리 이페 바발루아예.”

카니는 관자놀이를 누르며 조용히 탄식한다. 그러더니 자기도 손바닥을 내민다.

“모르겠다. 그냥 해 보자!”

그들은 내 주위를 에워싸고 내 손 위로 차곡차곡 손을 포갠다. 그들의 심장 박동이 귀를 파고들더니 그들의 생명의 기운이 눈앞에 나타난다. 에메랄드빛 아셰의 광채가 카마루에게서 보인다. 카니의 주황색 마법의 빛도. 오빠의 피에서도 강력한 생명의 기운이 하얗게 번쩍거린다.

“에 토나 아그바라 인.”

내가 숨을 헐떡이며 신성한 명령을 읊조리자 나의 문신들이 보라색으로 빛나기 시작한다. 오빠와 카마루, 카니까지 내 주위를 에워싼 모든 이들의 심장 박동이 두 귀 사이에서 고동친다. 마치 다섯 개의 북이 한꺼번에 연주되며 하나의 리듬을 찾아 가는 것 같다.

오빠는 가슴이 둥글게 젖혀지며 천장 쪽을 향하자 신음을 내뱉는다. 그의 두 발이 들려 올라간다. 뒤이어 카마루가 떠오른다. 마지막으로 카니가 공중으로 올라가며 비명을 지른다. 세 사람 모두 떠오르자 그들 가슴 앞에 생명의 기운을 이루는 빛의 입자들이 나타난다. 이 빛의 알갱이들이 띠처럼 앞으로 뻗어 나가 서로 뒤엉키며 나의 가슴으로 다가온다.

"에 토나 아그바라 인!"

이제 숨도 쉬어지지 않지만 나는 압박을 견디며 읊조린다. 제인은 쌕쌕거리며 목을 움켜쥔다. 카니의 몸이 떨리면서 눈동자가 넘어간다. 생명의 결속이 우리 모두를 죽이고 있다.

'오야, 제발 부탁이에요.' 생명의 끈이 나의 가슴을 뚫고 들어오자 나는 눈을 감고 계속 밀어붙인다. 빛의 띠들이 심장을 파고든다. 불이 붙은 듯 온몸이 뜨겁게 타오른다.

오빠가 이를 악문다. 카마루의 진갈색 피부에 핏줄이 튀어나온다. 누군가의 희생 없이는 견딜 수 없는 게 아닐까 걱정하는 찰나 폭발적으로 분출하는 힘에 모두가 나동그라진다.

오빠는 신음하며 반대편 벽으로 날아간다. 카마루는 석조 탁자와 의자에 부딪혀 넘어진다. 카니는 바닥으로 쓰러진다.

나는 탁자에서 몸을 일으킨다. 세상이 빙빙 돌고 있다. 가슴에서 낯선 힘이 고동친다. 두 개가 아닌 다섯 개의 심장이 하나가 되어 뛰고 있다.

"된 거야?"

무릎을 꿇고 기어 오는 카니에게 내가 묻는다. 카니는 여전히 덜덜 떨리는 두 손을 나에게 얹는다.

"치료해."

그녀는 주문을 외지도 않는다. 그저 그 한 마디 말로 그녀의 마법이 거미줄처럼 퍼져 나가더니 진한 주황색 빛이 내 몸을 안쪽부터 치료하기 시작한다. 다친 정강이 피부가 복원되고 근육과 힘줄이 타닥타닥 붙는다. 마법의 열기 덕분에 모든 고통이 사라진다.

"성공이야."

카니가 숨을 몰아쉬며 웃음을 터트린다. 그러고는 자기 손을 보더니 로웬에게로 달려간다. 그녀의 손이 닿는 순간 로웬의 호흡이 편안해진다.

"오군이시여."

카마루는 손가락으로 가리키기만 해도 방 안의 모든 금속 탁자들이 들려 올라가자 눈을 휘둥그렇게 뜬다. 나는 그가 금속을 다루는 모습을 본 적이 없지만, 이제는 그가 주먹을 갖다 대는 순간 쇠가 가루로 부서지더니 그의 앞으로 날아와 응축된다.

카마루는 자신의 의족을 한 번 보고는 붕대를 감은 로웬의 어깨에 두 손을 얹는다. 쇳덩이를 점토 다루듯 주무르는 카마루 옆으로 카니가 간다.

두 사람의 마법이 뒤섞이며 완벽하게 결합되는 광경에 나는 입을 다물지 못한다. 로웬의 잘린 어깨에 금속 힘줄들이 연결되는 사이, 카마루는 움직이는 쇠판들로 쇠 팔을 주조한다. 로웬은 아직 의식이 없지만 곧 그의 금속 손가락들이 씰룩거린다. 믿을 수 없는 광경이다. 이런 마법은 본 적이 없다.

그의 관자놀이에 손을 얹자 목구멍에 칼이 들어간 듯 따끔거린다.

'이거였어.'

오야가 보여 준 광경.

이 모든 것이 로웬에게서 시작되었다.

"어서 가자!"

카니가 내 손을 잡더니 오두막 밖으로 끌고 나간다. 그녀는 한 시체 앞에서 걸음을 멈춘다. 빨간 모자를 떨어뜨린 어린 소녀의 아버지다. 카니는 그 옆에 무릎을 꿇고 앉아 그의 가슴 위에 두 손을 올린다. 그제야 나는 그녀가 무엇을 하려는 것인지 알아차린다. 내가 그녀와 함께 주문을 읊조리자 우리의 마법이 뒤섞인다.

"아라 모쿤, 에미 미……."

치료의 마법과 생의 마법이 합쳐지면서 시체가 빛을 발한다. 쪼글쪼글했던 사내의 피부가 펴지고 굳었던 팔다리가 풀어진다. 그의 입과 시커먼 피부에서 주황색 구름이 나와 공중으로 떠오른다. 우리의 손이 닿자 그의 몸이 금빛을 발하며 떨린다.

"윽!"

사내가 몸을 벌떡 일으키며 가슴을 움켜쥐고 쌕쌕거린다.

"아빠!"

소녀가 일어나려는 아빠에게 달려들어 부둥켜안는다.

모두의 시선이 우리에게로 향하자 카니와 나는 서로 눈을 맞춘다.

이 마법이라면 우리는 죽은 사람들을 살릴 수 있다.

우리 동족을 되찾을 수 있다.

81

선택에는 대가가 따른다

제일리

카니와 함께 쪼그라진 시체의 가슴에 손을 얹을 때마다 우리의 마법이 실패할까 봐 조마조마하다. 하지만 결국 시체들이 하나씩 눈을 뜨고 일어난다. 오야의 가장 신성한 능력이 내 손에서 느껴진다. 삶과 죽음의 성스러운 마법이다. 마지막 시체가 다시 숨을 쉬자 나는 두 손에서 번쩍거리는 문신을 바라본다.

역대 그 어떤 사령술사와 치료술사도 이런 것은 할 수 없었다.

우리의 마법에서 답이 보인다. 오야가 나에게 알려 주려 한 것이 무엇인지. 월장석을 이용해 생명의 기운을 모두 연결하면 왕실에 잡혀 있는 마자이들을 구출할 수 있다.

우리는 아직 전쟁에서 이길 수 있다.

나는 일어나서 우물로 향한다.

어린 소년 하나가 속삭인다.

"어, **자군자군 이쿠**다."

처음으로 그 별명이 내게 어울리는 것 같다. 내가 우물가로 올라서자 사람들은 내가 오야라도 되는 듯 바라본다. 햇살이 불길처럼 나의 피부에서 춤을 춘다. 나는 사람들을 바라보며 원로들과 일일이 눈을 맞춘다.

"미안해. 모두가 나를 필요로 할 때 빨리 마음을 추스르고 나오지 못했어."

"우리가 미안해."

나이마가 앞으로 걸어 나오자 산바람이 그녀의 곱슬머리를 흐트러뜨린다.

"넌 오리샤를 떠나자고 했었잖아. 네 말을 들었다면 우리 사람들이 무사했을 텐데."

웅성웅성 맞장구치는 소리가 들리지만 나는 고개를 젓는다.

"우리는 신들의 자녀잖아."

나는 턱을 치켜들며 말을 잇는다.

"도망칠 사람은 우리가 아니야."

나는 왕국의 통치자들이 안겨 준 모든 고통, 그들이 앗아 간 모든 생명을 생각해 본다. 이 왕국의 문제는 마법이 아니었다.

문제는 왕실이었다.

"11년 전 사란의 대습격으로 이바단이 파괴되었을 때 저는 바로 이 자리에 서 있었습니다. 저는 어머니와 집을 잃었죠. 우리는 마법을 잃었습니다!"

나는 두 손을 올리며 연설을 이어 간다.

"이제 사란은 죽었어요. 우리의 핏줄에는 우리만이 갖고 태어난 특권이 흐르고 있죠. 하지만 불과 몇 달 사이에 왕실 사람들은 다시 우리를 죽이고 우리의 터전을 파괴하고 있어요!"

"모와 펠루 올루 오바!"

왕실은 물러가라. 한 주민이 햇볕에 그을린 주먹을 쳐들며 소리친다. 그의 목소리가 나의 귓전을 울린다.

"그들은 우리의 마법을, 우리 집을, 우리가 가장 사랑하는 사람들을 앗아 갔습니다. 더는 빼앗길 수 없어요!"

나는 한 손으로 가슴을 치며 말을 잇는다.

"그들은 오리샤의 과거입니다. 오리샤의 미래는 바로 우리입니다!"

원로들 사이에 환호성이 퍼져 나간다. 나는 그 열망의 불꽃을 소중히 받쳐 든다. 이 불이 사그라져서는 안 된다. 활활 타올라야 한다.

"모와 펠루 올루 오바!"

내가 소리치자 이번에는 마을 사람들도 함께 외친다.

"자비는 없습니다. 평화도, 항복도 없습니다. 우리의 모든 생명의 기운을 결합해 신들의 힘으로 싸울 것입니다! 라고스로 진격해 성곽을 허물어 버릴 것입니다!"

나는 격투봉을 꺼내 머리 위로 높이 들고 칼날을 펼친다.

"붙잡힌 마자이들을 구출하고 왕실 사람들이 두 번 다시 이 땅에 발붙이지 못하게 하겠습니다!"

"모와 펠루 올루 오바!"

어느새 사람들의 연호는 귀가 먹먹할 정도의 함성으로 바뀐다. 살아 있는 기분이다.

"모와 펠루 올루 오바! 모와 펠루 올루 오바!"

마을 사람들의 지지로 마음이 벅차오르지만 원로들을 보자 다시 냉혹한 현실이 떠오른다. 로웬과의 연결로 나는 하마터면 죽을 뻔했다. 오빠와 카니, 카마루와의 연결도 마찬가지다. 다 함께 서 있는 지금도 그 연결이 우리의 힘을 갉아먹으며 가슴을 점점 죄어 오고 있다.

센터를 만들려면 엄청난 대가가 따른다던 마마 아그바의 설명을 떠올리자 목이 타들어 간다. 모두가 함께하려면 월장석의 마법 말고도 다른 무언가가 필요하다.

내가 사랑하는 사람을 희생시켜야 한다.

82

감출 수 없는 마음들

제일리

이바단의 중심지를 에워싼 산길을 걸으니 내가 연설에서 내건 약속들이 다시금 머릿속을 메운다. 어느새 나는 줄지어 선 피라미드형 아헤레를 모두 지나온다. 이 싸움을 위해 헌신한 모든 마자이들이 떠오른다. 이제 우리는 또 누군가의 목숨을 희생해야 한다.

우리 오빠를 내놓을 수는 없다. 로웬을 포기할 수도 없다. 두 사람을 제외하고 내가 사랑하는 사람이 딱 하나 더 있다. 비록 우리를 배신한 사람이지만.

다리가 무거워지면서 아마리의 감옥으로 향하는 발걸음이 느려진다. 그 애에게 무슨 말을 해야 할지, 그 애가 한 짓을 어떻게 용서해야 할지 모르겠다.

아마리가 죽인 사람들은 다시 숨을 쉬고 있지만 그 애가 그들을 희생시켰다는 사실은 변하지 않는다. **나**를 희생시켰다는 사실도. 그 애는 왕좌에 오르기 위해서라면 누가 다치든 상관하지 않는다.

"끝났다니 무슨 소리야?"

나는 걸음을 멈춘다. 산허리에 등을 바싹 붙이고 서서 모퉁이를 돌아본다. 귀에 거슬리는 깊은 목소리. 다시 듣게 될 줄은 몰랐다.

'하룬?' 나는 몸을 웅크리고 튀어나온 암벽 너머로 빼꼼 내다본다. 땅딸막한 사내가 로웬의 부하 다섯 명과 함께 서 있다. 모두가 검은 옷을 입었다.

"내가 방금 말했잖아."

로웬이 말하자 나는 심장을 부여잡는다. 그는 부하들 뒤편 암석 위에 지친 몸으로 구부정하게 걸터앉아 있다.

그를 보는 순간 그때까지 자각하지 못했던 답답한 마음이 녹아내린다. 뺨은 움푹 팼고 목소리는 힘없지만 어쨌든 그는 살아 있다. 예전처럼 돌아왔다.

하룬이 누런 이를 드러내며 으르렁거린다.

"그럼 안 되지. 우리는 벌써 돈을 받았잖아. 시작했으면 끝을 봐야지."

다른 사내들도 다가오지만 로웬은 신경 쓰지 않는다. 그저 하룬의 주머니에서 부싯돌을 꺼내 왼손으로 불을 붙이려고 애쓸 뿐이다. 금속 팔은 축 늘어진 채로 이따금씩 손가락만 씰룩거린다.

로웬이 다시 말한다.

"내가 했던 말 또 하는 거 얼마나 싫어하는지 잊은 모양이네. 시작했건 말건 상관없어. 중단해. 당장."

로웬은 손을 뻗어 다른 부하의 주머니에서 담배를 꺼낸다. 그것을 이에 물고 불을 붙이려 하는데 하룬이 바닥으로 쳐 낸다.

"개가 팔을 자르면서 거시기도 같이 잘라 버렸나?"

그의 말에 내 피부가 달아오른다. 그러나 로웬은 그저 눈을 깜빡일 뿐이다. 그의 근육은 힘주어 줄을 당긴 꼭두각시처럼 여전히 팽팽하다.

"꼴좋네." 하룬은 고개를 저으며 다시 말한다. "내가 속이건 말건 일을 제대로 했어야지."

로웬은 문득 그 말뜻을 깨닫고 눈을 깜빡거린다.

"네한다가 거짓말한 거 알고 있었어?"

로웬은 목소리를 낮추며 다시 묻는다.

"일부러 나한테 잘못된 정보를 준 거야?"

그러자 하룬이 대꾸한다.

"네가 너무 물러졌잖아. 그런 자세로는 우리 조직을 꾸려 나갈 수가 없지."

그는 담배에 불을 붙여 로웬의 입에 물려 준다.

"이별 선물이라고 생각해. 넌 퇴출이야."

로웬이 손을 올리자 하룬은 긴장한다. 그러나 로웬은 섣불리 공격하지 않는다. 담배를 길게 한 모금 빨아들이더니 눈을 감고 숨을 내쉰다. 한동안 침묵이 흐른 뒤 그는 하룬에게 고개를 끄덕인다. 하룬의 누런 미소에서 승리의 기쁨이 반짝인다.

그 순간 로웬이 공격한다.

그는 바람처럼 움직인다. 흡사 먹잇감을 무는 독사 같다. 하룬은 눈 깜짝할 사이에 바닥에 엎어져 있다. 로웬의 금속 손이 그의 목을 내리누른다.

"이거 놔!"

하룬이 꿈틀거리자 로웬은 빙긋 웃으며 담배를 한 모금 더 빤 뒤 입에서 빼낸다.

그가 담뱃불로 하룬의 목을 지지자 나는 움찔 놀란다.

하룬은 물가로 떠밀려 온 물고기처럼 몸부림치지만 그럴수록 로웬은 더 무자비하게 그의 피부를 지진다. 다른 부하들은 어쩔 줄 몰라 하며 꼼짝없이 서 있다. 순간 나는 로웬이 지금까지 어떤 대장이었는지 깨닫는다. 그의 부하들이 반란을 시도하기까지 왜 그렇게 오랜 시간이 걸렸는지.

"내가 없는 동안 많이 컸네, 하룬."

로웬은 비명을 지르는 부하를 보며 미소 짓는다.

"마음에 들어. 몇 년 뒤에는 내가 항복할지도 모르겠는데."

그는 담배를 떼었다가 또 한 모금 길게 빨아들인 뒤 머리를 젖히고 연기를 음미한다. 하룬은 안도하며 긴장을 푼다.

이윽고 로웬은 담배 끝을 다시 하룬의 피부에 갖다 댄다.

"부탁하는 거 아니다. 난 부탁따위 하지 않아." 로웬이 이를 악물고 덧붙인다. "그만하라고 했어. 알아들어?"

"알았어!"

하룬은 비명을 지르다 숨을 들이켜며 대꾸한다.

"미안. 못 들었는데."

"그만하겠다고. 그만할게!"

하룬이 몸을 비틀며 말한다.

로웬은 담배를 바닥으로 튕긴 뒤 일어선다. 하룬은 암석 위에서 계속 몸을 비튼다. 그의 목에서 연기가 피어오르고 있다.

"애들 데려가. 난 이제 그 동굴에 틀어박혀 있지 않을 거야. 하지만 네가 내 명령을 어기려는 기미가 조금이라도 보이면 내장을 뽑아서 거꾸로 매달 줄 알아."

그의 차가운 목소리에 속이 뒤틀린다. 잿빛 눈을 보니 허풍이 아닌 듯하다. 나의 가슴과 연결된 그 자상한 남자는 온데간데없다.

그의 부하들은 다친 대장을 이끌고 산길을 내려간다. 그들이 물러가자 로웬은 고통에 이를 악문다. 강인해 보이던 가면이 허물어지자 그는 잘린 어깨를 움켜쥐고 몸을 웅크린다.

"숨어 있지 않아도 돼."

그가 소리친다.

"어떻게 알았어?"

내가 걸어 나가며 묻는다.

그는 손가락 두 개를 가슴으로 가져가 톡톡 두드린다.

"네가 가까이 오면 늘 이게 빨리 뛰거든. 이제 더 세게 뛰기도 하는데."

나도 그가 말하는 느낌이 무엇인지 안다. 그와 이렇게 가까이 있으니 새장에 갇힌 벌새가 내 가슴에서 몸부림치는 것 같다.

그가 다시 암석에 걸터앉자 나는 그를 껴안고 싶어진다. 하지만 땅에 떨어진 담배에서 여전히 연기가 피어오른다. 살이 타는 냄새가 공기에 남아 있다.

"무슨 일이야?"

내가 묻는다.

"아무것도 아니야."

로웬은 땅에 떨어진 담배를 주워 다시 빨아들인다.

"이제는 아무것도 아니야."

"정말 조직을 그만두려고?"

"이제는 하고 싶어도 할 수가 없어."

그는 숨을 내쉬며 눈을 감는다.

"나 자신과 그리고 내 부하들과 타협하게 됐거든. 너를 사랑하게 된 순간."

그는 당연한 사실을 얘기하듯이 말한다. 그것이 그저 우리를 에워싼 산맥만큼이나 단순한 무엇이라는 듯이.

그가 다시 말한다.

"걱정 마. 그런 광경을 보고도 네가 나와 같은 감정을 느낄 거라고 기대하지는 않아."

"청부업자인 거 이미 알고 있는데, 뭐."

내가 속삭인다.

"하지만 그 실상을 직접 볼 필요는 없었지."

나는 그의 말을 곱씹으며 그에게로 다가간다. 그가 전함을 나포할 때 우리는 그의 배에 남아 있었다. 의식장에서는 전면전이 벌어졌다. 그가 나를 돕기 위해 해 온 그 모든 일에서 나는 우리 둘 다 아는 진실을 정면으로 마주할 필요가 없었다. 하지만 이제는 숨길 수가 없다.

괴물의 실상이 드러났다.

내가 말한다.

"그때 산에서 나한테 어머니 이야기를 했었지. 어머니가 노래를 불러 주셨다면서 그 노래를 나한테 불러 줬잖아."

로웬은 고개를 떨구며 손을 내민다. 나는 그의 손에 깍지를 낀다.

"왜 그랬어?"

내가 묻자 그는 어깨를 으쓱한다.

"기억해야 했거든. 어머니를 기억해야 했어."

그가 나를 올려다보자 꽁꽁 감추고 있던 따뜻한 마음이 보인다. 더 이상 참을 수가 없다. 그의 입술에 내 입술을 포개자 모든 반감이 사그라진다.

그의 포옹에 피부가 떨려 온다. 나는 두 손으로 그의 머리카락을 휘감는다. 그의 금속 손은 차갑지만 그의 품에 안기자 시간이 멈추는 것 같다.

"**지솔**……."

그가 몸을 떼더니 자기 얼굴에 묻은 눈물을 만진다. 나는 시선을 내리며 눈물을 훔친다. 내가 언제부터 울고 있었는지 모르겠다.

그가 나의 귀 뒤를 어루만진다. 나는 그와 이마를 맞대다가 손으로 그의 목을 쓸어내린다. 그러다 그의 어깨와 금속 팔이 만나는 지점에서 멈춘다.

"아파?"

내가 묻는다.

"숨을 쉬는 한."

"또 농담."

나는 고개를 젓는다.

"내 농담을 끝내고 싶었으면 물에 빠져 죽게 뒀어야지."

나는 다시 그에게 미소를 지어 주며 분홍빛 입술에 입을 맞춘다.

"다음번에는 목숨을 구하기 전에 한 번 더 생각할게."

"말이 나왔으니 얘긴데 나도 한계가 있다는 거 알아 줘. 목숨과 팔다리 중 하나를 포기해야 하는 상황이 또 오면 그냥 죽게 둬."

"신들이여!"

나는 그를 밀쳐 낸다.

"네가 살던 곳에서는 그럴 때 뭐라고 해?" 로웬은 머리를 갸우뚱하며 다시 묻는다. "자르기 전에 포기부터 하지 마라?"

"다음번에는 그냥 물에 빠져 죽도록 내버려 둘게."

그는 웃으면서 나를 끌어당기더니 내 허리에 손을 얹는다. 아직 전쟁이 끝나지 않았다는 사실을 떠올린 듯 그의 미소가 사라진다.

"세상을 구할 계획이라며? 언제 떠나?"

"두세 시간 뒤에."

그는 고개를 끄덕인다.

"알았어. 나도 준비할게."

"안 돼."

나는 몸을 떼며 말한다.

"상처가 나아야지."

로웬은 이를 악물고 어깨를 움켜쥐며 일어선다.

"로웬……."

그의 금속 손가락들은 여전히 씰룩거리기만 할 뿐 그의 뜻대로 움직이지 않는다.

"나도 갈 거야. **지솔**, 넌 나의 집이야. 날 두고 가면 안 돼."

83

희생을 자처하다

아마리

'제가 훨씬 더 나은 군주가 될게요.'

내가 아버지에게 건넨 마지막 말이 되살아난다. 과거에는 다짐처럼 되뇌던 말이었는데 지금은 조롱처럼 느껴진다.

아버지가 내가 한 짓에 기겁할지 아니면 추락한 내 모습을 자랑스러워할지 모르겠다. 나는 아버지보다 조금도 나을 게 없다.

오히려 우리는 똑같은 인간이다.

'쳐라, 아마리.'

나는 머리카락을 쥐어뜯는다. 내게서 아버지의 발톱도 이렇게 뽑아 버리고 싶다. 그의 속삭임은 카마루가 돌로 만든 이 창살과도 같다. 빠져나갈 수 없는 감옥. 오랫동안 아버지는 내 등의 흉터였다. 내가 정복해야 하는 폭군이었다.

그런데 어쩌다 아버지의 망령이 나를 인도하게 했을까?

나는 이를 악물며 목으로 올라오는 신물을 삼킨다. 아무것도 없는 뱃속에서 구역질이 치민다. 그 모든 고통. 쪼그라진 시체들. 나는 원치 않았지만 결국 이 왕국을 공포에 몰아넣는 군주가 되었다.

내가 잡으려 한 괴물이 되었다.

"그래도 미안한 얼굴이네."

번쩍 고개를 들자 창살 너머에 제일리가 서 있다. 절벽 위로 튀어나온 암석들이 그림자를 드리우는데도 어째서인지 제일리 안에서 빛이 퍼져 나오는 듯하다.

"무사하구나."

두 손을 올려도 빛이 가려지지 않는다. 제일리의 가슴에서 새로운 불길이 타오르고 있다. 그 열기에 피부가 따끔거린다.

"내가 저 마을 안에 살아 있다는 걸 알았더라도 그런 공격을 했을까?"

제일리의 물음에 나는 한없이 움츠러든다. 날카로운 진실이 내 마지막 존엄성마저 무참히 도려낸다.

"전쟁에서 이기기 위해서라면…… 응."

나는 눈을 감고 손으로 입을 틀어막는다. 금방이라도 토하거나 비명을 내지를 것 같다.

"내가 한 짓은 변명할 수가 없어. 네가 나를 용서할 수 없다는 거 알아."

제일리를 마주하고 있으려니 커다란 망치로 심장을 후려치는 것 같다. 그토록 숨기려 애써 온 현실을 이제는 외면할 수가 없다.

내가 사란 왕의 자식이라는 현실. 네한다 왕비의 딸이라는 현실.

나는 어떤 대가가 따르건, 누가 다치건 승리해야 한다고 배웠다.

제일리가 팔짱을 끼며 말한다.

“우리가 다 살려 냈어. 너한테 알려 줄 필요가 있을까 싶은데, 네가 죽인 사람들은 모두 다시 숨을 쉬고 있어.”

“뭐?”

나는 믿을 수가 없어 고개를 젓는다.

“그들이 다 살았다고?”

“전부 다.”

땅이 꺼지는 느낌에 나는 비틀거린다. 그나마 온전히 붙어 있는 마음 한 귀퉁이에 안도감이 밀려든다. 내가 제대로 들었는지 모르겠다. 하염없이 눈물이 흐른다.

“어떻게?”

“월장석을 사용해서 연결을 시도했어. 우리의 힘이 결합된 뒤 카니가 그들을 치료하고 내가 생명을 불어넣었지.”

제일리는 자기 몸의 금빛 문신들을 본다. 내게는 보이지 않는 무언가를 보고 있다.

“그 힘을 사용해서 라고스를 공격하고 왕실을 무너뜨릴 거야.”

나는 후들거리는 다리로 간신히 일어선다.

“그러다가 다 죽을지도 몰라.”

“모두가 연결되면 그런 일은 없어. 우리는 전쟁을 끝내고 왕실을 영원히 무너뜨릴 거야. 네한다도 우리를 막을 수 없을걸.”

‘쳐라, 아마리.’

가슴에서 아버지의 말이 사그라진다. 뭐라 말해야 할지 모르겠다. 어떻게 생각해야 할지. 이 모든 것은 왕실에서 시작되었다. 그렇다면 그곳에서 끝내야 한다. 하지만 왕권이 사라진다고 생각하니…….

“그럼 오리샤가 혼돈에 빠질 거야.”

나는 고개를 저으며 말을 잇는다.

"그로 인해 고통받을……."

"우리가 겪은 탄압에 비하면 고통과 혼돈이 훨씬 낫지. 이제 오리샤의 미래가 왕위로 인해 더럽혀지는 일은 없을 거야."

얼굴을 찌푸리는 제일리의 눈에서 동정의 빛이 보인다.

이 애는 그것이 내가 겪은 일이라고 생각하고 있다.

'제가 훨씬 더 나은 군주가 될게요.'

나는 이제 지킬 수 없는 그 다짐을 내려놓는다. 나는 그저 전쟁에서 패하기만 한 것이 아니다. 나는 지도자가 될 자격을 잃었다.

"언제 떠나?"

내가 묻는다.

"오늘 밤에."

"그 전에 모두가 결속하는 거야?"

제일리는 입을 떼지만 아무 말도 하지 못한다. 왜 나를 찾아왔는지 알 것 같다.

"누군가가 희생해야 하는구나."

제일리는 두 팔을 문지르며 고개를 돌려 산등성이를 바라본다. 이 애는 침묵하고 있지만 스산한 바람 소리가 내가 찾는 답을 대신한다.

산 하나가 통째로 나를 짓누르는 느낌이다. 나는 두려움에 가슴이 조여 와 가까스로 숨을 내쉰다.

하지만 벌을 받게 된다고 생각하니 한편으로는 마음이 편안해진다. 그럴 기회가 없을 줄 알았는데, 이제 만회할 수 있게 되었다.

저들이 이 왕국을 구하는 데 힘을 보탤 수 있게 되었다.

"알았어."

제일리가 충격 어린 은빛 눈으로 획 돌아본다.

"아직 결정한 건 아니야."

"결정할 필요 없어. 내가 할게."

막상 말하고 나자 가슴이 덜컥 내려앉는다. 손이 떨리지만 내가 일으킨 고통을 달리 어떻게 만회하겠는가?

"아니야."

제일리는 고개를 젓지만 내가 다시 묻는다.

"그럼 다른 방법이 있어? 누군가는 해야 하잖아. 네가 사랑하는 누군가."

제일리는 단호한 얼굴을 하고 있지만 입술을 씰룩이며 감정을 억누른다. 내가 저지른 짓을 보고도 나를 아직 신경 쓰는 그녀의 모습에 더 괴로워진다.

나는 창살을 잡으며 애원한다.

"제일리, 제발. 조금이라도 만회하게 해 줘."

"난 못 해."

"그럴 필요 없다."

누군가가 말한다. 둔탁하게 쿵쿵거리는 소리가 가까워지자 우리는 고개를 든다. 나무로 일정하게 돌을 두드리는 소리. 지팡이를 짚고 망토를 쓴 형체가 그림자 밖으로 나오자 나는 입을 떡 벌린다.

"마마 아그바?"

우리 둘을 번갈아 바라보는 이 예언술사의 가슴에서 슬픔이 새어 나온다.

"넌 아직 때가 되지 않았어. 대신 나를 데려가렴."

84

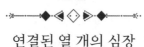

연결된 열 개의 심장

제일리

마마 아그바를 보는 순간 밀려들었던 안도감이 금세 절망으로 바뀐다.

"안 돼요."

마마 아그바가 고개를 젓는다.

"왈가왈부할 일이 아니야. 이 전쟁 때문에 너무도 많은 아이들이 목숨을 잃었어."

나는 등을 돌리며 대꾸한다.

"안 된다고요! 다른 방법을 찾을게요. 시간을 좀 주세요."

"시간이 없어."

마마 아그바는 내 어깨를 잡아 자기 쪽으로 돌려세운다.

"네한다는 이미 종전을 선언했어. 붙잡힌 마자이들은 며칠 뒤면 처형될 거야."

"마마 아그바……."

"티 오 오 바 파 에누 누 레 모!"

그녀는 내 머리 위로 지팡이를 들어 올린다.

"조용히 하고 들어!"

나는 습관적으로 움찔하며 지팡이가 날아오길 기다린다. 마마 아그바는 콧구멍을 벌름거리며 지팡이를 내리더니 그것을 짚고 내게로 걸어온다. 하지만 마마가 가까이 오자 나는 그녀의 눈을 볼 수가 없다. 내가 뱉은 말들이 후회되어 목이 따끔거린다.

"나를 봐."

마마는 쪼글쪼글한 손으로 내 뺨을 어루만진다.

"제일리, 나를 **봐**. 내가 널 얼마나 아끼는데. 네가 무슨 짓을 해도 나는 용서할 수 있단다."

마마는 두 팔로 나를 감싸며 달콤한 차향으로 나를 뒤덮는다. 그 냄새를 들이마시자 또 왈칵 눈물이 쏟아진다. 그녀의 사랑이 온몸으로 느껴진다.

"절대 안 돼요."

그러자 마마가 말한다.

"어쩔 수 없잖아. 우리 동족은 네가 필요해."

"마마가 더 필요하죠."

나는 그녀의 가운 자락을 움켜쥐며 그녀가 일군 것들을 생각해 본다. 그녀가 구한 그 모든 사람들을 떠올린다. 마마가 그토록 애쓰지 않았더라면 열 배가 넘는 마자이들이 죽었을 것이다. 우리 가족도 모두 죽었을 것이다.

마마 아그바는 내 손을 어루만지며 나를 달랜다. 그녀는 나를 데리고 아마리의 감옥에서 나와 구불구불한 오솔길을 걸어가는 내내 아무 말도 하지 않다가 불룩 튀어나온 절벽 위로 지나가는 구름을 바라보며 묻는다.

"내 **이시파야**에 대해 얘기해 준 거 기억하니? 오래전 원로가 되었을 때 나는 내가 산꼭대기에 무릎 꿇고 있는 광경을 봤어. 하늘 어머니가 두 팔 벌려 나를 환영해 주셨지."

마마는 적갈색 눈을 빛내며 나를 돌아본다.

"그때는 이 세상 너머를 봤다고 생각했는데, 지금 보니 그건 너의 모습이었어."

마마는 내 이마에 입을 맞추고 옷자락으로 나의 눈물을 닦아 준다. 그녀는 우는 나를 꼭 안는다. 나는 마마가 희생하지 않도록 어떻게든 말리고 싶다. 내가 갈라지는 목소리로 말한다.

"안 돼요. 저 혼자서는 할 수 없어요."

"혼자 하라는 게 아니야. 네 가슴에 우리 모두가 있잖아."

마마는 내 손에 깍지를 껴서 나의 가슴 위로 가져온다.

"우리는 너의 모든 숨결과 네가 말하는 모든 주문 속에 살아 있을 거야."

마마의 검은 피부로 미소가 번져 나가며 눈가에 주름이 진다.

"너희는 신들의 자식이야. 절대 혼자가 되지 않아."

*

고요한 산꼭대기에 내 발소리만 천둥소리처럼 울려 퍼진다. 열 명의 마자이가 둥글게 서 있다. 아마리는 여전히 두 손에 수갑을 두른 채 제인 뒤에서 지켜보고 있다.

원로들이 고개 숙여 인사하며 뒤로 물러나 길을 내준다. 그들은 가운데만 비운 채 원을 이루고 서 있다.

'넌 할 수 있어.' 나는 손톱으로 손바닥을 후벼 파며 앞으로 걸어 나간다. 뾰족뾰족한 기둥들이 평평한 산꼭대기를 울타리처럼 에워싸고 있다. 붉은 암석 너머로 저무는 태양이 눈부신 붉은색과 불타는 듯한 주황색으로 하늘을 물들인다. 엄마가 이 길을 걸으며 이바단의 사령술사들을 이끌기 위해 준비하던 시절이 떠오른다.

'네 가슴에 우리 모두가 있잖아. 우리는 너의 모든 숨결과 네가 말하는 모든 주문 속에 살아 있을 거야.'

내 안에서 마마 아그바의 약속이 일렁인다. 나는 햇살이 비추던 엄마의 곱슬머리를 떠올린다. 오늘은 그 햇살이 나의 곱슬머리를 비추며 새하얀 머리카락을 금빛으로 물들이고 있다. 나는 숨을 참으며 원로들 가운데로 나아간다.

저 앞에서 다카라이가 동그란 얼굴에 엄숙한 표정을 띠고 마마 아그바를 데려온다. 마마의 지팡이가 단단한 암석을 내리치는 소리에 가슴이 무거워진다. 그러다 마마를 마주하는 순간 힘겹게 쌓아 올린 벽이 무너져 내린다. 눈물을 참을 수가 없다.

마마 아그바는 반짝이는 갑옷을 입고 앞으로 나온다. 목에는 은빛 목걸이가 반짝거린다. 바람에 날리는 비단 망토는 마치 구름 같다. 카마루는 마마에게 반짝거리는 금속 지팡이를 만들어 줬다. 마마의 하얀 머리카락이 마치 왕관처럼 머리 위에 자리 잡고 있다.

그 어느 때보다도 아름다운 모습이다.

"나나……."

나이마가 나지막이 하늘 어머니의 노래를 읊조린다. 적막 가운데 울려 퍼지는 그녀의 노랫소리가 우리의 슬픔을 달래 준다. 다른 원로들도 합류하자 마마 아그바는 눈을 감고 두 손을 가슴 위에 얹는다. 그리고 주위를 훑어본 뒤 다카라이를 돌아본다.

"나의 원로."

마마 아그바는 적갈색 피부를 타고 흘러내리는 다카라이의 눈물을 닦아 주며 그에게 말한다.

"넌 우리의 꿈이야. 네가 무엇을 이룰 수 있는지 의심하지 마라. 보이는 것들을 믿어야 해."

다카라이는 고개를 끄덕이며 콧물을 훔친다. 마마 아그바는 그의 이마에 입을 맞추고 그를 꼭 껴안은 뒤 놓아준다. 그 후 앞으로 나아가지 않고 카마루에게로 걸어간다. 그렇게 그녀는 원을 이룬 원로들 한 사람 한 사람 앞에 멈춰 지혜가 담긴 조언을 건넨다. 마지막 순간에도 마마는 우리를 지도한다. 마지막까지도 예언술사다.

이윽고 마마 아그바는 제인의 귀를 만지작거리며 말한다.

"어릴 때부터 용감했는데, 이제 훨씬 더 용감한 청년으로 자랐구나."

그 말에 오빠는 괴로움을 뒤로하고 웃음을 터트린다. 그러나 곧 눈물을 훔치며 마마의 손을 잡는다.

"전부 다 고맙습니다."

마마는 그를 끌어안고 등을 위아래로 쓸어 준다.

"저들을 잘 챙겨 줘야 한다. 하지만 너 자신을 챙기는 것도 잊어서는 안 돼."

"제발 이러지 마세요."

아마리가 울면서 갈라지는 목소리로 말한다. 마마 아그바가 걸어오자 그 애는 고개를 떨군다. 여전히 손목에는 수갑이 철컹거린다.

"네가 저지른 실수가 너의 전부는 아니란다."

마마 아그바가 어깨를 잡자 아마리의 울음소리가 더욱 애절해진다.

"한순간으로 자신을 단정 지어서는 안 돼. 그로 인해 무너져서도 안 되고. 신들의 방식은 우리가 헤아릴 수 없단다. 그분들에게는 더 원대한 계획이 있을 거라고 믿어야 해."

아마리가 고개를 끄덕이자 마마 아그바는 그 애의 뺨에 입을 맞춘다. 나는 마음을 다잡으려 한다. 어느새 마마 아그바가 나를 돌아본다. 어두운 피부에 미소가 떠오르더니 뒤에서 비추는 저녁노을처럼 환하게 빛난다. 그녀는 굳은 결의를 보이며 내가 결코 따라갈 수 없을 만큼 단호한 모습으로 걸어온다.

"나의 꼬마 전사."

처음으로 마마의 눈에 눈물이 고인다. 그녀는 내 턱을 올리고 나의 어깨를 펴 준다.

"이제는 꼬마가 아니지."

"마마 아그바……."

무슨 말을 해야 할지 모르겠다. 할 수 있다고 수백 번 되뇌어 보지만 아직 내 가슴을 두 동강 낼 준비가 되지 않았다.

"내 말 명심해라."

마마는 내 눈물을 닦아 준 뒤 내 가슴에 손을 얹는다.

"너의 모든 숨결, 너의 모든 주문에 우리가 살아 있다는 거. 네 아버지의 가슴으로, 어머니의 영혼으로 싸우는 거야. 이 의식이 끝나면 나도 함께 싸우게 되겠지."

마마는 내 이마에 입을 맞추고 나의 손을 꼭 잡는다. 나는 두 팔로 마마를 감싸 안으며 최대한 많은 것을 담아 두려 한다. 얼굴의 주름 하나하나를 모두 외워 둔다. 곱슬머리에서 나는 시어버터 냄새도 한껏 들이마신다.

그만 놓아주어야 할 때가 되자 마마는 머리를 숙이고 무릎을 꿇는다. 나는 떨리는 손으로 마마의 손을 잡고 단검을 꺼낸다.

"어서 해."

마마의 손바닥을 칼로 긋자 가늘게 피가 배어 나온다. 마마의 손에서 피가 똑똑 떨어지며 하얗게 빛을 발한다. 내가 엄지손가락으로 마마의 이마에 성스러운 표시를 그리자 마마는 숨을 내쉰다. 나는 그녀의 손을 내 가슴에 얹고 주문을 읊조린다.

"에 토나 아그바라 인."

내 등의 문신이 번쩍거리며 피의 마법이 시작된다. 피 한 방울이 땅으로 떨어지자 마마 아그바는 숨을 들이켠다. 암석으로 스며든 피가 연기를 내며 지글거린다.

우리의 한가운데서 마치 거미줄처럼 산꼭대기 곳곳으로 하얀 빛이 퍼져 나간다. 그 빛이 나를 에워싼 마자이들에게 닿자 열 개의 심장 박동이 내 머릿속을 가득 메운다.

쿵쿵.

쿵쿵.

모든 심장이 제각기 천둥처럼 뛰고 있다. 그들의 맥박이 폭풍을 불러온다. 바람이 윙윙거리며 우리를 감싸는 가운데 모두의 가슴 앞에 하얀 빛의 입자들이 나타난다. 그 생명의 기운이 앞으로 이

끌려 나온다. 빛의 입자들은 밤을 수놓는 반딧불이처럼 공중에서 나의 주문과 함께 점점 더 환하게 빛난다. 그 입자들이 끈을 이루며 뒤엉켜 나에게로 향한다.

"에 토나 아그바라 인."

입자들이 응축되면서 내 문신은 어느 때보다도 밝게 빛난다. 마법이 태피스트리의 실처럼 서로 엮이더니 나의 가슴에 닿으면서 내 몸을 죄어 온다.

내가 공중으로 떠오르고 뒤이어 마마 아그바도 암석 위로 떠오른다. 마마의 가슴이 치솟으면서 두 손이 늘어진다. 바람이 그녀의 비단 망토를 휘젓는다.

"에 토나 아그바라 인."

주문을 외기가 괴롭다. 마마 아그바의 몸속으로 피의 마법이 퍼져 나가며 온몸의 혈관이 빛을 발하다 심장에 이르러 가장 환하게 빛난다. 그것이 마마를 무너뜨리자 가슴이 미어진다.

마마의 얼굴이 밤보다 더 진하게 어두워진다. 그녀의 갑옷과 비단 망토로 빛의 입자들이 퍼져 나가며 피부가 마치 별들과 뒤엉킨 듯 번쩍거린다.

마마의 몸이 떠오르자 모두의 심장이 서로 더 가까워진다. 조금씩 맥박이 느려진다. 내가 또 한 번 고대 주문을 읊조리자 그 성스러운 운율에 모두의 맥박이 박자를 맞춰 간다.

"에 토나 아그바라 인."

이 마지막 주문과 함께 마마 아그바를 감싼 빛이 극도로 강렬해진다. 마마는 하늘을 날아가는 혜성처럼 밤을 밝힌다.

내 발이 언제 땅에 닿았는지 모르겠다. 폭풍이 몰아치듯 가슴이 뛰고 있다. 맥박이 뛸 때마다 피에서 번개가 치는 것 같다.

하나가 되어 뛰는 심장 열 개의 힘이리라.

나는 손으로 가슴을 누르며 고개를 든다. 어째서인지 마마 아그바의 사랑의 맥박이 느껴진다. 눈물이 흐르지만 그 느낌이 나를 미소 짓게 한다.

"티티 디 오디 케지."

나는 신성한 맹세를 속삭이며 떨어진 마마의 지팡이를 잡는다.

'실망시키지 않을게요.'

85

마지막 축배

이난

이 시간이 오면 몹시 불안할 줄 알았다. 적어도 속이 뒤틀릴 줄 알았다. 하지만 아버지의 거울에 비친 내 모습을 보니 어깨가 한결 가벼워 보인다. 그토록 오랫동안 옳은 일을 하려고 발버둥 치지 않았는가.

나는 오늘 밤 왕으로서 발자취를 남길 것이다.

똑! 똑!

금빛 드레스를 입은 어머니가 문 앞에 서 있다. 실로 엮은 수정들과 빛나는 진주들로 풍성한 드레스가 반짝거린다. 머리에 쓴 커다란 겔레에 빛이 반사된다. 발그레한 뺨을 보니 벌써 적포도주를 꽤 많이 마신 모양이다.

"아름다우시네요, 어머니."

어머니가 턱을 치켜들자 어깨에 걸친 망토가 펄럭거린다.

"드디어 정신을 차린 거니?"

나는 고개를 끄덕인다.

"이해합니다. 어머니는 스스로 옳다고 생각한 일을 하신 것뿐이죠."

애써 차분한 척하던 그녀의 얼굴이 풀어지고 어깨에 힘이 빠진다. 호박색 눈에는 내가 사랑하는 여인이 보인다. 그녀가 나를 바싹 끌어안자 마음이 더욱 괴로워진다.

"네가 내 방식에 동의하지 않는다는 거 알아. 하지만 다 널 위한 일이었다는 걸 언젠가는 이해할 거야. 날이 밝으면 우리의 적은 모두 사라질 거란다. 이제 그 무엇도 네가 이 위대한 왕국을 다스리는 것을 방해하지 않아."

나는 어머니의 등을 토닥이며 장미향을 맡는다. 어머니의 말에는 확신이 배어 있다.

늘 그렇다.

"알아요, 어머니."

그녀는 몸을 떼고 눈가를 문지르며 눈물이 떨어지기 전에 닦아낸다. 그러고는 아버지의 서랍장 위에 놓인 주전자로 손을 뻗어 유리잔 두 개에 적포도주를 따른 뒤 하나를 내게 건넨다.

"늦었지만 축배를 들어야지."

그녀는 잔을 들어 올린다.

"오리샤 왕국의 안녕을 위하여."

"오리샤 왕국의 안녕을 위하여."

잔이 부딪치고 어머니는 길게 한 모금을 들이마신다. 반 잔쯤 들이켠 뒤 나의 복장을 살펴본다.

"넌 군청색이 잘 어울리지만 오늘 밤에는 우리 둘이 옷을 맞춰 입는 게 좋겠어."

그리고 손가락으로 가리키며 말을 잇는다.

"네 옷장에 금색 아그바다가 있을 거야. 에피아가 손수 만들었어."

"조언은 감사하지만 옷은 중요하지 않아요, 어머니."

나는 잔을 내려놓고 어머니와 눈을 맞춘다.

"이제 끝났거든요. 저는 오늘 밤 왕실을 해체할 겁니다."

어머니는 높은 소리로 웃음을 터트리며 손가락으로 자기 가슴을 가리킨다.

"포도주 많이 마셨니?"

나는 고개를 젓는다.

"적당히요."

어머니는 손을 입으로 가져가지만 요란한 웃음을 참지 못한다. 이윽고 그녀는 한숨을 쉬며 고개를 젓는다.

"이제야 철이 드나 보다 생각했는데."

"철은 들었어요."

나는 좀 더 바싹 다가가며 말을 이어 간다.

"이제 진실이 보이거든요. 우리는 마법이 고통을 안겨 준 척하고 있지만 사실 이 왕국에서 썩어빠진 것은 모두 우리에게서 나왔죠."

나는 주먹을 움켜쥔다.

"아마리가 이바단에서 확실하게 증명했어요. 왕좌는 우리 중 가장 순수한 사람조차도 부패하게 만든다는 것을. 왕위를 없애지 않는 한 이 왕국은 끝없이 붕괴될 거예요."

"난 그런 헛소리를 듣고 있을 시간이 없다."

어머니는 남은 포도주를 마저 마시고 잔을 내려놓는다.

"아직도 오조레 일로 화가 난 모양이구나. 넌 어린애처럼 그렇게 투정이나 하고 있으렴."

어머니는 문으로 돌아서지만 걸음을 내딛으려는 순간 무릎이 풀썩 꺾인다. 그녀는 눈을 깜빡이며 비틀비틀 벽을 짚고 나아간다.

"어떻게 된 거야?"

어머니의 혀가 꼬이기 시작한다.

나는 다가가서 그녀를 아버지의 침대로 데려간다.

"어머니의 진정제라 금방 알아채실까 봐 걱정했는데."

나는 어머니의 에메랄드빛 약병 하나를 들어 올린다. 그녀는 자신의 빈 잔을 바라본다. 내 잔은 여전히 가득 차 있다.

그제야 그녀는 자신의 실수를 깨닫는다.

"이런 못된……."

그녀는 안간힘을 쓰지만 발음이 뭉개지고 근육이 마비된다. 순간 땅이 흔들리지만 작은 진동에 그친다. 그마저도 점점 약해지면서 그녀의 마법은 완전히 힘을 잃는다.

어머니가 의식을 잃지 않으려 안간힘을 쓰는 사이 나는 옷깃을 매만진다. 얼굴의 근육이 풀어져 가는데도 어머니는 입술을 일그러뜨린다.

"충분히 자축하셨기를 바랄게요, 어머니."

나는 문밖으로 나가며 뒤에다 대고 소리친다.

"마지막일 테니까요."

86

옛집에서

제일리

나오의 마법으로 움직이는 배를 타고 오리샤의 해안을 따라가는 동안 아무도 말을 하지 않는다. 모두의 심장 박동을 함께 느끼고 있으니 굳이 말할 필요가 없다. 소금기 가득한 바람이 우리를 감싸며 바다의 물보라가 피부 위로 흩뿌려진다. 라고스의 단단한 성벽을 뚫을 태세로 새로운 마법이 우리의 피를 통해 맹렬히 타오른다.

'너의 모든 숨결, 너의 모든 주문.'

고향의 물살이 가까워지자 나는 마마 아그바의 말에 매달린다. 나는 파도의 선율과 함께 어느새 아빠의 배를 타고 그물망을 펼치고 있다. 폐허가 된 일로린을 보고 싶지 않아서 나는 원로들을 돌아본다. 오늘 밤이 지나면 우리 왕국은 다른 곳이 될 것이다.

나는 원로들에게 말한다.

"거의 다 왔어. 해가 질 때까지 저쪽 해안에 숨어 있으면 돼."

'그런 뒤 날이 어두워지면 공격하는 거야.' 나는 속으로 되뇐다. '동족들을 구출하고 왕실 사람들이 마땅한 대가를 치르게 할 거야.'

우리 군대와 함께 궁전 지하실에 갇혀 있을 마리와 빔페를 그려 본다. 처형을 기다리는 다른 이위카 대원들도. 그리고 우리 앞을 가로막고 있는 모든 이들을 생각해 본다. 곧 죽음을 맞이할 모든 티탄들도.

나는 다시 입을 연다.

"푹 쉬어 둬. 마음의 준비도 하고. 궁전을 덮치면 무슨 일이 일어날지 모르니."

"젤."

오빠가 부르는 소리에 나는 별수 없이 고개를 돌린다. 오빠의 팔이 힘없이 늘어져 있다. 나는 인상을 쓰고 그의 시선을 따라가 본다.

내 눈을 믿을 수가 없다. 나는 배 앞쪽으로 걸어간다.

저 멀리 파도 위에 아헤레 한 채가 오도카니 서 있다.

나오가 해안에서 뱃머리를 돌려 우리를 그리로 데려가자 머릿속이 더 혼란스러워진다. 몇 달 전 일로린이 불타오르던 기억이 생생하다. 분명 그 매캐한 냄새에 목이 바싹 타들어 갔었다.

마을 전체가 바닷속으로 가라앉고 나는 내 집과 함께 무너져 내렸다. 그런데 어째서인지 부서지는 파도 위로 우리의 오두막이 굳건히 서 있다. 내가 어쩔 수 없이 그 집을 버리고 떠난 뒤 수많은 날이 흘렀는데도 원래 모습 그대로 멀쩡히 서 있다.

갈대로 만든 그 아헤레에 이르자 오빠와 나는 원로들을 두고 그리로 건너간다. 마치 꿈을 꾸는 것 같다.

어쩌면 악몽일지도 모른다.

나의 옛집은 목재 널판들 위에 올라앉아 있다. 바다 위에 덩그러니 떠 있는 안식처. 불에 몽땅 타 버렸건만 그슬린 흔적도 없다. 너무도 감쪽같다. 아빠와 함께 살던 집을 보니 나의 잃어버린 일부를 되찾은 것만 같다.

나는 오빠의 팔을 붙잡고 그리로 걸어간다. 환영일 것이다. 진짜일 리가 없다. 우리는 그 앞에 멈춰 선다. 불이 나기 전의 모습 그대로다.

오빠는 손으로 문틀을 훑어 내린다. 아빠가 우리 둘의 키를 표시한 선들이 보인다. 아빠는 매달 우리가 얼마나 자랐는지 표시하고는 했다. 나는 늘 오빠를 따라잡지 못해서 울음을 터트렸다.

"어떻게 된 거지?"

나는 숨을 몰아쉬며 문 안으로 들어선다. 갈대 벽이 펼쳐진다. 아빠와 내가 애정을 담아 함께 엮은 바로 그 갈대 벽. 모든 것이 예전 그대로다. 면으로 만든 간이침대들과 구석에 놓인 아그본 공. 심지어 검정 칼라릴리 꽃도 창문에 매달려 있다. 손으로 만져 보니 꽃잎이 벨벳처럼 부드럽다. 줄기들은 갓 자른 듯하다.

예전과 다른 게 있다면 양피지에 싸인 채로 침대 위에 놓인 꾸러미뿐이다. 그 위에 쪽지가 함께 놓여 있다.

미안해.

다시 물에 잠기는 기분이다. 가슴에 휑한 구멍이 뚫린다. 몇 달 전 이난이 내게 했던 말이 떠오른다.

“이 일이 끝나고 나면 가장 먼저 일로린을 복구할게.”

이난은 나의 집을 되찾아 주겠다고 약속했다. 그 약속을 정말 지킬 줄은 몰랐다. 꾸러미의 끈을 풀면서 목이 메어 온다. 바닥으로 수십 장의 편지가 떨어지자 머릿속이 더 복잡하다.

‘왜지?’ 편지들이 바닥에 흩어진다. 나는 아래로 손을 뻗어 그중 하나를 집어 들고 마음을 다잡으며 읽어 내려간다.

가끔 네가 꿈에 나타나. 그런 밤이면 모든 걸 잊어버리지.

하지만 잠에서 깨면 후회가 밀려들어 미칠 것 같아.

목이 멘다. 나는 그 편지를 바닥으로 내던진다. ‘그만 떠나.’ 나는 스스로를 재촉한다. 하지만 또 다른 편지가 나를 유혹한다.

지금까지 난 내 마음을 외면한 채 왕국을 택했다고 생각했어. 어리석었지. 눈이 멀어서 미처 몰랐어. 너희 둘이…….

눈물이 양피지에 떨어져 잉크가 번진다. 그렇게 고통을 주고 어떻게 다시 내 가슴으로 들어오려 한단 말인가?

나는 편지들을 내친다. 케니언이 와서 다 태워 버렸으면 좋겠다. 하지만 그중 하나가 바닥에 닿으며 쨍그랑 소리를 내자 나는 고개를 번쩍 든다. 양피지를 펼치자 동전 하나가 내 손으로 떨어진다. 나는 그 동전에 매단 은줄을 들어 올리며 고개를 갸우뚱한다.

내가 그에게 줬던 동전이다.

"이게 뭐야?"

그는 이렇게 물었다.

"갖고 있어도 해롭지 않을 거야.."

나는 그렇게 말하며 이 싸구려 쇠붙이를 그의 손에 쥐어 주었다.

여태 이걸 간직하고 있었다고?

나는 계속 눈물을 흘리며 그 양피지를 펼친다.

이 편지는 결국 바다 속으로 가라앉아 버릴지도 모르지. 하지만 혹시라도 네가 읽게 될지도 모르잖아.

어떻게든 되돌려 볼게.

영원히 사과해도 모자랄 테지만 어쨌든 너를 아프게 해서 미안해.

고통을 안겨 줘서 미안해.

오리샤를 괴롭힌 건 마법이 아니었다는 사실을 이제 분명히 알았어.

어머니와 아버지, 그리고 내가 문제였지. 아마리도 영향을 받았고.

왕정이 우리 모두에게 독을 퍼트렸어.

왕실이 살아 있는 한 오리샤는 가망이 없어. 그래서 나는 내가 할 수 있는 유일한 방식으로 왕정을 영원히 끝내 버리려고 해.

너무 힘주어 움켜쥔 탓에 양피지가 반으로 찢어지려 한다. 왕이 왕정을 끝낼 수도 있는 것일까?

그러고 나면 어떻게 될지 나도 몰라. 하지만 어쨌든 왕실의 통치를 끝내야 해. 이 왕국을 보호하기 위해, 너와 함께 있을 때 꿈꾸던 그런 사람이 되기 위해 숨이 다할 때까지 노력할게.

우리가 다시 마주치게 된다면 나는 칼을 들지 않을 거야.

난 네 손에 목숨을 끝낼 각오가 돼 있어.

"그게 뭐야?"

오빠가 내 뒤에 서 있다. 나는 눈물을 훔치며 그에게 편지를 건넨다. 그것을 읽고 그의 눈이 휘둥그레진다.

"이걸 다 이난이 했다고?"

내가 고개를 끄덕이자 오빠는 턱을 문지른다.

"너희 둘은……."

그리고 고개를 저으며 말을 잇는다.

"부딪치면서도 엮이는구나."

나는 손에 든 동전을 바라본다. 그것을 바닷속으로 던져 버리고 싶다. 이런 짓을 한 이난이 원망스럽다. 또 한 번 그를 믿고 싶어지는 내 자신이 싫다.

"어떻게 할 거야?"

나는 어깨를 으쓱한다.

"하려던 대로 해야지. 그가 뭐라고 하든 무엇을 약속하든 상관 안 해. 우리 동족들이 저 성곽 안에 있잖아. 무슨 수를 써서든 그들을 구출해야 해."

침묵이 허공을 메운다. 나는 오빠의 손을 잡고 바닥에 떨어진 양피지들을 바라본다.

"아마리와는 어떻게 할 거야?"

오빠가 움찔하며 얼굴을 일그러뜨린다. 그는 눈물을 참고 있지만 내 눈에서 눈물이 쏟아지려 한다. 우리가 고통을 겪는 내내 그를 미소 짓게 한 사람은 아마리뿐이었다. 그 애가 몹시 원망스러울 때에도 그 부분만은 미워할 수 없었다.

마침내 오빠가 입을 연다.

"이젠 다 끝났어."

"오빠가 아마리에게 느끼는 감정은 그냥 마음대로 꺼 버릴 수 있는 게 아니야."

"아마리 때문에 네가 죽을 뻔했어." 오빠는 내 말을 자른다. "그건 어쨌든 만회할 수 없어."

오빠가 자신의 침대를 재현한 모형 위에 걸터앉자 나도 그 옆에 앉는다. 나는 동전을 움켜쥐며 오빠의 어깨에 머리를 기대고 창밖에서 부서지는 파도 소리를 듣는다.

"우리 앞으로는 왕관 쓴 남매에게 빠지지 말자."

87

총공격

제일리

라고스가 내려다보이는 언덕 꼭대기에 서자 바람이 머리카락을 스친다. 하늘에서는 폭풍 구름이 천둥을 울리며 비를 퍼붓는다.

등불들이 수도를 주황색으로 물들이고 있다. 집집마다 점점이 불빛을 켜 놓았다. 그 가운데서 궁전은 거대한 성곽 뒤에 안전하게 숨어 가장 밝은 빛을 발하고 있다.

"준비됐어?"

오빠가 나를 쿡 찌르자 나는 라고스 최강의 방어 설비를 바라보며 고개를 끄덕인다. 30미터쯤 되는 은빛 장벽이 수도의 높은 탑들을 에워싸고 있다. 주변 숲의 나무들보다 두 배나 높은 장벽이다. 하지만 티탄이든 센터든 이제 모두 끝이다. 오늘 밤 우리는 지지 않을 것이다.

우리는 신들의 힘을 가졌다.

나의 심장이 뛸 때마다 그 힘이 느껴진다. 혀끝에서 온갖 주문이 기다리고 있다. 이제 무엇도 우리를 막을 수 없다. 우리는 저들을 공격할 것이다.

나는 여전히 수갑을 차고 있는 아마리를 돌아본다. 그녀는 멀찍이 서서 땅을 바라보며 꼼짝도 하지 않는다. 나는 카마루에게 수갑을 풀어 주라고 손짓한다. 그러고는 그 옆에 서 있는 로웬과 고갯짓을 주고받는다. 나는 다시 라고스의 성곽을 보며 마음을 다잡는다.

"마마 아그바와 마젤리를 위하여."

내가 소리친다.

"어머니와 아버지를 위하여."

오빠도 거든다.

"줄라이커와 쿠아메를 위하여."

폴라케가 속삭인다.

우리는 목숨을 빼앗긴 이들, 왕실에서 앗아 간 이들의 이름을 하나씩 읊조린다.

"그들 모두를 위해 싸우는 거야."

나는 앞으로 걸어 나간다. 피부 위 문신들이 빛나기 시작한다. 보랏빛 광채가 마치 불길처럼 나의 두 손을 감싸더니 소용돌이치는 빛으로 온몸을 휘감는다. 그 빛이 우리 모두에게 퍼져 나가자 나는 눈을 감고 하나가 되어 뛰는 열두 명의 심장 박동에 정신을 집중한다.

우리의 마법이 합쳐지는 순간 시간마저 느껴지지 않는다.

나는 주문을 속삭인다.

"에 토나 아그바라 인."

폭발하듯 고동치는 힘에 발밑의 땅이 갈라진다. 흙과 자갈이 떠올라 우리의 발을 에워싼다. 주변 나무들의 껍질도 갈라진다.

우리의 눈과 입에서 다양한 색의 빛이 쏟아져 나오며 주변 세상이 느려진다. 신들의 힘이 뜨겁게 달아오르자 우리는 언덕을 내려간다.

카마루와 케니언이 강력한 아셰를 번쩍이며 앞으로 나온다. 땅술사의 피부에서는 에메랄드빛이, 우리 화염술사의 피부에서는 붉은색 빛이 퍼져 나온다.

그들이 땅속으로 손을 밀어 넣자 발밑의 땅이 진동한다.

카마루가 주먹을 움켜쥐는 순간 땅이 들려 올라간다.

뒤이어 케니언이 주먹을 움켜쥐자 용암이 땅속으로 퍼져 나간다.

마자사이트 지뢰들이 차례차례 폭발하며 검은 버섯구름을 일으킨다. 카마루와 케니언이 만들어 낸 용암이 땅속을 휘젓고 검은 연기 기둥이 하늘로 치솟는다.

"방어 준비!"

우리의 공격에 경보가 울린다. 한 무리의 티탄이 돌격하면서 마자사이트가 날아온다. 그러나 그들과 유독한 가스가 우리에게 닿기도 전에 자히와 이마니가 손을 올린다.

바람술사의 명령에 대기가 윙윙거리고 질병술사는 눈앞에서 마자사이트를 바꿔 놓는다. 검은 구름들이 주황색으로 변한다.

나무들이 툭툭 부러질 만큼 격렬한 바람이 우리의 등을 싸고돌자 땀이 서늘하게 식는다. 독으로 변한 기체는 황금빛 병사들에게로 날아가 그들을 성곽으로 날려 버린다. 이바단 주민들이 그랬듯 그들의 입에서 피가 뿜어져 나오고 피부가 검게 변한다.

"저들을 들여보내서는 안 돼!"

한 티탄이 소리친다.

쇠붙이가 철컹거리더니 총구들이 겨눠진다. 성곽을 따라 대포들이 폭죽처럼 빛을 발한다. 우리 앞에서 폭탄들이 터진다.

군인들은 가진 것을 총동원하지만 우리는 굴하지 않는다. 카마루가 손을 휘저어 날아오는 대포알을 모두 막아 낸다. 자히는 폭발물을 모두 날려 버리고 케니언은 화염 포탄을 모조리 되돌려 보낸다. 우리는 모든 방비를 뚫고 병사들만 남을 때까지 나아간다.

마침내 티탄 부대가 황금빛 갑옷을 번쩍이며 몰려나온다. 성곽 곳곳에서 수십 명이 손에 마법을 번쩍이며 돌격해 온다. 그러나 월장석의 힘 덕분에 나는 그들의 영혼을 떨어지는 빗줄기처럼 또렷하게 느낄 수 있다.

나는 손을 펼치고 눈을 감으며 그들의 핏줄에 흐르는 생명의 기운을 노린다.

"간 시베!"

내가 손을 올리자 티탄들은 모두 제자리에 얼어붙는다. 주먹을 쥐자 그들이 경련을 일으키며 그들의 영혼이 살을 뚫고 나온다. 이윽고 그들은 흙바닥에 쓰러진다. 나의 입가에 미소가 번진다.

마침내 우리는 모든 방해물을 쓰러뜨리고 성곽을 마주한다.

88

파국이 닥치다

이난

마음을 굳게 먹고 알현실 연단에 서자 두 손이 떨려 온다. 어머니를 잠재웠으니 가장 어려운 전투가 무사히 끝난 셈이다. 이제 이 방에 모인 사람들을 상대할 차례다.

긴 탁자들에는 구운 닭과 모인모인 파이가 담긴 반짝이는 은 접시들이 놓여 있다. 흥겨운 사람들 사이로 적포도주가 물처럼 흐른다. 귀족들과 장교들은 반짝이는 대리석 타일 위에서 빙글빙글 돌며 춤을 춘다.

아버지의 인장은 보이지 않는다. 포악한 백표버머 인장은 궁전에서 모조리 사라졌다. 그 자리를 메운 군청색 휘장에는 어머니가 나의 즉위를 위해 만든 치타너 문양이 수놓아져 있다. 나는 그 탈짐승을 노려보며 이제 내게 없는 동전을 떠올린다. 어머니는 흔치 않은 동물을 원했다.

저 휘장들이 금세 내려가게 될 줄도 모르고.

나는 마지막으로 궁전을 훑어보며 지금이 역사적으로 얼마나 중요한 순간이 될지 가늠해 본다. 오늘이 지나면 오리샤는 다른 곳이 될 것이다. 왕정이 무너지면 혼돈이 온 나라를 휩쓸 것이다.

'그래도 가능성이 있어.' 나는 눈을 감는다. 잿더미에서 무언가가 피어날 가능성. 우리의 과거로 부식되지 않은 오리샤.

내가 손을 올리며 왕좌 앞에 서자 음악이 사그라진다. 나는 남은 힘을 모두 끌어모아 사람들을 마주한다.

"이 자리에 와 주신 모든 분께 감사드립니다."

나는 고개를 까닥인 뒤 말을 이어 간다.

"이 전쟁은 우리에게서 너무도 많은 것을 앗아 갔습니다. 종전을 축하할 수 있게 되어 얼마나 기쁜지 모릅니다."

"이난 왕 만세!"

뒤쪽에서 한 부관이 소리친다. 사람들은 미소를 지으며 술잔을 들어 올린다. 가슴이 더욱 무거워진다. 나는 그들에게 잔을 내리라고 손짓한다.

"어려운 시기였지만 그만큼 값진 교훈을 얻었습니다. 이제 전쟁이 끝났으니 과거의 잘못을 바로잡아야 합니다. 오리샤의 어두운 역사를 정면으로 마주하고 장기적인 변화를 꾀할 때입니다. 저는 우리 왕국이 나아가야 할 최선의 방향을 모색하는 과정에서 우리들이 어릴 때 들어보지 못했던 전설을 알게 되었습니다. 그 가운데 하나를 이 자리에서 여러분께 들려 드리려 합니다."

목이 타들어 가자 나는 꿀꺽 침을 삼킨다. 포도주 잔이라도 들고 있다면 좋겠다. 손가락이 움찔거리지만 이제는 움켜쥘 것이 없다. 어디에도 숨을 수 없다.

'넌 할 수 있어.' 나는 앞에 모인 사람들 속에서 제일리의 얼굴을 떠올린다. 그 옆에 오조레의 얼굴도 함께 그려 본다.

그들과 오리샤를 위해서라면 나는 무엇이든 할 수 있다.

"처음 이곳에는 아무것도 없었습니다. 그러다 하늘 어머니가 하늘에 신들을 탄생시켰지요."

나는 두 손을 올리며 말을 잇는다.

"땅에는 인간들을 내려 보냈습니다. 새로운 생명을 탄생시키면서 하늘 어머니는 마법을 선물로 내주었고, 그 마법의 힘으로 우리는 이 위대한 왕국을 건설할 수 있었습니다. 처음에는 여러 부족이 함께 이 땅을 다스렸습니다. 사람들이 힘을 합쳐 서로를 다스렸지요."

나는 한 걸음 물러서서 왕좌를 두 손으로 어루만진다.

"그러다 일부 마자이들이 마법을 남용하면서 처음으로 통치자가 생겨났습니다. 결국 그들은 마법을 쓸 수 없게 되었지만 그들의 행동 때문에 이 왕정이 탄생했습니다."

장내의 분위기가 바뀌기 시작한다. 온화한 공기 아래서 폭풍의 전조가 보인다. 조용한 수군거림이 입에서 입으로 전해진다. 어머니의 행방을 묻는 속삭임도 들려온다.

"여러분을 이 자리로 부른 것은 새로운 시대를 기념하기 위해서입니다. 새 시대가 열린다는 말이지요. 오리샤의 쇠락은 바로 이 왕좌 때문입니다. 수많은 사람들이 피의 대가를 치렀어요."

수군거림이 커지자 나는 목소리를 더 높인다.

"저는 이 왕국을 정리하고자 합니다. 그런 다음 이 체제를 완전히 끝낼 것입니다."

사람들이 무대로 몰려온다. 위병들은 혼란스러워하면서도 그들을 막는다.

"그렇게는 안 돼!"

한 귀족이 소리친다.

"마귀들이 왕의 머리를 헤집어 놓았군!"

나는 두 손을 올린다.

"여러분! 두렵다는 거 압니다. 하지만 이게 최선이라는 것을 여러분도 곧 알게 되실 겁니다. 모두가 지지해 주신다면 우리는 왕정보다 더 나은 제도를 확립할 수 있습니다. 이 땅의 모든 사람들을 위한 체제를……."

쾅!

천둥 같은 울림에 우리는 모두 얼어붙는다.

폭발음이 아니다.

마치 사자너의 포효 같다.

경보가 울리더니 멀리서 다양한 색의 빛이 폭발하듯 번쩍거리며 시시각각 가까워진다. 그제야 나는 라고스 성곽이 뚫린 것을 발견한다. 현실을 깨닫고 눈이 휘둥그레진다.

원로들……. 그들이 우리가 잡아들인 사람들을 구하러 왔다.

내가 소리친다.

"도망쳐요! 당장 이 궁전에서 나가세요!"

사람들이 서로를 밀치고 앞다퉈 도망치면서 아수라장이 된다. 대리석 타일 바닥으로 술잔들이 떨어진다. 탁자들이 넘어가고 사람들이 달려 나간다.

"안전한 곳으로 피하세요! 이위카가 오고 있어요."

내가 외친다.

알현실 창문이 산산조각 나며 비명이 울려 퍼진다.

89

무거운 결정과 가벼운 발걸음

아마리

깨진 유리 조각들이 다이아몬드처럼 반짝거리며 허공에 흩어진다. 우리는 자히의 바람을 타고 아수라장을 넘어 대리석 바닥에 이른다. 한때 내 집이었던 곳에 내려서자 꿈에서 깨어나는 듯하다. 서둘러 알현실에서 도망쳐 나오는 사람들 때문에 아무것도 보이지 않는다.

"공격!"

제일리의 명령에 폭풍 같은 마법이 몰아친다. 포효 소리와 함께 마자이들이 달려 나가며 하나로 뭉쳐진 분노를 터뜨린다. 이마니는 주황빛 기체를 뿜어낸다. 나오는 포도주 통들을 거대한 망치로 바꾼다. 케니언의 불꽃이 오빠의 인장이 수놓인 휘장을 불태우며 천장을 뚫고 올라간다.

마법은 알현실을 휩쓸며 이 아름다운 감옥을 파괴하고 있다. 카마루가 앞으로 달려가며 황금빛 왕좌를 반으로 쪼개자 가슴이 뚫리는 듯하다.

"그들은 지하실에 붙잡혀 있어!"

제일리가 소리치며 중앙 홀로 들어간다. 귀족들과 위병들이 길을 비킨다. 원로들도 그 애를 따라 계단을 달려 내려간다.

나도 도우러 달려가는데 갑자기 땅이 흔들리기 시작한다. 뒤에서 어머니가 비틀비틀 계단을 내려오다 하마터면 굴러떨어질 뻔한다. 목에 감은 망토가 찢어져 대리석 계단 위에 펼쳐진다.

"안 돼!"

그녀가 소리친다.

그 외침이 마치 감옥처럼 나를 조여 온다. 그녀에게서 내 모습이 보인다. 그녀가 인도한 길이 보인다. 어머니가 내 손에 묻힌 그 모든 피가 떠오른다. 이제 다시는 보지 못할 제인의 따뜻한 얼굴도.

그녀는 몸을 가누려 벽을 짚는다. 찢어진 드레스 속에서 근육이 떨리고 있다. 눈앞에 펼쳐진 광경에 경악하지만 나를 보는 순간 경악은 증오로 바뀐다.

"너."

어머니는 이를 드러내며 떨리는 두 발에 힘을 싣는다. 내가 손을 들어 공격하려는 찰나, 그녀가 바닥의 대리석 한 조각을 뜯어내 내게로 던진다.

그 대리석이 배를 때리자 속이 뒤틀린다. 목에서 숨이 훅 빠져나가며 나는 벽으로 내동댕이쳐진다.

내가 바닥에 닿기 무섭게 어머니는 비틀비틀 걸어와 주먹을 올린다. 떨리는 주먹에서 초록색 빛이 번쩍거린다. 대리석 바닥에서 흙기둥이 올라와 나의 가슴을 친다. 나는 갈비뼈를 움켜쥐며 숨을 몰아쉰다.

그 충격으로 나의 몸이 대리석 바닥 위를 날아간다. 다시 바닥에 떨어져 깨진 타일 바닥을 구르자 어지러워 시야가 흐릿해진다. 어머니가 다가오자 나는 무작정 손을 올리며 소리친다.

"그만!"

나의 손바닥에서 푸른 혜성이 소용돌이치며 날아간다. 시간이 느려지는 듯하다.

어머니는 방어하려 팔을 올리지만 소용없다. 나의 마법이 닿는 순간 그녀의 입에서 고통스러운 신음이 나오고 호박색 눈이 튀어나온다. 나는 바닥에서 몸을 일으키며 피를 뱉어 낸다.

'쳐라, 아마리.'

나는 비틀비틀 어머니에게로 걸어간다. 분노가 고통을 뒤덮는다. 아버지의 목소리가 머릿속에 울려 퍼지며 나를 밀어붙인다. 나는 손을 올린다.

'싸워, 아마리.'

손바닥에서 마법이 뜨겁게 타오른다. 그러나 그 순간 또 다른 목소리가 머릿속을 비집고 들어온다.

'안 돼.'

그 한 마디가 내 발목을 붙잡는다. 내 마법을 인질로 잡으며 나를 멈춰 세운다.

"왜 그러고 있니?"

어머니는 화장이 다 흘러내린 얼굴로 나를 비웃는다. 하지만 나는 눈을 깜빡이며 손을 내리고 물러선다.

"어차피 끝났어요."

문득 나는 깨닫는다. 아버지를 죽이는 것이 답이라고 생각했지만 그로 인해 나는 괴물이 되었다.

"어머니가 졌어요. 마자이가 승리를 쥐고 있어요. 왕정은 끝났어요."

"나약한 반역자 같으니!"

어머니는 목에 핏대를 세우며 나의 마법에서 풀려나려고 안간힘을 쓴다. 발음이 점점 더 불분명해진다.

"넌 아무것도 아니야. 넌 왕권을 파괴할 힘도 없어."

"아뇨!"

텅 빈 복도에 나의 목소리가 울려 퍼진다. 선왕들과 왕비들이 초상화 속에서 나를 내려다보고 있다. 나는 그들을 올려다보며 내 피에 흐르는 힘을 느낀다.

"지난 몇 달 동안 제가 배운 게 있다면 바로 무한한 가능성을 가졌다는 거예요. 난 더 나은 사람이 될 수 있고 그렇게 되기로 했어요!"

내가 손을 풀자 어머니의 몸이 바닥으로 무너져 내린다. 그녀는 숨을 몰아쉬며 으르렁거린다.

"넌 그렇게 대단한 사람이 아니야. 앞으로도 마찬가지일 거야!"

어머니가 바닥에 대고 외치는 사이 나는 절뚝거리며 지하실 계단으로 향한다.

발걸음이 점점 가벼워진다.

90

최후

제일리

"도와줘!"

아득한 외침이 지하실에 울려 퍼진다. 우리는 아치형 장식과 굵은 기둥들을 지나 요란하게 석조 바닥을 내달린다. 미로 같은 지하실에서 그 소리가 점점 커지며 우리를 굴곡진 터널 안으로 이끈다. 나는 이위카를 찾아 헤매다 복도 끝에서 마리를 발견한다.

"제일리 원로!"

철창 사이로 둥근 얼굴을 내미는 마리를 보자 가슴이 덜컥 내려앉는다. 같은 방에 갇혀 있던 빔페가 그 애의 뒤로 달려온다.

나는 그쪽으로 내달리다 하마터면 발을 헛디뎌 넘어질 뻔한다. 성지에서 함께 지내던 마자이들이 사슬에 묶인 채 도와 달라고 소리치고 있다. 감옥 안에 수백 명이 빽빽이 들어차 안쪽은 보이지도 않는다.

내가 소리친다.

"빨리 하자! 빨리 저들을 풀어 내!"

우리는 재빨리 마법으로 그들의 사슬을 끊는다. 카마루가 결박을 풀고 이마니와 카니가 마자이들을 끌어낸다.

빔페와 마리가 풀려나자 나는 그들을 끌어안는다. 흐느껴 우는 두 사람을 꼭 안아 주며 안도의 눈물을 삼키고 그들을 달랜다.

"괜찮아. 이제 안전해. 붙잡히게 해서 미안해."

그러나 감옥을 지나 복도를 달려가는 발소리에 나는 다시 숨이 멎는다. 나의 사령술사들을 구했다는 안도감이 사그라진다. 고개를 돌리자 이난이 보인다.

그의 영혼이 마치 닻처럼 나를 끌어당긴다. 그는 맞은편 복도로 내달리고 있다. 병사 두 명이 그를 바짝 뒤쫓는다.

오리샤를 그의 폭정에서 구해 내려면 지금 행동해야 한다.

내가 지시한다.

"너희들은 이마니를 따라가. 나는 왕을 쫓아가야 해!"

심장이 마구 뛰는 것을 느끼며 나는 이난을 뒤쫓아 간다. 승리는 우리가 거머쥐었지만 그가 사라지지 않는 한 보장되지 않는다.

그의 편지에 적힌 글귀가 주위에서 고동치는 듯하다. 그와 가까워질수록 점점 더 요란해지지만 나는 그 독이 내 귀를 파고들지 않도록 애쓴다.

가끔 네가 꿈에 나타나…….

가장 중요한 순간에 너를 좌절에 빠뜨렸지…….

지금까지 난 내 마음을 외면한 채 왕국을 택했다고 생각했어. 어리석었지. 눈이 멀어서 미처 몰랐어. 너희 둘이…….

"이난!"

나는 돌계단을 한 층 내려가는 그를 소리쳐 부른다. 그가 우뚝 서는 바람에 뒤따라가던 병사들이 넘어질 뻔한다.

"폐하."

"가."

이난이 그들에게 명령한다.

병사들은 우리 둘을 번갈아 보지만 이난은 망설이는 그들을 다시 재촉한다.

"이건 우리 문제야."

그는 나를 돌아보며 그들에게 덧붙인다.

"도망칠 수 있을 때 도망쳐."

병사들은 어쩔 수 없이 어둠 속으로 사라진다. 멀어지는 그들의 발소리가 잠잠해진 후 우리 둘만 남는다.

"마음대로 해."

이난은 힘을 빼고 두 손을 올리며 항복한다.

"난 이제 너랑 싸우지 않을 거야."

마지막 계단을 내려가는 순간 그의 편지에 적혀 있던 맹세가 떠오른다.

우리가 다시 마주치게 된다면 나는 칼을 들지 않을 거야.

난 네 손에 목숨을 끝낼 각오가 돼 있어.

'진심이었구나.'

문득 깨달으며 손끝이 얼얼해진다. 오빠의 말이 옳았다.

우리는 부딪치다가도 엮인다.

그가 우리 아헤레에 두고 간 동전이 나의 목을 뜨겁게 달구고 있지만 억지로 그를 향해 걸음을 옮긴다.

그가 다시 입을 연다.

"왕실 정원 아래 지하 묘지에 보물이 보관돼 있어. 상황이 정리되면 제인과 믿을 만한 사람들을 데려가. 어떻게 나눠 줄지 신중하게 생각해 보고. 그리고 군대는……."

이난은 눈을 감으며 잠시 멈췄다가 다시 말을 잇는다.

"새로 꾸려야 한다는 건 알고 있겠지. 요새들도 전부 없애 버려야 해. 그 안에 마자사이트가 보관되어 있거든. 우리 쪽 군인들이 개별적으로 빼돌려서 너희에게 복수하려 할 수도 있어."

"지금 뭐 하는 거야? 왜 나한테 그런 얘기를 해 줘?"

"이런 비밀을 아는 사람들이 모두 오늘 밤에 죽을 테니까. 오리샤를 다시 일으키려면 네가 지도자가 되어야 해."

그의 말이 침묵을 메운다. 그는 너무도 침착하다.

자신의 죽음에 대해 얘기하고 있지 않는 것처럼.

나는 침을 꿀꺽 삼키고 가슴의 고통을 억누르며 그에게로 다가간다. 우리의 얼굴이 가까워지자 그는 얼핏 미소를 짓는 듯하다.

"다시……"

그의 목소리가 갈라진다.

"다시 만나서 좋았어."

"말하지 마."

나는 떨리는 손을 들어 그의 가슴에 얹는다. 그의 생명의 기운이 불처럼 타닥거리며 나의 손끝을 간질인다. 내가 그 기운을 끌어내기 시작하자 그는 긴장한다. 그의 생명이 꺼져 가는 가운데 우리 사이에 일어났던 모든 일이 뇌리를 스친다.

시장에서 우리가 처음 마주친 순간. 그때 내 핏줄로 전해지던 충격.

나의 격투봉과 충돌하던 그의 칼날의 떨림. 폭포의 포효.

내 등을 파고들던 칼날.

내 목에 닿던 입술.

느끼고 싶지 않은 모든 것이 느껴진다. 그는 그렇게 나의 가슴으로 들어왔다.

"미안해."

그가 숨이 막혀 캑캑거린다.

"알아."

내가 속삭인다. 그를 죽이려 그렇게 애썼건만, 지금 이 순간 나의 일부를 죽이는 기분이 든다. 내가 손을 움켜쥘수록 이난의 숨이 멎어 간다. 나는 눈을 감는다. 그의 심장이 멎어 가는 모습을 차마 볼 수 없기에.

"잘 가."

내가 속삭인다.

그의 숨이 넘어가려는 찰나, 로웬이 소리친다.

"제일리!"

돌아보니 그는 금속 손에 방독면을 든 채 돌계단을 내려오고 있다. 그의 뒤에서 하얀 장벽이 움직인다.

뭐가 뭔지 모르겠다. 로웬은 내게 방독면을 던지고 구름에 휩싸여 바닥으로 쓰러진다.

그것을 쓸 새도 없이 구름이 나를 뒤덮친다.

에필로그

타는 듯한 통증에 번쩍 정신이 든다. 겨우 눈을 뜨자 머리가 욱신거린다. 눈앞은 온통 어둠뿐이다.

구토와 소변의 악취가 코를 찌른다. 숨을 쉬려 하자 목이 타들어 간다. 일어나 보려 하지만 몸을 움직이는 순간 사슬이 발목을 잡는다.

'어떻게 된 거지?'

나는 움찔하며 목재 바닥으로 쓰러진다. 어디서도 본 적 없는 두툼한 쇠붙이가 나의 손목과 발목에 채워져 있다. 풀려나려고 몸부림치자 철커덩거리는 사슬 소리가 정적을 메운다.

이윽고 나는 하얀 구름을 떠올린다. 그 독가스 때문에 바닥에 닿기도 전에 정신을 잃었다. 현실을 깨닫기 시작하자 심장이 쿵 내려앉는다.

나는 그를 죽이지 못했다.

우리는 승리하지 못했다.

"안 돼!"

나는 소리치며 주먹으로 나무 벽을 두드린다. 숨을 몰아쉬며 사슬을 끊어 내려 발버둥 친다.

이겼는데. **내가** 이겼는데. 그런데 왕실 사람들이 내 손에서 승리를 빼앗아 갔다.

어찌 된 일인지 그들이 우리를 붙잡았다. 지금 우리를 어디로 데려가는지 알 수가 없다.

“이난!”

나는 짐승처럼 포효하지만 그가 이곳에 있는지도 알 수가 없다. 나는 어두운 주위를 둘러보며 누가 주변에 있는지 가늠해 본다. 비좁은 공간을 가득 메우고 있는 수십 명의 사람들은 모두 똑같은 사슬로 연결되어 있다. 마리와 로웬, 오빠를 떠올려 본다. 우리 중 몇 명이나 도망쳤을까? 나와 함께 붙잡힌 마자이들은 얼마나 될까?

바닥이 흔들리더니 감옥으로 가느다란 빛줄기가 쏟아져 들어온다. 나는 고개를 들고 뿌연 안개에서 벗어나려고 안간힘을 쓴다. 그가 우리를 어디로 데려가는지 알아야 한다.

내가 걸음을 옮기자 그 밑에서 아마리가 몸을 뒤척인다. 나는 정신을 잃은 그 애의 옆구리로 몸을 끌어 올려 좀 더 위로 올라간다. 목을 길게 빼고 창문을 넘겨다보자 눈앞의 광경에 세상이 무너지는 듯하다.

라고스의 처형대로 향하는 흙길이 아니다. 그슬린 재칼베리 나무도 보이지 않는다.

이곳은 오리샤가 아니다.

드넓은 바다가 우리를 에워싸고 있다.

나는 사방에서 끝없이 부서지는 파도를 바라본다. 이렇게 암담했던 적이 있었나 싶다.

누군가가 우리를 납치했다.

어디로 가는지 도무지 알 수가 없다.

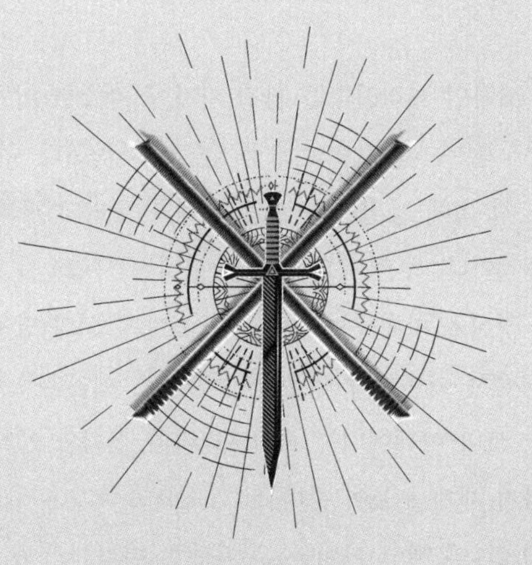

옮긴이의 말

낯설고도 낯익은 오리샤 이야기

검은 피부와 새하얀 머리카락을 가진 마자이, 생소한 이름의 신들과 부족들. 이 작품 속 세계는 낯선 풍경으로 가득하다. 하늘과 땅, 바다뿐 아니라 책 속에 등장하는 모든 존재가 우리 세상과는 다른 원칙에 따라 움직인다. 죽은 자의 영혼을 부리는 사령술사 이쿠족에서부터 상대의 정신을 지배하는 마음술사 에미족, 쇠와 땅을 주무르는 쇠술사와 땅술사 아이예족, 앞날을 예측하는 예언술사 아리란족에 이르기까지, 토미 아데예미는 서아프리카의 신화와 문화를 토대로 새로운 판타지 세계를 보여 준다.

시리즈 1편인 《피와 뼈의 아이들》은 우연히 마자이의 두루마리를 손에 넣은 주인공들이 마법을 되찾기 위해 분투하는 이야기다. 찬돔블레 사원에서 일장석의 존재를 알게 된 아이들은 백 년에 한 번 찾아오는 신성한 의식을 치르고자 험난한 여정을 떠난다. 그 가운데 마자이의 탄생 배경과 마법이 사라진 이유들이 서서히 드러난다. 마침내 아이들은 이베지의 경기장에서 목숨 건 피의 경기를 펼친 끝에 일장석을 찾아 의식을 치른다. 과연 수많은 희생을 감수한 그들의 노력은 결실을 맺었을까?

2편 《정의와 복수의 아이들》은 제일리 아버지의 장례식을 치르는 참담한 광경으로 시작한다. 마법이 돌아왔지만 주인공들은 더 큰 절망에 빠진다. 왕실은 여전히 그들을 위협하고 이제는 왕보다 더 인정사정없는 왕비가 전면에 나선다. 게다가 왕실 사람들도 막강한 마법의 힘을 갖게 된다. 다행히 우리의 주인공들에게는 든든한 지원군과 새로운 터전이 생긴다. 마법을 제대로 쓰지 못하는 오합지졸 신성자들의 정착촌이 아니라 무려 세 개의 산에 자리한 성지를 찾은 것이다. 성지에서의 생활은 마자이들의 아름다운 만남과 감탄스러운 풍광이 어우러져 낙원처럼 묘사된다.

이처럼 참혹한 피 내음과 강력한 아름다움을 품은 오리샤는 얄궂게도 우리가 사는 세계를 도식화한 레플리카처럼 보이기도 한다. 우리의 세상과 오리샤가 모두 자신과 다른 존재를 철저히 타자화하기 때문이다. 오리샤처럼 현대 사회에서도 많은 갈등이 다름을 인정하지 않는 데서 생겨난다.

생소한 요소가 가득한 오리샤는 오싹할 만큼 낯익은 모습들을 드러낸다. 2010년대 중반부터 미국에서는 흑인 민권 운동의 열기가 뜨거워졌다. 토미 아데예미는 1편에 실린 작가의 말에서 미국의 뿌리 깊은 흑인 탄압을 염두에 두고 소설을 썼다고 밝힌 바 있다. 국내에서 1편이 출간되고 1년여 뒤 코로나 바이러스가 전 세계를 휩쓸었고, 2년이 지난 지금도 종식되지 않았다. 마치 질병술사들이 활약하고 있기라도 한 것처럼. 그리고 이 팬데믹은 국내외에서 직간접적으로 인종차별과 정치적 분열을 심화하는 원인이 되었다. 설상가상으로 세상의 한쪽에서는 믿을 수 없는 전쟁이 터졌다. 21세기 우리의 세상은 오리샤의 세상과 크게 다르지 않다. 결국 아데예미가 창조한 '판타지' 세계는 배경을 덜어 내고 보면 우리 세계를 비추는 거울과도 같다.

마자이와 왕실은 쉽사리 선과 악으로 나눌 수 없다. 이쿠족은 죽음의 마자이인 동시에 삶의 마자이다. 이몰레족은 어둠의 마자이인 동시에 빛의 마자이이고 이오산족은 질병술사뿐 아니라 치료술사도 품고 있다. 그들은 때로 혼돈과 문제를 일으키지만 동시에 그것을 해결할 힘을 지니고 있다. 누구에게나 완벽한 세상은 구현되지 않는다. 다름을 인정하고 이해하며 화합할 의지를 다지는 것이 모두에게 최선의 길일 것이다.

부디 제일리의 세상과 우리의 세상이 모두 함께 그 길로 나아가기를 바란다. 지금은 어디로 끌려가는지 모르는 제일리 일행이 3편에서는 희망을 찾았으면 좋겠다.

두 세상은 거울처럼 서로를 비추고 있으니까.

박아람

오리샤의 후예2 - 정의와 복수의 아이들

처음 찍은 날 | 2022년 10월 21일
처음 펴낸 날 | 2022년 10월 31일

지은이 | 토미 아데예미
옮긴이 | 박아람
펴낸이 | 김태진
펴낸곳 | 다섯수레

편집 | 김경희, 김시완, 정헌경, 서해나, 유슬기
디자인 | 김다윤
마케팅 | 이운섭, 천유림
제작관리 | 김남희

등록번호 | 제 3-213호
등록일자 | 1988년 10월 13일
주소 | 경기도 파주시 광인사길193(문발동) (우 10881)
전화 | (02) 3142-6611(서울 사무소)
팩스 | (02) 3142-6615
인쇄 · 제본 | ㈜ 로얄프로세스, ㈜ 상지사 P&B

© 다섯수레, 2022

ISBN 978-89-7478-461-4 04840
ISBN 978-89-7478-460-7 (세트)

마쿠르디
카노
자리아
두체
이바단
구사우
왕궁
일로린
라고스
소코토
찬돔블레
칼라브라
이베지
미나
와리
이코이

신성한 섬
지메타
공베
오른
로코자
카두나
베닌시티
N